Ima Ahorn

Haunted Highlands

Tot mit Garten

Buch

Darren glaubt nicht an Geister. Für ihn sind sie nur eine Erfindung für die leichtgläubigen Touristen, die er durch die "Spukhäuser" Edinburghs führt.

Doch als seine Großmutter sich das Bein bricht und er sich um sie kümmern muss, ändert sich alles. Nicht nur, dass der überzeugte Städter plötzlich arbeitslos in der westschottischen Provinz festsitzt. Nach einem leichtsinnig gegebenen Versprechen muss er außerdem in einem Mordfall ermitteln. Einem Mordfall, an den nur der verstorbene Ehemann des Opfers glaubt. Keine leichte Aufgabe für Darren.

Autorin

Ima Ahorn begeistert sich für Reisen, fremde Kulturen und das Leben in der Natur. Schon als Kind verschlang sie Abenteuerromane, Märchen und Geschichten über Entdecker. Bereits damals bedauerte sie, dass die Zeit der großen Entdeckungen inzwischen vorüber ist. Ihre Liebe zur Fantasy und fantasievollen Welten kam später dazu.

Zu ihren bisher veröffentlichen Büchern zählen die Funny Fantasy-Reihe „Aequipondium“, die die Abenteuer des tollpatschigen Entdeckers Siegbald Sockenloch beschreiben und „Tot mit Garten“ der Beginn der Cosy Krimi-Reihe „Haunted Highlands“ die in Schottland spielt.

Ihre Inspiration findet Ima auf Reisen, in Romanen und den Berichten früher Entdecker.

Besuche Ima auf **https://ima-ahorn.net/**

Ima Ahorn

Haunted Highlands

Tot mit Garten

ISBN: 9798402784314
Independently published

Andrea Kling,
Eisteichweg 12
2630 Ternitz,
Österreich
Email: ima@ima-ahorn.net

Umschlaggestaltung:
Andrea Kling

Verwendete Bilder:
©canva.com
Druck: Amazon

KAPITEL 1

Die Augen fest auf die Pflastersteine zu seinen Füßen gerichtet, ging er langsam die Straße hinunter. Es war nicht erkennbar, was er zu finden hoffte, denn der Boden sah überall gleich aus: abgetretenes Kopfsteinpflaster, das an den Seiten von einem schmalen Streifen aus Gehwegplatten begrenzt wurde. Trotzdem schien er bald die richtige Stelle gefunden zu haben. Er blieb stehen, zögerte, dann hockte er sich hin. Seinen Blick hielt er auf einen Fleck auf dem Boden geheftet. Er streckte eine Hand darüber aus, die Finger gespreizt, die Handfläche nach unten.

„Genau hier ist er gestorben“, verkündete er mit unheilschwangerer Stimme.

Seine Zuschauer beobachteten ihn stumm, während hinter ihm die üblichen Geräusche eines Samstagabends auf der Royal Mile in Edinburgh erklangen: plaudernde Touristen, lachende Pubbesucher, ein klapperndes Fahrrad, das über das Kopfsteinpflaster die Highstreet hinunterrollte.

Darren fragte sich, was seine Zuschauer wohl sahen, wenn sie auf ihn herunterblickten. Einen jungenhaften Zweiundzwanzigjährigen, der sich einen Spaß daraus machte, Touristen zu verspotten? Vermutlich nicht. Sein Chef achtete darauf, dass alle seine Guides ein seriöses, aber auch sinisteres Auftreten an den Tag legten. Schon der lange dunkle Mantel ließ die Leute glauben, einen authentischen Gentleman aus dem achtzehnten Jahrhundert zum Reiseführer zu haben. Die für seinen Auftritt sorgfältig zurückgegelten rotbraunen Haare und sein schmales, blasses Gesicht taten das Übrige.

Endlich räusperte sich jemand. Sicher einer der deutschen Touristen oder ein Engländer. Die waren immer die Ersten, die ungeduldig wurden.

„Wer war es? Ich meine, wer ist hier gestorben?“, fragte er.

Darren blickte den Sprecher an. „Ich habe keine Ahnung.“

Er stand auf und schaute in die Runde. Sein ernstes, beinahe trauriges Gesicht passte perfekt zu seiner Rolle, als er erklärte: „Überall um uns herum sind Menschen gestorben. Hunger, Krankheit und Gewalt haben viele das Leben gekostet. Männer, Frauen, auch unzählige Kinder. Die Altstadt von Edinburgh war lange Zeit einer der ärmsten und schrecklichsten Slums Europas. Noch im siebzehnten Jahrhundert rottete die Pest ganze Straßenzüge aus.“

Seine Zuhörer nickten ernst. Doch Darren wusste, sie waren nicht wegen einer Geschichtsstunde gekommen.

„Zum Glück, sollte ich sagen“, fuhr er fort und grinste plötzlich. Seine Augen funkelten amüsiert, als er die geschockten Gesichter seiner Zuhörer sah. „Sonst wären weder Sie noch ich heute Abend hier. Denn das alte Edinburgh ist ein düsterer und unheimlicher Ort. Ein Ort voller Geister und Gespenster.“

Nach dieser Ankündigung sahen sie nicht mehr schockiert, sondern erleichtert und erwartungsvoll aus. Ja. Das war es, weshalb sie hier waren.

„Die meisten von uns gehen durch die Stadt und sehen alte Häuser, Menschen, Pubs. Doch einige spüren es trotzdem. Einige sind empfindsam für das Übernatürliche, für die Geisterwelt und die verlorenen Seelen, die hier hausen. – Ich kann Ihnen nicht versprechen, dass Sie heute Geister sehen werden. Aber ich werde Sie in der nächsten Stunde an einige der unheimlichsten Orte in der Stadt führen, so dass Sie mit eigenen Sinnen erfahren können, wie die kalte Hand des Grauens Ihnen den Nacken entlangstreicht."

Er schaute in die Runde. Sein spöttisches Lächeln zeigte, dass er sich über die Leute amüsierte, die nach Edinburgh kamen, um Geister zu sehen. Es lag aber auch eine Warnung in seinem Blick. Stundenlang hatte er vor dem Spiegel gestanden und geübt, bis er genau die richtige Mischung aus Einladung und Drohung erreichte. Jetzt machte es sich bezahlt. Angespannt und aufgeregt, voller Vorfreude, aber auch mit ein wenig Sorge hingen die Leute an seinen Lippen.

Er schenkte ihnen noch ein spöttisches Lächeln. Dann führte er sie hinein in die schmalen Gassen und dunklen Keller der schottischen Hauptstadt.

Als Darren knapp eine Stunde später seine Tour auf dem Greyfriars Friedhof beendete, waren alle zufrieden. Natürlich hatte keiner von ihnen einen Geist gesehen. Aber das erwartete auch niemand. Nicht bei einer öffentlichen Tour mit zwanzig anderen Teilnehmern.

Trotzdem würden einige später erzählen, dass sie etwas gespürt hätten. Eine dunkle Gegenwart, die im finsteren Keller des Spukhauses nach ihnen gegriffen hatte. Die ihnen eisige Schauer über den Rücken jagte. Genau deshalb gehörten die Geistertouren seines Chefs zu den besten der Stadt.

Inzwischen hatte er alle verabschiedet. Einige hatten ihn noch um ein paar Tipps gebeten: Ein gutes Buch über die Spukhäuser Schottlands, einen gemütlichen Pub, um den Abend ausklingen zu lassen, oder was es sonst noch in Edinburgh anzuschauen gab. Jetzt stand er zufrieden grinsend an einen alten Grabstein gelehnt und zählte sein Trinkgeld. Gar nicht mal schlecht für einen Abend in der Vorsaison.

Die alte Dame hatte im Schatten des Friedhofswärterhäuschens gewartet, bis alle gegangen waren. Jetzt kam sie zögerlich auf Darren zu. Er erkannte sie als eine Teilnehmerin der Tour. Eine Engländerin glaubte er, auch wenn sie in der letzten Stunde kaum etwas gesagt hatte. Sie wirkte unsicher, so als wisse sie nicht genau, wie sie anfangen sollte.

Als sie ein altes Foto aus ihrer Handtasche zog, seufzte er innerlich. Er ahnte, was nun kommen würde. Es passierte immer wieder. Denk daran, was dein Chef gesagt hat, mahnte er sich selbst. Dann bereitete er sich darauf vor, die Alte zu enttäuschen. Viel Mitleid hatte er dabei nicht. Wenn sie heutzutage noch immer an Geister glaubte, war sie schließlich selbst schuld daran, dass andere über sie lachten.

KAPITEL 2

Darren verdrehte die Augen und ließ seinen Kopf gegen die Lehne des Sofas sinken. „Es war nicht meine Schuld, Ma“, beteuerte er.

Er schloss die Augen und bedauerte, dass er ihren Anruf überhaupt angenommen hatte. Andererseits: Hätte er es nicht getan, hätte sie es vermutlich jede Stunde versucht, bis er aufgab oder das Handy aus dem Fenster warf.

„Paul sagte, du hast eine Kundin beleidigt. Deshalb hat er dich rausgeworfen“, sagte seine Mutter jetzt.

„Paul hat dich angerufen? Redest du etwa mit ihm über mich?“

Darren wusste natürlich, dass sie seinen Chef kannte. Er hatte seine Mutter selbst nach Edinburgh eingeladen, um an der Geisterführung teilzunehmen, die Paul für die Angehörigen organisiert hatte. Eine Gelegenheit, die Firma zu präsentieren, hatte sein Chef gesagt. Aber dass Paul und seine Mutter sich so gut verstehen würden, damit hatte er nicht gerechnet. Sie hatten die Telefonnummern getauscht und sich ein paar Mal getroffen. Und seit Neuestem sprachen sie offenbar auch über ihn, Darren.

Seine Mutter schwieg.

Darren seufzte. „Ich hätte dir schon noch erzählt, dass ich den Job verloren habe. Es wäre wirklich nicht nötig gewesen, dass Paul mich sofort verpfeift."

Seine Mutter sagte immer noch nichts. Vermutlich gab sie ihm insgeheim recht. Schließlich seufzte sie. „Wir haben uns tatsächlich längere Zeit über dich unterhalten. Und weißt du was? Er schätzt dich. Du bist intelligent, zuverlässig und unterhaltsam. Genau, was er für seine Geistertouren braucht. Wenn du nur dein Temperament etwas besser im Griff hättest. – Was hat dich nur geritten?"

Darren schnaufte. „Ich mag Menschen. Nur solche Spinner kann ich nicht ausstehen."

„Und was hat die Frau getan, um dich zu diesem Urteil zu bringen?"

„Anfangs hat sie mich nur nach den verschiedenen Arten von Geistern gefragt, die ich erwähnt habe, und ob ich schon einmal mit einem von ihnen gesprochen habe. Sie klang, als würde sie mich für ein verdammtes Medium halten. Aber völlig egal, was ich gesagt habe, sie wollte nicht aufhören. Am Ende verlangte sie sogar, dass ich mal mit ihrem verstorbenen Alten rede. Was glaubt die, wer ich bin? Gordon Smith?"

„Immerhin machst du Rundgänge durch die Spukhäuser von Edinburgh. Da ist es doch kein Wunder, dass sie erwartet, dass du Geister sehen kannst."

„Das sind Führungen für Touristen! Nichts als ein bisschen Show für ein wohliges Gruseln. Es glaubt doch kein Mensch, dass er auf so einer Tour ein echtes Gespenst sieht. Genauso wenig wie in der Geisterbahn auf dem Jahrmarkt."

„Hast du gewusst, dass sie ein Mitglied des *Ghost Club* ist?“

„Ja. Sie hat sowas erwähnt. – Aber nur, weil sie Teil der ältesten Gruppe paranormaler Spinner der Welt ist, hat sie noch lange nicht das Recht, mich zu nerven.“

„Und was hast du zu ihr gesagt?“

Darren wand sich. Ihm war klar, dass er nicht sonderlich feinfühlig vorgegangen war. „Ich habe sie höflich darauf hingewiesen, dass alle angeblichen Medien Betrüger sind, dass es keine Geister gibt und, wenn sie trotzdem was gesehen hat, soll sie sich an einen Psychiater wenden.“

„So klang das bei Paul nicht.“

„Ja, gut. Ich war vielleicht ein wenig direkter. Aber die alte Schreckschraube wollte auch gar keine Ruhe geben. Nicht mal als ich sie auf die Arbeiten von James Randi und Benjamin Radford hingewiesen habe, die eindeutig beweisen, dass der ganze parapsychologische Krempel ein einziger Schwindel ist.“

„Und sie hat sich daraufhin bei Paul und dem Edinburgh Tourist Board beschwert. Außerdem hat sie gedroht, einen geharnischten Artikel für das Clubmagazin zu schreiben. Ganz zu schweigen von ihrem wütenden Leserbrief an das *Haunted Magazine*, über deren Empfehlungen ihr immerhin fast die Hälfte eurer Kunden bekommt.“

„Sieht wohl so aus“, brummte Darren.

„Paul meinte übrigens, dass er dich nicht nur deswegen rausgeworfen hat.“

„Hat er nicht?“

„Er hätte dich behalten, wenn es nicht schon das dritte Mal wäre, dass du ausgerastet bist. Das dritte Mal in dieser Saison. Und jedes Mal lag es einfach nur daran, dass die Leute an Geister glaubten. – Stimmt das?“

Darren antwortete nicht, aber natürlich hatte Paul recht. Er wusste selbst, dass er zu empfindlich auf die Verrückten reagierte, die er in seinem Job zwangsläufig traf.

„Ich dachte immer, du begeisterst dich für paranormale Phänomene“, sagte seine Mutter. „Ich weiß noch, als Kind hattest du ein ganzes Regal voll mit Geistersichtungen, Monstern und Außerirdischen. War das nicht der Grund, warum du überhaupt nach Edinburgh gezogen bist?“

„Ja, schon möglich. Als Kind fand ich sowas toll. Aber inzwischen weiß ich es eben besser.“

„Und warum arbeitest du mit dieser Einstellung ausgerechnet bei den Geistertouren?“

„Weil es Spaß macht. Meistens jedenfalls.“

Seine Mutter seufzte. „Wie du meinst. Vielleicht hat die Sache auch ihr Gutes. Ich rufe nämlich eigentlich wegen etwas Anderem an. Deine Großmutter hat sich den Fuß gebrochen und braucht eine Zeit lang Hilfe.“

Darren antwortete nicht.

„Ich dachte, du könntest hinfahren und dich um sie kümmern, bis sie wieder auf den Beinen ist. Auch wenn sie natürlich behauptet, alles im Griff zu haben.“

„Aber, Ma...“

„Du hast doch ohnehin gerade nichts Besseres zu tun. Und dein Vater ist ja immer noch in Florida.“

Darren wusste, was sie damit sagen wollte: Dass ihr Exmann lieber mit seinem neuen Flittchen am Strand lag, als sich um seine kranke Mutter zu kümmern.

Darren seufzte. „Also gut. Ich schau, dass ich morgen Mittag den Zug nehme."

„Morgen früh. Ich habe Oma Erica schon Bescheid gegeben, dass du zu Mittag da bist."

Er biss die Zähne zusammen. „Also gut. Morgen früh. Aber nur für eine Woche. Dann muss ich mich um einen neuen Job kümmern."

„Wie du meinst, Schatz. Hab dich lieb."

Ehe er noch etwas antworten konnte, hatte sie aufgelegt. Zähneknirschend blickte Darren das Handy in seiner Hand an. Nicht nur, dass er gerade seinen Job verloren hatte und sein Chef darüber statt mit ihm mit seiner Mutter geredet hatte, jetzt sollte er sich auch noch um seine Großmutter kümmern, die in einem kleinen Kaff an der Westküste lebte.

Tarus kam ins Zimmer geschlendert. In der Hand hielt er einen Becher Kaffee.

„Probleme?"

Darren warf ihm einen finsteren Blick zu. Sicher hatte sein Mitbewohner und Vermieter von der Küche aus das Telefonat belauscht. „Du hast ja keine Ahnung."

Tarus zog ein mitleidiges Gesicht. „Armer Darren. Musst du dein krankes Großmütterchen im finsteren Hinterwald besuchen? Soll ich dir einen Kuchen einpacken und eine Flasche Wein für die nette alte Dame? Und pass ja auf, dass du dich in der Wildnis nicht verirrst."

„Blödmann. Das sagst du nur, weil deine eigenen Großeltern gerade nicht auf ihrem absurd großen Anwesen im Norden weilen, sondern noch in ihrem Ferienhaus an der Côte d'Azur sind."

„Erwischt." Tarus grinste und seine grauen Augen funkelten amüsiert. Dann wurde sein Blick ernst. „Wie lange bleibst du denn in der Provinz?"

Darren zuckte mit den Schultern „Eine Woche? Zwei?"

„Könnte es auch länger dauern?"

„Ich hoffe nicht. Aber möglich wäre es natürlich. Wieso fragst du?"

Tarus setzte sich auf einen Sessel und starrte in seinen Kaffee. „Wegen Abigail", sagte er schließlich. „Sie liegt mir seit Wochen in den Ohren, wann wir endlich zusammenziehen. Wenn es nach ihr ginge, hätte ich dich schon vor zwei Monaten rausgeworfen." Er warf seinem Freund einen zerknirschten Blick zu. „Und jetzt, wo du vorläufig ohnehin keine Bleibe in Edinburgh brauchst, hättest du genug Zeit, dir etwas Neues zu suchen."

Fassungslos starrte Darren seinen Kumpel an.

„Deinen Kram kannst du natürlich so lange hier lassen", beeilte der sich zu versichern.

„Das heißt, du schmeißt mich raus? Ausgerechnet jetzt, wo ich meinen Job verloren habe?"

Tarus zuckte mit den Schultern. „Tut mir ja leid, Mann. Aber du wusstest, dass du das Zimmer nur übergangsweise haben kannst."

Darren brummte. Es stimmte. Er hätte sich längst um eine neue Bleibe kümmern sollen. Aber ohne ein geregeltes Einkommen war das beinahe unmöglich.

Zumindest, wenn er weiterhin in der Altstadt von Edinburgh leben wollte.

„Ja gut. Ich zieh aus."

„Danke, Mann." Tarus grinste erleichtert.

Als er sich wieder verzogen hatte, warf sich Darren mit dem Gesicht nach unten auf das Sofa.

Morgen beginnt der Rest von meinem Leben, dachte er frustriert. Ohne Job, ohne Wohnung und in einem Kaff, das so abgelegen ist, dass dort nur zweimal am Tag der Bus fährt – wenn überhaupt.

Jippie.

KAPITEL 3

Kurz nach sieben am nächsten Morgen stand Darren verschlafen an der Waverly Station. Er hätte gern einen späteren Zug genommen, aber wenn er zu Mittag in Ganavan sein wollte, hatte er keine andere Wahl. Edinburghs zentraler Bahnhof lag in einem engen Graben zwischen der von der Burg gekrönten Altstadt und der georgianischen New Town. An diesem wolkenverhangenen Tag war es hier so dunkel, dass noch die Straßenlaternen brannten.

Da Sonntag war, herrschte zum Glück nur mäßiger Betrieb. Die meisten Touristen lagen noch in ihren Betten und die Pendler würden erst morgen wieder in Scharen in die Stadt strömen. Darren war froh, als er ein leeres Abteil fand. Lustlos warf er seinen Rucksack auf einen freien Sitz und ließ sich dann auf den Platz am Fenster plumpsen. Er hielt seinen Thermosbecher mit Kaffee umklammert und schloss die Augen.

Wenige Minuten später riss ihn ein Geräusch aus dem Schlummer. Ein Pärchen, offenbar Touristen, schaute auf der Suche nach einem Sitzplatz in sein Abteil. Als sie sein bleiches Gesicht und die rotgeränderten Augen sahen, entschuldigten sie sich und flohen wieder nach draußen. Vermutlich glauben die beiden jetzt, dass es in Schottland Untote gibt, dachte Darren. Doch anders als sonst, war ihm das heute egal.

Er wusste, dass er mitgenommen aussah. Aber nach dem Anruf seiner Mutter und dem Rauswurf durch Tarus hatte er eben seinen Frust in Alkohol ertränkt.

In Glasgow wechselte Darren den Zug. Mehr als drei Stunden würde es noch dauern, bis er endlich an der Westküste in Oban ankam. Doch selbst dieses Städtchen war nur ein Zwischenstopp. Von dort musste er den Bus ins winzige Ganavan nehmen, wo seine Großmutter lebte. Der einzige Lichtblick war, dass er sich beim Umsteigen ein paar leckere Krabbensandwiches vom Green Shack am Hafen holen konnte. Mit ihrem gebrochenen Bein hatte Oma Erica sicher nichts für ihn gekocht.

Ein fast undurchdringlicher Regenschleier verbarg die traumhafte Landschaft des Loch Lommond and the Trossachs Nationalparks, durch die sich die Zugstrecke hinter Glasgow wand. Wälder, Heide und Berge waren nur hin und wieder als blasse graue Umrisse zu erkennen. Die robusten Schafe, die die Bauern hier hielten, hatten sich in ihre Unterstände geflüchtet oder standen zusammengedrängt und mit hängenden Köpfen im Windschatten verfallener Steinmauern. Darren war es recht. So passten sie wenigstens zu seiner deprimierten Stimmung.

Er überlegte, ob er seinen ehemaligen Chef anrufen sollte. Wenn er ein wenig Reue zeigte, bekam er seinen Job bei Haunted House Geistertouren vielleicht zurück. Andererseits wusste Paul, was für ein erstklassiger Mitarbeiter Darren war. Dass er ihn trotzdem entlassen hatte, nur weil irgendeine Schreckschraube ihn beim Edinburgh Tourist Board angeschwärzt hatte, hatte Darren ziemlich getroffen. Er entschied sich, die Welt der

Spukhäuser und gruseligen Legenden vorerst hinter sich zu lassen. Es war ohnehin nichts als Schwindel. Auch wenn es ihm Spaß machte, die Touristen reinzulegen.

Der Zug hatte inzwischen den kleinen Bahnhof von Dalmally hinter sich gelassen. Durch den Regenschleier konnte Darren die Ruine von Kilchurn Castle erkennen.

Er dachte an seine Familie. Als er klein war, waren seine Eltern oft mit ihm in die Berge, zu alten Burgen oder ans Meer gefahren. Dann hatte sein Vater plötzlich verkündet, dass er ausziehen würde. Seine Mutter hatte sich auf die Karriere in ihrem neuen Job in Perth gestürzt und Darren hatte den ganzen Sommer bei seiner Großmutter verbringen müssen. Im Herbst danach kam er in Perth auf eine neue Schule. Aber es war nicht mehr das selbe. Seinen Vater, der inzwischen nach Amerika ausgewandert war, sah er nur selten und seine karrierebewusste Mutter hatte immer weniger Zeit für ihn. Nur seine Großmutter hatte immer ein offenes Ohr für ihn. Egal, welches neue Hobby ihn gerade umtrieb. Dass er nun, wo er erwachsen war, einmal für sie da sein musste, war irgendwie gerecht. Auch wenn er sich besseres vorstellen konnte, als seine Zeit in einem winzigen Dorf an der schottischen Küste zu verbringen.

Nach dem Stopp in Connell bog der Zug Richtung Süden. Jetzt dauerte es nicht mehr lange bis zum Ziel. Gemeinsam mit den anderen Passagieren stieg Darren bald darauf in Oban aus. Hier war die Endstation des Zuges, denn obwohl das Städtchen nicht einmal zehntausend Einwohner hatte, war es der größte Ort im Umkreis von mindestens fünfzig Kilometern. Außerdem gab es einen Fährhafen, sodass Oban für viele nur ein

Zwischenstopp auf ihrer Reise zu den verschiedenen Inseln war. Auch Darren musste von hier noch weiter.

Um dem nasskalten Wind zu entkommen, hastete er in den kahlen Warteraum der Station. Er musste herausfinden, wann der Bus fuhr. Auf einen Besuch beim Seafood Shack hatte er keine Lust mehr. Vielleicht könnte er sich die Wartezeit stattdessen mit einem Bier im *Corryvreckan* vertreiben, auch wenn es für einen Besuch im Pub eigentlich noch zu früh war.

„Mäusebäckchen!“

Der laute Ruf ließ Darren aus seinen Gedanken fahren. Er hörte ein Kichern, von den beiden Mädchen, die neben ihm gingen. Wie sie reckte er den Hals nach der Quelle des Ausrufs. Er erkannte einen breitschultrigen Alten, der die anderen Reisenden um einen halben Kopf überragte. Er hatte ein wettergegerbtes Gesicht, graues Haar und Stoppeln am Kinn. Obwohl er sogar älter als Darrens Großmutter sein musste, wirkte er agil. Unter einer wetterfesten, dunkelblauen Regenjacke trug er ein kariertes Hemd. Zu seinem Erschrecken stellte Darren fest, dass der Alte ihn geradewegs anschaute.

„Onkel Greg?“, fragte er ungläubig. Auch die Mädchen hatten bemerkt, dass wohl er gemeint war, und kicherten wieder. Darren spürte, wie er rot wurde. Rasch trat er auf den Alten zu und zischte: „Du sollst mich doch nicht Mäusebäckchen nennen.“

Greg grinste nur.

„Du bist doch nicht etwa meinetwegen hier?“, fragte Darren.

Greg Gudgeon war nicht wirklich sein Onkel. Aber er war ein Nachbar und alter Freund seiner Großmutter.

Deshalb kannte er Darren schon, seit der als kleiner Junge bei seiner Oma zu Besuch war.

Jetzt nickte er. „Oh, aye. Deine Mutter hat mich angerufen. Sie sagt, du könntest jemanden brauchen, der dich zu deiner Großmutter nach Ganavan mitnimmt."

Er grinste noch immer, sodass seine perfekten weißen Zähne zu sehen waren. Darren vermutete, dass sie falsch waren, immerhin war Greg schon weit über siebzig. Trotzdem gab das wölfische Grinsen ihm das Gefühl, Rotkäppchen zu sein, die auf dem Weg zu ihrer kranken Großmutter war.

Wie von dem Märchenwolf zu erwarten, verkündete Greg eben: „Dass du kommst, wär aber nicht nötig gewesen. Ich hätte mich auch selbst um Erica gekümmert."

„Äh, danke." Mehr wusste Darren nicht zu sagen.

Eine Weile standen die beiden Männer sich schweigend in der Wartehalle gegenüber. Die übrigen Fahrgäste verschwanden einer nach dem anderen hinaus in den Regen. Schließlich räusperte sich Greg.

„Ist das deiner?", fragte er und deutete auf Darrens vollgestopften Rucksack.

Ohne auf eine Antwort zu warten, packte er die schwere Tasche und warf sie sich über die Schulter. Dann führte er Darren hinaus auf den Parkplatz, wo ein alter, dunkelblauer Ford Focus wartete.

Die Fahrt durch die Stadt nahm nicht viel Zeit in Anspruch, denn dank des Regens gab es nur wenig Verkehr. Als sie auf die Hauptstraße kamen, erstreckte sich links das Meer und der Hafen, während rechts die Läden von Obans einziger richtiger Einkaufsstraße aufgereiht waren. An einem Sonntag in der Vorsaison gab es hier nicht viel zu sehen. Bald ließen sie Oban hinter sich und bogen auf die schmale Küstenstraße nach Ganavan ein.

„Bist du eigentlich noch immer im Geisterjägergeschäft, Mäusebäckchen?“

Darren seufzte. „Es sind Führungen, keine Geisterjagd. Und kannst du nicht endlich aufhören, mich so nennen?“ Es war nicht das erste Mal, dass sie dieses Gespräch führten.

„Wie denn? Mäusebäckchen? Deine Großmutter nennt dich doch auch so.“

„Es war nur ein einziges Mal. Ich war sieben und ein bisschen pummelig.“

„Du warst neun.“

„Ist doch egal. Mir hat es nicht gefallen und sie hat mich nie wieder so genannt. Außerdem bin ich inzwischen erwachsen. Also nenn mich bitte Darren.“

„Wie du meinst, Mäusebäckchen.“ Greg grinste. Darren schüttelte den Kopf. So ging das immer.

„Also wie funktioniert das jetzt mit deinem Geisterjägergeschäft? Wenn du in ein Spukhaus gerufen wirst: Fängst du die verirrten Seelen ein oder treibst du sie mit einem Exorzismus aus?“

Darren atmete aus. Er wusste, dass es keinen Zweck hatte, Greg zu korrigieren. Egal ob es um Gespenstertouren oder Geisterjagd ging, für ihn war das alles nur Unsinn. So gesehen, konnte er auch einfach mitspielen. Er schmunzelte. „Es kommt darauf an, um welche Art von Geistern es sich handelt. Einige wollen einfach, dass ich ihnen das Licht zeige. Dann gehen sie von selbst auf die andere Seite. Für den Rest brauche ich härtere Maßnahmen. Wenn du irgendwann stirbst und anfängst hier rumzuspuken, dann würde ich deinen Geist einfangen und in ein Marmeladenglas stecken. Vielleicht könnte ich dich auch auf mehrere verteilen. Bist ja ein ordentlicher Brocken. Und so ein bisschen Geisterenergie im Glas ergibt ein hübsches Nachtlicht."

Greg lachte. „Sehr gut. Dann muss ich daran denken, als Poltergeist zuerst deinen Staubsauger kaputt zu machen. Damit du mich nicht einfangen kannst."

„Ich glaube nicht, dass dich das retten wird."

„Dann lass ich das mit dem Poltern eben. Ich könnte mich ganz unauffällig verhalten und spuke nur nachts hin und wieder im Schlafzimmer deiner Großmutter."

„Und du glaubst, das würde sie sich gefallen lassen?"

Er überlegte. „Erica? Vermutlich nicht."

Inzwischen hatten sie Ganavan erreicht. Grinsend steuerte Greg seinen Ford durch das Dorf. Es hatte sich nicht viel verändert, seit Darren das letzte Mal da war. Die Fenster der Grundschule waren mit Papierblumen dekoriert und vor dem Pub parkten die ersten Mittagsgäste. Auch ein rotes Postauto stand dort.

Darren grinste. „Kriegt ihr seit Neuestem sogar sonntags Post? Das ist besser, als in Edinburgh."

„Nein!", brummte Greg und warf einen finsteren Blick auf das Auto.

„Was ist denn?", erkundigte sich Darren. „Stört es dich, dass ihr so guten Service bekommt?"

„Wenn's nur so wäre! Aber dieser Birtwistle nervt mich entsetzlich."

„Ist das der Postbote? Was hast du gegen ihn?"

„Er hält sich für einen Charmeur. Stundenlang sitzt er bei gewissen Damen in der Küche und schwadroniert über Gott und die Welt. Aber mir pünktlich die Zeitung zu bringen, dafür hat er keine Zeit. Ich sollte das Abo kündigen und sie mir stattdessen selbst holen. Dann kriege ich sie wenigstens am richtigen Tag."

„Bist du etwa eifersüchtig?" Darren grinste.

Greg schüttelte unwillig den Kopf und lenkte den Wagen in eine schmale Seitengasse. Dann bog er in die Auffahrt vor seinem kleinen Bungalow ein.

Kaum waren sie angekommen, war seine schlechte Laune verflogen. Er schnappte sich Darrens Rucksack und warf ihn sich über die Schulter. „Ich bring dich noch rüber", entschied er.

Na klar, dachte Darren. Er liefert mich ab, wie den Fang des Tages. Womit er sich den wohl bezahlen lassen will?

Darren seufzte und folgte dem unermüdlichen Alten die schmale Straße entlang zum Häuschen seiner Großmutter.

KAPITEL 4

Ein graues Fellknäuel sauste mit angelegten Ohren an Greg und Darren vorbei und verschwand auf der anderen Seite der Straße. Die Katzenklappe, die wohl Darrens Großvater einst in die Tür des winzigen Crofterhauses eingebaut hatte, schwang wild vor und zurück.

„Baudrons?“ Verwundert blickte Darren dem Kater hinterher.

Greg hatte die Hand bereits zum Klopfen erhoben. Doch nun zögerte er. Aus dem Inneren des Häuschens drang ein halblautes Heulen. Es klang wie die Klage eines Banshees.

„Vielleicht lass ich euch besser erstmal allein“, verkündete der Alte plötzlich. Er stellte Darrens Rucksack auf den Boden, drehte sich um und ging eilig zurück zur Straße.

Noch ehe Greg sich drei Meter von der Tür entfernt hatte, verwandelte sich das Heulen hinter ihm in das ohrenbetäubende Gejaule eines Dudelsackes. Kopfschüttelnd beschleunigte er seine Schritte.

Darren blieb allein zurück. Er hatte keine Fluchtmöglichkeit. Zum Glück verwandelte sich das Gejaule inzwischen in eine gerade so erkennbare, aber immerhin schwungvolle Version von „Scotland the Brave“. Da er Klopfen angesichts des Lärmpegels für zwecklos hielt, öffnete Darren einfach die Tür und trat ein.

Großmutter Bagshaws Häuschen bestand aus nur zwei Räumen. Da für eine eigene Diele kein Platz war, stand er sofort im Wohnzimmer, das gleichzeitig als Küche diente. Der große Holztisch mit der unbequemen Bank und den robusten Stühlen nahm noch immer den größten Teil des Raumes ein. Hier fand schon in seiner Kindheit alles Wichtige im Hause Bagshaw statt von Kochen über Essen bis zu den Schularbeiten. Nur ein alter Orkney-Sessel neben dem Ofen und eine selten benutzte Couch sorgten für ein wenig mehr Gemütlichkeit.

Wie er erwartet hatte, saß Oma Erica auf ihrem Lieblingsplatz, dem geflochtenen Orkney-Sessel mit seiner hohen Rückenlehne, die an den Seiten etwas nach vorn gezogen war, um die Zugluft abzuhalten. Sie spielte Dudelsack. Als sie ihren Enkel erkannte, funkelten die Augen der kleinen und eher zierlichen Frau.

Sie ließ das Mundstück aus ihrem Mund gleiten und lächelte. „Da bist du ja!“, rief sie, ohne das Spiel zu unterbrechen. Mit einem Kopfnicken bedeutete sie ihm, den schweren Rucksack abzustellen. Dann nahm sie das Mundstück wieder auf, um den Luftvorrat im Dudelsack aufzufüllen und das Stück zu Ende zu spielen.

„Ich dachte, du bist krank,“ bemerkte Darren, nachdem seine Großmutter geendet hatte.

Oma Erica schnaubte amüsiert und deutete auf ihr Bein, dass auf einem niedrigen Hocker ruhte. „Ich hab mir den Fuß gebrochen, nicht den Mund.“

„Und du dachtest, jetzt ist genau der richtige Zeitpunkt, um Dudelsack zu üben?“

Sie zuckte mit den Schultern. „Warum denn auch nicht? Schließlich möchte ich im Sommer wieder bei den Highland Games antreten.“

„Es hatte also gar nichts mit Onkel Greg zu tun?“

Erica sah aus großen unschuldig blauen Augen zu ihm auf. „Wie kommst du nur auf so etwas Abwegiges? Ich habe ihn doch hoffentlich nicht verschreckt!“

Darren musste grinsen. „Er war sogar schneller weg als Baudrons.“

„Gott sei Dank!“ Oma Erica legte den Dudelsack zusammen und ließ ihn hinter ihrem Sessel verschwinden. „Jetzt mache ich dir erstmal eine schöne Tasse Tee. Du bist sicher durstig nach der Reise.“

Umständlich angelte sie nach dem Gehstock, der über die Armlehne ihres Sessels hing.

Sofort bot Darren an: „Aber das kann ich doch machen!“

Erica schmunzelte zufrieden. „Mach uns auch gleich ein paar Sandwiches. Ich habe seit dem Frühstück nichts mehr gegessen. Und du siehst mir auch hungrig aus.“

Darren biss die Zähne zusammen. So funktionierte es schon, seit er ein Junge war. Er bot an, eine kleine Aufgabe zu erledigen, und schon fielen seiner Großmutter nacheinander ein halbes Dutzend zusätzlicher Aufträge ein. Aber er war ja hier, um zu helfen, erinnerte er sich.

Er schob den vollen Wasserkessel vom Rand des Ofens in die Mitte der Herdfläche. In der Zeit, in der er darauf wartete, dass das Wasser aufkochte, löffelte er Teeblätter in die Teekanne und stellte zwei Tassen daneben.

„Willst du die Kanne gar nicht vorwärmen?“, fragte seine Großmutter.

Er stand mit dem Rücken zu ihr, während er die Augen verdrehte. Trotzdem schüttelte er wortlos die Teeblätter aus der Teekanne zurück in die Dose.

Dann räumte er Brot, Käse und ein Glas mit Chutney auf den Küchentisch. „Wusstest du, dass ich heute komme? Ma hatte den Eindruck, du willst überhaupt keine Hilfe, daher dachte ich, sie hat nichts Genaues gesagt. Ich war überrascht, dass sie sogar Greg Bescheid gegeben hat."

Erica musterte ihren Enkel nachdenklich. „Doch. Ich wusste, dass du herkommst. Tatsächlich habe ich ihr gesagt, ich könnte deine Hilfe gut gebrauchen. Aber nicht, wegen des Fußes. Damit komme ich schon klar. Mit dem Gehgips kann ich auch fast alles selbst machen."

Zum Beweis stemmte sie sich aus ihrem Sessel und hinkte zum Schrank, um ein paar Kekse herauszunehmen. „Gar kein Problem, siehst du?"

Darren zog skeptisch eine Augenbraue nach oben. Seine Großmutter war zweiundsiebzig. Er war froh, dass sie noch recht gesund war und ihr Leben im Griff hatte. Insbesondere, da sie seit fünfzehn Jahren allein lebte. Trotzdem bezweifelte er, dass es ihr so gut ging, wie sie behauptete.

Der Kessel fing an zu pfeifen. Darren nahm ihn vom Herd und goss etwas von dem heißen Wasser in die Teekanne. Er wartete einen Augenblick, dann entleerte er das Wasser in die Spüle. Er löffelte Teeblätter in die nun vorgewärmte Kanne und goss Wasser auf. Seine Großmutter nickte zufrieden, als er das Ergebnis seiner Bemühungen auf den Tisch stellte.

„Du hast die Milch vergessen."

Darren seufzte.

Nachdem er die Milch aus dem Kühlschrank geholt hatte, setzte er sich zu ihr an den Küchentisch. „Wobei willst du denn nun meine Hilfe? Brauchst du jemanden zum Rasenmähen?“ Das würde er ihr problemlos zutrauen.

Überrascht blickte seine Großmutter aus dem Fenster, durch das man ihren verwilderten Garten sehen konnte. Sofort bedauerte Darren seine vorlaute Bemerkung, denn das Gras zwischen den uralten Rosenbüschen stand kniehoch.

„Du findest auch, dass er gemäht werden sollte? Vielleicht hast du recht. – Aber deshalb bist du nicht hier. Es geht um eine Angelegenheit deines Großvaters.“

„Meines Großvaters?“, fragte Darren verwundert. „Ich wusste gar nicht, dass du noch mit den Kinsleys sprichst, nach dem, was sie über meinen Vater gesagt haben.“

Oma Erica schüttelte ungeduldig den Kopf. „Ich rede nicht von der Familie deiner Mutter. Ich meine deinen Großvater.“

„Opa Alan?“ Darren schaute sie neugierig an. „Hast du etwa alte Papiere gefunden, die endlich seinen Pensionsanspruch belegen? Als Witwe eines Berufsfischers müsste dir doch einiges zustehen.“

Seine Großmutter schüttelte den Kopf. „Nein. Damit rechne ich auch nicht mehr. Was er als Fischer in die Vorsorge eingezahlt hat, ist verloren. Ich habe keine Lust, mich deswegen noch einmal mit irgendwem zu streiten. – Nein. Dein Großvater will mit dir reden.“

Darren runzelte die Stirn. „Mit mir reden? Was soll das wieder heißen? Er ist doch seit fast fünfzehn Jahren tot." Besorgt musterte er seine Großmutter. Sie mochte ja körperlich noch fit sein. Aber wenn sie auf einmal anfing, mit ihrem verstorbenen Mann zu reden, war das kein gutes Zeichen.

Oma Erica sah den Blick ihres Enkels und grinste unsicher. „Ich hätte wohl auf ihn hören sollen. Er sagte, ich soll nicht gleich mit der Tür ins Haus fallen. – Aber ich dachte, jetzt wo du in Edinburgh diese Geisterführungen machst, hättest du selbst Erfahrung damit."

„Womit?"

„Mit Geistern. Oder paranormalen Erscheinungen, wenn dir das lieber ist."

Darren seufzte. „Willst du etwa behaupten, du siehst meinen toten Großvater hier rumgeistern?"

Er blickte sich in der taghellen Stube um, als erwarte er, Opa Alan auf der fadenscheinigen Couch sitzen zu sehen. In Wirklichkeit versuchte er, einzuschätzen, wie schlimm es um seine Großmutter stand. Doch die Küche und der Rest der Stube waren sauber und aufgeräumt. Falls sie Wahnvorstellungen hatte, hatten sie zumindest auf ihre Haushaltsführung bisher keinen Einfluss. Ein wenig beruhigt wandte er sich wieder seiner Großmutter zu, die ihn erwartungsvoll anschaute.

„Und? Kannst du ihn sehen?", fragte sie.

Darren schüttelte den Kopf. „Natürlich nicht. Geister gibt es nicht." Misstrauisch beobachtete er Oma Erica. „Oder siehst du ihn etwa?"

„Nein." Sie seufzte. „Mir erscheint er nur hin und wieder im Traum. Er denkt, dass du die Gabe hast. Das hat er mir zumindest gesagt."

„Welche Gabe? Die Gabe, ihn hier rumspuken zu sehen?“

Seine Großmutter zuckte mit den Schultern und nickte.

Doch Darren schüttelte energisch den Kopf. „Es gibt keine Geister. Nur weil ich Geisterführungen mache und ein paar Bücher über paranormale Erscheinungen gelesen habe, heißt das nicht, dass ich diesen Quatsch glaube. Es ist nur ein Job. Oder es war einer.“ Nachdenklich betrachtete er seine Großmutter. Es war lange her, dass er sie das letzte Mal besucht hatte. Sicher war sie oft einsam. Sanft sagte er: „Ich weiß, dass du ihn immer noch vermisst. Aber ich bin kein Medium und ich glaube auch nicht daran, dass es so etwas gibt.“

„Verstehe.“ Oma Erica nickte knapp.

Um die gedrückte Stimmung aufzulockern, wechselte Darren das Thema. Er würde sich später mit dem Geisteszustand seiner Großmutter beschäftigen. „Was hast du eigentlich gegen Onkel Greg? Er ist doch immer so hilfsbereit.“

Seine Großmutter verzog das Gesicht. „Es ist wunderbar, jemanden wie ihn zu kennen, wenn man etwas zu reparieren hat. Aber er ist manchmal so ein altes Klatschweib. Wenn er sich mit einem Tee an den Küchentisch gesetzt hat, ist es unmöglich, ihn vor dem Abendessen wieder loszuwerden. Es ist, als hätte jemand seinen *Bahookie* am Küchenstuhl festgeleimt.“

Darren grinste, als er seine Großmutter das schottische Wort für Hintern benutzen hörte. In Edinburgh hatte er sich angewöhnt, in BBC-Englisch zu sprechen, damit ihn die Touristen verstehen konnten. Hier hingegen sprachen die Leute noch wie in seiner Kindheit.

„Es ist viel besser, ihm erst gar keine Gelegenheit zu geben“, fuhr Oma Erica fort. „Und es ist ja auch nicht so, als würde ich jedes Mal den Dudelsack rausholen, wenn er sich angekündigt hat.“

Den Rest des Nachmittags verbrachte Darren damit, verschiedene Arbeiten im und um das Haus zu erledigen. Erica Bagshaw mochte der Meinung sein, keine Hilfe zu benötigen. Doch das hielt sie nicht davon ab, ihren Enkel einzuspannen, wo auch immer Ausbesserungsarbeiten an ihrem alten Haus nötig waren. Unter ihren Argusaugen fegte er Spinnweben aus Zimmerecken, strich das Fenster des Badezimmers und reparierte den tropfenden Wasserhahn. Er war von Natur aus handwerklich nicht sonderlich begabt, aber die diversen Arbeiten, die er in jedem Sommer, den er als Teenager bei seiner Großmutter verbracht hatte, hatte leisten müssen, hatten zumindest einen gewissen Grundstock an Fähigkeiten hinterlassen.

Oma Erica unterhielt ihn währenddessen mit Klatsch über ihre Nachbarn.

Um sie davon abzulenken, noch mehr von den Männergeschichten ihrer Freundin Norma Widdicombe zu erzählen, stellte er eine Frage, die ihn schon seit einiger Zeit beschäftigte. „Wie ist es überhaupt dazu gekommen, dass du dir den Fuß gebrochen hast? Du wirst doch nicht etwa tatterig?“

Erica winkte ab. „Neinnein. Keine Sorge. Das war nur ein kleiner Unfall.“

Irgendetwas in ihrem Tonfall machte Darren misstrauisch. „Und wie kam es zu deinem kleinen Unfall?“

Oma Erica nippte an ihrem Tee. Schließlich seufzte sie. „Du wirst die Geschichte ja ohnehin hören. Warum also nicht von mir?“

Darren nahm sich einen Tee und schaute seine Großmutter erwartungsvoll an.

„Also gut. Es ist bei unseren Vorbereitungen für die THG passiert – die Tiny Highland Games. Du weißt es vielleicht noch. Wir machen hier im Dorf ja jedes Jahr eine eigene Veranstaltung für die Kleinsten. Es ist fast wie bei den Großen. Mit Laufwettbewerben, Kraftproben und auch ein paar Disziplinen für die Mütter. Es soll schließlich jeder seinen Spaß haben.“

Darren wedelte ungeduldig mit der Hand, damit seine Großmutter fortfuhr und ihm sie langweiligen Details ersparte.

„Wir waren also auf der Wiese hinter der Schule. Dort ist genug Platz und, wie du weißt, hat man auch einen herrlichen Blick über die Bucht und das Meer. Die Kinder hatten die Laufwettbewerbe gerade hinter sich gebracht und nun waren die Mütter dran. Gummistiefelweitwurf. Du kennst das ja: Da hat jeder seinen eigenen Stil. Manche packen den Stiefelschaft, andere die Ferse. Die Kinder hatten einen Mordsspaß dabei, ihre Mütter anzufeuern. Dann war Daisy dran – du erinnerst dich doch an Daisy? – Natürlich! Sie ging ja eine Zeit lang mit dir in dieselbe Klasse! – Sie hat die Sache jedenfalls wieder einmal viel zu ernst genommen.“

Darren nickte langsam. Daisys Ehrgeiz war schon in ihrer gemeinsamen Schulzeit berüchtigt gewesen.

„Also die Drei- bis Fünfjährigen waren an der Seite des Wurfplatzes aufgereiht wie die Orgelpfeifen. Daisy packt den Gummistiefel mit beiden Händen und fängt an, sich im Kreis zu drehen, um Schwung zu holen. Einmal, zweimal, dreimal. Immer schneller und schneller drehte sie sich. Bis ihr der Stiefel schließlich in der letzten Runde aus den Fingern rutscht und knapp über die Köpfe der Kinder hinweg auf die Schuldirektorin zurast. Zum Glück konnte Miss Lindsay gerade noch irgendwie zur Seite springen."

„Und wie hast du dir dabei den Fuß gebrochen?"

„Dazu komme ich gleich. – Miss Lindsay stolpert also durch die Gegend und versucht verzweifelt, sich irgendwas festzuhalten. Aber wo sind die starken Highlander mit der männlich behaarten Brust, wenn man mal einen braucht?! Das Einzige, was in der Nähe war, war das Zelt, das wir für die Mädchen aufgebaut hatten, damit sie sich für den Tanzwettbewerb umziehen können. Das Zelt brach natürlich unter ihrem nicht unbeträchtlichen Gewicht sofort zusammen."

„War jemand drin? In dem Zelt meine ich."

„Nur der Pfarrer."

„Der Pfarrer?!"

Oma Erica nickte. Sie bemühte sich, betroffen auszusehen. Aber es wollte ihr nicht recht gelingen. „Du glaubst nicht, wie dieser Mann fluchen kann. Pfarrer McEges wollte für die Kleinsten im Greatkilt auftreten, wie Rob Roy oder was weiß ich. Leider war er gerade erst dabei sich umzuziehen, als das Zelt über ihm zusammenbrach. Und als Miss Lindsay und Daisy gemeinsam an der Zeltplane zogen, um ihn zu befreien, erwischten sie auch den Kiltstoff – und legten einen unvergesslichen Ausblick auf seinen runden, bleichen Vollmond frei." Erica kicherte.

Darren schmunzelte. Dann runzelte er die Stirn. „Warum hatte er keine Unterhose an?"

Seine Großmutter hob ratlos die Hände. „Das hat er nicht gesagt."

„Und wo kommst du ins Spiel? Hat dich eine Zeltstange getroffen oder so?"

„Aber nicht doch", protestierte Oma Erica. „Ich stand zum Glück gerade weit genug weg. Ich sollte doch die Mädchen beim Tanzwettbewerb auf dem Dudelsack begleiten, sonst wäre ich gar nicht dort gewesen. – Und dann musste ich beim Anblick von Pfarrer McEges *Bahookie* und seinem entsetzten Gesichtsausdruck so lachen, dass ich rückwärts in ein Kaninchenloch getreten bin."

„Was?!"

„Sonst wurde übrigens niemand verletzt. Weder die Kinder noch Miss Lindsay. Nicht einmal Pfarrer McEges. – Von seinem Stolz abgesehen."

Wider Willen musste Darren lachen. „Das ist mal wieder typisch Bagshaw: Bricht sich beim Zuschauen das Bein! Was haben die anderen dazu gesagt?"

Oma Erica zuckte mit den Schultern. „Nicht viel. Ich glaube, Pfarrer McEges war mir am Ende sogar dankbar. Schließlich habe ich mit meinem Unfall die Aufmerksamkeit auf mich gelenkt, statt auf seinen stattlichen Hintern. – Allerdings muss sich später etwas darüber herumgesprochen haben, denn seine nächste Predigt war überraschend gut besucht. Auch wenn unter der Soutane natürlich nicht viel zu erkennen ist."

KAPITEL 5

Kater Baudrons tauchte pünktlich zum Abendessen wieder im Haus von Oma Bagshaw auf. Bald darauf zog sich Erica in ihr Schlafzimmer zurück.

Da das Wohnzimmer das einzige weitere Zimmer in dem winzigen Crofterhouse war, würde Darren die Nacht wie in Kindertagen auf der Couch verbringen müssen. Baudrons, dem sonst dieser Platz gehörte, ließ keinen Zweifel an seiner Unzufriedenheit. Er setzte sich mitten auf dem Sofa nieder und starrte Darren herausfordernd an. Um den Kater zumindest ein wenig zu beruhigen, kraulte der ihm den Bauch, bis Baudrons vor Vergnügen schnurrte.

Für Darren war es noch viel zu früh, um ans Schlafen zu denken. Zu Hause in Edinburgh würde er sich jetzt mit ein paar Freunden im Pub treffen. Oder, wenn er nicht arbeiten musste, würde er zumindest auf Tarus großzügigem Breitbildfernseher Videos anschauen, bis er die Augen nicht mehr offen halten konnte.

Doch hier in der Weltmetropole Ganavan war nichts davon möglich, dachte Darren säuerlich. Der alte Fernseher seiner Großmutter stand ungenutzt und verstaubt in einer Ecke. Selbst wenn Oma Erica eine Satellitenschüssel besäße, Darren bezweifelte, dass sich dem antiken Röhrenschirm noch ein Bild entlocken lassen würde. Das Radio einzuschalten war auch keine Möglichkeit, denn obwohl die Augen seiner Großmutter langsam schlechter wurden, war ihr Gehör hervorragend.

Ein im Nebenzimmer spielendes Radio würde sie sicher nicht glücklich machen und schlafende Drachen sollte man nicht wecken.

Eine drückende Stille senkte sich über das Haus. Nur gelegentlich hörte er ein leises Schnarchen aus dem Zimmer seiner Großmutter oder ein Knacken in den alten Balken des Hauses. Kein Wunder, dass sich die Menschen früher Schauergeschichten ausgedacht haben, dachte er. Zum Glück glaubte er nicht an Gespenster. Darren lauschte noch eine Weile auf ein seltsam quietschendes Geräusch. Es klang wie Fingernägel, die über eine Tafel kratzten. Doch vermutlich war es nicht mehr als ein Zweig, der vom nächtlichen Wind gegen das Fenster gedrückt wurde.

Als er es nicht mehr ertrug, kramte er ein Paar Kopfhörer hervor und lümmelte sich mit seinem Handy in der Hand auf die Couch. Er war froh, dass Baudrons neben ihm lag. Solange der Kater sich nicht rührte, war sicher alles in Ordnung.

Eine halbe Stunde später packte Darren das Handy weg und holte sich das Bettzeug aus dem Schrank. Eine bequeme Schlafposition zu finden, erwies sich als schwierig, denn Baudrons bestand darauf, ebenfalls auf dem Sofa zu schlafen.

Schließlich drehte Darren sich auf den Rücken. Mit der Armlehne des Sofas im Nacken und dem Kater auf dem Bauch wartete er darauf, einzuschlafen. Hier auf dem Land war es immer viel zu still. Darren fragte sich, wie Oma Erica ohne den beruhigenden Verkehrslärm der Stadt nur einschlafen konnte.

Doch der Tag war lang und anstrengend gewesen. Bald fielen ihm die Augen zu und unter dem Schnurren des Katers dämmerte er weg.

Als er einige Zeit später aufwachte, war es vollkommen still. Ihn fröstelte, doch es gelang ihm nicht, sich fester in seine Decke zu wickeln. Ganz langsam beschlich ihn das seltsame Gefühl, in dem dunklen Zimmer nicht mehr allein zu sein. Er öffnete mühsam die Augen und hob den Kopf ein wenig. In dem Lehnstuhl, den Oma Erica zuvor für ihr Dudelsackkonzert genutzt hatte, saß sein Großvater. Erleichtert, dass es kein Fremder war, der hereingekommen war, ließ er den Kopf etwas zurücksinken. Dennoch, irgendetwas beunruhigte Darren an der Gegenwart seines Opas. Nur sein müdes Hirn konnte nicht genau fassen, was es war. Es lag nicht daran, dass der alte Mann ihn beobachtete. Jedenfalls nicht nur.

Obwohl es in der Stube finsterer war als der Humor eines Friedhofswärters, war die Gestalt im Sessel problemlos zu erkennen. Opa Alan trug einen alten Aran-Pullover und eine abgenutzte Arbeitshose. Er sah genauso aus, wie Darren ihn in Erinnerung hatte, obwohl es fast fünfzehn Jahre her sein musste, dass er ihn das letzte Mal gesehen hatte. Als Junge hatte Darren sehr an dem alten Mann gehangen. An seinem Großvater, dem Fischer. Der immer noch regelmäßig rausfuhr, obwohl er längst über sechzig war. – Bis er eines Tages nicht mehr wiederkam.

„Was machst du hier?“, fragte Darren und rieb sich die müden Augen.

Opa Alan lächelte, so dass man in der Dunkelheit seine weißen Zähne leuchten sah. „Ich wohne hier.“

Darren nickte dumpf und schloss die Augen. Als er fast wieder eingeschlafen war, fiel ihm plötzlich auf, dass die Antwort seines Großvaters keinen Sinn ergab. Er riss die Augen auf, aber sein Großvater saß noch immer in dem Sessel und lächelte ihn an.

„Bist du nicht tot?“, fragte Darren. Er fragte sich, ob es unhöflich war, seinen Großvater auf diesen Umstand hinzuweisen.

Opa Alan schien sich nicht daran zu stören. „Aye. Aber ich wollte mit dir reden.“

„Aha.“ Noch immer fiel es Darren schwer, sich richtig zu konzentrieren. Er war so müde, dass er kaum die Augen offenhalten konnte. Und jede seiner Bewegungen, jedes Drehen seines Kopfes oder Heben seines Armes war mühsam, so als wäre er unter Wasser oder eher in einem Aquarium voller Sirup. Erschöpft schloss er die Augen.

„Ist es so besser?“

Opa Alans Stimme brachte Darren dazu die Augen wieder aufzumachen. Sie saßen auf einmal nebeneinander auf einer kleinen Sanddüne am Meer. Die Sonne schien und ein paar Möwen und andere Seevögel schrien im Wind. Mit einem Klatschen tauchte ein Tölpel nicht weit von ihnen ins Wasser. Ihre Körperform erlaubte diesen Vögeln mit bis zu hundert Stundenkilometern auf der Wasseroberfläche einzuschlagen und tiefer und weiter zu tauchen als jeder andere flugfähige Vogel, erinnerte sich Darren. Sein Opa hatte ihm das irgendwann erzählt. Sie hatten einen toten Tölpel am Strand gefunden und seine Größe und der spitze Schnabel hatten den kleinen Darren damals unheimlich beeindruckt.

Verwirrt blinzelte Darren ins grelle Tageslicht. „Wie hast du das gemacht? Wie kommen wir hierher? Ist das ein Traum?"

„Aye." Der alte Mann neben ihm gab ein glucksendes Lachen von sich. „Natürlich ist es ein Traum. Oder dachtest du, ich erschrecke dich gleich an deinem ersten Abend mit einer richtigen Geistererscheinung?"

„Nun, ich ... ich glaube eigentlich nicht an Geister."

„Ich weiß. Erica hat es mir erzählt. Deshalb hielt ich es auch für Energieverschwendung, mich im Haus deiner Großmutter zu manifestieren."

„Bist du wirklich ein Geist?"

„Ja."

„Irgendwie glaube ich das nicht. Ich denke, du bist ein Traum, den ich habe, weil Oma Erica von dir gesprochen hat."

„Das wäre natürlich möglich", gab der Alte zu. „Aber ich weiß auch, dass du ein bisschen bedauerst, nicht an Geister zu glauben. Was sagst du dazu?"

„Natürlich weißt du das. Du bist ja ein Produkt meiner Fantasie."

Opa Alan kratzte sich am stoppeligen Kinn. An das seltsame Geräusch wie von Oma Ericas Scheuerbürste konnte sich Darren noch erinnern.

„Hm", machte er. „Mir scheint, ich muss mir noch etwas Besseres überlegen, um dich zu überzeugen. Aber du könntest auch versuchen, dich damit abzufinden, dass du meine Gabe geerbt hast."

„Welche Gabe?"

„Meine Gabe Geister zu sehen."

Darren starrte ihn ungläubig an. Dann schüttelte er den Kopf und zuckte mit den Schultern. „Es tut mir leid. Aber daran glaube ich einfach nicht.“

„Wir werden sehen“, murmelte der alte Mann.

Gemeinsam blickten sie hinaus aufs Meer und Darren ließ seine Gedanken treiben.

Als er das nächste Mal aufwachte, wusste Darren, dass es diesmal kein Traum sein konnte. Sein Nacken schmerzte, weil ihm die Armlehne des Sofas hineindrückte, und der Arm, der unter der Decke hervorragte, war eiskalt. Als er die Augen öffnete, blickte er geradewegs in die leuchtenden Pupillen von Baudrons, der sich wenige Zentimeter vor seinem Gesicht auf der Sofalehne niedergelassen hatte und ihn nachdenklich studierte. Irritiert schnaufte Darren, doch der Kater blieb unbeeindruckt vor ihm sitzen. Kurz überlegte er, ob er das Vieh von der Lehne schubsen sollte, doch dann zog er sich nur die Decke hoch über die Schulter und drehte sich auf die andere Seite. Beim Umdrehen warf er einen kurzen Blick auf den Orkney-Sessel. Obwohl es noch immer ziemlich dunkel im Zimmer war, sah er, dass der Platz neben dem Ofen leer war. Opa Alan war nirgendwo zu sehen. Erleichtert schloss Darren die Augen und war im nächsten Moment schon eingeschlafen.

Er erwachte, weil er hörte, wie sich jemand am Ofen zu schaffen machte. Der Schürhaken schepperte gegen den Ofenrost und kurz darauf wurde die quietschende Ofentür bewegt. Als er mühsam die Augen öffnete, graute draußen vor dem Fenster gerade erst der Morgen.

„Guten Morgen, mein Junge. Ich dachte gar nicht, dass du schon so früh wach bist“, flötete Oma Erica.

Als Darren die gut gelaunte Stimme seiner Großmutter hörte, zog er sich das Kissen über den Kopf. Es war definitiv noch viel zu früh für so gute Laune. Ein Blick auf die Uhr bestätigte seinen Verdacht: Es war gerade erst halb sieben.

Eine Stunde später schleppte Darren sich durch die Hintertür des Cottages ins Badezimmer. Da das Häuschen seiner Großmutter so klein war, befand es sich in einem Anbau, der nur von außen zugänglich war. Zum Glück lag der Eingang so, dass man ihn von der Straße oder den Nachbarhäusern nicht sehen konnte. So konnte sich Darren auch in Unterhosen und mit vom Schlafen zerzaustem Haar vor die Hintertür wagen.

Etwas später saß er frisch geduscht mit seiner Großmutter am Frühstückstisch. Argwöhnisch schnupperte er an der Tasse, die ihm Oma Erica vor die Nase gestellt hatte. Tee schien es nicht zu sein.

„Was ist das?“

Seine Großmutter hob überrascht die Brauen. „Kaffee. Oder magst du lieber einen Tee? Ich habe auch Kräutertee, falls du etwas ohne Koffein möchtest.“

Er starrte sie fassungslos an. „Also das will ich ganz sicher nicht!“

Vorsichtig nippte Darren an dem *Kaffee*. Jetzt, wo er wusste, was es sein sollte, schmeckte er es auch. Ein bisschen zumindest. Wenig Kaffeepulver dafür extraviel Milch. So hatte seine Großmutter ihren Kaffee schon immer zubereitet. Für den morgendlichen Koffeinschub war Omas starker Schwarztee eindeutig besser geeignet.

„Danke“, brummte er. Er nahm sich vor, ab morgen seinen Kaffee selbst zu bereiten. Ob er in Oban eine Espressomaschine besorgen konnte?

Während er langsam an seinem Toast kaute, überlegte Darren, ob er erwähnen sollte, dass ihm sein Großvater im Traum erschienen war. Doch dann entschied er sich dagegen. Seine Großmutter würde sich nur in ihrem Geisterglauben bestätigt sehen. Etwas, das er auf keinen Fall wollte. Außerdem steckte sicher nicht mehr dahinter, als dass er im Traum seine Erinnerungen und die Erlebnisse des Tages verarbeitet hatte.

„Schmollst du?“ Oma Erica musterte ihren Enkel interessiert.

Verwirrt schaute Darren zu seiner Großmutter, die mit der Teekanne in der Hand neben ihm stand. „Was? Nein! Wieso auch?“

Oma Erica zog skeptisch eine Braue nach oben. „Ich habe dir eben erzählt, dass heute Nachmittag Norma und Janet vorbeikommen. Und dass es schön wäre, wenn du für uns ein paar Scones besorgen würdest.“

„Kein Problem.“ Abwesend rührte Darren in seinem Kaffee.

Erica stellte den Teepott auf den Tisch und setzte sich Darren gegenüber. „Du hast doch was. Wenn alles in Ordnung wäre, hättest du jetzt längst irgendeine Ausrede parat, warum du heute Nachmittag nicht hier sein kannst.“

Es stimmte. Darren kannte Großmutters Freundinnen Norma Widdicombe und Janet Fooks schon sein ganzes Leben lang. Die beiden saßen so oft mit seiner Oma am Küchentisch und tratschten, dass man die drei für einen Hexenzirkel halten konnte. Normas kehliges

Hexenlachen verstärkte diesen Eindruck noch. Fingen sie einmal an, sich über ihre Nachbarn und Freunde lustig zu machen, waren sie für einen Außenstehenden kaum zu ertragen.

„Also? Was ist mit dir los?“

Darren seufzte. „Gar nichts. Ich bin nur müde. – Außerdem habe ich meinen Job verloren, mein Kumpel Tarus schmeißt mich aus seiner Wohnung und statt mich um Ersatz zu kümmern, bin ich hier.“

Seine Großmutter runzelte die Stirn. „Wenn du lieber wieder fahren willst, nur zu. Ich komm schon klar.“

„So war das nicht gemeint. Ich bin ja gern für dich da.“ Überrascht stellte er fest, dass es stimmte. Er mochte seine Großmutter, denn sie war die einzige, die ihn immer unterstützt hatte. Trotzdem: „Ich weiß nur gerade nicht, wie es anschließend weitergehen soll.“

„Verstehe. Warum erzählst du mir nicht erstmal, was passiert ist.“

„Eigentlich nicht viel. Es kommt nur mal wieder alles auf einmal. Dabei habe ich überhaupt nichts getan. Außerdem war es total unfair von Paul.“

Als Darren mit seiner Geschichte fertig war, betrachtete Erica ihren Enkel nachdenklich. „Das war ja nicht das erste Mal, dass jemand dich rausgeworfen hat. Da war doch auch die Esoterikbuchhandlung, dein Professor bei den Paranormalen Studien und ein paar andere Fälle. Was glaubst du, woran es liegt, dass du jedes Mal Streit anfängst und keinen Job behalten kannst?“

„Also ich bin sicher nicht schuld! Was kann ich dafür, dass ich überall mit Betrügern und Trotteln zu tun habe? Neulich erst wieder. Obwohl bisher noch keine paranormale Erscheinung einer wissenschaftlichen Untersuchung standgehalten hat, kommt so ein schräger Typ zu mir und verkündet mit unheilschwangerer Stimme ‚*Ich sehe tote Menschen.*'" Nach diesem Satz, den er selbst mit tiefer unheimlicher Stimme ausgesprochen hatte, schaute er grinsend zu Oma Erica.

Seine Großmutter blickte ihn verständnislos an.

Ungeduldig bewegte er die Hände. „Ach komm schon, Oma. Den Film kennst du doch sicher."

Sie zuckte mit den Schultern. „Spielt Sean Connery mit?"

Darren seufzte. „Vergiss es einfach. – Der Typ wollte mir jedenfalls einreden, er sei ein Medium. Er wollte, dass ich seine Dienste unseren Kunden anpreisen. Und als Beweis für seine Künste wollte er mir Botschaften von meiner toten Großmutter überbringen. Für wie leichtgläubig hält der mich?"

Oma Erica grinste ungläubig. „Aber Alison Kinsley lebt doch noch, oder nicht?"

„Genau das meine ich. Meinen beiden Großmüttern geht es hervorragend. Und warum soll ich dann solchen Bauernfängern gegenüber höflich bleiben?"

„Weil es zu deiner Arbeit gehört? Oder weil dein Chef möglicherweise anderer Meinung ist, als du?"

Darren starrte sie an. „Aber der Kerl war ein Schwindler!"

„Na gut. Trotzdem kommst du mir wie jemand vor, der beim Licht eines brennenden Streichholzes in der Feuerwerksfabrik nach dem Lichtschalter sucht. Warum musstest du in einer Esoterikbuchhandlung arbeiten, wenn du das für Blödsinn hältst? Warum Geistertouren veranstalten, wenn du selbst nicht daran glaubst?“

Darren zuckte mit den Schultern. „Seltsame Phänomene interessieren mich eben. Es ist ja nicht meine Schuld, dass bisher noch keiner die Existenz echter Geister beweisen konnte. – Aber vielleicht hast du Recht. Ich sollte vermutlich einmal etwas völlig anderes machen.“

„Woran hast du dabei gedacht?“

„Ist mir gleich. So lange es bezahlt wird, mache ich alles. Ich kann schließlich nicht ewig auf deiner Couch übernachten.“

Oma Erica nickte. „Wenn du möchtest, kann ich mich ja hier in der Gegend ein wenig für dich umhören. Vielleicht braucht jemand in Oban einen Poolboy oder einen Schlange-Steher. – Aber wenn ich dir helfen soll, reißt du dich jetzt zusammen und hörst endlich auf, nur betrübt in deiner Tasse rumzurühren. Das geklimper geht mir auf die Nerven. Und du kümmerst dich um die Scones für heute Nachmittag. Und wenn du schon in Oban bist, schau bitte auch gleich bei *Argyll Herbs and Teas* vorbei. Bring mir ein Päckchen von deren wundervollem Abendtee mit.“

KAPITEL 6

Schon wenige Tage später hatte Oma Erica einen Job für ihn gefunden. Ihre Freundin Norma hatte eine Nichte, die auf der Suche nach einer Hilfskraft war. Das Vorstellungsgespräch – oder eigentlich nur das Kennenlernen – sollte formlos im Haus von Oma Erica stattfinden. Man war schließlich unter Freunden.

„Du bist also Darren."

Auf Wunsch seiner Großmutter hatte er heute statt des üblichen schwarzen T-Shirts ein Hemd an. Seine kurzen rotbraunen Haare, die er sonst am liebsten kunstvoll zerzaust trug, waren ordentlich gekämmt, wie bei einem Erstklässler am ersten Schultag. Vielleicht kam er sich deswegen unter Libby Whatmoughs kritischem Blick vor, wie ein Stück Vieh auf einer Auktion. Sonderlich begeistert sah die Immobilienmaklerin nicht aus. Vielleicht lag es daran, dass Darren eher schmal gebaut und sein Gesicht ein wenig blass war. Er passte nicht zu ihrer Vorstellung von einem kräftig gebauten Handwerker. Laut ihrer Tante war Libby auf der Suche nach einer Art Hausmeister-Putzfee. Nach jemandem, der die Häuser, die sie verkaufte, reinigte und einigermaßen fit für Besucher machte.

„Welche Erfahrung hast du denn?"

Bevor er auch nur den Mund öffnen konnte, sprang seine Großmutter ein.

„Darren kann alles: putzen, reparieren und Gartenarbeit. Ich habe selbst dafür gesorgt, dass er es ordentlich macht. Außerdem ist er ein heller Kopf. Ich bin mir sicher, er wird seine Sache gut machen."

Libby nickte. Offenbar hatte ihre Tante Norma ihr bereits Ähnliches erzählt.

„Und du bist dir sicher, dass der Job etwas für dich ist? Die meisten meiner anderen Saisonkräfte sind Ausländer. Die scheuen sich nicht vor harter Arbeit. Sind nur manchmal ein bisschen abergläubisch."

Sie blickte skeptisch auf seine Hände, die weder schmutzig noch besonders kräftig aussahen.

„Es ist ja erstmal nur für die eine Saison", warf Oma Erica hastig ein. „Bis ich wieder auf den Beinen bin."

Libby nickte, blickte aber weiter zu Darren.

Schließlich sah der sich genötigt, auch etwas zu sagen. Er zuckte mit den Schultern. „Ich krieg das schon hin."

Libby nickte. Ohne besondere Begeisterung verkündete sie: „In Ordnung. Wir können es ja mal versuchen. Hast du ein Auto?"

„Er kann meins haben. Wenigstens so lange, bis ich wieder selbst fahren kann. Deshalb ist es auch wichtig, dass er seine Arbeitszeiten einteilen kann. Er muss mich nämlich zum Arzt bringen und auch sonst erledigen, was so anfällt."

Die Immobilienmaklerin seufzte. „In Ordnung. Bezahlt wird pro Auftrag und du kannst morgen anfangen."

Sie kritzelte eine Adresse auf einen Zettel und schob ihn über den Tisch. „Morgen um neun. Sei pünktlich. Deinen Vertrag kannst du übermorgen bei mir im Büro abholen."

Als sie gegangen war, blickte Darren seine Großmutter vorwurfsvoll an.

„Ich bin kein Kind. Du hättest mich ruhig selbst zu Wort kommen lassen können. Außerdem habe ich keine Lust als Putze zu arbeiten.“

„Sei nicht albern. Sie ist eine der erfolgreichsten Maklerinnen der Gegend. Sie zahlt ordentlich und du kannst deine Zeit frei einteilen. Und wenn Norma ihre Nichte nicht von deinen Qualitäten überzeugt hätte, hättest du bei ihr nicht einmal ein Vorstellungsgespräch bekommen. “

Darren brummelte. „Ich hätte mir lieber selbst was gesucht. Als Barmann im *Markie Dans* oder so.“

Das *Markie Dans* war ein gemütliches Pub im Zentrum von Oban. Wenn er in Ganavan war, versuchte er immer wenigstens einen Abend dort zu verbringen. Es gab regelmäßig Live Musik, das Essen war gut und unter der Kundschaft gab es viele Backpackerinnen, die auf ihrer Reise durch Schottland in Oban einen Zwischenstopp eingelegt hatten. Sie freuten sich immer, neue Bekanntschaften zu machen, vor allem mit Einheimischen. Dass er meistens in Edinburgh wohnte, mussten sie ja nicht wissen.

Oma Erica nickte. „Das kann ich mir vorstellen. Und du glaubst, die haben dort nur auf dich gewartet?“

Darren zuckte mit den Schultern. „Wahrscheinlich nicht“, gab er zu. „Aber ich hätte ja auch bei Costa anfangen können oder im *Café Shore*.“ Das hätte zumindest den Vorteil, dass er sich keine Sorgen um seine Kaffeeversorgung mehr machen musste.

„Und wann hättest du dann Zeit für mich?“, fragte seine Großmutter.

„Vorher natürlich. Oder hinterher.“ Darren seufzte. „Ist ja gut. Du hast sicher wie immer recht. So ist es vernünftiger.“

Er stellte sich vor, wie sein Freund Tarus bei der Vorstellung lachen würde, dass ausgerechnet Darren als Putzkraft arbeitete. Dass Hausarbeit nicht unbedingt zu seinen Lieblingsbeschäftigungen gehörte, hatte Tarus nach Darrens Einzug schnell herausgefunden. Zum Glück hatte er genug Geld, um sich eine Haushaltshilfe zu leisten, die einmal in der Woche die gemeinsam genutzten Räume putzte. Nur ihr war es zu verdanken, dass die Stapel an schmutzigem Geschirr und alten Essensverpackungen, die Darren jede Woche ansammelte, bisher kein neues Leben hervorgebracht hatten. Ob Tarus oder die Putzfrau an seiner Zimmertür das Biohazard-Schild angebracht hatte, wusste er nicht. Er konnte jedoch nicht bestreiten, dass es hin und wieder zu Recht dort hing.

KAPITEL 7

Als er am nächsten Morgen mit dem kleinen roten Vauxhall Meriva seiner Großmutter an der von Libby angegebenen Adresse ankam, staunte er nicht schlecht. Das Haus war eine eindrucksvolle Viktorianische Villa. Das alte Steinhaus war von einem großzügigen Garten umgeben und von der der Terrasse aus hatte man einen herrlichen Blick über Oban und den Sound of Mull.

„Unglaublich, nicht wahr?"

Überrascht fuhr Darren herum. Er hatte sie nicht kommen gehört, aber auf einmal stand eine Frau hinter ihm auf der Terrasse. Sie war groß, schlank und sah umwerfend aus. Darren klappte die Kinnlade runter. Konnte das wirklich das Victoria's-Secret-Model Sandra Kubicka sein, die hier gerade vor ihm stand? In jedem Fall sah die blonde Prinzessin aus, als könnte sie die Zwillingsschwester des polnischen Supermodels sein.

Sie grinste und zog spöttisch fragend eine ihrer perfekt geformten Augenbrauen nach oben. „Genug gegafft?"

Darren klappte den Mund zu „Ähm, ja. Tut mir leid. Ich dachte, hier ist sonst keiner."

Sie schaute ihn abwartend an. Nach ein paar peinlichen Sekunden meldete sich Darrens Hirn zurück.

„Ich bin Darren, Darren Bagshaw. Libby, ich meine Ms Whatmough, hat mich geschickt. Wegen des Gartens, glaube ich. Aber wenn ich sonst irgendetwas für Sie tun kann ...?"

Die grauen Augen der Schönheit funkelten amüsiert.

„Das trifft sich gut. Ich hätte durchaus etwas, bei dem ich ein wenig Hilfe gebrauchen könnte, Darren.“

Die verheißungsvolle Art, mit der sie seinen Namen aussprach, ließ ihm die Knie weich werden. „Natürlich.“

Sie führte ihn um das Haus herum, zurück zur Auffahrt. Dort stand inzwischen ein blauer Ford Ka hinter Großmutters Meriva. Sie öffnete den Kofferraum ihres Autos.

„Los. Hilf mir mal.“

In rasche Folge räumte sie einen Eimer voll Putzutensilien, einen Mopp und ein paar Gummihandschuhe aus dem Wagen. „Du kannst den Staubsauger nehmen“, wies sie ihn an.

Sprachlos starrte Darren auf den Mopp. „Sie sind gar nicht die Eigentümerin?“

Sie lachte. „Leider nein. Ich bin Margorzata Kozubowska. Ich arbeite auch für Libby. Ich soll dir hier alles zeigen.“ Sie hielt ihm die Hand hin.

Benommen ergriff er sie. Unter ihrem kräftigen Händedruck hätte er um ein Haar laut aufgeschrien. Stattdessen keuchte er durch seine zusammengebissenen Zähne: „Freut mich, dich kennenzulernen, Margoz...“

„Mar-gor-za-ta“, wiederholte sie langsam. „Aber du kannst mich Maggie nennen.“

„Maggie“, echote Darren und rieb sich unauffällig die schmerzende Hand.

Die praktischen flachen Schuhe, die blauen Jeans und das T-Shirt wirkten noch immer wie ein Understatement an ihrem hinreißenden Körper. Aber zumindest ergaben sie nun einen Sinn.

Noch ein wenig benommen folgte Darren ihr ins Innere der Villa. Er fragte sich, warum er enttäuscht war. Er hatte doch nicht wirklich erwartet, hier auf ein Supermodel zu treffen. Und als seine Kollegin – hatte er vielleicht sogar eine Chance bei ihr.

Während Maggie eine Schürze aus dem Putzeimer zog und sich rasch die langen blonden Haare hochsteckte, schaute sich Darren staunend in den großen, leeren Räumen des Erdgeschosses um. Nur der Eingang hatte einen Boden aus Steinfliesen. Im Rest des Hauses war glänzendes, teuer aussehendes Hartholzparkett verlegt. Die Wände waren in geschmackvollen Pastelltönen gestrichen, der Kamin, die stuckverzierten Decken und das Geländer der Treppe in den oberen Stock waren weiß.

„Was gibt es denn hier drin zu tun?", wunderte sich Darren. „Es ist doch alles blitzsauber."

Maggie lachte. „Für ein normales Reihenhaus mag das stimmen. Aber leider nicht für die Kunden, die sich so ein Haus leisten können. Da muss alles perfekt sein."

„Du meinst, mit Schokolade auf den Kopfkissen?"

„Fast."

„Und was soll ich tun?"

Maggie grinste. „Du hast doch gesagt, dass du den Garten übernimmst. Schon mal Rasenmähertraktor gefahren?"

In der nächsten Stunde war Darren damit beschäftigt, den Garten auf Vordermann zu bringen, während Maggie die Fenster im Erdgeschoss putzte. Leider ging es bei Darrens Arbeit nicht nur darum, auf dem Rasenmäher durch die Gegend zu düsen, sondern er musste auch Rasenkanten stutzen, Büsche in Form schneiden und das

Unkraut aus den Blumentöpfen zupfen. Immerhin war es um einiges besser, als Toiletten zu putzen oder was sonst im Inneren des Hauses anfallen mochte. Insbesondere, da das Wetter heute für einen Frühlingstag erstaunlich mild und die Arbeit im Freien dadurch angenehm war.

Aber immer, wenn Darren glaubte, fertig zu sein, gab ihm Maggie eine neue Aufgabe. Ihren Adleraugen entging nichts. Weder eine schlampig geschnittene Wegbegrenzung, noch der geschmacklose fette Engel, der wohl im letzten Winter von seinem Sockel gestürzt war. Als nach zwei Stunden endlich alles zu ihrer Zufriedenheit erledigt war, ließ sich Darren erschöpft auf die Stufen zur Eingangstür sinken.

„Pause gibt es erst später“, verkündete Maggie sofort. Sie hatte Putzeimer und Staubsauger wieder in ihrem Auto verstaut und zog gerade die Schürze aus. „Vor dem Mittagessen müssen wir noch die Ferienhäuser machen.“

Darren stöhnte. „Kennst du gar kein Mitleid?“

Maggie grinste spöttisch. Dann klimperte sie mit den Augen. „Du wirst doch nicht jetzt schon schlappmachen, mein starker junger Highlander?“, säuselte sie. „Ich bin zwar nur ein schwaches Weib, aber ich bin noch längst nicht müde.“

„Ich hasse dich“, murmelte Darren.

Als er sich mühsam wieder aufrappelte, warf Maggie ihm einen Luftkuss zu. „Wohlan junger Held. Schwing dich auf dein Ross und folge mir zu unserer nächsten Queste.“

Zehn Minuten später hatten sie ihren nächsten Arbeitsplatz erreicht. Nach der Viktorianischen Villa war Darren enttäuscht. Die beiden nebeneinanderliegenden

Ferienhäuser hatten zwar ebenfalls einen netten Blick aufs Meer, waren aber so winzig, dass sie nicht mehr als ein Wohnzimmer und ein einzelnes Schlafzimmer enthalten konnten. Immerhin gab es dadurch weniger zu putzen.

Maggie gab ihm einen Schlüssel und deutete auf das Linke der beiden Holzhäuschen. „Du nimmst das, ich das andere. In einer Stunde sind wir durch und machen Mittagspause."

Darren zögerte. „Brauche ich keine Putzsachen?"

Maggie schüttelte den Kopf. „Findest du alles in der Küche."

Dann fiel ihr noch etwas ein. Rasch beugte sie sich in ihr Auto und tauchte wenige Augenblicke später mit einem Blatt Papier wieder auf, dass sie ihm in die Hand drückte. „Hier steht alles drauf, was du tun musst."

Fassungslos starrte Darren auf die Liste, die eine ganze Seite füllte. „Wie soll ich das in nur einer Stunde schaffen?", beklagte er sich.

Maggie zuckte gleichgültig mit den Schultern und zog ihre Schürze über. Noch ehe Darren seine Liste zu Ende gelesen hatte, war sie schon im Inneren ihres Ferienhauses verschwunden. Darren seufzte.

Eine Dreiviertelstunde später verkündete seine Kollegin, mit ihrer Arbeit fertig zu sein. Doch statt ihm zu helfen, nahm sie sich einen Liegestuhl aus einer Truhe, die auf der Terrasse stand, und legte sich in die Sonne.

„Deine Arbeit, deine Kohle", antwortete sie, als Darren sich darüber beklagte. Dagegen konnte Darren nicht viel sagen. Besonders, da sie ihm beim letzten Auftrag den Spaß mit dem Rasenmähertraktor überlassen hatte.

Gut eineinhalb Stunden später hatte er sein eigenes Objekt in einen Zustand gebracht, den Maggie für gerade noch akzeptabel hielt. Schmutzige Bettwäsche und Handtücher waren auf dem Rücksitz von ihrem Ford Ka gelandet und nachdem er das Wohnzimmer zum dritten Mal gesaugt hatte, war sie auch damit zufrieden.

Ihr Mittagessen besorgten sie sich an einem kleinen Imbiss unweit der beiden Ferienhäuser. Dann fuhren sie zu einem Aussichtspunkt in der Nähe.

„Wie hast du das gemacht?" fragte Darren, nachdem er sein Sandwich ausgepackt hatte.

„Was?"

„Das mit dem Ferienhaus. Dass du so schnell fertig warst."

„Ich bin eben gut", verkündete Maggie selbstbewusst und biss in ihr Krabbensandwich.

Darren blickte sie zweifelnd an.

„Glaubst du mir etwa nicht?", fragte sie herausfordernd.

„Doch. Auf jeden Fall. – Und sonst steckt nichts dahinter? Kein Trick, den du mir verraten könntest? Ich hab keine Lust, jedes Mal die doppelte Zeit zu brauchen. Wenn du mir hilfst, geb ich dir auch meinen Muffin."

Sie beäugte den Schokoladenmuffin in seiner Hand skeptisch.

„Dafür soll ich dir mein Geheimnis verraten?"

„Also gut. Ich zahle den Rest der Woche dein Mittagessen. Mit Nachtisch. Auch, wenn ich bezweifele, dass so viel Süßes gut für dich ist."

Maggie grinste und fuhr sich mit der Hand über ihren flachen Bauch. „Keine Sorge. Ich kann essen, was ich will. Gute Gene, weißt du?“

Darren nickte verträumt, seine Augen gebannt auf ihren wohl geformten Körper gerichtet.

„Hey!“ Maggies Faust gegen seinen Oberarm brachte ihn zurück in die Gegenwart.

„Entschuldige. Du wolltest mir dein Geheimnis verraten.“

Maggie schnappte sich den Muffin und biss hinein.

„Also gut. Im Grunde ist es ganz einfach. Diese Liste, die ich dir gegeben habe. Du musst nicht immer alles tun, was darauf steht.“

Darren runzelte die Stirn. „Das habe ich ja versucht. Aber du hast mich immer wieder zurückgeschickt.“

„Weil du es falsch gemacht hast. Du darfst was weglassen. Nur nicht so, dass es jemand merkt, und du solltest nie zweimal die gleiche Abkürzung nehmen.“

„Also wenn ich diesmal den Flur nicht sauge, muss ich es beim nächsten Mal tun?“

Maggie schüttelte den Kopf. „Nein. Der ist voller dreckiger Fußspuren. Wenn die hinterher noch da sind, merkt es Libby sofort. Aber falls du keine Zeit hast, die Möbel gründlich zu polieren, dann fahr nur kurz mit dem Staubwedel drüber und sprüh etwas Möbelpolitur in den Raum. Du darfst es nur beim nächsten Mal nicht vergessen.“

„Du sorgst also nur dafür, dass es aussieht, als sei gerade geputzt worden?“

Maggie grinste. „Genau. Wobei ich natürlich wirklich putze. Nur eben nicht immer alles.“

Darren nickte nachdenklich. „Das klingt überzeugend."

„Und deine Abkürzungen vorhin waren einfach zu offensichtlich. Deshalb habe ich dich nochmal rein geschickt."

„Wie lange machst du das schon?", fragte Darren.

„Meinst du bei Ms Whatmough oder hier in England?"

„Schottland!", korrigierte Darren automatisch.

Maggie rollte mit den Augen. „Schottland, England, für mich ist alles gleich."

Darren seufzte resigniert. Vermutlich ging es vielen Ausländern so wie Maggie. Trotzdem war es kein Grund, sich als Engländer beschimpfen zu lassen. „Wir sind doch viel besser als die. Deshalb kommen ja auch so viele Touristen nach Schottland."

Maggie lachte. „Die kommen, weil sie mal einen schönen, starken Highlander sehen wollen. Und wenn du mich fragst, werden die meisten ziemlich enttäuscht. Ich meine, schau dich an."

„Hey!"

„Was denn? Du musst zugeben, als Highlander würdest du nicht viel hermachen. Und ich habe ja auch nicht gesagt, dass du aussiehst, wie Quasimodo." Sie grinste.

Darren zog einen Flunsch. Dabei hatte sie natürlich recht, sein Charme lag woanders. Aber ehe ihm die hinreißende Maggie jetzt gleich eine Abfuhr erteilte, brachte er das Gespräch lieber wieder auf seine letzte Frage zurück. „Du wolltest mir sagen, wie lange du schon hier arbeitest?"

Maggie überlegte. „In Schottland jetzt vier Jahre. Bei Libby bin ich die dritte Saison."

„Und warum bist du nicht daheim, verheiratet und mit drei reizenden Kindern?"

„Hier gibt es mehr Geld. Und wer weiß, vielleicht heiratet mich ja irgendwann einer von den reichen alten Knackern, an die Ms Whatmough die großen Häuser verkauft. – Das wäre auf jeden Fall mein Ziel. Und deshalb darfst du zwar von mir aus gern ein bisschen sabbern, aber leider bist du zu arm für mich." Sie zwinkerte.

„Nicht zu jung?", fragte er grinsend.

„Hey! Was glaubst du eigentlich, wie alt ich bin?"

„Achtzehn. Neunzehn höchstens", verkündete er mit ernster Miene. „Und ich meinte natürlich nur, um mich anschließend zu beerben. Wozu sonst will eine hübsche junge Frau wie du einen reichen alten Knacker?"

Maggie grinste. „Gut gerettet. Auch, wenn es ein wenig dick aufgetragen war."

Darren zwinkerte.

„Und warum bist du hier?", fragte Maggie.

Er zuckte die Schultern. „Ich brauchte einen Job. Ich habe mich mit meinem letzten Boss gestritten und er hat mich rausgeworfen."

„Was hast du gemacht?"

„Geistertouren. Du weißt schon. Touristen durch angebliche Spukhäuser führen, Legenden über Poltergeister erzählen. Sowas eben."

Maggie nickte nachdenklich. „Ich habe auch schon ein paar Häuser erlebt, in denen es spukt. Muss ein ganz schön gruseliger Job sein, oder?"

Darren zuckte die Schultern. „Nicht besonders. Ist ja alles nur Show für die Touristen. Keine echten Spukerscheinungen."

„Also hast du noch nie einen richtigen Geist gesehen?"

„Natürlich nicht." Darren grinste. „Du etwa?"

„Nein. Den Geist selbst noch nicht. Nur, was er angestellt hat." Maggie schauderte.

„Und was hat er angestellt? Dir kalt in den Nacken gepustet? Im Keller mit den Ketten gerasselt?" Darren bemühte sich nicht einmal, seinen Spott zu verbergen.

„Nein. Nur schmutzige oder nasse Fußspuren hinterlassen, wo keiner war. Putzmittel versteckt. Solche Sachen eben."

„Also war es ein richtiger Poltergeist?"

„Schon möglich."

Darren schüttelte ungläubig grinsend den Kopf. „Bist du dir sicher, dass sich da nicht nur jemand einen Scherz mit dir erlaubt hat? Bisher hat nämlich noch keiner richtige Gespenster gesehen. Poltergeister gibt es nur im Kino."

„Das sagst du nur, weil du es nicht erlebt hast. Das, was ich gesehen habe, war auf gar keinen Fall ein Scherz!", erwiderte Maggie hitzig.

„Aber Geister existieren nicht. Hast du schonmal von Benjamin Radford gehört? Oder von James Randi?"

Sie schüttelte den Kopf.

„Das waren Wissenschaftler", erklärte Darren. „Die haben überall auf der Welt paranormale Erscheinungen untersucht. Und weißt du was? Keine davon war real."

„Aber der Geist in der alten Kirche *ist* echt. Auch, wenn du mich für übergeschnappt hältst. Ich weiß, was ich gespürt habe.“ Maggie verschränkte die Arme. Der Schokomuffin und die geteilten Geheimnisse waren vergessen.

Eine Weile hielt Darren ihrem wütenden Blick stand. Dann gab er sich geschlagen. „Wie du meinst.“

Das war zwar keine Entschuldigung, aber Maggie gab sich trotzdem damit zufrieden. Den Rest ihrer Mahlzeit verzehrten sie schweigend. Darren fragte sich müßig, ob es ihn stören würde, wenn seine Freundin an Poltergeister und Gespenster glauben würde. Nicht, wenn sie so eine Supermodelfigur wie Maggie hätte, entschied er.

Als sie fertig gegessen hatten, blickte Darren über das Meer und hinüber nach Kerrera. Es musste ewig her sein, dass er die Insel zuletzt besucht hatte. Nicht, dass es dort viel zu sehen gab, aber es wäre eine willkommene Alternative zum Putzen. Auf einmal wünschte er sich, den Rest des Nachmittags frei zu haben. Er könnte mit der Fähre nach Kerrera oder Mull übersetzen und ein wenig dort herumwandern. Oder er könnte einfach mit einer Dose Bier hier oben sitzen und über das Meer schauen.

Bald fing Maggie an, ihre Abfälle zusammenzusammeln. Zeit, aufzubrechen.

„Wohin müssen wir jetzt?“, fragte Darren lustlos.

Maggie antwortete nicht. Als Darren zu ihr aufschaute, funkelten ihre grauen Augen ihn herausfordernd an.

„Zum Spukhaus.“

Natürlich. Wohin auch sonst. Darren seufzte.

KAPITEL 8

Wenigstens sah das Haus angemessen seltsam aus. Obwohl es zu einem Wohnhaus umgebaut worden war, war sein ursprünglicher Zweck als Kirche noch deutlich erkennbar. Maggie erklärte, dass sich die Küche in der ehemaligen Sakristei befand. Das Kirchenschiff war durch Wände und Zwischenböden in kleinere Räume unterteilt worden. Die meisten Buntglasfenster waren durch moderne Doppelverglasung ersetzt, nur im Esszimmer gab es noch ein wunderschönes altes Kirchenfenster, das den Raum angeblich in ein unheimliches Licht tauchte.

„Und hier spukt es?“, fragte Darren, als sie das Haus durch das ehemalige Seitenportal betraten.

Maggie würdigte seine Frage keiner Antwort. Dabei hatte Darren nur wissen wollen, ob es Geschichten und Legenden zu dem alten Gebäude gab.

Im Inneren des Hauses sah überraschend wohnlich und modern aus. Helle Bodenbeläge und freundliche Holzmöbel verhinderten, dass die alte Kirche düster wirkte. Im Wohnzimmer standen mehrere gemütliche Sessel und ein großer ultramoderner Flachbildschirm. Das deckenhohe Bücherregal war gut bestückt, so als würde hier jemand wohnen, der gern las. Verwundert warf Darren einen Blick in die Küche. Auch die war vollständig eingerichtet bis hin zu einem stählernen Ungetüm, das er als Espressomaschine identifizierte.

„Es sieht überhaupt nicht gruselig aus“, stellte Darren fest. „Wenn man mal von der beängstigenden Menge Geld absieht, die irgendwer hier reingesteckt hat.“

Maggie verdrehte die Augen und seufzte. „Ich hätte es dir nicht erzählen sollen. Aber ich finde das Haus unheimlich. Und ich bin nicht die Einzige. Dreimal hat Ms Whatmough die alte Kirche schon verkauft. Immer sind die neuen Besitzer bald wieder ausgezogen. Jetzt vermietet sie es. Zumindest so lange, bis sich ein anderer Käufer findet.“

„Haben die Vorbesitzer etwas gesagt, warum sie hier nicht wohnen wollten?“, fragte Darren neugierig.

„Nichts Genaues. Nur, dass sie sich unwillkommen gefühlt haben. Dass Dinge verschwunden sind, meistens zu einem ungünstigen Zeitpunkt. Autoschlüssel, Socken, einzelne Schuhe. Solche Sachen. Natürlich haben sie nie behauptet, dass hier ein Geist umgeht. Eher ein verrückter Nachbar. Aber wenn es einen gibt oder gab, dann hat ihn noch keiner gesehen.“

„Deswegen glaubst du, dass es hier einen bösen Geist gibt?“ Darren grinste spöttisch.

Doch Maggie blieb ernst. „Ich weiß nicht. Schon möglich. Ich habe hier ein paar seltsame Sachen erlebt. Das könnte wirklich eine rastlose Seele gewesen sein. Aber vielleicht ist das Haus auch einfach verflucht.“

Darren schüttelte ungläubig den Kopf.

„Lach nicht! Sowas gibt es. Die Kirche ist uralt. Es wäre ein Wunder, wenn sich im Laufe der Jahrhunderte keine eigene Aura hier gebildet hätte.“

„Du meinst Moder und Verwesung?“ Darren grinste. „Ich bin sicher, es gibt für alles, was du oder andere sich hier eingebildet haben, eine einfache Erklärung. Menschen vergessen, was sie wo abgelegt haben. Außerdem zieht es in dem alten Gemäuer sicher wie Hechtsuppe. Und wer weiß, ob zwischen den oberen Balken nicht ein paar Fledermäuse leben.“

„Das ist es nicht. Es ist eine Präsenz. Und sie ist nicht freundlich.“ Maggie schauderte. Sie schien tatsächlich vollkommen davon überzeugt zu sein, dass es in diesem Haus spukte.

Darren blickte ihr nachdenklich in ihre großen Augen. Er hätte nie geglaubt, dass die selbstbewusste Traumfrau, die er heute Morgen kennengelernt hatte, so leichtgläubig sein konnte. Andererseits kannte er das von den Geistertouren. Es war immer wieder überraschend, wie nüchterne und eigentlich intelligente Menschen auf die billigsten Tricks hereinfielen.

Darren zuckte mit den Schultern. „Wie du meinst. Ich glaube jedenfalls nicht an Geister.“

„Dann macht es dir sicher nichts aus, das Obergeschoss zu übernehmen.“ Maggies Tonfall hatte etwas Seltsames.

„Natürlich nicht.“

Die oberen Räume waren genauso modern eingerichtet, wie das Erdgeschoss. Es gab vier unterschiedlich große Schlafzimmer, ein Badezimmer und einen Abstellraum. Bis auf den Flur und die Treppe war kein Raum sonderlich gruselig oder dunkel. Das größte Schlafzimmer verfügte über ein großzügiges Fenster, das jenseits des Spitzbogens der einst in die Apsis der Kirche geführt hatte, in die Außenwand gebrochen worden war. Die anderen Zimmer hatten Gaubenfenster. Sicher waren sie im Rahmen des Umbaus entstanden, denn Darren hatte noch nie ein Kirchendach mit Gauben gesehen. Von einer besonderen Aura oder einem bösartigen Geist spürte er nichts. Nur die Luft roch ein wenig abgestanden, was bei einem unbewohnten Haus allerdings kaum überraschend war.

Darren öffnete die Fenster und schüttelte in den Zimmern die Betten auf. Sie wirkten recht sauber, von dem kaum wahrnehmbaren Mief zu lange verschlossener Räume einmal abgesehen. Ein wenig Staubwischen, ein bisschen Möbelpolitur, das müsste doch ausreichen. Besonders nach den Tipps die Maggie ihm beim Mittagessen gegeben hatte.

Dann sah er den Boden. Schmutzige Fußabdrücke führten von der Treppe in jedes der vier Schlafzimmer. Nicht seine eigenen, wie Darren mit einiger Erleichterung feststellte. Trotzdem seufzte er. Das ganze obere Stockwerk war mit cremefarbenem Teppich ausgelegt. Vielleicht hatte sich Maggie ihre Spukgeschichte auch nur ausgedacht, um ihn dazu zu bringen, die mühsame Arbeit des Staubsaugens zu übernehmen. Obwohl er gestehen musste, dass sie dann eine hervorragende Schauspielerin war.

Darren holte das altertümliche Gerät aus der Abstellkammer im Erdgeschoss und machte sich an die Arbeit. Es war mühsam. Aber zumindest war der schwere Industriestaubsauger in der Lage, die erdigen Fußspuren restlos verschwinden zu lassen. Er war gerade mit dem großen Schlafzimmer fertig und hatte das nächste begonnen, als das Heulen des Staubsaugers auf einmal erstarb. Er warf der alten Maschine einen frustrierten

Blick zu. Dann betätigte er ein paar Mal den Einschalter. Ohne Erfolg. Schließlich gab er dem Gerät einen Tritt. Aber auch der blieb ohne erkennbare Wirkung. War der Staubsaugerbeutel voll? Oder gab es ein anderes Problem? Letztendlich warf er den Schlauch hin und trabte die Treppe hinunter auf der Suche nach Maggie.

Die putzte gerade voll Inbrunst die Edelstahlarmaturen in der Küche. Nachdem er ihr die Symptome beschrieben hatte, seufzte sie und begleitete ihn die Treppe hinauf. Oben angekommen blickte sie sich misstrauisch um. Aber was auch immer sie erwartet hatte, es war offenbar nicht da.

Gemeinsam beugten sie sich über den verstummten Staubsauger. Doch auch Maggie gelang es nicht, das widerspenstige Gerät zu starten. Eine kurze Überprüfung des Staubsaugerbeutels zeigte, dass der kaum halb voll war.

„Der hätte auch nicht solche Auswirkungen", behauptete sie.

„Was soll es denn sonst sein?"

Maggie zuckte mit den Schultern. „Das ist ein altes Gerät. Vielleicht ist es einfach kaputt gegangen. Oder es ist die Sicherung. Hier gibt es oft Probleme mit dem Strom."

„Soll ich mal nachschauen gehen?"

Maggie schaute ihn aus weit aufgerissenen Augen an. „Du willst mich hier oben doch nicht etwa allein lassen?"

Darren zuckte mit den Schultern. „Warum nicht? Du wirst doch nicht immer noch behaupten, dass es hier spukt."

Sie warf ihm einen finsteren Blick zu und verschränkte die Arme. „Glaub, was du willst. Aber ich bleibe hier oben nicht allein zurück."

Überrascht stellte Darren fest, dass sie Gänsehaut hatte. „Von mir aus. Also was schlägst du vor?"

Sie überlegte kurz. Dann trat sie zum Nachttisch und drückte testweise auf den Schalter der Lampe, die darauf stand. Das Licht flammte sofort auf.

„Die Sicherung war es offenbar nicht", entschied sie.

„Und nun?"

„Keine Ahnung. Ich gehe jedenfalls wieder in die Küche."

Eilig ging sie zur Treppe. Als sie an der Steckdose vorbei kam, in die das Stromkabel des Staubsaugers eingesteckt war, zögerte sie. Sie runzelte die Stirn und bückte sich. Einen Moment später heulte hinter Darren der Staubsauger auf.

Darren schaltete ihn aus und folgte Maggie zur Steckdose. „Wie hast du das gemacht?"

Sie blickte ihm geradewegs ins Gesicht. „Ich habe die Steckdose eingeschaltet."

„Aber ich bin sicher, ich hatte den Schalter gedrückt. Ich hab schließlich schon eine ganze Weile gearbeitet", protestierte Darren. Dann fixierte er sie mit einem vorwurfsvollen Blick. „Ich wette, du warst das."

Maggie schauderte und schüttelte den Kopf. „Warum sollte ich so etwas tun?"

„Ganz einfach. Weil ich dir deine Spukgeschichten nicht glaube. Und jetzt willst du mir einreden, dein böser Geist habe mir den Strom abgestellt." Bei den Worten

„böser Geist“ hob er die Hände, um Gänsefüßchen in die Luft zu malen.

Maggie starrte ihn böse an. Dann schüttelte sie wortlos den Kopf und floh nach unten.

Eine Weile stand Darren grübelnd neben der Steckdose. Warum war es Maggie so wichtig, dass er an ihre absurden Spukgeschichten glaubte? War es eine Art Einstandstest? Oder lag es daran, dass er ihr deutlich gesagt hatte, er glaube nicht an Geister? Mit ihrem kleinen Streich hatte sie ihn jedenfalls nicht überzeugt. Natürlich hatte sie ihm den Strom abgeschaltet.

Trotzdem bewunderte er ihre schauspielerische Leistung. In der Küche vorhin hätte er schwören können, sie habe sich in der letzten halben Stunde von dort nicht wegbewegt. Auch die Gänsehaut war ziemlich überzeugend gewesen.

So oder so. Er würde es ihr bei passender Gelegenheit heimzahlen. Nachdem er bei dieser Erkenntnis angelangt war, ging Darren, um mit dem Staubsaugen fortzufahren. Natürlich gab es keine weiteren Probleme.

Als Nächstes nahm sich Darren die Möbel vor. Er schnappte sich das Putzmittel und einen weichen Lappen aus dem Badschrank und machte sich an die Arbeit.

Das erste Stück war eine wunderschöne alte Kommode, die im großen Schlafzimmer stand. Er sprühte sie großzügig mit Möbelpolitur ein und fuhr dann mit dem Tuch über das Holz. Doch statt zu glänzen, wurde die Oberfläche matt. Und der Lappen, der eigentlich mit Leichtigkeit über das Möbelstück hätte fliegen sollen, klebte daran fest.

Stirnrunzelnd unterbrach Darren seine Arbeit und betastete verwundert die raue und klebrige Holzoberfläche. Doch noch ehe er sich die Sprühdose genauer anschauen konnte, wurde ihm klar, was passiert war. Der deutliche Geruch, der ihm in die Nase stieg, war nicht etwa Politur, sondern Haarlack.

Er warf den Putzlappen hin und untersuchte die Dose genauer. Da war es: Jemand hatte sorgfältig das gesamte Etikett überklebt, sodass es auf den ersten Blick aussah, als handele es sich um Möbelpolitur. Das konnte wirklich kein Zufall ein. Jemand hatte ihn absichtlich reingelegt.

„Maggie!"

Wütend und mit der gefälschten Dose Möbelpolitur in der Hand stampfte er die Treppe hinunter. Doch von seiner Kollegin war nichts zu sehen. Nicht im Flur und auch nicht in der Küche.

„MAGGIE, verflucht nochmal! Wo bist du?"

Eben wollte er es in einem der anderen Zimmer versuchen, da hörte er die Haustür. Kurz darauf sah er seine Kollegin, die offenbar von draußen kam.

„Maggie!"

„Brüll doch nicht so. Was gibt es denn?" Erwartungsvoll schaute sie ihn an.

„Du hast mir Haarlack untergeschoben!"

„Haarlack? Ich hab keine Ahnung, wovon du sprichst."

„Hier! Gib zu, dass du das warst!" Er hielt ihr die Dose vor das Gesicht.

Stirnrunzelnd nahm sie ihm die Sprühdose ab und betrachtete das halb abgelöste Etikett. Zur Sicherheit schnupperte sie auch daran. „Du hast Recht. Das ist Haarlack. Wo hast du das Zeug her?"

„Aus dem Badschrank natürlich, wo *du* es hingestellt hattest. Und ich habe die ganze Kommode mit dem Dreckszeug eingesprüht, ehe ich gemerkt habe, was es war."

„Im Ernst?" Maggie grinste. „Das muss eine ziemliche Sauerei gemacht haben."

„Hat es. Ich hoffe, du hast heute nichts mehr weiter vor, denn du wirst ordentlich zu tun haben, um das wieder sauber zu kriegen."

„Wie kommst du darauf, dass ich das mache?"

„Du hast mir das Mistzeug schließlich untergeschoben!"

„Habe ich nicht!"

„Doch das hast du. Und komm mir jetzt ja nicht mit deinem blöden Poltergeist. Die Geschichte kannst du deiner Großmutter erzählen!"

Maggie starrte ihn an. „Ich habe keine Ahnung, was du meinst. Aber ich habe auch keine Lust mehr, mich von dir anschreien zu lassen. Ich bin hier unten fertig. Der Schlüssel liegt in der Küche. Viel Spaß noch."

Damit drehte sie sich um und ging. Darren hörte die Eingangstür. Kurz darauf startete draußen ein Automotor. Hinter ihm gab es ein Geräusch, das beinahe wie ein Lachen klang. Darren fuhr herum. Natürlich war dort keiner.

Er blickte auf die Sprühdose mit dem Haarlack, die er noch immer in der Hand hielt. Als Nächstes fang ich an, Maggies haarsträubende Geschichten zu glauben, dachte er verärgert. Dabei war das Lachen sicher nicht mehr, als ein Gurgeln der Kaffeemaschine.

Er warf die Dose in den Müll und holte sich eine ordentliche Möbelpolitur aus dem Badezimmer im Erdgeschoss.

„Und wie kriege ich den verdammten Schrank jetzt wieder sauber?“, murmelte er gereizt. Nach ein paar Sekunden des unschlüssigen Herumstehens zog er sein Handy hervor und tippte eine Anfrage ins Suchfeld des Browsers. „Na bitte. Wasser und Spülmittel.“

Als Darren endlich damit fertig war, die Kommode zu reinigen und anschließend alle Möbel noch einmal mit Politur bearbeitet hatte, atmete er erleichtert auf. Wäre dies nicht sein erster Tag im neuen Job, hätte er die Arbeit längst hingeworfen. Aber er wollte nicht den Zorn seiner Großmutter riskieren.

Er ging ins Bad, um die letzten Putzmittel fortzuräumen. Auf einmal flog hinter ihm krachend die Badezimmertür zu. Darren hätte sich vor Schreck beinahe den Kopf am Waschbecken angeschlagen.

Es war seltsam, aber seit Maggie fort war, hatte er ständig das Gefühl, beobachtet zu werden. Natürlich lag das nur daran, dass es so still war. Und ja, jetzt, wo die Sonne langsam unterging und es in den Zimmern dämmrig wurde, war die Atmosphäre in dem Haus wirklich etwas unheimlich. Aber das hatte nichts damit zu tun, dass es hier spukte. Es gab keine Geister, erinnerte Darren sich. Die Tür hatte sich nicht von Geisterhand bewegt, es lag ganz einfach an den geöffneten Schlafzimmerfenstern. Eigentlich war er ohnehin fertig. Er musste nur noch die Fenster schließen und gehen.

Darren grinste. Maggie und ihre Spukgeschichten.

Er griff nach dem Türgriff und zog. Gleichzeitig fühlte er, wie seine Fingerkuppen in etwas Weichem versanken, das sich auf der Unterseite der Klinge befand. Erschreckt und angewidert riss er die Hand weg. Die Türklinke löste sich von der Tür und landete klappernd auf dem Fliesenboden.

Maggie! Darren fluchte. Ein Blick auf seine Finger zeigte ihm eine durchscheinende, bräunliche Substanz. Vorsichtig schnupperte er daran. Es dauerte einen Moment, bis er mit dem Geruch etwas anfangen konnte. Dann seufzte er, ein wenig erleichtert. Schuhcreme. Braune Schuhcreme. Er hatte deutlich Schlimmeres befürchtet.

Langsam wurde er wirklich sauer. Was glaubte Maggie nur? Dass er diesen billigen Trick einem Poltergeist zuschreiben würde? War sie nie auf einem Schulausflug gewesen?

Er ging zum Waschbecken und drehte das heiße Wasser auf, bis es dampfte. Dann hob er mit spitzen Fingern die Klinke vom Boden auf und schob sie unter den Strahl. Zuletzt wusch er sich die Hände.

Als er aufschaute, zuckte er zurück. Eine Botschaft war plötzlich auf dem beschlagenen Spiegel zu lesen. Doch noch unheimlicher war die schattenhaften Gestalt, die wie durch dichten Nebel hinter seinem Spiegelbild zu erkennen war. Er fuhr herum.

Aber wie zu erwarten, war er im Badezimmer allein. Nur ein gurgelndes Lachen war zu hören, bei dem es ihm eiskalt den Rücken runter lief. Das war eindeutig nicht die Kaffeemaschine.

Das sind nur die alten Rohre, versuchte Darren, sich selbst einzureden. Er warf noch einen letzten Blick durch das Badezimmer, dann drehte er sich wieder zum Waschbecken.

„BOO!“, stand auf dem Spiegel. Keine sonderlich originelle Botschaft für einen Geist. Außerdem war es einfach, sie zu erzeugen. Man musste nur mit einem Stück Seife oder notfalls mit dem Finger auf der trockenen Oberfläche des Spiegels schreiben. Beschlug der Spiegel, wurde die Botschaft sichtbar.

Von der schattenhaften Gestalt war nichts mehr zu sehen. Wahrscheinlich hatte Darren sie sich ganz einfach eingebildet. Es war vermutlich tatsächlich nur ein Schatten. Und sein überarbeitetes Hirn und Maggies Schauergeschichten hatten daraus eine Geistergestalt gemacht.

Zufrieden mit dieser Erklärung, griff Darren nach dem Glasreiniger und ließ die Botschaft verschwinden. Dann setzte er die Türklinke wieder ein, schloss die letzten Schlafzimmerfenster und verließ die ehemalige Kirche.

Für die Erleichterung, die ihn überkam, sobald er im Auto saß, hatte er keine Erklärung. Aber eins wusste er ganz genau: für diesen schmutzigen Trick würde Maggie bezahlen. Und zwar mit Zinsen!

KAPITEL 9

Als Darren heimkam, empfing ihn Dudelsackmusik. Er überlegte schon, ob er sich gleich in den Dorfpub flüchten sollte. Doch als er eintrat, legte seine Großmutter ihr Instrument sofort beiseite.

„Wie war dein Tag, Oma?", fragte er und ließ sich auf das Sofa plumpsen.

„Voll. Es ist erstaunlich, wie viele Besucher man bekommt, nur, weil man nicht weglaufen kann. Wenn es mit dem Gips nicht zu mühsam gewesen wäre, hätte ich mich durchs hintere Gartentor auf die Heide geflüchtet."

Darren grinste. „So schlimm?"

„Eigentlich nicht. Aber meine Spaziergänge fehlen mir schon ein wenig. Wie soll eine alte Frau denn fit bleiben, wenn sie immer nur bei Tee und Keksen im Haus sitzt?"

„Wer war denn da?"

„Am Vormittag kam Andrew auf einen Tee und einen Plausch herein. Er bot sogar an, meine Einkäufe aus Oban mitzubringen, wenn es einmal nötig sei."

„Andrew?"

„Andrew Birtwistle. Der Postbote."

„Der Witwentröster?"

Oma Erica riss die Augen auf. Dann musste sie schmunzeln. „Wer hat das denn gesagt?"

Darren zuckte mit den Schultern. „Onkel Greg. Stimmt es etwa?"

„Natürlich nicht! Na ja. Ein wenig vielleicht. Allison hat er angeblich ziemlich oft besucht. Damals, nachdem ihr Mann gestorben ist. Und Norma erzählt auch alle Nase lang, dass er bei ihr auf einen Kaffee reingeschaut hat oder auf einen Muffin."

Darren zog eine Augenbraue nach oben. „Deine Freundin Norma? Wirklich?"

Großmutter Erica winkte ab. „Du kennst sie doch. Sobald irgendwer etwas Interessantes hat, muss sie es unbedingt auch haben. Selbst wenn es die Grippe ist."

„Und der Postbote ist so etwas? Was Interessantes meine ich, nicht die Grippe. Obwohl, wenn man Onkel Greg glaubt, wäre das auch möglich."

Oma Erica schmunzelte. „Es scheint so. – Aber bei mir ist es etwas völlig anderes", beeilte seine Großmutter, klarzustellen. „Andrew und ich sind nur Freunde. Er interessiert sich für traditionelle Dudelsackmusik, musst du wissen."

„Wenn du das sagst." Darren versuchte, nicht zu feixen. Er war nicht ganz sicher, doch ihm schien, als sei seine Großmutter rot geworden.

„Jedenfalls kaum war er gegangen, da klopfte Greg an die Tür. Man hätte meinen können, er habe nur darauf gewartet, dass Andrew seine Tour fortsetzt."

Vermutlich stimmte das sogar, fuhr es Darren durch den Kopf. Onkel Greg hatte ja kein Geheimnis daraus gemacht, dass er den Postboten nicht ausstehen konnte. „Wie geht's ihm?"

„Ganz gut denke ich. Auch wenn er immer rumjammert, dass er alt wird. Greg blieb ziemlich lange. Ich musste ihm erzählen, dass ich Norma und Janet zum Tee erwarte. Dann fiel ihm plötzlich ein, dass er noch etwas zu erledigen habe."

„Kann ich mir vorstellen.“ Darren grinste.

Großmutter Ericas Freundinnen lebten beide allein. Die eine verwitwet, die andere geschieden. Der Grund war bei beiden derselbe. Zumindest, wenn man Greg Glauben schenkte: Die spitzen Zungen der Frauen hatte den einen ins Grab und den anderen in die Fremde getrieben.

Ganz so schlimm war es nach Darrens persönlicher Erfahrung nicht. Trotzdem versuchte auch er, es zu vermeiden, gleichzeitig mit den beiden bei seiner Großmutter zum Tee zu erscheinen.

„Ich musste dann noch rasch Janet anrufen“, fuhr Oma Erica fort. „Ich wollte ja nicht, dass Greg denkt, ich hätte mir das nur ausgedacht, um ihn loszuwerden.“

„Du *hast* dir das nur ausgedacht, um ihn loszuwerden!“, stellte Darren fest.

Seine Großmutter grinste schuldbewusst. „Trotzdem war es schön, ein wenig mit meinen Mädels zu plaudern. Nur bin ich dadurch leider erst jetzt zum Dudelsack üben gekommen.“

Darren nickte verständnisvoll.

„Norma lässt übrigens ausrichten, wenn du Probleme mit Libby hast, sollst du dich bei ihr melden. Sie hat ihr schon als kleines Mädchen den Hintern versohlt, wenn sie frech war. Und sie hat auch jetzt keine Probleme damit.“

Die Vorstellung, wie die ältliche Tante Norma ihre Nichte, die eine erwachsene Frau und eine erfolgreiche Immobilienmaklerin war, übers Knie legte, brachte Darren zum Grinsen. „Danke. Aber sag ihr, es geht schon.“

Oma Erica zuckte mit den Schultern. „Wie du meinst. Wie war dein erster Tag denn so?“

Während sie gemeinsam zu Abend aßen, erzählte Darren von seiner neuen Kollegin Maggie und den eindrucksvollen Häusern, die sie heute geputzt hatten. Er endete mit der ehemaligen Kirche und einigen der Streiche, die ihm Maggie dort gespielt hatte. Dass er sich in dem Haus unwohl gefühlt hatte und dass er beinahe selbst geglaubt hätte, einen Geist zu sehen, verschwieg er seiner Großmutter.

Als er geendet hatte, blickte Oma Erica ihn nachdenklich an. „Wo war dieses Spukhaus eigentlich? Ich meine die umgebaute Kirche.“

„Drüben in Benderloch. Wieso fragst du? Willst du mir jetzt etwa auch einreden, dass es verflucht ist?“ Darren schmunzelte.

„Mach mir doch bitte noch einen Tee. Ich muss kurz nachdenken.“

Schulterzuckend machte sich Darren daran, einen Tee für sie beide aufzubrühen. Als er wieder am Tisch saß, blickte er seine Großmutter erwartungsvoll an. Doch die ließ sich Zeit. Erst löffelte sie sich ein Menge Zucker in den Tee, bei der Darren schon vom Zuschauen Zahnweh und Herzrasen bekam. Dann rührte sie minutenlang in ihrer Tasse herum.

Irgendwann wurde Darren ungeduldig. „Was ist denn nun?“

„Hat diese Maggie zugegeben, dass sie dich hereingelegt hat?“

Er grinste spöttisch. „Natürlich nicht. Sie versuchte, mich zu überzeugen, dass ein Poltergeist oder eine böse

Präsenz in dem Haus dafür verantwortlich sei. Wieso fragst du?"

Seine Großmutter zögerte. „Ich bin nicht sicher. Aber es gibt da diese Geschichte, über eine alte Kirche in Benderloch. Vielleicht hat sie etwas mit deiner Geistererscheinungen zu tun."

Darren verdrehte die Augen. „Es war kein Geist. Maggie hat mich ganz einfach verarscht."

Oma Erica hob beschwichtigend eine Hand. „Ich sag ja gar nicht, dass es ein Geist war. Ich wollte nur, dass du weißt, was dort passiert ist."

„Was ist denn dort passiert?" Langsam wurde Darren ungeduldig. Es war ein langer Tag gewesen und er hatte keine große Lust, sich jetzt von seiner Großmutter Gruselgeschichten erzählen zu lassen.

„Also hör zu. Es war vor hundert Jahren. Vielleicht ist es auch ein bisschen länger her. Da gab es diesen Pfarrer drüben in Benderloch, Vater Stuart Rees. Ich glaube, das war sein Name. Ein junger Bursche, gerade frisch vom Priesterseminar."

„Und der soll da rumspuken?", unterbrach Darren sie zweifelnd.

„Na ja, nein. Oder vielleicht doch. Lass mich die Geschichte doch erstmal erzählen! Jedenfalls war er ein echter Scherzbold. Jemand, der es liebte, seinen Mitmenschen Streiche zu spielen."

„Ein Priester?"

Großmutter Erica zuckte mit den Schultern. „Pfarrer sind auch nur Menschen. Und einige haben angeblich sogar einen Sinn für Humor."

Wider Willen musste Darren schmunzeln. Er dachte an den alten Pfarrer „Schnarch“, in dessen langweilige Predigten seine Mutter ihn nach der Trennung von seinem Vater eine Zeit lang jeden Sonntag geschleppt hatte. Ein wenig Humor hätte der gut brauchen können, um seine ermüdenden Vorträge aufzulockern.

„Was hat er denn angestellt, der Herr Pfarrer?“

„Oh. Alles Mögliche. Seine Gottesdienste waren für seine Gemeinde eine echte Prüfung, denn seine Einfälle reichten von scharf gewürzten Hostien zur Kommunion bis zu Gesangbüchern, die im Kirchengestühl festgeleimt waren. Du kannst dir vorstellen, wie schwer es manches Mal gewesen sein muss, in der Kirche nicht zu fluchen. Aber natürlich durfte sich während der Predigt niemand etwas anmerken lassen. Angeblich hat er sogar am Beichtstuhl herumgepfuscht, sodass der jedes Mal ein inbrünstiges Seufzen von sich gab, wenn sich der Sünder darin bewegte. Wie dem auch sei: sein Sinn für Humor kam bei vielen nicht sonderlich gut an. Und zu seiner Zeit gab es hier ja auch noch deutlich mehr strenge Calvinisten als heute.“

„Die hielten ihn sicher für einen Gehilfen des Teufels.“

Oma Erica nickte. „Dabei war er selbst ein überaus frommer Mann. Er hatte nur eine etwas andere Sicht auf den Allmächtigen. Gott ist Freude, versuchte er seiner Gemeinde zu vermitteln. Und Fröhlichkeit fördert die Genesung. Angeblich steht das sogar in der Bibel. Aber die gottesfürchtigen Calvinisten haben das natürlich anders gesehen. Bei ihnen gibt es keine Gottgefälligkeit ohne Verzicht und Demut. Und Lachen, noch dazu in einem Gotteshaus, war ihnen zutiefst suspekt.“

„Und was ist dann passiert? Haben sie ihn in die Hölle geschickt? Oder erstmal einen Exorzisten gerufen?“

Seine Großmutter schüttelte den Kopf. „Weder noch. Er ist bei einem tragischen Unfall ums Leben gekommen, an dem er jedoch selbst schuld war.“

Darren blickte sie erwartungsvoll an. „Du meinst, er hat sich selbst umgebracht? So wie die Trottel bei den Darwin Awards?“

Oma Erica schaute ihn verwirrt an. „Darwin Award?“

Er verdrehte die Augen. „Ich zeig sie dir gelegentlich. Im Internet.“

„Wie du meinst.“

„Und was ist nun passiert?“

„Der Unfall? Das war eine seltsame Geschichte. Es hat keiner je herausgefunden, was in Pfarrer Rees‘ Kopf vorging, als er sich selbst in die Situation brachte, die dann sein Ende wurde. War es als makaberer Scherz gedacht, mit dem er die trauernden Angehörigen eines kürzlich verstorbenen Gemeindemitglieds aufmuntern wollte? Gut möglich. Er schaffte jedenfalls den Toten, der bereits in der Kirche aufgebahrt war, in die Sakristei und versteckte sich selbst an seiner Stelle im Sarg. Dort wartete er. Als die Zeit für die Begräbnisfeier kam, versammelte sich die Gemeinde respektvoll schweigend in der Kirche. Nur Vater Rees ließ sich nicht blicken. Vermutlich klopfte sogar jemand vorsichtig an die Tür zur Sakristei, aber da drin war ja niemand. Zumindest kein Lebender. Schließlich ritt ein Bruder des Toten rüber nach Culcharan, um von dort einen Geistlichen zu holen. Da inzwischen Stunden verstrichen war, und der Pfarrer nur wenig Zeit hatte, wurde der Beerdigungsgottesdienst auf ein Gebet und zwei Hymnen gekürzt. Der Sarg wurde zugenagelt, ohne dass irgendwer hineinschaute oder sonst etwas Ungewöhnliches bemerkte. Dann brachten sie ihn unter die Erde."

Darren riss die Augen auf. „Mit dem lebendigen Pfarrer drin? Das ist ja schrecklich! Er muss doch gehört haben, als um ihn herum die Beerdigung stattfand. Warum ist er da nicht aus dem Sarg gesprungen?"

„Das weiß keiner. Womöglich ist er beim Warten eingeschlafen. Oder er wurde ohnmächtig und ist erstickt."

„Und niemand hat etwas bemerkt? Vielleicht hat er sich gar nicht selbst in den Sarg gelegt. Es könnten ja auch irgendwelche rachsüchtigen Calvinisten gewesen sein."

Großmutter Erica schüttelte den Kopf. „Nein, es ist ziemlich sicher, dass er es selbst war. Wie sich später herausstellte, hat er die richtige Leiche nämlich nicht nur in die Sakristei geschafft. Sie hatte auch ein Schild in den Händen. „Bitte nicht wecken! Warte auf die Auferstehung." Keiner außer ihm wäre auf so eine makabere Idee gekommen. Außerdem haben sie den Schlüssel zur Sakristei später in seiner Tasche gefunden. – Bis dahin dauerte es allerdings erstaunlich lange. Natürlich haben sich einige gewundert, als ihr Vater Rees tagelang verschwunden blieb. Aber erst der zunehmende Gestank aus der Sakristei brachte sie dazu, einmal dort drin nachzusehen. Sie mussten die Tür aufbrechen, denn, wie gesagt, den Schlüssel hatte Pfarrer Rees noch in der Tasche. Du kannst dir vorstellen, wie sie sich erschreckten, in ihrer Kirche einen toten Mann zu finden. Als sie erkannten, wer die Leiche in der Sakristei war, fragten sie sich sofort, wen sie wohl beerdigt hatten. So kam schließlich alles raus."

Darren schüttelte den Kopf. „Eine tolle Geschichte", gab er zu. „Aber das bedeutet noch lange nicht, dass der tote Pfarrer jetzt in seiner ehemaligen Kirche herumspukt. Ganz abgesehen davon, dass ich überzeugt bin, dass es keine Geister gibt: Wären eine ausgeschaltete Steckdose und eine vertauschte Sprühdose mit Möbelpolitur nicht ein bisschen lahm für einen Scherzbold wie Rees?"

Oma Erica zuckte mit den Schultern. „Woher soll ich das wissen? Ich dachte einfach, du solltest die Geschichte kennen. Übrigens hat dein Großvater gelegentlich davon gesprochen, dass er den Geist von Pfarrer Rees erlösen wollte. Also ist vielleicht doch was dran. Leider kam er nicht mehr dazu."

„Opa Alan hat an Geister geglaubt?"

Seine Großmutter schüttelte den Kopf. „So kann man das nicht sagen. Er hat nicht an sie geglaubt. Er konnte sie sehen."

„Mein Opa konnte Gespenster sehen?", wiederholte Darren ungläubig.

„Geister. Aber ja. Ich dachte, du wusstest das. Ich habe immer geglaubt, dein Interesse am Paranormalen kommt daher, dass du sie auch sehen wolltest."

Darren runzelte die Stirn. Er konnte sich nicht erinnern, dass sein Großvater angeblich Geister sehen konnte. Aber er wusste auch nicht mehr, warum er als Kind Bücher über Geistererscheinungen gesammelt hatte. Es war einfach so.

Seine Großmutter blickte ihn nachdenklich an. „Wie dem auch sei. Das war die Geschichte von Pfarrer Rees, soweit ich mich an sie erinnere. Und jetzt gehe ich besser ins Bett."

„In Ordnung. Danke." Ein spitzbübisches Lächeln stahl sich auf Darrens Gesicht. „Vielleicht eignet sich die Geschichte ja wenigstens dazu, es Maggie heimzuzahlen."

Ein warnender Blick von Oma Erica ließ ihn seinen Enthusiasmus zügeln. „Denk daran, dass sie deine Kollegin ist. Willst du wirklich gleich deinen neuen Job riskieren?"

„Natürlich nicht, Oma." Er ließ den Kopf hängen. Trotzdem. Ganz ungestraft konnte er sich von der lieben Maggie nicht verschaukeln lassen.

„Morgen hast du jedenfalls erstmal deine Ruhe vor ihr. Ich habe Libby angerufen und ihr gesagt, dass du mich zum Friseur fahren musst. Deshalb hat sie dir jetzt zwei andere Häuser zugeteilt. Die Schlüssel und die Adressen sollst du in ihrem Büro abholen."

Fassungslos glotzte Darren sie an. „Du hast Libby angerufen?"

„Natürlich. Wir hatten doch ausgemacht, dass du deine Arbeitszeiten so einteilst, dass du dich auch um mich kümmern kannst. Oder?"

Darren nickte verdattert. Er hatte angenommen, er selbst könne bestimmen, wann er arbeitete. Aber offensichtlich war das ein Irrtum. Seine Großmutter und Libby Whatmough schienen sich jedenfalls erschreckend gut zu verstehen. Und wenn er nicht schnellstens etwas dagegen unternahm, hatte er wohl in seinem Job bald Chefinnen, die ihn herumkommandierten.

KAPITEL 10

Nach der harten Arbeit schlief Darren wie ein Toter. Zumindest so lange, bis er anfing zu träumen.

Er fand sich in einem alten Schwarz-Weiß-Film wieder, der ihn vage an die uralte amerikanische Filmkomödie „Das Gespenst von Canterville" erinnerte. Doch statt des Gespensts von Sir Simon geisterte ein halbtransparenter Vater Rees durch die alten Gemäuer, während Darren offenbar die Rolle von dessen feigem Nachkommen Private Cuffy übernehmen sollte. Der Geist des Pfarrers folgte ihm wie ein Luftballon an einer Schnur und jammerte ohne Unterlass. „Du musst mir helfen. Nur du kannst es tun!"

Selbst im Schlaf machte das pausenlose Geheule des Geistes Darren wütend. „Warum nervst du mich? Ich glaube überhaupt nicht an Geister! Verpiss dich endlich."

Doch das wimmernde Gespenst verfolgte ihn vom Dachboden bis in den Keller, vom Salon bis in den Garten. Darren versuchte sogar, ihm einen Kinnhaken zu verpassen, obwohl er sonst nie gewalttätig wurde. Doch wie bei einem Gespenst zu erwarten, traf Darrens Faust auf keinerlei Widerstand. Die einzige Wirkung seines Angriffs war, dass er eine Gänsehaut bekam, als sein Arm durch die kühle, halbdurchsichtige Gestalt des Pfarrers fuhr.

Irgendwann gab Darren die Flucht auf. Die Anstrengung legte sich wie ein bleiernes Gewicht auf seine Brust und das Atmen fiel ihm immer schwerer. Er ließ sich auf einen Sessel im Wohnzimmer des schwarz-weißen Schlosses plumpsen. „Also gut", keuchte er. „Was genau willst du denn?"

Der Geist des Pfarrers zeigte auf den Teppich, auf dem dunkel die Umrisse eines Fleckes zu erkennen waren. „Ich brauche mehr Rot", vertraute er Darren an.

„Mehr Rot? In einem Schwarz-Weiß-Film?"

„Und du musst mich erschrecken." Der Geist lachte keckernd und zerplatzte wie ein Ballon.

Darren erwachte. Einen verwirrten Moment lang fragte er sich, was dieser seltsame Traum wohl zu bedeuten habe. Dann merkte er, dass er auch im wachen Zustand kaum Luft bekam. Er versuchte einzuatmen, doch sein Mund und seine Nase waren von Haaren verstopft. Auf seiner Brust lastete ein Druck, der das Atmen zusätzlich erschwerte. Panisch ruderte er mit den Armen – und wurde mit einem zufriedenen Schnurren belohnt.

„Baudrons!"

Mit einem Fluch katapultierte er den Kater von seiner Brust auf den Boden. Dann ließ er sich zurückfallen und rang keuchend nach Luft. Sobald sich sein Atem wieder normalisiert hatte, schälte er sich aus der Decke und wankte durch das dunkle Zimmer zum Wasserhahn.

Geister! Es gab keine Geister. Egal, was Maggie oder seine Großmutter ihm einreden wollten. Trotzdem verfolgten sie ihn jetzt schon bis in seine Träume. Und Baudrons versuchte sich als Albdruck.

Er füllte sich ein großes Glas mit Wasser und trank gierig. Als er das Wasserglas wieder abstellte, fröstelte er. War es hier vorher schon so kalt gewesen? Ein eisiger Luftzug umwehte seine nackten Waden. Dabei war er sich sicher, dass alle Fenster geschlossen waren. Besser, er kroch wieder unter die Bettdecke.

Ein dumpfes Pochen erklang von der anderen Seite des Raumes. Er starrte in die Finsternis. Und da sah er, wie sie auf ihn zu schwebte: eine bleiche Gestalt mit langem, schlohweißen Haar, das in einer Brise wehte, die nirgendwo herkommen konnte. Verärgert schüttelte Darren den Kopf.

„Wollt ihr mich verarschen?"

Er musste laut gerufen haben, denn die Gestalt zuckte zusammen. Grelles Licht flammte auf und er kniff die Augen zusammen. Er hörte, wie eine Tür schlug.

Dann sagte eine bekannte Stimme: „Himmel, Darren! Du hast mich vielleicht erschreckt. Was geisterst du um diese Zeit hier im Dunkeln herum?"

Vorsichtig öffnete Darren die Augen und starrte das „Gespenst" ungläubig an. „Oma?" Sie trug ein weißes Nachthemd und ihr Haar, das sie sonst zu einem Dutt hochgesteckt hatte, hing lose über ihre dünnen Schultern. Ihr Gipsfuß ragte unter dem Nachthemd hervor. Das musste das Pochen gewesen sein. Ihr anderer Fuß steckte in einem flauschigen Pantoffel.

Verlegen, weil er seine eigene Großmutter beinahe für ein Gespenst gehalten hatte, deutete er auf das Spülbecken. „Ich hatte Durst. Und warum schleichst du hier herum?"

Sie rümpfte die Nase und deutete auf die Hintertür, an deren Türgriff sie sich noch immer festhielt. „Ich war auf dem Klo. Nicht, dass dich das etwas anginge, aber so etwas kommt in meinem Alter schonmal vor. Und jetzt gehe ich wieder ins Bett.“ Unter dem Pochen ihres Gipses verschwand sie in ihrem Zimmer.

Nachdem Darren ihr einige Augenblicke lang verdutzt nachgestarrt hatte, schaltete er das Licht aus und trollte sich wieder auf sein Sofa. Oder er hätte es getan, wenn Baudrons nicht inzwischen den schönen warmen Schlafplatz für sich entdeckt hätte.

Brummelnd schob Darren den Kater von der Couch und kroch unter die Decke. „Ich muss mir dringend eine eigene Bleibe suchen“, nahm er sich vor, ehe er einschlief.

Am nächsten Tag während seine Großmutter sich in Oban die Haare machen ließ, stromerte Darren durch die Stadt. Er hätte die Zeit genutzt, um Libby aufzusuchen. Doch die hatte am Telefon gesagt, dass sie mit einem Kunden unterwegs sei. Er solle nach dem Mittagessen in ihr Büro kommen. Also bummelte Darren durch die Stadt. Er schaute in verschiedene Läden und überlegte, ob er sich einen Kaffee holen sollte – bis ihm eine Idee kam. Grinsend machte er sich auf die Suche nach einem passenden Geschäft für seinen Plan.

Gut zwei Stunden später und nach einem frühen Mittagessen am Hafen lieferte Darren seine Großmutter zu Hause in Ganavan ab. Dann fuhr er über die schmale Küstenstraße zurück in die Stadt.

Obans Zentrum zog sich am Meer entlang. Doch nur die Hauptstraße und der riesige Supermarkt im Süden der Stadt lagen hier unten. Die restlichen Häuser klebten mit ihren mehr oder weniger großen Vorgärten an den Hängen des Battery Hill, dem Hausberg von Oban. Ganz oben befand sich McCaig’s Tower, ein dunkelgraues, ringförmiges Bauwerk, das ein wenig an das Colosseum in Rom erinnerte und einen herrlichen Blick über die Stadt und die Inseln bot.

Das Immobilienbüro von Libby Whatmough befand sich in guter Lage auf der Dalriach Road. Wie alle Straßen Obans, die Hauptstraßen eingeschlossen, bot die auf den Battery Hill ansteigende Gasse nur wenig Platz. Doch Libby hatte von ihrem Büro nicht nur einen wunderschönen Blick über das Stadtzentrum und den Hafen, sondern sie verfügte sogar über drei eigene Parkplätze. Einen für ihren BMW und zwei für ihre wohlbetuchten Kunden.

Darren parkte den roten Meriva auf einem der beiden Kundenparkplätze und hielt dann auf die Eingangstür zu. Das Büro war abgeschlossen. Nicht einmal eine Sekretärin oder Schreibkraft war in Sicht. Offenbar war er zu früh. Es war Mittagszeit. Vermutlich war Libby noch unterwegs und ihre Bürokraft, falls sie denn eine hatte, holte sich ihren Lunch. Da er ohne den passenden Hausschlüssel nicht mit der Arbeit anfangen konnte, blieb Darren nichts anderes übrig, als zu warten. Er vertrieb sich die Zeit damit, die Immobilienanzeigen studieren, die das Fenster zierten. Die angebotenen Häuser waren über ganz Argyllshire verteilt. Einige lagen sogar in den Highlands. Wie sich nach einem raschen Blick auf die Preise zeigte, waren die meisten Objekte unbezahlbar. Nur auf manchen der kleineren Inseln konnte man offenbar günstig etwas erwerben. Doch wer wollte schon auf einem winzigen Stück Fels wohnen, auf dem es kaum Arbeit gab und das während der Winterstürme oft tagelang nicht erreichbar war?

„Na? Hast du etwas Geeignetes für dich gefunden?“

Überrascht fuhr Darren herum. Libby stand hinter ihm, eine Augenbraue spöttisch hochgezogen. In der Hand hielt sie eine Box mit Essen von einem Currystand in der Nähe.

„Für das hier wird der Lohn, den ich dir zahle, aber nicht reichen.“

Sie deutete auf das Angebot, das sich genau vor Darrens Nase befand. Eine aufwändig modernisierte viktorianische Villa mit elf Schlafzimmern und Garten. Eineinhalb Millionen Pfund sollte das ganze Kosten.

Darren grinste schief und schüttelte traurig den Kopf. „Schade eigentlich. Das könnte mir gefallen.“

Bevor er Libby in das Büro folgte, warf er noch einen letzten bedauernden Blick auf die einzigen beiden Mietwohnungen, die er zwischen den übrigen Anzeigen gesehen hatte. Leider waren auch die viel zu teuer für ihn.

Libby hielt bereits ein paar Schlüssel und einen Zettel mit den Adressen in der Hand. Als sie Darren‘s Blick bemerkte, legte sie den Kopf schief. „Suchst du etwa tatsächlich ein Haus?“

Darren zögerte, dann schüttelte er den Kopf. „Ich find schon was.“

Libby musterte ihn nachdenklich. „Wird‘s dir bei deiner Großmutter auf dem Sofa schon ungemütlich?“

Ihm klappte der Mund auf. „Woher wissen Sie, dass ich auf der Couch schlafe?“

Sie lachte. „Was glaubst du denn? Ich bin im Immobilien-Geschäft. Ich weiß, dass die alten Crofter-Häuser oft keinen Dachboden haben, den man ausbauen kann. Ein Zimmer zum Schlafen und eines für alles andere. Und wenn es noch ganz Original ist, gibt es ein Plumpsklo hinter dem Haus. Diese alten Steinhäuser sehen idyllisch aus und viele Touristen stellen es sich romantisch vor, darin zu wohnen. Aber für eine normale Familie sind sie viel zu klein. Und wenn du nicht im Schlafzimmer deiner Großmutter übernachten willst, bleibt dir wohl nur die Couch." Sie funkelte ihn amüsiert an.

Darren nickte geschlagen.

„Was suchst du denn? Eine kleine Wohnung? Ein möbliertes Zimmer?"

„Eigentlich würde mir ein WG-Zimmer reichen. Oder eine Pendler-Wohnung. Hauptsache, sie ist billig. Aber ich denke nicht, dass Sie sowas im Angebot haben."

Er blickte sich in ihrem Büro um. Der Schreibtisch war weiß mit Stahlfüßen. Dezent, aber sicher teuer. Außerdem gab es einen kleinen Kaffeetisch und ein paar Sessel. Ebenfalls weiß. Auf dem Sideboard stand eine Espressomaschine, die groß genug für einen professionellen Gastrobetrieb war. Das ganze Büro sah nach Geld aus. Nach viel Geld.

Als er sich wieder zu Libby drehte, starrte sie ihn nachdenklich an. „Vielleicht wüsste ich doch etwas für dich. Ich kann mich ja mal umhören. Aber nur, wenn du die beiden Häuser heute noch picobello in Ordnung bringst. Bei dem hier", sie deutete auf die zweite Adresse, „ist die Besitzerin verstorben, deswegen ist es ein wenig eingestaubt und verwildert. Aber ich habe morgen eine Besichtigung dort. Wehe, ich blamiere mich."

Darren grinste. „Natürlich nicht. Wenn Sie dafür ein günstiges Zimmer für mich finden, tu ich alles."

Er schnappte sich die beiden Schlüssel und den Zettel mit den Adressen. Libby hatte sich inzwischen an ihren Schreibtisch gesetzt und begann mit der Gabel in ihrer mitgebrachten Essensbox herumzustochern.

„Wie lief es eigentlich gestern?“, fragte Libby beiläufig.

Darren erstarrte. Hatte Maggie irgendwas zu seiner Chefin gesagt? „Gut?“

Libby blickte von ihrem Essen auf. „War das eine Frage?“

„Nein. Ich meine, es lief gut. Maggie und ich verstehen uns toll. Sie ist ein echter Profi.“

Die Immobilienmaklerin legte nachdenklich den Kopf schief und beobachtete ihn. „Aber?“

„Nichts aber. Es hat Spaß gemacht.“

Damit hatte er eindeutig zu dick aufgetragen. Libby legte ihre Gabel beiseite. „Nun sag schon. Was war los?“

„Nichts.“

Libbys Augen verengten sich.

„Nichts Wichtiges“, korrigierte Darren sich hastig. „Eigentlich überhaupt nichts, was die Arbeit beeinflusst. Maggie hat nur versucht, mir einzureden, dass das Haus in Benderloch verflucht sei.“

Libby seufzte.

Darren beeilte sich, hinzuzufügen: „Aber das ist natürlich alles Blödsinn. Nur ein kleiner Scherz für den Neuen. Es gibt schließlich keine Geister. Kein Grund, sich zu ärgern.“

Libby seufzte noch einmal, griff aber wieder zu ihrer Gabel. „Ich hatte gedacht, bei dir reißt sie sich ein wenig zusammen. Maggie ist toll, keine Frage. Leider scheint sie ziemlich abergläubisch zu sein."

„Wirklich? Ich glaube, so schlimm ist es gar nicht. Sie wollte mich sicher nur aufziehen." Darren ärgerte sich über sich selbst. Natürlich wollte er Maggie ihren Spuk heimzahlen. Aber er hatte deswegen keinesfalls vorgehabt, sie wegen des kleinen Streichs bei ihrer gemeinsamen Chefin zu verpfeifen.

Libby betrachtete ihn nachdenklich. „Ich hoffe, du hast Recht. Pass aber auf, dass sie ihre Spukgeschichten nicht vor den Kunden wiederholt. Und wenn es sich auf ihre Arbeit auswirkt, gib mir Bescheid."

Darren nickte. Das würde er ganz sicher nicht tun. Als Libby sich einen Bissen ihres inzwischen vermutlich kalten Currys in den Mund schob, winkte Darren mit dem Schlüsselbund.

„Ich mach dann mal los", rief er, ehe Libby ihm weitere Fragen über den gestrigen Tag stellen konnte.

KAPITEL 11

Die erste Adresse stellte sich als ein Ferienhaus heraus. Da es vermietet war, sollte sich Darren nur rasch um den kleinen Garten kümmern. Doch er hatte den Rasenmäher noch nicht mal aus dem Gartenhäuschen geschoben, da hatte ihn die Frau, die das Haus gemietet hatte, bereits entdeckt.

Ob er von der Immobilienfirma sei, fragte sie.

„Ja."

Ob er wisse, dass im Schlafzimmer das Fenster nicht richtig schließt.

„Nein. Aber ich bin auch nicht ..."

Und die Dusche tropft ständig und überhaupt arbeitet der Heißwasserboiler sehr unzuverlässig.

Darren versuchte, die Mieterin darauf aufmerksam zu machen, dass er nur als Gärtner da sei und sie sich mit ihren Wünschen an Ms Whatmough wenden solle. Die könne ihr ja bei Bedarf einen Klempner vorbeischicken. Doch die Frau ließ sich nicht abschütteln. Schließlich drehte er ihr einfach den Rücken zu und begann, das Kabel des elektrischen Rasenmähers auseinanderzuwickeln. Die Frau hinter ihm redete unterdessen ungebremst weiter. Als er versuchte, mit dem Gerät an ihr vorbei zu seinem Einsatzort zu gelangen, sprang sie ihm in den Weg und wedelte aufgebracht mit den Armen. Ihr Gesicht hatte inzwischen ein ungesundes Purpurrot angenommen.

Darren blieb stehen. Noch ein paar Sekunden, dann trifft sie der Schlag, überlegte er. Obwohl es grundsätzlich ein ermutigender Gedanke war, dass die Furie dann schweigen würde, brachte es vermutlich neue Scherereien mit sich. Zum einen müsste er mit dem Rasenmähen warten, bis der Krankenwagen da war und die Frau eingepackt hatte. Zum anderen wäre Libby sicher nicht begeistert, wenn ihre Mieterin hier vor aller Augen zusammenbrach.

Schließlich blieb Darren nichts übrig, als den Mäher stehen zu lassen und mit der Frau durchs Haus zu gehen, um die angeblichen Schäden aufzunehmen. Oder zumindest so zu tun. Während der Stunde, die sie und der zunehmend ungeduldige Darren brauchten, um alles anzuschauen und mit Darrens Handy zu dokumentieren, verbesserte sich ihre Gesichtsfarbe von purpur zu einem satten Tomatenrot.

Als er fertig war, warf die Frau ihm einen Blick zu. Nachdenklich, berechnend – und gierig.

Bei so vielen Mängeln sei es doch sicher nur recht und billig, wenn ihr Mann nicht den vollen vereinbarten Mietpreis zahle. Mehr als die Hälfte sei diese schäbige Hütte doch nicht wert.

Darren fluchte innerlich. Dass er sich so hatte benutzen lassen. Er hätte so etwas kommen sehen müssen, fand er.

„Es tut mir wirklich leid. Aber ich bin wirklich nicht befugt, mit Ihnen über den Preis zu verhandeln. Ich werde Ms Whatmough natürlich informieren“, versprach er.

Sie lächelte wie ein zufriedener Wolf.

Blöde Kuh! Wäre er noch in Edinburgh hätte er ihr längst in aller Deutlichkeit gesagt, was er von ihr hielt.

Aber er wusste, wohin das führte. Und auf seinen Job konnte er vorerst nicht verzichten. Libby würde auch so schon sauer auf ihn sein. Dass sie ihm nach dieser Aktion noch mit dem Zimmer helfen würde, bezweifelte er.

Erst jetzt gestattete ihm die Frau großzügig, sich um seine eigentlichen Aufgaben zu kümmern. Wenigstens war sie so zufrieden, dass sie ihm und dem Rasenmäher nicht auf Schritt und Tritt folgte und auf übersehene Grashalme hinwies. Damit hatte Darren schon beinahe gerechnet.

Bevor er zum anderen Objekt fuhr, rief Darren bei Libby an. Als er ihr davon erzählte, wie die Mieterin ihn durchs Haus gezerrt hatte und darauf bestand, dass er jede noch so kleine Kleinigkeit aufnahm, lachte sie.

„Das versuchen die beiden jedes Jahr. Und jedes Jahr bezahlen sie den vollen Preis. Sie wissen, dass sie das Haus zu Vorsaisonpreisen und Vorsaisonkonditionen gemietet haben. Trotzdem versuchen sie es immer wieder. – Vermutlich hätte ich dich warnen sollen. Aber ich dachte nicht, dass sie es gleich heute auf dich abgesehen hätten."

„Kein Problem", behauptete Darren. „Nächstes Mal warte ich einfach, bis sie tot umkippt." Innerlich knirschte er mit den Zähnen. Warum hatte er nicht daran gedacht, Libby gleich anzurufen?

„Du bist aber nicht erst jetzt von dort weggefahren, oder? Ich hab dir schließlich gesagt, wie wichtig es ist, dass Rose Cottage perfekt aussieht."

„Natürlich nicht", log Darren. „Ich mache nur kurz eine Pause."

„Und? Wie sieht's aus?"

„Alles gut. Ich bin schon fast fertig.“

„Wirklich?“ Libby klang überrascht.

Hastig ruderte Darren zurück. „Ein paar Kleinigkeiten sind schon noch zu tun. Aber nichts, weswegen du dir Sorgen machen musst. – Wann ist eigentlich diese Besichtigung?“

„Dann ist ja gut. Der Termin ist um halb elf. Aber ich werde schon um zehn da sein. Nur, falls du irgendetwas übersehen hast.“

„Habe ich sicher nicht. Keine Sorge.“

Er legte auf. Jetzt konnte er nur hoffen, dass das Haus in besserem Zustand war, als Libbys Tonfall es vermuten ließ.

Rose Cottage sah vollkommen anders aus, als Darren es erwartet hatte. Es war weder ein Cottage noch sonderlich alt. Stattdessen war es einer von etwa einem halben Dutzend identischer Bungalows in Pennyfuir, einer winzigen Siedlung östlich von Ganavan.

Die einzige Besonderheit war, dass es in kräftigem Blau gestrichen war. In dem kleinen Garten, der es umgab, wucherten Rosenbüsche und anderen Sträucher, die Darren nicht kannte. Das Gras dazwischen war noch graubraun vom letzten Winter und stand kniehoch. Ein gewaltiger Baum überragte das Haus und einen Teil des Nachbargartens. Ein kleines Dornröschenschloss hätte Libby behauptet. Für Darren sah das Rosengestrüpp eher nach einem dornigen Dschungel aus.

Er stöhnte. Wenn es drinnen genauso schlimm aussah wie von außen, konnte Libby ihren Besichtigungstermin vergessen. Er parkte vor der Garage. Dann suchte er den richtigen Schlüssel, um die Tür zu öffnen.

Drinnen roch die Luft abgestanden. So, als hätte seit Wochen oder gar Monaten niemand mehr ein Fenster geöffnet. Das Haus war möbliert, aber nicht wie ein Ferienhaus. Die Einrichtung war seit mindestens vierzig Jahren nicht mehr modern und hatte offenbar schon lange keine großartigen Veränderungen erfahren. Dennoch, wem auch immer das Häuschen zuletzt gehörte, war stolz darauf gewesen. Die Möbel mochten alt sein, aber sie waren in tadellosem Zustand. Ein wenig durchgelüftet, ein paar Hits von ABBA aufgelegt und man könnte sich hier drin fühlen, als hätte man eine Zeitreise in die siebziger unternommen. In die Zeit der Schlaghosen und der grellbunten Mode.

Darren grinste und öffnete die Fenster in den verschiedenen Räumen. Dann schnappte er sich ein Staubtuch und die Möbelpolitur, die er in einem Schrank unter der Spüle fand, und machte sich an die Arbeit.

Er wusste, dass er keine Chance hatte, das ganze Haus zu putzen und sich anschließend noch um den Garten zu kümmern. Aber wie Maggie gesagt hatte: es kam in erster Linie darauf an, den Eindruck von Sauberkeit zu vermitteln. Es wollte hier ja keiner sofort einziehen. Und ein leichter Duft nach Möbelpolitur konnte dabei schon viel bewirken. Möglicherweise sollte er Libby überreden, in eine Auswahl von Potpourris, Duftkerzen oder Ähnlichem zu investieren.

Der Boden sah zum Glück annehmbar aus. Außerdem hätte man Schmutz auf dem braun gemusterten Teppich sowieso kaum erkennen können. Stattdessen putzte er über die verchromten Armaturen in Bad und Küche. Wenn die ordentlich glänzten, lenkte es sicher ausreichend von allem ab, was er möglicherweise übersehen hatte.

Als Darren halbwegs zufrieden war, räumte er die Putzmittel weg und ging nach draußen, um sich den zugewucherten Garten anzusehen. Inzwischen war die Sonne beinahe untergegangen. Höchste Zeit, wenn er sehen wollte, was er tat.

Was er als Erstes brauchte, war eine Heckenschere. Am besten eine benzinbetriebene, mit der er das wuchernde Rosengestrüpp im Nu beseitigen könnte. Doch stattdessen fand er in der Garage nur ein Ding, das eher an eine zu groß geratene Haushaltsschere erinnerte. Nach einigem Suchen entdeckte er eine Motorsäge. Ob er die verwenden konnte? Bei näherem Hinsehen erkannte er, dass die Kette defekt war. Also wieder nichts. Wenigstens der Rasenmäher schien in Ordnung zu sein. Er war alt, benzinbetrieben und, wie er feststellen musste, leer.

Darren fluchte. Er steckte seinen Kopf aus der Garage und begutachtete den dornigen Vorgartendschungel, der langsam in der Dämmerung verschwand. Was nutzte es, wenn das Haus nach Möbelpolitur duftete, aber Libby und ihre Kunden eine Machete brauchten, um den Garten zu durchqueren? Er seufzte.

Vielleicht sollte er es darauf ankommen lassen und einfach für heute Feierabend machen. Libby hätte ihn ja vorwarnen können, in welchem Zustand das Haus war, statt ihn auch noch zu den Nörglern in dem Ferienhaus zu schicken. Und sie hätte den Besichtigungstermin um ein paar Tage verschieben können. Sie war selbst schuld!

Er knallte die Garagentür zu und setzte sich in sein Auto. Er konnte es vor sich sehen: Libby, die morgen eine halbe Stunde vor den Kunden am Haus ankommen würde. Wie sie verärgert die Arme in die Seiten stemmte. Würde sie selbst versuchen, noch etwas zu retten? Als er sich vorstellte, wie sie in extrahohen Pumps und mit dem eleganten Kostüm, dass sie sicher trug, eine Heckenschere schwang, musste er grinsen. Nein. Das würde bestimmt nicht passieren. Stattdessen würde sie es ihrer Tante erzählen. Und seiner Großmutter, die sehr enttäuscht von ihm wäre.

Darren fluchte. Tante Norma war ihm egal. Aber seine Großmutter hatte immer zu ihm gehalten. Sogar, als er seiner Mutter erklärte, er habe keine Lust auf ein Wirtschaftsstudium. Außerdem konnte er Libbys Unterstützung bei der Zimmersuche vergessen, wenn er sie hängen ließ.

Er stapfte zurück in die Garage, schnappte sich den Benzinkanister des Rasenmähers und schmiss ihn in den Kofferraum. Dann nahm er sich die Heckenschere. Bis er Benzin geholt hatte, war es sicher stockdunkel. Also würde er sich morgen früh als Erstes darum kümmern. Aber zumindest die Rosenbüsche, die den Eingang säumten, konnte er noch so weit zurückschneiden, dass man wieder vernünftig bis zur Haustür durchkam.

Drei, vier, fünf Ranken fielen. Als er sich bückte, um sie zur Seite zu räumen, stachen ihn die Dornen in die Hand. Verdammte Rosen. Kein Wunder, dass auch Dornröschen hundert Jahre schlafen musste, ehe sich ein

Dummer fand, der sich mit den dornigen Rosenbüschen anlegte. Den blutenden Finger im Mund stapfte er zurück in die Garage. Es war dunkel da drinnen, selbst unter dem schwachen Licht der einzelnen Glühbirne, die aufgeflammt war, nachdem er den Lichtschalter betätigt hatte. Nach einigem Suchen fand er ein paar alte Arbeitshandschuhe und einen Sack für Gartenabfälle.

Die Sonne war inzwischen untergegangen. Sie hatte einen tiefblauen Himmel hinterlassen und der Garten versank zunehmend im Schatten.

Darren stopfte widerspenstige Rosenranken in den Sack. Trotz der Handschuhe zerkratzen ihm die Dornen die Arme. Als er das Gestrüpp endlich gebändigt hatte, musste er feststellen, dass ihm eine Ranke ein Loch in sein Sweatshirt gerissen hatte. Er fluchte. Warum konnten die Vorbesitzer nicht einfach mit Rasen im Vorgarten zufrieden sein? Auch ein paar Gänseblümchen wären in Ordnung. Sogar Gartenzwerge. Die waren hässlich, aber zumindest pflegeleicht. Doch stattdessen musste es ausgerechnet dieses gemeingefährliche Dornengestrüpp sein. Wütend attackierte er die Rosen mit der Heckenschere.

„Das wird Sue aber gar nicht gefallen“, sagte irgendwer.

„Was?“ Darren blickte sich um.

Nur wenige Schritte von ihm entfernt stand ein alter Mann zwischen den Rosenbüschen. Er musste sich vom Nachbarhaus eingeschlichen haben, denn wenn er von der Straße gekommen wäre, hätte er an Darren vorbei gemusst. Der Alte war im Schatten des Hauses stehengeblieben. Er hatte schlohweißes Haar, war kräftig gebaut wie ein Bauer oder Fischer, und er war etwas mehr als mittelgroß. So weit Darren es im Halbdunkel erkennen konnte, trug er eine Arbeitshose, Gummistiefel und seltsamerweise einen Sonnenhut. Als er sah, dass Darren ihn bemerkt hatte, schüttelte der Alte den Kopf und blickte vorwurfsvoll auf die zerrupften Rosenzweige, die den Gartenweg bedeckten.

„Nein", stellte er fest. „Das wird Sue ganz bestimmt nicht gefallen. Sie ist doch so stolz auf ihre Rosen."

Auch Darren blickte nun auf das Massaker, das er angerichtet hatte. Der Weg war zwar jetzt frei, oder würde es sein, sobald er die Ranken fortgeräumt hätte, aber die Rosenbüsche sahen ziemlich zerrupft aus. Egal. Libby war es bestimmt wichtiger, dass ihre Kunden sich nicht die Kleider zerrissen.

„Ich bin sicher, das wächst bald wieder raus", befand Darren.

Er drehte sich um und fuhr fort, an den Rosen herumzuschnipseln. Jetzt, unter den Augen dieses aufdringlichen Nachbarn, arbeitete er allerdings deutlich langsamer und vorsichtiger.

„Trotzdem sollten Sie Sue's Rosen nicht so behandeln", hörte er die vorwurfsvolle Stimme des Alten.

„Wenn es ihr nicht gefällt, hätte sie die Dinger eben selbst schneiden müssen", gab Darren zurück, ohne sich umzudrehen. Was wollte dieser seltsame Alte bloß von ihm?

„Aber sie ist doch im Krankenhaus!"

Darren ließ die Heckenschere sinken und drehte sich zu dem Alten. „Das tut mir leid. Es ist sicher nicht schön, im Krankenhaus zu liegen, während draußen der Frühling kommt.“

Der Greis nickte wehmütig. „Ich wünschte, ich könnte ihr helfen. Sie ist schon so lange fort. Aber ich schaffe es ja nicht einmal, mich um das Haus zu kümmern und erst recht nicht um ihren Garten.“

Darren antwortete nicht.

„Aber Sie waren im Haus, nicht wahr? Hat die Fürsorge Sie geschickt? Sollen Sie aufräumen, weil Sue bald nach Hause kommt?“ Die Stimme des Alten klang hoffnungsvoll.

„Heim? Wie meinen Sie das?“

„Nun, dass sie heim in ihr Haus kommt.“

Darren kam ein unangenehmer Verdacht. War es möglich, dass dieser Opa gar nicht wusste, dass seine Nachbarin gestorben war? Er räusperte sich. „Wie lange ist es eigentlich her, dass sie ins Krankenhaus kam?“

Der Alte rieb sich nervös die Hände. „Ehrlich gesagt, ich weiß es nicht. Seit ich tot bin, fällt es mir unglaublich schwer, die Zeit zu schätzen. Aber es muss schon ziemlich lange sein.“

Darren zwinkerte. Hatte er sich verhört? Seit er tot war? Vermutlich meinte er, seit er im Ruhestand war. Und dass er schon lange nichts mehr gehört hatte, bestätigte Darren‘s Verdacht. Er seufzte. „Es tut mir leid. Aber wäre es möglich, dass Sue im Krankenhaus gestorben ist?“

Der Alte schüttelte heftig den Kopf. „Auf keinen Fall. Das hätte sie mir gesagt.“

„Sie hätte Ihnen gesagt, dass sie gestorben ist?“

„Aber natürlich! Außerdem war sie doch immer kerngesund. Warum sollte sie plötzlich sterben? Wie kommen Sie überhaupt dazu, so etwas zu behaupten.“ Die Augen des alten Mannes funkelten zornig und er ballte die Fäuste.

Darren trat einen Schritt zurück und hob entschuldigend die Hände. „Tut mir wirklich leid wegen ihrer Nachbarin. Aber ich bin hier im Auftrag einer Immobilienmaklerin. Libby Whatmough. Und ich bin mir ziemlich sicher, dass sie gesagt hat, die Besitzerin des Hauses sei verstorben. Es sind ja auch keine persönlichen Sachen mehr von ihr da. Nur noch die Möbel.“

„Nur die Möbel? Das kann aber nicht sein! Was soll sie denn dann anziehen, wenn sie wiederkommt?“ Unruhig fuhr der Alte mit den Händen über seine Hosen. In den Augen, die eben noch zornig gefunkelt hatten, standen nun Tränen.

Darren waren die Gefühle des Alten unangenehm. Er drehte sich um und blickte über den Garten. „Tut mir leid“, murmelte er.

Als er einen Moment später wieder hinsah, war der Alte verschwunden. „Was zum ... ?“ Darren zwinkerte. Wo war er hin? Gab es neben dem Haus einen Durchgang zum Nachbargrundstück? Erkennen konnte er es nicht. Und wie konnte der alte Kauz in seinen Gummistiefeln so leise schleichen? Und noch dazu in seinem Alter!

Nach einem Moment zuckte Darren mit den Schultern und beschloss, dass es ihm egal war. Froh, dass der seltsame Alte verschwunden war, wandte sich wieder den Rosen zu. Es ging den Opa zwar nichts an, aber beim Rest der Arbeit war Darren viel vorsichtiger mit den Pflanzen. Aus Respekt vor der verstorbenen Sue.

Als Libby am nächsten Morgen am Rose Cottage vorfuhr, war Darren gerade damit fertig, die Fenster im Wohnzimmer zu putzen. Er war bereits seit früh um acht an der Arbeit.

Der Rasen war gemäht und die schlimmsten Schäden an den Rosensträuchern zumindest wieder einigermaßen kaschiert. Im Licht der Morgensonne hatte Darren außerdem festgestellt, dass die Fenster völlig verschmutzt waren. Deshalb hatte er schließlich mürrisch auch noch die Scheiben geputzt. Der seltsame Nachbar war nicht wieder aufgetaucht.

Libby war beeindruckt. „Ich hätte nicht gedacht, dass du das Haus so hinbekommst. Schon gar nicht, nachdem du erst um vier gestern Nachmittag angefangen hast."

Darren sah sie überrascht an. „Woher wissen Sie das?"

Libby lachte. „Hast du gedacht, ich glaube dir, dass du mich wegen des Ferienhauses erst anrufst, nachdem du hier schon fertig bist? Ehrlich gesagt, habe ich fest damit gerechnet, den Thomases absagen zu müssen."

Das Brummen eines Automotors ließ sie aufschauen. Gleich darauf parkte ein Postauto auf der anderen Straßenseite. Der Postbote winkte kurz. Doch als er Libby erkannte, kam er näher.

„Hallo Ms Whatmough. Wieder mal dabei, meine Route zu verlängern?", fragte er schmunzelnd. Dann fiel sein Blick auf Darren. Er runzelte die Stirn, als er versuchte, ihn einzuordnen.

„Das ist Darren Bagshaw", stellte Libby ihn vor. „Andrew Birtwistle."

Darren nickte und beäugte den Postboten neugierig. Das also war der Kerl, den Onkel Greg nicht mochte. Der

Witwentröster. Tatsächlich konnte Darren sofort verstehen, warum Greg so misstrauisch war, denn für einen Postboten, noch dazu einen Kerl der mindestens fünfzig war, sah er ziemlich gut aus. Seine kurzen Haare waren grau meliert, das Gesicht sonnengebräunt und markant. Vermutlich fühlte sich so manche alte Dame bei seinem Anblick an einen jüngeren George Clooney erinnert, dachte Darren amüsiert.

Auch Libby schien Birtwistle recht gut zu kennen. Allerdings hatte Darren nicht den Eindruck, dass sie sonderlich glücklich war, ihn hier zu sehen.

Der Postbote musterte Darren seinerseits. Plötzlich schlug er sich mit der flachen Hand gegen die Stirn. „Bagshaw! Ich hätte gleich darauf kommen müssen. Du hast die Augen deiner Großmutter.“ Er strahlte.

„Na hoffentlich nicht!“, erwiderte Darren trocken. „Sie braucht sie ja selber.“

Birtwistle lachte. „Das stimmt wohl!“ Doch er schien froh zu sein, seine Aufmerksamkeit wieder Libby zuzuwenden. „Und Sie haben heute eine Hausbesichtigung in Mrs Shepherds altem Domizil?“

Libby nickte. „Sieht wohl so aus.“

„Erfolgversprechend? Es ist ja keine so schlechte Lage.“

Sie zuckte mit den Schultern. „Wenn man das vorher wüsste, könnte jeder Häuser verkaufen, oder?“ Sie lächelte nachsichtig.

Auch der Postbote schmunzelte. „Da haben Sie sicher Recht. Also können wir wohl nur abwarten, wen Sie uns hier als neue Nachbarn einquartieren. Viel Erfolg jedenfalls.“

„Danke.“

Als keiner mehr etwas sagte, fing der Postbote an, mit den Fingern auf seine Posttasche zu trommeln. „Na, dann mach ich mich wohl besser wieder auf den Weg.“

Libby nickte. Birtwistle zögerte noch kurz, dann drehte er sich um und begann seine Runde über die umliegenden Häuser.

„Ziemlich neugierig“, kommentierte Darren.

Seine Chefin seufzte und schüttelte resigniert den Kopf. „Kann man wohl sagen.“

„Was ist eigentlich aus den ursprünglichen Besitzern dieses Hauses geworden?“, fragte Darren plötzlich.

„Du meinst die Shepherds? Da gab es nur noch eine alte Witwe. Als die starb, ging das Haus an einen Neffen. Der wollte es aber nicht und bat mich, es zu verkaufen.“

„Hieß die alte Frau Sue?“

Libby überlegte. „Susan, glaube ich. Warum fragst du?“

Darren erzählte ihr von dem seltsamen Alten, der gestern plötzlich im Garten aufgetaucht war und noch nichts vom Tod der Witwe gehört hatte.

„Ein alter Mann?“ Libby runzelte die Stirn. „Bist du dir sicher, dass es kein Landstreicher war?“

„Ziemlich sicher. Er schien diese Susan recht gut zu kennen. Vielleicht ist er ein Nachbar.“

Libby blickte nachdenklich zu den anderen Häusern der Siedlung und schüttelte den Kopf. „Dann hätte er spätestens, als das Auto von der Entrümpelungsfirma da war, mitbekommen, dass sie gestorben ist. Der Neffe hat sich auch ein oder zweimal sehen lassen. Außerdem wohnt hier keiner, auf den deine Beschreibung passt.

Nebenan lebt ein Ehepaar und dahinter eine Familie mit Kindern. Ehrlich gesagt wüsste ich nicht, dass hier oben überhaupt ein alleinstehender alter Mann wohnt. Und er kam nachts einfach in den Garten?“

Darren nickte.

Die Immobilienmaklerin rümpfte die Nase. „Erzähl das auf keinen Fall vor meinen Kunden. Ich will nicht, dass sie glauben, hier treibt sich ein gruseliger Stalker rum. Klar? Und am besten sprichst du mal mit den Nachbarn. Vielleicht kennt ihn jemand. Und wenn nicht, sollen sie die Augen offenhalten. Im Interesse der Nachbarschaft.“

Darren kam diese Reaktion etwas überzogen vor. Auf ihn hatte der Alte ganz harmlos gewirkt. Vielleicht war er einfach nur aus einem Seniorenheim in der Nähe ausgebüxt. Trotzdem war Darren neugierig, was die Nachbarn über ihn zu erzählen hatten.

KAPITEL 12

Den Nachmittag verbrachten Darren und Maggie damit, ein weiteres Haus der Immobilienmaklerin zu putzen. Was zwei Tage zuvor im „Spukhaus“ vorgefallen war, erwähnte keiner der beiden mit einem Wort. Stattdessen plauderten sie über das schöne georgianische Gebäude und lästerten über Libbys wohlbetuchte Kundschaft.

Darren wunderte sich, dass sie so viele malerische, alte Crofter-Häuser und historische Herrenhäuser in ihrem Angebot hatte. „Wenn du in das Fenster ihres Büros schaust, könntest du meinen, ganz Argyllshire sei eine einzige Filmkulisse. Dabei gibt es doch auch genug heruntergekommene oder einfach hässliche Buden. Warum verkauft Libby nichts Billiges?“

Maggie zuckte mit den Schultern. „Das hat sie eben nicht nötig. Manchmal habe ich den Eindruck, sie kann sich vor Aufträgen nicht retten. Vor allem bei Erbschaften. Kaum ist das alte Tantchen oder der tattrige Opa unter der Erde, rennen die Erben ihr die Bude ein, weil sie die alte Hütte der Familie zu Kies machen wollen.“

„Und wie findet die gierige Verwandtschaft sie? Wenn sie das Haus nicht selbst brauchen, dann wohnen sie doch vermutlich in London oder Übersee oder so. Woher wissen sie, zu welchem Makler sie in Oban gehen sollen? Davon muss es doch mehr als genug geben. Geht Libby auf die Beerdigung und fängt sie dort ab? Oder annonciert sie in der Oban Times in der Rubrik für Todesanzeigen?“

„Keine Ahnung. Vielleicht hat sie ja auch eine Vereinbarung mit dem Beerdigungsinstitut und die drucken ihre Kontaktdaten auf die Rechnung für den Sarg.“ Maggie grinste. „In jedem Fall könnte sie einen eigenen Flohmarkt betreiben, bei der Anzahl alter Schuppen, die wir jedes Jahr ausräumen lassen müssen.“

Maggie war sichtlich gut gelaunt und bot sogar freiwillig an, das Parkett im Erdgeschoss der Villa zu bohnern, eine anstrengende Arbeit, die sonst vermutlich Darren zugefallen wäre. Stattdessen schickte sie ihn, Kaffee und Muffins für ihre Nachmittagspause zu holen.

Darren vermutete, dass es ein Friedensangebot war. Aber so schnell wollte er ihr den Streich im Spukhaus nicht verzeihen. Sie sollte sich ruhig erst einmal in Sicherheit wiegen. Irgendwann fand sich schon eine Gelegenheit, es ihr angemessen heimzuzahlen.

Kurz bevor es Zeit war, Feierabend zu machen, rief Libby an. Offenbar hatten ihre Kunden im Rose Cottage einen Schal vergessen.

„Fahr doch kurz hin und bring ihn mir ins Büro. Immerhin nimmst du ja morgen frei. Dafür kannst du mir ja heute noch diesen kleinen Gefallen tun.“

Darren blieb die Antwort im Halse stecken. „Ich nehme mir frei?“, fragte er überrascht.

„Natürlich. Deine Großmutter hat mich vor einer halben Stunde angerufen.“

„Aha“, machte Darren.

Er zog eine Grimasse, woraufhin Maggie ihm einen fragenden Blick zuwarf. Er rollte mit den Augen und deutete auf sein Handy.

Das musste unbedingt aufhören! Es konnte einfach nicht sein, dass Libby immer zuerst wusste, wann er etwas für seine Großmutter zu erledigen hatte. Außerdem konnte Oma Erica nicht ständig hinter seinem Rücken mit seiner Chefin über ihn reden.

„Also machst du's?" Libby's ungeduldige Frage schreckte ihn aus seinen Gedanken.

„Klar doch. Kein Problem."

„Dann bis später."

Maggie zuckte nur mit den Schultern, als Darren ihr Libby's plötzliches Anliegen erklärte. Er überließ ihr den Rest der Arbeit und machte sich auf den Weg zum Rose Cottage.

Wenigstens konnte er die Gelegenheit auch gleich nutzen, um die Nachbarn nach dem alten Mann zu fragen. Immerhin war es spät genug, dass die meisten bereits vor der Arbeit zurück waren. Und auf die paar Minuten kam es Libby sicher auch nicht an.

Er stellte Großmutters roten Meriva vor dem leeren Haus ab und machte sich auf den Weg zu Nachbarn. Als erstes wollte Darren sich vom Garten aus durch die Büsche schlagen, so, wie es der Alte am Abend zuvor vermutlich getan hatte. Allerdings stand er schon nach wenigen Schritten vor einem Zaun. Dahinter erstreckte sich ein perfekt manikürter englischer Rasen bis zum Nachbarhaus Von hier konnte der Opa also wohl nicht gekommen sein.

Zurück auf der Straße ging Darren direkt zu den Nachbarn, vor deren Zaun er eben gestanden hatte. Der Garten ihres Hauses verfügte über einen sorgfältig getrimmten Rasen und zwei säuberlich angelegte Beete mit je drei Reihen Frühlingsblumen. Welch ein Kontrast zum Garten des Rose Cottage, durch dessen wuchernde Buschlandschaft auch nach Darrens drastischem Einsatz von Heckenschere und Rasenmäher kaum ein Durchkommen war.

„Mr & Mrs Stickle“ las Darren an der Tür. Auf sein Klingeln reagierte eine Frau, die wohl zwischen vierzig und fünfzig Jahre alt sein mochte und ihn mit unverhohlenem Misstrauen beäugte.

„Ja?“

Darren erklärte ihr, wer er war und was sein Anliegen war.

Statt zu antworten, warf sie einen prüfenden Blick in Richtung des Nachbargrundstücks. Hinter einem ausladenden Busch war das Heck seines Autos erkennbar.

„Sie waren gestern schon mal da. Und heute morgen auch“, stellte sie fest.

Darren nickte. „Ms Whatmough hatte einen Besichtigungstermin im Haus. Ich arbeite für sie.“

„Na ich hoffe mal, es waren anständige Leute, die sie mitgebracht hat. Nicht, dass wir schon wieder solche Hippies wie die Shepherds als Nachbarn bekommen.“

Darren musste sich ein Grinsen verkneifen. Er wusste nichts über die Shepherds, aber sich ein Großmütterchen von siebzig Jahren oder mehr als Gras rauchenden Hippie vorzustellen, fiel ihm schwer. Andererseits war der Garten so verwildert, dass sich dort leicht irgendwelche sehr speziellen Pflanzen verbergen konnten. Und wer konnte schon sagen, was sich in den wilden Sechzigern in so einem abgelegenen Dorf zugetragen hatte. Vielleicht war Mrs Shepherd damals tatsächlich ein Hippie gewesen.

Als sein Blick auf Mrs Stickle, ihre dunkelrot gefärbten Haare und ihren altmodischen Tweedrock fiel, verwarf er diesen Gedanken. Für sie war vermutlich jeder, der nicht zweimal wöchentlich den Rasen mähte, ein Hippie. Zeit, das Gespräch wieder auf sein eigentliches Thema zurückzubringen.

„Haben Sie in letzter Zeit einen alten Mann drüben herumlaufen gesehen? Er trug Gummistiefel und eine Arbeitshose."

Mrs Stickle verengte die Augen und zog einen Flunsch, während sie über die Frage nachdachte. Dann schüttelte sie den Kopf. „Nein."

„Aber Mrs Shepherd war mit einem älteren Herrn befreundet, der sie regelmäßig besuchte?" Immerhin schien der Alte diese Sue ja recht gut zu kennen. Vielleicht war er früher öfter da und nun selbst eine Zeit lang nicht hier gewesen.

Doch Mrs Stickle schüttelte den Kopf. „Die hat nie Besuch bekommen. Nur der Postbote war manchmal länger bei ihr. Dabei bekam sie bestimmt nicht so viel Post, dass er einen Grund gehabt hätte, so oft bei ihr Tee zu trinken. Ein richtiger Faulpelz. Das ist unser werter Postler." Sie nickte voll selbstgerechter Entrüstung.

„Und sonst hat sie niemand besucht?"

Sie seufzte theatralisch und verzog das Gesicht zu einem traurigen Ausdruck, der vielleicht Mitleid darstellen sollte. Doch Darren sah das gemeine Funkeln in ihren Augen. „Hin und wieder war Marcy bei ihr, vom Scottish Women's Institute. Die hat ihr ein wenig im

Haushalt geholfen, obwohl das alte Haus erstaunlich gut in Schuss war."

Darren fragte sich, ob Mrs Stickle damit Rose Cottage oder Mrs Shepherd meinte. Aber er wollte nicht fragen.

Währenddessen fuhr die Nachbarin fort: „Sie lebte ja ganz allein. Antony, das war ihr Mann, ist ja schon vor Jahren gestorben. Und ihr Neffe wohnt irgendwo im Süden. In England, Newcastle oder so. Der war fast nie da. Mich hat gewundert, dass sie nicht längst ihr Haus verkauft hat und in ein Heim gezogen ist. So eine alte Frau und die ganze Zeit allein." Sie seufzte noch einmal, aber Darren kaufte ihr ihr angebliches Mitgefühl nicht ab. „Sie sehen ja selbst, wie ihr Garten aussieht. Nicht, dass das früher viel besser war. Die Wühlmäuse hat sie uns eingebracht. Machen sich ein gutes Leben unter ihren Hecken und kommen dann unseren schönen Rasen umgraben." Sie schniefte. Inzwischen hatte sie offenbar vergessen, dass sie eigentlich die mitfühlende Nachbarin spielen wollte, denn sie fuhr fort: „Hoffentlich wird das mit den neuen Nachbarn besser. Die können auch gleich dieses Baummonster fällen lassen. Sie glauben gar nicht, wie viel Tonnen an Blättern davon jeden Herbst auf unserem Rasen landen. Und bei Sturm sterb ich tausend Tode, ob es nicht irgendwann auf unser Haus kippt."

Sie warf einen giftigen Blick auf den Baum, der jetzt im Frühjahr jedoch noch kein einziges Blatt trug. Darren schätzte, dass der Baum nur auf dem Haus der Stickles landen konnte, wenn ihn zuvor ein Wirbelsturm zehn oder zwanzig Meter durch die Luft beförderte. Aber er nickte trotzdem verständnisvoll.

„Vielen Dank, dass Sie sich Zeit für mich genommen haben, Mrs Stickle. Vielleicht könnten Sie auch mit Mr Stickle reden, ob ihm etwas oder irgendwer aufgefallen ist.“ Viel Hoffnung machte sich Darren da allerdings nicht, denn sie war offenbar eine dieser Frauen, denen nichts entging, was in der Nachbarschaft passierte. Ihr Mann konnte kaum mehr wissen.

Sie nickte nur, warf noch einen giftigen Blick auf den Nachbargarten mit seinen wild wuchernden Hecken und wollte eben die Tür schließen. Doch dann hielt sie inne.

„Mir ist noch etwas eingefallen. Aber vermutlich sollte ich gar nichts sagen. Ich will ja nicht, dass Sie mich für so eine Tratschtante halten, die ständig hinter ihren Nachbarn herspioniert.“

Darren hob protestierend die Hände und sah ihr ins Gesicht. „Das würde mir doch nie in den Sinn kommen, Mrs Stickle!“, log er.

Sie nickte zufrieden und ihre Augen funkelten. Dann verkündete sie im Flüsterton: „Es gab tatsächlich einen alten Kerl, der hin und wieder zu ihr kam. Ob er Gummistiefel anhatte, weiß ich nicht. Ich glaube aber eher nicht. Er trug immer ein kariertes Hemd und war ein Bär von einem Mann. Ziemlich rüstig, braungebrannt und mit einem kurz gestutzten, weißen Bart. Ein ziemlich stattlicher Typ. Jedenfalls für jemanden in seinem Alter. Ich glaube, er kam von drüben aus Ganavan. Wir haben uns einmal kurz unterhalten. Gudgiston oder so ähnlich war sein Name. Er behauptete, er war ein Freund ihres Mannes. Es geht mich ja nichts an. Aber ich an seiner Stelle hätte vermutlich nicht jede Woche die Witwe eines ehemaligen Kollegen besucht.“ Sie schüttelte den Kopf, als habe sie wirklich gar kein Verständnis dafür. „Na ja, vielleicht hoffte er auch, die alte Sue würde ihm was vererben. Obwohl er ja selber nicht mehr der Jüngste war. Er fuhr jedenfalls einen blauen Ford. Einen Ford Focus, glaube ich."

„Danke", sagte Darren. Er hatte so eine Ahnung, wer der Alte war, den sie beschrieben hatte. Obwohl er der voyeuristischen Nachbarin eigentlich kein weiteres Material liefern wollte, war er neugierig, ob er recht hatte. „Kann es sein, dass der Name des Mannes Gudgeon war?"

Mrs Stickle nickte heftig. „Genau das war es. Gudgeon. Sein Vorname war irgendetwas Altmodisches. Gregory oder Graham oder so. Glauben Sie, das ist der Mann, den Sie suchen?"

Darren schüttelte den Kopf. „Ich denke nicht. Aber danke." Onkel Greg und Mrs Shepherd? Wenn das stimmte, wollte er auf jeden Fall mehr darüber wissen.

Mrs Stickle wirkte enttäuscht. „Nichts zu danken. Ich werde jedenfalls die Augen offen halten. Und Sie geben mir bitte Bescheid, wenn das Shepherd-Haus verkauft wird, ja?"

Darren brummte was Unverbindliches und verabschiedete sich dann. Mrs Stickle warf ihm einen letzten etwas bedauernden Blick zu und schloss die Tür.

Am nächsten Haus kam Darren mit seiner Frage nach dem Alten gar nicht erst zu Wort. Die drei Kinder der Familie waren auf dem Weg zu Schwimmunterricht im Atlantis Community Leisure Center in Oban. Und der gestressten Mutter nach zu urteilen, waren sie reichlich spät dran.

„Was wollten Sie gleich?“, fragte sie, als sie endlich ihre Sprösslinge in den Wagen verfrachtet hatte.

„Ich wollte nur wissen, ob Sie einen älteren Herrn kennen, der sich manchmal im Garten des Rose Cottage rumtreibt.“

Sie runzelte angestrengt nachdenkend die Stirn. „Nicht, dass ich wüsste. Susan hat doch schon so lange allein gelebt. Sie muss oft einsam gewesen sein. Ich wünschte, ich hätte ein wenig mehr Zeit für sie gehabt.“ Sie warf einen entschuldigenden Blick auf die Kinder. Ihr Ältester war gerade dabei, auf dem Rücksitz des Autos eine Schlägerei anzuzetteln.

„Francis Antony!“, rief seine Mutter und wedelte drohend mit dem Finger vor dem Fenster. Dann wandte sie sich wieder Darren zu. „Tut mir leid. Aber ich muss jetzt wirklich los.“

Er nickte verständnisvoll.

Nach einem kurzen prüfenden Blick auf ihre Kinder stieg die Mutter in den Wagen und brauste davon.

Darren machte sich inzwischen auf den Weg zum dritten und letzten Nachbarn. Doch auch nach mehrmaligen Klingeln rührte sich nichts in dem Haus. Schließlich gab Darren auf und ging zurück zum Rose Cottage.

Er fischte den Schlüssel aus der Tasche und öffnete die Eingangstür. Die Sonne war gerade untergegangen und das Cottage lag im Halbdunkel. Da er die Raumaufteilung kannte, verzichtete Darren darauf, im Flur das Licht einzuschalten. Er hatte keine Lust, sich von Mrs Stickle beobachten zu lassen. Nur in der Küche knipste er das Deckenlicht an. Rasch fand er den vergessenen Schal auf dem Küchentisch. Als er eben wieder aus dem Haus gehen wollte, hörte er eine Stimme hinter sich.

„Ist sie wirklich tot?"

Darren fuhr herum. Am dunklen Ende des Flurs, direkt vor dem Schlafzimmer stand der Alte. Wieder oder möglicherweise noch immer trug er Gummistiefel, Arbeitshose und den Sonnenhut.

„Wie kommen Sie hier herein?", fragte Darren überrascht.

Der Alte zwinkerte verwirrt. Darren konnte nur erkennen, dass das Funkeln seiner Augen für einen Moment erlosch. „Was meinst du? Ich wohne hier?"

„Sie wohnen hier? Hier im Haus?" Ungläubig starrte Darren ihn an. War der Kerl verrückt?

„Schon seit fünfunddreißig Jahren. Gemeinsam mit meiner Frau Susan." Der Alte zögerte. „Na ja, nun offenbar nicht mehr."

„Wie kommt es, dass keiner von Ihnen weiß? Alle sagen, dass Susan Shepherd eine Witwe war, die allein lebte."

Der Alte schmunzelte. „Ach das. Das liegt wohl daran, dass ich tot bin."

Darren starrte ihn an. „Sie sind was?"

„Ich bin tot. Na ja, ich bin ein Geist."

Darren ließ seinen Blick langsam von Gesicht des Alten bis zu seinen Gummistiefeln schweifen. Er runzelte die Stirn. „Sind Sie sicher? Für mich sehen Sie eigentlich ziemlich lebendig aus. Wie sagten Sie, ist Ihr Name?"

„Antony Shepherd. Tony hat meine Frau mich immer genannt. Und so real sehe ich nur aus, weil ich im Schatten stehe. Siehst du?"

Er machte einen Schritt nach vorn und hielt den Arm in den Lichtstreifen, der schräg durch die Küchentür fiel. Seine Hand verschwand.

Überrascht zuckte Darren zurück. „Wow. Das ist aber mal ein toller Trick."

Tony strahlte.

Nachdem er den einarmigen „Geist" einen Moment lang betrachtet hatte, drehte Darren sich um. Er begann, mit den Augen die Decke abzusuchen.

Der Alte trat zurück in den Schatten. „Wonach suchst du?"

Darren warf einen kurzen Blick auf Tony, der ihn neugierig beobachtete. Dann richtet er den Blick wieder auf Decke und Wände. Als er nichts fand, begann er, über dem Türsturz herumzutasten. Ohne Erfolg. Da ihm der Alte immer noch interessiert zuschaute, erklärte er: „Ich suche den Projektor."

Der Alte runzelte die Stirn. „Welchen Projektor?"

„Na den, der Ihr Bild erzeugt. Wer hat Sie angestiftet? War es Maggie? Steht sie jetzt irgendwo neben Ihnen und lacht über mich? – Das kannst du gleich vergessen Maggie! Ich falle doch nicht auf so einen billigen Trick herein! Ich weiß, dass es keine Geister gibt!"

Tony schüttelte den Kopf. „Es ist kein billiger Trick. Ich bin wirklich hier. Schau mal?"

Er schritt auf Darren zu. Als er an der Küchentür vorbei kam, verschwand er kurz. Doch gleich darauf war er wieder da. Er wirkte nun blasser und ein wenig durchscheinend, so dass Darren hinter ihm die Wand sehen konnte. Trotzdem war er noch immer klar als alter Mann in Gummistiefeln und Arbeitshose erkennbar.

Darren starrte die Erscheinung an. Sie sah wirklich eindrucksvoll aus. Dreidimensional und detailreich. Einen Projektor, der das drauf hatte, konnte sich nicht einmal sein ehemaliger Chef leisten, glaubte Darren. Nun, wo Tony direkt vor ihm stand, konnte er sogar ein paar weiße Bartstoppeln auf dem durchsichtigen Kinn der Erscheinung ausmachen. Er streckte die Hand nach Tonys Körper aus. Er spürte rein gar nichts als er sein Hemd berührte und seine Finger im Bauch des Alten verschwanden. Fasziniert stellte er fest, dass er seine Hand im Inneren der Gestalt sehen konnte. Es war unglaublich. Er konnte einfach nicht erkennen, wo oder wie die Projektion erzeugt wurde.

„Aufhören. Das kitzelt.“ Tony sah ihn vorwurfsvoll an.

Sofort zog Darren die Hand zurück. „Tut mir leid“, sagte er ganz automatisch.

Eine Weile betrachteten sich Darren und der Geist schweigend. „Glaubst du mir jetzt?“, fragte Tony schließlich.

Darren zögerte. „Für eine Projektion ist es ziemlich ausgefuchst. Das muss ich schon zugeben.“

Tony seufzte. „Was kann ich noch tun, um dich zu überzeugen, dass ich echt bin?“

Darren streckte die Hand aus und drückte auf den Lichtschalter für den Flur. Die Deckenlampe tauchte den Raum in ein gelbliches Licht. Die Geistererscheinung war verschwunden. Als er das Licht wieder ausschaltete, war Tony wieder da. Der Alte musterte ihn stirnrunzelnd.

„Bist du fertig?“

Darren zuckte mit den Schultern. Auch ein Projektor konnte von einer zusätzlichen Lichtquelle überstrahlt werden. Das Experiment mit dem Lichtschalter brachte also keine neue Erkenntnis. „Warum ist es so wichtig, dass ich Ihnen glaube?“, fragte er plötzlich.

„Weil ich will, dass du etwas für mich tust. Und außer dir kann ich mit keinem reden.“

„Warum nicht? Sie hätten doch auch mit Libby, ich meine Ms Whatmough sprechen können.“

Tony starrte ihn an. „Hast du mir nicht zugehört? Sie kann mich weder sehen noch hören. Ich bin ein Geist.“

„Aber ich kann Sie sehen.“

„So sieht es aus.“

„Warum ausgerechnet ich?“

Der Alte zuckte mit den Schultern. „Keine Ahnung. Vielleicht bist du verrückt?“ Er grinste schief.

Darren warf ihm einen giftigen Blick zu. „Also gut. Wie ist es im Jenseits?“

„Das ist deine Frage, um rauszufinden, ob ich wirklich ein Geist bin?“

Darren nickte.

Der Alte beäugte ihn skeptisch. „Weißt du denn, wie es im Jenseits ist? Woher willst du wissen, ob ich nicht einfach irgendwas erfinde?“

Darren zögerte. „Ich lasse es auf einen Versuch ankommen.“

Tony seufzte. „Ehrlich gesagt kann ich dir zum Jenseits nicht viel sagen. Immerhin kenne ich nur das Dasein als Geist hier in unserem Haus. Ich wollte auf Sue warten und dann mit ihr gemeinsam auf die andere Seite wechseln. Aber wie es scheint, habe ich meine Gelegenheit verpasst.“ Er sank traurig in sich zusammen.

„Und Sue, ich meine Mrs Shepherd, konnte Sie auch sehen?“

Tony hob den Kopf. „Aber ja. Allerdings war sie die Einzige. Bis du hier aufgetaucht bist.“

„Sie behaupten also, ich bin der Einzige, der Sie sehen kann?“

„Soweit ich weiß, ja. Bis auf die Nachbarskatze. Geistersehen ist leider keine sonderlich verbreitete Fähigkeit mehr.“

„Aber ich kann keine Geister sehen. Ich glaube nicht mal an sie!“

„Das ist allerdings seltsam. Bist du sicher, dass du keine Geister sehen kannst? Immerhin siehst du mich. Und ich bin mir sicher, dass ich ein Geist bin.“

Darren schüttelte den Kopf und wandte sich zum Gehen. Dieses merkwürdige Gespräch dauerte schon viel zu lange. Offenbar war er überarbeitet und begann zu halluzinieren.

„Warte!“ Lautlos eilte Tony an ihm vorbei oder genauer gesagt, durch ihn hindurch, und baute sich vor der Ausgangstür auf. „Mein Gefallen!“

Darren stöhnte. „Was wollen Sie denn?“ Fragen konnte er ja. Das hieß ja noch lange nicht, dass Darren tun würde, was seine Halluzination von ihm erwartete.

„Es geht um meine Frau Susan. Du hast gesagt, sie ist im Krankenhaus gestorben. Kannst du herausfinden, woran?“

Darren runzelte die Stirn. „Ich wüsste nicht, wie.“

„Aber sie war immer gesund. Stark wie ein Ochse. Ich kann nicht glauben, dass sie einfach so gestorben ist.“ Er blickte flehend in Darrens Gesicht.

Der zuckte mit den Schultern. „Alte Leute sterben nun mal. Vielleicht war sie traurig, weil sie schon so lange allein war.“

Tony runzelte die Stirn. „Aber sie war ja gar nicht allein. Sie hatte mich!“

Darren betrachtete den Alten nachdenklich. „Wenn ich verspreche, mich ein wenig umzuhören, darf ich dann gehen?“

Tony schwebte zur Seite. „Natürlich!“

„Aber ich sage nicht, dass ich auch etwas herausfinde“, stellte Darren klar.

Dann öffnete er die Tür und beeilte sich hinaus. Er setzte sich in sein Auto und machte, dass er fortkam.

Darren hatte das Ende der Siedlung noch nicht erreicht, als ihm etwas einfiel. Er legte den Rückwärtsgang ein und brauste die Straße entlang, bis er wieder vor Rose Cottage stand.

Ohne auf den immer noch herumschwebenden Geist von Tony Shepherd zu achten, hastete Darren in die Küche und schnappte sich den Schal. Diesmal löschte er auch das Licht in der Küche. Dann warf er die Haustür hinter sich zu und schloss ab. Zweimal.

Für heute hatte er eindeutig genug von Rose Cottage und seinem seltsamen Geist.

KAPITEL 13

Auf dem Heimweg beschloss Darren, seiner Großmutter nichts von seiner Begegnung mit dem verstorbenen Antony Shepherd zu erzählen. Bestenfalls hielt sie ihn für überarbeitet und verrückt. Schlimmstenfalls würde sie wieder von Opa Alan und seiner Gabe anfangen. Und dafür hatte er heute wirklich keine Nerven mehr.

Erst wollte er selbst in Ruhe darüber nachdenken. Es musste eine logische Erklärung für alles geben. Dass er tatsächlich einen Geist gesehen hatte, hielt er für ausgeschlossen. Auch wenn die Erscheinung ziemlich überzeugend aussah und Darren weder einen Projektor noch Mikrofone gefunden hatte: Es konnte einfach kein Geist sein. Er hatte genug über paranormale Phänomene gelesen, um über die Tricks oder den Selbstbetrug, der für gewöhnlich dahinter steckte, Bescheid zu wissen. Und er würde ganz sicher noch dahinterkommen, wie und vor allem durch wen er hier reingelegt werden sollte.

Er wünschte, er hätte die Bücher der großen Aufdecker James Randi und Benjamin Radford zur Hand, die detailliert beschreiben, wie solche Betrügereien gemacht werden. Doch die standen, wie der Rest seines Eigentums, in seinem Zimmer in Edinburgh. Darren fluchte. Das hatte er beinahe vergessen. Vermutlich hatte sein Kumpel Tarus seinen Kram längst in Kisten verstaut und vor seiner Freundin im Keller versteckt. Das war noch etwas, um das er sich kümmern musste.

Am nächsten Morgen war Darren keinen Schritt näher an einer Erklärung für die seltsame Geistererscheinung. Er hatte Stunden damit verbracht, darüber zu grübeln, wie sie erzeugt worden sein könnte und noch länger darüber, zu welchem Zweck. Auch wenn er sich über Maggie lustig gemacht hatte: So viel Aufwand war ihre kleine Meinungsverschiedenheit sicher nicht wert. Außerdem: Wann hätte sie Zeit gehabt, alles aufzubauen? Schließlich war er eingeschlafen, ohne zu einer Lösung zu kommen.

Darren beschloss, später am Tag noch einmal zum Haus zu fahren. Er würde dahinter kommen. Da war er sich ganz sicher.

Jetzt stand erst einmal etwas anderes auf dem Programm, denn Libby hatte Recht behalten. Darren hatte heute keine Zeit, für sie zu arbeiten. Er musste seine Großmutter zum Röntgen ins Hospital nach Oban bringen.

„Eigentlich ist es vollkommen überflüssig“, erklärte Oma Erica. „Aber Doktor Nugent fühlt sich besser, wenn ich meinen Fuß noch einmal anschauen lasse.“

„Mhm“, machte Darren, während er das Auto seiner Großmutter über die Küstenstraße nach Oban steuerte.

Wenn es nach Oma Erica ginge, käme vermutlich heute der Gips runter und ab morgen würde sie mit ihrem kleinen roten Flitzer wieder selbst durch die Gegend brausen.

Sie parkten vor dem Krankenhaus und Darren half seiner Großmutter zum Eingang.

„Lass nur, es geht schon“, behauptete sie, noch ehe sie durch die Tür getreten waren. „So alt und gebrechlich bin ich auch wieder nicht.“

Vorsichtig ließ Darren sie los, sodass sie allein zum Empfang humpeln konnte.

„Ich warte dann mal hier“, rief er ihr nach. Sie wedelte ungeduldig mit der Hand, was er als Zustimmung interpretierte.

Er fragte sich, ob ihr Doktor Nugent wohl der Grund war, dass sie unbedingt allein gehen musste. Wollte sie ihn am Ende beeindrucken? Ein erwachsener Enkel wäre dabei vermutlich nicht förderlich. Amüsiert schmunzelnd blickte Darren ihr nach.

Fünf Minuten später betrat er selbst das Krankenhaus. Nicht weil ihm etwas fehlte, sondern weil er es satt hatte, vor der Tür zu warten. Er konnte sich zumindest einen Kaffee holen, obwohl Getränke aus der Krankenhauscafeteria sicher nirgendwo auf der Welt einen besonders guten Ruf genossen.

Die junge Schwester, die am Empfang Dienst tat, beobachtete ihn erwartungsvoll. Doch noch ehe er bei ihr war, kam eine ältere Frau, wohl eine Patientin, aus einem der Seitenflügel. Sie schien aufgebracht zu sein, denn sie gestikulierte und murmelte vor sich hin, ehe sie rasch zum Empfang trat und Darren den Weg abschnitt.

Die Schwester warf ihm einen entschuldigenden Blick zu, dann wandte sie sich der Patientin zu. Darren blickte sich in der Eingangshalle um. Der Pfeil in Richtung Cafeteria war nicht schwer zu entdecken. Die Patientin redete unterdessen noch immer auf die Schwester ein. Als er an ihr vorüberging, zwinkerte ihr zu und wurde dafür mit einem Lächeln belohnt.

In der Cafeteria war nur wenig los. Während er mit seinem Kaffee an einem der Tische saß, dachte er über den „Geist“ von Rose Cottage nach. Antony Shepherd hatte behauptet, dass seine Frau immer kerngesund gewesen sei. Er könne sich nicht erklären, woran sie plötzlich gestorben sein sollte. Er hatte allerdings gewusst, dass sie im Krankenhaus war. Woher er das wusste, hatte er nicht gesagt.

Darren beschloss, das Wissen des angeblichen Geistes auf die Probe zu stellen. Er hatte keine Ahnung, was es bringen mochte. Aber wenn Tony recht behielt, wüsste er zumindest, dass er sich das Gespräch nicht selbst zusammenfantasiert hatte. Immerhin wusste er ja nichts über Susan Shepherd. Selbst den Namen hatte er zuerst von Tony gehört. Und falls tatsächlich etwas dahinter steckte – nun, ein wenig Neugier konnte jedenfalls nicht schaden. Und es würde ihm die Wartezeit verkürzen. Er wollte versuchen, herauszufinden, ob Susan Shepherd wirklich hier im Krankenhaus von Oban gestorben war und ob ihr Tod unerwartet kam. Vielleicht erfuhr er sogar, was die Todesursache war.

Da er kein Verwandter der Verstorbenen war, war es sicher nicht einfach, an Informationen zu kommen. Aber er könnte es mit ein wenig Charme versuchen. Und es gab ihm einen Grund, die hübsche Schwester anzusprechen, die bei der Anmeldung saß.

Jetzt brauchte er nur noch einen Anfang. Darren blickte sich um und überlegte, wie er ein Gespräch über eine tote fremde Frau beginnen sollte. Als sein Blick auf den Tresen der Cafeteria fiel, hatte er eine Idee.

Mit einem Schokomuffin in der einen Hand und einem Cafe Latte in der anderen trat er wenig später auf den Empfang zu. Von der älteren Patientin war zum Glück nichts mehr zu sehen. Die Schwester schenkte ihm ihr professionelles Lächeln.

„Wie kann ich Ihnen helfen?“, fragte sie.

Darren grinste. „Gar nicht.“ Er schob den Teller mit dem Muffin und den Kaffee über den Tisch zu ihr. „Ich wollte mich nur bedanken.“

„Wofür?“

„Dafür, dass Sie sich so wunderbar um meine Großmutter gekümmert haben, bevor sie starb.“

Das Lächeln der Schwester erstarb und wich einem Ausdruck des Bedauerns. „Mein Beileid. Wie hieß denn Ihre Großmutter?“

„Susan. Susan Shepherd. Sie war eine wunderbare Frau.“ Darren setzte ein betrübtes Gesicht auf.

„Das war sie.“ Schwester Beales, wie auf ihrem Namensschild zu lesen war, nickte. Dann warf sie auf einmal einen misstrauischen Blick auf Darren. „Soweit ich weiß, hatte Susan keine näheren Verwandten.“

Mist. Das hatte er vollkommen vergessen. Aber zumindest schien zu stimmen, dass sie hier gewesen und wohl auch, dass sie hier gestorben war. Schwester Beales erinnerte sie offenbar an sie.

Rasch korrigierte er sich. „Ich bin nicht wirklich ihr Enkel. Eigentlich ist – Entschuldigung war – sie meine Großtante. Aber ich durfte immer Oma Sue zu ihr sagen. Leider war ich bis vor kurzem im Ausland. Ich hatte sie schon viel zu lange nicht mehr gesehen. Das werde ich wohl ewig bedauern. Ich kann noch immer nicht glauben, dass es sie auf einmal nicht mehr gibt.“

„Ach so. Das tut mir leid.“ Die Schwester blickte ihm voller Mitgefühl in die Augen. Dann griff sie zögernd nach dem Schokomuffin, der vor ihr stand. Er konnte sehen, wie gern sie hineingebissen hätte. „Und sie hat von mir gesprochen?“, vergewisserte sie sich.

Darren schluckte. Jetzt nur nicht zu dick auftragen. „Ehrlich gesagt, nein. Aber ich weiß, welch einen guten Job Sie hier machen.“

Als sie überrascht zu ihm aufsah, setzte er rasch hinzu: „Sie alle, meine ich.“

Jetzt schmunzelte sie. „Und kriegen die anderen auch alle einen Schokomuffin spendiert?“

Darren grinste ertappt. „Jetzt haben Sie mich erwischt. Ich wollte auch ein wenig mit Ihnen plaudern. Ich bin übrigens Dan. Dan Shepherd.“ Er reichte ihr seine Hand.

Sie lächelte. „Katie Beales.“ Dann warf sie einen fragenden Blick auf den Kaffeebecher, der zwischen ihnen stand.

„Ein Café Latte“, erklärte Darren rasch. „Auch für Sie.“

Katie nickte und schob Kaffee und Muffin auf die Seite. Dann stützte sie ihre Ellbogen auf dem Empfangstresen ab und legte ihr Kinn in die Hand. Ihre graugrünen Augen funkelten ihn amüsiert an. Sie hat Sommersprossen, stellte Darren überrascht fest.

„Also. Jetzt wo wir klargestellt haben, dass du mich bestechen willst: Worum geht’s?“

Darren musste sich in die Innenseite der Wange beißen, um sich zu konzentrieren. Katie war wirklich hübsch, aber deshalb war er nicht hier.

Er zog ein betretenes Gesicht. „Um ehrlich zu sein, ich habe Schuldgefühle.“

Katie nickte verständnisvoll. „Und was kann ich da tun?“

„Es geht um meine Großmutter, Großtante, meine ich. Ich fürchte, ich habe mich nicht genug um sie gekümmert. Dabei war sie doch schon so alt.“

Wenn sie jetzt wissen will, wie alt Susan eigentlich war, bin ich aufgeschmissen, dachte er. Aber Katie nickte einfach.

Darren zögerte. „Ich habe mich nur gefragt, ob Sie, du mir verraten könntest, woran sie gestorben ist.“

Sofort richtete sich Katie auf und ein ablehnender Ausdruck trat in ihr Gesicht. „Das geht nicht. Das ist gegen die Vorschriften.“

„Ich weiß. Tut mir leid. Es ist nur – vielleicht würde sie noch leben, wenn ich sie öfter besucht hätte. Vielleicht hätte ich merken müssen, dass etwas nicht stimmt.“ Er ließ den Kopf hängen, richtete aber unter den Brauen einen bettelnden Hundeblick auf Katie.

Der Ausdruck in ihren grünen Augen wurde wieder ein wenig weicher. „Ich denke, da musst du dir keine Sorgen machen. Sie war eben alt. Und alte Menschen sterben. So ist das leider. Auch, wenn wir es oft nicht wahrhaben wollen.“

Darren nickte niedergeschlagen. „Aber trotzdem. Sie war immer so eine gesunde Frau. Ich habe sie erst –“ Er überlegte, wie lange das Rose Cottage wohl schon leer stand. Wenn er jetzt den falschen Zeitpunkt wählte, flog er auf. Besser vorsichtig schätzen. „Ich habe sie im letzten Sommer besucht. Da schien sie noch vollkommen gesund zu sein.“

Katie seufzte. „Aber ich kann nicht einfach ...“

„Bitte. Sie hatte doch sonst niemanden mehr."

Schließlich schien der Hundeblick aus Darrens braunen Augen sie zu erweichen. „Also gut. Ich kann ja mal nachschauen. Aber kein Wort zu irgendwem. Sowas kann mich meinen Job kosten!"

Darren presste die Lippen zusammen und fuhr mit den Fingern darüber, als würde er einen Reißverschluss zuziehen und er anschließend den Schlüssel wegwerfen. „Kein Sterbenswörtchen. Versprochen."

Während Katie begann, das entsprechende Patientenblatt an ihrem Rechner aufzurufen, grinste Darren innerlich. Er hätte nie gedacht, dass es so einfach werden würde.

„Ah. Hier hab ich es." Schwester Beales zupfte nachdenklich an einer Haarsträhne, während sie die Informationen auf ihrem Bildschirm las. „Hier steht nur Herzstillstand. Also nichts Besonderes für eine Frau ihres Alters. Sowas kann vorkommen. Ich glaube nicht, dass du ihr hättest helfen können."

Darren nickte betrübt. Dann fiel ihm etwas ein: „Warum war sie eigentlich hier im Krankenhaus? Wäre es nicht viel wahrscheinlicher, dass sie daran zu Hause stirbt?"

Katie tippte noch einmal auf ihrer Tastatur herum. „Sie hat selbst den Notruf gewählt. Sie fühlte sich nicht gut, klagte über Brustbeklemmung und Schwindel. Als sie hier ankam, wurden Herzrhythmusstörungen festgestellt."

„Also hatte sie Probleme mit dem Herzen?"

„So scheint es." Schwester Beales zuckte mit den Schultern. „Mehr kann ich dir aber wirklich nicht sagen."

Darren lächelte. „Danke. Im Ernst. Ich bin sicher, du hast Recht. Da hätte ich nichts tun können. Ich bin ehrlich erleichtert.“

Sie schauten einander unschlüssig an.

„Wäre es sehr unverschämt von mir, dich zum Dank zum Essen einzuladen?“ Darren lächelte.

Katie grinste. „Wäre es. Was, wenn ich einen muskelbepackten Freund habe, der leicht eifersüchtig wird?“

Darrens Lächeln erstarb. „Hast du?“

Sie lachte. „Nein. Aber es war schön, dein Gesicht zu sehen.“

„Wie wäre es dann morgen? Ich hol dich nach Dienstschluss ab und wir gehen ins Markie Dans?“

Katie zögerte. Sie wollte gerade zusagen, als sie die alte Dame sah, die hinter Darren stand und sie beobachtete. „Hallo Mrs. Bagshaw. Kann ich noch irgendetwas für Sie tun?“

Darren fuhr herum. Tatsächlich. Hinter ihm stand seine Großmutter.

„Hallo Katie. Wie ich sehe, hast du Darren schon kennengelernt.“

Überrascht blickte Katie von ihr zu Darren. „Ihr kennt euch?“

Darren lächelte gequält und versuchte, seiner Großmutter unauffällig Zeichen zu geben. Aber die fuhr ungerührt fort. „Natürlich kennen wir uns. Das ist mein Enkel Darren. Hat sich der unhöfliche Rüpel etwa nicht vorgestellt?“

Katie zog überrascht die Augenbrauen nach oben. Aber es dauerte nur einen Moment, bis sie sich wieder gefangen hatte. Ihre Augen funkelten ihn wütend an, während sie freundlich sagte. „Doch. Natürlich hat er sich vorgestellt. Nur habe ich wohl seinen Namen nicht ganz richtig mitbekommen.“

Darren senkte den Blick. „Tut mir leid“, murmelte er.

Katie ignorierte ihn. „Wenn Sie nichts mehr brauchen, Mrs. Bagshaw. Ich muss leider auf die Station.“

Entschlossen entsorgte sie den angebissenen Schokomuffin und den Pappbecher mit dem unberührten Café Latte im Müll. Dann warf sie Darren einen letzten vernichtenden Blick zu und stürmte den Gang hinunter.

Oma Erica blickte ihr verwundert nach. „So habe ich sie ja noch nie erlebt. Was hast du jetzt schon wieder angerichtet, Darren?“

Der schüttelte nur den hochroten Kopf und murmelte etwas Unverständliches. Er hoffte, dass seine Großmutter so bald nicht wieder hier her musste.

Nachdem er seine Großmutter in Ganavan abgesetzt hatte, fuhr Darren hinüber nach Pennyfuir zum Rose Cottage. Er hatte genug von dieser Geschichte. Es war Zeit, ein für alle Mal zu klären, wie diese Erscheinung eines alten Mannes erzeugt wurde. Es musste dabei einen Trick geben. Und es musste einen Grund geben. Selbst wenn an dem Verdacht des angeblichen Geistes etwas dran sein sollte: Warum wollte irgendwer, dass ausgerechnet er, Darren Bagshaw, sich mit dem Tod von Susan Shepherd beschäftigte? Das Ganze war wirklich rätselhaft.

Als er am Cottage ankam, war es früher Nachmittag. Die Sonne schien über die Heide hinter der Siedlung und das ferne Meer glitzerte im Sonnenlicht. Darren nickte zufrieden. Bei diesem strahlenden Sonnenschein würden Drähte, Projektoren oder Lautsprecher seiner gründlichen Suche sicher nicht entgehen.

Als er hinüber zum Haus der Stickles schaute, sah er, dass sich die Gardine hinter einem der Fenster bewegte. Vermutlich lag Mrs Stickle wieder mal auf der Lauer. Ihm war es egal. Er wollte heute Geister jagen.

Aus dem Kofferraum des Autos schnappte er sich seine spärliche Ausrüstung: Eine starke Taschenlampe, die er extra zu diesem Zweck eingepackt hatte, einen Schraubenzieher, mit dem er mögliche Verstecke aufhebeln konnte, und sein Handy, damit er bei Bedarf Fotos machen konnte. Er prüfte, dass der Akku seines Handys ausreichend aufgeladen war. Dann war er fertig.

Darren bedauerte, dass er nicht wenigstens noch einen Leitungssucher aus dem Baumarkt hatte. Nicht, weil er glaubte, damit die Energie des Geistes messen zu können, sondern weil er hoffte, mit Hilfe der Stromleitungen die Position eventuell vorhandener Lautsprecher oder anderer Gerätschaften aufspüren zu können. Die bei manchen Geisterjägern beliebten EMF-Messgeräte hielt er für Unsinn. Woher wussten die Möchtegern-Geisterjäger überhaupt, dass Geister elektromagnetische Felder verursachten?

Als Erstes kontrollierte Darren das Wohnzimmer und die beiden Schlafzimmer. Wie zu erwarten, war in keinem der taghellen Räume etwas von dem angeblichen Geist zu sehen. Auch versteckte Lautsprecher, Laser oder anderen Schnickschnack fand er nicht. Das alte Radio im Wohnzimmer gab zwar schauerliche Geräusche von sich, als er es einschaltete, aber das lag nur daran, dass der

Sender verstellt war. Dass das alte Ding irgendetwas mit dem Geist von Tony Shepherd zu tun hatte, hielt Darren für ausgeschlossen.

Als Nächstes nahm er sich den Flur vor. Er schaltete das Licht an und öffnete alle Türen, um den Raum so hell wie möglich zu machen.

„Tony? Antony Shepherd?“ Darren kam sich dumm vor, in dem leeren Haus nach einem Toten zu rufen. Aber wenn hier irgendwer Spielchen mit ihm spielte, wollte er ihn glauben lassen, dass er auf die Geistergeschichte hereinfiel.

Es kam keine Antwort.

Systematisch beleuchtete Darren jede Ecke und jeden Winkel. Er holte sogar einen Küchenstuhl, um die obere Kante der Türrahmen auf verborgene Drähte abzusuchen. Nichts. Darren wusste nicht, ob er erleichtert oder enttäuscht sein sollte. Er hatte heute weder den Geist gesichtet, noch eine Installation gefunden, mit der eine Geistererscheinung künstlich erzeugt worden sein konnte. Aber irgendetwas hatte er am Vorabend hier gesehen und gehört. Das konnte er sich doch nicht eingebildet haben.

Gerade als Darren gehen wollte, polterte es in einem der Schlafzimmer. Als er näher ging, hörte er eine Stimme, die aus dem Kleiderschrank zu kommen schien. „Junger Mann?“

Vorsichtig öffnete Darren die Schranktür einen Spalt breit. Und dort war er. Der Alte saß im Dunkeln auf einem Schuhregal und blickte ihn neugierig an.

Sofort riss Darren auch die andere Tür auf.

„Nein!“, jammerte der Alte. Und verschwand.

Irritiert suchte Darren den offenen Schrank ab. In jede Ecke leuchtete er mit seiner Taschenlampe. Doch der Schrank blieb leer.

Kaum schloss er die Tür, hörte er ein leises Poltern, wie von Gummistiefeln, die sich auf einem Holzboden bewegten. Diesmal öffnete er die Schranktür nur einen Spalt. Und da war er wieder: Tony Shepherd.

Also gut, dachte Darren. Dann eben so.

Er schloss den Schrank und aktivierte die Aufnahmefunktion seines Handys. Anschließend steckte er es sich in die Tasche. Lieber wäre ihm gewesen, gleich ein paar Fotos oder Filmaufnahmen zu machen. Aber er wollte den „Geist" nicht verschrecken. Für den Anfang mussten die Tonaufnahmen reichen.

Als er fertig war, öffnete er die Schranktür ein kleines Stück und lächelte den angeblichen Geist freundlich an. „Ach hier sind Sie. Ich habe Sie schon gesucht!"

Tony beäugte ihn missmutig. „Also ich hatte den Eindruck, du bist auf der Suche nach etwas vollkommen anderem. Steigst du bei deinen Freunden etwa auch auf den Küchentisch oder suchst sie auf ihren Schränken?"

Darren wurde rot. „Ach das. Ich wollte nur ein wenig Staubwischen."

„Aha." Der Alte betrachtete ihn. „Hast du wenigstens etwas herausgefunden?"

„Ja. Na ja, ein bisschen. – Aber vorher hätte ich noch ein paar Fragen."

„Welche denn?"

„Wohin verschwinden Sie, wenn ich die Schranktür aufmache?"

Der Alte blickte ihn verwundert an. „Ich weiß es nicht. Vielleicht löse ich mich auf. Keine Ahnung. Aber meine Sue konnte ich auch immer nur abends besuchen, wenn es dunkel war.“

„Und außer ihrer Frau kann keiner Sie sehen?“

„Das hatten wir doch schon. Nein. Nur du und die Katze von nebenan. War es das?“ Der Alte wirkte heute ungeduldig.

Darren überlegte „Ich denke ja. Zumindest vorläufig.“

„Und was hast du herausgefunden? Was fehlte Sue?“

Bevor er antworten konnte, kam Darren ein Gedanke. „Sie hat selbst den Notdienst gerufen, also war sie hier. Wieso wissen Sie dann nicht, warum?“

Tony wandte den Blick ab und rückte sich auf seinem Schuhschrank zurecht. „Ich war nicht da.“

„Warum nicht?“

„Weil es Tag war.“

„Und woher wissen Sie, dass sie im Krankenhaus war? Sie wird Sie ja wohl nicht von dort angerufen haben.“

„Natürlich nicht! Sie hat mir eine Notiz da gelassen.“

„Oh. An so etwas habe ich nicht gedacht.“ Darren kam sich dumm vor. Aber wer sollte in einer Zeit von Handys und Internet auch daran denken, dass jemand einfach eine Nachricht auf ein Stück Papier kritzeln konnte?

Der Alte zappelte unruhig auf seinem Schuhregal herum. „Jetzt sag mir endlich, was du herausgefunden hast.“

„Nicht viel, ehrlich gesagt. Sie kam ins Krankenhaus wegen Schwindel und Brustschmerzen.“

Tony nickte und bedeutete ihm, fortzufahren.

„Als sie im dort ankam, haben sie Herzrhythmusstörungen festgestellt. Und nicht lange danach erlitt sie offenbar einen Herzstillstand."

Der Alte starrte ihn an. „Wie? Einfach so? Ihrem Herzen fehlte doch gar nichts."

Darren zuckte mit den Schultern. „Tut mir leid. Aber mehr konnten sie mir im Krankenhaus nicht sagen."

Antony schüttelte den Kopf. „Das glaube ich nicht. Sie war immer gesund. Sie hatte nie Probleme mit dem Herzen. Auch keinen Bluthochdruck oder andere Beschwerden mit dem Kreislauf. Und auf einmal kippt sie tot um? Sie machte immer Scherze darüber, dass sie wohl noch ihren Arzt überleben wird, obwohl der zwanzig Jahre jünger ist, als sie. – Haben die im Krankenhaus denn keine Ursache für das Herzflimmern gefunden? Vielleicht ist sie vergiftet worden."

Darren schüttelte den Kopf. „Ich weiß nicht, ob sie noch etwas herausgefunden haben. Ich bin froh, dass mir überhaupt jemand so viel verraten hat. Ich glaube aber, sie haben sie hinterher nicht sonderlich genau angeschaut. Immerhin war sie alt und alte Menschen sterben eben an Herzproblemen."

„Aber nicht Susan!"

Der Alte war aufgesprungen und starrte Darren aufgebracht an. Er stand jetzt so, dass ihm die Kleiderstange links und rechts aus den Ohren ragte. Es sah irritierend aus. Auch, wenn der Geist oder die Projektion oder was auch immer er war, offensichtlich nichts davon bemerkte.

„Jetzt beruhigen Sie sich doch."

„Ich will mich aber nicht beruhigen! Irgendwer hat meine Frau umgebracht und ich will, dass derjenige zur Rechenschaft gezogen wird!“ Er blickte Darren flehend an.

Der seufzte. „Selbst wenn es so wäre. Wer hätte denn einen Grund, sie zu vergiften? Außerdem hätten Sie das doch sicher mitbekommen.“

Tony schaute betreten auf seine Gummistiefel. „Nicht, wenn es tagsüber geschehen ist“, sagte er leise. „Bitte. Du bist der Einzige, mit dem ich reden kann. Du musst mir helfen!“

Darren schwieg. Die Geschichte wurde gerade immer verrückter. Er war hier her gekommen, um zu beweisen, dass Tony eine Projektion war. Dass es in Rose Cottage keine Geister gab. Und stattdessen verlangte der Geist plötzlich, dass er in einem angeblichen Mord ermittelte. In einem Mord an der Ehefrau eines Geistes.

„Wer hätte denn überhaupt einen Grund gehabt, Ihrer Frau etwas anzutun?“, fragte er schließlich.

In dem Moment, in dem er die Frage ausgesprochen hatte, hatte er bereits ein Bild vor Augen: die garstige Nachbarin. Der Garten der Shepherds war ihr offensichtlich schon lange ein Dorn im Auge. Aber deswegen jemanden umzubringen? Und warum gerade jetzt? Wenn sie es gewollt hätte, hätte sie sicher vor Jahren eine Möglichkeit gefunden, ihre Nachbarn loszuwerden. Oder sie notfalls per Gerichtsbeschluss gezwungen, den Garten in Ordnung zu halten.

Tony schüttelte hilflos den Kopf. „Ich weiß es nicht. Sue hat nie jemandem etwas getan.“ Einen Moment lang schwieg er und kratzte sich nachdenklich hinter dem Ohr.

Für Darren sah es aus, als würde ihn die Kleiderstange jucken, die noch immer aus seinem Schädel ragte. Schließlich blickte Tony ihn an. „Es gab da diese Immobilienmaklerin, die unbedingt unser Haus kaufen wollte. Libby irgendwer. Sue hat ein oder zweimal von ihr gesprochen. Aber ich kann mir nicht vorstellen, dass sie deswegen meine Frau vergiften würde. Sonst fällt mir niemand ein."

Darren seufzte. „Vielleicht sollten wir zuerst herausfinden, ob Ihre Frau überhaupt vergiftet worden ist, ehe wir irgendwen verdächtigen", schlug er vor. Gleichzeitig war ihm klar, dass das kaum möglich sein würde. Ganz besonders, seit er es sich mit der hübschen Krankenschwester verscherzt hatte.

Tony blickte ihn hoffnungsvoll an. „Also hilfst du mir?"

Darren starrte in die dunklen Augen des Alten. Eine kleine Stimme in seinem Hinterkopf fragte, was ihn die Probleme des alten Mannes überhaupt angingen. Geist oder nicht: er kannte ihn doch kaum. Trotzdem fühlte er sich verantwortlich, auch wenn er nicht genau erklären konnte, warum. Er nickte. Dann reichte er dem Geist die Hand. Dass dem Opa immer noch die Kleiderstange aus den Ohren ragte, verdarb die Feierlichkeit des Moments ein wenig. Genauso wie die Tatsache, dass Tonys Hand nicht wirklich existierte. Aber andererseits war die Geschichte so oder so völlig absurd.

Als Darren wenig später vor dem Haus im Auto saß, schüttelte er ungläubig den Kopf. Darren Bagshaw, Mordermittler für die Geisterwelt. Er war immer noch nicht ganz sicher, dass er tatsächlich mit einem echten Geist gesprochen hatte. Andererseits hatte er auch keine andere Erklärung für Tonys Existenz. Aber falls Tony Shepherd real war, wäre Darren der Erste, der eine echte Tonaufnahme von einem Geist besaß.

Grinsend zog er sein Handy aus der Tasche und begann die Aufnahme seines Gesprächs mit Tony, dem Geist, abzuspielen. Er lauschte.

„Ach hier sind Sie. Ich habe Sie schon gesucht!“

Pause.

„Ach das. Ich wollte nur ein wenig Staubwischen.“

Wieder gab es eine Pause in der Aufnahme.

„Ja. Naja, ein bisschen. – Aber vorher hätte ich noch ein paar Fragen.“

Pause.

„Wohin verschwinden Sie, wenn ich die Schranktür aufmache?“

Irritiert schaltete er die Aufnahme ab. Was mochte das schon wieder bedeuten? Warum hatte er nur seine eigene Stimme aufgenommen? Vielleicht war es doch an der Zeit, einmal mit seiner Großmutter über Geistererscheinungen zu reden. Immerhin schien sie an so etwas zu glauben. Und vielleicht hatte ihr ja auch sein Opa Alan den ein oder anderen Tipp zu dem Thema gegeben.

Aber vorher brauchte er eine Pause. Und ein Bier!

KAPITEL 14

The Haunted House, das alte Pub von Ganavan, lag malerisch oberhalb des Strandes von Ganavan Bay. Ein paar robuste Tische, die meerseitig vor dem Gebäude standen, erlaubten es einem, sein Pint bei Abendsonne und mit Blick auf die nächsten Inseln zu genießen, während hinter einem die alte, sonst graue Steinfassade in zartem Rosa erstrahlte.

Doch dafür war es jetzt im April noch zu kalt und zu windig. Den Kragen seiner Jacke hochgeschlagen, beeilte sich Darren, ins Innere des Pubs zu kommen. Weiß gestrichene Wände, alte Holzbalken, die sicher nur Dekoration waren, dunkle Tische und ein paar antike Fotos verströmten die gemütliche Pub-Atmosphäre, die die Sommertouristen so liebten. Er war aber auch ein Ort, an dem sich die Einheimischen wohl fühlten. Auch heute saßen bereits ein paar Stammgäste vor ihrem Bier.

Erst als er sich mit einem Pint an einen der hinteren Tische zurückgezogen hatte, wurde ihm die Ironie seines Fluchtortes bewusst. Ausgerechnet ins *Haunted House*, in das Spukhaus, flüchtete er nach seinem Erlebnis im Rose Cottage.

Darren schüttelte über sich selbst den Kopf und nahm einen Schluck von seinem Bier. Sollten sie ihm doch alle gestohlen bleiben mit ihrem Aberglauben. Er war überzeugt, dass es keine echten Geister gab, auch wenn die Touristen es gerne glaubten. Und für Tony, den Geist von Rose Cottage, würde er irgendwann auch noch eine

Erklärung finden. Es war nur eine Frage der Zeit. Vielleicht gab es dort Halluzinogene, die sich wie Schimmelsporen in dem leeren Haus verteilten. Oder Tony war irgendein Freund von Sue Shepherd. Obwohl Darren nicht klar war, was der damit beabsichtigte, mit seiner Hilfe den Tod der armen Frau zu untersuchen. Und wie er es anstellte, zu verschwinden, wenn Licht auf ihn fiel. Auch für den Trick mit der Kleiderstange, die ihm quer aus dem Kopf ragte, hatte er noch keine Erklärung.

„Oi, Mäusebäckchen! Solltest du dich nicht um deine Großmutter kümmern?“

Die riesige Gestalt von Greg Gudgeon baute sich vor Darrens Tisch auf. Vorwurfsvoll blickte der alte Mann auf ihn herab.

Darren runzelte die Stirn. „Ihr geht’s gut. Norma und Janet sind bei ihr. Sie hat vorhin sowas gesagt.“ Er war sich nicht ganz sicher, ob das stimmte. Aber in jedem Fall sah er keinen Grund, sich vor Greg zu rechtfertigen.

Sofort zeigte sich Verständnis in Gregs zerfurchtem Gesicht. „Die drei zusammen? Das ist ja wie beim Hexenkonvent! Dann war’s wohl die richtige Entscheidung, das Weite zu suchen.“ Er ließ sich uneingeladen auf einen Stuhl an Darrens Tisch sinken und betrachtete dessen fast ausgetrunkenes Bier. „Ich schätze, das hattest du nötig. Weißt du was? Ich geb dir noch eins aus.“

Darren nickte dankbar. Er hatte keine Lust, sich mit Greg über seine Großmutter und deren Freundinnen zu unterhalten. Aber über Sue Shepherd wollte er jetzt auch nicht nachdenken.

„Warum heißt der Pub eigentlich *The Haunted House* und nicht einfach *The Green Man* oder *Red Lion* wie andere Pubs?“, fragte er stattdessen.

Greg hob fragend eine Augenbraue. „Bist du auf der Suche nach einem Ort, wo du deine Geisterfallen aufbauen kannst, Junge?“

Darren zeigte ihm ein gequältes Lächeln. Dann zuckte er mit den Schultern. „Nein. Keine Ahnung. Ich war nur neugierig.“

Sein Gegenüber blinzelte. „Weißt du das wirklich nicht?“

Darren schüttelte den Kopf. Dann zögerte er und runzelte die Stirn. „Du hast recht. Eigentlich komisch. Aber als ich klein war, hieß es noch anders, oder? Und später habe ich nie wirklich darüber nachgedacht.“

„Na dann sollten wir da schnellstens Abhilfe schaffen. – Oi, Pete. Bring noch zwei Bier. Und unser junger Herr Bagshaw hier hätte gern gewusst, warum dein Pub *The Haunted House* heißt.“

Pete, der Barmann, beäugte Darren interessiert. Bei der Aufforderung, seinen Gästen das Bier an den Tisch zu bringen, runzelte er die Stirn. Es war üblich, dass sich die Pubbesucher ihre Getränke selbst an der Bar abholten. Doch der Name Bagshaw hatte ihn offenbar neugierig gemacht.

Als er sich kurz darauf zu ihnen gesellte, hatte er drei Gläser Bier dabei, die er auf dem Tisch verteilte.

„Bist du irgendwie mit Al, dem Seher, verwandt?“, fragte er an Darren gerichtet.

Darren runzelte die Stirn. „Sollte ich wissen, wer das ist?“

„War", korrigierte Greg. An Pete gewandt ergänzte er. „Er ist Alan Bagshaws Enkel."

Bei dieser Eröffnung schossen die Augenbrauen des Pubbesitzers nach oben. Etwas wie Respekt trat in seine Augen. „Kannst du auch Geister sehen?"

Darren musterte Pete misstrauisch. „Wie meinst du das? Es gibt keine Geister."

Fragend blickte der Barmann zu Darrens Tischgenossen.

Greg seufzte. „Ich hab dir doch gesagt, er kennt nicht einmal die Geschichte des Pubs. Er weiß nichts über Alans geheime Gabe. Aber unser junger Darren hier arbeitet in Edinburgh als Geisterjäger. Sicher kann er dir helfen, falls du mal irgendein spirituelles Problem hast." Er zwinkerte.

„Ich arbeite nicht als Geisterjäger!" Darren schnaufte. „Ich mache Geistertouren für Touristen. Oder genauer gesagt, ich habe sie gemacht."

„Also interessiert dich das *Haunted House* nur als Recherche für deinen Job?" Pete schien enttäuscht.

Dieser Vorwurf hatte Darren kalt erwischt. Er öffnete und schloss seinen Mund ein paar Mal, ohne dass ein Laut herauskam. „Überhaupt nicht! Ich arbeite doch gar nicht mehr für die Geistertouren. Und außerdem könnt ihr mir mit euren Gespenstergeschichten gestohlen bleiben. Ist sowieso alles Humbug. Kann ein Mann hier nicht mal in Ruhe sein Bier trinken?"

Greg warf Pete einen warnenden Blick zu. Dann legte er Darren eine beruhigende Hand auf die Schulter. „Nu mach mal halblang, Junge. Ich dachte, dass du dich dafür interessierst. Du hast schließlich gefragt. Übrigens hat dein Opa Alan bei der Benennung des Pubs eine wesentliche Rolle gespielt.“ An Pete gewandt, sagte er. „Wieso erzählst du‘s uns nicht einfach?“

Pete’s hochmütiger Blick schien zu sagen, dass Darren diese Ehre nicht wert sei. Dann blickte er zu Greg und seufzte. „Warum eigentlich nicht? Ich muss sowieso wieder in Übung kommen. Immerhin geht die Touri-Saison bald los.“ Bevor er begann, nahm er einen ordentlichen Schluck Bier und setzte sich in Erzählposition.

Wider Willen war Darren gespannt, was nun kommen mochte.

„Alles begann in einer stürmischen Nacht vor ungefähr zwanzig Jahren. Der alte Al war damals Stammgast hier. Und an diesem Abend war das Wetter so mies, dass kein Fischer rausfahren konnte. Der Pub hieß damals übrigens noch *The Haven*. Eigentlich kein besonders guter Name. Auch kein schlechter. Eben ganz normal.“

Darren nickte. *The Haven*. Das war der Name, den seine Großmutter noch heute für den Pub verwendete.

„Al hatte jedenfalls etwas mehr als üblich getrunken. Und auf einmal beugte er sich über die Bar und fragte mich ganz vertraulich: ‚Sag mal, nervt die dich nicht manchmal?‘

‚Wer?‘

‚Na, die Frau.‘

‚Meine Alte? Sicher. Deshalb hab ich mich ja auch scheiden lassen.‘ Ich grinste, denn es war gerade erst ein paar Wochen her, dass Tessa ausgezogen war und ihren ganzen Krempel aus meiner Bude geräumt hatte.

Doch der alte Al schüttelte nur den Kopf und deutete stattdessen nach oben. ‚*Die* Frau', sagte er und rollte verschwörerisch mit den Augen. Und dann meinte er noch. ‚Also wenn ich jeden Abend das Gejammer von der hören müsste, würd ich verrückt werden.'

War ziemlich seltsam, wie er das sagte. Und es stimmte natürlich auch nicht. Hier im Pub lebte damals keine Frau. Schon gar nicht eine, die ständig gejammert hätte. Die hätt ich schnell wieder rausgeworfen."

Pete nahm einen Schluck Bier und warf Darren über das Glas hinweg einen vielsagenden Blick zu.

Der verzog das Gesicht. „Das war's? Das war eure großartige Geistergeschichte? Viel ist das ja nicht."

Pete nickte bedächtig. „Das hätte ich genauso gesehen. Wenns dabei geblieben wäre. Aber ab dem Tag hab ich plötzlich auch was gehört. Also nicht das Jammern und schon gar nicht täglich. Aber doch oft genug, um mir langsam Sorgen um meinen Verstand zu machen."

Darren spielte mit. „Was hast du denn gehört?"

„Na so Schritte und ab und an Stöhnen."

Darren zuckte mit den Schultern. „Ist ein altes Haus. Na klar gibt's hier Geräusche."

Pete nickte. „Aye. Genau das dachte ich mir auch. Bis zu dem Abend, an dem ich den Schrei und das höllische Gepolter von oben hörte." Der alte Barmann schüttelte sich. „Das kalte Grausen kam mir bei dem Geschrei. Es klang schlimmer, als wie wenn jemand 'n Schwein absticht. Irgendwie menschlich, bloß viel unheimlicher."

„Und was ist passiert?"

„Keine Ahnung. Ich hab mir nicht getraut, nach oben zu gehen, um nachzuschauen. Stattdessen hab ich den alten Al geholt. Schließlich hat die Spukerei mit ihm angefangen. Ich hab ihn gefragt, ob er die Frau immer noch hören könnt. Und als er ja sagte, hab ich ihn gebeten, rauszufinden, was da oben los sei. Er wollte erst nicht. Sagte, das sei der Grund, warum er Fischer geworden ist. Weil er keine Lust hat, sich dauernd mit den Geistern der Toten rumzuplagen. Auf See gibt es keine Geister."

„Bloß auf dem Totenschiff", murmelte Greg.

Und Pete nickte langsam. „Aye. Bloß auf dem Totenschiff."

Darren runzelte die Stirn. „Wovon redet ihr?"

Doch Greg schüttelte den Kopf. „Das ist eine andere Geschichte, Junge. Die gehört nicht hierher. Los, komm. Erzähl zu Ende, Pete."

Der Barmann schaute aus dem Fenster auf das Meer. Seit der Erwähnung des Totenschiffs war er ganz still geworden. Erst Gregs Aufforderung schien ihn aus seinen Erinnerungen zu holen. „Also gut. Nach ein bisschen Verhandeln hatte ich deinen Opa jedenfalls doch so weit, dass er mal auf den Dachboden stieg. Auch wenn er's offensichtlich nicht gern tat. Er war eine ganze Weile dort oben. Ich hab seine Schritte gehört. Und seine Stimme, so als würde er mit jemandem reden. Als er wieder runterkam, sah er furchtbar müde aus. Aber auch zufrieden. Er sagte mir, ich soll die Treppe reparieren lassen. In der Stiege zum Dachboden klaffte nämlich in der fünften Stufe ein riesiges Loch. Schon seit ewigen Zeiten. Hat ja auch niemanden interessiert. Da oben war ja nichts und im Keller hatte ich genug Platz für alles, sodass ich den Lagerraum oben nicht brauchte. Jedenfalls, wenn Treppe repariert sei, würde die Frau Ruhe geben. Das Loch sei nämlich an allem Schuld."

„Und was ist dann passiert?"

„Was wohl? Mir kam die ganze Geschichte komisch vor. Ich meine, ich glaub schon, dass es ein paar seltsame Sachen auf der Welt gibt und ich hab ja auch selber schon einiges erlebt. Aber das? Wahrscheinlich hatte der alte Al bloß was erfunden, um sich bei mir einen Monat lang gratis volllaufen lassen zu können."

„So viel hat er dir damals abgeschwatzt?" Greg wirkte beeindruckt. „Hat es denn wenigstens was gebracht?"

Pete rutschte unbehaglich auf seinem Stuhl herum. „Das schon. An dem Abend war es ruhig. Aber trotzdem hab ich danach selber ein paar Nachforschungen angestellt. Es ging schließlich um ne ganze Menge Whisky, die der alte Al dafür haben wollt. – Jedenfalls, so ein Typ aus Oban, einer, der sich für alte Häuser und so Zeug interessierte, der hat mir geholfen."

„Und was habt ihr rausgefunden?"

„Na, das war das Verrückteste überhaupt. Was der alte Alan gesagt hatte, stimmte nämlich."

„Was stimmte?"

„Das mit der Treppe. Also es war so. Vor langer Zeit, also vor hundertfünfzig oder zweihundert Jahren, lebte in diesem Haus ein Fischer. Der muss n ziemlich reicher Mann gewesen sein, dem gehörten nämlich sogar zwei Boote. Trotzdem fuhr er täglich selber mit raus. Und immer, wenn er auf See war, stieg seine Frau auf den Dachboden, um von oben Ausschau nach ihm zu halten."

Darren verdrehte die Augen. „Echt jetzt? Eine weiße Frau, die sich vor Gram nach ihrem verschollenen Mann verzehrt? Ist das nicht ein bisschen abgedroschen?“

Pete hob beschwichtigend die Hände. „Nu wart doch mal ab. So einfach war‘s dann nämlich auch nicht. – Also die Frau muss ein ziemlicher Drachen gewesen sein. Denn kaum war ihr Mann wieder an Land, verlangte sie was von ihm. Dass er ihr ein neues Bett kaufte oder ein neues Kleid. Dass er hier und dort was am Haus reparierte. Oder was ihr eben sonst gerade einfiel, um ihn n bisschen zu piesacken. Es hieß sogar, dass sie nicht aus Sehnsucht auf den Dachboden stieg, sondern um zu sehen, wie viel Fisch er fing. Damit sie ihm nachher gleich das ganze Geld abknöpfen konnte.“

Darren schüttelte ungläubig den Kopf.

„Irgendwann wurde die Dachbodentreppe morsch. Kein Wunder bei dem Ganzen rauf und runter jeden Tag. Und eine schlanke Elfe war sie wohl auch nicht gerade. Also lag unser Drache ihrem Mann damit in den Ohren, dass er die Treppe reparieren lassen soll. Der aber dachte nicht daran. Er hat sicher gehofft, dass sie wegen des gefährlichen Aufstiegs nicht ständig ein Auge auf ihn haben würde. Wie auch immer. Jedenfalls hat er sie so lange vertröstet, bis sie eines Tages, als er gerade in den Hafen einlief, durchgebrochen ist. Als er heimkam, fand er seine Frau mit gebrochenem Rückgrat am Fuße der Treppe liegend. Sie lebte noch, aber gerade noch so. Und mit ihrem letzten Atemzug schwor sie, hier solange rumzuspuken, bis er endlich die kaputte Stufe repariert hatte.“

Darren runzelte die Stirn. „Ein komischer Fluch.“

Der Barmann blieb ungerührt. „Wieso? Sterbenden gehen bestimmt oft die seltsamsten Sachen durch den Kopf, glaubst du nicht? Genau, wie den Lebenden auch."

„Und warum soll sie dann noch hier rumgeistern? Ich meine, eine Treppe zu reparieren, kann doch keine große Sache sein."

Pete nickte. „Ja, das war einfach Pech. Er hatte bestimmt vor, da was zu tun. Immerhin war es ein schönes Haus. Das wollt er sicher nicht mit dem Geist seiner Alten teilen. Aber bevor er dazu kam, hatte er einen Unfall. Durch die vielen Aufgaben, mit denen seine Frau ihn an Land nervte, hatte er nämlich versäumt, sich ordentlich um sein Boot zu kümmern. Und nur zwei Tage, nachdem sie gestorben war, erwischte es auch ihn. Er und seine Männer wollten gerade die Netze einholen. Dabei riss ein Halteseil, schnalzte über das Deck und zog ihn ins Wasser. Als sie ihn wieder rausfischten, war er schon tot. Und seine Männer schworen später, dass sie seine Alte dabei haben lachen hören. ‚Geschieht dir recht, Geizkragen!', soll sie noch gerufen haben. Aber das haben die anderen Fischer bestimmt erfunden."

„Und das glaubst du? Dass mein Großvater den Geist dieser Frau gesehen hat?"

Pete zuckte mit den Schultern. „Wer weiß? Jedenfalls ist es ruhiger geworden, seitdem ich die Treppe hab machen lassen. Ob es unbedingt nötig war, ihr einmal im Monat ne Flasche Whisky oben ans Fenster zu stellen, da bin ich mir allerdings nicht so sicher. Zumindest stand sie nie lange da. Also hat sie sie wohl doch ausgetrunken."

Greg nickte ernst. „Den Geistern Whisky oder Rum zu schenken, um sie zu besänftigen, ist eine alte Tradition.

Nicht nur in Schottland. – Machst du das eigentlich immer noch?“

Pete grinste. „Das hättest du wohl gern.“

Der Alte zuckte mit den Schultern, wirkte aber nicht sonderlich enttäuscht. „Fragen kann man ja mal. – Hatte die eigentlich wirklich solche riesigen Titten?“

„Wer?“

„Na deine Geisterfrau. Auf dem Pubschild ist ne Frau im Nachthemd mit großen Brüsten abgebildet.“

„Ach das. Künstlerische Freiheit sag ich mal. Außerdem gefällt‘s den Touristen, wenn der Geist n bisschen was hermacht.“

„Oi, Pete. Kriegt man bei dir heute auch noch was zu trinken?“

Der ungeduldige Ruf von der Bar brachte Pete dazu, sich zu erheben. „Ist ja schon gut. Bin ja da.“

Darren und Greg blieben allein an ihrem Tisch zurück.

„Glaubst du das?“, fragte Darren nach einer Weile.

„Was?“

„Dass mein Großvater Geister sehen konnte. Vielleicht war er einfach nur ein Aufschneider. Oder verrückt.“

Greg zuckte mit den Schultern. „Keine Ahnung. Sicher bin ich mir nur, dass er ein bisschen seltsam war. Er hat nicht oft darüber geredet, was er sehen konnte. Er meinte, dass der Fluch in der Familie läge. Darum dachte ich, er war der Grund, dass du in Edinburgh Geisterjäger geworden bist.“

Darren schüttelte den Kopf. „Das war vermutlich bloß Zufall“, behauptete er. Aber inzwischen war er sich da nicht mehr so sicher. Nicht zum ersten Mal wünschte er sich, er hätte seinen Großvater besser gekannt.

KAPITEL 15

Als Darren zu Hause ankam, war seine Großmutter gerade dabei einen riesigen Cottage Pie aus dem Ofen zu ziehen. Ihr Stock stand ein paar Schritte entfernt und sie schwankte unter dem Gewicht des Topfes.

Sofort beeilte sich Darren, ihr zur Hilfe zu kommen.

„Vorsicht heiß!“, warnte sie.

Eilig schnappte er sich ein Geschirrtuch, ehe er gemeinsam mit seiner Großmutter den schweren Topf auf den hölzernen Esstisch beförderte.

„Wie hast du den nur in den Ofen gekriegt!“, wunderte er sich. Gleichzeitig machte ihm das Aroma, das der Topf verströmte den Mund wässrig. Die goldgelbe Kruste aus Kartoffelpüree und Cheddar sah einfach zum Anbeißen aus.

„Frag nicht!“, antwortete Oma Erica und grinste verschmitzt. „Jetzt lass uns erstmal essen.“

Darren räumte Geschirr und Besteck auf den Tisch. Dann schaufelte seine Großmutter jedem von ihnen eine großzügige Portion Pie auf den Teller. Als sie satt waren, bereitete Darren Tee für sie. Erst danach fand er Zeit, in Ruhe über seinen Tag nachzudenken.

„Kannst du mir ein bisschen von Opa Alan erzählen?“, bat er.

Seine Großmutter musterte ihn. „Natürlich. Gibt es etwas Bestimmtes, das dich interessiert?“

Darren zuckte mit den Schultern. „Ich war in *The Haunted House*. Und der Besitzer hat so eine seltsame Geschichte erzählt."

Oma Erica lachte. „Etwa die von der Weißen Frau? Dein Großvater war ziemlich stolz auf seine Erfindung."

Darren riss überrascht die Augen auf. „Aber Pete meinte, er habe extra einen Historiker gefragt. Und der hat die Geschichte bestätigt."

„Das war doch eine abgekartete Sache", erklärte Oma Erica schmunzelnd. „Alan kannte den Mann und hat ihm genau gesagt, was er „herausfinden" soll."

„Also konnte er keine Geister sehen? Es war nur ein Scherz?" Auch Darren musste nun grinsen. Es war beruhigend, dass sein Großvater seine Kumpels nur etwas verschaukelt hatte. Obwohl ihm das bei seinem Problem mit Rose Cottage vorerst nicht weiterhalf.

Seine Großmutter wurde auf einmal ernst. „Doch, dein Großvater konnte die Geister der Toten sehen. Zumindest einiger Toter. Aber er hat das nie an die große Glocke gehängt."

„Wozu dann diese Spukgeschichte?" Darren runzelte die Stirn.

„Warum wohl? So eine Chance auf gratis Whisky und Bier konnte er sich doch nicht entgehen lassen. Sein „Historiker" hat natürlich auch etwas abbekommen. – Es war aber auch, um die Sache mit den Geistern ein wenig ins Lächerliche zu ziehen. Über den Spuk im Pub konnte man sich amüsieren. Den nahm keiner ernst. Schlimmer war es, wenn er verstorbene Freunde oder Nachbarn gesehen hat. Darüber wollte er nie reden. Auch, um nicht für verrückt gehalten zu werden."

Darren nickte niedergeschlagen.

Jetzt war es an Oma Erica, besorgt die Stirn zu runzeln. „Was ist denn los? Hast du auch einen Geist gesehen? Dein Großvater hat immer geglaubt, dass du sein Talent geerbt hast. Irgendwann würde es sich zeigen, sagte er."

Darren zuckte mit den Schultern und wich ihrem Blick aus. „Wär schon möglich, dass ich etwas Seltsames gesehen habe. Aber deshalb werde ich doch noch lange nicht verrückt, oder?"

„Nein. Nur, weil du etwas erlebt hast, was du dir nicht erklären kannst, heißt das nicht, dass du geistesgestört bist. Aber glaubst du wirklich, dass es ein Geist war?"

„Keine Ahnung. Eigentlich nicht. Aber nach dem, was du mir gerade erzählt hast, weiß ich es einfach nicht mehr." Er sah seiner Großmutter in die Augen. Ein Flehen lag in seinem Blick.

„Wie wäre es, wenn du mir alles ganz genau erzählst? Aber mach uns vorher noch eine Kanne Tee. Vielleicht stellst du uns auch etwas Stärkeres auf den Tisch." Sie deutete auf den Schrank, aus dem Darren als Junge immer ihre selbst gebackenen Kekse gemopst hatte. „Schau mal dort rein. Da muss noch etwas sein."

Nach ein wenig Suchen förderte Darren eine Flasche zu Tage. „Tobermory 12 Jahre", las er auf dem Etikett. Nicht gerade der billigste Whisky. Er warf seiner Großmutter einen überraschten Blick zu.

Erstaunlicherweise war sie ein wenig rot geworden. „Die war ein Geschenk. – Von Greg."

„Onkel Greg schenkt dir Whisky?"

„Er hat sie mir an meinem Geburtstag vorbeigebracht", verteidigte sie sich. „Und jetzt schenk einfach ein."

Darren schmunzelte. Nach dem Stand der bernsteingelben Flüssigkeit in der Flasche hatten Onkel Greg und Oma Erica das Geschenk wohl bereits verkostet. Jetzt füllte er zwei Gläser etwa einen Finger hoch mit Whisky und stellte auch noch einen Krug mit Wasser vor seiner Großmutter auf den Tisch. Er trank nur selten etwas anderes als Bier. Das hieß aber nicht, dass er nicht ab und an ein Glas Whisky zu schätzen wusste.

Er gab einen kleinen Schluck Wasser zu seinem Whisky, dann prostete er seiner Großmutter zu. *„Slàinte!“*

„Do dheagh shlàinte!“, erwiderte sie, wie es die Tradition verlangte.

„Nicht schlecht!“, befand Darren, nachdem er gekostet hatte.

Oma Erica nickte. „Und nun erzähl, was du gesehen hast.“

Also berichtete ihr Darren von dem alten Mann, seiner Suche nach versteckten Drähten und Lautsprechern und von dem, was ihm Katie Beales im Krankenhaus gesagt hatte.

Seine Großmutter schmunzelte. „Deshalb war sie so sauer auf dich. Kein Wunder. Allerdings hast du dich nicht sonderlich geschickt angestellt, denn sie ist eine wirklich Nette. Und du hättest mich warnen können.“

Darren zuckte mit den Schultern. Was geschehen war, war geschehen. Als Letztes spielte er ihr seine Aufnahme von dem Gespräch vor, dass er heute Nachmittag mit dem Geist von Antony Shepherd geführt hatte.

„Verstehst du jetzt, warum ich Angst habe, verrückt zu werden? Der Typ verschwindet, wenn Licht auf ihn fällt, und mit dem Handy konnte ich ihn auch nicht aufnehmen. Dabei hat er ganz normal gesprochen. Also nicht extra leise oder so. – Was soll ich denn jetzt tun?“

Oma Erica nickte nachdenklich. Dann schob sie ihr Whiskyglas in seine Richtung, damit er es noch einmal auffüllen konnte.

„Ich denke, wir sollten deinen Großvater um Rat fragen“, verkündete sie, als das Glas wieder vor ihr stand.

Darren starrte sie an. „Bist du nach einem Glas Whisky schon beschickert?“

Sie zuckte mit den Schultern. „Ich bin es ja nicht, die hier Geister sieht. Und wenn du meinst, du bekommst das alleine hin ...“

„Und was stellst du dir vor, wie mir Opa Alan helfen soll? Er ist tot!“

Doch seine Großmutter schmunzelte nur. „Gib mal die Öllampe runter und zünde sie an.“

Als das erledigt war, löschte sie das elektrische Licht.

„Alan? Bist du da?“, fragte sie ins Halbdunkel des Raumes und blickte sich um.

Darren starrte sie an. „Was soll das werden? Eine Séance? Kannst du jetzt etwa auch Geister sein?“

„Nein. Aber du vielleicht“, erwiderte sie grinsend. „Schau dich doch mal um. Siehst du ihn irgendwo.“

Fassungslos schüttelte Darren den Kopf. Trotzdem starrte er im abgedunkelten Zimmer umher. Nichts. Wie zu erwarten. Er hob sein Glas an die Lippen. Wahrscheinlich benötigte er noch mehr Whisky, bis er anfing, hier in Großmutters Stube Geister zu sehen.

Aber halt. Was war das? War da ein Schatten auf dem Orkney-Sessel? Als er genauer hinschaute, wurde der dunkle Umriss immer deutlicher. Einen Moment später konnte er seinen Großvater erkennen, der auf dem Sessel saß und ihn angrinste.

Darren klappte die Kinnlade herunter. „Opa Alan?“

Oma Erica klopfte begeistert auf den Tisch. „Ich wusste es. Du kannst ihn sehen, nicht wahr?“

„Woher wusstest du das? Hast du mir etwas ins Glas getan?“ Er blickte sich misstrauisch zu seiner Großmutter um, die über das ganze Gesicht strahlte. „Oder siehst du ihn auch?“

Oma Ericas Lächeln verblasste ein wenig. „Nein. Ich kann ihn nur in meinen Träumen sehen. Aber manchmal spüre ich ihn hier im Haus.“ Sie blickte auf den Sessel, in dem der Geist ihres Ehemannes saß. „Schön, dass du da bist, Alan. Du fehlst mir.“

Der Blick des Geistes wurde ganz weich. „Sag ihr bitte, dass es mir leidtut, dass ich so früh von ihr gegangen bin“, sagte Opa Alan.

Darren starrte ihn an. Dann riss er sich zusammen und gab die Botschaft an seine Großmutter weiter. Auch, wenn er wahrscheinlich nur halluzinierte, so höflich konnte er sein.

Sie lächelte tapfer. „Das weiß ich doch, mein Lieber. – Aber heute musst du deinem Enkel helfen.“

Opa Alan richtete einen erwartungsvollen Blick auf Darren.

Der fuhr sich mit der Zunge über die Lippen. „Bist du wirklich ein Geist?“, fragte er. Er kam sich dumm vor, so etwas zu fragen.

Sein Großvater schmunzelte. „Was soll ich sonst sein?“

„Keine Ahnung. Eine Projektion vielleicht. Oder eine Halluzination. Immerhin gibt es bis heute keinen Beweis, dass es Geister gibt."

Opa Alan nickte. „Das stimmt. Also glaubst du, dass ich eine Halluzination bin?"

Darren überlegte. „Eigentlich nicht", gestand er schließlich. „Sonst könnte ich mich vermutlich nicht mit dir unterhalten."

Er blickte seinen Großvater an. Kurzgeschnittenes weißes Haar, ein wettergegerbtes Gesicht, ein dicker dunkelgrauer Aranpullover, aus dem ein Paar kräftiger Hände ragte, braune Stoffhosen und karierte Pantoffeln. Er sah genau so aus, wie Darren ihn in Erinnerung hatte. Ob er doch eine Halluzination war?

Kater Baudrons war in die Stube gekommen und starrte Opa Alan unverwandt an. Dann sprang er auf seinen Schoß, oder vielmehr an die Stelle, wo sich der Schoß des alten Mannes befunden hätte. Der dicke Kater fiel direkt durch und landete auf dem Sitz des Sessels. Das schien ihn jedoch nicht sonderlich zu irritieren. Gerade so, als wäre er tatsächlich auf einem Menschen gelandet, rollte sich Baudrons zusammen. Als Opa Alan abwesend begann, ihn zu streicheln, schnurrte er.

Kopfschüttelnd richtete Darren seine Aufmerksamkeit wieder auf das Gesicht seines Großvaters. „Warum kann dich Oma Erica nicht sehen? Und warum konnte ich dich vorher nicht erkennen, als das Licht an war?"

Opa Alan zuckte mit den Schultern. „Ehrlich gesagt, ich weiß es nicht. Das mit dem Licht ist einfach: Es ist zu anstrengend, sichtbar zu werden, wenn die Umgebung hell ist. Aber warum manche Menschen Geister sehen können und andere nicht, da bin ich überfragt. Vielleicht hat es irgendwas mit ihren Hirnwellen zu tun. Oder ihre Augen können ein Spektrum wahrnehmen, dass andere nicht sehen."

Sofort schüttelte Darren den Kopf. „Das kann es nicht sein. Geisterjäger haben schon Infrarotkameras, Wärmebild und alles Mögliche versucht, ohne je einen Geist aufzunehmen."

„Dann wird es wohl ein Geheimnis bleiben, wie es funktioniert." Es schien Opa Alan nicht sonderlich zu stören.

Darren grübelte. Dann fragte er plötzlich: „Dir ist es zu aufwändig, dich im Licht sichtbar zu machen. Heißt das, du hängst die ganze Zeit unsichtbar in der Ecke und belauschst uns?"

Jetzt grinste der Alte und eine Reihe weißer Zähne wurde in seinem wettergegerbten Gesicht sichtbar. „Natürlich nicht. Tagsüber ruhe ich mich aus. Ich kann es nicht richtig erklären. Stell dir einfach vor, ich wechsle zum Schlafen in eine andere Dimension. So wie du eben ins Bett gehst und träumst."

Darren nickte nachdenklich. Aber eigentlich fiel es ihm sehr schwer, sich das vorzustellen.

„Welches Problem hast du denn?", unterbrach Opa Alan seine Gedanken.

Darren zuckte mit den Schultern. „Ich habe einen Geist getroffen. Zumindest behauptet er, ein Geist zu sein. Und wenn ich dich so ansehe, stimmt es möglicherweise sogar. Es war drüben in Pennyfuir. Seine Frau ist gestorben und er will, dass ich herausfinde warum. Er glaubt, dass sie vergiftet wurde."

Sein Großvater nickte. „Und ich nehme an, er kann diese Welt nicht verlassen, bis das geklärt ist. Richtig?"

Darren runzelte die Stirn. „Darüber habe ich noch gar nicht nachgedacht. Gesagt hat er jedenfalls nichts."

„Trotzdem wird es so sein. Es ist immer irgendein Problem mit dem Jenseits, wenn Geister sich an einen Seher wenden." Opa Alan seufzte leidgeprüft. „Und für uns bedeutet das meist nichts als einen Haufen Scherereien. Deshalb bin ich zur See gefahren. Da hat man seine Ruhe."

Darren grübelte.

„Hast du ihm etwas versprochen?", unterbrach sein Großvater seine Gedanken.

„Was? Nein, ich glaube nicht. – Na ja, vielleicht doch. Ich habe gesagt, ich werde herausfinden, ob seine Frau vergiftet worden ist."

Opa Alan seufzte. „Ich schätze, das solltest du dann auch tun."

„Wieso?"

„Weil er dich sonst heimsuchen kann. Du hast dein Versprechen gebrochen und er kann dich überall hin verfolgen, wie ein Fluch."

„Muss er nicht in seinem Spukhaus bleiben?"

Der Geist schüttelte den Kopf. „Nicht, wenn es ein gebrochenes Versprechen gibt, das er bestrafen will."

Darren grinste unsicher. „Das ist ein Scherz, nicht wahr?"

„Leider nein."

„Was ist los?", fragte nun auch Oma Erica, die dem Gespräch nur zum Teil hatte folgen können. Immerhin hörte sie nur, was Darren sagte.

„Ich bin verflucht!“, verkündete Darren und ließ seinen Kopf auf die Tischplatte sinken.

„Verflucht? Wie meinst du das?“

Darren fuhr sich mit den Händen durch die kurzen Haare. „Opa Alan sagt, ich bin verflucht, weil ich einem Geist ein Versprechen gegeben habe. Bis ich es erfüllt habe, kann er mich immer und überall aufsuchen.“

„Du meinst, dein Geist könnte einfach hier in meiner Küche erscheinen?“

Darren blickte zu seinem Großvater. Als der nickte, nickte auch Darren.

Oma schaute sich um, als würde sie erwarten, ihn zu sehen.

„Aber er weiß vielleicht gar nicht, dass er es kann“, warf Opa Alan ein.

„Möglicherweise weiß er es nicht“, wiederholte Darren für seine Großmutter.

Die nickte beruhigt. Dann zuckte sie mit den Schultern. „Mir scheint, dann solltest du dein Versprechen bald erfüllen.“

„Aber ich weiß überhaupt nicht, wie ich das machen soll!“

Oma Erica legte den Kopf in die Hand. „Das ist allerdings ein Problem. – Hast du gar keine Idee? Was musst du denn für ihn tun?“

Darren schüttelte den Kopf. „Ich habe Tony versprochen, herauszufinden, ob seine Frau wirklich vergiftet wurde. Aber wie soll ich das machen? Ich bin doch kein Arzt. Und außerdem ist sie längst beerdigt.“

Seine Großmutter nickte nachdenklich.

Schließlich räusperte sich Opa Alan. Oder eher, der Geist von Opa Alan. Es war erstaunlich, wie schnell Darren vergessen konnte, dass sein Großvater in Wirklichkeit tot war. Aber der Geist, der im Halbdunkel auf dem Sessel saß, wirkte so lebensecht.

„Ist es nicht vollkommen unerheblich, wie oder womit die Frau vergiftet wurde?", fragte er.

Darren sah ihr verwirrt an. „Wie meinst du das?"

„Deinem Geist geht es doch sicher nur darum, dass der Täter bestraft wird."

„Mag sein. Und wie hilft uns das?"

„Ganz einfach. Statt auf das Wie und Womit konzentrierst du deine Suche erst einmal auf die Frage, wer es getan haben könnte. Und aus welchem Grund. Wenn du den Täter oder die Täterin kennst, findest du sicher später heraus, wie er oder sie es angestellt hat."

Darren nickte langsam. „Das klingt irgendwie logisch. Wenn es überhaupt einen Täter gibt. Aber wer könnte eine alte Frau umbringen wollen?"

Oma Erica grinste. „Zum Glück lese ich regelmäßig meine Krimis. Deshalb weiß ich, dass im Grunde nur Liebe, Sex und Geld ausreichende Mordmotive sind."

„Oma bitte. Hier geht es nicht um einen Krimi. Und was soll das mit Sex? Die Frau war mindestens siebzig. Sie hat allein gelebt. Ich kann mir nicht vorstellen, dass ausgerechnet Sex als Motiv infrage kommt, ganz besonders in einem Haus, in dem ihr Ehemann herumspukt. Außerdem gibt es doch sicher noch viel mehr Motive. Rache zum Beispiel oder Wut."

Oma Erica verschränkte die Arme. „Wenn du alles besser weißt, such dir deine Verdächtigen doch alleine.

Aber eins sage ich dir: Ein wütender Mörder verwendet kein Gift. Das geht nämlich viel zu langsam. Der wird eher gewalttätig."

„Also gut. Dann eben keine Wut. Aber was nutzen uns diese Motive."

Oma Erica schüttelte ungläubig den Kopf. „Hast du noch nie einen Krimi gesehen? Wir überlegen einfach für jedes Motiv, wer es haben könnte. – Fangen wir mit der Liebe an. Wer könnte da einen Grund haben, sie zu töten?"

„Woher soll ich das wissen? Ich kannte sie doch gar nicht. Wer weiß, wen sie als junge Frau abserviert hat oder wem sie den Mann ausgespannt hat?"

„Ich denke nicht, dass es so eine alte Geschichte war. Gab es denn niemanden in jüngerer Zeit?"

„Du meinst außer dem Geist ihres Ehemanns, der sich vielleicht betrogen gefühlt hat, so tot und allein?" Darrens Augen leuchteten plötzlich. „Kann ein Geist jemanden vergiften?"

„Nein", antwortete Opa Alan.

Und seine Großmutter fragte: „Warum sollte er dich dann bitten, den Mörder zu finden?"

Darrens Grinsen erstarb. „Da hast du Recht. Also können wir Tony Shepherd wohl ausschließen." Er kratzte sich am Kopf. „Der einzige Mann, der mir sonst noch einfällt, ist Onkel Greg."

„Greg Gudgeon? Wie kommst du darauf?"

Darren zuckte mit den Schultern. „Eine Nachbarin meinte, dass er Susan regelmäßig besucht hat. Also dachte ich, er war vielleicht ein wenig in sie verschossen. Du weißt ja, dass er etwas einsam ist, seit seine Frau gestorben ist."

„Hm", machte seine Großmutter und warf einen Blick in die Ecke, in der der Geist ihres Mannes saß. „Vielleicht steckte auch etwas Anderes dahinter. Immerhin ist er handwerklich ziemlich geschickt. Er hat Janet geholfen, als im letzten Jahr ihr Dach undicht war. Und bei Norma hat er die Dusche repariert."

Natürlich wusste Darren, dass Greg auch gern seine Großmutter besuchte. Er war im Grunde ein Charmeur und Gentleman. Ein Ladies-Man, wie ihn Tante Norma einmal bezeichnet hatte. Außerdem war er sehr hilfsbereit. Wann immer er gebraucht wurde, war er da. Was sein Großvater davon hielt, wenn sich Greg bei Oma Erica zum Tee einlud, wusste er nicht. Aber seinem Gesichtsausdruck nach zu urteilen, war er nicht begeistert.

„Traust du Greg wirklich zu, jemanden zu töten?", fragte Oma Erica zweifelnd.

Darren überlegte. „Mit dem richtigen Motiv ist vermutlich jeder zu einem Mord fähig. Aber dass Greg eine Frau umbringt? Ich traue ihm eher zu, dass er den Postboten erschlägt. – Der hat sie übrigens auch besucht."

„Wieso ist das überraschend? Jeder kriegt mal Post."

„Aber laut der Nachbarin war Birtwistle oft ziemlich lange bei ihr. Sogar wenn er keine Briefe für sie hatte."

„Wirklich? Woher weiß sie das?"

Darren hatte den Eindruck, dass diese Information seine Großmutter mehr überraschte, als dass Onkel Greg bei Sue Shepherd ein regelmäßiger Gast war. Er zuckte mit den Schultern. „Hemmungslose Neugier nehme ich an. – Glaubst du er könnte Susan vergiftet haben?“

„Andrew ein Mörder? Das kann ich mir nicht vorstellen. Überhaupt, welchen Grund hätte er? Dass er verliebt in sie war, glaube ich kaum. Er ist bestimmt zwanzig Jahre jünger als Sue. Wahrscheinlich hat sie ihn hereingebeten und er wollte nur höflich sein.“

„Die Nachbarin hat Erbschleicherei vermutet. Allerdings eher bei Onkel Greg. Birtwistle hielt sie einfach für faul.“

„Diese Frau ist ein unverschämtes Lästermaul. Jemand sollte ihr mal Manieren beibringen!“

„Mag sein. Aber Erbschleicherei kann ohnehin nicht das Mordmotiv sein. Jedenfalls nicht bei den beiden. Das Haus und alles andere ging nämlich an ihren Neffen.“

„Ein guter Punkt“, pflichtete ihm Oma Erica bei. Sie schien erleichtert, dass sie sich keine weiteren Gedanken über Gregs und Andrews Liebesleben machen musste. „Das bringt uns auch gleich zum nächsten Motiv: Wie sieht es mit Geld aus? Wer hatte finanziell etwas davon, dass Susan Shepherd gestorben ist?“

Darren überlegte. „Eigentlich nur ihr Neffe. Andere Erben hatte sie meines Wissens nicht. Und ansonsten möglicherweise Libby. Immerhin erhält sie für den Verkauf des Hauses sicher eine ordentliche Provision. Anscheinend war sie auch ziemlich heiß darauf. Sie hatte Sue schon mehrfach wegen einem Verkauf angesprochen.“

„Aber woher hätte sie wissen sollen, dass der Neffe das Haus verkauft? Und vor allem: wie hätte sie ahnen sollen, dass er ausgerechnet sie als Maklerin auswählt?“

Darren zuckte mit den Schultern. „Keine Ahnung. Ich sage ja auch nicht, dass sie eine Mörderin ist. Ich wollte nur festhalten, dass sie davon profitiert. Dann bleibt nur noch das Motiv Rache."

„Hast du da jemanden im Auge? Wer sollte denn was gegen sie haben? Und weswegen überhaupt?"

„Also ich weiß natürlich nicht, wen Sue Shepherd zu Lebzeiten so verärgert hat. Laut ihrem Mann war sie die netteste Frau der Welt und hatte keine Feinde. Aber was soll er auch sonst sagen? – Mir kam nur ihre Nachbarin reichlich verdächtig vor. Die, die ihr hinterherspioniert hat. Sie schien den Tod von Sue Shepherd kein bisschen zu bedauern. Im Gegenteil. Sie hoffte, neue Nachbarn zu bekommen, die endlich dem wildwuchernden Garten zu Leibe rücken, der ihren perfekten Rasen gefährdet."

„Du glaubst also, Sue Shepherd ist von ihrer Nachbarin ermordet worden, weil sie den Rasen nicht gemäht hat?"

Darren zuckte mit den Schultern. „Wäre doch immerhin möglich. Streit unter Nachbarn hat schon mehr als ein Todesopfer gefordert. Und meist sind es Gründe, die einem Außenstehenden vollkommen belanglos erscheinen."

„Wie du meinst. Gibt es sonst noch jemanden, den wir auf unsere Verdächtigenliste schreiben sollten?"

Darren dachte nach. „Die Nachbarin erwähnte eine Frau vom Scottish Womens Institute, die sie manchmal besucht hat. Marcy oder so. Aber ich wüsste nicht, welches Motiv die haben sollte. Es sei denn, Susan hat sie immer beim Preis für den besten Kuchen ausgestochen. Vielleicht wollte die Nachbarin aber auch einfach nur von ihrem eigenen Motiv ablenken."

„Also gut. Dann hätten wir jetzt den geldgierigen Neffen und die rachsüchtige Nachbarin als Hauptverdächtige. Und außerdem noch Libby, die provisionssüchtige Maklerin, Greg, den verliebten Kater, und Marcy, die möglicherweise auf ein Kuchenrezept eifersüchtig war. Andrew war auch dort, aber der hat eigentlich kein Motiv."

„Schön zusammengefasst. Und was mache ich nun?"

„Ganz einfach. Jetzt musst du jeden Verdächtigen genauer unter die Lupe nehmen. Und du musst natürlich herausfinden, ob es noch andere geben könnte." Oma Erica gähnte. „Aber nicht mehr heute. Oder zumindest nicht mit mir, denn ich geh jetzt ins Bett."

Wenig später saß Darren allein am Tisch. Nur der Geist seines Großvaters schwebte immer noch über dem Sessel in der Ecke. Darren rieb sich die Augen und blickte ihn an.

„Wie hast du dich gefühlt, als du zum ersten Mal einen Geist gesehen hast, Opa? Hast du auch gedacht, du wirst verrückt?"

Sein Großvater lächelte. „Ja, seltsam war es schon. Aber in einem hatte ich es leichter. Ich wusste gleich, dass die Person, die ich sah, tot sein musste."

„Wieso?"

„Es war ein Hafenarbeiter. Es gab einen Unfall. Ein Seil hatte sich gelöst und köpfte den armen Mann."

Darren riss die Augen auf. „Das hast du gesehen? Wie gruselig."

„Nein. Beim Unfall war ich glücklicherweise nicht dabei. Aber man konnte dem Geist ansehen, was passiert war."

„Wie denn? Hatte er seinen Kopf unter dem Arm oder was?“

„So ähnlich. Aber es ist lange her und ich mag mich lieber nicht daran erinnern.“

Darren nickte nachdenklich. „Passiert das jetzt dauernd?“

„Was?“

„Dass ich Geister sehe. Es gibt so viele Menschen. Und ständig sterben welche. Muss nicht die ganze Welt voll von Geistern sein?“

Sein Großvater schüttelte den Kopf. „So schlimm ist es zum Glück nicht. Die meisten Toten gehen direkt ins Jenseits. Und die, die hierbleiben, haben einen Grund. Oft warten sie einfach auf Angehörige. Dass sie deine Hilfe benötigen, kommt eher selten vor. Am besten du gewöhnst dich daran, so zu tun, als könntest du sie überhaupt nicht sehen. Dann kommen sie auch nicht auf die Idee, dich um Hilfe zu bitten.“

Darren nickte. Aber sicher war er sich nicht, dass er auf den Alten von Rose Cottage hätte anders reagieren können.

KAPITEL 16

Als Darren am nächsten Morgen aufwachte, fiel sein Blick als Erstes auf die Whisky-Flasche auf dem Tisch. Viel war nicht mehr darin. Sein brummender Schädel bestätigte seine Einschätzung. Er hatte gestern Abend eindeutig zu viel getrunken. Dabei hatte er sich doch höchstens noch ein oder zwei Whiskys zum Nachdenken getrunken, nachdem seine Großmutter schlafen gegangen war.

Hatte er wirklich mit seinem toten Großvater über Geistererscheinungen gesprochen? Und hatte er mit seiner Großmutter die Mordverdächtigen im Fall Sue Shepherd diskutiert? Dabei wusste er nicht einmal, ob die Frau wirklich ermordet worden war. Der Einzige, der davon überzeugt war, war der Geist ihres verstorbenen Mannes. Und selbst der hatte nichts Verdächtiges gesehen!

Darren stöhnte.

Eine dampfende Tasse schwebte in sein Gesichtsfeld. Sie roch nach Weihnachtsgebäck.

„Hier. Trink."

Er richtete seinen Blick von der Tasse auf seine Großmutter, die gut gelaunt und geradezu absurd munter neben dem Sofa stand.

„Was ist das?", fragte er und nahm ihr vorsichtig die Tasse ab.

„Tee mit Ingwer und Zitrone. Der wird dir guttun."

Er kostete und verzog das Gesicht. „Kann ich nicht einfach einen Kaffee haben?“

„Kriegst du. – Wenn du ausgetrunken hast.“

Darren brummte missmutig. Aber in seine Decke gewickelt auf der Couch zu sitzen, war eindeutig besser als aufzustehen und sich selbst einen Kaffee zu machen. Also trank er brav seinen Tee und wartete darauf, dass ihm Oma Erica auch den Kaffee ans Bett brachte.

Aber als er ausgetrunken hatte, scheuchte sie ihn stattdessen ins Bad. „Du musst dich beeilen. Libby hat angerufen. Sie wartet schon auf dich.“

„Libby?“ Verwirrt blinzelte Darren auf sein Handy. Da stand nichts von entgangenen Anrufen. Das konnte eigentlich nur heißen, dass sie auf dem Festnetztelefon angerufen hatte, das in Oma Ericas Zimmer stand. Er schüttelte den Kopf. Das musste unbedingt aufhören.

Eine halbe Stunde später saß Darren im Auto. Nach einer Dusche, Kaffee und einem raschen Frühstück aus Eiern und Toast fühlte er sich zumindest einigermaßen einsatzbereit.

Darren traf sich mit Libby in ihrem Büro. Da Maggies Auto defekt war, sollte er in Oban den Schlüssel von der Maklerin und frische Bettwäsche aus der Wäscherei abholen. Anschließend musste er Maggie auflesen, damit sie gemeinsam die beiden Ferienhäuser reinigen konnten.

Als er in Oban ankam, war Libby gerade dabei, die Anzeigen in ihrem Fenster neu herzurichten.

„Was ist denn das?“, fragte er staunend, als er das Foto sah, das sie prominent in die Mitte gerückt hatte. Es zeigte ein kleines Schloss mit mehr Türmchen und Erkern als Darren je an einem einzelnen Haus gesehen hatte. Im oberen Stockwerk waren Holzbalken und winzige Fensterchen sichtbar, wie bei einem Fachwerkhaus. Unten dominierten riesige Fenster die Fassade. Einige davon hatten sogar bunte Mosaike eingearbeitet.

Die Immobilienmaklerin grinste. „Camerons Folly. Zuletzt war es ein Hotel. Gefällt's dir?" Dann zog sie die Stirn kraus. „Ich bin gespannt, ob ich einen inländischen Käufer finde. Die meisten Häuser in dieser Preisklasse gehen in letzter Zeit eher an ausländische Investoren."

Darren staunte immer noch über die Fotos von dem riesigen Haus. Fünfzehn Schlafzimmer gab es da darin angeblich. „Hat es einen Hausgeist?"

Libby warf einen fragenden Blick auf ihn. „Wie kommst du darauf? Glaubst du, das würde den Verkaufspreis erhöhen? Vielleicht hast du recht. – Apropos Geist. Wie geht's dir inzwischen mit Maggie und unseren anderen Spukhäusern."

Er zuckte mir den Schultern. „Das war kein Problem mehr."

Sie zog überrascht eine Augenbraue nach oben. „Tatsächlich? Das freut mich zu hören. Zeitweise hat mir Maggies Aberglaube etwas Sorge bereitet. Schließlich möchte ich sie nicht verlieren. Aber nachdem sie schon einige andere Saisonkräfte mit ihren Gruselgeschichten vergrault hat. – Jedenfalls bin ich froh, dass du so ein bodenständiger Typ bist und nicht an Geister glaubst."

Darren nickte, erleichtert, dass sie nicht näher nachgefragt hatte. Aber das Thema Geister erinnerte ihn an Tony Shepherd und seine Bemerkung über die Maklerin, die unbedingt Sues Haus kaufen wollte.

Wenn er Libby so betrachtete, konnte er sich durchaus vorstellen, dass sie hart an ihrem Erfolg arbeitete. Auch Maggie hatte erzählt, dass sie eine der erfolgreichsten in ganz Argyllshire war. Aber dass sie einen Mord begehen würde, um an ein Verkaufsobjekt zu kommen? Das schien ihm doch recht weit hergeholt. Zumindest für so ein unbedeutendes Objekt.

„Was war der Verkäufer von Rose Cottage eigentlich für ein Mensch?“, fragte er unvermittelt.

„Craig Clough? Ganz in Ordnung. Wieso fragst du?“

Weil der Geist von Antony Shepherd glaubt, dass seine Frau ermordet wurde. Darren musste sich ein Grinsen verkneifen. Besser nicht. Stattdessen zog er ein unschuldiges Gesicht. „Nur so. Es ist doch ein hübsches Häuschen. Ich habe mich nur gewundert, warum er es nicht behalten will. Bei den ständig steigenden Immobilienpreisen und so.“

Libby warf ihm einen komischen Blick zu. „Willst du mir das Geschäft kaputtmachen?“ Dann zuckte sie mit den Schultern. „Ich denke, er will sich das einfach nicht antun. Er hat eine gut gehende Firma irgendwo im Süden. Ich glaube, das Geld ist ihm sogar relativ egal. Aber sich hier oben um ein Haus zu kümmern, ist ihm wohl zu viel Aufwand.“

Darren nickte. „Macht es dir was aus, wenn ich den Schlüssel ein paar Tage behalte? Ich – würde den Garten gern noch ein wenig herrichten.“

Die Immobilienmaklerin beäugte ihn skeptisch, zuckte dann aber mit den Schultern. „Wenn es dir Spaß macht. Aber wenn ich feststelle, dass du dort eingezogen bist oder Partys feierst, zieh ich dir die Miete von deinem Lohn ab."

Er grinste. „Einverstanden."

Als Darren nach dem Abholen der gewaschenen Bettwäsche bei Maggies Wohnung ankam, wartete sie schon ungeduldig. Mit ihren langen Beinen und der schlanken Figur sah sie hinreißend aus. Selbst in dem alten T-Shirt und der löcherigen Jeans, die sie für ihren Job angezogen hatte.

„Ich will hier nicht den ganzen Tag rumhängen! Ich hab heute noch was Besseres vor."

Dieser Kommentar reichte, um Darren wieder auf dem Boden der Tatsachen ankommen zu lassen. Sie waren Kollegen, mehr nicht. Das hatte Maggie ihm gleich am ersten Tag eröffnet. Er verdrehte die Augen und winkte ihr, ins Auto zu steigen.

In den beiden Ferienhäusern arbeiteten sie zügig und schweigsam. Diesmal ließ Maggie Darren nicht allein weitermachen, nachdem sie mit ihrem Teil der Arbeit fertig war.

„Welche Laus ist dir denn über die Leber gelaufen?", fragte sie, als er tief in Gedanken versunken die schmutzige Wäsche zum Auto trug.

Erst jetzt merkte Darren, dass er in der ganzen Zeit kaum drei Sätze mit seiner Kollegin gewechselt hatte. „Tut mir leid. Ich hab so viel im Kopf."

Maggie stemmte die Arme in die Seiten und schaute ihn herausfordernd an. „Willst du damit sagen, dass ich nichts im Kopf habe?"

Irritiert starrte Darren sie an. Es dauerte eine Weile, bis er begriff, was sie meinte. Dann wurde er rot. „So habe ich das nicht gemeint“, stotterte er.

„Doch. Du bist auch so einer, der denkt, dass Frauen dumm sind“, warf Maggie ihm vor.

Darren schüttelte heftig den Kopf. „Im Gegenteil!“

„Wirklich?“ Sie grinste ihn an. „Dann beweise es. Welches Problem hast du? Geht es um eine Frau?“

Darren überlegte. Sollte er ausgerechnet Maggie in seine Nachforschungen mit hineinziehen? Andererseits, warum nicht? Es war ja nicht so, dass er irgendetwas Illegales tat. Und vielleicht konnte sie ihm irgendwie helfen.

Er nickte. „Es geht tatsächlich um eine Frau?“

Sofort funkelten Maggies Augen vor Neugier. „Deine Freundin? Hast du Liebeskummer? Oder suchst du ein romantisches Geschenk? Dabei kann ich dir ganz sicher helfen.“

Darren musste grinsen. „Nein, es geht nicht um meine Freundin, sondern um eine ältere Frau. Also mindestens siebzig oder so.“

Maggie schaute ihn seltsam an. „Stehst du etwa auf alte Damen? Oder geht es um deine Großmutter?“

Er schüttelte den Kopf und lachte. „Nichts dergleichen. Genau genommen ist sie auch schon tot.“

Jetzt sah Maggie völlig verwirrt aus. „Wozu brauchst du dann ein Geschenk?“

Er überlegte, wie viel er seiner Kollegin erzählen sollte. Dass er den Geist eines verstorbenen Hausbewohners sehen konnte, würde er auf jeden Fall für sich behalten. Aber wie sollte er sonst erklären, warum er sich für Susan Shepherd interessierte?

„Nein. Ich, äh, mache nur ein paar Recherchen. Für Libby."

Maggie kniff die Augen zusammen. „Für Libby? Also springt dabei was für dich raus? Warum hat sie mich nicht gefragt?"

Darren kam ins Schwimmen. „Na ja. Es ist nur ein Versuch. Und nein, es gibt kein Geld. Nächstes Mal vielleicht. Wenn ich meine Arbeit gut mache."

Maggie verschränkte die Arme vor der Brust und starrte ihn an.

Schnell beeilte Darren sich, hinzuzusetzen. „Ich werde ihr natürlich erzählen, dass du mir geholfen hast. Und nächstes Mal hat sie bestimmt auch für dich eine Aufgabe." Darren schwitzte. Er fragte sich, wie er Libby dazu überreden sollte. Dabei wusste er noch nicht mal, ob es sich lohnte, Maggie in seine Nachforschungen reinzuziehen. Die ganze Flunkerei war verrückt.

Aber Maggie war anscheinend zufrieden. „Also gut. Worum geht's?"

Darren musste sich kurz sammeln. „Kennst du das Rose Cottage?", fragte er dann.

Maggie zuckte mit den Schultern. „Welches? Das in Gallanach oder in Pennyfuir?"

Darren runzelte überrascht die Stirn.

„Was? Es ist ja nicht so, dass Rose Cottage ein sonderlich ausgefallener Name ist."

Er nickte. „Pennyfuir", erklärte er dann.

Maggie zog beim Nachdenken die Nase kraus. „Das drinnen aussieht, als wäre es das Wochenendhaus von ABBA?“

Darren grinste. „Genau!“

„Aber ich dachte, es geht um eine Frau?“

„Geht es ja auch. Irgendwie. – Was weißt du über das Haus?“

Maggie lehnte sich neben Darren ans Auto. „Ich glaube, ich war nur ein einziges Mal dort. Libby hatte es gerade frisch in ihren Katalog aufgenommen und die Entrümpelungsfirma war da.“

„Und warum sind dann trotzdem noch die ganzen alten Möbel drin?“

„Ich nehme an, weil sich ein Haus besser verkauft, wenn es bewohnt aussieht.“

„Ach so. Ist dir bei der Entrümplung was aufgefallen? Drinnen oder vielleicht in der Umgebung?“

Sie dachte nach. „Nicht wirklich. Es war alles nur Ramsch, den die Entrümpelungsfirma weggehauen hat. Was sollte mir denn auffallen?“

„Die Leute. Irgendwelche verdächtigen Gestalten oder so.“

Maggie lachte. „In Pennyfuir? Da gibt es nur verdächtige Gestalten.“

„Bitte!“

„Also gut.“ Maggie schloss die Augen. „Ehrlich gesagt war nicht viel los. Ein paar Nachbarn kamen raus zum Glotzen und der Postbote war da. Sonst eigentlich keiner?“

„Also nicht Auffälliges?“

Maggie schüttelte den Kopf. „Wobei einige Nachbarn schon ein wenig gruselig waren."

„Welche? Meinst du die Stickles?"

Sie schaute ihn verständnislos an.

„Die vom Grundstück nebenan. Mit dem manikürten Rasen."

Jetzt nickte sie. „Das könnten sie sein. Da war ein Ehepaar. Sie im Tweedkostüm und er in einem teuer aussehenden Wollpullover. Man hätte meinen können, sie sind Großgrundbesitzer, nicht die Nachbarn in einer lausigen Bungalowsiedlung."

„Was haben sie getan?"

„Das war unheimlich. Die haben zufrieden gegrinst, als wären sie froh, dass die Alte tot war. Dabei dachte ich, alle Engländer sind immer so höflich und auf gute Manieren bedacht."

„Schotten", korrigierte Darren automatisch. „Aber ich verstehe, was du meinst. – War sonst noch was?"

Maggie zuckte mit den Schultern. „Nicht viel. Sie haben ständig von ihrem Garten gefaselt. Ich glaube, am liebsten wäre ihnen gewesen, wenn Libby den großen Baum, der hinter dem Haus steht, gleich hätte umhacken lassen. Sie wurden richtig sauer, als sie ihnen sagte, dass sie keineswegs die Absicht hat. – Als sie mitkriegten, dass Libby nicht die neue Besitzerin, sondern nur eine Maklerin war, haben sie sich langsam wieder beruhigt. Ich schätze, die, die das Haus kaufen, können sich auf was gefasst machen."

Darren nickte nachdenklich. „Glaubst du, die beiden sind gefährlich?"

„Wie meinst du das?"

„Na ja. Denkst du, die würden irgendwem was antun, wegen ihres perfekten Rasens?“

„Glaubst du etwa, die haben jemanden um die Ecke gebracht, wie in einem Horrorfilm?“ Maggie grinste amüsiert. „Nein, eher nicht. Sie sahen nicht so aus, als würden sie sich mit irgendwas die Hände schmutzig machen. Sie würden vielleicht ihren Anwalt einschalten. – Obwohl. Wenn du Löcher in ihren geliebten Rasen machst, könnte der Mann vielleicht schon mal mit der Heckenschere auf dich losgehen. – Wieso fragst du?“

Darren zuckte mit den Schultern. „Nur so. Ich wollte nur wissen, was du so über die Nachbarn denkst.“

Maggie schüttelte den Kopf. „Ganz im Ernst. Ich würde jedenfalls nicht neben denen wohnen wollen. Viel zu anstrengend.“

„Danke“, murmelte Darren nachdenklich.

Nach ein paar Minuten merkte er, dass seine Kollegin ihn beobachtete. „Was?“

„War es das etwa? Ich dachte, du wolltest mir noch etwas über die Frau erzählen, um die es geht.“

Darren seufzte. „Ein andermal. In Ordnung? – Für heute habe ich erstmal genug.“

Maggie zuckte mit den Schultern. „Von mir aus. Aber wenn Libby dir was für deine Recherchen bezahlt, vergiss nicht, dass du mir was schuldest. – Und jetzt wäre es schön, wenn du mich bei der Autowerkstatt absetzen könntest. Ich hoffe, mein Auto ist fertig.“

KAPITEL 17

Am Abend saßen Oma Erica und Darren lange gemeinsam am Esstisch und plauderten. Opa Alan zeigte sich nicht. Aber der Gedanke, dass ihr Enkel jetzt Geister sehen konnte und dass er einem davon helfen musste, schien seine Großmutter zu beflügeln. Während Darren arbeiten war, hatte sie sich die Zeit mit Nachforschungen und Telefonieren vertrieben.

Sie hatte einige Geschichten über die Stickles ausgegraben, die offenbar eifersüchtig ihr Grundstück bewachten. Eine Cousine von Oma‘s Freundin Janet hatten sie einmal wüst beschimpft und bedroht, weil ihr Terrier auf dem Rasen der Stickles etwas hinterlassen hatte. Nach dem die Cousine alles weggeputzt hatte, verlangten sie noch zwanzig Pfund Entschädigung, die die erschrockene Frau bezahlte, nur um diesen Leuten zu entkommen.

Über die anderen Verdächtigen hatte sie nicht viel herausgefunden. Nur, dass Susan Shepherds Neffe offenbar recht weit weg wohnte und sich niemand daran erinnern konnte, wann er seine Tante zuletzt besucht hatte. Marcy, die Frau vom Scottish Womens Institute, stand in dem Ruf zwanghaft hilfsbereit zu sein.

„Ihre eigenen Kinder sind ausgezogen und jetzt bemuttert sie alle alten Leute, die ihr nicht schnell genug die Tür vor der Nase zuknallen, behauptet Norma. Und sie war überrascht, dass sie es bei mir noch nicht versucht hat.“

„Vermutlich hat sie gehört, was für eine selbständige und sture Frau du bist", meinte Darren.

„Möglich wäre es." Oma Erica grinste. Dann runzelte sie auf einmal die Stirn. „Aber ich wünschte, ich wäre endlich den Gips los, damit ich wieder meinen täglichen Spaziergang machen kann. Wenigstens habe ich dank dir auch so etwas Vernünftiges zu tun."

Darren antwortete nicht. Natürlich war er für die Hilfe seiner Großmutter dankbar, aber langsam hatte er keine Lust mehr, dauernd über die Shepherds nachzudenken. Zum Glück bemerkte nun auch seine Großmutter, wie spät es schon war. Bald darauf zog sie sich in ihr Zimmer zurück und ließ Darren und Kater Baudrons allein.

Beim Frühstück am nächsten Morgen verkündete Oma Erica plötzlich, dass sie heute noch einmal ins Krankenhaus müsse.

Darren warf einen besorgten Blick auf sie. „Fehlt dir was?" Obwohl sie nicht schlechter aussah als am Abend, fürchtete er, dass die letzten Tage zu viel für seine Großmutter geworden waren. Sie war fit, aber trotz allem nicht mehr die Jüngste.

Doch Oma Erica lächelte. „Mir geht's gut. Ich muss nur mit jemandem reden."

Also meldete sich Darren bei Libby ab und fuhr seine Großmutter nach Oban. Als er vor dem Krankenhaus geparkt hatte, zögerte er. Der Gedanke, Katie Beales unter die Augen zu treten, war nicht sehr reizvoll.

„Macht es dir etwas aus, wenn ich hier draußen warte?"

Seine Großmutter schüttelte den Kopf. „Es wird sicher nicht lange dauern."

Tatsächlich war sie nur wenig später wieder da. Sie schmunzelte wie eine Katze, die den Sahnetopf gefunden hat. „Ich hoffe, du hast morgen Abend nichts vor. Du hast nämlich eine Verabredung“, verkündete sie, als sie sich zu ihm ins Auto setzte.

Sofort schrillten bei Darren die Alarmglocken. „Sag mir, dass du das nicht getan hast!“

Sie blickte ihn unschuldig an. „Was meinst du?“

„Ich will, dass du mir sagst, dass du mich nicht gerade noch mehr vor Katie Beales blamiert hast.“

„Das würde ich doch nie tun. Das hast du selbst schon genug.“

Darren wusste nicht, ob er erleichtert sein sollte. „Also hast du nicht mit ihr gesprochen?“

„Doch. Aber um mich für dich zu entschuldigen. Und als Entschädigung lädst du sie morgen in die *Corran Halls* ein.“

„Und sie war einverstanden?“ Darren staunte.

Auf Oma Ericas Gesicht breitete sich ein zufriedenes Grinsen aus. „Natürlich. Es blieb ihr auch nicht viel anderes übrig. Sie ist eben ein nettes Mädchen und wurde zu Highland Höflichkeit erzogen.“

Verwirrt runzelte Darren die Stirn. „Was hat das damit zu tun?“

„Ich habe ihr erzählt, dass ich beim morgigen Konzert Teil der Vorgruppe bin. Und ich habe ihr gesagt, dass ich mich sehr freuen würde, sie dort zu sehen. Da konnte sie nicht nein sagen.“

„Und das hat sie dir geglaubt?“

„Warum denn nicht? Es spielen die *Vatersay Boys*. Die haben sicher nichts dagegen, wenn ich mit ein paar

Freunden vorher auch ein oder zwei Stücke zum Besten gebe. Wer weiß, vielleicht spielen wir sogar mal zusammen."

Darren seufzte resigniert. Wenn seine Großmutter sich etwas in den Kopf setzte, war es zwecklos, sich dagegen zu wehren.

„Warum ist dir Katie überhaupt so wichtig?", fragte er stattdessen. „Glaubst du etwa, dass ich nicht selbst ein Mädchen finden kann?"

Seine Großmutter blickte ihm in die Augen. „Das auch. Aber hauptsächlich dachte ich daran, dass es gut wäre, wenn uns jemand mit medizinischem Fachwissen bei dem Fall der verstorbenen Sue Shepherd hilft."

Fassungslos starrte Darren sie an.

„Von mir aus können wir jetzt fahren", bemerkte seine Großmutter spitz und schaute demonstrativ aus dem Fenster. Ihr selbstzufriedenes Lächeln sprach Bände.

Kopfschüttelnd startete Darren den Motor.

Am Nachmittag traf sich Darren mit Maggie in Benderloch. Eigentlich hatte er vorgehabt, sich noch einmal im Rose Cottage umzusehen und mit dem Geist von Antony Shepherd zu sprechen. Doch dann hatte Maggie angerufen und ihm bei dem großen unheimlichen Haus um Hilfe gebeten. Darren grinste. Endlich bekam er Gelegenheit sich bei ihr zu revanchieren.

Sie gingen gemeinsam hinein. Obwohl es noch heller Tag war, wirkte Maggie unruhig.

„Und du bist sicher, dass es dir nichts ausmacht, wieder das obere Stockwerk zu übernehmen?", fragte sie. „Nach allem, was letztes Mal vorgefallen ist?"

Jetzt, wo er sie schon besser kannte, sah Darren, wie ihre Augen funkelten, trotz ihres nervösen Gehabes.

„Kein Problem."

Er fragte sich, ob sie wohl wieder ein bisschen Spuk für ihn vorbereitet hatte. In jedem Fall schien sie von seiner entspannten Reaktion enttäuscht zu sein.

Während Maggie noch etwas aus ihrem Auto holte, huschte Darren ins Badezimmer im Erdgeschoss. Hier würde er den ersten Teil seiner kleinen Rache deponieren.

Als er seine Kollegin wieder ins Haus kommen hörte, hängte er seine Jacke über das Treppengeländer und trabte schwerfällig nach oben. Sie sollte hören, dass er im Obergeschoss war.

Darren schaute sich um, was es zu tun gab, während er gleichzeitig auf das lauschte, was Maggie tat. Dem Scheppern nach war sie gerade dabei, die Küche zu putzen. Also würde es wohl noch eine Weile dauern, bis sie sein kleines Geschenk entdeckte. Rasch begann er, in den Schlafzimmern Staub zu wischen. Er wollte rechtzeitig fertig sein, um unten nichts zu verpassen.

Als er hörte, wie Maggie den Müllsack in der Küche bereitstellte, unterbrach er seine Arbeit. Kaum war sie mit dem Müll am Treppenaufgang vorbei, schlich er sich in die Küche. Hier würde der zweite Teil seiner Rache starten.

Er hatte gerade alles vorbereitet, da hörte er ein glucksendes Kichern, das aus der Speisekammer zu kommen schien. Ein rascher Blick zeigte, dass sie leer war. Vermutlich die Rohrleitungen, dachte er. Dann musste er sich beeilen, um wieder nach oben zu kommen, bevor Maggie zurückkam.

Er polterte ein wenig herum, damit seine Kollegin sicher sein konnte, dass sie im Erdgeschoss allein war. Dann wartete er.

Nach ungefähr zwei Minuten bekam er mit, dass Maggie ins Bad ging. Leise schlich er zur Treppe und spähte nach unten. Plötzlich hörte er einen Schrei gefolgt von einem Poltern. Dann kam Maggie aus dem Bad gerannt und knallte die Tür hinter sich zu. Darren grinste.

Natürlich eilte er sofort die Treppe hinunter, um seiner Kollegin zur Hilfe zu kommen. Er setzte ein besorgtes Gesicht auf, als er sie bleich und schwer atmend im Flur fand.

„Alles in Ordnung? Was ist passiert?“

Maggie starrte ihn aus weit aufgerissenen Augen an. Mitfühlend nahm Darren sie am Arm und führte sie in Richtung Küche. Erst, als sie am Küchentisch saß, fand sie ihre Stimme wieder.

„Da ist eine Leiche im Klo“, flüsterte sie heiser.

Darren erlaubte sich ein nachsichtiges Lächeln. „Eine ganze Leiche? Wie soll die denn da rein passen?“

Maggie zuckte ungeduldig mit den Schultern. „Keine Ahnung. Aber da ist ein Kopf. Ich habe die Augen gesehen. Furchtbar.“ Sie schüttelte sich.

Er nickte langsam, so als hielte er sie für etwas überspannt.

Erwartungsgemäß funkelte Maggie ihn zornig an. „Glaubst du mir etwa nicht?“

„Doch natürlich.“

Darrens beruhigender Tonfall machte sie nur noch zorniger. „Geh und schau selber!“, forderte sie ihn auf.

Darauf hatte Darren nur gewartet. „In Ordnung. Und du mach dir inzwischen einen Tee. Ich bin mir sicher, dann fühlst du dich gleich besser.“ Mit einem Klacken schaltete er die glänzende Espressomaschine ein, ehe er ging. Jetzt konnte er nur hoffen, dass sie den Hinweis mitbekommen hatte, und sich einen Kaffee, statt eines Tees machte.

Er ging zum Bad und öffnete die Klobrille. Ein Paar blutunterlaufener Augen starrte ihn an. Sie sahen wirklich ziemlich echt aus. Darren musste dem Verkäufer im Scherzartikelladen recht geben. Sie waren den höheren Preis eindeutig wert. Das Wasser, auf dessen Oberfläche sie schwammen, war milchig weiß und schwappte leicht in der Kloschüssel herum. Durch die Bewegung sah es aus, als gehörten die Augen zu einem echten Gesicht. Grinsend fischte Darren sie heraus und ließ sie verschwinden.

„Hier ist nichts“, rief er in Richtung Küche, dann betätigte er die Spülung, um auch die letzten Spuren zu verwischen.

Als er das Bad verließ, hörte er aus der Küche ein Scheppern. Gleich darauf kam Maggie den Flur entlang gerannt, als sei der Teufel hinter ihr her. Sie war leichenblass.

„Bring mich hier raus“, keuchte sie und verbarg ihr Gesicht an seiner Schulter.

Grinsend schlang Darren seine Arme um sie. Doch sie zitterte so sehr, dass er sie tatsächlich nach draußen führen musste. Er brachte sie zu einer Bank im Garten und setzte sich neben sie.

Trotz des Sonnenscheins dauerte überraschend lange, bis sich Maggies Atem beruhigte. Sie ließ seine Hand los und warf ihm einen Seitenblick zu. Nachdem sie ihn eine Weile aufmerksam beobachtet hatte, wie er vollkommen entspannt neben ihr saß, runzelte sie die Stirn.

„Das hast du gemacht, oder?"

„Was denn?" Darren bemühte sich, den Triumph aus seiner Mimik herauszuhalten und sich nur ehrlich interessiert zu geben.

Sie wedelte ungeduldig in Richtung Haus. „Die Leiche im Klo. Und das Blut aus der Kaffeemaschine auch."

Er blickte sie unschuldig an. „Warum sollte ich so etwas tun?", fragte er neugierig.

Maggie richtete ihren Blick auf die Wiese und die Bäume. Dann seufzte sie. „Also gut. Du hast gewonnen. Ich hab dich verarscht, als wir letztes Mal hier waren. – Trotzdem waren deine Tricks ziemlich heftig." Sie blickte ihn vorwurfsvoll an.

Darren zuckte mit den Schultern. „Ich dachte ja nicht, dass du so sehr darauf reagierst", gestand er. „Das Blut aus der Kaffeemaschine waren nur ein paar rote Farbtabletten, die ich in den Wasserbehälter geworfen habe. Und du hast mir ja vorher auch Streiche gespielt: die Geisternachricht auf dem Spiegel, die Schuhcreme auf der Klinke ..."

Maggie winkte ab. „Du hast Recht. Einigen wir uns auf Waffenstillstand?"

Sie erzählte ihm, wie es dazu gekommen war, dass sie das Haus mit Streichen präpariert hatte. „Es ist eine Tradition. Schon meine Vorgängerin hat das mit mir gemacht."

„Und wozu?“

Sie zuckte mit den Schultern. „Aus Spaß. Aber es ist auch ein Test. Wer das nicht aushält, sollte hier nicht arbeiten. Einige Häuser sind wirklich gruselig.“

Darren schmunzelte. „Hast du gewusst, dass es zu diesem hier eine Geschichte gibt?“

Sie schüttelte den Kopf.

„Soll ich sie dir erzählen?“

Maggie überlegte kurz. „Nein. Ich glaube nicht. Dazu ist mir das Haus manchmal wirklich zu seltsam.“

Darren nickte. Maggie hatte recht. Nach allem, was er in den letzten Tagen erlebt hatte, kam es auch ihm nicht mehr unmöglich vor, dass es in der ehemaligen Kirche tatsächlich einen Geist gab.

Vielleicht sollte er sich irgendwann auf die Suche nach dem Geist von Pfarrer Rees machen. Wenn es ihn gab, dann ließe er sich vielleicht überreden, als Poltergeist von Benderloch für ein Foto oder ähnliches zu posieren. Und Darren wäre der erste, der die Existenz von Geistern bewiesen hätte. Aber vorher musste er noch mit seinem Großvater reden. Ihm fiel auf, dass er keine Ahnung hatte, wie Geister sich in der Welt bemerkbar machen konnten. Er wusste, nur er konnte Tony Shepherd sehen und hören. Aber ob es tatsächliche Poltergeister gab, wusste er nicht.

Schließlich machten sie sich wieder an die Arbeit. Sie hatten zwar nicht darüber gesprochen, aber trotzdem blieben sie für den Rest der Zeit zusammen. Gemeinsam putzten sie die roten Farbreste vom Küchenboden und der Kaffeemaschine und sie beendeten auch Darrens Arbeit in den Schlafzimmern zu zweit.

Der Geist von Benderloch mochte Maggies eigene Erfindung sein. Aber es schadete nicht, trotzdem ein wenig vorsichtig zu bleiben.

Auf dem Heimweg fuhr Darren bei Rose Cottage vorbei. Er parkte auf der Straße und blickte zum Haus hinüber. Er überlegte, was er dem Geist sagen könnte. Wie sollte er jemals herausfinden, ob Sue Shepherd vergiftet worden war? Und seine Verdächtigenliste war auch ziemlich fragwürdig.

Der Vorhang des Stickle-Hauses bewegte sich, als jemand zum Fenster trat, um ihn zu beobachten. Plötzlich wurde Darren die Absurdität der ganzen Situation bewusst. Er war bei Libby als Putzfee angestellt. Und stattdessen spielte er sich hier als Mordermittler für einen Geist auf. Wenn es wirklich etwas zu ermitteln gab, sollte er die Sache der Polizei überlassen.

Und was willst du denen erzählen? Eine leise Stimme in seinem Hinterkopf lachte ihn aus. Ein Geist hat dir gesagt, dass er glaubt, seine Frau sei ermordet worden, aber die Ärzte im Krankenhaus haben nichts bemerkt? Ach ja, deine derzeitigen Hauptverdächtigen sind die Nachbarn, einfach aus dem Grund, weil sie respektabel und zwanghaft ordnungsliebend sind.

Darren seufzte. Es war verrückt. Als sich der Vorhang des Stickle-Hauses erneut bewegte, startete er den Wagen und fuhr heim.

KAPITEL 18

Der nächste Tag war ein Samstag. Die Touristensaison hatte noch nicht begonnen, deshalb gab es heute ausnahmsweise einmal keine Häuser zu reinigen.

Darren genoss es, endlich wieder ausschlafen zu können. Zumindest so lange, bis seine Großmutter anfing, in der Küche mit Töpfen und Pfannen zu hantieren. Er zog sich das Kissen über den Kopf und stöhnte.

Obwohl sie ihn zuvor nicht sonderlich zum Aufstehen gedrängt hatte, hielt Oma Erica Darren ab dem Moment auf Trab, in dem er sein Bett verlassen hatte. Dabei wusste er nicht einmal, warum.

Bereits kurz nach vier am Nachmittag servierte seine Großmutter das Abendessen. Um fünf verschwand sie in ihrem Zimmer und riet ihm zuvor, pünktlich um sechs abmarschbereit zu sein. Und er solle sich für das Rendezvous mit Katie etwas Ordentliches anziehen.

Missmutig schaute er an sich herunter: er trug eine schwarze Jeans und ein schwarzes Langarmshirt. Was wollte Oma Erica denn? Schwarz war doch immer angemessen.

Während seine Großmutter sich fertigmachte, zog er sich dann doch noch eine neue, etwas enger sitzende Jeans an. Außerdem verbrachte er eine gute Viertelstunde damit, seine kurzen rotbraunen Haare in eine nachlässig zerwuschelt wirkende Frisur zu bürsten.

Wenig später tauchte seine Großmutter aus ihrem Zimmer auf. Sie hatte dunklen Lippenstift und Rouge aufgelegt. Ihre weißen Haare waren hochgesteckt und mit seltsamen bunten Blumenspangen verziert. Was sie sonst trug, konnte er nicht erkennen, da sie sich in einen langen rotkarierten Mantel gewickelt hatte.

„Verstau bitte meinen Dudelsack schon im Auto“, bat sie. Dann ließ sie noch irgendwelche Dinge, vielleicht Make-up, in ihrer Handtasche verschwinden und ließ sich vorsichtig auf dem Beifahrersitz nieder.

„Sind wir nicht viel zu früh, wenn wir jetzt losfahren?“, maulte Darren.

Doch seine Großmutter schüttelte den Kopf. „Es ist immer besser, vor einem Auftritt rechtzeitig da zu sein. Wegen des Soundchecks und des Lichts und so weiter.“

Verwundert fragte sich Darren, wie oft seine Großmutter wohl in Oban auftrat.

Sie erreichten den Veranstaltungsort in *The Corran Halls* um halb sieben.

„Soll ich jetzt Katie abholen?“, fragte Darren.

Oma Erica schüttelte den Kopf. „Sie kommt zu Fuß. Und sie sollte ohnehin gleich da sein.“

Tatsächlich erschien sie wenig später am Hintereingang des Gebäudes.

„Wunderbar!“

Darrens Großmutter deutete auf die Tasche, die ihren Dudelsack enthielt. „Den nimmst du, Darren“, ordnete sie an.

Dann ließ sie sich von Darren aus dem Auto helfen. Auf eine Krücke gestützt, aber ansonsten recht flott führte sie ihre beiden Begleiter durch den Bühneneingang und diverse Türen bis zum eigentlichen Veranstaltungsraum.

Der war so früh vor dem Beginn der Vorstellung natürlich noch vollkommen leer.

„Macht es euch schonmal gemütlich. In ein paar Minuten geht es los."

Als Großmutter Bagshaw die beiden in dem großen Raum allein gelassen hatte, wurde die Atmosphäre auf einmal peinlich. Einen Moment lang druckste Darren herum, dann riss er sich zusammen.

„Es tut mir leid. Ich hätte Sie, dich, nicht anlügen sollen." Während er das sagte, schaute er auf seine Schuhe.

Katie grinste. „Schon gut. Deine Großmutter hat mir alles erklärt."

Überrascht sah Darren auf. „Das hat sie?" Er fragte sich, welche neue Lüge seine Oma Katie wohl aufgetischt hatte. Zum Glück fand er es bald heraus.

„Oh, ja. Sie sagte, dass du als Kind im Sommer oft in Ganavan warst, und dass Sue Shepherd fast so etwas wie eine zweite Großmutter für dich war."

Trotz seiner Überraschung gelang es Darren zu nicken.

Katie schüttelte den Kopf. „Warum hast du das nicht einfach gesagt?"

„Weil ..." Verzweifelt suchte Darren nach einer Ausrede. Hätte sich seine Großmutter für den Teil nicht auch was überlegen können? „Wegen des Datenschutzes", platzte er dann heraus. „Ich dachte, du kannst nur einem Angehörigen etwas über die Krankendaten von Oma Susan sagen. Und ich wollte dich nicht in Schwierigkeiten bringen. Wirklich nicht." Er hoffte, er hatte damit nicht zu dick aufgetragen. Und, dass sie die Erleichterung in seiner Stimme nicht gehört hatte, als ihm im letzten Moment doch noch eine passende Ausrede eingefallen war.

Katie schüttelte nur den Kopf. „Das mit dem Datenschutz stimmt zwar. Aber wir sind schließlich alle nur Menschen. Wenn ich gewusst hätte, dass du mit Mrs Bagshaw verwandt bist, hätte ich dir sicher auch so geholfen."

Darren nickte niedergeschlagen. Offenbar sollte er seine Großmutter mehr in seine Nachforschungen einbinden. Wenn er ihr die Suche nach Verdächtigen überließ, könnte er sich sicher einiges ersparen. Das Einzige, was ihm dabei Unbehagen bereitete, war, dass sie sich dadurch möglicherweise in Gefahr begab.

„Spielt sie heute wirklich in der Vorgruppe?", fragte Katie.

Überrascht musste Darren gestehen: „Offen gesagt, ich habe keine Ahnung. Lassen wir uns doch einfach überraschen."

Als Nächstes bot er an, Katies Mantel zur Garderobe zu bringen und Getränke zu holen. Katie nickte dankbar.

Mit großen Augen starrte er die schreienden Farben, den spitzen Kragen und die langen Manschetten ihrer Bluse an. Sie grinste. „Das ist ein Original. Von meiner Großmutter."

Darren nickte sprachlos und fragte sich, welch einem seltsamen Modegeschmack Katie in ihrer Freizeit frönte.

Als er ohne Katies Mantel, dafür mit zwei Gläsern Bier in den Raum zurückkehrte, stellte er fest, dass Katie längst nicht mehr die Einzige war, die so auffällig gekleidet war. Etwa die Hälfte der anwesenden Gäste trug Schlaghosen, weite Blusen und bunten Plastikschmuck.

Kopfschüttelnd reichte Darren Katie ihr Bier und wartete darauf, dass das Konzert losging. Als der Raum etwas mehr als halb voll war, trat ein Mann auf die Bühne.

„Guten Abend, meine Damen und Herren. Bevor wir zum heutigen Hauptact kommen, freue ich mich, Ihnen nun unsere lokale Vorgruppe vorstellen zu dürfen. Begrüßen Sie mit mir die *Ganavan Antiques*!"

Darren grinste über den Bandnamen, unter dem Oma Erica und ihre Freunde angekündigt wurden. Wenig später gefror sein Lächeln, als er sah, wer dort auf die Bühne schritt.

Vornweg erkannte er seine Großmutter. Sie humpelte ein wenig, da sie noch immer durch ihren Gehgips behindert wurde, aber sie trug ein langes dunkles Abendkleid, das er ganz sicher noch nie an ihr gesehen hatte. Es musste mit Pailletten besetzt sein, denn es funkelte im Scheinwerferlicht, als wäre es aus schwarzen Diamanten gemacht.

Ihr folgte ein Mann in einem grellbunten Hemd, der eine riesige Sonnenbrille trug. Überrascht erkannte Darren den Priesterkragen im Ausschnitt des Mannes, ehe der sich ans Schlagzeug setzte.

„Pfarrer McEges?", flüsterte Darren beinahe lautlos. Er kannte den Dorfpfarrer von Ganavan kaum. Aber wer sollte es sonst sein?

Hinter McEges trat Pete, der Besitzer des *Haunted House*, auf die Bühne. Er trug extraweite Schlaghosen, sah aber sonst recht normal aus. Er hatte einen Bass über der Schulter hängen und grinste und winkte in die Menge.

Das nächste Bandmitglied überraschte Darren noch mehr. Im Gegensatz zu den anderen war Greg Gudgeon gekleidet wie immer. Der bärige alte Mann schien sich auf der Bühne nicht wohl zu fühlen. Darren hatte den Eindruck, er versuchte, sich hinter seinem Akkordeon zu verstecken. Er fragte sich, wie seine Großmutter es geschafft hatte, Greg zu so einem Auftritt zu überreden.

Als Letztes trat eine Frau auf die Bühne, die Darren nicht kannte. Stattdessen schien sich Katie vor Schreck beinahe an ihrem Bier zu verschlucken.

„Das ist Miss Lindsay", erklärte sie. „Sie war meine Grundschullehrerin."

Die Frau war mindestens zwanzig Jahre jünger als seine Großmutter. Darren fragte sich, ob sie sich daran störte, zu den *Ganavan Antiques* zu gehören.

Eine kurze Pause entstand, als sich die Künstler auf der Bühne einrichteten. Dann gab der Pfarrer einen Rhythmus vor und sie starteten unvermittelt in ihren ersten Song. Darren brauchte ein paar Takte, bis er die Melodie erkannte, denn er hatte dieses Lied noch nie mit Dudelsack oder Akkordeonbegleitung gehört. Dann klappte ihm die Kinnlade runter.

„Sie spielen ABBA?", flüsterte er. Er hatte sich gerade erst genug gefangen, um Katie einen schockierten Blick zuzuwerfen, als Miss Lindsay voll Inbrunst in die ersten Zeilen von „Dancing Queen" startete.

Katie grinste. „Natürlich. Hast du das etwa nicht gewusst?"

Darren schüttelte den Kopf. Er blickte sich im Saal um. Auf einmal ergab die seltsame Kleidung vieler Anwesender einen Sinn. Aber dass sie sich passend zur Vorgruppe kleideten? Ein Verdacht stieg in Darren auf.

„Wer ist heute der Haupt Act? Nicht die *Vatersay Boys*, oder?“

Katie starrte ihn an. „Willst du mir erzählen, du wusstest nicht, dass heute *Abbamania* gespielt wird? Die Show war schon seit Wochen angekündigt. Ich war überrascht, dass es Mrs Bagshaw noch gelungen ist, Karten aufzutreiben. Aber da sie uns ja durch den Hintereingang reingeschmuggelt hat, war das vermutlich nicht nötig.“ Sie grinste.

Darren schüttelte den Kopf. Eine ABBA Tribute Band wäre nicht unbedingt die Unterhaltung gewesen, die er sich für sein erstes Date mit Katie ausgesucht hätte, aber er musste zugeben, die *Ganavan Antiques* waren besser, als er erwartet hätte. Und als der Haupt Act begann, hätte man tatsächlich glauben können Bjorn, Agnetha, Anni-Frid und Benny wären auf die Bühne zurückgekehrt. Beinahe zwei Stunden lang sangen Katie, Oma Erica, die sich nach ihrem Auftritt zu ihnen gesellt hatte, und Darren, wie alle anderen die Songs von ABBA mit. Auch wenn er kein großer Fan war: Die meisten der eingängigen Lieder kannte sogar er.

Etwa nach der Hälfte der Show glaubte Darren plötzlich, eine bekannte Gestalt in der Menge zu entdecken. Jemanden, der auf keinen Fall hier sein konnte. Er entschuldigte sich bei seiner Großmutter und Katie und drängte sich bis zur anderen Seite der Halle durch.

Tatsächlich, dort im Schatten am Rande der Bühne stand Antony Shepherd. Oder vielmehr dessen Geist, wie Darren daran erkannte, dass er jedes Mal verschwand, wenn ein Bühnenscheinwerfer kurz in seine Richtung leuchtete. Wie immer trug er Sonnenhut, Arbeitshose und Gummistiefel. Doch warum zur Hölle war er hier?

Als der Geist Darren erkannte, lächelte er schüchtern. Gleichzeitig wirkte er etwas besorgt.

„Was machen Sie hier?“, fuhr Darren ihn an. Er hatte wirklich keine Lust, sich den Abend mit Katie von einem Geist verderben zu lassen.

Statt einer Antwort blickte sich Tony Shepherd neugierig um. „Wo sind wir? Ich wusste gar nicht, dass schon Zeitreisen möglich sind.“

Darren runzelte die Stirn. „Sind sie nicht.“ Dann winkte er in Richtung Bühne. „Wir sind in Oban. Und das ist nur eine Coverband.“

„Oh. Natürlich.“ Tony lächelte schuldbewusst. „Das hätte ich vermutlich wissen sollen. Aber ich bin schon so lange tot. Ich bin eine ganze Weile nicht mehr rausgekommen. Und hier sieht es fast aus, wie damals, als meine liebe Sue und ich noch Tanzen gegangen sind.“

Darren nickte ungeduldig. „Warum sind Sie hier?“

„Was? Ach so.“ Tony schaute betreten. „Stör ich etwa? Ich wollte eigentlich nur fragen, wie du bei deinen Nachforschungen vorankommst. Hast du schon etwas herausgefunden?“

„Ja. Na ja. Ein bisschen. Aber hier ist wirklich nicht der richtige Ort, um darüber zu sprechen.“

Tony blickte sich um und nickte. „Da könntest du recht haben.“

Auch Darren bemerkte nun, dass einige der Anwesenden ihn grinsend beobachteten. Zum Glück hörten sie bei der lauten Musik nicht, was er sagte. Trotzdem musste es merkwürdig aussehen, wie Darren sich hier mit einem Unsichtbaren unterhielt. Wenn er Glück hatte, dachten sie nur, er sei betrunken.

„Wollen wir raus gehen?“, schlug der Geist vor.

Darren richtete hilfesuchend die Augen gen Himmel. „Nein, wir wollen nicht rausgehen“, stellte er klar. „Ich bin mit einem Mädchen hier.“ Dass auch seine Großmutter da war, erwähnte er nicht.

„Oh.“ Auf einmal wirkte Tony in dem Saal voller singender Menschen noch verlorener zuvor.

Darren schnaufte. „Also gut. Ich komme morgen zum Rose Cottage. Dort reden wir. Aber jetzt verschwinden Sie von hier. Ich habe heute Abend wirklich keine Zeit.“

Der Geist ließ den Kopf hängen und nickte niedergeschlagen. Dann verblasste er, bis er nur Sekunden später vollkommen verschwunden war. Darren atmete auf. Natürlich hatte Tony recht, er hatte sich wirklich nicht besonders viel Mühe gegeben, mehr über den Tod seiner Frau und die möglichen Verdächtigen herauszufinden. Aber das musste er ja nicht unbedingt jetzt ändern.

Um wenigstens eine Ausrede für sein plötzliches Verschwinden zu haben, holte er an der Bar für sich, Katie und Oma Erica frische Getränke. Dann gesellte er sich wieder zu ihnen.

Der Rest des Abends verlief ungestört, zumindest einigermaßen. Nach dem Ende des Konzerts wechselten Katie, Oma Erica und die meisten der *Ganavan Antiques* ins *Markie Dans*, einen Pub in der Nähe. Darren hätte Katies Aufmerksamkeit lieber für sich allein gehabt, aber sie schien sich mit den alten Leuten prächtig zu amüsieren.

Darren war der Einzige, der nicht so gut drauf war. Das lag nicht nur an der Gegenwart der *Antiques* und daran, dass er, Omas Chauffeur, nur noch Saft trinken konnte, sondern auch an Tony Shepherd. Während die anderen in bierselige Gesänge ausbrachen, driftete seine Aufmerksamkeit immer wieder zu dem Geist.

Schließlich gab Oma Erica ihm einen Schubs. „Wenn du nur hier rumsitzen und uns die Laune verderben willst, dann kannst du auch heim fahren."

Darren schüttelte den Kopf. „Schon in Ordnung", behauptete er.

Doch seine Großmutter gab nicht nach. „Also meinetwegen brauchst du nicht bleiben. Vater McEges kann mich heimbringen."

Sie blickten über den Tisch. Der Pfarrer hatte seinen gefühlt fünften Gintonic vor sich stehen und war gerade dabei, Katie eine Geschichte zu erzählen, die heftiges Gestikulieren erforderte.

„Glaubst du wirklich, er sollte heute noch fahren?", fragte Darren zweifelnd.

Oma Erica winkte ab. „Aber sicher. Er kennt die Strecke im Schlaf. Und außerdem hat er doch himmlischen Beistand."

„Wenn du meinst."

Im Grunde war er froh, aus dem lauten Pub nach draußen zu kommen. Er warf Katie einen hoffnungsvollen Blick zu. „Soll ich dich heimfahren?", fragte er und deutete auf den Autoschlüssel.

Sie schenkte ihm ein Lächeln, bei dem ihm ganz warm im Bauch wurde. Doch dann schüttelte sie den Kopf. „Nicht nötig. Ich hab's nicht weit."

Darren schaute sie an und überlegte, ob er sie wohl noch zu einem Kaffee überreden konnte. Aber bis er den Mund öffnen konnte, hatte Vater McEges sie schon wieder mit Beschlag belegt.

„Dann bis irgendwann“, sagte er zu ihrem Hinterkopf.

Er winkte den anderen an ihrem gemeinsamen Tisch kurz zu und machte sich schweren Herzens auf den Weg zur Tür. Als er sich ein letztes Mal umdrehte, sah er, wie Katie ihm nachschaute. Sie sah gut gelaunt aus und winkte. Aber sie machte keinerlei Anstalten ihm zu folgen.

Als Darren durch die kühle Nacht zurück zum Auto ging, stellte er fest, dass er den Abend trotz allem genossen hatte. Mit seiner Großmutter musste er aber dennoch ein ernstes Wort reden: Wenn sie ihm schon eine Verabredung einbrockte, dann sollte sie anschließend auch den Anstand haben, ihn mit seinem Rendezvous allein zu lassen.

KAPITEL 19

Allein zu Hause begann Darren wieder über die Shepherds zu grübeln. Aber er kam beim besten Willen auf keine Lösung, wie er Tony, dem Geist, helfen konnte. Es war alles zu unwirklich und zu wenig konkret. Seine Hauptverdächtigen waren noch immer die Stickles. Aber konnten die Nachbarn die arme Sue Shepherd tatsächlich wegen ihres ungepflegten Gartens ermordet haben? Selbst ihm kam das sehr weit hergeholt vor.

Das Problem war, er wusste zu wenig über die Tote. Also sollte er vermutlich mit denjenigen sprechen, die sie besser gekannt hatten. Da war natürlich der Geist ihres Mannes. Aber vielleicht konnte ihm ja auch Greg weiterhelfen, wenn es stimmte, dass er Sue regelmäßig besucht hatte. Zwar war auch er ein Verdächtiger, aber das war nur ein weiterer Grund, endlich mit ihm über die Verstorbene zu reden. Darren konnte sich Greg nur schwer als skrupellosen Mörder vorstellen. Aber andererseits, waren Mörder nicht oft diejenigen, von denen man es am wenigsten erwartete?

Sein Besuch beim Rose Cottage am nächsten Tag brachte Darren wenig Neues. Da es Tag war, fand er Tony wieder im Schlafzimmerschrank. Der Geist bestätigte, dass Sue Shepherd‘s Neffe eine eigene Firma besaß. Von Geldproblemen war ihm nichts bekannt und sonderlich häufig ließ er sich auch nicht sehen.

Über die Stickles wusste Tony nur zu berichten, was Darren ohnehin schon bekannt war. Ja, es hatte ein paar

Mal Streit wegen des Gartens gegeben. Aber für gewalttätig hielt er die beiden nicht. Außerdem wusste er keinen aktuellen Grund, warum sie sich über Sue Shepherd aufregen sollten. Sie beklagten sich ohnehin ständig über irgendwen oder irgendetwas.

Wie um diese Einschätzung zu bestätigen, hatte Darren erst wenige Minuten zuvor beobachtet, dass Mrs Stickle mit einem Gesicht wie eine drohende Gewitterwolke zu ihren Nachbarn, der Familie mit den drei Kindern, gestakst war.

„Ihr widerlicher Köter hat schon wieder in unserem Garten seine Exkremente hinterlassen!", kreischte sie. „Wenn das noch einmal vorkommt, lasse ich den Tierfänger kommen und die Töle kommt ins Tierheim, wo dieses unerzogene Mistvieh meiner Meinung nach ohnehin hingehört."

Die Mutter warf einen besorgten Blick an ihr vorbei, konnte ihren Hund aber offenbar nirgendwo entdecken. Sie hob entschuldigend ihre Hände und redete auf Mrs. Stickle ein.

Darren war gerade erst mit dem Auto vor Rose Cottage angekommen. Was sie sagte, konnte er von seinem Platz aus nicht verstehen. Dafür sah er einen kleinen schwarzweiß gescheckten Hund. Er war offenbar gerade dabei in einem der dekorativen Blumenbeete der Stickles nach einer Maus oder einem Maulwurf zu graben.

Kurz dachte Darren daran, ihn zu verscheuchen, um ihn vor einem grausamen Schicksal im Tierheim zu bewahren. Doch dann überlegte er, dass er so wohl erst recht die Aufmerksamkeit des Ehepaars auf den kleinen

Übeltäter lenkte. Also ging Darren stattdessen direkt ins Haus und machte sich auf die Suche nach seinem Geist.

So kam es, dass er Tony Shepherd im Grunde zustimmte. Mrs Stickle würde sich sicher nicht mit einem Mord die Hände schmutzig machen. Nicht einmal mit einem Giftmord. Sie war eher der Typ, der jemanden beauftragen würde, die Drecksarbeit für sie zu erledigen. Aber wegen eines Nachbarschaftsstreits einen Profikiller anheuern? Wozu? Ein Anwalt war sicher billiger und hatte zudem noch den Vorteil, dass das Opfer erfuhr, wer ihm gerade eins ausgewischt hatte.

Nachdem Darren sich eine Weile mit dem Geist unterhalten hatte, schüttelte er frustriert den Kopf.

„Ich habe beim besten Willen keine Ahnung, wer Ihrer Sue etwas hätte antun sollen. Und was wäre das Motiv? Vielleicht war sie einfach krank und Sie wussten nur nichts davon?"

Doch der Geist war überzeugt: „Sie wäre nicht gegangen und hätte mich allein zurückgelassen. Ich bin mir sicher, ihr fehlte nichts. Für ihr Alter war sie sogar sehr gesund. Jemand muss sie ermordet haben. Eine andere Möglichkeit gibt es nicht."

„Und wer soll das gewesen sein? Sie bekam doch kaum Besuch. Bisher sind wir neben dem Neffen nur auf Marcy vom SWI, Greg Gudgeon und den Postboten gekommen. Glauben Sie, einer von denen war es? Glauben Sie, der Postbote hat sie ermordet, weil … Keine Ahnung. Sie hatte ja noch nicht einmal einen Hund, der ihm das Hosenbein zerfetzt hätte. – Und das die andern beiden einen Grund hatten, ihr etwas anzutun, kann ich mir auch nicht vorstellen."

Doch Tony blieb stur. „Susan ist nicht einfach gestorben.“ Dennoch hatte auch er keinen Verdacht, wer seine Frau umgebracht haben könnte oder aus welchem Grund.

Darren seufzte. „Also gut. Ich werde mich einmal mit Greg unterhalten. Ich kenne ihn, also wird er hoffentlich bereit sein, mir ein wenig über Ihre Frau zu erzählen. Aber wenn ich dann auch nichts finde, müssen Sie akzeptieren, dass es ein natürlicher Tod war.“

Tony Shepherd nickte niedergeschlagen. Doch das Funkeln in seinen Augen machte deutlich, dass er sich nicht so leicht geschlagen geben würde.

Darren stöhnte innerlich. Ob es eine Möglichkeit gab, sein Versprechen wieder zurückzunehmen? Vielleicht hatte Opa Alan dazu einen Rat.

Gregs Bungalow lag nur ein paar Schritte von Oma Ericas Haus entfernt. Er sah überrascht aus, als er Darren die Tür öffnete. Aber nach kurzem Zögern winkte er ihn hinein.

Obwohl sie sich seit vielen Jahren kannten, war Darren noch nie in seinem Haus gewesen. Nein. Das stimmte nicht. Er hatte als Kind einmal bei den Gudgeons die Nacht verbracht. Er konnte sich allerdings nicht mehr an den Grund erinnern. Nur daran, dass Gregs Frau Sophie sich liebevoll um ihn gekümmert hatte.

Als Darren sich nun im Haus umblickte, konnte er noch viel von ihrem Einfluss erkennen, obwohl sie bereits seit einigen Jahren tot war. Er hatte erwartet, dass Gregs Bungalow sich in eine heruntergekommene Junggesellenbude verwandelt habe. Doch so war es überhaupt nicht. Das Wohnzimmer mit den cremefarbenen Polstermöbeln war hell und aufgeräumt. Um die alten Fotos auf dem Kaminsims herum wurde offenbar regelmäßig Staub gewischt. Und im Fenster stand sogar eine grüne Topfpflanze.

Überrascht blickte Darren zu Greg.

Der zuckte mit den Schultern. „Sophie war immer so stolz auf unser Heim. Und ich habe ja sonst nicht viel zu tun."

Darren nickte nachdenklich. „Aber hilfst du nicht auch bei Oma Erica und Tante Norma und ein paar anderen im Dorf aus? Oma hat erzählt, du hast erst neulich das Schlafzimmerfenster repariert, weil es geklemmt hat."

Greg winkte ab. „Das ist doch nur, damit ich nicht aus der Übung komme. Und wo ich schon das ganze Werkzeug habe, wäre es schade, wenn es einfach herumliegt. – Willst du ein Bier?"

Er bedeutete Darren, sich irgendwo niederzulassen, während er selbst in die Küche ging.

Wenig später saßen sie jeder mit einer Dose Tennants in der Hand auf der Couch.

„Ich wusste gar nicht, dass du noch Akkordeon spielst", begann Darren, um nicht gleich mit der Tür ins Haus zu fallen.

„Aye. Aber nur für mich selbst." Als er Darrens Blick sah, seufzte er. „Den *Antiques* ist jemand ausgefallen und deine Großmutter bat mich, einzuspringen."

Darren nickte. „Ihr wart wirklich nicht schlecht. Warum machst du nicht regelmäßig mit?"

Onkel Greg zuckte mit den Schultern. „Ich mag's nicht, dass mich alle anstarren, wenn ich auf der Bühne bin. – Und jetzt raus mit der Sprache. Warum bist du hier?“

Überrascht blickte Darren auf.

„Ach, komm schon. Du hast mich noch nie besucht. Und jetzt tauchst du an einem Sonntagnachmittag auf, um mit mir über’s Akkordeonspielen zu reden?“

„Ja, also ...“ Darren überlegte, wo er anfangen sollte. „Du besuchst doch regelmäßig meine Großmutter ...“, begann er schließlich.

Greg runzelte die Stirn. „Was wird das hier? Sagst du mir jetzt, ich soll ihr nicht das Herz brechen oder sowas?“ Er schüttelte den Kopf. „Erica und ich sind erwachsene Menschen. Wir wissen beide, dass zwischen uns nie etwas sein wird. Aber deshalb kann ich sie ja trotzdem mal auf einen Tee besuchen. Das geht dich im Grunde auch überhaupt nichts an.“

Darren klappte den Mund, der ihm während Gregs kurzen Ausbruchs offen stehen geblieben war, wieder zu. Er hätte nie vermutet, dass der alte Mann seine Beziehung zu seiner Großmutter so klar sah.

„Nein ... also ... Eigentlich wollte ich mit dir über eine andere Frau aus deiner Bekanntschaft reden: Susan Shepherd.“

Greg fixierte ihn misstrauisch. „Sue? Woher weißt du, dass ich sie kannte? Und was geht dich das überhaupt an?“

Sofort hob Darren beruhigend die Hand. „Es geht mich wirklich nichts an. Und eigentlich wollte ich nur ein bisschen was über sie wissen.“

„Wozu? Susan ist tot. Mehr gibt‘s da nicht zu wissen. Und wie kommst du überhaupt auf sie?“

Darren überlegte, was er Greg erzählen sollte. Schließlich entschied er sich für die Wahrheit. Zumindest einen Teil davon. „Ich arbeite jetzt für Libby Whatmough. Tante Normas Nichte, die Maklerin?“

Greg zuckte mit den Schultern. Dann nickte er. „Und?“

„Sie kümmert sich um den Verkauf von Rose Cottage. Und ich wollte ein wenig über das Haus und seine Vorbesitzerin erfahren.“

„Wozu? Und warum fragst du mich?“

„Weil du Sue Shepherd vor ihrem Tod regelmäßig besucht hast. Und ich dachte, du kannst mir ein bisschen über sie erzählen. Immerhin kanntest du sie doch recht gut, oder?“

Greg schüttelte den Kopf. „Ich verstehe immer noch nicht, was dich oder diese Libby Whatmough das angeht.“

Darren zögerte. Was konnte er noch sagen? Was musste er noch sagen?, korrigierte er sich. Außerdem durfte er nicht vergessen, dass Greg ja im Grunde ein Verdächtiger war. Auch, wenn es bisher kein Motiv gab und Darren sich nicht vorstellen konnte, dass Greg jemanden vergiften würde. Er atmete tief ein. „Also gut. Es gibt den Verdacht, dass es bei Sue Shepherds Tod nicht mit rechten Dingen zugegangen ist. Dass sie möglicherweise vergiftet wurde.“

„Vergiftet?“ Greg starrte ihn ungläubig an. „Warum sollte jemand Sue vergiften? Und wie kommst du überhaupt auf sowas?“

„Ich weiß auch nicht, warum jemand ihr etwas antun sollte. Genau aus diesem Grund wollte ich ja mit dir reden.“

„Und woher kommt dieser plötzliche Verdacht?“

Darren überlegte, ob er behaupten könnte, das Krankenhaus habe in seinen Daten Unregelmäßigkeiten festgestellt. Aber warum sollten die damit zur Maklerin gehen? Nein. Er schuldete Onkel Greg die Wahrheit. „Jemand hat es mir gesagt. Ich meine, dass sie immer so gesund war. Und dass es deshalb sehr seltsam war, als sie so plötzlich gestorben ist."

„Und wer war das? Und warum ist derjenige damit nicht zur Polizei gegangen?"

„Das konnte er nicht."

„Warum nicht?"

„Weil es ihr Mann war."

Greg schaute ihn verständnislos an. „Ihr Mann? Du meinst Tony? Aber der ist doch schon vor Jahren gestorben."

Darren zuckte mit den Schultern. „Eben."

Greg starrte ihn an. Darren konnte regelrecht sehen, wie es hinter seiner Stirn arbeitete. Schließlich schien er auf die einzig mögliche Lösung gekommen zu sein. „Erzählst du mir jetzt, du hast mit dem Geist von Antony Shepherd gesprochen?"

Er lachte ungläubig, aber Darren blickte ihn einfach nur an.

Schließlich hörte Greg auf zu lachen. „Ist das wegen der Geschichte, die Pete dir im *Haunted House* erzählt hat? Dass dein Großvater Geister sehen konnte? Willst du mich deswegen verarschen?"

Darren schüttelte den Kopf. „Damit hat das nichts zu tun. Ich kann wirklich Geister sehen. Na ja, einen. Oder eigentlich zwei, weil ich auch Opa Alan gesehen habe."

„Aber vor ein paar Tagen hast du noch behauptet, dass das alles Blödsinn ist. Ich weiß, du hast uns nicht geglaubt. Du hast ja sogar diese Leute zitiert, die Schwindler überführen."

Darren zuckte mit den Schultern. „Da wollte ich es ja auch selbst noch nicht wahr haben. Du kannst mir glauben, ich war ziemlich überrascht."

„Du verarschst mich!"

Darren seufzte. „Können wir die Frage nach dem Geist mal beiseite lassen und uns auf Sue Shepherd konzentrieren?"

„Aber sogar wenn dir Tony's Geist gesagt hätte, dass er glaubt, Sue sei vergiftet worden: Was geht dich das an?"

Darren schloss die Augen und stöhnte. „Weil ich Esel versprochen habe, ihm zu helfen. Und wenn ich mein Versprechen nicht halte, dann verfolgt er mich überallhin. Das sagt zumindest Opa Alan. Und bis jetzt habe ich leider keinen Grund, daran zu zweifeln."

Greg schüttelte grinsend den Kopf. „Also das muss man dir lassen, Mäusebäckchen. Wenn du dir eine Geschichte ausdenkst, dann bis zum Ende."

„Onkel Greg, bitte! Ich habe im Krankenhaus nachgefragt. Und was die mir über den Tod von Sue Shepherd gesagt haben, klang wirklich merkwürdig. Sie hat wegen Brustschmerzen den Notarzt gerufen und ein paar Stunden, nachdem sie ins Krankenhaus kam, war sie tot. Dabei hatte sie vorher angeblich noch nie Herzprobleme."

„Aye, das ist seltsam. Aber was erwartest du jetzt von mir?"

„Dass du mir hilfst, herauszufinden, wer etwas gegen die Frau hatte. Und vielleicht, wie sie vergiftet wurde, falls es denn eine Vergiftung war."

„Von mir aus. Aber das tue ich für Sue und für Tony. Nicht, weil ich dir glaube."

Darren zuckte mit den Schultern. „Wie auch immer. Mir ist alles recht."

„Eines stimmt jedenfalls, Sue war bemerkenswert gesund für ihr Alter. Es hat mich ziemlich erschüttert, als sie so plötzlich starb."

„Gab es jemanden, mit dem sie Streit hatte? Irgendwer, der ihr möglicherweise Böses wollte?"

Greg überlegte kurz, doch dann schüttelte er den Kopf. „Nicht dass ich wüsste. Sie kam mit allen gut aus. Sie hatte zwar hin und wieder Streit mit ihren Nachbarn, aber nichts Außergewöhnliches."

„Gab es in den letzten Tagen vor ihrem Tod irgendwas Besonderes? Irgendwelche Drohungen? Fühlte sie sich nicht gut oder so?"

Greg kratzte sich nachdenklich am Kinn. „Nein. Gar nichts. Ich habe natürlich auch schon überlegt. Doch es war alles wie immer. Ihr Rheuma plagte sie ein wenig. Aber dagegen hatte sie einen Tee, auf den sie schwor."

„Was war mit dieser Marcy vom *Scottish Womens Institute*?"

„Was ist mit ihr?"

„Angeblich hat die sie auch besucht. Gab es da vielleicht irgendetwas? Streit oder anderes?"

„Sicher nicht. Marcy konnte etwas aufdringlich sein. Aber sie hat es immer nur gut gemeint. Sie dachte einfach,

Sue sei einsam. Und das ist ja wirklich kein Grund, jemanden umzubringen."

„Also ist dir gar nichts aufgefallen?"

„Tut mir leid. Nein."

Darren seufzte. „Wahrscheinlich war es einfach ein ganz normaler Todesfall. Alte Leute sterben eben."

Greg sah ihn vorwurfsvoll an. „So leicht machst du es dir? Eine Sackgasse und du gibst auf?"

„Was meinst du? Du hast doch selbst gesagt, dass dir nichts aufgefallen ist. Und soweit ich weiß, hatte niemand einen Grund, Sue Shepherd zu töten."

„Aber wie du selbst gesagt hast, kanntest du sie nicht. Es stimmt, sie ist sehr unerwartet gestorben. Was, wenn das wirklich nicht mit rechten Dingen zuging?"

„Und was soll ich jetzt tun? Ich habe schon mit dem Krankenhaus und den Nachbarn gesprochen. Sogar Oma Erica hat sich umgehört. Es gibt keinen Anhaltspunkt, außer, dass sie nicht herzkrank war, aber an einem Herzleiden gestorben ist."

„Dann solltest du vielleicht genau dort ansetzen."

„Wo dort?"

„Beim Gift. Womit könnte sie vergiftet worden sein, das Herzprobleme verursacht?"

„Wie soll ich das herausfinden?"

Greg zuckte mit den Schultern. „Ich weiß nicht. Aber vielleicht hat Erica ja eine Idee. Kennt sie sich nicht mit Kräutern und sowas aus?"

Darren seufzte. „Ich frag sie mal."

„Guter Junge. Und ich überlege auch nochmal. Vielleicht fällt mir ja noch etwas ein."

Darren nickte niedergeschlagen. Wenn seine Ermittlungen so weitergingen, konnte er sich schon einmal darauf einstellen, für den Rest seines Lebens einen nörgelnden Geist im Schlepptau zu haben. Oder Opa Alan wusste eine Lösung, wie man den Geist von Tony Shepherd exorzieren konnte. Dass Darren noch herausfinden könnte, ob und durch wen Sue Shepherd ermordet worden war, darauf wagte er nicht mehr zu hoffen.

KAPITEL 20

Gegen Mittag des folgenden Tages traf sich Darren mit Katie bei Costa Coffee im Zentrum von Oban. Seine Großmutter hatte das Treffen eingefädelt, nachdem Darren sich am Samstagabend aus dem *Markie Dans* verabschiedet hatte. Auch wenn es ihm peinlich war, dass sich Oma Erica in sein Liebesleben einmischte, freute er sich darauf, Katie zu sehen.

Weil das Wetter schön war, holte Darren zwei große Becher zum Mitnehmen. Einen großen Cappuccino für sich und einen Mocha für Katie. Als er sah, wie viel Zucker sie sich in ihren Mocha rührte, fragte er grinsend, ob sie nicht lieber gleich eine Heiße Schokolade wolle.

Sie warf ihm den leidenden Blick eines Märtyrers zu. „Hast du schonmal die Blackforest Hot Chocolate and Cream probiert? Die ist unglaublich. Aber ich muss nachher noch arbeiten. Da brauche ich ein bisschen mehr Koffein."

„Wie du meinst. Dann nehme ich eben nur ein paar Brownies."

„Du willst mich fett füttern!", warf sie ihm vor. Aber als er die Tüte mit den Leckereien an der Theke in Empfang nehmen wollte, war sie schneller und schnappte sie sich grinsend.

Gemeinsam schlenderten sie am Hafen entlang, bis sie eine freie Bank fanden, auf der sie sich niederlassen konnten, um den riesigen Fährschiffen beim Auslaufen zuzusehen.

„Und du bist ein richtiger ABBA-Fan?“, fragte Darren.

Katie lachte. „Eigentlich nicht. Aber lustig war’s trotzdem.“

Darren brummte zustimmend. Egal, wie sehr es ihm gefallen hatte, mehr würde er auf keinen Fall zugeben.

„Deine Großmutter ist eine ganz besondere Frau.“

„Das kann man so sagen.“ Er nippte an seinem Kaffee.

„Sie hat mir erzählt, du hast in Edinburgh gearbeitet?“

Darren nickte. „Drei Jahre lang.“

„Und wie war‘s? Ich könnte nie in so einer großen Stadt leben. Aber ich stelle es mir aufregend vor.“

Er zuckte mit den Schultern. Dann merkte er endlich, wie einsilbig er heute zu Katie war. Er lächelte sie an. „Es war toll. Die Pubs, die netten Studentinnen – ich meine, na ja, das Nachtleben ganz allgemein. Sogar die Touristen konnten manchmal lustig sein.“

„Deine Großmutter hat erzählt, dein Job hatte irgendwas mit Gespenstern zu tun. Bist du Geisterjäger oder sowas?“

Darren rollte mit den Augen, grinste aber. „Das sagt sie immer. Ich glaube, sie will sich nur ein wenig über mich lustig machen. Nein, ich habe für die Touristen Nachtführungen durch die Altstadt von Edinburgh gemacht. Du weißt schon, verfluchte Häuser, Geister. Ein bisschen zum Gruseln.“

„Und? Hast du mal eins gesehen? Ein Gespenst mein ich.“

Darren zögerte kurz. Dann grinste er. „Natürlich nicht. Das war doch alles nur zur Unterhaltung für die Touristen. Es gibt keine richtigen Geister. Jedenfalls nicht in Edinburgh.“

Katie sah ein wenig enttäuscht aus. „Schade eigentlich. Ich stelle es mir unterhaltsam vor. Was man so einen Geist aus dem 18. Jahrhundert alles fragen könnte."

„Ich weiß nicht. Besonders angenehm war das Leben in Edinburgh damals vermutlich nicht. Hunger, Armut und noch nicht einmal Internet. Stell dir das nur vor." Er verzog das Gesicht, als würde ihn bei der Vorstellung grausen.

Katie lachte.

„Aber auch wenn unsere Touren nur für die Touristen sind. Interessant sind sie trotzdem. Immerhin kommt man in einige Ecken der Stadt, die du sonst nie sehen würdest."

„Was war das Verrückteste, was du dabei erlebt hast?"

Darren musste nicht lange überlegen. „Das waren die Geisterjäger."

„Ihr hattet Geisterjäger? So in Overalls wie Bill Murray im Film? Und mit Magnetfeld-Messgeräten und Geisterfallen, oder was?"

„Da kennt sich wohl jemand aus!" Er grinste. „Die meisten kommen mit Kameras und Nachtsichtgeräten. Und nein, sie tragen keine Overalls. Eigentlich sehen sie ganz normal aus. Nur einmal hatten wir so einen Wünschelrutengänger. Es war gar nicht so einfach, den wieder loszuwerden."

„Warum wolltet ihr ihn loswerden? Es wäre doch sicher fantastisch, wenn ihr beweisen könntet, dass es bei euch wirklich spukt."

Darren grinste. „Grundsätzlich schon. Aber in dem Keller, den der sich in den Kopf gesetzt hatte, hatte mein Chef eine kleine – Installation untergebracht. Und die sollte natürlich keiner entdecken."

„Also ist das alles nur Betrug?“

„Nein. Nur in dem einen Keller. Und es war auch nichts Aufwändiges. Er hat nur einen kleinen Ventilator in einem Rohr versteckt, sodass man einen kalten Luftzug spüren konnte. Und es gab eine Tonaufnahme, die ich per Fernbedienung ein- und ausschalten konnte. Keine Ahnung, was er da drauf hatte. Walgesänge oder so. Die Touris waren jedenfalls immer sehr beeindruckt.“

„Schade, dass ihr so nachhelfen musstet. Aber zumindest weiß ich jetzt, wo du das Lügen gelernt hast.“

Darren presste den Mund zusammen. „Tut mir leid. Ich wollte dich nicht in Schwierigkeiten bringen.“

Doch Katie schmunzelte und boxte ihn spielerisch in den Oberarm. „Jetzt nimm das doch nicht so ernst. Ist schon in Ordnung. Es war ja im Grunde für einen guten Zweck.“

Sie nahm einen Schluck von ihrem Mocha und blickte nachdenklich auf ein Fischerboot, das gerade leere Krabbenfallen lud.

Besorgt schaute Darren sie an. „Was ist denn?“

Sie zuckte mit den Schultern. „Ich weiß nicht genau. Aber diese Sache mit Sue Shepherd hat mich zum Nachdenken gebracht. Also hab ich mir bei meiner letzten Nachtschicht ein paar ältere Patientenakten angeschaut. Sie war nicht die Einzige, bei der sowas passiert ist.“

„Was passiert?“

„Dass sie gestorben ist, obwohl sie vorher nie Probleme mit dem Herzen hatte.“

Darren starrte sie an. „Was willst du damit sagen? Das sowas ganz normal ist?“

Katie schüttelte den Kopf. „Sicher nicht. Trotzdem gab es in den letzten beiden Jahren mindestens drei ähnliche Fälle. Alle drei waren schon älter und hatten keine Angehörigen hier in der Gegend."

„Das verstehe ich nicht."

„Ich auch nicht. Aber ich mache mir ein bisschen Sorgen."

Darren runzelte die Stirn. Wenn es mehrere Tote gab, dann warf das auf einmal ein ganz anderes Licht auf den Tod von Sue Shepherd. Ein Nachbarschaftsstreit konnte dann sicher nicht der Grund sein. „Willst du damit zur Polizei gehen?"

„Und was soll ich denen erzählen? Ich bin nur eine Schwester. Wenn die Ärzte sagen, es ist alles normal, dann ist das so. Außerdem würde ich gern meinen Job behalten."

„Glaubst du, jemand aus dem Krankenhaus ist darin verwickelt?"

Katie schüttelte den Kopf. „Das kann ich mir nicht vorstellen. Es war immer jemand anderes, sowohl in der Notaufnahme als auch, wer später den Tod festgestellt hat. Außerdem wüsste ich nicht, was ein Arzt davon hätte."

„Was hätte überhaupt jemand davon, alte Leute zu vergiften?"

„Keine Ahnung. Ihr Geld? Aber sie waren nicht miteinander verwandt und ich glaube auch nicht, dass sie sich kannten. Zumindest nicht alle. Obwohl sie nicht so weit voneinander entfernt gewohnt haben. Alle stammten aus der Gegend nördlich von Oban. Aus Ganavan, Pennyfuir und Benderloch. "

„Gibst du mir eine Liste? Vielleicht kann ich noch etwas herausfinden."

Katie warf ihm einen gequälten Blick zu. „Das kann ich nicht. Ich hätte nicht mal selbst in die Patientendaten schauen dürfen. Immerhin hatte ich nichts mit ihnen zu tun."

Darren nickte zögerlich. „Natürlich. Aber wenn du Sues Tod auch verdächtig findest, habe ich zumindest einen Grund, weiter nach einem Täter zu suchen."

Sie riss die Augen auf. „Du glaubst sie ist ermordet worden?"

„Vielleicht. Zumindest wird sie sich kaum selbst vergiftet haben und anschließend den Notruf wählen."

„Hm", machte Katie. „Hast du schon jemanden in Verdacht?"

Darren schüttelte den Kopf. „Bisher ergab nichts einen Sinn. Aber wenn es noch mehr Tote gibt … dann hat es vielleicht nicht nur mit Sue zu tun."

„Ich werde versuchen, einen Zusammenhang zwischen den anderen Opfern herzustellen."

„Wenn du etwas herausfindest, lass es mich wissen."

„Natürlich."

Katie blickte auf ihre Uhr. „Oh, Mist. In zwanzig Minuten fängt mein Dienst an. Und ich muss noch heim und mich umziehen."

Rasch verabschiedete sie sich. Darren drückte ihr die Brownies in die Hand, die vergessen neben ihnen auf der Bank gestanden hatten. Dann eilte sie davon.

Also waren es mit ziemlicher Sicherheit nicht die Nachbarn, überlegte Darren und nippte an seinem inzwischen nur noch lauwarmen Cappuccino.

Sein Handy klingelte. Es war Maggie.

„Wo bleibst du denn? Muss ich heute alles alleine machen?“

„Wieso? Wo bist du denn?“

„Na am Attwood-Haus. Hast du Libbys Nachricht nicht gelesen?“

„Nein. Was gibt‘s denn?“

Maggie seufzte hörbar. „Komm einfach her, sobald du kannst.“ Dann legte sie auf.

Das Attwood-Haus war nicht schwer zu finden. Es war ein großzügiges Cottage an der Ganavan Road nördlich von Oban. In den letzten Tagen war Darren beinahe täglich daran vorbei gefahren, wenn er die Küstenstraße in Richtung Stadt nahm. Wie alle Häuser in dieser kleinen Siedlung hatte es einen wunderbaren Blick auf die Bucht und Maiden Island.

Als er mit dem kleinen Meriva in die Einfahrt einbog, kam Maggie aus dem Haus.

„Ich wusste gar nicht, dass das Haus zu verkaufen ist“, stellte Darren fest und blickte sich vor dem Haus um.

Maggie zuckte mit den Schultern. „Es ist auch erst ganz neu reingekommen. Die Entrümpelungsfirma war heute Morgen da und jetzt sollen wir alles putzen, damit Libby bald die ersten Führungen machen kann.“

Darren runzelte die Stirn und folgte ihr ins Haus. „Entrümpelungsfirma? Haben die letzten Bewohner ihre Möbel nicht mitgenommen? Oder waren es Mietnomaden?“

Maggie verdrehte die Augen. „Die letzte Besitzerin war eine alte Frau. Virginia Attwood. Sie ist tot. Deshalb hat sie ihre Möbel nicht mitgenommen. Ihre einzigen Verwandten leben in Amerika, und die wollen, dass das Haus leer geräumt und dann verkauft wird."

„Ach so." Darren hoffte, sie war nicht im Cottage gestorben. Und wenn doch, dass sie zumindest nun nicht als Geist darin herumspukte.

Das Innere des Attwood-Hauses war hell und wirkte einigermaßen modern. Es gab sogar einen Wintergarten, von dem aus man bis zur Insel Mull sehen konnte.

„Was haben die Entrümpler eigentlich gemacht?", fragte Darren und deutete auf die Möbel, die noch immer im Haus standen. Er hob eine alte Zeitung auf, die mitten im Wohnzimmer auf dem Boden lag.

Maggie zuckte mit den Schultern. „Die haben nur wirklich abgenutzten Stücke mitgenommen und die Schränke leergeräumt, damit keiner versehentlich einen Kleiderschrank aufmacht und die Unterwäsche einer Toten findet. Sie machen das Grobe und wir die Feinarbeit." Dann nahm sie Darren die alte Zeitung aus der Hand und stopfte sie in einen Müllsack.

„Macht ihr das eigentlich öfters?"

„Was?"

„Häuser von Toten herrichten. Ich dachte, dafür sind die Angehörigen zuständig."

Maggie zuckte mit den Schultern. „Es kommt immer mal wieder vor. Fast die Hälfte von Libbys Häusern sind aus dem Nachlass Verstorbener. Es gibt einige Erben, die mit so einem alten Kasten am Ende der Welt nicht viel anzufangen wissen. Manche überlassen uns auch gleich das Ausräumen. Ganz besonders, wenn sie selber in Übersee leben." Sie zog die Schublade eines hübschen

Sideboards mit geschnitzten Türen auf und schaute hinein. Sie war leer und mit einem etwas enttäuschten Gesichtsausdruck schob Maggie sie wieder zu. „Leider kommt gewöhnlich vorher ihr Anwalt oder Notar und sammelt alle Wertsachen ein."

„Und wie kommt Libby an die Aufträge?"

„Keine Ahnung. Vielleicht bekommt sie einen Tipp. Oder jemand sieht ihre Inserate. Wer weiß, vielleicht bringt sie die alten Leutchens ja auch selber über den Jordan und lässt zum Abschied eine ihrer Visitenkarten in der Diele liegen." Maggie zwinkerte.

Sie ging in die Küche und öffnete einen der Hängeschränke. Darren hörte einen Fluch und folgte ihr.

„Was gibt's denn?"

„Sie haben die Küche vergessen. Schau dir das an!"

Sie zeigte auf Vorräte alter Marmeladen, Gewürze und verschiedener Dosen. Auch eine angefangene und nun verschimmelte Packung Crumpets lag in einem Regal. Neben Tee und Kaffee standen zwei Dosen mit dem Logo von Argyll Herbs and Teas. Offensichtlich schwor auch die verblichene Mrs Attwood auf die Wirkung von deren Heiltees, genauso wie Oma Erica.

„Lass schon. Ich übernehm das", bot Darren großzügig an.

Maggie blickte ihn überrascht an. „Wirklich? Das wäre toll. Ich hasse dreckige Küchen."

Darren grinste. „Dafür übernimmst du aber das Staubsaugen."

Maggie seufzte. „In Ordnung."

„Und das Fensterputzen."

Sie stemmte die Arme in die Hüften. „Jetzt verlangst du aber ein bisschen viel."

Darren zuckte mit den Schultern und grinste. „Einen Versuch war es wert. Also gut. Die Fenster teilen wir auf."

Während Maggie im oberen Stockwerk verschwand, schnappte sich Darren einen großen Müllsack und stopfte alte und abgelaufene Lebensmittel hinein.

Gerade als er das zweite Mal mit einem vollen Sack nach draußen ging, hielt ein rotes Postauto in der Einfahrt. Andrew Birtwistle steckte seinen Kopf heraus.

„Also wenn Sie Post für Mrs Attwood haben, sind Sie wohl ein bisschen zu spät dran", stellte Darren fest und stellte seinen Müllsack neben der Einfahrt ab.

Der Postbote lachte. „Schon klar. Nein. Ich wollte nur mal schauen, wie es bei euch so vorangeht."

Darren zuckte mit den Schultern. „Warum denn?"

„Nennen wir es berufliche Neugier. Ich wollte wissen, ob bald ein neuer Eigentümer in Sicht ist. Dann müsste ich das Haus nämlich wieder auf meine Route nehmen."

Darren schüttelte den Kopf. „Ich denke nicht, dass das so schnell gehen wird. Wir sind ja noch nicht mal mit dem Ausräumen fertig."

Birtwistle nickte. Dann blickte er sich neugierig um. „Ist deine bezaubernde Kollegin eigentlich auch da?"

„Sie meinen Maggie? Die ist oben. Soll ich sie rufen?"

Der Postbote winkte ab. „Nicht nötig. Ich hätte mich nur gefreut, sie zu sehen. Du musst zugeben, sie ist eine echte Augenweide."

„Hm", machte Darren. Birtwistle hatte zwar durchaus recht, aber dass ein alter Knacker wie er seine Maggie anglotzte, war ihm trotzdem nicht recht. Immerhin war der Kerl sicher schon über fünfzig. Auch, wenn er sich für sein Alter gut in Form hielt: Er war mehr als doppelt so alt wie Maggie.

Birtwistle schaute inzwischen hoffnungsvoll zu den Fenstern im oberen Stockwerk hinauf.

Glaubt der, dass sie dort oben nackt putzt?, dachte Darren säuerlich. Mit etwas mehr Schwung als unbedingt erforderlich, schleuderte er seinen Müllsack auf den Haufen, der sich inzwischen bereits neben der Einfahrt auftürmte.

Endlich konnte auch Birtwistle seinen Blick vom Haus losreißen. Er warf einen kurzen Blick auf Darren und den Müllsack, aus dem eine angefangene Packung Kaffee und eine Dose mit Kräutertee ragte.

„Also gut. Wie es aussieht, kann ich mir meinen Zwischenstopp hier ja noch eine Weile sparen. Obwohl es natürlich schon schade um die arme Virginia ist. Mrs Attwood war so eine liebe Frau." Er zog ein trauriges Gesicht.

Als Darren nichts dazu sagte, winkte der Postbote kurz. Dann fuhr er wieder davon.

Was für ein A…, dachte Darren und blickte dem roten Postauto hinterher. Auch wenn seine Großmutter den Mann mochte, Darren merkte, dass er eher wie Onkel Greg dachte, wenn es um Birtwistle ging.

Er brauchte eine weitere halbe Stunde, bis er alle Küchenschränke, die Speisekammer und den Kühlschrank ausgeräumt hatte. Danach musste er noch alles putzen.

Als Maggie zu ihm reinschaute, war er beinahe fertig.

„Wollen wir uns einen Kaffee machen?", fragte sie.

„Klar.“ Er musterte seine Kollegin, die selbst in ihren fleckigen Jeans und mit den hochgesteckten Haaren hinreißend aussah. „Hast du gewusst, dass Birtwistle da war?“

„Wer?“

„Der Postbote. Er hat übrigens nach dir gefragt.“

„Wirklich? Was wollte er?“

„Keine Ahnung. Dich anglotzen, nehme ich an.“

Maggie lachte. „Bist du etwa eifersüchtig?“, neckte sie.

Darren schnaubte abfällig. „Natürlich nicht. Warum sollte ich auch auf so einen Opa eifersüchtig sein?“

„So alt ist der doch gar nicht. Und mit dem grau melierten Haar sieht er erfahren aus.“

„Was?! Willst du behaupten, der Typ gefällt dir?“

Maggie grinste. „War nur Spaß. Außerdem hat er viel zu wenig Geld. Du weißt doch, dass ich auf der Suche nach einem richtig reichen Laird bin.“ Sie zwinkerte, dann drängte sie sich an ihm vorbei in die Küche.

Darrens Puls beschleunigte von ihrer kurzen Berührung, aber Maggie schien davon nichts zu bemerken. Sie öffnete nacheinander verschiedene Hängeschränke und spähte neugierig hinein. Bis auf ein paar Tassen und Untertassen waren sie leer.

„Hast du etwa auch den ganzen Kaffee weggeschmissen?“, fragte sie vorwurfsvoll.

„Natürlich.“ Darren zuckte mit den Schultern. Dann merkte er, worauf seine Kollegin hinauswollte. Er ließ den Kopf hängen. „Daran habe ich nicht gedacht. Aber im ernst, wolltest du wirklich den Kaffee einer Toten trinken?“

Maggie zuckte mit den Schultern. „Wieso nicht? Sie wird ihn ja selbst nicht mehr brauchen.“ Dann ging sie zum Küchentisch, auf dem ihre Tasche stand. „Mir scheint, uns bleibt nur noch das hier.“ Sie zog eine Teedose von *Argyll Herbs and Teas* hervor.

Darren riss die Augen auf. „Kräutertee? Ist das dein Ernst?“

„Zu Hause in Polen trinken wir oft Kräutertee. Die meisten schmecken gar nicht so schlecht. Schauen wir mal, was wir hier haben.“

Sie drehte die Dose, um die Zutaten lesen zu können. Dabei konnte Darren einen Blick auf das aufgeklebte Schild erhaschen.

„Warum hast du Rheumatee dabei? Bist du krank?“

Überrascht drehte Maggie die Dose um. „Tatsächlich. Das hatte ich gar nicht gesehen.“ Dann überflog sie die Zutatenliste. „Löwenzahn, Hagebutte, Holunderblüten ... klingt trotzdem gar nicht so schlecht. Soll ich uns welchen machen?“

Darren starrte sie an. „Wieso wusstest du nicht, dass du Rheumatee gekauft hast?“

„Weil ich ihn nicht gekauft habe, sondern gefunden. Hast du eine Ahnung, wie teuer die Tees aus diesem Laden sind? Und die alte Attwood braucht ihn ja nicht mehr. Du hättest die Dose nur weggeworfen. – Komm, ich mach uns einen.“

Darren ächzte. „Ich hasse Kräutertee. Wie wäre es, wenn du uns einen ordentlichen Kaffee von Costa holst. Von mir aus bezahle ich auch.“

„Wie du meinst.“ Sie steckte die Teedose wieder in ihre Tasche und kramte ihren Autoschlüssel hervor. „Du kannst ja inzwischen mit den Fenstern weitermachen“, verkündete sie mit einem zuckersüßen Lächeln. „Der Wintergarten ist noch nicht gemacht.“

KAPITEL 21

Als er endlich nach Hause kam, erwartete ihn seine Großmutter bereits.

„Wie war's mit Katie? Hattet ihr viel Spaß?" Ihre Augen funkelten.

„Was? Ja, war ganz nett." Darren war zu müde, um auf Oma Erica's Anspielungen einzugehen. Der Nachmittag im Attwood-Haus hatte außerdem dafür gesorgt, dass ihm sein Date mit Katie vorkam, als sei es schon Tage her.

Seine Großmutter war von seiner mangelnden Begeisterung enttäuscht. „Nur ganz nett? Ich hätte wirklich auf mehr gehofft, nach der Mühe, die ich hatte, sie davon zu überzeugen, dass du kein gemeiner Lügner bist, der sie in Schwierigkeiten bringen wollte."

Darren seufzte. „Wirklich Oma, ich bin dir dankbar. Und ja, es war toll mit Katie. Aber können wir das auf morgen verschieben? Heute habe ich keine Lust mehr, darüber zu reden."

Auf einmal fiel ihm ein, worüber er mit der Krankenschwester gesprochen hatte und was durch die Arbeit im Attwood-Haus beinahe aus seinem Gedächtnis verschwunden wäre. „Sie hat gesagt, es gibt noch mehr!"

„Mehr was?"

„Katie hat erzählt, dass es noch mehr plötzliche Todesfälle gab. So wie bei Susan Shepherd. Und sie alle haben angeblich hier in der Gegend gewohnt."

Oma Erica horchte auf. „Hat sie dir gesagt, wer?"

Darren schüttelte den Kopf. „Datenschutz."

Seine Großmutter nickte nachdenklich. „Aber wenn es hier in der Gegend war, müsste ich die meisten Betroffenen kennen. Weißt du noch irgendetwas über sie?"

„Nur, dass es mindestens drei in den letzten zwei Jahren waren." Er überlegte. „Kanntest du eigentlich Mrs Attwood?"

„Virginia Attwood? Ist sie eine davon?"

Darren zuckte mit den Schultern. „Weiß ich nicht. Aber sie ist anscheinend vor kurzem gestorben und aus der Gegend. Wir haben heute ihr Haus für die Besichtigung hergerichtet."

Oma Erica tippte sich nachdenklich mit dem Finger an die Lippe. „Besonders gut kannte ich sie nicht." Plötzlich sah sie Darren an. „Worauf wartest du eigentlich? Wenn wir heute noch ernste Ermittlungsarbeit leisten müssen, dann sollten wir wenigstens etwas Ordentliches zu trinken haben!"

Darren starrte sie gequält und etwas ungläubig an. „Aber ich bin total fertig."

„Stell dich nicht so an!"

Er seufzte resigniert. Gehorsam holte Darren den Whisky aus dem Schrank. Er stellte zwei Gläser und einen kleinen Krug mit Wasser auf den Tisch. Aber eben, als er einschenken wollte, hob seine Großmutter die Hand.

„Warte. Ich denke, ich weiß, was wir tun müssen. Stell den Whisky wieder weg, den brauchen wir noch."

Verwundert blickte Darren seine Großmutter an. Doch die sagte kein Wort mehr. Als er die Flasche im Schrank verstaute, fiel sein Blick zufällig in die dunkle Zimmerecke. Kurz schien ihm, als könne er schwach seinen Großvater erkennen. Darren zog fragend eine Augenbraue nach oben und deutete mit dem Kopf zu seiner Oma. Der Geist seines Großvaters hob nur ratlos die Hände. Er lächelte, auch wenn der Ausdruck in seinem Gesicht Darren etwas mitleidig erschien.

Darren ließ sich neben seiner Großmutter auf einen der harten Holzstühle plumpsen. Er goss sich etwas Wasser in sein leeres Whiskyglas.

„Also gut, Oma. Was müssen wir tun?"

Oma Erica grinste. „Ich kann dir sagen, was *du* tun musst." Dann diktierte sie ihm eine Liste, die er am nächsten Tag besorgen sollte. Mehr verriet sie ihm vorläufig nicht.

Nachdem seine Großmutter zu Bett gegangen war, überlegte Darren, ob er sich nicht doch noch einen Whisky nehmen sollte. Aber er war so müde, dass er sich nur rasch ein Sandwich zum Abendessen machte und sich anschließend auf die Couch fallen ließ.

Als Darren am darauf folgenden Abend nach der Arbeit und der von seiner Großmutter verordneten Einkaufstour heimkam, hörte er Stimmen aus dem kleinen Häuschen. Baudrons hockte auf dem Gartenzaun und starrte ihn vorwurfsvoll an. Er sah aus, als gäbe er Darren die Schuld daran, dass sich das gemütliche Heim des Katers heute in ein Tollhaus verwandelt hatte.

Darren öffnete die Tür und stutzte. Am großen hölzernen Esstisch saßen Großmutters Freundinnen Janet und Norma und kicherten wie junge Mädchen. Am Kopfende des Tisches saß der Postbote, Andrew Birtwistle. Er war in Zivil und ein halb volles Whiskyglas stand vor ihm. Auch vor seiner Großmutter und ihren beiden Freundinnen standen Gläser. Die Flasche Tobermory, von der Darren und seine Oma vor ein paar Tagen noch getrunken hatten, war leer und stand auf der Spüle.

„Sehr gut. Nachschub", begrüßte Oma Erica ihn strahlend.

Gehorsam stellte Darren eine Flasche Glenmorangie auf den Tisch, ehe er seine übrigen Einkäufe in den Schränken und im Kühlschrank verteilte. Als er fertig war, klopfte es kurz an der Tür und Onkel Greg kam herein.

Er musterte die Versammlung ohne große Begeisterung. Als sein Blick auf den Postboten fiel, verfinsterte er sich sein Gesicht. Doch dann ließ er sich kommentarlos auf dem letzten freien Küchenstuhl nieder.

„Was willst du trinken?", fragte ihn Oma Erica.

Greg ließ seinen Blick über die Whiskygläser schweifen. Als er bei Birtwistle ankam, glaubte Darren zu bemerken, dass der etwas schuldbewusst dreinschaute. Doch genau ließ sich das nicht sagen, denn der Postler zog ein freundliches Gesicht und seine rote Gesichtsfarbe konnte genauso gut vom Alkohol herrühren.

„Hast du Bier da?", fragte Greg.

Darren nickte und nahm zwei Flaschen Innis & Gunn's aus dem Kühlschrank. Die eine gab er Greg, die andere behielt er für sich selbst. Dann ließ er sich auf das Sofa plumpsen.

„Also gut, Oma. Was wird das hier?"

Oma Erica strahlte. „Ich habe unsere Freunde eingeladen, damit wir uns mit gebündeltem Wissen auf deinen Fall stürzen können.“

Darren verschluckte sich beinahe an seinem Bier. „Meinen was?“

Seine Großmutter schob herausfordernd das Kinn vor. „Deinen Fall. Und allein wirst du ihn nicht knacken. Deshalb habe ich Hilfe geholt. – Als es nur um die arme Sue Shepherd ging, war das eine Sache. Aber du hast mir gestern im Grunde eröffnet, dass hier in Ganavan ein Serienmörder sein Unwesen treibt. Also müssen wir jetzt alle zusammenarbeiten.“

Darren stellte sein Bier auf den Boden und beugte sich zu seiner Großmutter. „So etwas habe ich überhaupt nicht gesagt!“, flüsterte er und schaute misstrauisch zu Andrew Birtwistle und den Freundinnen seiner Großmutter. „Wenn rauskommt, was du mit ihren vertraulichen Informationen gemacht hast, bringst du Katie in große Schwierigkeiten!“

Oma Erica klopfte ihm beruhigend auf die Hand. „Keine Sorge. Von uns plaudert keiner was aus. Wir sind doch hier unter Freunden!“

„Was hast du da gerade von einem Serienmörder gesagt, Erica?“, mischte sich Janet ein. „Ist das wahr? Oder willst du uns nur wieder ein bisschen Angst machen? Und was sagt denn überhaupt die Polizei zu der Sache?“

Auch Norma schaute sie mit großen Augen an.

Oma Erica drehte sich zum Tisch und blickte der Reihe nach jeden der Anwesenden an. „Also gut. Der Grund, warum ich euch heute hergebeten habe, ist, dass wir eure

Hilfe brauchen. Es stimmt. In Ganavan treibt sich offenbar ein erbarmungsloser Serienmörder rum. Die Polizei weiß nichts davon, denn die Opfer sind ältere Leute so wie wir und im Krankenhaus glaubt man, dass es sich um natürliche Todesfälle handelt. Aber wir, also Darren und ich, sind ziemlich sicher, dass das nicht so ist."

Jetzt hatte sie die gespannte Aufmerksamkeit ihrer Gäste.

Greg warf Darren über den Tisch hinweg einen fragenden Blick zu. Der zuckte nur mit den Schultern und drehte die Augen hilfesuchend zur Decke. Greg schüttelte kaum merklich den Kopf und versteckte sein Schmunzeln dann hinter seiner Bierflasche.

„Und wie kommt ihr darauf?", fragte Norma.

Oma Erica blickte zu Darren. Panisch überlegte er, was er dazu sagen sollte. Doch ehe er den Mund aufmachen konnte, übernahm wieder seine Großmutter.

„Ehrlich gesagt, es ist nur so ein Gefühl. Die erste, von der wir erfahren haben, war die arme Sue Shepherd. Kerngesund bis sie eines Tages tot umgekippt ist."

Darren riss überrascht die Augen auf. „Aber so war …", setzte er an. Doch Oma Erica ignorierte ihn.

„Dann ist vor Kurzem Mrs Attwood gestorben", fuhr sie ungerührt fort. „Und dabei ist uns – mir – aufgefallen, dass in letzter Zeit ziemlich viele ältere Bewohner von Ganavan und aus der Gegend verstorben sind. Auch einige, von denen man es nicht erwartet hätte. Das kann einfach nicht natürlich sein."

„Und was glaubt ihr, steckt dahinter?", fragte der Postbote. „Ich meine, welchen Grund hätte irgendwer, alte Leute umzubringen?"

Oma Erica hob die Hände. „Das wissen wir nicht. Noch nicht. Auch deshalb wollten wir euch um eure Hilfe bitten."

Birtwistle nickte nachdenklich.

„Seid ihr denn sicher, dass Mrs Attwood und Sue Shepherd ermordet worden sind?", fragte Greg.

Oma Erica zögerte. „Nein", gestand sie schließlich. „Wenn es so klar wäre, hätten wir ja längst die Polizei eingeschaltet."

„Und was genau erwartest du jetzt von uns?" Das war wieder Greg.

Auch Darren war auf Oma Erica's Antwort gespannt.

„Ganz einfach. Wir alle wohnen schon lange in Ganavan und müssten also die meisten Opfer kennen. Als erstes überlegen wir, wer in den letzten zwei oder drei Jahren gestorben ist. Dann sortieren wir die aus, bei denen der Tod unerwartet oder sehr plötzlich kam. Und anschließend versuchen wir herauszufinden, was die Gemeinsamkeit zwischen ihnen ist. So müssten wir der Sache auf den Grund gehen können."

„Und was macht er hier?" Greg nickte in Richtung Birtwistle.

Oma Erica blickte ihn an. „Ich dachte, Andrew kann uns sicher helfen. Immerhin kommt er in der ganzen Gegend rum und kennt viele Leute."

„Aber natürlich helfe ich euch, Erica!" Birtwistle lächelte freundlich.

Greg brummte.

„Und das willst du alles heute Abend machen?", fragte Janet mit großen Augen. „Selbst im Krimi haben die Ermittler mehrere Tage Zeit."

„Ach, Janet. Sei doch nicht immer so eine Pessimistin. Stell dir einfach vor, wir wären in einem John Rebus Krimi. Der löst auch jeden seiner Fälle in weniger als zwei Stunden. Und wir sind schließlich viel besser, oder nicht? – Also, dann legen wir mal los."

Schweigen breitete sich über dem Tisch aus, während jeder seine Freunde und Bekannten durchging, die in den letzten Jahren verstorben waren.

Norma war die Erste, die einen Namen nannte. „Mrs Myles. Die mit dem alten Haus bei den Ganavan Sands. Sie ist vor etwa einem Jahr gestorben."

Onkel Greg runzelte die Stirn. „Ist sie nicht von der Leiter gefallen?"

„Na und? Erica hat doch nach unerwarteten und plötzlichen Toden gefragt. Wer sagt, dass sie keiner geschubst hat?"

Oma Erica nickte. „Das stimmt. Schreib Mrs Myles auf unsere Liste, Darren." Damit war die Sache entschieden.

Während der nächsten Stunde kamen sie gemeinsam auf vierzehn weitere Todesfälle in Ganavan und Umgebung innerhalb der letzten zwei Jahre. Etwa die Hälfte davon konnten sie ausschließen, weil bekannt war, dass der oder die Tote an einer Krankheit gelitten hatte oder es schlicht unmöglich war, diese Todesursache absichtlich herbeizuführen.

„Was ist mit Peter Knops?", fragte Janet.

„Ich glaube, den müssen wir auch nicht aufschreiben. Der ist im Herbst während eines Sturms vom Dach gefallen."

Darren runzelte die Stirn. „Was hat er bei Sturm auf seinem Haus gemacht?"

Oma Erica zuckte mit den Schultern. „Angeblich wollte er die Satellitenschüssel richten."

„Und warum genau während des Sturms?"

„Er war ein leidenschaftlicher Celtic-Fan. Und an diesem Abend sollte es ein Spiel geben. Allerdings glaube ich, er wäre trotzdem nicht aufs Dach geklettert, wenn er noch nüchtern gewesen wäre."

Janet schüttelte den Kopf. „Seine Frau hat's schon immer gesagt. Fußball wird irgendwann sein Tod sein. Und so war es ja dann auch."

„Also schreibe ich ihn nicht auf?", vergewisserte sich Darren.

Oma Erica schüttelte den Kopf.

Am Ende hatten sie sieben Namen. Hatten sie am Anfang Oma Ericas düstere Behauptung über einen Serienmörder noch für ein Hirngespinst gehalten, so sah die Sache nun anders aus. Dass in einer so kleinen Region sieben ältere Menschen unerwartet gestorben waren, konnte kein Zufall mehr sein. Es ließ sich nicht leugnen, irgendetwas ging in Ganavan nicht mit rechten Dingen zu. Und ein Serienmörder, der es auf ältere Menschen abgesehen hatte, schien die wahrscheinlichste Erklärung.

„Wie kriegen wir jetzt raus, was die gemeinsam haben?", fragte Janet nervös. Sie war blass geworden, als Erica die abschließende Liste vorgelesen hatte.

„Mich würde mehr interessieren, wie wir verhindern können, bald selbst zu den Opfern zu gehören", murmelte Norma. Um ihre Nerven zu beruhigen, goss sie sich noch einen Whisky ein.

Greg stand abrupt auf. „Also ich brauch jedenfalls erstmal ne Pause.“ Er schnappte sich seine Jacke und ging vor die Tür.

Darren folgte ihm. Überrascht beobachtete er, wie Greg ein Päckchen Tabak aus der Tasche zog und sich eine Zigarette drehte. „Seit wann rauchst du?“

Greg blickte auf. „Ach, du bist es, Mäusebäckchen.“ Dann konzentrierte er sich wieder auf seine Hände. Erst als er fertig war und den Rauch einmal tief in die Lungen eingesogen hatte, antwortete er. „Eigentlich hab ich das Rauchen schon vor Jahren aufgegeben. Aber manchmal brauch ich es einfach.“

Er blickte Darren in die Augen. „Kannst du mir bitte mal erklären, was da drinnen los ist? Deine Geschichte mit Sue Shepherd und dem Geist vom alten Tony war abgedreht genug. Aber woher hatte deine Großmutter auf einmal diese verrückte Idee mit dem Serienmörder?“

Darren seufzte. „Katie hat festgestellt, dass es noch mehr Fälle gab. Ähnlich plötzliche Todesfälle wie der von Sue.“

„Katie?“

„Katie Beales. Sie ist Krankenschwester in Oban.“

„Der Lockenkopf vom Konzert?“

Darren nickte.

Greg blies nachdenklich Rauch in die kalte Nachtluft. „Und warum bildet sich Erica auf einmal ein, sie sei Miss Marple?“

„Keine Ahnung. – Ich glaube, anfangs hielt sie es nur für ein interessantes Rätsel. Und sie hat sich so gefreut, als ich ihr von Tony, dem Geist, erzählt habe. Aber wenn da wirklich etwas dran ist ...“

„… könnte sie auch in Gefahr sein“, beendete Greg seinen Satz.

Darren nickte, dann zuckte er mit den Schultern. „Vielleicht. Ich weiß es nicht.“

Greg blickte ihm tief in die Augen. „Also ich glaube, es hat etwas mit den Häusern zu tun. Und dann wäre deine Großmutter nur in Gefahr, wenn der Mörder glaubt, sie weiß etwas, das ihm schaden kann.“

„Mit den Häusern?“ Verwirrt schaute Darren Greg ins Gesicht.

„Aye. Ist ganz einfach. Mir ist aufgefallen, dass die Leute auf der Liste keine Angehörigen in der Nähe haben. Manche hatten sogar überhaupt keinen mehr. Die vom Rest leben in Amerika oder in London oder sonst wo. Also war davon auszugehen, dass die Häuser verkauft werden. Vielleicht läuft hier ein groß angelegter Immobilienschwindel.“

Darren musste schmunzeln. „Gehst du jetzt auch schon unter die Verschwörungstheoretiker?“

Greg grinste schief. „Gut möglich. Aber wenn ich Recht habe, sollte Erica zumindest nicht in Gefahr sein. Schließlich hat sie ja dich.“

Darren nickte. „Andererseits bin ich erst da, seit sie sich den Fuß gebrochen hat. Davor hätte man leicht denken können, dass sie allein ist. Immerhin wohnt mein Vater seit ein paar Jahren mit seiner neuen Frau in Florida. Er war schon ewig nicht mehr in Ganavan.“

Greg kratzte sich nachdenklich am Kinn. „Aye. Da hast du recht. In jedem Fall sollte sie nicht unbedingt ausposaunen, sie wüsste, was hinter diesen Todesfällen steckt. Nicht vor ihren Freundinnen und schon gar nicht vor diesem Birtwistle. Wer weiß, wer es sonst noch hört."

Darren sah es genauso. „Und was tun wir jetzt?"

„Wir gar nichts. Ich geh jetzt nämlich heim. Aber du könntest morgen mal schauen, was du über die Grundstücke unserer Opfer herausfindest. Und versuch, deine Großmutter davon abzuhalten, weiter Miss Marple zu spielen."

„In Ordnung."

Greg nickte. „Braver Junge."

Er dämpfte seine ausgerauchte Zigarette an einem Blumentopf aus und steckte den Stummel ein. Dann hob er eine Hand zu Gruß und stapfte hinaus in die Nacht. Darren blieb mit der beinahe unlösbaren Aufgabe, seine Großmutter zu bremsen, allein zurück.

Zum Glück stellte es sich als unerwartet leicht heraus. Janet und Norma waren mehr als nur ein wenig angeheitert und daher gern bereit, auf weitere mühsame Kopfarbeit zu verzichten. Da Darren nur ein Bier getrunken hatte, bot er großzügig an, die beiden nach Hause zu fahren, was sie gern annahmen.

Janet verkündete, sie würde in nächster Zeit nicht mehr nachts allein durch Ganavan spazieren. Dabei war ihre Vorsicht natürlich Unfug, befand Norma. Immerhin waren sie nicht auf der Suche nach einem gewalttätigen Raubmörder, sondern nach jemandem, der seine Opfer unauffällig, vermutlich mit Gift, um die Ecke brachte. Doch auch dieser Gedanke konnte Janet nicht aufmuntern.

Auch Andrew Birtwistle war bereit, die weitere Mörderjagd auf einen anderen Tag zu verschieben.

Immerhin musste er ja morgen wieder pünktlich seinen Dienst antreten. So kam es, dass kaum eine halbe Stunde nachdem Greg gegangen war, auch der Rest der Partie in alle Winde zerstreut war.

„Und? War das nicht eine großartige Idee?“, fragte Oma Erica strahlend, als Darren zurückkam. „Allein hätten wir sicher ewig gebraucht, um so viele Namen zusammenzubekommen.“

Darren nickte vorsichtig und setzte sich zu seiner Großmutter an den Tisch.

„Onkel Greg meint, wir sollten vielleicht nicht so vielen Leuten davon erzählen, dass wir einen Mörder suchen.“

Seine Großmutter schaute ihn überrascht an. „Das tun wir doch überhaupt nicht. Wir waren schließlich unter uns.“

„Trotzdem schadet es nicht, vorsichtig zu sein.“

Er überlegte, ob er seiner Großmutter von Gregs Vermutung erzählen sollte, dass die Häuser der Opfer etwas mit der Sache zu tun hatten. Doch dann entschied er sich dagegen. Es stimmte, was Onkel Greg gesagt hatte. Oma Erica benahm sich wirklich ein bisschen wie Miss Marple. Und je weniger von Greg's Verdacht wussten, desto besser war es vermutlich. Zumindest im Moment.

Später, als er allein auf seiner Couch lag, kam Darren noch ein anderer Gedanke. Es mochte stimmen, dass die Häuser eine Gemeinsamkeit der Opfer waren. Aber es gab noch anderes was sie verband. Sie alle hatten allein gewohnt. Und sie mussten ihren Mörder gekannt haben. Wenn sie vergiftet worden waren, musste der Täter oder die Täterin einen Weg gefunden haben, ihnen das Gift zu verabreichen. Darren stellte sich vor, dass sie den Mörder ins Haus gebeten hatten. Vielleicht, weil die Person ihnen half.

Offenbar suchten sie nach jemandem, der oder die viele Leute in Ganavan kannte und dem oder der sie vertrauten. Jemanden, wie diese Marcy vom Scottish Womens Institute, die er noch immer nicht kennengelernt hatte. Oder jemanden wie Greg, der für seine Hilfsbereitschaft und sein handwerkliches Geschick bekannt war.

Der Gedanke, dass Greg der gesuchte Serienmörder sein konnte, war natürlich vollkommen abwegig. Immerhin kannte Darren ihn schon seit seiner Kindheit. Dennoch ein nagender Rest an Zweifeln blieb, während Darren versuchte, endlich zu schlafen.

KAPITEL 22

Am nächsten Morgen war Darren ausnahmsweise einmal munterer als seine Großmutter. Er hatte sogar schon Kaffee gekocht, als sie mit noch offenem Haar aus ihrem Zimmer gehumpelt kam.

„Kopfweh?“, fragte er mitfühlend.

Sein Schmunzeln verbarg er hinter seiner Kaffeetasse.

Oma Erica hielt sich den Kopf und stöhnte. „Kannst du mir einen Kopfwehtee machen? Oder wenn der leer ist, nimm stattdessen den Rheumatee.“

Darren zog eine Augenbraue hoch. „Du hast Rheuma?“

Sie winkte abwehrend mit der Hand. „Eigentlich nicht. Er war ein Geschenk. Aber da er auch recht gut gegen Kopfweh hilft, habe ich ihn behalten.“

Darren fragte sich, wie oft seine Großmutter wohl ein Katermittel benötigte. Aber da er nicht annahm, dass sie gerade jetzt für seine Sticheleien aufgelegt war, schluckte er seine Bemerkung herunter. Stattdessen kramte er im Schrank, bis er die richtige Teepackung gefunden hatte. Natürlich war sie von *Argyll Herbs and Teas*.

„Die sind ganz schön gut im Geschäft“, kommentierte Darren, während er den Rest des Kopfwehtees in einen Teefilter schüttelte und mit kochendem Wasser aufgoss.

„Kein Wunder, bei den Medikamentenpreisen. Außerdem eignen sich die Teedosen hervorragend zum Verschenken.“

Darren nahm eine mit Disteln und anderen Blumen verzierte Metalldose in die Hand, die hinter dem Kopfweh-Tee im Schrank stand. Sie war tatsächlich recht hübsch.

„Aber wer verschenkt Rheumatee?"

Oma Erica verzog schmerzvoll das Gesicht. „Den hat mir Andrew geschenkt, nachdem ich ihn zur Probe der *Antiques* mitgenommen habe. Aber du hast Recht. Eine Schachtel mit guter Schokolade hätte mir besser gefallen."

Darren grinste. „Weil du dich dann nicht wie eine alte Schachtel gefühlt hättest?"

„So ein Blödsinn!", protestierte sie. Doch Darren sah, dass sie ein wenig rot geworden war.

Grinsend schenkte er ihr eine Tasse des fertigen Kräutertees ein.

Den Rest des Vormittags verbrachte er mit Recherchen an seinem Notebook. Es war tatsächlich so, dass die meisten Häuser der Verstorbenen über einen örtlichen Makler verkauft worden waren. Nur eines war offenbar doch an einen Neffen oder Cousin gegangen, der wohl ohnehin gerade auf der Suche nach einer neuen Wohnung gewesen war.

Was Darren besonders beunruhigte, war, dass die örtliche Maklerin in fast allen Fällen Libby Whatmough war. Seine Chefin.

Natürlich konnte es Zufall sein. Immerhin hatte Maggie ihm erzählt, dass viele ihrer Häuser aus dem Nachlass Verstorbener waren. Trotzdem ergab sich die Frage: Wie kam sie an diese Aufträge?

Als er genauer nachforschte, stellte er fest, dass sie auch mehrere Häuser der unverdächtigen Todesfälle verkauft hatte. War es etwa doch alles Zufall?

Kurz vor Mittag rief er Katie Beales an. Eigentlich waren sie am Nachmittag in Oban verabredet. Aber Libby hatte ihn angerufen, weil sie kurzfristig noch eines ihrer Häuser für eine Besichtigung hergerichtet haben wollte. Möglicherweise war das auch eine gute Gelegenheit, ihr auf den Zahn zu fühlen.

Katie war enttäuscht, als Darren ihre Verabredung absagte. Aber es ließ sich eben nicht ändern.

Als er ihr von seinen Fortschritten erzählte und ihr die Liste mit Namen vorlas, die Oma Erica und ihre Freundinnen am Vorabend zusammengestellt hatten, war die Leitung auf einmal wie tot.

„Katie? Bist du noch dran?“, fragte Darren, nachdem er eine volle Minute lang kein Geräusch vom anderen Ende der Leitung mehr gehört hatte.

Endlich hörte er ein leises Knistern. „Katie? Bist du das?“

„Was? Ja. Ich musste nur rasch meine eigene Liste suchen. Kannst du mir die Namen bitte nochmal vorlesen?“

Langsam wiederholte Darren jeden der sieben Namen. Über das Telefon hörte er, wie Katies Atem sich beschleunigte. „Alles in Ordnung?“

„Ja. Aber drei deiner Namen stehen auch auf meiner Liste. Die anderen habe ich mir jetzt notiert.“

„Glaubst du etwa auch, dass es hier einen Serienmörder gibt?“

„Ich wünschte, ich wüsste es. Aber du musst zugeben, es ist unheimlich."

Darren überlegte. „Hast du eine Möglichkeit, herauszufinden, was die Krankheitssymptome verursacht hat?"

„Ich versuch's. Aber wenn sie vergiftet wurden, dann muss es etwas langsam Wirkendes sein. Vielleicht haben sie es auch, ohne es zu wissen, selbst genommen."

„Wie kommst du darauf?"

„Laut den Unterlagen haben sie noch selbst den Notarzt gerufen. Und ich glaube nicht, dass einer von ihnen angegeben hat, vergiftet worden zu sein. Sonst hätte es doch längst eine Ermittlung gegeben."

„Das klingt logisch. – Aber was war es? Und wie hat man sie dazu gebracht, es zu nehmen?"

„Ich versuche, es herauszufinden. Oder zumindest eine Möglichkeit, wie es passiert sein kann."

Anschließend verabredeten sie ein Treffen für den Abend.

Das Haus, das Libby hergerichtet haben wollte, lag im Örtchen Lochdon auf der Insel Mull. Bei seinem Gespräch mit der Maklerin hatte Darren bezweifelt, dass er heute überhaupt noch ein Fährticket nach Craignure auf Mull bekommen würde, aber Libby hatte bereits eines für ihn gebucht.

„Hatten Sie nicht gesagt, für Ihre Häuser auf den Inseln gibt es eigene Leute?", hatte er sie gefragt. Darren hatte keine Lust, heute den gesamten Nachmittag auf Mull zu verbringen und womöglich erst spät am Abend zurückzukommen, wenn überhaupt.

„Mrs McKay ist krank geworden und ich habe kurzfristig keinen anderen Ersatz," erklärte Libby am Telefon. „Stell dich nicht so an. Die Fähre braucht nicht mal eine Stunde."

Ihm blieb nichts übrig, als rechtzeitig in Oban am Fährterminal zu sein. Nach seinem Telefonat mit Katie verabschiedete er sich von seiner Großmutter und raste mit dem kleinen Meriva die Küstenstraße herunter.

Als er das Terminal erreichte, waren die meisten anderen Autos schon über die Verladerampe ins Innere des riesigen Fährschiffes gerollt. Gerade wurde die Spur für die Last-Minute-Buchungen geöffnet. Da er jedoch ein Ticket besaß, konnte er an den anderen vorbei direkt an Bord rollen.

Nicht lange darauf waren alle Fahrzeuge verladen und die Klappe der Fähre schloss sich, bereit für die kurze Überfahrt zur Insel Mull. Darren ging nach oben, um sich gemeinsam mit den anderen Passagieren anzuschauen, wie die Fähre Oban langsam hinter sich ließ. Links zogen der kleine Hafen von Kerrera und der Obelisk des Hutchenson's Monuments vorbei, kurz darauf kamen auf rechts die pflanzenüberwucherte Ruine von Dunollie Castle und die winzige Maiden Island in Sicht. Schließlich nahm die Fähre Kurs auf die Insel Mull.

Es war Jahre her, dass er zum letzten Mal auf Mull gewesen war. Dabei lag die Insel tatsächlich nur einen Katzensprung von Oban entfernt und die Überfahrt vorbei am Lismore Lighthouse und an Duart Castle gehörte sicher zu den interessanteren Fährrouten von *Caledonian MacBrayne*. Vielleicht konnte er irgendwann mit Katie einen Tagesausflug machen. Sie könnten nach Tobermory fahren oder irgendwo auf der Insel wandern gehen. Natürlich erst, wenn diese unheimliche Geschichte um den Serienmörder von Ganavan geklärt war.

Der Gedanke, dass es jemand auf ältere Hausbesitzer in Ganavan abgesehen hatte, ließ Darren schaudern. Es fiel ihm schwer, sich Libby als eiskalte Mörderin vorzustellen. Trotzdem hatte er das Gefühl, dass es einen Zusammenhang gab. Es war einfach ein zu großer Zufall, dass die meisten Häuser der Verstorbenen anschließend von ihr verkauft worden waren.

Inzwischen hatte die Fähre Duart Castle, das sich grau und abweisend über einem Felsen am äußersten Ende von Mull erhob, hinter sich gelassen und nahm Kurs auf den Anleger in Craignure. Die Passagiere wurden aufgefordert, sich zu ihren Fahrzeugen zu begeben und bald darauf rollten Darren und die anderen Passagiere von Bord.

Die Fahrt ins Dörfchen Lochdon dauerte kaum fünf Minuten. Schwieriger war es, das richtige Haus zu finden. Anders als die herrschaftlichen Villen, die Libby rund um Oban im Angebot hatte, gab es hier fast nur Bungalows und alte Steinhäuser. Langsam fuhr Darren die schmale Straße am Ufer des Loch Don entlang, bis er Libby's „Zu Verkaufen"-Schild entdeckte. Den Hausschlüssel fand er unter einem Stein neben der Tür.

Das Crofterhäuschen mit den weiß gestrichenen Wänden und den beiden Kaminen an den Giebelseiten war winzig. Mehr als einem Schlafzimmer konnte es nicht Platz bieten, denn es sah aus, als sei es nach dem gleichen Bauplan erbaut, wie das Haus seiner Großmutter. Für eine mehrköpfige Familie war es viel zu klein, obwohl sicher noch vor hundert Jahren bis zu drei Generationen zusammen unter so einem Dach gehaust hatten. Aber wer würde sich heute noch mit so wenig Wohnraum zufriedengeben? Eigentlich gab es für den Käufer fast nur eine Lösung: Nach Mull kamen immer viele Touristen. Vielleicht wollte es jemand als Ferienhaus herrichten.

Zum Glück gab es im Haus und in dem kleinen Vorgarten nicht allzu viel zu tun. Ein wenig Durchlüften, den Schmutz und Staub des letzten Winters hinausfegen und das Crofterhaus war bereit für die morgige Besichtigung. Es dauerte sicher länger, hierher und wieder zurück nach Ganavan zu kommen, als Darren zum Putzen und Herrichten brauchte. Zumindest würde er sich seine Zeit ordentlich von Libby bezahlen lassen.

Darren freute sich, dass er vermutlich noch die frühere Fähre erreichen konnte, doch in dem Moment, in dem er sich ins Auto setzen wollte, parkte Libbys silbergrauer BMW X5 neben seinem roten Vauxhall ein.

„Wie sieht's aus?“, fragte sie ihn.

Die Maklerin warf einen kritischen Blick auf den Garten mit seinen spärlichen Narzissenbeeten. Außer ein paar Quadratmetern Rasen, den Narzissen und einem einsamen, jetzt im Frühjahr noch kahlen Busch gab die Umgebung des Hauses nicht viel her. Daneben gab es einen Platz für die Mülltonnen und einen kleinen Stapel Brennholz.

„Zumindest nicht so zugewachsen, wie das grässliche Gestrüpp rund um Rose Cottage“, seufzte sie. „Auch wenn der übrige Kram hinter dem Haus besser stehen würde.“

Sie ließ sich von ihm den Schlüssel geben und öffnete die Haustür. Dann winkte sie Darren, ihr zu folgen. Gehorsam trabte der hinter ihr her. Die Inneneinrichtung war schlicht aber um einiges moderner, als es das Äußere des Cottages vermuten ließ. Es gab nicht viele Möbel und der Holzboden war sauber. Bald befand Libby, dass sie auch hier, bis auf wenige Kleinigkeiten zufrieden war. „In Ordnung. Für morgen sollte es reichen."

Darren nickte. Doch statt zu gehen, zögerte er. So eine gute Gelegenheit allein mit Libby zu reden, wollte er nicht verstreichen lassen.

„Was ist denn?"

Die Immobilienmaklerin schien ungeduldig. Darren überlegte, ob das die richtige Voraussetzung war, sie mit den auffälligen Todesfällen in Ganavan zu konfrontieren. Andererseits konnte sie ihm hier kaum ausweichen. Vielleicht war dies seine beste Chance, herauszufinden, ob seine Chefin eine tückische Giftmörderin war. Nur wie? Sie würde kaum von sich aus zugeben, dass sie Sue Shepherd vergiftet hatte.

„Ich wollte Sie etwas fragen. Wegen der vielen Häuser, die Sie so verkaufen", begann er.

Libby zog eine Augenbraue nach oben. „Hast du eins gefunden, das dir gefällt?"

„Nein. Es geht eher darum, woher Sie immer wissen, dass ein Haus verkauft werden soll."

Libby betrachtete ihn nachdenklich. „Du willst dir wohl auch ein bisschen was dazuverdienen. Es stimmt, für einen guten Tipp gebe ich gern eine kleine Prämie. Hat dir Maggie davon erzählt?"

Darren zögerte, dann schüttelte er den Kopf. Gab es einen Grund, warum seine Kollegin das nicht erwähnt hatte? Vielleicht wollte sie nur, dass er ihr keinen Tipp wegschnappte. Es könnte aber auch mehr dahinter stecken. Dass sie zum Geldverdienen in Schottland war, daraus hatte Maggie schließlich kein Geheimnis gemacht. Und sie hatte kein Problem damit gehabt, sich den Tee der toten Mrs Attwood einzustecken. Wenn sie beim Ausräumen eines Hauses zufällig Wertsachen fand, so würde Darren sich auch nicht darauf verlassen, dass sie die immer bei Libby abgab.

„Jetzt mal raus damit. Worum geht's?" Langsam wurde Libby ungeduldig.

Darren konzentrierte sich. „Haben Sie gewusst, dass die meisten Ihrer Häuser von kürzlich Verstorbenen sind?", platzte er heraus. Ob Maggie etwas mit der Sache zu tun hatte, konnte er später herausfinden.

Er beobachtete Libby's Gesichtsausdruck genau, konnte aber weder Überraschung noch Schuldgefühle darin ausmachen.

„Ja, natürlich. Und? Das sind nun mal die, die am häufigsten auf den Markt geworfen werden."

„Aber haben Sie auch gewusst, dass in Ganavan und Umgebung in den letzten zwei Jahren ungewöhnlich viele Hauseigentümer gestorben sind? Unerwartet verstorben, sollte ich sagen. Und fast alle von deren Häusern haben Sie verkauft."

Diesmal zwinkerte die Immobilienmaklerin überrascht. Aber ob sie die Todesfälle erstaunten oder Darrens Wissen, war unmöglich festzustellen.

„Was willst du damit sagen?"

Darren zögerte.

„Wenn die Erben das Haus loswerden wollen, soll ich dann etwa den Auftrag nicht annehmen?“ Libby verschränkte die Arme vor der Brust und starrte ihn herausfordernd an. „Das Immobiliengeschäft ist ein hartes Pflaster. Ich bin nicht so erfolgreich geworden, weil ich zimperlich war.“

Darren zwinkerte überrascht. War das etwa ein Geständnis? Sicher nicht. Dafür brauchte er mehr. „Genau das meinte ich. Sie sind nicht zimperlich, wenn es darum geht, neue Häuser zu akquirieren.“

„Was soll das heißen? Es ist doch nicht meine Schuld, wenn die Leute sterben.“

Er antwortete nicht.

Libby kniff die Augen zusammen. „Was glaubst du eigentlich von mir? Etwa, dass ich nachhelfe? Dass ich jemanden umbringen würde, nur wegen der lausigen Provision, die ich vielleicht beim Verkauf des Hauses bekommen würde? Glaubst du das?“ Ihre Augen funkelten vor Entrüstung.

Darren zögerte. Wie viel Provision bekam so ein Immobilienmakler eigentlich? Ziemlich viel, nahm er an. Andererseits hatte Libby Objekte, wie das Hotelschlösschen in ihrem Portfolio. Das brachte sicher mehrere Millionen. Also fielen für die Maklerin vermutlich mindestens zehntausend Pfund Provision ab. Warum sollte sie für Peanuts wie Rose Cottage einen Menschen ermorden? Das ergab keinen Sinn.

„Nein“, gestand er schließlich. „Ich glaube nicht, dass Sie jemanden ermordet haben. Aber es muss trotzdem einen Zusammenhang geben. Ich kann mir nicht vorstellen, dass alles nur Zufall ist", setzte er hilflos hinzu.

„Es freut mich, dass du mich nicht für eine Mörderin hältst", sagte sie sarkastisch. „Aber erzähl doch mal von Anfang an: Was ist kein Zufall?"

„Dass mit Sue Shepherd und Mrs Attwood und den anderen. Sie sind alle ganz plötzlich verstorben und Sie verkaufen jetzt ihre Häuser."

Libby's Augen funkelten zornig und sie presste wütend den Mund zusammen. „Ich habe keine Ahnung, was du damit sagen willst. Aber mir reicht's jetzt. Ich hoffe für dich, dass du deine wilden Anschuldigungen noch nirgendwo ausposaunt hast, denn du kannst dich darauf verlassen, dass ich dich wegen Rufmord verklage, wenn du es tust. Und jetzt gib mir den Hausschlüssel und verschwinde!"

Ungläubig starrte Darren sie an. Ja, er hatte sie gerade des Mordes bezichtigt. Aber er hatte auch eingestanden, sich geirrt zu haben. Warum sah sie nicht ein, dass es zwischen den Toten und ihrer Immobilienfirma einen Zusammenhang gab? Einen Zusammenhang geben musste.

„RAUS HIER!"

Darren zuckte zusammen. Wortlos drückte er ihr den Schlüssel in die Hand und sah zu, dass er davon kam. Als er kurz darauf mit seinem Auto in Craignure stand und auf die Fähre wartete, fluchte er. Das Herz schlug ihm noch immer bis zum Hals. Was sollte er jetzt tun?

Wenn sie keine unglaublich gute Schauspielerin war, war Libby nicht die Täterin. Sie mochte ein Motiv haben, aber andererseits war ein Mord oder eine ganze Mordserie auch ein unvorstellbar hohes Risiko für eine erfolgreiche Frau, wie sie. Sie konnte schließlich nicht erwarten, dass auf Dauer keiner Verdacht schöpfte. Außerdem war Darren keineswegs sicher, dass sie die Opfer überhaupt persönlich gekannt hatte.

Aber irgendwas war hier im Gange. Das spürte er genau. Ob die Maklerin wusste, was hier los war? Vielleicht ahnte sie, wer dahinter steckte.

Darren überlegte, ob es Maggie sein konnte. Immerhin hatte sie ihm Libbys Prämienangebot verheimlicht und brauchte Geld. Andererseits hatte sie behauptet, erst seit drei Jahren für die Maklerin zu arbeiten. Und woher sollte sie all die Leute kennen, die in den letzten Jahren in Ganavan gestorben waren?

Darren versuchte, sich auf alles zu konzentrieren, was er über den Täter wusste. Er hatte doch gestern Abend, kurz vor dem Einschlafen noch einige Ideen gehabt. Doch so sehr er sich auch konzentrierte, in deinem Kopf ergab gerade gar nichts mehr einen Sinn. Er musste dringend mit jemandem darüber reden.

Als er endlich auf der Fähre war, schickte er Katie eine Nachricht. Er wollte sich mit ihr in Oban verabreden. Er hatte Glück: Ihr Dienst war zu Ende und sie konnte ihn am Fähranleger treffen.

Obwohl das Wetter recht mild war, hatte keiner von beiden große Lust herumzulaufen. Also ließen sie sich kurzerhand im *Corryvreckan* nieder, einem großen, aber vergleichsweise unpersönlichen Pub am Hafen. Nachdem Darren an der Bar die Getränke geholt hatte, fragte ihn Katie nach seinem Tag auf Mull.

Er seufzte. Dann gab er wieder, wie sein Gespräch mit seiner Chefin gelaufen war.

Sie schüttelte belustigt den Kopf, als er ihr von Libbys Reaktion erzählte. „Hast du im Ernst gedacht, sie gesteht dir einen Mord?"

„Nicht wirklich. Ich hatte einfach auf den Überraschungseffekt gesetzt." Er grinste, halb entschuldigend halb resigniert. „Wie hättest du die Sache denn angefangen?"

„Jedenfalls nicht so. Mit ein wenig mehr Diskretion vielleicht, statt einfach direkt darauf los."

Darren zuckte mit den Schultern. „Beim nächsten Serienmörder übernimmst du das", bot er großzügig an. „Aber wie machen wir jetzt weiter? Hast du was über Susans Symptome herausgefunden?"

Katie seufzte. „Nicht so viel, wie ich gern hätte. Ich glaube, es muss etwas Pflanzliches gewesen sein."

„Wieso?"

„Gefährliche Medikamente sind viel schwerer zu beschaffen als Pflanzen. Außerdem sind Medikamente oft zu bitter, um sie irgendwo unterzumischen. Das ist eine Vorsichtsmaßnahme der Hersteller, um eine versehentliche Überdosis zu verhindern."

„Und was genau könnte es gewesen sein?"

„Da gibt es Verschiedenes, sagte mir eine Kollegin. Maiglöckchen zum Beispiel."

„Aber blühen die denn schon?"

„Das ist egal. Es geht mit allen Pflanzenteilen. Am giftigsten sind die Beeren. Jemand könnte Sue Shepherd zum Beispiel getrocknete Beeren von Maiglöckchen in den Porridge gemischt haben."

Darren nickte nachdenklich. „Also müsste die Person in ihrer Küche gewesen sein. Ich fürchte nur, das bringt uns noch nicht viel weiter."

„Immerhin wissen wir inzwischen einiges mehr, als am Anfang."

„Auch wahr", stimmte Darren zu, obwohl ihr tatsächliches „Wissen" immer noch sehr dünn war. Das meiste beruhte auf unbewiesenen Vermutungen.

Bald darauf verabschiedete sich Darren. Er wäre gern noch geblieben, wollte aber nach seiner Großmutter sehen. Auch Katie musste gehen.

„Ich habe morgen Frühdienst", entschuldigte sie sich.

Darren nickte. Er war froh, dass er sich seine Arbeitszeit selbst einteilen konnte, zumindest an den seltenen Tagen, an denen Oma Erica das nicht für ihn übernahm.

KAPITEL 23

Als Darren zurück nach Ganavan kam, war es längst dunkel. Auf den Straßen des Dörfchens war kein Mensch zu sehen und auch im Haus seiner Großmutter brannte kein Licht. Nachdem er eingeparkt hatte, zog er den Schlüssel hervor, den Oma Erica ihm gegeben hatte. Doch überraschenderweise war die Haustür gar nicht verschlossen.

Etwas verwundert betrat Darren die Stube. Baudrons kam ihm entgegen und strich ihm maunzend um die Füße. Seine Futterschüssel war gähnend leer. Auf der Anrichte stand eine offene Packung mit Tee.

Etwas verwundert holte Darren das Katzenfutter hervor. Er konnte sich nicht erinnern, dass seine Großmutter je vergessen hatte, den dicken Kater zu füttern. Aber auch ihre Jacke, die sonst neben der Tür hing, war verschwunden. Er überlegte. Hatte sie etwas davon gesagt, dass sie ausgehen wollte? Aber wie mit dem Gipsfuß?

Dann fiel es ihm ein: Heute war ja Bandprobe. Die *Ganavan Antiques* wollten sich in der Schule treffen. Und seine Großmutter war sicher von einem der Bandmitglieder abgeholt worden. Das erklärte auch den Tee und die offene Tür. Vermutlich hatte sie sich verspätet und war dann etwas zu eilig aufgebrochen.

Er nahm sich eine Tasse aus dem Schrank und stellte den Wasserkessel an. Dann warf er einen Teebeutel aus der herumstehenden Packung in seine Tasse. Als er den

Tee zurück in den Schrank stellte, merkte er, dass die Dose Rheumatee, die er noch am Morgen gesehen hatte, fehlte. Er schmunzelte. Vermutlich hatte Oma Erica sie verschenkt, weil er sie eine alte Schachtel genannt hatte.

Plötzlich kam ihm ein Gedanke. Er rief Katie an.

„Sag mal, dieses pflanzliche Gift, könnte man das auch als Tee zu sich nehmen?“

Katie überlegte. „Ja. Ich denke schon. Aber ich weiß nicht, ob man es schmecken würde.“

„Und wenn es in einem Kräutertee ist? In Rheumatee zum Beispiel?“

„Das könnte funktionieren. Wie kommst du darauf?“

„War nur so eine Idee. Danke dir.“

Darren legte auf.

Nachdenklich blickte er auf Baudrons herab. Der hatte inzwischen seine Mahlzeit verdrückt und bettelte darum, gestreichelt zu werden. Darren ließ sich auf das Sofa sinken und klopfte auf die Sitzfläche, um den Kater einzuladen heraufzuspringen. Baudrons ließ sich nicht lange bitten. Er kletterte Darren auf die Knie und schnurrte, während er gekrault wurde.

Ohne seine Großmutter war es ungewohnt still im Haus. Auch der schnurrende Kater konnte nichts daran ändern. Darren fragte sich, wieso ihm das seltsam vorkam, bis er merkte, dass der Ofen ausgegangen war. Seine Oma Erica war offenbar schon länger fort. Wenn sie wiederkam und sah, dass er noch nicht einmal eingeheizt hatte, war sie sicher sauer.

Seufzend machte er sich daran, das Feuer wieder anzufachen. Als es brannte und begann, den Raum mit seiner Wärme zu erfüllen, überlegte Darren, dass seine

Großmutter sicher auch Hunger haben würde, wenn sie von der Probe heimkam. Vielleicht konnte er sie überreden, Fisch und Chips für sie beide mitzubringen.

Er wählte ihre Nummer, froh, dass sie seit Kurzem auch ein Handy besaß. Der altmodische Klingelton, den sie sich dafür ausgesucht hatte, ertönte irgendwo in der Nähe. Nach etwas Suchen fand er das Telefon seiner Großmutter hinter dem Sofa. Wieso fiel ihm das jetzt erst auf? Neben der Couch lag Großmutter Ericas Handtasche. Auch die Tasche mit ihrem Dudelsack war achtlos auf den Boden geworfen. Das sah ihr eigentlich gar nicht ähnlich. Wieso war der Dudelsack überhaupt hier? Zur Bandprobe hatte sie ihn doch sicher mitgenommen. War etwas passiert? Hatte sie es eilig gehabt?

Er suchte durch die Kontaktliste auf seinem Handy, bis er Gregs Nummer fand.

„Ist Oma Erica bei dir?“, fragte er ohne lange Einleitung.

Es dauerte etwas, bis Greg antwortete. „Nein. Warum sollte sie?“, fragte er dann.

„Sie ist verschwunden.“

„Wie meinst du das? Hast du sie verlegt? Hat sie sich in Luft aufgelöst?“

„Keine Ahnung. Sie ist jedenfalls nicht zu Hause.“

Greg schien diese Nachricht nicht sonderlich zu beunruhigen. „Und? Sicher ist sie noch bei der Bandprobe.“ Auch wenn er normalerweise nicht zu den *Ganavan Antiques* gehörte, wusste er offenbar, wann sie probten.

„Aber ihr Dudelsack ist hier. Und ihr Handy auch.“

„Hm“, machte Greg. „Dann ist sie wahrscheinlich bei Janet oder Norma.“

„Ich ruf sie an“, versprach Darren. Auch wenn ihn langsam ein ungutes Gefühl beschlich. Warum sollte Oma Erica ihre Freundinnen in deren Häusern besuchen? Es war doch viel bequemer, sie zu sich einzuladen.

Nach einigem Suchen fand er die Telefonnummern von Oma Ericas Freundinnen auf einem Zettel, der in ihrem Nachtschränkchen lag. Als er ihn in den Händen hielt, verfluchte er sich. Warum hatte er nicht daran gedacht, einfach mit dem Handy seiner Großmutter anzurufen? Darin waren sie sicher gespeichert.

„Tante Norma? Ist Oma Erica bei dir?“

„Nein. Aber gut das ich dich spreche. Libby hat mich angerufen und gesagt, du hättest sie irgendwelcher illegalen Aktivitäten bezichtigt. Wie kannst du nur, Darren? Nachdem ich mich bei ihr für dich eingesetzt habe.“

Das hatte er schon beinahe vergessen. „Tut mir leid. Ich werde mich morgen bei ihr entschuldigen. Aber ich dachte, ich hätte da eine Spur.“

„Wovon redest du?“

„Von den Todesfällen in Ganavan. Unserem Serienmörder. Alle Opfer haben allein gelebt. Und Libby hat ihre Häuser verkauft. Alle Häuser. Da muss es einen Zusammenhang geben.“

„Und welchen? Du glaubst doch wohl nicht, dass meine Nichte sie umgebracht hat!“

„Nein. Trotzdem hatte irgendwer etwas davon, die Leute aus dem Weg zu räumen. Vielleicht auch indirekt. Möglicherweise hat Libby jemanden bezahlt.“

„Um unsere Nachbarn zu ermorden? Bist du jetzt vollkommen verrückt?“

„Nein. Aber sie zahlt Prämien für Tipps zu Objekten, die bald auf den Markt kommen könnten. Leerstehende Häuser, Todesfälle, Scheidungen und solche Dinge. Das hat sie mir selbst erzählt. – Aber das ist im Moment auch völlig egal. Oma ist weg.“

„Weg? Wie meinst du das?“

„Sie ist nicht zu Hause. Und ihr Handy ist auch hier.“

„Ach, Junge. Nun mach dir doch nicht gleich Sorgen. Deine Großmutter ist eine erwachsene Frau. Sicher ist sie bei Janet.“

„Wie denn? Glaubst du, sie ist mit Gipsfuß und Krücke den ganzen Weg durchs Dorf gelaufen?“

„Also zutrauen würde ich es ihr. Sie hat erst neulich bedauert, wie lange sie schon nicht mehr spazieren gehen konnte. Sie hat sogar gedroht, ihrem Doktor mit der Krücke eine überzubraten, wenn er ihr nicht bald den Gips abnimmt.“ Sie lachte. „Aber wahrscheinlich hat Janet sie einfach mit dem Auto abgeholt. Sie werden bei ihr sitzen und schwatzen.“

„Kann sein.“ Darren hatte so seine Zweifel. Er wusste, dass Janet nachts nicht mehr gern mit dem Auto fuhr. Das hatte sie ihm neulich erst anvertraut. Außerdem hätten seine Großmutter und Janet bequem hier im Haus bleiben können. Wozu also der Aufwand?

„Vergiss nicht, Libby anzurufen“, sagte Norma.

„Ist gut.“ Er legte auf.

Nachdenklich blickte er sich um. Aus einem Instinkt heraus löschte er alle Lichter, bis auf eine Leselampe.

„Opa Alan? Bist du da?“, fragte er den leeren Raum. Er suchte mit den Augen die Dunkelheit ab, konnte aber nichts entdecken. „Großvater?“

Es kam immer noch keine Antwort. Plötzlich hämmerte jemand lautstark an die Tür. Darren zuckte zusammen. Bevor er auch nur aufgestanden war, trat Greg herein. Er trug eine wetterfeste Jacke und Wanderschuhe. In der Hand hielt er eine Taschenlampe.

„Ist sie wieder aufgetaucht?“, fragte er.

„Nein.“

Besorgt runzelte Greg die Stirn. „Das sieht ihr gar nicht ähnlich. Irgendeine Idee?“

Darren schüttelte den Kopf. „Es sei denn, sie ist bei Tante Janet.“

„Ich habe inzwischen Pete angerufen. Er sagt, die Bandprobe war schon vor einer halben Stunde aus. Miss Lindsay brauchte den Raum für einen kurzfristigen Elternabend. Deshalb haben sie heute früher Schluss gemacht. Er hat Erica danach selbst vor dem Haus abgesetzt und ist dann zum Pub gefahren. Sie kann also nicht weit sein. Hast du schon in den Garten geschaut?“

„Nein. Was hätte sie dort zu suchen? Es ist stockfinster draußen.“

„Keine Ahnung. Vielleicht wollte sie noch ein paar Kräuter zum Kochen und ist gestürzt.“

„Dann hätte sie sicher um Hilfe gerufen, als sie mich mit dem Auto kommen hörte.“

Trotzdem durchsuchten sie in den nächsten Minuten den dicht bewachsenen Garten hinter dem Cottage. Ohne Erfolg. Von Oma Erica gab es keine Spur. Nur die

Gartentür, die auf den Pfad zum Strand führte, stand offen. Aber das war wahrscheinlich schon seit Tagen so.

Darrens Handy klingelte. Es war Libby. Er drückte den Anruf weg.

Kurz darauf läutete es erneut. Schon wieder seine Chefin.

Seufzend hielt er sich das Telefon ans Ohr. „Tut mir leid, Libby. Ich wollte Sie nicht beleidigen“, leierte er ohne sonderlichen Enthusiasmus herunter. „Können wir morgen darüber reden? Ich habe im Moment keine Zeit.“

„Wie du meinst. Aber ich dachte, es interessiert dich, dass ich eine Idee habe, wer dahinter steckt.“

„Wer wohinter steckt?“

„Diese Todesfälle, deren du mich heute beschuldigt hast. Ich habe gerade mit meiner Tante Norma telefoniert und sie hat mir bestätigt, dass es in Ganavan im letzten Jahr zu mehreren plötzlichen Todesfällen kam. Sie glaubt auch, dass da irgendetwas im Argen liegt.“

Darren wartete, aber sie sagte nichts weiter. „Und?“, fragte er ungeduldig.

Libby zögerte. Sie klang defensiv, als sie sagte: „Du musst das verstehen. Ich konnte ja nicht ahnen, was passiert. Und deine Geschichte hörte sich wirklich sehr nach einer verrückten Verschwörungstheorie an.“

„Libby!“

„Also gut. Ich glaube, Birtwistle könnte etwas damit zu tun haben.“

„Der Postbote?“

„Ja.“

„Wie kommen Sie darauf?“

Aus dem Augenwinkel sah Darren, wie Greg sein eigenes Telefon hervorzog. Er drehte sich weg, um sich auf Libby's Antwort zu konzentrieren.

„Ich habe überlegt, welche Informanten ich in dieser Gegend habe. Und Birtwistle bekommt von mir eine kleine Provision, wenn er mir einen Auftrag verschafft. Ein Postbote kriegt oft als Erster mit, was sich in der Nachbarschaft tut. Also auch, ob ein Haus leer steht und unter Umständen verkauft werden soll. Aber ich hätte ja nicht ahnen können, dass er nachhilft!"

„Und wissen Sie das genau? Dass er nachhilft?"

„Nein, natürlich nicht. Aber wer soll es sonst sein? Er ist der Einzige nördlich von Oban, der einigermaßen regelmäßig eine Provision von mir bekommt. Und in den letzten Monaten wurde er immer unverschämter."

„Verstehe. Waren Sie denn schon bei der Polizei?"

„Nein. Immerhin habe ich keine Beweise. Vielleicht ist ja auch alles ein Irrtum. Ich hoffe es ist ein Irrtum. Aber trotzdem werde ich mich morgen mit Birtwistle treffen."

„Hm."

Greg deutete auf das Handy und hob fragend eine Hand. Er wurde langsam ungeduldig. Darren nickte.

„Tut mir leid, Libby, aber ich muss Schluss machen. Meine Großmutter ist verschwunden. Können wir morgen über Birtwistle reden?"

„Warte!"

Darren seufzte. „Was denn noch?"

„Deshalb habe ich ja überhaupt gleich heute Abend angerufen. Birtwistle hat vor ein paar Wochen gesagt, dass er bald ein hübsches altes Crofterhaus für mich hätte. Dann, vorgestern, hat er gemeint, dass es vielleicht doch nicht auf den Markt kommt, weil ein Enkel aufgetaucht sei. Da habe ich an deine Großmutter gedacht. Es könnte sein, dass er es auf sie abgesehen hatte."

„Sie glauben, er hat Oma Erica entführt? Deshalb ist sie weg?"

Libby schwieg. „Nein. Du hast Recht. Das ist sehr unwahrscheinlich. Trotzdem fand ich, du solltest davon wissen."

Darren stöhnte. „Ja, in Ordnung. Ich werde daran denken. Aber jetzt mach ich Schluss." Er legte auf.

Nachdenklich betrachtete er Onkel Greg. Der hob fragend eine Augenbraue. Darren erzählte knapp, was er von der Immobilienmaklerin erfahren hatte.

Greg runzelte die Stirn. „Ich hab schon immer geahnt, dass an Birtwistle irgendwas nicht koscher ist", brummte er. Dann besann er sich darauf, weswegen sie hier waren. Er hielt sein Handy hoch. „Ich habe Janet angerufen, während du telefoniert hast. Dort ist sie auch nicht."

„Und was tun wir jetzt? Sollen wir die Polizei rufen?"

„Nein. Die tun vorläufig sowieso nichts. Erica ist schließlich nicht dement, sodass wir annehmen müssen, dass sie in Gefahr ist."

„Was dann?"

Greg schüttelte den Kopf. „Ich weiß es nicht. – Zeig mir mal, wo du ihre Sachen gefunden hast. Vielleicht gibt es einen Hinweis, wo sie hinwollte."

„Da hinten." Darren deutete neben das Sofa. Dann ließ er sich auf einen Küchenstuhl sinken, stützte die Ellbogen auf die Tischplatte und fuhr sich mit den Händen durch die Haare. „Ich kann mir wirklich nicht vorstellen, warum sie weggegangen ist. Sie ist ja auch nicht sonderlich gut zu Fuß. Es ist zwar schon besser geworden, aber sie hat immer noch den Gips."

Der alte Mann brummte zustimmend, während er in Oma Erica's Sachen kramte. „Ist ihre Jacke da? Könntest du mal nachschauen?", bat er nach ein paar Minuten.

Darren blickte zum Haken neben der Eingangstür. „Ihre Jacke ist weg." Er schaute zu Greg. „Glaubst du, sie ist doch nur kurz raus? – Ich habe vorhin gesehen, dass eine Schachtel mit Rheumatee fehlte. Vielleicht besucht sie einen Nachbarn, der ihn braucht."

Doch Greg schüttelte den Kopf. „Wen denn? Wer Rheuma hat, schwört meistens auf Medikamente. Und wenn nicht, wird er kaum deine Großmutter anrufen. Sie ist schließlich keine Kräuterhexe."

Darren nickte nachdenklich. Auf einmal wurde er blass. „Der Tee! Sie hat ihn von Birtwistle. Und Katie meint, Sue Shepherd könnte an etwas Pflanzlichem gestorben sein. Giftige Beeren zum Beispiel, die jemand in ihr Essen oder in ihren Tee getan hat. – Glaubst du, Oma Erica hat sich einen Rheumatee gemacht und sich selbst vergiftet? Vielleicht ist sie schon im Krankenhaus."

Greg schnaubte. „Wenn ein Krankenwagen mit Blaulicht durchs Dorf gefahren wäre, wüssten wir das. Außerdem: Arbeitet deine Freundin nicht im Krankenhaus? Hätte sie dich nicht angerufen, wenn deine Großmutter dort eingeliefert worden wäre?"

Darren nickte. „Doch, ich denke schon. Und sie hat auch gerade Dienst."

„Dann komm mit." Greg schnappte sich Oma Erica's Autoschlüssel, die auf dem Tisch lagen und ging zur Tür.

Verwirrt blickte Darren ihm nach. „Wohin willst du?"

„Wohin wohl? Zu Birtwistle. Wenn deine Großmutter tatsächlich in Gefahr ist, dann durch ihn.“

Dem konnte Darren nicht widersprechen.

KAPITEL 24

Andrew Birtwistle ärgerte sich. Zuerst war Erica's Enkel plötzlich aufgetaucht, nachdem er sie Monate, wenn nicht Jahre vernachlässigt hatte. Dann begann er, seine Nase in Dinge zu stecken, die ihn absolut nichts angingen. Und jetzt schien auch noch Libby herumzuzicken.

Seit drei Jahren arbeitete er schon mit ihr zusammen. Sie war es, die auf ihn zugekommen war, um ihn zu bitten, ihre Visitenkarten und Flugblätter zu verteilen, wann immer er ahnte, dass ein Haus demnächst zum Verkauf stehen könne. Und obwohl sie von ihrer Zusammenarbeit viel mehr profitiert hatte als er, war sie in letzter Zeit immer abweisender geworden und wollte am liebsten gar nicht mehr in der Öffentlichkeit mit ihm gesehen werden.

Ja, er hatte bei dem ein oder anderen Objekt ein wenig nachgeholfen, sodass es früher als streng genommen nötig auf den Markt gekommen war. Aber davon wusste Libby ja nichts. Und selbst wenn: warum sollte sie das stören? Die alten Muttchen waren einsam gewesen. Im Grunde hatte er ihnen und dem ewig überlasteten National Health Service einen Gefallen erwiesen. Außerdem konnte ihm keiner etwas nachweisen. Wenn sie das Gift zu sich nahmen, war er nicht in der Nähe. Und keiner hatte je auch nur den geringsten Verdacht geschöpft. Bis jetzt.

Es war Pech, dass der neugierige Enkel von Mrs Bagshaw herausgefunden hatte, dass beim Tod von Sue Shepherd etwas nicht mit rechten Dingen zugegangen war. Wie er darauf gekommen war, war ihm ein Rätsel.

Immerhin kannte er die Tote nicht einmal. Dass der Bengel dann auch noch bemerkte, dass es noch mehr Todesfälle gegeben hatte, war mehr als nur ein wenig lästig.

Dennoch bestand für Birtwistle bisher keine Gefahr. Alles was er tun musste, war, den Kopf unten halten und sich unauffällig verhalten, bis der Sturm vorüber war. Danach würde er sich um Libby kümmern. Sie konnte schließlich nicht erwarten, dass er sich von ihr einfach ausbooten ließ. Nicht nach dem Geschäft, das er ihr in den letzten drei Jahren beschert hatte.

Aber zurück zu seinem aktuellen Problem. Zum Glück hatte die alte Bagshaw ihn zu ihrem Verschwörertreffen eingeladen. Wie es ihn amüsiert hatte, dass sie ausgerechnet ihn bat, bei der Suche nach einem Mörder zu helfen. Die Präzision, mit der die alten Schachteln seine Opfer identifiziert hatten, war jedoch erschreckend. Ein Glück, dass alle Beweise längst vernichtet waren. Alle, bis auf eine Dose mit Tee.

Es war Monate her, dass er seine kleinen Weihnachtsgeschenke verteilt hatte. Harmlose Tees für die Damen, die ihre Familie und Verwandten in der Nähe hatten. Und für die einsamen alten Witwen gab es eine Mischung, der er ein paar getrocknete Maiglöckchenbeeren zugemischt hatte. Ganz und gar unauffällig. Ironischerweise stammte der Großteil der giftigen Beeren sogar aus den Gärten ihrer Opfer. Wie stolz sie auf ihre Häuser und ihre Blumenbeete waren. Und wie dankbar, wenn er sich ein oder zweimal in der Woche auf eine Tasse Tee zu ihnen setzte und ihnen zuhörte.

So wie Erica mit ihrem Dudelsack. Hätte er geahnt, dass sie den Tee monatelang unangetastet im Schrank stehen lassen würde, hätte er darauf verzichtet, ihr eine präparierte Dose zukommen zu lassen. Andererseits lebte ihr einziger Sohn schon seit Jahren in den USA. Und ihr Enkel ließ sich nur sehr unregelmäßig sehen. Die Chancen, dass der Sohn oder der Enkel das Haus einfach verkaufen würde, sollte die Alte ins Gras beißen, waren gut. Und ein traditionelles Crofterhouse wie ihres brachte heutzutage mindestens zweihunderttausend Pfund, von denen zweitausend auf seinem Konto landen würden. So hatte er es mit Libby vereinbart. Er bekam ein Viertel der Maklerprovision, vorausgesetzt ein Auftrag kam zustande.

Nun gut. Vorläufig war aus dieser Quelle wohl kein weiteres Einkommen zu erwarten. Und wenn er nicht sehr vorsichtig war, möglicherweise nie wieder.

Zum Glück wusste Birtwistle, dass die *Ganavan Antiques* heute Abend Bandprobe hatten. Erica Bagshaw war mit Sicherheit auch dort. Es sollte also kein Problem sein, sich in ihr Haus zu schleichen und letzten Beweis, den vergifteten Tee, verschwinden zu lassen.

Er ließ sein Auto ein paar Meter von seinem Ziel entfernt in der Einfahrt eines unvermieteten Ferienhäuschens stehen. Natürlich war er mit seinem Privatauto gekommen, das kaum jemand in Ganavan erkennen würde. Fast alle kannten ihn nur als Fahrer eines roten Postautos. Dann schlich er sich durch den Garten bis zur Hintertür des Cottages. Eine Tür, die Erica aus Bequemlichkeit meist unverschlossen ließ.

Das Licht schaltete er nicht ein. Es konnte zu leicht von der Straße aus gesehen werden. Aber er würde sich auch so zurechtfinden. Es hatte eindeutig Vorteile, wenn man sich Woche für Woche von den alten Damen Tee bereiten ließ.

Rasch durchquerte er die Stube und tastete im Küchenschrank nach der Dose von *Argyll Herbs and Teas*. Keiner konnte behaupten, dass er sich die Sache nichts kosten ließ. Da. Zufrieden steckte er den Tee in die Tasche.

Auf einmal spürte er etwas, das von hinten gegen seine Wade drückte. Gleich darauf war ein lautes Schnurren zu hören.

„Baudrons. Du hast mich aber erschreckt."

Er bückte sich, um dem Kater den Kopf zu kraulen. Das Schnurren wurde lauter. Als er aufhörte, maunzte Baudrons lautstark seinen Protest. Gehorsam strich ihm Birtwistle noch zwei Mal über den Kopf.

„Jetzt muss ich aber los", flüsterte er dem Kater zu.

Im selben Moment ging das Licht in der Stube an. Mann und Tier erstarrten geblendet.

„Andrew, was machst du denn hier?", fragte Oma Erica überrascht.

Birtwistle richtete sich auf. Er verfluchte sich, weil er sich mit dem Kater beschäftigt und so offenbar das Auto überhört hatte, das Mrs. Bagshaw abgesetzt haben musste. Trotzdem strahlte er die alte Schachtel an, als wäre er überglücklich, sie zu sehen.

„Ich – wollte nur kurz nach dem Rechten sehen. Ich kam zufällig vorbei und habe Licht gesehen. Und da ich ja wusste, dass du zur Probe bist, dachte ich, ich schau kurz rein, um sicherzugehen, dass sich hier kein Einbrecher rumtreibt."

Oma Erica runzelte verwirrt die Stirn. „Und da schleichst du hier im Dunkeln rum? Wie bist du überhaupt reingekommen?"

„Ich wollte ihn nicht vorwarnen. Es wäre viel besser, ihn auf frischer Tat zu ertappen. Aber er war wohl schon weg."

Der Blick der alten Frau wanderte von Baudrons und Birtwistle zum Küchenschrank, der immer noch offen stand. Sie schien zu irgendeiner Erkenntnis gelangt zu sein, denn auf einmal entspannte sie sich und lächelte ihn an. Nur ihre Finger krampften sich noch immer um die Tasche, die sie hielt.

„Ein Glück, dass es Leute wie dich gibt, die sich um ihre Mitmenschen kümmern", verkündete sie. „Wie wäre es, wenn ich dich zum Dank auf eine Tasse Tee einlade? Und dann rufen wir zusammen die Polizei an. Vielleicht versucht der Kerl ja, noch in ein anderes Haus einzusteigen."

Birtwistle winkte ab. „Das wird sicher nicht nötig sein. Wahrscheinlich war es nur falscher Alarm. Es fehlt doch nichts, oder? Du hast vermutlich einfach vergessen, beim Gehen das Licht auszumachen."

Wieder schossen die Augen der Alten zwischen seinem Gesicht, seinen Händen und dem Küchenschrank hin und her. Birtwistle beobachtete sie genau.

Nach kurzem Zögern lächelte sie ihn an. „Du hast sicher Recht, Andrew. Wenn es so weitergeht, werde ich noch eine richtig schusselige alte Schachtel. Dann mache ich uns eben nur den Tee."

Sie stellte ihre Tasche neben das Sofa und trat auf den Küchenschrank zu. Bevor sie etwas heraus nahm, zögerte sie kaum merklich. Doch dann griff sie nach der Tüte mit dem Darjeeling und schloss die Schranktür.

Dass die alte Schachtel jetzt sofort bemerkte, dass er den Rheumatee aus ihrem Schrank entwendet hatte, war gar nicht gut. Wahrscheinlich hatte sie ihn sogar schon durchschaut. Wenn nicht, würde es vermutlich nicht mehr lange dauern. Blitzschnell griff sich Birtwistle ein großes scharfes Küchenmesser und hielt es der Alten an die Kehle.

„Tut mir leid, Erica. Eigentlich wollte ich dir nichts tun. Aber ich kann nicht zulassen, dass du mich verrätst. Bedank dich bei deinem neugierigen Enkel, dass es so weit gekommen ist."

Im ersten Moment hielt die Alte vollkommen still. Doch bei der Erwähnung ihres Enkels schien sie aufzuwachen. Sie blickte Birtwistle in die Augen. „Ich gestehe, solch eine Skrupellosigkeit hätte ich dir nicht zugetraut, Andrew. Ich fand es zwar verwunderlich, dass du dir so viel Zeit für eine alte Schachtel wie mich genommen hast, aber ich hielt dich für harmlos."

Birtwistles Augen funkelten amüsiert. „So war es gedacht."

„Aber ich sollte mich wohl tatsächlich bei Darren bedanken. Wäre er nicht gewesen, wäre ich eines Tages überraschend gestorben, genau wie Sue Shepherd. So werde ich wenigstens dazu beitragen, dass du überführt wirst."

Birtwistle grinste überlegen. „Das glaube ich eher nicht."

Tatsächlich fürchtete er, dass sie Recht behalten könnte. Der Griff nach dem Messer war eine Panikreaktion gewesen. Aber wenn sie später eine abgestochene Leiche fänden, kamen sie ihm mit ziemlicher Sicherheit bald auf die Spur. Und bei all den Tricks, die die Police Scotland heute einsetzte, konnte sein Vorstoß leicht nach hinten losgehen.

Er überlegte, ob er Oma Erica dazu bringen konnte, den vergifteten Tee zu trinken. Keiner war bisher darauf gekommen, den Tee mit den Todesfällen in Verbindung zu bringen. Und um die Spuren zu verwischen, könnte er hinterher einfach die Tasse abwaschen oder noch besser, einen normalen Schwarztee vor die Tote stellen und keiner würde etwas ahnen. Andererseits war es zweifelhaft, dass sie einfach einen Tee mit ihm trank. Außerdem würde es zu lange dauern, bis sie tot war. Er konnte schließlich nicht zulassen, dass sie noch um Hilfe rief. Und jederzeit könnte ihr Enkel hereinschneien.

Nein. Er brauchte eine bessere Lösung. Er musste dafür sorgen, dass die Polizei keine Leiche fand. Und wenn doch, dass es keine Spuren gab, die auf etwas anderes, als auf einen tragischen Unfall hindeuteten. Eine alte Frau, die allein spazieren ging und den Weg verlor. In den einsamen Highlands wäre das kein Problem. Immer wieder verschwanden Leute, meist Touristen, die sich beim Wandern verirrt hatten. Hier unten hingegen war das Meer der gefräßigste Killer. Der Ozean nahm es sicher nicht übel, auch für den unglücklichen Tod einer alten Dame verantwortlich gemacht zu werden. Ein kleiner Fehltritt reichte, um hineinzustürzen und auf Nimmerwiedersehen zu verschwinden. Es durfte nur nicht zu weit vom Cottage entfernt geschehen, da ansonsten jemand Fragen stellen würde.

Zum Glück wusste Birtwistle, dass direkt hinter dem Bagshaw-Haus ein Wanderweg vorbei führte. Der war unauffällig und es war nachvollziehbar, dass Erica ihn genommen hätte. Um ihren Gipsfuß machte er sich dabei keine Sorgen. Nicht umsonst hatte die alte Schachtel den Ruf, sich von solchen 'Lappalien' nicht aufhalten zu lassen. Wenn sie sich etwas in den Kopf gesetzt hatte, machte sie es auch. – Mit der alten Frau im Schlepp würde es ein mühsamer Weg werden, aber es war möglich. Er riss der Alten ihre Handtasche vom Arm, und schleuderte sie hinter das Sofa.

„Nicht, dass am Ende jemand auf die Idee kommt, dein Handy zu orten, wenn du nicht ans Telefon gehst."

Dann packte er sie an der Schulter und steuerte sie Richtung Hintertür. Bevor er das Haus verließ, löschte er das Licht in der Stube.

KAPITEL 25

Das Haus des Postboten stand einsam und dunkel in seinem kleinen Garten. Greg starrte vorwurfsvoll zur verschlossenen Tür, als sei die daran schuld, dass sie nicht wussten, wo sich ihr Besitzer aufhielt.

Darren reckte den Hals, schaffte es aber kaum, an der bärigen Gestalt von Greg vorbeizuschauen. „Hast du wirklich erwartet, dass er hier ist?“, fragte er.

Greg seufzte. „Eigentlich nicht.“ Er blickte sinnierend auf das Haus. „Sein Auto ist nicht da“, stellte er fest.

„Das Postauto?“

„Nein. Das steht vor der Post. Er fährt einen weißen Fiesta.“

„Und wie hilft uns das?“ Ein Anflug von Panik schlich sich in Darrens Stimme.

Greg zuckte mit den Schultern.

„Ich verstehe immer noch nicht, warum er es plötzlich auf meine Großmutter abgesehen haben sollte“, platzte es aus Darren raus. „Soweit wir wissen, hat er doch bisher nur Gift verwendet.“

„Vielleicht ist sie irgendwie darauf gekommen, dass er es war. Was auch immer passiert ist, wir müssen sie schnellstens finden.“

„Aber wie?“

„Vorläufig wäre es vermutlich doch am besten, die Polizei einzuschalten.“

Darren nickte. Er kramte sein Handy heraus und wählte den Notruf. Nachdem er lange und ausführlich die Sachlage erklärt hatte, seufzte er.

„In Ordnung“, sagte er und legte auf.

Greg schaute ihn fragend an.

„Sie schicken jemanden. Aber ich glaube nicht, dass sie mir geglaubt haben. Wir sollen sie an Großmutters Haus treffen.“

Greg brummte etwas Unverständliches. Er ließ den Motor an und wendete.

Kurz bevor sie die Einfahrt von Oma Erica‘s Haus erreichten, trat Greg plötzlich auf die Bremse. Mit gerunzelter Stirn starrte er ein Auto an, das vor einem der Nachbarhäuser stand.

„Das könnte Birtwistles Wagen sein“, behauptete er.

„Bist du sicher?“

„Nein. Aber das Haus ist ein Ferienhaus. Soweit ich weiß, steht es im Moment leer.“

Er stieg aus, um das Auto näher zu betrachten. Großmutter Erica‘s Meriva ließ er einfach mit laufendem Motor mitten auf der Straße stehen. Keine Minute später war er zurück.

„Nichts zu sehen. Die Motorhaube ist nicht mal mehr lauwarm. Ich bin aber überzeugt, das war Birtwistle.“

Ohne weitere Worte legte er die restlichen Meter bis zu Oma Erica’s verlassenem Haus zurück.

Dort erwarteten sie bereits Großmutters Freundinnen Janet und Norma. Beide wirkten besorgt.

„Habt ihr sie gefunden?“, fragte Norma, noch ehe sie ganz aus dem Auto gestiegen waren.

Greg schüttelte den Kopf und ging ins Haus, während Darren rasch erzählte, was sie bisher getan hatten. Als die anderen drei in die Küche kamen, hatte Greg sich schon seine Taschenlampe geschnappt.

„Wie müssen sie suchen“, verkündete er. „Birtwistles Auto steht in der Nähe, also können sie nicht weit sein.“ Erwartungsvoll blickte er zu Darren.

Der biss die Zähne zusammen und nickte. Er fürchtete sich davor, was sie finden mochten, falls Birtwistle tatsächlich seine Großmutter angegriffen hatte.

„Ja, bitte geht und sucht sie“, meinte auch Janet. „Wir warten so lange hier auf die Polizei.“

KAPITEL 26

Es war dunkel und windig auf dem Pfad über die struppige Heide. Direkt hinter dem Haus war der Weg von einzelnen Bäumen und mannshohem Gebüsch geschützt gewesen. Doch schon nach einem kurzen Stück waren die größeren Pflanzen verschwunden und sie hatten die grasbedeckte, offene Heide erreicht, die im Sommer soweit das Auge reichte mit Farn zugewachsen war.

Eine Hand am Kragen ihrer Jacke schob Birtwistle die Alte vor sich her. Jetzt, wo sie außer Hörweite der Häuser waren, brauchte er sie nicht mehr ständig mit dem Messer zu bedrohen. Ihre Schreie wären wirkungslos und weglaufen konnte sie ihm mit ihrem Gehgips auch nicht. Leider, denn das blöde Ding behinderte ihr Vorankommen mehr, als er gedacht hatte und sie kamen schleppend langsam voran.

„Warum, Andrew? Warum tust du das? Was hat dir die arme Mrs Attwood getan? Oder Sue Shepherd?“

Statt einer Antwort gab Birtwistle ihr einen Schubs, der sie mit rudernden Armen vorwärts taumeln ließ. Er hatte nicht die Absicht, eine Unterhaltung mit ihr zu führen. Das würde ihm das Ende nur noch schwerer machen.

Tatsächlich beschlichen ihn Zweifel, seit er hier draußen war. Die alten Damen mit vergiftetem Tee zu beschenken, den sie dann selbst zu sich nahmen, war eine Sache. Jemanden eigenhändig umzubringen eine ganz andere.

Du hast gar keine Wahl, mahnte ihn seine innere Stimme. Es ist quasi Notwehr. Die Alte weiß zu viel. Wenn du sie jetzt gehen lässt, sitzt du bis ans Ende deiner Tage im Gefängnis.

Das stimmte, auch wenn es ihn davor graute, sie zu töten.

Jetzt, nach einer schier endlos langen Zeit und mehreren Pausen, in denen er die jammernde Alte hatte ausruhen lassen, waren sie höchstens noch zweihundert Meter von den Klippen entfernt. Dort war sein Ziel. Obwohl es tagsüber nur ein Weg von kaum mehr als einer Viertelstunde war, war es jetzt im Dunklen und mit dem Gipsfuß der Alten ungleich mühsamer auf dem schmalen Pfad voranzukommen. Mehrfach hatte Birtwistle sich verflucht, dass er nicht einfach das Auto genommen hatte. Aber dabei hätte jemand ihn und Mrs Bagshaw sehen können, und er wollte auch nicht, dass irgendwer einen Fetzen von Erica Bagshaws Kleidung in seinem Wagen fand. Derlei Kleinigkeiten konnten einem zum Verhängnis werden, wie er aus den amerikanischen Krimiserien zur Genüge wusste.

Der Mond war noch immer nicht aufgegangen. Trotz der Dunkelheit hatte Birtwistle nicht vor, seine Taschenlampe zu verwenden und so seine Position weithin sichtbar zu machen. So blieb ihnen nur, sich weiterhin an dem langen Gras zu orientieren, das in dem spärlichen Licht ein klein wenig heller erschien, als der dunkle Erdboden auf dem Pfad dazwischen. Immer wieder stolperten die beiden, doch Birtwistle ließ nicht zu, dass die alte Mrs Bagshaw noch langsamer wurde.

Schließlich erreichten sie die Stelle, an der der Fußweg über die Klippen führte. Hier bog er nach Norden ab, zum Ganavan Maze, das eigentlich nicht mehr war, als ein paar Feldsteine, die irgendwer in Form eines einfachen kreisförmigen Labyrinths gelegt hatte. Selbst im Sommer war es keine sonderlich eindrucksvolle Attraktion. Sogar die Kinder hatten nur Spaß daran, so lange es nicht zu hoch vom Gras überwuchert war.

Einen Moment blieb Birtwistle stehen. Das nächtliche Meer glitzerte schwach im Sternenlicht. Dahinter konnte er die schwarzen Umrisse von Lismore Island sehen, nur anhand ein paar einzelner Lichter konnte man erkennen, dass die Welt dort nicht zu Ende war. Ein kräftiger Wind wehte ihm ins Gesicht und zupfte an seiner Jacke.

Ein richtiger Sturm wäre besser, fuhr es ihm durch den Kopf. Aber nun muss es eben so gehen.

Noch einmal hundert oder zweihundert Meter, dann erreichten sie den Aussichtspunkt. Bis zum Meer fiel die Steilküste hier mindestens dreißig Meter ab. Das klang nicht nach viel. Aber ein Mensch, der von hier in die Tiefe stürzte, könnte genauso gut aus dem zehnten Stock eines Hochhauses springen. Und unten erwartete ihn nicht nur Wasser, sondern spitze Felsen, zwischen denen sich die Wogen krachend zu weiß schäumender Gischt brachen.

„Stehenbleiben“, befahl Birtwistle, als sie den höchsten Punkt erreichten.

Erica Bagshaw sank erschöpft zu Boden.

Für den Moment störte ihn das nicht. Er nahm das Küchenmesser in die Linke und fummelte mit der Rechten in seiner Tasche. Gleich darauf zog er die

Teedose hervor, die er aus Mrs Bagshaws Küche gestohlen hatte.

„Der letzte Beweis“, murmelte er.

Er öffnete die Dose und schüttelte ihren Inhalt in den Wind. Erst als sie leer war, schleuderte er die Teebüchse ins Meer.

„Und jetzt bist du dran.“

Erst jetzt rührte sich Mrs Bagshaw wieder. „Andrew, das hat doch keinen Sinn. Ich bin sicher, du willst das gar nicht tun.“

Kurz zögerte Birtwistle. Der Beweis ist weg, flüsterte sein Gewissen. Was soll schon passieren? Keiner kann dir nachweisen, dass du etwas mit dem Tod von Sue Shepherd oder einem der anderen Opfer zu tun hattest.

Dann mischte sich eine zweite, härtere Stimme ein. Und die Entführung? Du hättest die Teedose nehmen und abhauen müssen. Jetzt ist es zu spät. Besser du erledigst sie gleich. Das ist deine einzige Chance.

Er schüttelte den Kopf, um die Gedanken zu vertreiben. Dann trat er zu der am Boden sitzenden Alten.

KAPITEL 27

Im tanzenden Licht der Taschenlampe rannte Darren den schmalen Fußweg hinunter, der zum Meer führte. Greg war überzeugt, dass Birtwistle und Oma Erica diesen Weg gegangen sein mussten, denn in der anderen Richtung traf man schon nach kurzer Zeit auf die Hauptstraße.

„Wenn sie diesen Pfad genommen haben, holst du sie vielleicht noch ein." Gregs Worte hallten in seinem Kopf wider, während er hastig durch die Dunkelheit stolperte. Die Chance, seine Großmutter hier draußen zu finden, mochte so dünn sein, wie der Kaffee, den sie ihm an seinem ersten Morgen serviert hatte. Aber zumindest gab ihm Gregs Idee etwas zu tun. Alles war besser als mit Janet und Norma im Haus zu sitzen und einfach nur zu warten.

Immer wieder ließ er den Strahl der Taschenlampe auch über die Heide blitzen, um zu schauen, ob sie vielleicht dort unterwegs waren. Doch es war nur ein Reflex mit dem er keine große Hoffnung verband. Zum einen käme Birtwistle dort viel zu langsam voran und zum anderen hätte Darren keine Chance, sie im Dunklen dort draußen zu finden. Er konnte nur hoffen, dass sie sich noch irgendwo auf dem Weg befanden.

Greg fuhr inzwischen mit dem Auto zu den Ganavan Sands. Er wollte dem Pfad am Meer entlang folgen und später mit Darren zusammentreffen. Außerdem wollte er Pete aus dem Pub alarmieren. Dem konnte er allerdings nur sagen, dass Erica Bagshaw verschwunden war, möglicherweise über die Heide. Von dem Verdacht gegen Andrew Birtwistle zu erzählen, würde einfach zu lange dauern. Besser sie hatten so schnell wie möglich ein paar zusätzliche Augen draußen in der Nacht.

Darren keuchte. Der unebene Pfad, die Anspannung und natürlich sein Tempo forderten langsam Tribut. Und erst die Anstrengung. Vielleicht hätte er doch gelegentlich Sport treiben sollen. Fell Running mochte ein beliebtes Hobby im ländlichen Schottland sein – aber Darren waren diese beinahe fanatischen Geländeläufer immer suspekt. Außerdem war das einfach nichts für einen Stadtjungen aus Edinburgh, der er nun einmal in den letzten Jahren gewesen war. Aber wer hätte auch ahnen können, dass er einmal mit solch einer Situation fertig werden musste.

Der Mond stieg über die Hügel im Osten und tauchte die Landschaft auf einmal in sein honiggelbes Licht. Darren verlangsamte sein Tempo, um sich umzusehen. Er schaltete die Taschenlampe aus, als er merkte, dass er dadurch nur seine Fähigkeit verlor, im schwachen Mondlicht etwas zu erkennen.

Nichts. Weder auf der weiten Heide zu seiner Rechten, noch auf dem Pfad vor ihm, war jemand zu sehen. Links stand ein Zaun, dahinter kamen bald darauf die ersten Häuser. Wenn Birtwistle sich aus irgendeinem Grund dort verbarg, hätte Darren keine Chance, ihn zu finden.

Stöhnend setzte er sich wieder in Trab. Als er die Küste erreichte, wandte er sich nach rechts zum Aussichtspunkt. Links würde Greg die Gegend absuchen. Vom Parkplatz Ganavan Sands bis hierher sollte er es in wenigen Minuten geschafft haben. Der Wind, der hier an der Küste fast nie Ruhe gab, hatte aufgefrischt und zerrte an seiner Jacke und seinen Haaren.

Den Aufstieg zum Aussichtspunkt brachte Darren im Schritttempo hinter sich. Für mehr hatte er einfach nicht mehr die Puste. Außerdem, was sollte er denn tun, wenn er tatsächlich Birtwistle begegnete? Wenn er vollkommen außer Atem war, würde ihm das sicher nicht helfen.

Als er beinahe oben angekommen war, sah Darren plötzlich eine Gestalt vor sich. Er konnte sie nur als einen schwachen, schwarzen Umriss erkennen, denn sie befand sich im Schatten der Büsche, die hier oben wuchsen. War es Birtwistle?

Darren blieb stehen. Sollte er sich verstecken? Was, wenn der Postbote bewaffnet war? Warum hatte er sich nicht vorher überlegt, was er tun wollte, falls er Birtwistle und seine Großmutter fand? Darren zögerte. Der andere hatte ihn scheinbar nicht gesehen, denn er kam vorsichtig, aber unbeirrt weiter den Weg herunter.

Als er aus dem Schatten trat, erkannte Darren, wie klein die Gestalt war. Und er sah ihr im Mondlicht leuchtend weißes Haar, das über ihrer dunklen Jacke schwebte, wie ein Irrlicht im Nebel.

„Hallo?“

Die Gestalt zuckte zusammen, als sie ihn bemerkte und beeilte sich, wieder den Weg hinauf zu hinken.

„Oma Erica! Ich bin‘s doch, Darren.“ Er schaltete die Taschenlampe ein und leuchtete auf sein Gesicht.

„Darren? Was machst du denn hier draußen?“ Die Stimme seiner Großmutter klang überrascht, aber auch unheimlich erleichtert.

KAPITEL 28

„Wie sind Sie entkommen?“, fragte die Polizistin.

Sie saßen gemeinsam um den Tisch in Oma Erica‘s Häuschen. Jeder von ihnen hatte eine dampfende Tasse Tee mit reichlich Zucker vor der Nase. Schwarztee natürlich, denn mit Kräutertee würde Darrens Großmutter in nächster Zeit äußerst vorsichtig sein.

Oma Erica schüttelte verwundert den Kopf. „Ehrlich gesagt, ich weiß nicht genau, was passiert ist. Er wollte sich auf mich stürzen, da ging der Mond auf. Das plötzliche Licht muss ihn geblendet haben, anders kann ich es mir nicht erklären. Er riss die Augen auf und hielt die Hände hoch, als wolle er das Mondlicht abwehren. Er machte einen Schritt rückwärts und stolperte. Der Rand der Klippe war genau hinter ihm. Er stürzte über die Böschung und war verschwunden, ehe ich irgendetwas tun konnte.“

Ganz so war es nicht gewesen, wusste Darren, auch wenn es sich für seine Großmutter vermutlich tatsächlich genau so abgespielt hatte. Doch sie hatte nicht das Gesicht von Opa Alan gesehen, das wie ein zufriedener Luftballon über ihrer Schulter geschwebt hatte, als Darren seine Großmutter erleichtert in die Arme schloss.

Er war es gewesen, der den Postboten erschreckt hatte, indem er aus Erica Bagshaw‘s Körper aufgetaucht war, schreiend und heulend wie eine verlorene Seele. Dass ihn Birtwistle sehen konnte, hatte ihn selbst überrascht. Nun, vielleicht hatte ihn der Mann auch nicht wirklich gesehen.

Aber irgendetwas musste er wahrgenommen haben, etwas, das ihn furchtbar erschreckte.

Dass Opa Alan überhaupt dort draußen auf den Klippen erscheinen konnte, war an sich schon erstaunlich. Vielleicht war es seine Verzweiflung oder sein Zorn auf sich selbst, der Opa Alan die nötige Kraft gegeben hatte, das Haus zu verlassen und Erica und dem Postboten zu folgen. Er fand, er hätte merken müssen, dass mit diesem Birtwistle etwas nicht stimmte.

All das hatte der aufgeregte Geist Darren zugeflüstert, während der seine Großmutter langsam und vorsichtig zum Parkplatz an den Ganavan Sands begleitete.

Zum Glück war letztlich alles noch einmal gut ausgegangen. Zumindest für Oma Erica. Was aus Andrew Birtwistle geworden war, wussten sie nicht. Er war zwar über die Klippe gestürzt, aber vermutlich nicht direkt im Wasser gelandet, denn Darren's Großmutter hatte ihn noch eine Weile schreien gehört. Als Greg, Pete und ein paar Männer vom Pub wenig später den Aussichtspunkt erreichten, um nach Andrew Birtwistle zu suchen, war jedenfalls nichts mehr von ihm zu sehen. Polizei und Küstenwache konnten erst am Morgen bei Tageslicht mit einer groß angelegten Suche nach ihm beginnen. Denn seitdem der kräftige Seewind zu einem Sturm aufgefrischt war, war es einfach zu gefährlich.

Unterdessen berichteten Darren und seine Großmutter der Polizistin alles, was sie über Birtwistle und seine Machenschaften herausgefunden hatten. Leider basierte vieles nur auf Vermutungen, aber es warf genug Fragen auf, um eine ausführliche Ermittlung zu rechtfertigen. Einen Beweis für die Taten des Postboten zu finden, war leider beinahe unmöglich, nachdem er den letzten präparierten Tee in den Wind geschüttelt hatte. Dennoch würde er nicht straflos davon kommen, falls sie ihn lebend erwischten. Die Bedrohung und Entführung von Erica Bagshaw würde in jedem Fall für eine Anklage und eine Gefängnisstrafe reichen.

KAPITEL 29

Zwei Tage waren seit der beängstigenden Episode vergangen. Darren saß im Garten von Rose Cottage unter dem großen Baum und wartete auf die Nacht. Er hatte darauf geachtet, dass die Stickles vom Nachbargrundstück ihn nicht bemerkten. Sogar Oma Erica's Auto hatte er extra ein paar hundert Meter entfernt geparkt.

Während er beobachtete, wie die Sonne langsam hinter dem Horizont verschwand, dachte er darüber nach, was geschehen war.

Seine Großmutter hatte ihre Entführung und die Tour über die nächtliche Heide bis zum Aussichtspunkt erstaunlich gut überstanden. Unterkühlung und Schock hatten sie noch am Abend mit reichlich süßem Tee und langen Gesprächen behandelt. Und natürlich hatte es auch einen ordentlichen Schluck vom schottischen Wasser des Lebens *uisge beatha* für alle gegeben. Um sich von der Erschöpfung zu erholen, benötigte Oma Erica etwas länger.

Aber beim Frühstück am nächsten Morgen, das diesmal ausnahmsweise Darren zubereitet hatte, war sie schon wieder beinahe die Alte und scheuchte ihren Enkel durch die Küche, dass er sie am liebsten wieder ins Bett gesteckt hätte. Nur ihr Arzt im Krankenhaus von Oban war unzufrieden. Kein Wunder. Oma's Gehgips war dafür gedacht, ihr das Herumlaufen zu Hause und vielleicht bei ihren Freundinnen zu ermöglichen, nicht für lange nächtliche Wanderungen über die Heide. Dennoch, nachdem er den Fuß gründlich untersucht und ihr vorsichtshalber ein entzündungshemmendes Mittel verabreicht hatte, sah auch er keinen Grund, dass ihr Fuß nicht bald wieder gesund war.

Andrew Birtwistle hatte seinen Absturz überlebt. Die Polizei fasste ihn in den Morgenstunden, als er schmutzig und abgerissen versuchte, sich in sein eigenes Haus zu schleichen. Anscheinend wollte er nur rasch packen und sich dann mit dem Geld, das er in den letzten Jahren mit seinen skrupellosen Giftanschlägen verdient hatte, nach Europa oder sonst wohin absetzen. Dank Großmutter's Aussage wurde daraus zum Glück nichts. Er wurde verhaftet und zum Verhör auf die Polizeistation nach Oban gebracht.

Die Ermittlungen zur Mordserie in und um Ganavan dauerten derweil noch an. Katie Beales und Darrens Großmutter hatten der Polizei alles gesagt, was sie darüber wussten. Doch ohne den vergifteten Tee und die Aussage eines Arztes zu den betroffenen Patienten würde es schwer werden, Birtwistle etwas zu beweisen. Natürlich würden sie es versuchen. Aber da die meisten Opfer bereits vor Monaten begraben oder gar verbrannt worden waren, konnte es lange dauern, bis genug schlüssige Beweise zusammenkamen.

Libby Whatmough meldete sich freiwillig bei der Polizei. Sie erzählte von ihrer Vereinbarung mit dem Postboten, der ihre Flyer und Visitenkarten an strategischen Stellen verteilen sollte. Natürlich bekam er eine kleine Provision für die Häuser, die er ihr vermittelte, erklärte sie. Aber sie hätte doch nie ahnen können, dass die tausend oder zweitausend Pfund, die er jeweils bekam, für ihn ein Anreiz sein könnten, zum Serienmörder zu werden. Die ganze Sache tat ihr unendlich leid.

Als Tante Janet erfuhr, dass der Postbote seine Opfer mit vergiftetem Rheumatee ermordet hatte, konnte sie es nicht fassen. Andrew hatte auch ihr eine seiner hübschen Teedosen geschenkt. Obwohl sie bei diesem Weihnachtsgeschenk vor den anderen die Nase gerümpft hatte, hatte sie sich gefreut. Schon mehrmals hatte sie an kalten Tagen überlegt, sich eine Tasse von dem Tee aufzubrühen. Zum Glück war ihr immer irgendetwas dazwischengekommen.

Eine Untersuchung ihres Tees im Polizeilabor ergab, dass er ungefährlich war. Nur ganz normaler Rheumatee aus dem Laden in Oban. Janet, die zuvor noch geglaubt hatte, knapp dem Tod entronnen zu sein, war beinahe enttäuscht.

„Bei dir hatte Andrew eben keine Hoffnung darauf, dein Haus verkaufen zu können. Selbst wenn du weg wärst, mit deinen Kindern und den Enkeln ist das Haus so voll, dass Andrew deutlich mehr als ein wenig Tee gebraucht hätte, um es zu entvölkern“, lästerte Norma. Sie selbst hatte nie etwas von Andrew Birtwistle geschenkt bekommen. Möglicherweise, weil sie Libby’s Tante war. Oder, weil er sie einfach nicht mochte.

Am Nachmittag nach Birtwistles Verhaftung hatte Darren noch einen Einfall gehabt: Maggie oder viel mehr der Tee, den sie aus Mrs Attwoods Haus hatte mitgehen lassen. Auch der war ein Rheumatee von *Argyll Herbs and Teas* gewesen, genau wie der von seiner Großmutter. Außerdem hatte Birtwistle damals sehr neugierig auf den Müll geschaut, den Darren aus der Küche des Attwood-Hauses geräumt hatte. Maggie war verständlicherweise nicht sonderlich glücklich, dass Darren der Polizei von der gestohlenen Teedose erzählt hatte. Sie war Ausländerin, die einen Job hatte, der sie in fremde Häuser führte. Wenn sie jetzt in den Ruf kam, während der Arbeit zu stehlen, konnte sie das den Job kosten. Aber natürlich wäre es noch viel schlimmer, wenn sie oder jemand, den sie mochte, mit dem Tee vergiftet worden wäre. Tatsächlich stellte sich später bei der Analyse im Polizeilabor heraus, dass der Tee eine große Menge der für Maiglöckchen typischen Toxine enthielt. Schon eine halbe Tasse von dem Tee hätte zu ernsten Vergiftungserscheinungen geführt. Mehr konnte schnell tödlich sein.

So fügte sich die Geschichte Schritt für Schritt zusammen, auch wenn es noch immer genug offene Fragen gab.

Nicht alles davon würde Darren dem Geist von Tony Shepherd erzählen. Jedoch genug, um sein Versprechen einzulösen, herauszufinden, warum seine Frau gestorben war. Für Sue kam die Aufklärung natürlich viel zu spät. Auch wenn man Birtwistle beweisen konnte, dass er am Tod der Witwe schuld war, würde es ihr nicht mehr helfen. Nur ein Trost blieb für ihren Mann: Seine Hartnäckigkeit hatte dazu geführt, dass die jahrelange Mordserie endlich entdeckt worden war. Der Täter würde bestraft werden und Sue und er konnten endlich Ruhe finden.

Darren hatte sich am Vorabend mit seinem Großvater beraten, wie er dem Geist am besten helfen konnte. Als es dunkel wurde, tauchte Tony's Geist im Schatten eines

Rosenbusches auf. Er wirkte unruhig und nervös, aber als er Darren lächeln sah, hörte er auf, zu zappeln.

Über eine halbe Stunde benötigte Darren, um die Geschehnisse der letzten Tage für Tony zusammenzufassen. Als er geendet hatte, seufzte der Geist – traurig, aber auch erleichtert. Anschließend redeten sie noch eine Weile über Sue. Darüber, wie Antony und Susan sich kennengelernt hatten, und über ihr gemeinsames Leben. Als der Mond aufging, gab es nichts mehr zu sagen.

Darren lächelte Tony an. „Sag ihr einen lieben Gruß von mir. Ich hätte mich gefreut, sie kennenzulernen."

Tony nickte. „Ich bin sicher, sie hätte sich auch gefreut."

Dann hob er die Hand zum Abschied – und verschwand.

EPILOG

„Danke, Mrs Bagshaw. Ihr Cranachan war großartig, so wie der Rest, aber jetzt geht wirklich nichts mehr.“ Katie lehnte sich zurück und legte sich vorsichtig eine Hand auf den Bauch.

Darren konnte es ihr nachfühlen. Auch er hatte deutlich mehr gegessen, als gut für ihn war. Aber seine Großmutter hatte sich beim Kochen so ins Zeug gelegt, dass er einfach nicht widerstehen konnte.

Oma Erica lächelte zufrieden. „Also gut. Dann mache ich euch noch einen Kaffee, ehe ich zur Probe gehe.“

Diese Drohung brachte Darren auf die Beine, auch wenn er sofort bedauerte, mit so viel Schwung aufgestanden zu sein, denn sein voller Magen schmerzte bei jeder Bewegung. „Danke, Oma. Den Kaffee mache ich selbst.“

Sie grinste amüsiert. „Wie du willst. Aber ich habe extra eine Espressomaschine für dich gekauft.“

„Hast du?“ Überrascht und erfreut blickte Darren sich um. „Wo ist sie denn?“

„Im Schrank natürlich.“ Sie schnappte sich die Tasche mit ihrem Dudelsack und ging zur Tür. „Dann habt noch viel Spaß, ihr beiden. Und tut nichts, was ich nicht auch tun würde.“ Sie zwinkerte Darren verschwörerisch zu.

Dann schnappte sie sich ihren Regenschirm und schloss die Tür hinter sich.

„Natürlich nicht“, murmelte er. Er versuchte, sich vorzustellen, was genau seine Großmutter denn *nicht* tun würde. Er kam zu keinem Ergebnis.

„Soll ich dir helfen?“, fragte Katie und erhob sich ebenfalls vom Tisch.

Sie öffnete den Schrank, in dem der Kaffee aufbewahrt wurde, und lachte. „Glaubst du sie hat das hier mit Espressomaschine gemeint?“ Sie zeigte ihm einen antik aussehenden italienischen Espressokocher.

Darren stöhnte. „Ich fürchte, das hat sie. Tut mir leid.“

„Aber wieso denn? Damit kann man hervorragenden Kaffee machen.“ Rasch befüllte sie den Kocher und stellte sie auf den Herd.

Als er ein paar Minuten später den ersten Schluck kostete, musste Darren ihr Recht geben. Es war der beste Kaffee, den er je im Hause Bagshaw getrunken hatte. Mindestens.

„Wie geht's dir im Krankenhaus seit dieser ganzen Geschichte?“, fragte er. Solange seine Großmutter noch da war, hatte er das Thema Birtwistle nicht ansprechen wollen.

Katie zuckte mit den Schultern. „Schon ok, denke ich. Ein paar der Ärzte sind noch sauer, weil ich mich in ihren Kompetenzbereich eingemischt habe.“ Sie verdrehte die Augen. „Aber die meisten waren froh. Und letzte Woche habe ich von der Hausleitung eine offizielle Belobigung erhalten.“

Darren lächelte. „Gratuliere!“

„Danke.“ Sie nippte nachdenklich an ihrem Kaffee. „Ich überlege seitdem, ob ich nicht Medizin studieren sollte. Ich könnte nach Edinburgh gehen.“ Sie blickte erwartungsvoll zu Darren.

„Hm“, machte der und nippte ebenfalls an seinem Kaffee.

Katie seufzte. „Andererseits gefällt es mir in Oban. Ich habe einen Job, in dem ich gut bin und meine Familie lebt auch hier.“

„Verstehe.“ Darren nickte.

Katie schnaufte ungeduldig. „Mehr hast du dazu nicht zu sagen?“

Er seufzte. „Natürlich freue ich mich für dich. Und es wäre toll mit dir in Edinburgh. Aber im Moment weiß ich selbst noch nicht, ob ich zurückgehe. Mein Chef hat mir gekündigt und mein Zimmer habe ich auch nicht mehr. Andererseits hat Libby mich auch rausgeworfen.“

Katie riss die Augen auf. „Was? Wieso denn?“

Darren zuckte mit den Schultern. „Sie hat es natürlich nicht so formuliert, dass es wegen der Geschichte mit Birtwistle ist. Aber ich glaube, es ist trotzdem so. Auf jeden Fall hat es sich auf ihre Geschäfte ausgewirkt. Sie sagt, diesen Sommer braucht sie keine weitere Reinigungskraft. Sie hat ja Maggie.“

Wie, um die Aussichtslosigkeit seiner Lage zu unterstreichen, wurde es draußen vor dem Fenster noch dunkler. Den ganzen Nachmittag regnete es schon. Aber nun schüttete es, als wolle irgendwer Ganavan von der Landkarte waschen.

Katie schaute ihn mitleidig an. „Und was wirst du jetzt tun?“

Darren hob ratlos die Hände. „Ich weiß es nicht.“ Plötzlich sah er in der dunklen Zimmerecke hinter Katie seinen Großvater stehen. Er grinste. „Wahrscheinlich bleibe ich doch erstmal noch eine Weile hier. Es gibt da etwas, um das ich mich kümmern muss. Ich kann mir ja auch in Oban einen neuen Job suchen. Immerhin beginnt die Touristensaison, da gibt es immer etwas zu tun. – Und du wirst doch bestimmt den Sommer über auch hierbleiben, oder? Dein Medizinstudium fängt ohnehin frühestens im Herbst an, also hast du noch etwas Zeit, dich zu entscheiden. Und wir könnten an deinen dienstfreien Tagen gemeinsam etwas unternehmen.“

Jetzt lächelte Katie. „Du hast recht. Das klingt gut. Und wenn du willst, helfe ich dir dabei, einen Job zu finden. Ich kenne da jemanden, der in einer der Backpacker-Unterkünfte arbeitet. Das ist direkt im Zentrum von Oban. Und am Abend können wir zusammen ins *Markie Dans* gehen.“

„Das machen wir.“ Darren strahlte.

Und vielleicht habe ich sogar Zeit, noch einmal diese ehemalige Kirche in Benderloch zu besuchen, dachte er. Ich muss unbedingt mit Opa Alan darüber reden, ob es Poltergeister wirklich gibt.

NACHWORT DER AUTORIN

Lieber Leser,
ich hoffe, du hattest Spaß an Darren Bagshaws erstem Fall.

Ich habe mich bemüht, die westschottische Stadt Oban und ihre Umgebung so zu beschreiben, wie sie tatsächlich sind. Natürlich habe ich für die Geschichte hier und da einige Veränderungen vornehmen müssen, wie zum Beispiel den Pub *The Haunted House*, der vollständig meiner Fantasie entsprungen ist, ebenso wie *Argyll Herbs and Teas* und einiges andere. Auch alle vorkommenden Personen sind meine Erfindung und nicht an reale Personen angelehnt.

Trotzdem gibt es vieles, was du selbst besuchen kannst, vom gemütlichen *Markie Dans* bis hin zum Steinlabyrinth bei *Ganavan Sands*.

Falls du Lust auf schottische Küche hast, dann probier doch mal Oma Ericas Rezept für Scottish Cranachan.

Classic Scottish Cranachan für 8

Als erstes musst du 100 g grobe Haferflocken mit der gleichen Menge Zucker und ein wenig Butter in der Pfanne anrösten bis sie goldgelb und etwas knusprig sind. Nicht anbrennen lassen! Lass die Haferflocken abkühlen, während du mit dem nächsten Schritt weitermachst.

Jetzt musst du ca. 500 ml Creme Double schlagen bis sie beginnt steif zu werden. Falls du keine Creme Double hast, kannst du auch einfach Schlagsahne nehmen. Möchtest du es lieber gehaltvoller, wie im Original, dann mischst du Mascarpone und Schlagsahne zu gleichen Teilen.

Als nächstes mische 300g Himbeeren, zwei Drittel der inzwischen ausgekühlten Haferflocken und ca. 7 EL (oder 70 ml) Whisky mit der Creme. Ich würde einen milderen Whisky, wie Glenmorangie wählen, aber das bleibt natürlich dir überlassen. Achte beim Mischen darauf, dass die Himbeeren nach Möglichkeit ganz bleiben.

Als letztes brauchst du die Mischung nur noch in Gläsern anrichten und mit den restlichen Haferflocken, etwas Honig und ein paar Himbeeren garnieren. Etwa 150g Himbeeren solltest du dafür einplanen.

Lass es dir schmecken!

Wenn Dir das Buch gefallen hat, unterstütze mich bitte und bewerte mein Buch online.
Danke dafür, denn als Selfpublisher bin ich auf Deine Hilfe angewiesen.

Du willst wissen, wie es in den *Haunted Highlands* weitergeht?

Melde dich unter **https://ima-ahorn.net/newsletter** zu meinem Newsletter an und du erfährst rechtzeitig, wann das nächste Buch erscheint. Außerdem erhältst du ein ***gratis Aequipondium-Kurzabenteuer.***

Du kannst mich übrigens auch auf **https://ima-ahorn.net** oder Facebook besuchen.

Du magst auch Fantasy?
Wie wäre es dann mit meiner humorigen Fantasy-Abenteuer-Reihe *Aequipondium*?

Aequipondium

Die Entdeckung des Gegengewicht-Kontinents

Ein unfähiger Entdecker strandet auf einem magischen Kontinent

Kaum angekommen, hat Siegbald Sockenloch auch schon alles verloren: Seinen Leibdiener, sein Gepäck, ja sogar seine Kleider. Dabei wollte er doch nur schnell den Gegengewicht-Kontinent entdecken und dann rasch zurück in die Heimat fahren.
Doch statt Ruhm, Reichtum und freundlichen Eingeborenen erwarten ihn dort Hexen, Riesenhühner und sprechende Tiere. Und auch die Heimreise kann er sich gleich aus dem Kopf schlagen, erklärt ihm der König des seltsamen Kontinents. Aequipondium ist das letzte Exil für magisches Volk, wundersame Kreaturen und sprechende Tiere. Wer erst einmal da ist, darf nicht wieder fort. So sitzt der Entdecker ganz unerwartet in der Fremde fest. Doch es kommt noch schlimmer: Nach dem Tod eines Schlossbewohners sind auch sein Ruf und seine Freiheit in Gefahr.
Wird Siegbald es schaffen, seinen Ruf zu retten und einen Weg nach Hause zu finden?

Humorvolle Fantasy für alle, die spannende Abenteuer, skurrile Charaktere und phantasievolle Tiere lieben.

Die bisher erschienenen Bücher der *Aequipendium*-Reihe in Lesereihenfolge:

1. Die Entdeckung des Gegengewicht-Kontinents
2. Schiffbruch im Süden
3. In der magischen Mitte
4. Ein neuer König
5. Das Geheimnis der Hexe

Printed in Poland
by Amazon Fulfillment
Poland Sp. z o.o., Wrocław

10046542R00179

Une semaine pour réussir son oral de français au BAC

Jean-François Buys
Thomas Diette
Marc Stéphan

ellipses

ISBN 9782340-041332

32, rue Bargue 75740 Paris cedex 15

www.editions-ellipses.fr

Avant-propos

« Aux parents qui souhaitent aider leurs enfants… »

À l'approche de l'oral de français du baccalauréat, l'appréhension des candidats et de leurs parents grandit. En effet, il s'agit d'une épreuve qui ouvre une longue série d'évaluations orales (concours, entretiens d'embauche). Certains se souviennent longtemps du texte sur lequel ils sont « tombés ». Il ne s'agit donc pas d'une épreuve tout à fait comme les autres.

Mais que dire, quand on est parent, si ce n'est de réviser, de travailler ? Il est bien sûr possible de vérifier la durée passée à relire les cours et les livres. Mais ce n'est pas pour autant que le travail est efficace. La quantité des textes à revoir est importante si bien que l'élève peut vite se disperser, ne sachant par où commencer. Bien souvent c'est le manque de méthode qui le rend peu productif lors de cette phase cruciale.

Cet ouvrage est conçu pour remédier à ce problème. Il propose un programme de travail méthodique et détaillé sur une semaine. Il permet ainsi d'éviter les révisions inefficaces de dernière minute. Jour par jour et heure par heure, votre enfant pourra ordonner ses connaissances et consolider les méthodes. Il sera ainsi accompagné et encadré à chaque étape des révisions. Il mesurera l'avancée de son travail et sera sûr de connaître toutes les attentes des examinateurs pour accéder à la réussite.

Jour -1

Avant de commencer le programme de révisions

Rappel du déroulement de l'épreuve

Temps de préparation : 30 minutes.

L'oral est composé de deux parties distinctes.

■ L'exposé : 12 minutes

L'examinateur vous demande d'expliquer linéairement l'un des textes étudiés pendant l'année qui figure sur votre liste. Il vous soumet aussi une question de grammaire qui porte sur un court passage du texte.

À la fin de la préparation, vous proposez une introduction et une lecture du passage (2 points).

Ensuite, vous étudiez le texte en vous appuyant sur des repérages précis (8 points).

À l'issue de votre explication vous répondez à la question de grammaire (2 points).

C'est l'ordre préférable à suivre même si vous pouvez débuter l'exposé par la réponse à la question de grammaire.

■ L'entretien : 8 minutes

Vous présentez de manière synthétique l'œuvre intégrale choisie en prenant soin de mettre en avant des arguments précis. Par la suite, l'examinateur s'entretient avec vous et conduit la discussion. Il peut vous inviter à développer un aspect de l'œuvre, à préciser votre pensée, à justifier votre interprétation en citant un passage précis. Retenez bien qu'il ne s'agit pas d'un interrogatoire mais d'un dialogue. Bien évidemment l'examinateur cherche à vérifier vos connaissances mais son objectif est également de mesurer votre aptitude à converser.

a. Comment utiliser ce programme de révisions

Les textes étudiés au cours des matinées ne figurent peut-être pas sur votre descriptif. Toutefois, la lecture des différentes explications vous permettra d'aborder des types de textes très courants (une fable, une scène d'exposition, un incipit de roman, un poème lyrique, etc.).

Au cours de chaque journée vous devrez prendre du temps pour revenir sur les textes que vous avez étudiés au cours de l'année. N'oubliez jamais que votre descriptif est propre à votre classe et que les autres élèves ont travaillé sur des extraits différents.

Après chaque journée de révisions, consacrez du temps à la relecture des œuvres intégrales. Commencez dès le premier jour à parcourir à nouveau le roman que vous avez étudié. La soirée doit être un moment de calme qui vous permet de vous imprégner des œuvres.

La journée 5 est dédiée à la préparation de l'entretien. Vous trouverez toutes les clés pour réussir la présentation de l'œuvre intégrale choisie.

b. Ce que vous devez faire avant d'entamer le programme

Il faut absolument éviter de se lancer dans le travail de manière désordonnée. Voici quelques conseils pratiques pour bien suivre le programme de révisions.

Rassemblez tous les documents qui ont un lien avec votre oral de français (livres, cours, textes, etc.).

Munissez-vous de votre descriptif des lectures et activités.

Commencez par faire quatre piles de feuilles :

- N° 1 : les extraits étudiés figurant sur votre liste.
- N° 2 : les explications linéaires réalisées en cours sous la conduite de votre professeur.
- N° 3 : les extraits complémentaires et les éventuels documents iconographiques.
- N° 4 : les études transversales (analyses des personnages, des thèmes, dissertations) sur les œuvres et les parcours.

Maintenant que ces documents sont dissociés, ils vont devoir le rester !

Triez ces quatre piles par objet d'étude.

Reprenez votre descriptif, et remplissez à présent un tableau identique au tableau suivant. Reportez les titres et les noms des auteurs qui apparaissent sur le descriptif.

	Œuvre intégrale	Textes du parcours	Lectures cursives
La littérature d'idées du XVIe siècle au XVIIIe siècle			
Le théâtre du XVIIe siècle au XXIe siècle			
Le roman et le récit du Moyen Âge au XXIe siècle			
La poésie du XIXe siècle au XXIe siècle			

Pour chacun de ces auteurs, vous devrez avoir des connaissances. Nous verrons comment faire une fiche.

Jour
1

La littérature d'idées, du XVIe siècle au XVIIIe siècle

MATIN • Faire le point sur les connaissances et les méthodes

Si nous commençons le programme de révisions par cet objet d'étude c'est parce qu'il est plus circonscrit que les autres : son amplitude chronologique est moindre et les questions qu'il soulève sont aisément maîtrisables.

1. L'humanisme, un mouvement fondateur

a. Le contexte historique : quatre faits à prendre en compte

■ La chute de Constantinople

En 1453, les Turcs prennent la ville de Constantinople : c'est la fin de l'Empire romain d'Orient. Les savants se réfugient en Italie. Ils apportent avec eux des manuscrits grecs et latins qui permettent de débarrasser les textes des Européens des erreurs de traduction et de copie qui avaient été commises.

Un véritable engouement pour ce nouvel apport culturel se développe et donne naissance, dans toute l'Italie, à une intense période de création que l'on nomme le Quattrocento qui amplifie ce qu'avaient fait au siècle précédent les artistes de Florence.

■ Les guerres d'Italie

Le saviez-vous ?

Certains historiens avaient avancé l'idée selon laquelle Léonard de Vinci était mort dans les bras de François Ier. Aujourd'hui, on sait qu'il s'agit sans doute d'une mauvaise interprétation d'une épitaphe attribuée à Léonard de Vinci : *sinu regio* qui signifie « sur le cœur d'un roi », mais aussi, plus simplement, « dans le cœur d'un roi ».

Au début du XVIe siècle, l'Italie n'est pas un pays unifié tel que nous le connaissons aujourd'hui. Une multitude d'États partagent ce territoire : république de Venise, royaume de Naples, duché de Milan, royaume de Sicile, États de l'Église, etc. La prospérité de l'Italie suscite la convoitise des Européens : Français, Espagnols et Allemands mènent des guerres entre 1494 et 1559.

Les souverains y découvrent un art de vivre et un dynamisme culturel. François Ier gagne la bataille de Marignan en 1515 et invite Léonard de Vinci en France l'année suivante. Le roi le charge alors de superviser la rénovation et la construction des châteaux de la Loire. Il lui lègue également le château de Clos Lucé à Amboise où il est emporté par la maladie en 1519.

■ Les grandes explorations

Christophe Colomb mène quatre expéditions entre 1492 et 1504. Il explore les Caraïbes, les côtes de l'Amérique centrale et du Venezuela mais croit se trouver en Asie. C'est le navigateur florentin, Amerigo Vespucci qui comprend qu'il s'agit d'un nouveau continent.

Les voyages de découverte deviennent vite des voyages de conquête dans le but d'exploiter les richesses. L'importation d'esclaves venus d'Afrique se systématise.

Cette découverte de nouvelles civilisations provoque un choc dans une Europe qui doit alors concilier l'existence des peuples d'Amérique et leur vision du monde héritée de l'Antiquité et du Moyen Âge.

Les progrès scientifiques et techniques

Entre 1511 et 1513, le Polonais Nicolas Copernic écrit un traité dans lequel il expose le système héliocentrique. Il défend l'idée selon laquelle le Soleil est au centre du mouvement circulaire des planètes. Cette théorie s'oppose aux connaissances de l'univers qui étaient figées depuis Aristote (IVe siècle av. J.-C.) et Ptolémée (Ier siècle). Cette révolution copernicienne remet en cause la place centrale de l'homme dans le cosmos.

La médecine fait des progrès grâce aux travaux du chirurgien Ambroise Paré et aux dissections menées par Vésale. Le corps humain est ainsi un objet d'étude. *L'homme de Vitruve*, célèbre dessin de Léonard de Vinci, montre l'analyse des proportions du corps.

La diffusion des textes connaît elle aussi une révolution. C'est l'Allemand Gutenberg qui l'apporte en créant la première imprimerie : les caractères en métal sont réutilisables et le parchemin est remplacé par le papier. L'impression concerne dans un premier temps les textes religieux en latin, mais progressivement, elle s'étend aux écrits des humanistes.

b. Trois enjeux artistiques et philosophiques à retenir

L'influence de l'Antiquité

Les savoirs du Moyen Âge reposaient sur des commentaires et des interprétations des textes grecs et latins. Les humanistes redécouvrent les textes d'origine et s'emploient à étudier ces langues. Ils relisent le philosophe Platon (Ve-IVe siècles av. J.-C.), qui était jusque-là négligé. Les œuvres littéraires sont elles aussi plébiscitées. Homère, Virgile et Horace influencent les auteurs, en particulier les poètes de la Pléiade qui critiquent les genres médiévaux (la ballade, le rondeau) et leur préfèrent l'ode, l'hymne. Ils reprennent également des sujets mythologiques. Mais ces auteurs s'inspirent également de la littérature italienne à laquelle on doit notamment l'invention du sonnet. Les humanistes pratiquent ainsi l'innutrition, c'est-à-dire qu'ils s'inspirent de sources variées pour produire des textes originaux.

> **Attention !**
> Seule une minorité sait lire et écrire : ce sont les nobles, les membres du clergé, quelques bourgeois. L'illettrisme est la règle dans les zones rurales. L'éducation humaniste n'est donc accessible qu'à certains.

Ce retour aux sources de la connaissance leur permet d'adopter un regard critique. Un nouveau mode de pensée et d'apprentissage se développe : la réflexion prend le pas sur la mémoire.

■ Une nouvelle réflexion sur l'homme

Une nouvelle conception de l'homme émerge. Les certitudes du Moyen Âge disparaissent et s'ouvre devant lui un monde nouveau qu'il lui faut appréhender. Pour cela, les humanistes s'intéressent à l'éducation tels Montaigne et Rabelais. Nombreux sont ceux qui enseignent d'ailleurs dans des collèges qui font concurrence aux universités traditionnelles tenues par l'Église.

La curiosité est le maître mot de cette pédagogie fondée sur la lecture mais aussi sur l'expérience. Il est demandé à ceux qui s'instruisent de former leur propre jugement. Montaigne a recours à l'image des abeilles qui butinent de fleurs en fleurs mais qui produisent un miel qui est le leur.

■ Une communauté européenne artistique

Le saviez-vous ?

Aujourd'hui, un programme d'échange universitaire destiné aux étudiants européens existe, c'est le programme « Erasmus », du nom du célèbre traducteur et penseur hollandais. L'idéal humaniste perdure encore de nos jours !

Le latin est la langue commune des penseurs européens qui échangent ainsi leurs idées. Thomas More a d'ailleurs écrit *Utopia* en latin et a sympathisé avec Érasme venu séjourner en Angleterre. On voit ainsi apparaître une communauté qui dépasse les frontières politiques. Les artistes s'influencent et voyagent. Entre 1553 et 1557, le poète du Bellay séjourne à Rome pour accompagner un cousin de son père qui est cardinal. Mais il est déçu par la fréquentation de la cour du pape.

C. Deux enjeux politiques à noter

■ Des hommes engagés

Le florentin Nicolas Machiavel dédie au duc de Médicis un traité politique : *Le Prince* (1513). On lui a souvent reproché son immoralité, mais cet essai est fondateur de la pensée politique moderne.

Étienne de La Boétie, le fidèle ami de Montaigne, s'intéresse aux raisons de la soumission des hommes dans le *Discours de la servitude volontaire* (1549) et propose un réquisitoire contre la tyrannie.

■ L'émergence d'une culture nationale

Les situations politiques des états européens sont loin d'être figées, les frontières changent. François Ier souhaite assurer l'unité de la France. Pour cela, il édicte en 1539 l'ordonnance de Villers-Cotterêts qui fait du français la langue officielle pour la rédaction de tous les actes officiels. Le français détrône ainsi le latin.

En littérature, il en va de même. Les poètes de la Pléiade qui admirent les auteurs de l'Antiquité veulent faire de la langue nationale une langue noble. Du Bellay explique dans *Défense et illustration de la langue française* (1549) que le grec et le latin n'ont conquis leur grandeur que grâce à un long travail. C'est à cette tâche que les poètes de la Pléiade veulent s'atteler.

d. Deux enjeux religieux à bien comprendre

La relecture de la Bible

Le travail sur les textes d'origine concerne également la Bible. L'Église médiévale avait fait prévaloir des commentaires sur les saintes Écritures. Un mouvement de contestation voit alors le jour, c'est l'évangélisme. Ses partisans veulent rénover la pratique de la foi chrétienne. Ils prônent un retour à la Bible et n'hésitent pas à critiquer les ambitions et les modes de vie du clergé. En 1516, l'humaniste hollandais Érasme a ainsi proposé une nouvelle édition de la Bible en grec qu'il a ensuite traduite en latin. Il défendait également la traduction de la Bible dans les langues nationales afin que le texte soit accessible au plus grand nombre. Ses opposants lui ont reproché de vouloir traduire les textes saints en langue vulgaire.

Les guerres de Religion

Les querelles autour des traductions et des interprétations de la Bible ont donné lieu à des réactions très différentes. Certains intellectuels ne souhaitaient pas aller jusqu'à une contestation du catholicisme malgré les critiques qu'ils adressaient au clergé. D'autres en revanche, comme Martin Luther, dénoncent le pouvoir du pape. C'est la réforme protestante. Jean Calvin se rallie à ses idées en 1530. Les tensions entre catholiques et protestants s'exacerbent et aboutissent aux guerres de Religion entre 1562 et 1598. L'année 1572 fut marquée par le massacre de la Saint-Barthélemy qui se déroula dans la nuit du 23 au 24 août et qui fit trois mille morts à Paris. Ces guerres prennent fin avec la promulgation de l'édit de Nantes par Henri IV qui reconnaissait la liberté de culte aux protestants.

Le déchaînement de violence et l'intolérance mettent à mal l'optimisme de la Renaissance qui avait développé une foi en l'homme. Montaigne dans ses *Essais* laisse transparaître des doutes qui annoncent la fin de l'idéal humaniste.

2. Les genres de l'argumentation

a. Les argumentations directes

On appelle argumentation directe un texte dans lequel un locuteur (souvent l'auteur) expose une thèse validée par des arguments et illustrée par des exemples. Un raisonnement construit peut être mis en évidence.

Appartiennent à cette catégorie :

L'essai

C'est étymo-logique !
Le terme essai vient du latin *exagium* qui signifie « examen ». Ainsi, Montaigne dans ses *Essais* (1580-1592) « essaie » ses thèses dans la mesure où il examine la validité de ses idées.

Il s'agit d'une forme très souple en prose. L'auteur défend ses idées selon une progression très libre. Il expose une démarche intellectuelle et invite le lecteur à l'accompagner dans son raisonnement. La 1re personne est souvent présente. Elle est la preuve de l'engagement personnel de l'auteur qui mêle un raisonnement d'ordre général et des expériences vécues.

Le discours

On peut considérer un discours comme une forme d'essai dont les caractéristiques oratoires sont très marquées. L'auteur s'implique et interpelle son destinataire. Il peut être assumé par l'auteur ou par un personnage fictif comme dans l'extrait du *Supplément au voyage de Bougainville* que nous analyserons plus loin dans cet ouvrage.

L'article

Attention !
Tout article n'a pas de visée argumentative. Bien souvent, il n'a qu'une fonction informative. C'est le cas de la plupart des articles de presse d'aujourd'hui.

Qu'il s'agisse d'un article de dictionnaire ou d'encyclopédie, l'article engagé entre en résonance avec le contexte culturel de son auteur qui s'empare de questions d'actualité. Lorsque Diderot et d'Alembert supervisent la rédaction des articles de *L'Encyclopédie* (1751-1772), ils adoptent tantôt une démarche scientifique et objective pour certains articles, tantôt une démarche engagée pour le traitement des sujets politiques, économiques, religieux et culturels.

La préface, l'avis au lecteur

Dans un texte qu'il fait figurer en tête de son ouvrage, un auteur justifie sa démarche, ses choix esthétiques et parfois son engagement philosophique et politique (Montaigne, *Essais*, 1580-1588).

La lettre

Sa forme suppose un échange. Elle s'adresse à un ou plusieurs destinataires. Elle peut être réelle ou fictive. Il s'agit d'un genre favorable à l'expression d'idées dans la mesure où elle prend un ton personnel. Au XVIIe siècle, Madame de Sévigné livre dans ses lettres des réflexions sur la société et les mœurs de son temps mais aussi sur la condition humaine. Avec le développement de la presse, certaines lettres que l'on dit « ouvertes » présentent la particularité d'avoir une double destination. Adressées à une personne, elles sont écrites pour être publiées et lues du plus grand nombre. Par exemple, « J'accuse », le célèbre texte d'Émile Zola, publié dans le journal *L'Aurore* le 13 janvier 1898, est adressé au président de la République Félix Faure mais est écrit pour dénoncer l'injustice dont le capitaine Dreyfus a été victime.

Le pamphlet

C'est un texte caractérisé par une grande violence verbale. Le pamphlétaire s'en prend directement à une personne ou à une institution. Dans son œuvre *Femmes, soyez soumises à vos maris*, Voltaire met en scène un abbé et la maréchale de Grancey. Il y défend des idées progressistes. Au XIXe siècle, Victor Hugo, alors en exil à Bruxelles, publie en 1852 *Napoléon le petit*, un texte qui dénonce le coup d'État de Napoléon III.

Le dialogue

L'auteur présente une conversation souvent fictive entre deux ou plusieurs personnes comme Diderot dans son *Entretien d'un philosophe avec la maréchale de* *** (1776). On peut ponctuellement rencontrer des dialogues à visée argumentative dans un roman ou un conte philosophique, voire sur les planches d'un théâtre. Très souvent un dramaturge fait se confronter sur scène deux thèses (Marivaux, *L'Île des esclaves*, 1725).

b. Les argumentations indirectes

On appelle argumentation indirecte, un texte qui repose sur une narration. L'auteur développe un cas particulier afin d'inviter le lecteur à tirer une leçon ou une morale. Il propose le récit d'un fait divers ou une fiction. Des personnages réels ou fictifs interviennent. Les argumentations brèves sont appelées apologues.

Appartiennent à cette catégorie :

La fable

L'origine de ce genre remonte à l'Antiquité. La Fontaine, le plus célèbre des fabulistes, s'est en effet inspiré d'Ésope (VIe-VIIe siècles av. J.-C.) et de Phèdre (Ier siècle). Il s'agit d'un genre bref, en vers ou prose, qui se caractérise par un récit vivant duquel on peut dégager une morale. L'objectif est de plaire et

Le saviez-vous ?

Souvent, les fables mettent en scène les mésaventures d'animaux personnifiés, mais les personnages peuvent également être des hommes, voire des dieux.

d'instruire. La Fontaine a publié, entre 1668 et 1694, douze livres de fables dont la portée satirique vise les défauts des hommes, de la société et du pouvoir. Fénelon (XVIIe siècle) et Jean Anouilh (XXe siècle) se sont aussi illustrés dans ce genre.

Le conte philosophique

Il prend la forme d'un récit de fiction en prose. Héritier du conte merveilleux, il ne cherche pas la vraisemblance et n'hésite pas à proposer des péripéties rocambolesques. Les personnages ne sont pas réalistes. Mais, à la différence des contes de fée, le conte philosophique aborde des sujets qui préoccupent les contemporains de l'auteur. Il devient donc le miroir déformant d'une société dont il dénonce les défauts et les vices. Très en vogue au XVIIIe siècle, Diderot et surtout Voltaire ont fait de ce genre une arme de combat pour dénoncer l'intolérance religieuse, les abus de pouvoir, l'esclavage, etc.

Certains romans

C'est étymo-logique !

Dans *utopie* on retrouve un préfixe et un nom grecs : *u-* signifie « non » et *topos*, « lieu ». L'utopie est donc « le lieu de nulle part ».

Tous les romans ne présentent pas une visée argumentative mais certains invitent tout de même le lecteur à développer une pensée critique. Ainsi, Montesquieu, dans les *Lettres persanes* (1721) donne à lire un roman épistolaire dans lequel Usbek et Rica, des Persans visitant l'Europe, échangent des lettres avec leurs amis restés dans leur pays. Ils relatent ce qu'ils découvrent et témoignent de leur étonnement. Pour l'auteur, la fiction est un détour habile pour dénoncer certaines caractéristiques culturelles et politiques européennes. Mais les romans peuvent également présenter des voyages vers des mondes imaginaires. L'Anglais Thomas More publie en 1516 *Utopia*. Dans ce récit de voyage fictif, il rapporte la découverte de l'île d'Utopie qui présente un système politique idéal.

3. Les stratégies pour convaincre

On dit qu'un auteur cherche à convaincre quand il expose des arguments et qu'il fait appel à la raison de son destinataire. Il s'agit donc d'un objectif que l'on rencontre dans l'argumentation directe mais aussi à la fin de certains apologues lorsque l'auteur tire explicitement une morale.

a. Les types de raisonnement

La déduction

L'auteur utilise une règle générale pour valider un cas particulier.

L'induction

C'est le raisonnement inverse. L'auteur utilise un cas particulier pour en tirer une règle. Il procède ainsi par généralisation. Apparaissent ainsi dans le texte des pluriels, des singuliers à valeur collective et le présent de vérité générale.

La comparaison

Afin de justifier son jugement sur un cas particulier, l'auteur a recours à une autre situation qui présente des points communs.

La concession

L'auteur admet dans un premier temps des arguments qui paraissent s'opposer à sa thèse (« J'admets... », « Il faut reconnaître que... »). Il semble ainsi concéder à l'adversaire que certaines de ses idées sont recevables. Mais très souvent, cette concession sert à renforcer sa thèse (« il n'empêche que... », « on ne saurait contester que... »). L'auteur devance ainsi les objections de la partie adverse en montrant qu'elles ne peuvent remettre en cause ce qu'il défend.

Pour mettre en évidence ces différents types de raisonnement, pensez à repérer dans un texte les connecteurs logiques.

b. Les types d'arguments

L'argument d'expérience

L'auteur donne à un exemple tiré de l'observation de faits concrets la valeur d'un argument. On peut dire qu'il a recours à ce qu'il considère comme une preuve.

L'argument d'autorité

Pour montrer le bien-fondé de sa thèse, l'auteur convoque une référence connue et indiscutée. Il peut s'agir de l'avis d'une personne qui fait autorité dans un domaine précis ou d'un modèle (une institution, un pays, etc.).

L'argument *ad hominem*

Il s'agit de discréditer la thèse adverse en attaquant la personne qui la défend afin de montrer qu'on ne peut pas lui faire confiance ni partager ses idées.

4. Les stratégies pour persuader

On considère qu'un auteur cherche à persuader quand il veut toucher le lecteur en faisant appel à ses sentiments. L'adhésion aux idées est d'ordre émotionnel et non logique. L'art de la persuasion peut se rencontrer dans les argumentations directes comme dans les argumentations indirectes.

a. S'engager et interpeller le destinataire : l'énonciation

Pour provoquer une empathie, il est nécessaire pour l'écrivain de montrer que la thèse qu'il défend lui tient à cœur. Il s'implique donc personnellement. On retrouve ainsi les indices de la subjectivité : marques de la 1re personne, verbes de pensée et de jugement, lexique valorisant ou dévalorisant.

Très souvent l'auteur cherche à créer un lien avec son destinataire et pour cela, il s'adresse directement à lui et le prend à témoin : marques des 2es personnes du singulier et du pluriel, apostrophes, impératifs, questions rhétoriques.

La recherche de complicité peut également passer par l'emploi de la 1re personne du pluriel (« nous »).

b. Susciter l'émotion : les registres lyrique et pathétique

> **C'est étymo-logique !**
> On reconnaît dans l'adjectif *sympathique* le nom grec *pathos* et le préfixe *sym-* qui signifie « avec ». Ainsi, étymologiquement, est sympathique celui qui est capable de partager la souffrance de quelqu'un. On voit bien que l'usage de ce mot a affaibli son sens. Aujourd'hui l'abréviation familière *sympa* ne signifie plus que « agréable ».

Pathos, en grec ancien, signifie « souffrance ». Le registre pathétique est présent dans un texte quand l'auteur veut faire naître un sentiment de pitié à l'égard de victimes. Les procédés employés sont :

– le lexique de la douleur (physique et/ou morale) ;
– les métaphores et les comparaisons ;
– les figures d'insistance (répétitions, énumérations, gradations, superlatifs, hyperboles) ;
– la description de détails saisissants ;

Le registre lyrique se conjugue souvent au registre pathétique. Il se caractérise par :

– l'évocation d'émotions personnelles ;
– des thèmes universels ;
– des effets rythmiques, une musicalité, un souffle, un élan.

On le rencontre fréquemment en poésie (nous aurons l'occasion d'y revenir). Mais, il peut également être utilisé dans un texte argumentatif pour traduire l'indignation. Les procédés suivants témoignent de sa présence :

– la ponctuation expressive : interrogations et exclamations (interjections, par exemple) ;
– effets syntaxiques : alternance de phrases brèves ou longues, effet de chute.

c. Faire sourire : les registres satirique et ironique

Il s'agit de deux registres très proches. Vous les confondez parfois car ils caractérisent tous deux des textes qui soulignent le ridicule d'une personne ou d'une situation. En revanche, la satire et l'ironie empruntent des voies différentes pour parvenir à ce but.

Un texte satirique s'attaque à des personnes ou à des mœurs et des comportements. Il dévalorise l'adversaire par la moquerie en proposant souvent une caricature grâce à des comparaisons dévalorisantes et à des exagérations.

L'ironie avance masquée, pourrait-on dire, car elle joue sur un décalage entre le sens apparent du discours et son sens réel. Le lecteur doit dépasser le sens premier du texte et mettre au jour son sens caché. Il s'agit sans doute de l'un des registres les plus difficiles à étudier car, si on le perçoit, on peine parfois à l'expliquer.

Il faut pour y parvenir s'appuyer sur ces trois procédés :

- l'**antiphrase** est la figure par excellence de l'ironie : l'auteur dit le contraire de ce qu'il pense. Ainsi, dans *Candide*, Voltaire, pour montrer l'horreur de la guerre, décrit un champ de bataille de la manière suivante : « Rien n'était si beau, si leste, si brillant que les deux armées… » ;
- l'**exagération** est également efficace. Ainsi, dans *Les Femmes savantes* de Molière, la jeune Henriette veut se marier mais sa sœur Armande cherche à l'en dissuader et lui demande d'aimer la philosophie et les sciences plutôt que les hommes. Henriette formule alors un éloge trompeur à sa sœur qui se consacre « aux productions d'esprit et de lumière » ;
- l'**atténuation** se rencontre également. Il s'agit du procédé inverse. La prison dans laquelle Candide est enfermé est désignée par la périphrase : « des appartements d'une extrême fraîcheur ».

5. Les thèmes abordés

a. La condition humaine

L'être humain suscite bien des interrogations. Comment le définir ? Quelle est sa place dans l'univers ? Comment doit-il affronter sa condition de mortel ? Autant de questions dont les philosophes grecs se sont emparés et auxquels les écrivains français ont continué de réfléchir.

L'Homme est au centre des réflexions des penseurs humanistes du XVIe (Montaigne, Rabelais). Créé à l'image de Dieu, il est appelé à maîtriser l'univers grâce aux savoirs. La Renaissance voit ainsi se développer une foi en l'Homme porteuse d'espoir. L'éducation est une question centrale. Rabelais propose dans *Pantagruel* et *Gargantua* des programmes pédagogiques fondés sur la curiosité pour l'ensemble des sciences et des arts.

Cependant la fin du XVIe est marquée par les violentes guerres de Religion entre catholiques et protestants. L'idéal humaniste est mis à mal et les écrivains sont envahis par le doute et les incertitudes.

> **Attention !**
>
> Un moraliste n'est pas une personne qui donne des leçons de morale, ce n'est pas un moralisateur. Un moraliste observe les mœurs, les comportements humains et les habitudes sociales. Son regard est distancié et critique.

Pour les penseurs de l'âge classique (seconde moitié du XVIIe siècle), l'Homme est soumis à la volonté de Dieu et à une morale exigeante. On retrouve cette perception dans les tragédies de Racine puisque les personnages déchirés par des passions sont soumis à des forces qui les dépassent. Ainsi, l'homme est envisagé comme un être bien étrange capable de fureur comme de raison. « Quelle chimère est-ce donc que l'homme ? », voilà la question qui guide la réflexion de Blaise Pascal (1623-1662). Dans ses *Pensées*, il évoque la « misère » de l'homme sur terre qui doit s'en remettre à la grâce de Dieu pour accéder à la grandeur. Pour les moralistes (La Fontaine, La Bruyère, La Rochefoucauld), il est nécessaire de réguler tous les excès et de trouver la voie de la juste mesure afin d'atteindre l'idéal de l'honnête homme. Celui-ci fait preuve de prudence et de sagesse et il sait s'adapter à toutes les situations. Il écoute et ne se met pas en avant afin d'être toujours agréable aux personnes qui l'entourent. Si son comportement est savamment calculé, il doit cependant toujours sembler naturel.

> **Le saviez-vous ?**
>
> La métaphore qui associe le savoir à une lumière qui éclaire les hommes sert à désigner le mouvement culturel européen du XVIIIe siècle. Les Allemands, les Anglais, les Espagnols et les Italiens ont recours également à cette métaphore puisqu'ils nomment ce courant respectivement *Aufklärung* (éclaircissement), *Enlightenment*, *Luces* et *Illuminismo*.

Jusqu'au début du XVIIIe siècle, l'homme ne pouvait véritablement connaître le bonheur que par des actions conformes à un idéal moral religieux. La remise en cause de la religion par de nombreux philosophes des Lumières change cette perspective. Pour eux, la vie terrestre n'est pas un prélude à une plénitude céleste. Il est nécessaire de chercher le bonheur sur terre, ici et maintenant. Comme les humanistes, les philosophes des Lumières pensent que ce sont les connaissances et la réflexion qui permettent à l'homme d'être meilleur et surtout d'être libre. Ils défendent également la dignité humaine et dénoncent la torture et l'esclavage. C'est également au XVIIIe siècle que des voix féminines s'élèvent comme celle d'Olympe de Gouges qui rédige en 1791 la *Déclaration des droits de la femme et de la citoyenne.*

L'époque contemporaine (XIXe-XXe siècles) est marquée par la lutte pour l'abolition de l'esclavage et de la peine de mort. Mais les deux guerres mondiales ont bouleversé la réflexion sur l'Homme. Les intellectuels s'interrogent ainsi sur la capacité de l'être humain à détruire et à s'autodétruire. C'est le temps des désillusions.

b. Les questions politiques

Les hommes de lettres ont observé, au fil des siècles, les puissants qui gouvernent les hommes. Entre admiration, conseil et critique, ils ont fait preuve d'une liberté de parole.

Au XVIIe siècle, la Fontaine fréquente la cour de Louis XIV et observe de près les luttes de pouvoir. De ce monde, il tire des leçons impitoyables sur l'hypocrisie, la flatterie et les injustices. Il soutient également son protecteur, Nicolas Fouquet, après sa disgrâce en 1661. Il s'oppose ainsi au roi. Pour autant, il parvient à se maintenir et dédie son premier recueil de fables au Dauphin qu'il veut instruire. La Fontaine, par le biais d'animaux, se garde bien de présenter une critique directe du monarque absolu, mais il est impossible de ne pas voir que Louis XIV a inspiré le personnage du Lion dans de nombreuses fables.

Zoom sur… Jean-Jacques Rousseau (1712-1778)

Sa vie

- Il est citoyen de la République de Genève ce qui lui donne un regard différent des autres philosophes.
- Sa foi chrétienne ne l'a jamais quitté. Il est profondément croyant. Cette dévotion lui a valu les critiques de Voltaire par exemple.
- C'est un homme de paradoxes. Il écrit un traité destiné à l'éducation des enfants (*L'Émile*) et pourtant il abandonne les siens à l'assistance publique.
- Peu sociable, il est, à la fin de sa vie, persuadé d'être victime d'un complot orchestré par Voltaire.
- Il termine ses jours à Ermenonville. Il se plaît à se promener dans le parc du domaine du marquis de Girardin qui lui a offert l'hospitalité. Il se passionne pour la botanique et se constitue un herbier.

Son œuvre

- C'est le *Discours sur les sciences et les arts* qui le rend célèbre en 1750. Il y affirme la bonté naturelle de l'homme. Il avait répondu à un concours organisé par l'Académie de Dijon.
- Ce qui fonde sa pensée politique, c'est l'idéalisation de l'état de nature. C'est la société qui corrompt l'homme et qui le pousse au vice. La ville moderne est un facteur aggravant selon lui.
- Toutes ses œuvres argumentatives sont marquées par une grande proximité avec la nature. C'est au cours de promenades qu'Émile, l'élève imaginé par Rousseau, s'entretient avec son précepteur. Dans sa dernière œuvre inachevée, *Les Rêveries du promeneur solitaire*, il exprime sa sensibilité et se livre à des réflexions métaphysiques.

Les philosophes des Lumières s'emparent avec encore plus de liberté des questions politiques. Il faut dire que la mort de Louis XIV en 1715 ouvre une nouvelle ère. Rousseau, citoyen de la République de Genève, dresse, dans *Du contrat social* (1762), les fondements nécessaires d'une société qui serait plus juste. Selon lui, il faudrait que l'homme retrouve un état de nature exempte de toute corruption morale.

Les idées politiques libérales venues d'Angleterre fascinent Voltaire. Dans *Candide*, il fait découvrir au lecteur l'Eldorado, une société utopique qu'il situe en Amérique du Sud. Dans ce pays idéal, le roi est un homme éclairé, amoureux de la paix, des sciences et des arts et, qui plus est, proche de ses sujets.

Au XIXe siècle, Victor Hugo se révolte contre le despotisme de Napoléon III et propose une satire redoutable de l'empereur dans *Les Châtiments* (1853).

C. L'altérité

Existe-t-il un homme ou des hommes ? Sommes-nous le produit d'une culture et d'une histoire ou partageons-nous une nature commune, la nature humaine ? Ce sont ces questions que les humanistes et les hommes des Lumières ont abordé.

Les grands explorateurs ont fait découvrir aux Européens des modes de vie radicalement différents. Montaigne dans le célèbre chapitre des *Essais* intitulé « Des cannibales » examine les mœurs de certaines tribus du nouveau monde. Il s'agit pour l'auteur de montrer la relativité des coutumes. Il en profite également pour comparer la violence des cannibales à la brutalité des conquistadors et aux atrocités des crimes commis durant les guerres de Religion. Pour Montaigne, la confrontation avec l'Autre appelle toujours un examen de conscience.

Au XVIIIe siècle, les philosophes des Lumières se plaisent à imaginer que les indigènes des contrées lointaines sont heureux. Ainsi se développe le mythe du « bon sauvage ». Dans le *Supplément au voyage de Bougainville* (1772), Diderot prend le contre-pied du récit fait un an plus tôt par le navigateur. Il en propose un supplément visant à rectifier la vision idéalisée de Bougainville. Dans le texte de Diderot, un vieux sage tahitien se révolte contre les pratiques des Européens et fait l'éloge de la vie naturelle et sensible.

Après la Révolution française, les combats pour la liberté et l'égalité continuent. Les écrivains n'ont de cesse de dénoncer la peur de l'Autre qui conduit à trouver des coupables comme, par exemple, le capitaine Dreyfus qui fut condamné injustement pour trahison. Les questions de l'esclavage moderne et de la tolérance sont aujourd'hui au centre des préoccupations des intellectuels. Malgré la Déclaration universelle de droits de l'Homme adopté par l'ONU en 1948, les préjugés et les rejets demeurent.

APRÈS-MIDI • Réviser les lectures linéaires

1. Analyser une fable

L'étude d'une fable impose avant tout de mettre en évidence sa portée morale et politique. Mais vous devez également montrer comment le fabuliste amène le lecteur à dégager cette leçon. Certes, la morale est souvent explicite, mais le récit est également le fruit d'une stratégie argumentative, ce n'est pas une simple illustration. Il faut donc analyser la manière dont le fabuliste présente ses personnages et leur attribue des rôles qui font d'eux des symboles. Soyez ainsi sensible aux registres ironique et satirique.

La Fontaine, le plus célèbre fabuliste de langue française, avait pour ambition principale de plaire car selon lui, « Une morale nue apporte de l'ennui/Le conte fait passer le précepte avec lui. » Vous devez donc étudier par exemple l'art de la narration (enchaînement des événements, jeux rythmiques), les effets théâtraux (dialogues, utilisation de l'espace), l'art poétique (images, jeux sur les rimes, utilisation de vers de longueur différente).

Exemple : Jean de La Fontaine, « La Laitière et le Pot au lait », *Fables*, VII, 10, 1678.

Quelques indications sur l'auteur et l'œuvre

Poète et courtisan, La Fontaine doit sa carrière à son talent mais aussi à ses protecteurs. Il est proche de Nicolas Fouquet, le surintendant des finances de Louis XIV, dont la disgrâce lui fait prendre conscience des aléas de la vie et de la cruauté du monde. Dans ses fables, il crée un univers animalier à l'image du monde des hommes. Les aventures et mésaventures des animaux sont souvent divertissantes, en particulier pour les enfants. Mais le fabuliste nous invite à aller au-delà du récit vivant et à nous pencher sur les leçons que l'on peut en tirer. En effet, une fable demande une participation active de la part du lecteur qui doit analyser la satire et l'ironie.

■ Texte

La Laitière et le Pot au lait

Perrette sur sa tête ayant un Pot au lait
Bien posé sur un coussinet,
Prétendait arriver sans encombre à la ville.
Légère et court vêtue elle allait à grands pas ;
Ayant mis ce jour-là, pour être plus agile,
Cotillon simple, et souliers plats.
Notre laitière ainsi troussée
Comptait déjà dans sa pensée
Tout le prix de son lait, en employait l'argent,
Achetait un cent d'œufs, faisait triple couvée ;
La chose allait à bien par son soin diligent.
Il m'est, disait-elle, facile,
D'élever des poulets autour de ma maison :
Le Renard sera bien habile,
S'il ne m'en laisse assez pour avoir un cochon.
Le porc à s'engraisser coûtera peu de son ;
Il était quand je l'eus de grosseur raisonnable :
J'aurai le revendant de l'argent bel et bon.
Et qui m'empêchera de mettre en notre étable,
Vu le prix dont il est, une vache et son veau,
Que je verrai sauter au milieu du troupeau ?
Perrette là-dessus saute aussi, transportée.
Le lait tombe ; adieu veau, vache, cochon, couvée :
La dame de ces biens, quittant d'un œil marri
Sa fortune ainsi répandue,
Va s'excuser à son mari
En grand danger d'être battue.
Le récit en farce en fut fait ;
On l'appela le Pot au lait.

Quel esprit ne bat la campagne ?
Qui ne fait châteaux en Espagne ?
Picrochole, Pyrrhus, la Laitière, enfin tous,
Autant les sages que les fous ?
Chacun songe en veillant, il n'est rien de plus doux :
Une flatteuse erreur emporte alors nos âmes :
Tout le bien du monde est à nous,
Tous les honneurs, toutes les femmes.
Quand je suis seul, je fais au plus brave un défi ;
Je m'écarte, je vais détrôner le Sophi ;
On m'élit roi, mon peuple m'aime ;
Les diadèmes vont sur ma tête pleuvant :
Quelque accident fait-il que je rentre en moi-même ;
Je suis gros Jean comme devant.

→ Introduction

Elle doit comporter quatre étapes.

▶ Entrée en matière (présentation du contexte et de l'auteur)

Au XVIIe siècle, le classicisme, mouvement littéraire et culturel, fait son apparition. Il s'oppose au baroque. Les principes de ce mouvement sont « *placere, movere et docere* » qui signifient « plaire, émouvoir et instruire » : l'art doit toucher et transmettre une morale (explicite ou implicite) et rechercher le naturel.

La Fontaine a publié trois recueils de *Fables* entre 1668 et 1694. Dans le deuxième recueil qui réunit les livres VII à XI, les fables y sont plus longues que dans le premier recueil. Le fabuliste souhaitait développer davantage les « circonstances » de ses récits en approfondissant les portraits des personnages, en donnant plus de relief au décor ou en augmentant le nombre de péripéties. Ces fables mettent aussi en scène davantage les êtres humains que dans le précédent recueil et soulèvent des questions plus complexes comme l'âme humaine, la mort ou la politique.

▶ Présentation du texte (résumé succinct et thème abordé)

« La laitière et le Pot au lait » raconte les malheurs d'une jeune laitière appelée Perrette. La Fontaine a puisé son sujet dans une nouvelle de Bonaventure des Périers. Il s'agit d'un récit allègre qui permet à l'écrivain de mener une réflexion sur les plaisirs mais aussi les dangers de l'imagination.

▶ Annonce d'une question qui sert de fil conducteur

Nous nous demanderons en quoi ce récit plaisant offre une réflexion sur l'être humain et son rapport à l'imagination.

▶ Annonce des mouvements du texte (au minimum 2, rarement plus de 4)

La fable est composée de deux parties qui se répondent : du vers 1 au vers 29, il s'agit d'un portrait de Perrette suivie de sa rêverie puis, du vers 30 au vers 43, le fabuliste prend la parole pour donner une leçon de morale sur notre rapport à l'imagination.

N.B. : la **lecture du texte** se fera après la présentation de celui-ci et avant l'annonce de la question.

Cette lecture doit être expressive et doit respecter la métrique (décompte des syllabes liaisons, rimes) pour une fable et tout texte en vers.

→ 1er mouvement : le récit plaisant d'une rêverie (v. 1 à 29)

▶ v. 1-6 : la désinvolture de Perrette

Le récit commence par la description de Perrette et de l'objet le plus important du récit : le pot au lait. Le suffixe « -ette » évoque un univers champêtre et familier, tout comme sa tenue campagnarde : « Cotillon simple, et souliers plats ».

Il n'y a pas de description physique à proprement parler mais La Fontaine insiste sur des détails réalistes qui mettent en avant la grâce et la fraîcheur de la jeune femme. Le narrateur lui attribue une qualité essentielle : son agilité grâce aux termes employés (« Légère », « grands pas », « agile ») mais aussi par les rythmes binaires (« Légère et court vêtue », « Cotillon simple, et souliers plats ») et par la régularité de l'alexandrin (« Ayant mis ce jour-là,/pour être plus agile ») qui évoquent la marche. Le mouvement et l'allure de Perrette sont mis en relief par des allitérations en [p] et [t] au vers 1 : « **P**erre**tt**e sur sa **t**ê**t**e ayan**t** un **p**ot au lait ». Les sonorités du premier vers sautillent comme la jeune femme au corps léger et agile qui préfigure son esprit rêveur.

Toutefois, le changement de rythme lié à l'hétérométrie (l'emploi de vers de longueurs différentes) entre les vers 1 et 3 annonce un déséquilibre inquiétant qui apparaît également dans l'emploi du verbe « prétendait » (v. 3) qui annonce son échec final. L'adverbe « bien » placé en tête du vers 2 est également un indice ironique du dénouement en insistant sur l'instabilité du support.

Le récit annonce déjà le passage de la légèreté physique de la jeune femme à sa légèreté morale.

▶ v. 7-21 : développement de la rêverie de Perrette

Le lecteur plonge dans la rêverie de Perrette qui commence à imaginer tout ce qu'elle va pouvoir acheter avec le prix de la vente du lait.

Celle-ci est présentée comme une héroïne sympathique grâce au déterminant possessif au vers 7 : « Notre laitière ».

La rêverie est prise en charge par l'auteur dans un discours narrativisé (v. 7-11), puis rapportée au style direct à partir du vers 12 (« Il m'est, disait-elle, facile »). Le lecteur suit les pensées de la jeune femme sans intermédiaire.

Le fabuliste explique avec humour à quel point la jeune paysanne est empressée à l'idée de faire fortune. Il place à la rime les termes « argent » (v. 9) et « diligent » (v. 11) pour souligner la rapidité avec laquelle Perrette pense s'enrichir. L'adjectif « diligent » est associé au nom « soin » au vers 11 et montre les efforts fournis par Perrette qui se voit déjà à la tête d'un poulailler tout entier grâce à ses bons soins.

Perrette fantasme sur ce qu'elle obtiendra avec cet argent. Par une série de liens logiques et une gradation ascendante sur la taille des animaux, (« poulets », v. 13 ; « porc », v. 16 ; « vache et son veau », v. 20 ; « troupeau », v. 21), la fortune de la jeune femme s'agrandit visiblement de façon exponentielle.

Elle se montre prudente en imaginant le danger constitué par un éventuel « renard », prédateur naturel des poules : « le renard sera bien habile... » (v. 14). Mais en dépit de ce danger, elle considère que sa fortune est faite. Son esprit semble ne plus vouloir s'arrêter et on passe du cochon à une nouvelle vache.

La jeune femme se laisse emporter par ses projets comme l'indiquent les verbes au futur qui soulignent la certitude de ses projections : « coûtera », v. 16 ; « j'aurai », v. 18 ; je verrai », v. 21. Elle voit son argent grossir à vue d'œil tout au long de sa rêverie : le « prix de son lait » au vers 9 sera fructifié pour devenir au vers 18 de « l'argent bel et bon ».

▶ **v. 22-29 : la chute du rêve de Perrette**

C'est la rêverie qui occupe la majeure partie de la fable et non le dénouement malheureux : la péripétie est racontée en deux vers (v. 22-23). Le dénouement est lui aussi très bref (v. 24-27). À partir du vers 25, les octosyllabes contrastent avec les alexandrins de la rêverie qui a été sèchement interrompue.

La Fontaine amène l'élément perturbateur, la chute du pot au lait, au présent de narration : « Perrette là-dessus saute aussi, transportée./Le lait tombe » (v. 22-23). La chute est d'autant plus brutale qu'elle est marquée par le passage du rêve à la réalité avec une astuce du fabuliste qui superpose les rêves de la jeune femme à la réalité. Alors qu'elle est en train d'imaginer sa nouvelle vache avec son veau « sauter au milieu du troupeau », la jeune femme se met elle aussi à sauter de joie. Ce saut lui fait renverser le lait qu'elle portait sur la tête.

Le retour à la réalité est alors brutal avec une gradation descendante devenue célèbre : « adieu veau, vache, cochon, couvée » (v. 23). Le fabuliste reprend les termes de cette énumération dans l'ordre inverse de celui dans lequel ils sont apparus dans le récit.

Les conséquences de son acte viennent s'opposer à tous ses espoirs. Par l'usage d'une périphrase, « la dame de ces biens » (v. 24), le narrateur est ironique. Perrette va devoir affronter au vers 26 la colère de son mari et il place à la rime, l'adjectif « marri » qui désigne, dans ce sens, son désarroi. Encore une forme d'humour avec cette rime pour l'oreille. La jeune femme risque même d'être battue pour avoir perdu le lait qu'elle allait vendre.

L'histoire se termine sans péripéties, ni élément de résolution, ni situation finale grâce au passé simple qui signale une action brève : « Le récit en farce en fut fait :/On l'appela *le Pot au lait* » (v. 28-29). C'est donc sur le mode de la plaisanterie, de la « farce » qu'il faut lire cette fable qui délivre alors une morale.

➜ **2nd mouvement : une réflexion universelle sur l'imagination (v. 30 à 42)**

On s'attendait à ce que La Fontaine condamne la rêverie. Or, il n'en est rien dans un premier temps et le fabuliste fait paradoxalement l'éloge de l'imagination.

Le bonheur issu de la rêverie est qualifié par une hyperbole (« il n'est rien de plus doux »). En effet, par le biais du rêve éveillé, tous les souhaits sont exaucés : richesse (« de l'argent bel et bon ») et pouvoir (« détrôner le Sophi », « roi », « diadème »). L'anaphore de « Tout » insiste bien sur le fait que rien n'est refusé au rêveur (« Tout le bien du monde est à nous,/Tous les honneurs, toutes les femmes »). Ainsi, il est doux et plaisant de se laisser aller à rêver et personne ne peut s'en passer comme le montrent les questions rhétoriques (« Quel esprit ne bat la campagne ? » et « Qui ne fait châteaux en Espagne ? » v. 30-31).

Ce plaisir était d'ailleurs présent dans le récit lui-même. En effet, la Laitière en est « transportée », comme les esprits rêveurs sont « emport[és] ». Son enthousiasme se manifeste dans la chute du pot au lait (« Le lait tombe ») mais aussi dans la rupture du rythme régulier de l'alexandrin (« Perrette là-dessus saute aussi,/transportée »). Le plaisir de la rêverie est immense, même s'il est dangereux.

La fabuliste cite deux personnages célèbres pour illustrer sa leçon de morale : « Picrochole, Pyrrhus » (v. 32) en guise d'argument d'autorité. Ces deux personnages, l'un fictif (chez Rabelais, l'ennemi du royaume de Grandgousier, le père de Gargantua), l'autre historique (un roi grec célèbre pour ses victoires ponctuées de pertes terribles contre les Romains) représentent chacun des exemples de folie et ne sont pas différents des autres hommes.

Personne ne peut vraiment résister à l'imagination car elle possède le pouvoir d'agir sur nos esprits de manière séduisante. Elle trompe notre esprit en nous faisant croire que nous sommes tout puissants.

La leçon de la fable n'est pas explicite. Le lecteur est amené à mener sa propre réflexion, à développer une pensée personnelle. Le plaisir de la rêverie est immense mais il faut être prêt, au réveil, à être « gros Jean comme devant ». On note que La Fontaine joue avec humour sur son prénom. Gros Jean était un personnage de farce utilisé pour sa bêtise : il ne retenait rien de ce qu'on lui expliquait. Le fabuliste montre avec ce personnage que Perrette se retrouve bête d'avoir perdu son lait et qu'il faut que cela lui serve de leçon sous peine de recommencer les mêmes erreurs. On a le sentiment que La Fontaine ici étudie la nature humaine plus qu'il ne donne une leçon. Il ne juge pas, d'où l'ambiguïté de cette morale.

→ Conclusion

Pour conclure, ce récit plaisant offre bien une réflexion sur l'être humain et son rapport à l'imagination. Cette fable correspond donc bien à la définition de l'apologue qui est un récit à visée morale. Nous avons vu dans la première strophe que le fabuliste raconte l'histoire de Perrette, héroïne sympathique, qui est perdue à cause d'un rêve démesuré. Nous avons ensuite étudié la deuxième strophe qui comporte la morale selon laquelle le lecteur doit mener sa propre réflexion sur l'emprise de l'imagination.

La condamnation de la rêverie se retrouve chez Blaise Pascal pour qui l'imagination « est maîtresse d'erreur et de fausseté » en ce qu'elle égare la raison de l'homme et le fait vivre dans l'illusion. Mais La Fontaine nuance cette idée car selon lui, le recours à l'imagination « Sous les habits du mensonge/Nous offre la vérité » comme il l'écrit dans « Le dépositaire infidèle », première fable du livre IX.

■ Question de grammaire

Quel esprit ne bat la campagne ?

Qui ne fait châteaux en Espagne ?

→ **Analysez l'interrogation dans ces deux vers**

On attend du candidat :

- qu'il différencie l'interrogation directe et l'interrogation indirecte. Ici, il s'agit de deux questions directes car la phrase se termine par un point d'interrogation ;
- qu'il distingue l'interrogation totale de l'interrogation partielle. Dans le cas présent, l'interrogation ne porte que sur une partie de l'énoncé. Il s'agit donc d'une interrogation partielle ;
- qu'il détermine la nature des mots interrogatifs :
  - quel (+ nom commun *esprit*) = déterminant interrogatif ;
  - qui = pronom interrogatif.

N.B. : une remarque pourra être faite sur la négation dans ces deux vers. En effet, on pourra souligner l'absence du forclusif (le deuxième élément de la négation) fréquente dans la langue classique dans un système interrogatif.

2. Analyser un portrait satirique

Le portrait satirique consiste en une observation minutieuse des hommes pour dénoncer leurs vices, souvent de façon caricaturale. La satire était à l'origine un genre poétique latin pratiqué par Lucilius, Horace ou encore Juvénal. Grâce à sa liberté de ton, de rythme et de thème, elle a pour fonction de dévaloriser sa cible. Le portrait satirique si fréquent dans *Les Caractères* de La Bruyère (Arrias, Ménalque, Iphis, Giton et Phédon) est ainsi une représentation des défauts de ses contemporains en saisissant avec art à la fois brièveté, rapidité, et réalisme les caractéristiques principales de l'individu visé.

Exemple : Jean de La Bruyère, *Les Caractères*, chapitre VII, « De la cour » remarque 74, 1688

Quelques indications sur l'auteur et l'œuvre

Issu de la bourgeoisie aisée, avocat de formation, précepteur du duc de Bourbon, Jean de La Bruyère observe finement, avec ironie et amertume, le monde de la cour princière auquel il est mêlé. En 1688, il se fait connaître avec *Les caractères ou les mœurs de ce siècle* qu'il présente prudemment comme une traduction du grec des *Caractères* de Théophraste (auteur du IIIe siècle av. J.-C.). Dans cette œuvre qu'il enrichira jusque sa mort, il rédigera près de 1 200 textes assez courts, mêlant portraits satiriques, réflexions morales, observations impitoyables sur ses contemporains et les hommes en général. Son but est de les corriger en leur tendant le miroir grossissant de la caricature.

Texte

L'on parle d'une région où les vieillards sont galants, polis et civils ; les jeunes gens au contraire, durs, féroces, sans mœurs ni politesse : ils se trouvent affranchis de la passion des femmes dans un âge où l'on commence ailleurs à la sentir ; ils leur préfèrent des repas, des viandes, et des amours ridicules. Celui-là chez eux est sobre et modéré, qui ne s'enivre que de vin : l'usage trop fréquent qu'ils en ont fait le leur a rendu insipide ; ils cherchent à réveiller leur goût déjà éteint par des eaux-de-vie, et par toutes les liqueurs les plus violentes ; il ne manque à leur débauche que de boire de l'eau-forte. Les femmes du pays précipitent le déclin de leur beauté par des artifices qu'elles croient servir à les rendre belles : leur coutume est de peindre leurs lèvres, leurs joues, leurs sourcils et leurs épaules, qu'elles étalent avec leur gorge, leurs bras et leurs oreilles, comme si elles craignaient de cacher l'endroit par où elles pourraient plaire, ou de ne pas se montrer assez. Ceux qui habitent cette contrée ont une physionomie qui n'est pas nette, mais confuse, embarrassée dans une épaisseur de cheveux étrangers, qu'ils préfèrent aux naturels et dont ils font un long tissu pour couvrir leur tête : il descend à la moitié du corps, change les traits, et empêche qu'on ne connaisse les hommes à leur visage. Ces peuples d'ailleurs ont leur Dieu et leur roi : les grands de la nation s'assemblent tous les jours, à une certaine heure, dans un temple qu'ils nomment église ; il y a au fond de ce temple un autel consacré à leur Dieu, où un prêtre célèbre des mystères qu'ils appellent saints, sacrés et redoutables ; les grands forment un vaste cercle au pied de cet autel, et paraissent debout, le dos tourné directement au prêtre et aux saints mystères, et les faces élevées vers leur roi, que l'on voit à genoux sur une tribune, et à qui ils semblent avoir tout l'esprit et tout le cœur appliqués. On ne laisse pas de voir dans cet usage une espèce de subordination ; car ce peuple paraît adorer le prince, et le prince adorer Dieu. Les gens du pays le nomment ; il est à quelque quarante-huit degrés d'élévation du pôle, et à plus d'onze cents lieues de mer des Iroquois et des Hurons.

➜ Introduction à prévoir

Fil conducteur : nous étudierons ce texte en montrant les critiques formulées par un locuteur qui avance masqué à l'encontre de différentes catégories humaines présentes à la cour.

➜ 1er mouvement : le regard de l'étranger sur les coutumes des jeunes gens (« L'on parle d'une région » à « que de boire de l'eau-forte »)

– La description est prise en charge par un locuteur étranger.
  - Le pronom indéfini « on » est employé et permet d'effacer les marques d'implication du locuteur dans l'énoncé.
  - Des formules insistent sur l'éloignement géographique du locuteur : « région », « chez eux », « pays » ou encore « cette contrée ». Il donne l'impression de découvrir ce monde de l'extérieur.
  - périphrases qui miment l'ignorance du locuteur : ainsi « Ceux qui habitent cette contrée » permet de désigner les courtisans et « Une épaisseur de cheveux étrangers » renvoie aux perruques.
  - Les propositions subordonnées relatives : « qu'ils nomment » et « qu'ils appellent » donnent l'impression que le locuteur ne connaît pas les spécificités linguistiques de l'endroit décrit.

Ce choix du témoignage distant ainsi que l'expression inaugurale « l'on parle » laissent croire que le locuteur n'est qu'un simple rapporteur de la rumeur public.

– L'absence de plan et la parataxe (les phrases qui s'enchaînent sans lien) donnent l'impression d'une description qui accumule spontanément les remarques sur la cour.
  - La structure du texte est une juxtaposition d'éléments humains successifs en suivant une progression thématique (« les vieillards »/« les jeunes gens »/« les femmes »/« ceux qui habitent cette contrée » (= la Cour)/« leur Dieu »/« leur roi »).
  - Les vieillards : ils sont présentés de manière élogieuse à travers une énumération de trois adjectifs exprimant des qualités : « galants », « polis » et « civils ».
  - Les jeunes gens : ils sont l'antithèse des premiers. Ils sont critiqués par rapport à leurs mœurs légères concernant les femmes et leur goût immodéré pour les repas et le vin.

Le locuteur conduit le lecteur à se poser des questions en le piquant dans sa curiosité mais aussi pour l'amener à critiquer.

– On arrive alors à la dénonciation des comportements excessifs chez les jeunes gens
  - ils manquent d'éducation et de courtoisie, ils sont « durs, féroces, sans mœurs n politesse » ;
  - des oppositions comme « affranchis »/« commence », « sobre »/« s'enivre » ou « insipide »/« liqueurs les plus violentes » montrent que les jeunes gens sont essentiellement intéressés par les plaisirs faciles des sens. Ils sont des libertins ;
  - des hyperboles soulignent également leurs défauts : la gourmandise, leurs traits prématurément vieillis et leur dégoût rapide de tout.

Le locuteur, sous une apparente neutralité, utilise un masque pour se présenter comme un simple témoin. Il évalue par son observation, d'ordre ethnologique, les comportements en usage à la cour. Il peut maintenant se lancer dans la critique d'une autre catégorie de ce milieu : les femmes.

→ 2e mouvement : « Les femmes du pays » à « les hommes à leur visage » : une critique des femmes artificielles et du manque de naturel des courtisans

Malgré l'absence de connecteurs logiques, on peut observer une organisation de la présentation, qui passe en revue les habitants de la cour.

– Le locuteur insiste d'abord sur l'apparence physique des femmes :
  - usage d'un maquillage outrancier avec les termes « artifices » et « peindre » ainsi que par une énumération : « lèvres », « joues », « sourcils », « épaules », qui souligne l'extension inattendue de ce maquillage ;
  - le verbe « étalent » suivi de compléments (« gorge », « bras », « oreilles ») dénonce le manque de modestie et de pudeur ;
  - l'antithèse « déclin de leur beauté » et « rendre belles » vise à montrer que le résultat obtenu est à l'opposé des attentes ;
  - la modalisation du discours « elles croient » insiste sur l'erreur de jugement.

L'effet recherché, la beauté, est contradictoire au résultat produit. La Bruyère fustige leur attitude qui suit la mode (la « coutume »). Mais cette critique ne renvoie pas qu'aux habitantes de la cour. L'auteur s'en prend à la coquetterie féminine en général.

– Il évoque ensuite la physionomie des hommes :
  - de manière analogue, ils manquent aussi de naturel en raison du port de perruques. Le locuteur décrit leur aspect flou à l'aide de négations et de termes dévalorisants : « physionomie qui n'est pas nette », « confuse », « embarrassée », « étrangers » ;
  - le locuteur insiste sur leurs excès, ce qui les rend ridicule : la perruque est décrite ironiquement comme « une épaisseur de cheveux étrangers, qu'ils préfèrent aux naturels » ;
  - la description détaillée des perruques : le postiche « descend à la moitié du corps, change les traits, et empêche qu'on ne connaisse les hommes à leur visage ». L'auteur attire donc l'attention sur l'occultation, sur le fait que les hommes se dissimulent, contrefassent leurs réactions, et sont donc hypocrites.

Le portrait physique dépréciatif aboutit alors à un portrait moral. La Bruyère passe par ce détour pour s'attacher aux caractères. La physionomie est un indice des mœurs.

Une progression est donc perceptible tout au long du texte. Le locuteur commence par ceux qui sont les plus éloignés du roi, pour aborder ensuite les courtisans plus proches, et au sommet, le roi lui-même, au-dessus duquel il y a Dieu.

→ 3ᵉ mouvement : « Ces peuples d'ailleurs ont leur Dieu » à la fin : une dénonciation du culte royal

– La hiérarchie semble bien définie dans la société :
  - Dieu et le roi sont au sommet de la hiérarchie. Ainsi le locuteur souligne la structure pyramidale de la société française. L'accent est mis sur la « subordination ». On part du peuple jusqu'au prince et l'on passe ensuite du prince à Dieu ;
  - il insiste aussi sur le protocole de la chapelle royale, sur la manière dont sont placés les courtisans, lesquels adorent le roi, qui, lui, adore Dieu. Il souligne ainsi l'hypocrisie par rapport à Dieu. Il n'y a qu'un seul dieu, c'est le roi.

Le peuple se soumet au roi qui est adoré comme un dieu. C'est une critique voilée de la dévotion au monarque absolu de droit divin. Finalement, tous les rituels prennent un tour ironique.

– Le locuteur dénonce ainsi des comportements absurdes dans ce culte :
  - il évoque la liturgie avec un lexique religieux rendu ironique par le mot « mystères » et par le rythme ternaire ponctué d'une chute : « saints, sacrés, redoutables » ;
  - il souligne l'incohérence de l'attitude des grands du royaume : ils sont « debout » « le dos tourné au prêtre » et présentent « les faces élevées vers leur roi ». La logique voudrait que ce soit l'inverse ;
  - la présence de la modalisation « ils semblent avoir tout l'esprit et tout le cœur appliqué », et le faux syllogisme construit avec une succession de propositions juxtaposées « car ce peuple paraît adorer le prince, et le prince adorer Dieu » témoignent de l'absurdité de leurs pratiques religieuses.

→ Conclusion

Le tableau, d'un réalisme caricatural, sur la décadence morale à la cour passe par une structure narrative originale, avec le regard de l'étranger. Il s'en dégage une satire de la société d'un aspect plaisant mais en réalité féroce. Le lecteur prend ainsi conscience de la nécessité de procéder à des changements profonds. Il peut sembler paradoxal que ce soit un partisan des « Anciens » (dans la querelle des Anciens contre les Modernes) qui en ait donné le modèle.

Ce procédé sera repris dans le courant littéraire des Lumières au siècle suivant et plus particulièrement dans les *Lettres persanes* (1721) de Montesquieu.

■ Question de grammaire

Il y a au fond de ce temple un autel consacré à leur Dieu, où un prêtre célèbre des mystères qu'ils appellent saints, sacrés et redoutables.

→ **Analysez la subordination dans ce passage**

On attend du candidat :

– Qu'il repère les deux propositions subordonnées relatives :
  - « où un prêtre célèbre des mystères qu'ils appellent saints, sacrés et redoutables » ;
  - « qu'ils appellent saints, sacrés et redoutables ».

Il s'agit donc de subordonnées relatives emboîtées. La proposition principale est : « Il y a au fond de ce temple un autel consacré à leur Dieu » pour la première proposition subordonnée et « où un prêtre célèbre des mystères » pour la seconde.

– qu'il mentionne la présence des pronoms relatifs « où » et « qu' » (forme élidée de *que*) ;
– qu'il indique leur antécédent : « autel » et « mystères ». Les propositions subordonnées relatives sont des expansions nominales ici ;
– qu'il donne les fonctions de la relative : complément de l'antécédent à chaque fois dans le cas présent.

3. Analyser un conte philosophique

Le conte philosophique est apparu au cours du XVIIIe siècle pour éviter la censure. Ce genre narratif peut paraître contradictoire en apparence. En effet, le récit imaginaire est couplé à une réflexion d'ordre philosophique. La fiction permet une approche détournée et moins subversive de la condition humaine ou de la société mais elle aborde pourtant des sujets sérieux.

Il devient un genre important grâce à Voltaire essentiellement qui y réinvestit son esprit satirique. Sous des abords plaisants et légers, le conte philosophique cache en réalité une dimension morale très profonde.

Exemple : Voltaire, *L'Ingénu*, chapitre XVI, 1767, chapitre seizième

Quelques indications sur l'auteur et l'œuvre

Voltaire a incarné mieux que quiconque « l'esprit français ». Il a traversé son siècle (1694-1778) en restant fidèle à la mission qu'il assignait à l'écriture à travers les formes les plus variées : éclairer, combattre les fausses croyances et défendre la liberté individuelle et la tolérance. Il s'est essayé à de nombreux genres avec succès mais c'est essentiellement dans sa production tardive que son ironie frappe le plus le lecteur. Après *Zadig* en 1748, *Candide* en 1759, l'écrivain-philosophe publie *L'Ingénu* en 1767, l'un de ses derniers contes philosophiques. Dans cette œuvre, un jeune Huron débarque en France et découvre un univers qui lui est entièrement inconnu. Ce point de vue de l'étranger fait apparaître les ridicules et les défauts de notre monde.

Texte

CHAPITRE SEIZIÈME

Elle consulte un jésuite

[...] Le père Tout-à-tous tâcha de la calmer par ces douces paroles :

« Premièrement, ma fille, ne dites jamais ce mot mon amant ; il y a quelque chose de mondain qui pourrait offenser Dieu : dites mon mari ; car bien qu'il ne le soit pas encore, vous le regardez comme tel ; et rien n'est plus honnête.

« Secondement, bien qu'il soit votre époux en idée, en espérance, il ne l'est pas en effet : ainsi vous ne commettriez pas un adultère, péché énorme qu'il faut toujours éviter autant qu'il est possible.

« Troisièmement, les actions ne sont pas d'une malice de couple quand l'intention est pure, et rien n'est plus pur que de délivrer votre mari.

« Quatrièmement, vous avez des exemples dans la sainte antiquité qui peuvent merveilleusement servir à votre conduite. Saint Augustin rapporte que sous le proconsulat de Septimius Acyndinus, en l'an 340 de notre salut, un pauvre homme ne pouvant payer à César ce qui appartenait à César, fut condamné à la mort, comme il est juste, malgré la maxime : où il n'y a rien le roi perd ses droits. Il s'agissait d'une livre d'or ; le condamné avait une femme en qui Dieu avait mis la beauté et la prudence. Un vieux richard promit de donner une livre d'or, et même plus, à la dame, à condition qu'il commettrait avec elle le péché immonde. La dame ne crut point faire mal en sauvant son mari. Saint Augustin approuve fort sa généreuse résignation. Il est vrai que le vieux richard la trompa, et peut-être même son mari n'en fut pas moins pendu ; mais elle avait fait tout ce qui était en elle pour sauver sa vie.

« Soyez sûre, ma fille, que quand un jésuite vous cite saint Augustin, il faut que ce saint ait pleinement raison. Je ne vous conseille rien, vous êtes sage ; il est à présumer que vous serez utile à votre mari. Monseigneur de Saint-Pouange est un honnête homme, il ne vous trompera pas ; c'est tout ce que je puis vous dire : je prierai Dieu pour vous, et j'espère que tout se passera à sa plus grande gloire. »

→ Introduction

▶ Entrée en matière (présentation du contexte et de l'auteur)

Ce texte est tiré du chapitre XVI de *l'Ingénu,* conte philosophique écrit par Voltaire en 1767. Le philosophe des Lumières se sert de la fiction afin de dénoncer le fanatisme religieux qui règne dans sa société. Pour ce faire, il exploite le mythe du bon sauvage, un thème très populaire à son époque, en particulier sous la plume de son grand ennemi, Rousseau.

▶ Présentation du texte

L'intrigue est antérieure à l'époque de Voltaire puisqu'elle se situe en 1689 sous Louis XIV, soit près d'un siècle avant la rédaction du conte philosophique. Le récit met en scène un Huron qui observe la société en se servant de son regard naïf. L'Ingénu est tombé amoureux de Mademoiselle de Saint-Yves, à qui on destinait un autre homme en mariage. Elle fuit à Paris et vit de nombreuses mésaventures dans la société parisienne corrompue. De son côté, L'Ingénu est emprisonné à la Bastille car il a été dénoncé par un espion jésuite à la suite de son dîner avec les protestants de Saumur. Mademoiselle de Saint-Yves fait face à un dilemme de taille. Elle veut sauver son amant et demande l'aide de M. de Saint-Pouange qui est le cousin du ministre de Louis XIV, Louvois. Celui-ci lui propose un marché infâme : soit elle renonce à l'Ingénu, soit elle offre sa virginité pour le faire libérer. Elle va donc demander conseil au père Tout-à-tous, un jésuite. Ce dernier lui livre un discours paradoxal : il lui prouve que ce n'est pas un péché que de satisfaire la demande de M. de Saint-Pouange. Ainsi, Voltaire fait la critique des jésuites qui sont au service des puissants.

▶ Annonce d'une question qui sert de fil conducteur

En quoi, avec ce discours d'un hypocrite, Voltaire parvient-il à faire une critique acerbe des jésuites ?

▶ Annonce des mouvements du texte

L'étude suivra le discours clairement structuré en quatre parties de la part du père Tout-à-tous qui s'achève par une courte conclusion paradoxale.

Le père Tout-à-tous fait un discours à Mademoiselle de Saint-Yves afin de lui prouver qu'elle ne pécherait pas en faisant ce qu'on lui demande. Il s'apparente à un directeur de conscience, capable de charmer par ses talents oratoires (« douces paroles »).

Son nom appelle à se dévouer « à tous » mais en fait par ce jeu ironique d'onomastique (= étude des significations des noms) il sert uniquement les intérêts des puissants et de leurs proches.

Le raisonnement du jésuite est construit en quatre points bien distincts. Les adverbes soulignent l'organisation rigoureuse de son discours. Il prend soin de numéroter chacun de ses arguments. Il utilise des connecteurs logiques (« car », « bien que », « ainsi ») pour mettre en évidence le caractère rationnel de son argumentation. Cette accumulation d'arguments a pour but de faire pencher Mademoiselle de Saint-Yves de son côté.

➔ 1er mouvement : « Premièrement »

- Le père Tout-à-tous débute par un argument de moralité en mettant d'abord en confiance Mademoiselle de Saint-Yves. Il feint adroitement de se placer de son côté tout en lui tenant un discours moralisateur.
- Il joue sur les antithèses « amant »/« mari » et « mondain »/« honnête » pour la conforter dans ses positions. Cela paraît déjà suspect…
- On sent, en fait, venir la supercherie : au nom de la probité et du respect de Dieu, Mademoiselle de Saint-Yves doit se préparer à accomplir un acte méprisable. C'est un sacrifice d'épouse (pas un geste d'amour d'une amante).

➔ 2e mouvement : « Deuxièmement »

- De manière très adroite, il lui rappelle que l'Ingénu n'est pas encore tout à fait le mari. Par conséquent, techniquement, ce n'est pas encore un adultère. L'adultère n'est un péché que pour une femme mariée.
- Le connecteur de la concession « bien que » permet la construction d'un syllogisme (il n'est pas encore votre époux – on ne trompe qu'un époux – donc ce n'est pas un adultère).
- On note le conditionnel « commettriez » qui laisse croire que le choix final lui revient.
- Sa morale est très souple. Après avoir qualifié l'adultère de « péché énorme », il le considère parfois inévitable et même justifié ; l'expression « autant qu'il est possible » s'oppose au « toujours » dans le premier argument. Cette incohérence souligne la moralité flexible et donc douteuse du jésuite.

➔ 3e mouvement : « Troisièmement »

- L'argument suivant est tiré de la casuistique (la casuistique consistait à résoudre les problèmes d'ordre moral par l'étude des cas similaires) mis à profit par les jésuites : sans l'intention de faire le mal, il n'y a pas de péché. (N.B. l'idée avait déjà été combattue par Blaise Pascal dans *Les Provinciales*).
- La fin justifie donc les moyens : les adjectifs « pur » et « généreux » sont opposés à « immonde ».

- La fin de l'argument repose sur une formule proche du proverbe, « rien n'est plus pur que de délivrer votre mari » pour lui montrer l'intérêt charitable de cet acte d'adultère. La phrase hyperbolique au présent de vérité générale (présent gnomique) permet de lui montrer le bon sens de la remarque tout en l'impliquant directement (« votre » personnalise l'argument).

➜ 4e mouvement : « Quatrièmement... »

- Les arguments précédents nécessitent un exemple. Il a recours à un exemple d'autorité tiré de Saint Augustin (évêque et théologien chrétien célèbre pour sa foi et qui a vécu au tournant des IVe et Ve siècles).
- Le père Tout-à-tous exploite tous les moyens possibles et se lance dans un récit (dans le but de mieux faire passer la leçon) pour défendre M. de Saint-Pouange.
- Toutefois, Voltaire mine de l'intérieur l'apologue du jésuite. Il qualifie M. de Saint-Pouange de « richard » (terme péjoratif) et assimile maladroitement Saint Augustin au père Tous-à-tous.
- Voltaire fait un réquisitoire contre le libertinage en qualifiant les faveurs sexuelles de « services » et en insistant sur le champ lexical du péché : « répugnance horrible », « péché immonde ».
- On remarque alors le ridicule du père Tout-à-Tous. Par son excès de piété, il est tourné en dérision. les précisions hyperboliques exagèrent sa dévotion : « sainte Antiquité » ; « l'an 340 de notre salut ».
- La chute malheureuse de cet apologue ruine ainsi l'argumentation du jésuite (« le vieux richard la trompa »). Finir sur la trahison du « richard » ne peut pas inciter Mademoiselle de Saint-Yves à imiter la jeune femme du récit. L'exemple est finalement vain.

➜ 5e mouvement : la conclusion paradoxale du jésuite

- Il utilise un ton péremptoire, convaincant avec un verbe à l'impératif : « soyez sûre... » pour empêcher toute contestation possible. Il veut imposer ses arguments.
- Il la flatte (comme le renard de la fable de La Fontaine) pour mieux l'amener à céder : « vous êtes sage ».
- Dans l'intégralité de son discours, il soutient que Mademoiselle de Saint-Yves doit accepter cette proposition, mais finalement il en arrive à un paradoxe « je ne vous conseille rien ». Il a recours à une prétérition (= une figure par laquelle on feint de ne pas vouloir parler d'un sujet, pour en parler quand même).
- Sa mauvaise foi va encore plus loin lorsqu'il prend Dieu à témoin : « je prierai Dieu pour vous, et j'espère que tout se passera à sa plus grande gloire ». Dieu semble partager ses vues...
- Enfin, dans les dernières lignes, le jésuite se défile « c'est tout ce que je puis vous dire ».

Ce discours qui se veut structuré ressemble en réalité à une mascarade. Le semblant de logique permet de cacher l'attitude arbitraire de Tout-à-tous. Ce discours fallacieux et incohérent met en lumière sa fausseté. Le jésuite est donc un personnage hypocrite qui se sert de la religion pour parvenir à ses fins.

→ Conclusion

On retrouve ainsi dans ce passage les principales critiques adressées aux jésuites dès le XVIIe siècle : on leur reproche de se montrer hypocrites et trop complaisants envers les grands, de mentir pour servir leurs intérêts en développant des argumentations fallacieuses. La force de Voltaire consiste à amener son personnage à mettre lui-même en lumière ses défauts. Il s'appuie pour cela sur le discours mensonger et illogique du Père Tout-à-tous qui va à l'encontre des valeurs chrétiennes (puisqu'il encourage l'adultère, l'un des péchés les plus graves) pour soutenir les puissants dont il fait finalement partie.

■ Question de grammaire

Saint Augustin rapporte que sous le proconsulat de Septimius Acyndinus, en l'an 340 de notre salut, un pauvre homme ne pouvant payer à César ce qui appartenait à César, fut condamné à la mort, comme il est juste, malgré la maxime : où il n'y a rien le roi perd ses droits. Il s'agissait d'une livre d'or; le condamné avait une femme en qui Dieu avait mis la beauté et la prudence. Un vieux richard promit de donner une livre d'or, et même plus, à la dame, à condition qu'il commettrait avec elle le péché immonde.

→ Analysez les temps et les modes des verbes dans ce passage

On attend du candidat :

– qu'il repère la totalité des verbes de l'extrait et donne leur temps et leur mode :
  - *rapporte* : présent de l'indicatif (à la 3e personne du singulier) ;
  - *pouvant* : participe présent ;
  - *payer* : infinitif présent ;
  - *appartenait* : imparfait de l'indicatif (à la 3e personne du singulier) ;
  - *fut condamné* : passé simple de l'indicatif de la voix passive (à la 3e personne du singulier) ;
  - *est* : présent de l'indicatif (à la 3e personne du singulier) ;
  - *a* : présent de l'indicatif (à la 3e personne du singulier) ;
  - *s'agissait* : imparfait de l'indicatif (à la 3e personne du singulier) ;
  - *avait* : imparfait de l'indicatif (à la 3e personne du singulier) ;
  - *avait mis* : plus-que-parfait de l'indicatif (à la 3e personne du singulier) ;
  - *promit* : passé simple de l'indicatif (à la 3e personne du singulier) ;
  - *commettrait* : conditionnel présent (à la 3e personne du singulier) ;

- qu'il distingue les modes personnels (indicatif et conditionnel) et les modes non personnels (infinitif et participe) ;
- qu'il différencie les temps simples et les temps composés (le plus-que-parfait est formé de l'auxiliaire à l'imparfait + participe passé) ;
- qu'il remarque que le verbe condamner est à la voix passive. Il aurait sinon pris la forme condamna au passé simple de la voix active ;
- qu'il fasse une remarque sur le conditionnel présent. Il s'agit ici d'un mode à part entière car le conditionnel exprime la conséquence d'une condition.

N.B. : Dans certains cas le conditionnel peut avoir une valeur temporelle lorsqu'il exprime le futur à partir du passé.

4. Analyser un discours

L'analyse du discours doit prendre en compte le contexte de l'énonciation, les caractéristiques des locuteurs ainsi que les particularités de l'énoncé. Il faut ainsi être vigilant aux indices qui renvoient au locuteur, à son destinataire ainsi qu'à la façon d'établir la relation entre les deux. Il ne faut pas non plus occulter la dimension orale du discours et il sera nécessaire d'accorder de l'attention aux déictiques (adverbes de temps et de lieu surtout). Enfin, on distingue le plaidoyer (discours de défense) et le réquisitoire (discours d'accusation).

Exemple : Denis Diderot, *Supplément au voyage de Bougainville*, 1796 (posthume)

Quelques indications sur l'auteur et l'œuvre

En 1771, le navigateur Bougainville fait paraître le *Voyage autour du monde*, qui retrace son long périple entre 1766 et 1769. Il a rapporté avec lui un vieux Tahitien qu'il a exhibé dans Paris. Diderot a trouvé dans le récit du voyageur et dans les témoignages du Tahitien l'occasion d'une réflexion sur le problème politique et social de la colonisation. *Le Supplément au Voyage de Bougainville* est composé de cinq parties. Dans la seconde, intitulée « Les adieux du vieillard », Diderot met en scène un autochtone qui adresse une virulente critique aux Européens colonisateurs.

Texte

Puis s'adressant à Bougainville, il ajouta : « Et toi, chef des brigands qui t'obéissent, écarte promptement ton vaisseau de notre rive : nous sommes innocents, nous sommes heureux ; et tu ne peux que nuire à notre bonheur. Nous suivons le pur instinct de la nature ; et tu as tenté d'effacer de nos âmes son caractère. Ici tout est à tous ; et tu nous as prêché je ne sais quelle distinction du *tien* et du *mien*. Nos filles et nos femmes nous sont communes ; tu as partagé ce privilège avec nous ; et tu es venu allumer en elles des fureurs inconnues. Elles sont devenues folles dans tes bras ; tu es devenu féroce entre les leurs. Elles ont commencé à se haïr ; vous vous êtes égorgés pour elles ; et elles nous sont revenues teintes de votre sang. Nous sommes libres ; et voilà que tu as enfoui dans notre terre le titre de notre futur esclavage. Tu n'es ni un dieu, ni un démon : qui es-tu donc, pour faire des esclaves ? Orou ! toi qui entends la langue de ces hommes-là, dis-nous à tous, comme tu me l'as dit à moi-même, ce qu'ils ont écrit sur cette lame de métal : *Ce pays est à nous.* Ce pays est à toi ! et pourquoi ? parce que tu y as mis le pied ? Si un Tahitien débarquait un jour sur vos côtes, et qu'il gravât sur une de vos pierres ou sur l'écorce d'un de vos arbres : *Ce pays est aux habitants de Tahiti*, qu'en penserais-tu ? Tu es le plus fort ! Et qu'est-ce que cela fait ? Lorsqu'on t'a enlevé une des méprisables bagatelles dont ton bâtiment est rempli, tu t'es récrié, tu t'es vengé ; et dans le même instant tu as projeté au fond de ton cœur le vol de toute une contrée ! Tu n'es pas esclave : tu souffrirais plutôt la mort que de l'être, et tu veux nous asservir ! Tu crois donc que le Tahitien ne sait pas défendre sa liberté et mourir ? Celui dont tu veux t'emparer comme de la brute, le Tahitien est ton frère. Vous êtes deux enfants de la nature ; quel droit as-tu sur lui qu'il n'ait pas sur toi ? [...] »

➜ Éléments pour l'introduction

Cet extrait met en scène un vieux Tahitien qui ne se laisse pas impressionner par les Européens. Lorsque ceux-ci décident de partir, l'autochtone prend la parole pour s'adresser à Bougainville et ses compagnons de voyage. Il distingue de façon radicale leurs deux modes de vie.

Ce discours présente délibérément un caractère touffu et très dense. Il prend pour modèle l'oral, pour laisser au lecteur l'image d'un texte vivant. Cette harangue repose sur une rhétorique paradoxale car le vieil homme mobilise un discours savamment construit et a pour but de persuader, par un jeu d'oppositions et d'alternances, des bienfaits de la vie naturelle face à la violence des individus dits « civilisés ».

Après s'être adressé à son peuple, le vieux Tahitien parle maintenant de chef à chef ce qui souligne sa volonté d'établir une égalité de rang entre lui-même et Bougainville.

➜ 1er mouvement : l'opposition manichéenne des deux clans (de « Et toi » à « notre bonheur »)

Ce premier mouvement constitue un exorde, c'est-à-dire une sorte d'introduction qui permet de s'attacher la bienveillance de l'auditoire (du latin *exordiro* : « commencer »). Le vieillard entame sa harangue par un prologue au présent en faisant l'usage d'une apostrophe : « Et toi ». On remarque le tutoiement du Tahitien qui considère Bougainville comme un égal puisqu'il est désigné par une périphrase péjorative : « le chef des brigands ».

- De façon suspecte, cet homme non civilisé utilise des tournures oratoires très recherchées comme on peut le constater avec l'accumulation de parallélismes, d'antithèses et d'hyperboles au service de l'efficacité de son discours. Il sépare ainsi les deux communautés par deux phrases distinctes qui soulignent leur différence.
  - Il évoque d'abord les Français en les qualifiant de façon péjorative de « brigands » et d'individus soumis avec le verbe « obéissent ». Il isole très rapidement Bougainville de ses compagnons à l'aide des marques de la deuxième personne (« toi », « t' », « ton »). Cette première phrase s'achève par une brève allusion à leur esprit de conquête (« notre rive »).
  - Il poursuit en évoquant, cette fois, les Tahitiens. Il s'inclut dans son propos : « nous ». Il loue leurs qualités : l'innocence et le bonheur (« nous sommes innocents, nous sommes heureux ») que la parataxe permet d'associer sans rupture. En effet, ils sont intimement rattachés à la nature, ce qui resserre les liens de la communauté (par un « nous » insistant et un « notre »). La présence de l'ennemi ne peut qu'engendrer des problèmes dans ce havre de paix (« tu ne peux que nuire »).
- Dès ces deux premières phrases, le vieux Tahitien oppose avec manichéisme les « bons sauvages » d'un côté et les vils colonisateurs de l'autre. Aux voyageurs français, tous les vices ; aux Tahitiens, les qualités d'une vie simple et naturelle. Cette rhétorique est

bien paradoxale : ce « sauvage » censé suivre « le pur instinct de la nature » use d'une éloquence bien savante. Il est certain que Diderot se cache derrière le vieux Tahitien (sans se confondre totalement avec lui).

Après ce préambule, le vieillard se lance dans un exposé des faits qui repose sur une série d'attaques, organisées avec soin.

→ 2e mouvement : la série d'attaques (de « Nous suivons le pur instinct de la nature » jusqu'à « Et qu'est-ce que cela fait ? »)

Les attaques se succèdent par glissement de l'une à l'autre en respectant la même construction antithétique que dans l'exorde. Les sujets abordés montrent les profondes oppositions des deux camps sur des points cruciaux.

▶ La 1re attaque : le thème de la nature

Le vieillard commence par l'idéalisation de leur mode de vie. Ils possèdent toutes les caractéristiques du bon sauvage car ils seraient plongés dans l'état de nature : « Nous suivons le pur instinct de la nature ».

À l'inverse, les allitérations de consonnes dentales [t] et [d] (« **t**u as **t**en**t**é **d**'effacer **d**e ») sont associées aux Européens et contrastent avec la douceur primitive.

Le narrateur trace un portrait très critique du comportement des êtres dits civilisés, car ils cherchent à corrompre l'honnêteté des mœurs des Tahitiens : « tu as tenté d'effacer de nos âmes son caractère ». Mais c'est un échec, la voix du vieillard est là pour le prouver. Il n'est pas possible de les changer en profondeur.

▶ La 2e attaque : le thème de la propriété

- Le vieillard met ensuite en évidence l'intrusion de la notion de propriété : « je ne sais quelle distinction du *tien* et du *mien* ». Les Européens ont remis en cause une notion fondamentale dans l'organisation tahitienne : l'égalité entre les habitants qui évite toutes les formes de rivalité et de violence.
- La formule : « ici tout est à tous » résume de manière frappante cette idée avec un présent de vérité générale, une allitération en [t] et un jeu sur les pronoms indéfinis très proches « tout » et « tous ». Cette loi paraît simple, logique et immuable. Nulle hiérarchie n'existe et seul le partage semble prôné.

▶ La 3e attaque : le thème des femmes

- On passe ici à l'expression d'une dénaturation effective à Tahiti. Celle-ci est imputée à Bougainville (« tu es venu allumer en elles des fureurs [mot préparant « folles »] *inconnues* [préparant « elles ont *commencé* »].

- La seconde phrase de cette thématique use des mêmes armes rhétoriques que précédemment. Le Tahitien constate un enchaînement de violence sexuelle, imputable toujours au « tu ». Il est donc question de l'immoralité de leur conduite et de l'absence de retenue dans leurs comportements. Ils sont à l'origine d'une discorde qui les a menés à leur fin : « vous vous êtes égorgés pour elles ».
- Cette évocation d'une sensualité débridée est source de méfaits. En effet, il constate que les Européens sont à l'origine d'un carnage qui unit dans le sang les deux clans jusqu'ici tellement séparés mais aussi, maintenant, à un « vous » collectif devenu explicite. Ainsi, comme dans un ballet sanglant, « Elles *sont devenues* [...], *tu es devenu* [...] ; *elles* ont commencé [...] *vous* vous êtes *égorgés* [...], et *elles* [...] *teintes de votre sang.* » ; les femmes ont été dénaturées par les Européens et poussées au vice.

▶ La 4e attaque : le thème de la liberté

- En deux phrases courtes, le vieux Tahitien reprend le même schéma syntaxique : une opposition entre les bons « Nous sommes libres », et les mauvais caractérisés par leur violence (« enfoui », « notre futur esclavage »).
- Le Tahitien prend à témoin son dieu qu'il apostrophe : « Orou ! ». Cela appuie l'indignation qui monte petit à petit : il dénonce l'inhumanité des Européens en lâchant en fin de phrase le terme « esclavage ».

▶ La 5e attaque : autour du colonialisme

- Par un glissement de la thématique de la liberté vers la question coloniale, cette nouvelle attaque fait toutefois l'objet d'un traitement différent. La diatribe (= critique violente) est plus véhémente : le ton monte, l'indignation l'emporte et tout le système colonialiste est perçu comme un scandale.
- Les techniques oratoires du vieillard évoluent. La longueur des phrases se fait irrégulière. Les exclamations et les interrogations rhétoriques se multiplient (« Ce pays est à toi ! et pourquoi ? »).
- A cela s'ajoutent des reprises de termes qui insistent et martèlent : « dis-nous à tous, comme tu me l'as dit à moi-même », « ce pays est à... » est répété trois fois avec l'italique qui souligne l'absurdité du propos rapporté.
- Le manichéisme s'intensifie : ce sont deux clans inconciliables, qui s'affrontent et surtout, ici, échangent leur place. Un double renversement s'opère. Premier retournement : c'est le « sauvage » qui tient le discours du droit, de la justice et de la raison (« pourquoi ? », « qu'en penserais-tu ? »), tandis que du côté des « civilisés » prévaut le droit inique du plus fort avec la synecdoque « lame de métal » qui désigne l'épée.

→ 3e mouvement : la péroraison (de « Lorsqu'on t'a enlevé une des méprisables bagatelles » à la fin)

La péroraison est en rhétorique la dernière partie d'un discours. Ici on observe la reprise des éléments précédents ainsi qu'une sorte de conclusion.

La cruauté, le désir de vengeance et de destruction l'emportent chez les Européens. Ils pratiquent la loi du Talion (« œil pour œil, dent pour dent »), mais qui n'est pas juste car elle n'est pas proportionnelle. En effet, par l'euphémisme « méprisables bagatelles », le Tahitien souligne la disparité avec la réaction des colons par la tournure hyperbolique : « le vol de toute une contrée ». Il évoque également le courage de ses compatriotes capables de se défendre. Ils ne sont pas des victimes expiatoires et peuvent à tout moment se rebeller car leur cause est juste : « Tu crois donc que le Tahitien ne sait pas défendre sa liberté et mourir ? ». Malgré leur faiblesse, les Tahitiens sont vaillants et pourvus d'une grandeur héroïque car ils défendent leurs valeurs et leur patrie.

Le vieil homme imagine également une inversion des rôles avec une forme verbale au conditionnel présent : « souffrirais ». L'hypothèse permet de comprendre ce qu'il y a d'inacceptable dans le comportement des colons. Il cherche surtout à persuader son interlocuteur en voulant toucher sa sensibilité : à la fois par des questions rhétoriques : « Tu crois donc que le Tahitien ne sait pas défendre sa liberté et mourir ? » et « quel droit as-tu sur lui qu'il n'ait pas sur toi ? » et par le ton passionné pour défendre le bien-fondé de la cause qu'il défend.

Dans un dernier élan, il réunit les deux communautés selon une logique fraternelle : « le Tahitien est ton frère. Vous êtes deux enfants de la nature ». Finalement, il en revient à la dénaturation des Européens. Ceux-ci ont perdu leur côté originel qui était synonyme de pureté. Sa démonstration s'achève sur cet hommage à la réconciliation par l'évocation de l'égalité consubstantielle des deux groupes d'individus.

→ Conclusion

Le vieillard fait un véritable réquisitoire contre Bougainville et ses compagnons pour fustiger à la fois l'Occident, leur esprit de conquête, leur iniquité et enfin la civilisation tout entière. Il use pour cela de tous ses talents oratoires ce qui est suspect. Derrière ce personnage se dessine la plume de Diderot. Il n'est toutefois pas totalement le vieillard de Tahiti. Même si les indignations de l'un évoquent les combats de l'autre, on ne saurait les confondre. Diderot joue de la distance, manie l'ironie et aime à multiplier les points de vue. C'est en cela qu'il est un homme des Lumières. Il est capable de penser à la place de l'autre, ce qui représente une ouverture d'esprit à toute épreuve.

■ Question de grammaire

➜ Quelles remarques pouvez-vous faire sur les niveaux de langue dans l'ensemble de l'extrait ?

On attend du candidat :

- qu'il définisse les trois niveaux de langue : familier, courant, soutenu ;
- qu'il détermine que c'est le registre de langue soutenu qui l'emporte ;
- qu'il le prouve par le lexique, les figures de style et la syntaxe sophistiquée, par exemple ;
- qu'il souligne le paradoxe : c'est le vieux sage tahitien qui s'exprime comme un homme qui maîtrise l'art de la rhétorique. Cela souligne une pensée riche et mûrement réfléchie.

Jour
2

Le théâtre du XVIIe siècle au XXIe siècle

1. L'écriture théâtrale

a. La voix du dramaturge

Quand on considère un roman, la situation d'énonciation semble assez claire : un narrateur s'adresse à un lecteur. Dans un texte théâtral, il n'y a pas de narrateur. Les personnages se parlent entre eux et les paroles que nous lisons sur le papier sont faites pour être prononcées par des acteurs.

C'est étymo-logique !

Didaskein en grec signifie « enseigner, instruire ». On voit bien les objectifs auxquels renvoie le mot didascalie.

Cependant, l'auteur intervient, il ne disparaît pas. Il s'adresse au lecteur et au public à travers ses personnages. Deux situations de communication se superposent, c'est ce qu'on appelle la double énonciation.

Cette caractéristique est particulièrement perceptible au cours d'une scène d'exposition. En peu de temps et en peu de mots, le dramaturge doit informer le lecteur de l'identité des personnages et de l'action qui est en train de se mettre en place. Ainsi, dans la première scène de *Britannicus* (1669), Agrippine se trouve, aux premières heures du jour, devant la chambre de son fils, l'empereur Néron, et elle est interpellée par sa confidente qui s'étonne de la voir dans ce lieu. Le dialogue qui s'ensuit repose sur un jeu de questions-réponses. Agrippine informe sa confidente de l'enlèvement de Junie par Néron, mais Racine informe également le lecteur de l'intrigue qui se noue.

Le saviez-vous ?

Quand on lit l'extrait d'une scène de théâtre, il ne faut pas lire les noms de personnages et il n'est pas nécessaire de lire les indications de jeu puisque votre lecture doit faire entendre le ton des personnages et leurs émotions. En revanche, les indications scéniques sont à lire.

Le dramaturge peut intervenir de manière plus directe en donnant des indications de jeu et de mise en scène au moyen de didascalies de natures différentes :

- les didascalies initiales ouvrent une pièce. Il s'agit de la liste des personnages qui précise leur identité et leur fonction. Le lieu de l'action est également indiqué. Ces didascalies peuvent être complétées à chaque changement de lieu. Le dramaturge donne ainsi des indications de décor ;
- les didascalies peuvent apparaître au cœur des dialogues pour préciser des indications de jeu (ton de la voix, mimiques, émotions ressenties, destinataires des paroles) ou des indications scéniques (déplacements, actions, utilisations d'un accessoire) ;

– les informations permettant de projeter, mentalement ou concrètement, une représentation se trouvent dans les paroles des personnages. Dans *Le Cid* (1637) de Corneille, quand Chimène dit à Rodrigue : « Adieu ; sors et surtout garde bien qu'on te voie », on comprend bien le mouvement que l'acteur doit accomplir. On appelle ce procédé une didascalie interne.

b. Les paroles des personnages : les types de répliques

– Le monologue est une réplique souvent longue. Le personnage qui la prononce est seul sur scène. On dit parfois qu'il se parle à lui-même. Mais, parle-t-il à sa raison ? à son cœur ? Il faut réfléchir à la nature du dédoublement. D'autre part, il ne faut pas perdre de vue qu'il peut imaginer des destinataires concrets ou abstraits (Dieu, le temps, la lune, etc.). Un monologue est intéressant car l'action est d'ordre intérieur : le personnage exprime ses doutes, ses envies, ses projets. Quand un personnage réfléchit à une décision qu'il doit prendre, on parle de monologue délibératif.
– La tirade est une réplique longue qu'un personnage adresse à un destinataire. Cette prise de parole est motivée par la nécessité d'exposer une émotion et une situation. Il y a donc une grande intensité dans une tirade. Elle permet au personnage d'expliquer, d'avouer, d'invectiver, de convaincre, de persuader, etc.
– La stichomythie est un échange de répliques brèves. Les paroles rebondissent si bien que le rythme est très rapide. Elles traduisent souvent un conflit et une divergence de points de vue.
– L'aparté est une réplique qui n'est adressée qu'à l'un des personnages sur scène. Ce procédé qui signale la complicité entre deux personnages au détriment d'un autre crée souvent un effet comique. Parfois, l'aparté est une remarque que le personnage se fait à voix haute sans qu'il y ait d'autre destinataire.

c. Les situations dramatiques

L'action, au cours de son déroulement, peut aboutir à des situations dramatiques identifiables.

C'est étymo-logique !

L'origine de quiproquo serait l'expression latine *quid pro quo* (une chose à place d'une autre). On retrouve bien l'idée de malentendu.

– Le quiproquo est un malentendu, une méprise. Ce procédé est courant chez Molière qui l'utilise dans un but comique. Ainsi, dans *L'Avare* (1668), Valère est tombé amoureux de la fille de l'avare Harpagon et s'est fait engager comme intendant dans la maison pour se rapprocher de celle qu'il aime. L'avare, après le vol de son trésor, accuse Valère. Celui-ci croit qu'il l'accuse d'avoir séduit sa fille. Ce malentendu donne lieu à un dialogue comique. Mais un quiproquo peut également avoir des implications tragiques. Dans *Les Caprices de Marianne*

(1833) de Musset, le jeune Coelio trouve la mort dans un guet-apens. Après avoir entendu Marianne prononcer le prénom de son ami Octave, il pense que ce dernier est responsable du piège.

- L'aveu est un des ressorts dramatiques que les dramaturges affectionnent. Il constitue l'apogée de la tension et peut provoquer le bonheur ou le malheur des personnages. Dans *Phèdre* (1677) de Racine, l'héroïne éponyme avoue à son beau-fils Hippolyte qu'elle l'aime. Le jeune homme est effrayé par cette passion qui éclate au grand jour. Phèdre sait qu'elle est perdue et qu'elle ne pourra pas vaincre cette force tragique qui la dépasse.
- La dispute crée une intensité dramatique qui passe par les paroles (vocabulaire, type de phrases, longueur des répliques), par le jeu des acteurs (intonations, gestes) et par l'utilisation de l'espace (mouvements). Elle est donc, par nature, très théâtrale. Le dramaturge, quand il écrit une scène de conflit, doit penser à sa transposition sur scène.
- Le théâtre dans le théâtre est un effet de mise en abyme. Sur scène des personnages jouent le rôle de comédiens. Un tel procédé permet au dramaturge de proposer une réflexion sur le pouvoir de l'illusion théâtrale. On trouve ce procédé dans *L'Illusion comique* (1636) de Corneille.

2. La représentation théâtrale

Elle répond à des contraintes précises mais offre une grande liberté.

a. La création d'un espace

Quand le spectateur se rend au théâtre, il se trouve dans un espace bien réel : une salle avec une scène, des fauteuils et des coulisses qui échappent à sa vue. Mais devant lui, un nouvel espace se crée, celui de la pièce. Cette illusion repose sur la séparation entre le public et les acteurs par un « quatrième mur » invisible. Le public voit sans être vu. Parfois les metteurs en scène brisent cette illusion en disposant des gradins de chaque côté de la scène quand la salle le permet. C'est ce qu'a fait Patrice Chéreau en 2003 quand il a monté *Phèdre* de Racine. Il arrive aussi que dans des mises en scène récentes les acteurs accèdent à la scène à travers le public et invitent parfois les spectateurs à participer.

Sur scène, le décor peut chercher à imiter une réalité (l'intérieur d'un appartement, par exemple). Mais souvent, les metteurs en scène adoptent une autre démarche car le théâtre, ce n'est pas le cinéma. Le décor est donc symbolique. Ce qui importe, ce sont les effets que produisent les éléments installés sur scène et les possibilités de déplacement offertes aux acteurs.

Les lumières participent également à la création d'une atmosphère. Si certains éclairages ont pour but de donner l'illusion d'un soir d'été ou d'une nuit étoilée, d'autres sont spécifiquement exploités pour mettre en relief le jeu des acteurs. Si lors d'une scène de dispute, un metteur en scène peut imaginer de plonger dans l'obscurité tout le décor et de faire suivre les acteurs par des projecteurs alors toute l'attention se concentre sur eux au moment où s'ils sont totalement absorbés par leur conflit.

b. L'incarnation des personnages par des acteurs

Durant un temps limité, des acteurs vont faire vivre des personnages, ils vont leur donner un corps (c'est le sens du mot incarnation). Pour les guider, le metteur en scène va leur donner des indications. Elles portent sur :

- la voix (intonation et débit) ;
- la gestuelle ;
- l'expression du visage ;
- les déplacements.

Les costumes qu'ils portent permettent de les rattacher à une époque, de les identifier (un prince, un valet, etc.) et de leur donner un caractère (un homme austère, un jeune homme coquet, etc.). Les couleurs sont également choisies pour qu'ils soient vus du public mais aussi pour créer une symbolique (le rouge, l'or, etc.). Parfois, un metteur en scène choisit volontairement des costumes qui ne renvoient pas au contexte historique défini par le dramaturge. On observe alors un effet de modernisation qui sert à souligner le caractère intemporel des questions humaines ou politiques que cette pièce soulève.

Les acteurs se saisissent parfois d'accessoires qui peuvent avoir une fonction dramatique dans la mesure où ils participent à l'action (une lettre, une épée, une fiole de poison). Mais là encore, la dimension symbolique ne doit pas être négligée. Ainsi, une lettre est un objet dont la fonction est de révéler, mais elle connote également le secret, l'amour, la trahison. Dans *Cyrano de Bergerac* (1897) d'Edmond Rostand, Roxane conserve les lettres de son époux Christian après sa mort. Elles symbolisent son amour. Mais elles jouent également un rôle dramatique car Roxane demande à son ami Cyrano de les lui relire. Or la nuit tombe et Cyrano récite sans voir. Roxane comprend alors que ce n'était pas Christian qui avait rédigé ces lettres mais Cyrano. Elle mesure alors tout l'amour que lui porte celui qu'elle ne considérait que comme un ami.

3. Les formes de comique

Un effet comique repose toujours sur un décalage provoqué par un événement inattendu, une remarque inadaptée à la situation, une entorse à la logique.

a. Le comique de mots

Il peut provenir :

- d'un jeu sur les sens différents d'un mot (sens propre/sens figuré, connotations);
- d'une exagération (hyperboles, imitation, caricature);
- d'un usage décalé de la langue (emploi de mots familiers dans un contexte qui ne l'autorise pas).

b. Le comique de gestes

Il provient de la farce, genre théâtral très populaire au Moyen Âge. Molière exploite très souvent ce type de comique qui passe par des grimaces, des coups, des maladresses.

c. Le comique de situation

Il est lié au contexte dans lequel les personnages se trouvent et repose souvent sur un décalage d'informations. Si un personnage doit se cacher derrière un meuble ou un lieu étroit, s'il se dissimule sous un déguisement, on parlera de comique de situation. Le quiproquo appartient également à cette forme de comique.

d. Le comique de caractère

Un personnage, ou tout un groupe social, fait rire à cause de l'un de ses défauts.

4. Les caractéristiques du tragique

a. Le conflit tragique

Un personnage est soumis à deux forces contraires qui le dépassent. Ces forces peuvent être :

- intérieures. Il s'agit d'une passion (amour, haine) ou d'une obligation morale que s'impose le personnage comme un devoir;
- extérieures. Ce sont les lois politiques d'une cité et les interdits sociaux.

Le conflit entre les deux forces est sans issue, c'est un dilemme. Le personnage est alors très souvent broyé par les événements. Pour autant, il n'est pas privé de liberté. Il doit faire un choix mais la décision qu'il prendra le mènera quoiqu'il arrive au malheur.

Le saviez-vous ?

Pour les dramaturges de l'Antiquité, mais aussi pour Corneille et Racine, le spectacle de ces personnages confrontés à l'expérience du tragique produit chez les spectateurs une catharsis, c'est-à-dire une purification. Le public est libéré de ses propres passions en voyant à quel point elles sont sources de souffrance pour les personnages.

b. La grandeur tragique

Le cheminement jusqu'à la décision prise permet de révéler les contradictions, les doutes, les angoisses du personnage qui se sent victime du destin.

S'il est ainsi victime de la fatalité, c'est parce qu'il a une part de culpabilité. Souvent les passions qui l'animent sont condamnables à certains égards. Dans certaines tragédies, le personnage subit la malédiction des dieux qui ont puni ses aïeux.

Ainsi, les héros tragiques sont des êtres hors du commun qui tirent leur caractère exceptionnel de leur naissance (ils sont issus d'une famille prestigieuse) ou de leur courage personnel. Ils sont nobles de sang ou nobles de cœur.

5. Histoire du théâtre

a. Les origines antiques

Le théâtre est né en Grèce au Ve siècle avant J.-C. Les représentations théâtrales étaient données en plein air, à l'occasion de fêtes en l'honneur de Dionysos, le dieu du vin et de l'ivresse. Elles étaient ainsi considérées comme des cérémonies religieuses. Mais, à cette dimension sacrée s'ajoutait une dimension politique. En effet, le théâtre a connu son apogée au Ve siècle avant J.-C. durant la démocratie athénienne. Tous les citoyens se devaient d'assister aux représentations.

De cette période date la distinction entre tragédie et comédie. Les objectifs de ces deux genres sont radicalement différents.

La tragédie met en scène des héros illustres mythologiques ou historiques qui sont confrontés à la fatalité. Trois auteurs dominent : Eschyle, Sophocle et Euripide.

Le saviez-vous ?

La tragédie *Œdipe Roi* de Sophocle est considérée comme l'un des chefs-d'œuvre du théâtre antique.
Elle propose une version du mythe d'Œdipe. Ce héros légendaire est le fils du roi Laïos qui a été averti par un devin qu'il tuerait son père et qu'il épouserait sa mère. Œdipe, alors qu'il n'est qu'un nouveau-né, est abandonné. Mais, il grandit et accomplit, bien malgré lui, la prophétie. Quand il prend conscience de l'horreur de son crime, il se crève les yeux.
Cette pièce interroge la part de liberté de l'homme face à la volonté des dieux.

Les personnages des comédies sont contemporains des dramaturges. On observe ainsi un effet de miroir puisque la comédie est un reflet d'une société et plus particulièrement de ses défauts. Il s'agit en effet de proposer une critique des vices des hommes par le rire.

Les Romains ont poursuivi l'œuvre des Grecs et ils ont enrichi le répertoire grâce à Sénèque, Plaute et Térence.

b. Le théâtre du Moyen Âge au XVIe siècle

Les changements culturels qui interviennent à la fin de l'Antiquité (développement du christianisme, chute de l'empire romain) entraînent une profonde modification des genres théâtraux, ce qui est aisément compréhensible quand on prend conscience que les fondements du théâtre antique étaient religieux et politiques. La tragédie laisse la place à d'autres pièces religieuses comme les « mystères » qui mettent en scène la vie du Christ et des saints. La comédie prend un tour plus populaire. En effet, dans les farces, le comique est plus grossier, moins raffiné, que chez les Grecs et les Romains.

Au XVIe siècle, durant la Renaissance, on observe un regain d'intérêt pour les textes de l'Antiquité. Certains auteurs tels que Robert Garnier et Étienne Jodelle s'inspirent des tragédies et comédies grecques et latines.

c. Le théâtre au XVIIe siècle

Jusque dans les années 1640, sous l'influence du courant baroque, le théâtre se plaît à ne respecter aucune règle et le genre de la tragi-comédie (personnages nobles, aventures extraordinaires et fin heureuse) se développe. La comédie, quant à elle, ne recule pas devant le mélange des genres. *L'Illusion comique* (1636) est un exemple de la richesse de cette veine baroque.

Mais les auteurs classiques, pour qui la littérature doit se soumettre à un idéal de pureté et d'équilibre, entendent bien voir le théâtre se codifier. Comédie et tragédie doivent être deux genres distincts, comme c'était le cas dans l'Antiquité. D'autre part, de nouveaux codes s'imposent :

– La règle des trois unités (temps, lieu et action). Afin d'atteindre une concentration maximale de l'intensité dramatique, il convient de ramasser l'intrigue en une seule journée. En si peu de temps, les personnages sont forcément limités dans leurs déplacements. Tout se déroule donc dans un seul lieu. Le dramaturge ne doit pas proposer d'intrigues secondaires autonomes.

> « Qu'en un lieu, qu'en un jour, un seul fait accompli
> Tienne jusqu'à la fin le théâtre rempli. »
>
> Nicolas Boileau, *Art poétique*, 1674

– La règle des bienséances. Les pièces de théâtre de Molière, Corneille et Racine sont jouées devant le roi et la cour. Il est donc nécessaire de conserver une certaine retenue et d'exclure de la scène toutes les actions qui pourraient être considérées comme choquantes (duels, batailles, meurtres, intimité physique). D'autre part, la vraisemblance doit être respectée. Les conditions de représentation influencent ainsi l'écriture des pièces.

Corneille a fait l'expérience de la rigueur esthétique qui régnait dès 1637. Sa pièce *Le Cid* a donné lieu à une violente querelle. Elle marque pour le dramaturge le début de sa production théâtrale en accord avec les règles du classicisme.

La comédie connaît une période glorieuse grâce à Molière dont le génie réside dans l'assimilation des traditions comiques latines, espagnoles et italiennes. Il réussit à faire de ce genre populaire et divertissant un genre noble. La portée critique de ses pièces et la finesse de l'analyse des mœurs de son temps ont permis ce succès. Il faut également noter que Molière est dramaturge et metteur en scène. Son écriture est dictée par la représentation qui doit en découler.

d. Le théâtre au XVIIIe siècle

Le théâtre du siècle des Lumières est l'héritier du théâtre classique dans la mesure où la séparation entre comédie et tragédie n'est pas véritablement remise en cause. Certes, Diderot crée le drame bourgeois, mais cette expérience reste marginale. La grande majorité de la production théâtrale se plie encore aux règles énoncées par Boileau. La tragédie tend d'ailleurs à virer au conformisme et les pièces semblent imiter inlassablement Racine.

Le saviez-vous ?

Voltaire était persuadé de passer à la postérité grâce à ses tragédies. En réalité, Voltaire était plus doué pour les contes philosophiques et les essais que pour le théâtre. Les auteurs sont parfois mauvais juges d'eux-mêmes…

C'est la comédie qui se renouvelle le plus en intégrant des thèmes propres aux Lumières. Marivaux et Beaumarchais exploitent ainsi de manière originale la relation entre maître et valet alors que chez Molière le valet était entièrement dévoué à son maître dont il favorisait les amours.

Au XVIIIe siècle, le valet s'émancipe et le temps de la pièce, où d'une scène, les rôles s'échangent. Dans *L'Île des esclaves*, Marivaux donne une leçon aux maîtres trop autoritaires dans un lieu utopique où les valets ont le pouvoir. Dans *Le Jeu de l'amour et du hasard*, les déguisements permettent aux cœurs de se mettre à nu. Quant à Beaumarchais, il fait de Figaro le valet le plus célèbre du XVIIIe siècle dans une trilogie où celui-ci tient le premier rôle : *Le Barbier de Séville, Le Mariage de Figaro, La Mère coupable*. Mozart et Rossini ont également contribué à la célébrité du personnage à travers leurs opéras adaptés des pièces de Beaumarchais.

Le saviez-vous ?

À partir du nom de Marivaux a été formé le terme « marivaudage » qui désigne un dialogue amoureux. Les interlocuteurs échangent avec esprit des paroles raffinées et galantes.

Il faut également ajouter que Beaumarchais a utilisé des didascalies avec abondance illustrant ainsi l'intérêt croissant des dramaturges pour les effets de mise en scène.

e. Le théâtre au XIXe siècle

C'est le mouvement romantique qui bouleverse les codes du théâtre classique. Au début du XIXe siècle, la jeune génération dont les idéaux sont grands souhaite faire du théâtre un espace de liberté. Au nom du naturel et de la vie, Victor Hugo balaie d'un revers de main la séparation de la comédie et de la tragédie et prône le mélange des genres et des registres. Il expose son esthétique dans la préface de *Cromwell* (1827), l'un de ses drames romantiques. C'est ainsi que se nomme ce nouveau genre qui s'épanouit dans la première moitié du XIXe siècle. Ces changements ne se sont pas produits sans résistance de la part des tenants des règles classiques. La première représentation d'*Hernani* de Victor Hugo à la Comédie-Française a donné lieu à une véritable « bataille » le 25 février 1830.

Alfred de Musset, Alexandre Dumas, Alfred de Vigny participent à enrichir ce genre. Ces jeunes dramaturges rejettent les règles des trois unités et des bienséances. De ce fait, certaines de leurs œuvres font intervenir tant de changements de décors et tant de péripéties, qu'elles sont presque injouables. C'est le cas de *Cromwell*, justement. Mais ces prises de liberté permettent aux dramaturges de s'inspirer du théâtre baroque de Shakespeare et d'introduire sur scène la violence absente du théâtre classique.

Cette esthétique nouvelle va de pair avec des préoccupations modernes. Les héros des drames romantiques sont des êtres déchirés et torturés. Ils sont en quête d'absolu et s'ils ne sont pas nobles de naissance, ils sont nobles de cœur. Pourtant leur parcours est souvent tragique car leurs idéaux se heurtent à des considérations politiques.

f. Le théâtre au XXe siècle

La première moitié du XXe siècle voit le retour de la tragédie et des sujets légendaires traités par les dramaturges antiques et classiques. Cependant, Jean Giraudoux (*La guerre de Troie n'aura pas lieu*, 1935) et Jean Cocteau (*La Machine infernale*, 1934) mêlent dans leurs pièces des éléments qui appartiennent à un comique grinçant, ce qui accentue le sentiment d'inquiétude. Ces mythes violents qui évoquent Œdipe, Électre ou encore la guerre de Troie entrent en résonance avec le contexte de l'entre-deux-guerres. La crise économique de 1929 et la montée des totalitarismes engendrent des doutes et une remise en cause des valeurs humanistes.

L'après Seconde Guerre mondiale est marqué par un éclatement des genres littéraires. Le théâtre n'échappe pas à la contestation des codes. Alors que l'intrigue apparaissait comme le ressort commun à toutes les pièces, certains dramaturges déplacent le centre d'intérêt. Ainsi, Samuel Beckett et Eugène Ionesco interrogent la condition humaine et la difficulté des individus à donner du sens à leur existence. C'est pour cela qu'on a qualifié ce théâtre de « théâtre de l'absurde ».

Zoom sur… Eugène Ionesco (1909-1994)

Sa vie

- Il est né en Roumanie d'un père roumain et d'une mère française mais a passé une partie de son enfance en France.
- Son père autoritaire a méprisé son goût pour la littérature et a toujours soutenu le pouvoir en place qu'il soit fasciste ou communiste. Eugène Ionesco lui n'a eu de cesse de dénoncer toutes les formes de totalitarisme.
- À Paris, il se lie avec les auteurs les plus avant-gardistes.
- Il est associé au théâtre de l'absurde, tout comme Samuel Beckett. Il estime en être le précurseur.

Son œuvre

- Ses pièces sont marquées par une réflexion sur la solitude de l'homme dans un monde dont le sens lui échappe.
- Il rejette l'illusion réaliste du théâtre.
- Sa première pièce, *La Cantatrice chauve* (1950), qui interroge ce qu'il peut y avoir de mécanique dans les conversations et les rapports sociaux, est influencée par les phrases de la « méthode Assimil ». Ionesco apprenait alors l'anglais.
- De 1950 à 1970, il produit une œuvre par an. Ce sont des pièces de théâtre mais aussi des récits et des articles sur le théâtre (*Notes et contrenotes*, 1962).
- *Rhinocéros* (1959) traite de l'endoctrinement politique. Il montre comment les habitants d'une petite ville ne parviennent pas à faire face à une épidémie qui les transforme en rhinocéros. Montrer sur scène la métamorphose d'individus en animaux est un défi pour un metteur en scène.

Mais le XXe siècle consacre également le metteur en scène dont le rôle ne cesse de croître. De plus en plus, la représentation est perçue comme une recréation à part entière de la pièce. Louis Jouvet, Antoine Vitez ou plus récemment Patrice Chéreau et Ariane Mnouchkine ont marqué l'histoire du théâtre par des choix parfois étonnants et toujours stimulants pour l'esprit.

APRÈS-MIDI • Réviser les lectures linéaires

1. Analyser une scène d'exposition

Il est très probable que vous ayez étudié la scène d'exposition de la pièce travaillée en œuvre intégrale. La question posée par l'examinateur portera sans doute sur les fonctions/ les enjeux de cette scène ou sur son originalité. Dans tous les cas, cela suppose que vous connaissiez les codes de l'exposition pour pouvoir montrer comment se situe votre texte. Respecte-t-il les attentes ? Si oui, par quelles stratégies ? Si non, pour quelles raisons ? Avec quelles conséquences sur le lecteur/spectateur ? Et surtout, dans quel but ?

Il vous appartient de montrer si l'extrait que vous commentez remplit ou non les fonctions suivantes puisqu'une une scène d'exposition canonique doit :

- poser un contexte, un cadre que le décor, les costumes et les objets souligneront lors d'une représentation ;
- assurer une présentation efficace des personnages par le biais d'un dialogue ou d'un monologue explicatif, voire délibératif ;
- faire apparaître un conflit, un problème autour duquel une intrigue va se mettre en place ;
- mettre en évidence une esthétique reposant sur un type de langage, un genre (comédie, tragédie, drame), des thèmes, etc. ;
- séduire le lecteur.

Exemple : Marivaux, *Le Jeu de l'Amour et du hasard* (acte I, scène I), 1730

■ Quelques indications sur l'auteur et l'œuvre

Amoureux du théâtre et de la vérité, Pierre Carlet de Chamblain de Marivaux (1688-1763) va devenir l'auteur attitré de la troupe des Comédiens-Italiens dont il apprécie le jeu plein de fantaisie et de pantomimes. Il s'est également fait connaître en tant que moraliste et romancier, mais c'est surtout par ses « comédies de l'amour » où il étudie les surprises, les secrets et les masques du cœur humain, qu'il connaîtra un immense succès. Dans *Le Jeu de l'amour et du hasard* (1730), le père de Silvia décide de marier sa fille avec Dorante, le fils de l'un de ses amis. Mais Silvia, méfiante, se fait passer pour sa servante Lisette lors de la rencontre. Et Lisette devient Silvia. Mais le jeune Dorante a eu la même idée et a échangé sa place avec son valet Arlequin. Toute la comédie s'attache à faire tomber les masques. Marivaux s'intéresse dans sa pièce à la naissance de l'amour et n'hésite pas à exploiter les ressources de l'art théâtral grâce à des jeux de rôles particulièrement intéressants à observer lors d'une représentation.

Texte

Scène première

SILVIA, LISETTE

SILVIA
Mais, encore une fois, de quoi vous mêlez-vous ? Pourquoi répondre de mes sentiments ?

LISETTE
C'est que j'ai cru que, dans cette occasion-ci, vos sentiments ressembleraient à ceux de tout le monde. Monsieur votre père me demande si vous êtes bien aise qu'il vous marie, si vous en avez quelque joie : moi, je lui réponds que oui ; cela va tout de suite ; et il n'y a peut-être que vous de fille au monde, pour qui ce *oui*-là ne soit pas vrai ; le *non* n'est pas naturel.

SILVIA
Le *non* n'est pas naturel ! quelle sotte naïveté ! Le mariage aurait donc de grands charmes pour vous ?

LISETTE
Eh bien, c'est encore *oui*, par exemple.

SILVIA
Taisez-vous ; allez répondre vos impertinences ailleurs, et sachez que ce n'est pas à vous à juger de mon cœur par le vôtre.

LISETTE
Mon cœur est fait comme celui de tout le monde. De quoi le vôtre s'avise-t-il de n'être fait comme celui de personne ?

SILVIA
Je vous dis que, si elle osait, elle m'appellerait une originale.

LISETTE
Si j'étais votre égale, nous verrions.

SILVIA
Vous travaillez à me fâcher, Lisette.

LISETTE
Ce n'est pas mon dessein. Mais dans le fond, voyons, quel mal ai-je fait de dire à monsieur Orgon que vous étiez bien aise d'être mariée ?

SILVIA
Premièrement, c'est que tu n'as pas dit vrai ; je ne m'ennuie pas d'être fille.

LISETTE
Cela est encore tout neuf.

.../...

SILVIA

C'est qu'il n'est pas nécessaire que mon père croie me faire tant de plaisir en me mariant, parce que cela le fait agir avec une confiance qui ne servira peut-être de rien.

LISETTE

Quoi ! vous n'épouserez pas celui qu'il vous destine ?

SILVIA

Que sais-je ? peut-être ne me conviendra-t-il point, et cela m'inquiète.

→ Éléments d'introduction

– Entretien entre Silvia, la maîtresse, et Lisette, sa servante, sur le problème du mariage

– Le mariage est un thème conventionnel dans une comédie. Monsieur Orgon a arrangé un mariage pour sa fille, mais celle-ci peut décider d'accepter ou de refuser. Le spectateur se demande comment va réagir le père au refus formulé par Silvia.

– Querelle à ce sujet : aux certitudes conformistes de Lisette qui évoque les charmes du mariage s'oppose l'inquiétude de Silvia qui en pointe les dangers. Ici, l'obstacle n'est pas extérieur. Il est interne : les peurs de Silvia.

– Rôle d'une scène d'exposition : donner le ton de la pièce et exposer les éléments de l'intrigue avec rapidité.

Fil directeur de l'analyse : Comment cette dispute fait-elle ressortir deux visions du mariage incarnées par chacun des protagonistes ?

→ 1er mouvement : un échange vif entre une maîtresse et sa servante (du début à « vous travaillez à me fâcher, Lisette. »)

▶ L'exposition du thème et l'amorce d'une intrigue

– Deux conceptions du mariage s'affrontent : Silvia et la soubrette ne privilégient pas les mêmes mérites. La maîtresse recherche les qualités morales tandis que Lisette met en valeur la beauté extérieure et ce que l'on raconte sur la personne.

– Leur désaccord est présenté *in medias res* (sans introduction préalable) dès la première réplique. Silvia s'insurge contre Lisette qui a parlé au nom de sa maîtresse à Monsieur Orgon au sujet du mariage à venir. Les deux interrogations initiales sont des reproches adressés à la servante : « Mais, encore une fois, de quoi vous mêlez-vous ? Pourquoi répondre de mes sentiments ? » Ce débat sur le mariage est donc réactivé par la présence du complément temporel : « encore une fois ».

– Lisette cherche à précipiter le mariage de sa maîtresse. Or, celle-ci ne semble pas prête « Le mariage aurait donc de grands charmes pour vous ? »

– Cette crainte du mariage permettra de justifier le travestissement futur : Silvia et Lisette vont intervertir leur rôle (fonction dramatique).

Cette thématique se déploie dans un dialogue engagé. Le spectateur entre dans le vif de la pièce sur un rythme allègre.

▶ La verve du dialogue

– Le dialogue entre les jeunes filles prend la forme d'une dispute. Dans cet extrait, Silvia refuse d'épouser son prétendant sans le connaître, en suivant l'opinion commune Lisette montre que Silvia est un personnage en marge de la *doxa* (= avis général) : « vos sentiments ressembleraient à ceux de tout le monde ». Elle est singulière : « il n'y a peut-être que vous de fille au monde, pour qui ce *oui*-là ne soit pas vrai ». La tournure restrictive « il n'y a que vous… pour qui… » souligne cette différence.

- Les stichomythies (enchaînement rapide des répliques) donne de la fluidité à ce dialogue dont les échanges sont rapides, comme des balles prises au bond. Lisette prend la parole (« pour qui ce *oui*-là ne soit pas vrai ; le *non* n'est pas naturel ») puis suivent une réplique de Silvia (« Le *non* n'est pas naturel ») et la reprise de la part de Lisette (« Eh bien, c'est encore *oui*, par exemple. »).
- Un effet de naturel est ainsi créé (Marivaux s'inspire là de la commedia dell'arte où les acteurs devaient improviser à partir du discours d'un autre personnage). Cela donne un ton comique à cette scène où jaillissent les traits d'esprit par un jeu subtil de renversement de l'argument adverse. Par exemple :

  « SILVIA. — [...] ce n'est pas à vous à juger de mon cœur par le vôtre.
  LISETTE. — Mon cœur est fait comme celui de tout le monde ».
- Cette dispute pourrait tourner à une remise en cause de l'ordre établi. Lisette n'hésite pas à affirmer ses opinions avec des phrases affirmatives : « le *non* n'est pas naturel », « eh bien, c'est encore *oui* ». Elle continue de parler alors qu'elle a reçu l'ordre de se taire. Elle tient tête à sa maîtresse et la tournure hypothétique « si j'étais votre égale » souligne la volonté d'en dire davantage. En l'espace de quelques répliques, Lisette a montré son impertinence et le fait qu'elle ne comprenait pas la réaction de Silvia.

Néanmoins, Silvia n'a de cesse de rappeler que c'est elle la maîtresse et qu'à ce titre, elle ne veut pas que l'on juge de son cœur à sa place.

▶ La supériorité sociale de Silvia

- Le tutoiement, les exclamations et les expressions péjoratives insistent sur le statut de « maîtresse » de Silvia : « Que tu es folle avec tes expressions ! » « quelle sotte naïveté ! ».
- Les noms :
  - Lisette : suffixe à valeur dépréciative qui souligne le statut social du personnage, simple soubrette (personnage de tradition comique).
  - Silvia : personnage inspiré par le talent de l'actrice Silvia Balletti qui jouait régulièrement le rôle de la jeune première dans les pièces de Marivaux.
- Le ton de Silvia est ferme avec trois impératifs à valeur d'ordre : « Taisez-vous ; allez répondre vos impertinences ailleurs, et sachez que ce n'est pas à vous à juger de mon cœur par le vôtre ».

Cette dispute s'apaise peu à peu et Silvia développe alors des arguments justifiant sa position. Elle a décidé de ne pas accepter le mariage dans ces conditions.

➜ 2e mouvement : Le refus du mariage : de « Ce n'est pas mon dessein » à la fin

▶ Lisette, porte-parole du sens commun

- Lisette ne comprend pas l'attitude de sa maîtresse. Elle demande avec incrédulité l'erreur qu'elle a commise : « Mais dans le fond, voyons, quel mal ai-je fait de dire à Monsieur Orgon que vous étiez bien aise d'être mariée ? » Il s'agit ici d'apaiser la tension de l'échange en cherchant l'empathie de son interlocutrice : « voyons ».

– Lisette incarne un optimisme béat pour l'idée du mariage. Pour elle, celui-ci est souhaitable et elle témoigne de son enjouement à ce sujet. Son opposition aux arguments de Silvia prête à sourire : « Cela est tout neuf », lance-t-elle à sa maîtresse lorsque celle-ci affirme ne pas regretter être encore fille (= pas mariée).
– De fait, Lisette offre un contrepoint comique à cette scène. Sa gaieté donne un ton plus léger à l'ensemble de la scène. Même si elle ne peut l'emporter, elle permet, par ses interventions cocasses, de dynamiser l'échange.

Silvia prend définitivement le dessus dans le dialogue car elle est capable de raisonner de façon réfléchie sur sa situation. Elle n'est pas « une originale » (terme dépréciatif) mais une jeune fille capable de prendre son destin en main.

▶ **La supériorité spirituelle de Silvia**

– Cette supériorité sociale s'accompagne d'une supériorité intellectuelle. Elle reprend les arguments de la servante pour en donner en justification très structurée. Silvia démontre une capacité à raisonner. Son argumentaire est ordonné comme le prouve l'adverbe « premièrement ».
– Finalement, le choix lui revient et à ce sujet rien n'est arrêté : « peut-être ne me conviendra-t-il [son prétendant] point ». Là encore, Silvia refuse le conformisme de sa suivante. Elle défend ainsi sa liberté. Elle se présente comme une figure réfléchie et qui se distingue par sa capacité à produire son propre jugement. Face à la surprise de Lisette marquée par une exclamation suivie d'une interrogation qui traduit un étonnement scandalisé : « Quoi ! vous n'épouserez pas celui qu'il vous destine ? », Silvia répond par son incertitude sur la question du mariage.

L'opposition entre les deux jeunes filles trouve alors une justification à la fin de l'extrait. Silvia redoute que son futur époux ne corresponde pas à ses attentes. Ce n'est pas le mariage en tant que tel qui l'effraie mais le choix du mari.

▶ **Les craintes du mariage**

– Elle s'ingénie à montrer qu'elle a la primauté sur le choix de son mari : « cela le [Monsieur Orgon] fait agir avec une confiance qui ne servira peut-être de rien ». Le modalisateur « peut-être » atténue les efforts du père, qui n'a pas d'autre choix que de se conformer à l'avis de sa fille.
– Son inquiétude porte sur l'avenir. L'incertitude de Silvia est marquée par une interrogation : « que sais-je ? ». Le verbe au futur dans l'expression « peut-être ne me conviendra-t-il point » est atténué par la présence de l'adverbe « peut-être ». C'est le hasard du choix qui est remis en cause et non l'institution du mariage.
– L'extrait se clôt par une formule qui résume les craintes de Silvia : « cela m'inquiète ». Cela témoigne surtout d'une affectivité inquiète. Elle a peur de la différence qui existe entre la réalité et l'apparence (c'est ce qu'elle démontrera dans la suite de la scène avec les trois portraits de fourbes).

➜ Éléments pour la conclusion

- Fonction dramatique de cette scène : séduire le spectateur/lecteur.
- Cette scène d'exposition donne les premiers éléments d'intrigue mais surtout le ton du texte (vivacité de la conversation et rôle important du langage dans la découverte du sentiment).
- L'opposition entre la maîtresse et la servante permet de présenter deux conceptions du mariage.
- Le thème du double est amorcé. Il prendra pour forme le travestissement et l'échange des rôles.

■ Question de grammaire

Monsieur votre père me demande si vous êtes bien aise qu'il vous marie.

➜ Analysez l'interrogation dans cette phrase

On attend du candidat :

- qu'il reconnaisse la proposition subordonnée interrogative indirecte « si vous êtes bien aise qu'il vous marie » ;
- qu'il donne sa fonction : COD du verbe « demande » ;
- qu'il repère que cette question indirecte se termine par un point et non un point d'interrogation. Il n'y a pas non plus d'inversion entre le sujet le verbe comme c'est le cas dans les interrogations directes ;
- qu'il remarque que le subordonnant est l'adverbe « si » ;
- qu'il souligne le fait qu'il s'agit d'une interrogation totale.

2. Analyser un texte comique

L'analyse d'un texte comique est faussement facile. Si le langage semble accessible, par la nature populaire du comique, et si le sens de l'extrait paraît s'imposer, il n'en demeure pas moins que l'étude présente des pièges. La paraphrase est sans doute le principal des écueils.

Il faut donc identifier les décalages qui font sourire, prendre appui sur les différents types de comique présents dans l'extrait et surtout donner du sens aux effets produits : qui est ridiculisé ? quel défaut est ainsi critiqué ? comment le dramaturge joue-t-elle avec les ressources de langage ?

Exemple : Molière, *Le Médecin malgré lui* (acte II, scène IV), 1666

Quelques indications sur l'auteur et l'œuvre

Molière (1622-1673), de son vrai nom Jean-Baptiste Poquelin, n'était pas destiné à faire carrière au théâtre. Son père espérait qu'il reprenne sa charge de tapissier du roi. La rencontre avec Madeleine Béjart, une comédienne, change le cours de sa vie. Ils fondent « L'Illustre-Théâtre » mais cette troupe ne rencontre pas le succès à Paris. Commence alors une vie itinérante. De foire en foire, ils jouent des farces. Molière commence à écrire ses propres textes. Leur renommée est telle que le frère de Louis XIV invite la troupe à venir jouer devant le roi. La carrière de Molière est lancée.

Ses pièces gagnent en profondeur, et il crée la « grande comédie » qui joue sur l'ensemble des formes de comique en proposant un regard critique sur les mœurs et sur les vices des hommes. Molière se fait ainsi moraliste.

En 1666, Molière monte la comédie *Le Médecin malgré lui*, une pièce en trois actes qui emprunte les ressorts fréquents de la farce : les disputes de couple, les déguisements mais aussi la satire de la médecine, thème que l'on retrouvera dans sa dernière pièce *Le Malade imaginaire* en 1673.

Dans le deuxième acte, Sganarelle a revêtu les habits de médecin et fait croire à Géronte, père de Lucinde, qu'il exerce cette profession. En réalité, la jeune fille se fait passer pour muette car son père refuse qu'elle épouse Léandre sous prétexte de son manque de fortune. Sganarelle, informé de la supercherie par la nourrice, examine Lucinde et décrit sa maladie en des termes savants qui éblouissent Géronte.

Texte

SGANARELLE (*se tenant avec étonnement*)
Vous n'entendez point le latin !

GÉRONTE
Non.

SGANARELLE (*en faisant diverses plaisantes postures*)
Cabricias arci thuram, catalamus, singularitar, nominativo haec Musa, « la Muse », bonus, bona, bonum, Deuz sanctus, estne oratio latinas ? Etiam, « oui », Quare, « pourquoi » ? Quia substantivo et adjectivum concordat in generi, numerum, et casus.

GÉRONTE
Ah ! que n'ai-je étudié ?

JACQUELINE
L'habile homme que velà !

LUCAS
Oui, ça est si biau, que je n'y entends goutte.

SGANARELLE
Or ces vapeurs dont je vous parle venant à passer, du côté gauche, où est le foie, au côté droit, où est le cœur, il se trouve que le poumon, que nous appelons en latin *armyan*, ayant communication avec le cerveau, que nous nommons en grec *nasmus*, par le moyen de la veine cave, que nous appelons en hébreu *cubile*, rencontre en son chemin lesdites vapeurs, qui remplissent les ventricules de l'omoplate ; et parce que lesdites vapeurs... comprenez bien ce raisonnement, je vous prie ; et parce que lesdites vapeurs ont une certaine malignité... Écoutez bien ceci, je vous conjure.

GÉRONTE
Oui.

SGANARELLE
Ont une certaine malignité, qui est causé... Soyez attentif, s'il vous plaît.

GÉRONTE
Je le suis.

SGANARELLE
Qui est causé par l'âcreté des humeurs engendrées dans la concavité du diaphragme, il arrive que ces vapeurs... *Ossanbabdus, nequer, potarinum, quipsa, milus.* Voilà justement ce qui fait que votre fille est muette.

JACQUELINE
Ah ! que ça est bian dit, notre homme !

LUCAS
Que n'ai-je la langue aussi bien pendue ?

➜ Éléments d'introduction

▶ Entrée en matière

« *castigat ridendo mores* » : la comédie corrige les mœurs par le rire. La pièce de théâtre faisait rire autant qu'elle dénonçait des vices humains, en particulier sur l'un des thèmes de prédilection de l'écrivain : la médecine.

La pièce a été jouée en 1666 par la troupe de l'Illustre-Théâtre, avec Molière dans le rôle-titre du faux médecin.

▶ Présentation de l'extrait

Martine, la femme du bûcheron Sganarelle, veut se venger des coups que lui inflige son mari en le faisant passer pour un faux médecin auprès de Géronte. Celui-ci cherche un remède au mal de sa fille, Lucinde, qui est devenue muette. Sganarelle endosse ce costume avec succès avant que la supercherie ne soit découverte.

▶ Fil conducteur

Comment Molière parvient-il à nous faire rire et réfléchir en même temps dans cette scène de charlatanisme ?

▶ Mouvements du texte

Le diagnostic médical se fait en trois temps. Les explications de Sganarelle sont entrecoupées des réactions des autres personnages. L'accumulation comique des arguments touche alors à son but : il s'agit de justifier le mutisme de Lucinde. L'apparent homme de sciences gagne les faveurs de son public à l'issue d'une démonstration pour le moins surprenante.

➜ 1er mouvement : Le diagnostic médical en latin (du début à « je n'y entends goutte »)

▶ Le latin comme outil de supercherie

- La remarque de Sganarelle : « Vous n'entendez point le latin ! » traduit son étonnement, comme cela est confirmé par la didascalie. Il se place alors en position de supériorité, lui qui en sait quelques rudiments. Il prend donc de l'assurance en ayant la confirmation de la méconnaissance de Géronte.
- Sganarelle associe la gestuelle à la parole. Les gestes mettent en valeur l'absurdité du langage. Le comique est à double niveau et permet le rire complice du spectateur. Sganarelle use du latin pour enfler ses paroles. Il emploie des mots sortis de leur contexte avec des déclinaisons au milieu de sa réplique : « *bonus, bona, bonum* ».
- Il détourne alors des formules convenues et s'amuse à les compiler sans aucun lien avec la situation présente. Les expressions latines renvoient à ses maigres connaissances en latin. Il s'agit à la fois de termes religieux approximatifs (Sganarelle réinvestit ici

ses souvenirs de la messe) : « *Deuz sanctus* » et de règles de grammaire apprises dans son enfance sur l'accord entre le sujet et l'adjectif : « *Quia substantivo et adjectivum concordat in generi, numerum, et casus* ».

▶ **Une cause et des effets : le latin comme arme magique**

– L'effet est immédiat. Géronte est impressionné par cette prestation et en arrive à constater de lui-même son infériorité avec la tournure interrogative : « Ah ! que n'ai-je étudié ? ». Jacqueline joue le rôle du témoin de probité en valorisant le diagnostic médical dans sa langue populaire qui traduit l'éblouissement que produit une telle performance : « L'habile homme que velà ! ».
– Molière se moque aussi des paysans qui se laissent impressionner en redoublant la remarque élogieuse de Jacqueline dans la bouche de Lucas : « Oui, ça est si biau, que je n'y entends goutte ». La subordonnée consécutive marque ce passage du ravissement visuel à l'émerveillement intellectuel.
– Par un retournement comique, c'est Géronte qui est tourné en ridicule. Il est curieusement absent dans le dialogue. Cette mise en retrait s'explique par la mise en scène de Sganarelle qui produit un véritable spectacle qui laisse ébahis ses spectateurs.

Le diagnostic se poursuit cette fois-ci essentiellement en français. Peut-être de façon plus intelligible pour les observateurs ?

➜ **2e mouvement : Le diagnostic médical en français (de « or ces vapeurs » à « je vous conjure »)**

▶ **La supercherie de Sganarelle**

– Sganarelle commet un certain nombre d'erreurs. Sa démonstration anatomique est fausse. Ses connaissances sont floues : le foie n'est pas à gauche, de même le cœur n'est pas à droite. Il utilise un lexique médical précis : « la veine cave », « les ventricules », « l'omoplate », mais tous les éléments sont dans le désordre. Toutefois, c'est parce qu'il parodie le discours des médecins que celui-ci paraît crédible pour l'ignorant.
– Il mêle un jargon pseudo-médical : « humeurs » à des mots en latin, grec et hébreu, qui là aussi ne sont pas à leur place (*nasmus* est un mot latin et non grec par exemple). Il s'inclut dans la communauté des médecins avec le pronom personnel « nous ». Sganarelle se cache derrière ces termes qui en imposent à son auditoire pour camoufler son ignorance.
– L'hypocrisie de Sganarelle se traduit enfin par des hésitations. Les points de suspension dans sa tirade montrent qu'il improvise et cherche à produire un discours parodique. La répétition de la formule « parce que lesdites vapeurs » montre qu'il s'emmêle lui-même dans un raisonnement complexe.

▶ **La satire de la médecine**

– Cette mise en scène reproduit celle des vrais médecins qui impressionnent par leur savoir apparent. Molière critique en cela la médecine, en tant que pratique ostentatoire. Il ne s'agit pas vraiment de soigner les malades, mais de le faire croire en choisissant un lexique inintelligible.

– Pour garder le beau rôle de professeur qui donne une leçon à des auditeurs naïfs, Sganarelle les apostrophe à plusieurs reprises : « comprenez bien », « écoutez bien ». Il reproche aux crédules leur inattention : « soyez attentif ». Il prépare ainsi le clou de spectacle.

– La cause du mutisme de Lucinde serait les vapeurs et les humeurs du corps. Sganarelle reprend à son compte la théorie des humeurs dans la médecine antique, en particulier chez Hippocrate. Cela lui fournit des arguments d'autorité à une époque où les médecins suivaient souvent ce courant de pensée. Il est ainsi question d'un déséquilibre dans les éléments du corps, difficiles à saisir pour des non-spécialistes.

Le diagnostic peut prendre fin : le spectateur attend une formule de conclusion dans ce troisième temps de l'explication médicale.

➜ **3e mouvement : La fin du diagnostic (de « Oui » à la fin)**

– Sganarelle poursuit avec pédantisme son diagnostic : « Qui est causé par l'âcreté des humeurs engendrées dans la concavité du diaphragme ». En une seule phrase, il mêle des termes médicaux complexes. Le comique de mots bat son plein par ce pédantisme outré.

– Mais Sganarelle semble à bout d'idées : « il arrive que ces vapeurs… ». Le raisonnement tourne en rond une fois de plus. Les points de suspension soulignent l'interruption du discours. Il est ainsi nécessaire de terminer par un trait d'esprit.

– La formule latine : « *Ossanbabdus, nequer, potarinum, quipsa, milus* » ressemble à une formule magique et sert de conclusion au diagnostic. Le présentatif « voilà » accompagné de l'adverbe « justement » signale la fin d'une argumentation présentée comme logique.

▶ **La réaction de Jacqueline et Lucas**

– Jacqueline réitère son admiration béate. Sans le vouloir, elle joue le rôle de l'alliée de Sganarelle en affirmant le pouvoir hypnotisant de cette démonstration : « Ah ! que ça est bian dit, notre homme ! ». Les exclamations louent les compétences de Sganarelle, qui sont essentiellement celles de la parole. Elle met en exergue le pouvoir des mots qui remplace les vraies compétences. La satire de la médecine repose sur cette comparaison à des bonimenteurs.

– Lucas n'est cependant pas tout à fait dupe. Il fait l'éloge de l'éloquence de Sganarelle en le comparant à lui : « Que n'ai-je la langue aussi bien pendue ? ». Cette question rhétorique marque à la fois la supériorité en ce domaine de la part du faux médecin mais elle pose aussi les limites de ce charlatanisme. L'expression « avoir la langue bien pendue » évoque la facilité de la parole mais introduit une part de doute sur la véracité de ce qui a été dit. Lucas note ici que ce discours pourrait être « de la langue de bois ».

▶ **Éléments de conclusion**

- Scène qui fait penser à la Commedia dell'arte avec une part importante d'improvisation et des situations qui mêlent différentes formes de comique (comique de mots, de gestes, de situation).
- Le comique veut faire rire autant qu'il révèle le pédantisme et la naïveté qu'il dénonce. Cette scène inspirera Jules Romains pour le personnage de Knock au XXe siècle.
- La démonstration médicale burlesque se conclut par le traitement : Lucinde devra manger du pain trempé dans du vin (dimension sacrilège car cela fait référence à l'eucharistie) et par la récompense financière de Géronte.
- Malgré tout, Sganarelle remporte une partie mais pas la guerre. Lucas découvrira l'imposture et en informera Géronte. Heureusement, dans la comédie, le dénouement est souvent heureux : par un *deus ex machina* (= une solution providentielle), Léandre hérite de son oncle et le mariage avec Lucinde pourra avoir lieu.

■ Question de grammaire

Vous n'entendez point le latin !

➜ **Analysez cette phrase en veillant plus particulièrement à observer le fonctionnement de la négation**

On attend du candidat :

- qu'il reconnaisse la négation totale : elle porte sur l'ensemble de la proposition qu'elle nie entièrement ;
- qu'il identifie les deux adverbes de négation qui encadrent le verbe : « ne… point » ;
- qu'il remarque l'élision de « ne » qui devient « n' » devant une voyelle ;
- qu'il fasse une remarque sur « ne… point » beaucoup plus fréquent à l'époque classique qu'aujourd'hui.

3. Analyser un monologue

Comme son nom l'indique, le monologue désigne un discours (logos) prononcé à haute-voix par un individu seul (mono) ou qui se croit seul. Au théâtre, le monologue est un moment où un personnage s'exprime seul sur scène.

Il ne faut pas confondre le monologue théâtral avec la tirade, laquelle est généralement prononcée en présence d'autres personnages. Ainsi la scène III de l'acte V du *Mariage de Figaro* montre-t-elle Figaro absolument seul face au public, dans une rage telle que faisant fi du silence, de la vraisemblance et de la discrétion, il se met à parler.

Le monologue peut avoir une fonction :

- **explicative**. Le monologue permet d'apporter des informations dramatiques importantes au spectateur (exemple : la scène d'exposition de *George Dandin* de Molière). Le défi pour le dramaturge est de réussir à faire en sorte que ce monologue n'apparaisse pas comme artificiel ;
- **délibérative**. Confronté à un dilemme, le personnage réfléchit tout haut à la situation dans laquelle il est empêtré et quelles solutions trouver. On voit une pensée en mouvement, avec tous ses rouages et toutes ses hésitations (exemple : le monologue d'Auguste dans *Cinna* (acte IV, scène II)) ;
- **introspective**. Le personnage se plonge dans les méandres de son existence, de ses émotions, de ses réactions et les analyse. Il exprime parfois ses états d'âme les plus profonds, dans un lyrisme exacerbé. Exemple : le monologue de Perdican dans *On ne badine pas avec l'amour* (acte III, scène I) ;
- **dramatique**. Le monologue sert à faire avancer l'action ou à la modifier en profondeur. Exemple : le monologue de *Phèdre* (acte IV, scène V).

Ces fonctions ne s'excluent pas, si bien qu'un monologue peut en présenter plusieurs.

Attention, dans le genre romanesque, il existe ce qu'on appelle le « monologue intérieur » qui reproduit le flux ininterrompu des pensées et des émotions d'un protagoniste.

Exemple : Beaumarchais, *Le Mariage de Figaro* (acte V, scène III), 1784

Quelques indications sur l'auteur et l'œuvre

Pierre-Augustin Caron de Beaumarchais (1732-1799) est un homme de lettres du XVIIIe siècle mais il fut aussi homme d'affaires et espion. Il soutint par exemple les indépendantistes américains. Sa vie fut donc mouvementée. On retrouve dans ses pièces cette énergie et ce goût pour les aventures. Il triomphe en 1775 avec *Le Barbier de Séville* qui met en scène l'ingénieux valet Figaro. On retrouve ce personnage dans *Le Mariage de Figaro* (1784), où il devient la figure de premier plan. Ce valet est, en effet, brillant, intelligent et contestataire. Ainsi la révolte souffle sur les terres du comte Almaviva quand celui veut obtenir les faveurs de la servante Suzanne qui doit pourtant se marier avec Figaro. « Qu'avez-vous fait pour tant de biens ? Vous vous êtes donné la peine de naître, et rien de plus... », voilà les paroles que le valet adresse à son maître. Certains ont ainsi pu voir dans cette pièce les prémices de la contestation révolutionnaire.

■ Texte

FIGARO, *seul, se promenant dans l'obscurité, dit du ton le plus sombre.* —

Ô femme ! femme ! femme ! créature faible et décevante !... nul animal créé ne peut manquer à son instinct : le tien est-il donc de tromper ?... Après m'avoir obstinément refusé quand je l'en pressais devant sa maîtresse ; à l'instant qu'elle me donne sa parole ; au milieu même de la cérémonie... Il riait en lisant, le perfide ! et moi, comme un benêt... Non, Monsieur le comte, vous ne l'aurez pas... vous ne l'aurez pas. Parce que vous êtes un grand seigneur, vous vous croyez un grand génie !... noblesse, fortune, un rang, des places, tout cela rend si fier ! Qu'avez-vous fait pour tant de biens ? vous vous êtes donné la peine de naître, et rien de plus : du reste, homme assez ordinaire ! tandis que moi, morbleu, perdu dans la foule obscure, il m'a fallu déployer plus de science et de calculs pour subsister seulement, qu'on n'en a mis depuis cent ans à gouverner toutes les Espagnes ; et vous voulez jouter !... On vient... c'est elle... ce n'est personne. – La nuit est noire en diable, et me voilà faisant le sot métier de mari, quoique je ne le sois qu'à moitié ! (*Il s'assied sur un banc.*) Est-il rien de plus bizarre que ma destinée ! Fils de je ne sais pas qui ; volé par des bandits ; élevé dans leurs mœurs, je m'en dégoûte et veux courir une carrière honnête ; et partout je suis repoussé ! J'apprends la chimie, la pharmacie, la chirurgie ; et tout le crédit d'un grand seigneur peut à peine me mettre à la main une lancette vétérinaire ! – Las d'attrister des bêtes malades, et pour faire un métier contraire, je me jette à corps perdu dans le théâtre : me fussé-je mis une pierre au cou ! Je broche une comédie dans les mœurs du sérail : auteur espagnol, je crois pouvoir y fronder Mahomet sans scrupule : à l'instant un envoyé... de je ne sais où se plaint que j'offense dans mes vers la Sublime Porte, la Perse, une partie de la presqu'île de l'Inde, toute l'Égypte, les royaumes de Barca, de Tripoli, de Tunis, d'Alger et de Maroc ; et voilà ma comédie flambée, pour plaire aux princes mahométans, dont pas un, je crois, ne sait lire, et qui nous meurtrissent l'omoplate, en nous disant : Chiens de chrétiens !

→ Éléments d'introduction

▶ Entrée en matière

La Folle Journée ou Le Mariage de Figaro fait partie d'une trilogie rédigée par Beaumarchais entre 1775 et 1792 : *Le Roman de la famille Almaviva*. L'auteur a dû attendre six ans avant que cette pièce, qui est le deuxième volet de la trilogie, soit jouée officiellement : c'est à la fois un triomphe et l'occasion de véritables polémiques.

En effet, même si cette pièce se présente comme une comédie très enjouée (d'où son titre : *La folle journée*), elle n'en recèle pas moins des passages d'une grande force satirique. Beaumarchais tire à boulets rouges sur la noblesse, le pouvoir, la censure, la justice…

▶ Présentation de l'extrait

Beaumarchais profite de ce très long monologue situé dans le dernier acte de la pièce pour laisser la scène libre à son personnage qui s'en donne à cœur joie. Ainsi tout en racontant sa vie, c'est l'histoire de toute une époque que Figaro dépeint.

C'est la première fois dans l'histoire du théâtre qu'on laisse une tribune aussi longue à un simple valet.

▶ Fil directeur

L'auteur profite d'un moment de crise *dramatique* (Figaro soupçonne que son maître a un rendez-vous galant avec Suzanne, sa femme) pour faire de son valet le porte-parole d'une crise autrement plus *réelle*. Le monologue a ainsi une fonction explicative.

→ 1er mouvement : une critique de la femme

- Figaro est « seul » et « dans l'obscurité ». Il s'exprime d'emblée comme un homme au nom de tous les hommes, sans décor ni fioritures. Au début, c'est un homme face à « la femme » car dans un premier temps, le sujet de la colère c'est Suzanne, et par conséquent l'amour, un sujet a priori frivole – *comique* au sens premier : la comédie mettant généralement en scène des amours compliquées.
- Première cible : la femme introduite par une triple exclamation qui donne au mot une forme d'invective. Observez d'ailleurs le vocabulaire péjoratif qui la caractérise.
- Elle est même incidemment assimilée à un « animal » avec un « instinct » qui la réduirait juste à l'acte de tromperie. La forme interrogative (question rhétorique) invite le spectateur à se positionner.
- Assez rapidement, le propos qui se veut émotif (remarquez l'alternance des types de phrases, des exclamatives particulièrement, les phrases brèves et saccadées) se tourne vers le « comte », mais d'une façon insidieuse : Figaro ne le nomme pas tout de suite et emploie le pronom « il » et la périphrase « le perfide », ce qui contraste avec « Monsieur le comte » qui a donc assurément une valeur ironique dans le contexte.

- Rappelons qu'étymologiquement « perfide » signifie « qui trompe, qui manque à sa foi, à sa parole ». Dans ce premier mouvement Figaro se sent trahi.
- Ce premier mouvement s'achève par la négation « Vous ne l'aurez pas », répétée comme pour asseoir sa détermination. Les rôles semblent s'inverser dans la mesure où généralement ce n'est pas le valet qui interdit mais plutôt le maître.

➜ 2e mouvement : Une critique de l'aristocratie

- La colère du valet gagne en puissance : ponctuation expressive, tournures emphatiques, questions rhétoriques.
- Sa critique est d'autant plus forte qu'elle est insérée dans un pseudo-dialogue : Figaro dit « vous » comme si le comte était présent devant lui. Il l'interpelle, le questionne.
- Mais ce « vous » n'est pas seulement le comte. Figaro prend à partie toute l'aristocratie.
- Après les femmes et le comte, Figaro élargit donc son propos et c'est la noblesse qui devient sa troisième cible. Il critique tout ce qui constitue l'aristocratie (leur richesse, leur pouvoir dans la société) comme le montre le champ lexical : « fortune, un rang, des places ».
- Il se moque de l'orgueil des nobles comme le prouve l'ironie de l'expression « grand génie » (génie voulant dire « bien né », c'est-à-dire le noble), et de l'adjectif « fier ».
- Le valet met en opposition des mots comme « grand, fier, fortune » avec des affirmations réductrices : « Vous vous êtes donné la peine de naître, rien de plus. », « Du reste, un homme assez ordinaire ».

➜ 3e mouvement : Une critique de la société

- Dès lors, Figaro s'en prend à la société entière en prenant son cas personnel en exemple. Il met notamment en avant tout ce que lui a dû faire en contraste (« tandis que ») avec ce qu'a dû faire un noble (« naître, rien de plus »).
- Les hyperboles, les constructions comparatives et les antithèses (« déployer plus de »/« subsister seulement ») mettent ainsi en relief sa singularité.
- Le monologue prend peu à peu une tournure romanesque : Figaro s'emballe, les phrases se font plus longues, jusqu'à ce qu'il soit rompu par des bruits qui lui rappellent subitement l'objet de sa présence.
- La didascalie qui suit montre bien tout le poids de la situation.
- Celle-ci l'amène à poursuivre sa réflexion sur sa « destinée ». Sa critique de l'aristocratie est d'autant plus forte qu'elle entre en confrontation avec une existence des plus picaresques.

➜ 4e mouvement : Une vie picaresque

- Figaro profite de ce monologue pour évoquer sa vie dans un passage qui serait digne d'un roman picaresque.

- Les caractéristiques propres à ce sous-genre romanesque sont visibles : mode autobiographique, récit d'une vie tumultueuse marquée par la misère, les échecs et les aventures, héros amené à croiser toutes les couches de la société.
- Figaro apparaît d'emblée comme un individu « repoussé » : orphelin, « dégoûté » par les « voleurs » qui l'éduquent. Il échoue, malgré ses connaissances, dans tout ce qu'il entreprend. Notez que cette situation rappelle l'origine du monologue : l'angoisse d'être repoussée par sa propre femme.
- Le spectateur comprend d'autant mieux la colère et la détresse de Figaro qu'il entend le récit de sa triste vie : vocabulaire péjoratif, énumérations contradictoires des efforts et des échecs, tournures exclamatives.
- Tous les corps de métier lui semblent contraires, de la médecine au théâtre même. Ce récit nous paraît en contradiction avec les qualités de Figaro qui se montre brillant dans ce monologue.

→ 5e mouvement : Une critique de la censure

- Il se heurte enfin à un autre mur : celui de la censure, ici sous la forme religieuse.
- Pour montrer le danger que l'écriture représente, Figaro utilise un vocabulaire agressif (« brocher une comédie, fronder, offenser, flambée ») et compare équitablement l'acte d'écrire une « comédie » à un suicide (« me fussé-je mis une pierre au cou ! »).
- Il ne faut qu'un « instant » pour qu'un « envoyé » anonyme qui vient de « je ne sais où » se plaigne de ce qu'il a écrit.
- Il ne se sent alors en sécurité nulle part comme le suggèrent l'énumération des compléments circonstanciels de lieu et l'hyperbole (« toute l'Égypte »). Pour quelques vers, le voilà traqué de tous, partout.
- Cette digression autobiographique est cohérente dans la mesure où Figaro fait toujours porter sa critique sur les mêmes : ce sont les puissants (ici, les « princes mahométans ») qui imposent leurs vues. De même, le Comte semble lui imposer ses désirs (cf. droit de cuissage).

→ Conclusion

Figaro est véritablement un valet à part : non content de prendre tout l'espace et de tenir le plus long monologue de l'histoire du théâtre français d'alors, il monopolise en plus la scène pour asséner des critiques acerbes contre les puissants de son époque (la noblesse, la justice, les ministres…). En outre, il fait de son existence un roman extraordinaire d'aventures tout aussi critiques – rebondissements qui ne sont pas sans rappeler par ailleurs l'existence réelle de Beaumarchais. C'est en ce sens que ce monologue est insolite : non seulement il fait briller le valet dans une scène des plus frondeuses, mais en plus le dramaturge semble mêler théâtre et roman qui, étrangement, au lieu de dénoncer le caractère fantaisiste et fictif de Figaro, lui donne une figure humaine presque touchante.

■ Question de grammaire

me fussé-je mis une pierre au cou !

➜ Faites toutes les remarques nécessaires sur le verbe dans l'extrait suivant

On attend du candidat :

- qu'il repère la forme verbale exacte («je me fusse mis ») et l'analyse : nous avons un subjonctif imparfait à la forme passive – d'où la présence de l'auxiliaire être. Le verbe est conjugué à la première personne du singulier avec deux compléments d'objet;
- qu'il fasse une remarque sur l'orthographe de l'auxiliaire et la justifie. Ici, il est pertinent de noter le sujet inversé qui, par euphonie, impose une terminaison différente à l'auxiliaire.

4. Analyser un dénouement

La fin d'une pièce de théâtre aboutit à une situation finale différente de la situation initiale proposée par la scène d'exposition. Le nœud de l'intrigue qui s'était resserré au cours des scènes précédentes est parfaitement dénoué. Le problème est résolu de manière heureuse dans les comédies (un mariage) ou de façon funeste dans les tragédies (mort d'un ou plusieurs personnages, le plus souvent).

Un dénouement vient ainsi sceller le destin des personnages et donne un sens ultime à leurs parcours et à leurs réflexions. On peut dire ainsi qu'il propose une leçon dans la mesure où certains personnages échouent et d'autres sont victorieux.

Mais il arrive également que le dénouement demeure ambigu ou qu'il soit volontairement insatisfaisant. Par exemple, *En attendant Godot* (1952) de Samuel Beckett s'achève sur une absence de résolution :

> « VLADIMIR. — Alors, on y va ?
> ESTRAGON. — Allons-y.
> Ils ne bougent pas. »

Étudier un dénouement impose donc de s'interroger sur les raisons des derniers gestes et des ultimes paroles. Il faut décrypter la dimension symbolique du passage.

Exemple : Jean Racine, *Phèdre* (acte V, scène VII), 1677

Quelques indications sur l'auteur et l'œuvre

Jean Racine (1639-1699) a été élevé à l'abbaye de Port-Royal des Champs, après la disparition de ses parents. C'est dans cet établissement qui constituait le foyer du jansénisme (doctrine chrétienne qui professe des idées austères et rigoristes) qu'il goûte très vite aux lettres. Son parcours témoigne d'une volonté très affirmée de gravir les échelons de la société pour devenir le poète officiel de la Cour de Louis XIV. *Andromaque* lui apporte une gloire fracassante en 1667 et dix ans plus tard, *Phèdre*, malgré la cabale qui gâte ses débuts, le couronne définitivement comme le meilleur tragédien de son temps. Le sujet inspiré du tragédien grec Euripide met en scène l'amour incestueux de Phèdre, la seconde femme de Thésée, roi d'Athènes, pour Hippolyte, le fils de son époux. Au moment où elle vient de faire ce cruel aveu à sa nourrice, les rumeurs propagent le bruit de la mort du roi. Alors qu'elle se croit veuve, elle avoue ses sentiments coupables. Mais, tout à coup, on apprend que Thésée n'est pas mort. Ne sachant pas comment réagir, Phèdre l'accueille avec froideur. Sa nourrice ne trouve d'autre moyen de sauver la vie de sa maîtresse, que d'accuser Hippolyte. Thésée le chasse loin de sa présence et conjure même Neptune de punir le coupable jeune homme. La vengeance paternelle ne tarde pas à s'accomplir car peu de temps après, Théramène, accourt pour annoncer la mort d'Hippolyte. En apprenant cette nouvelle, Phèdre, accablée de remords, vient aussitôt tout dévoiler à Thésée.

Texte

Phèdre
Les moments me sont chers ; écoutez-moi, Thésée :
C'est moi qui sur ce fils, chaste et respectueux,
Osai jeter un œil profane, incestueux.
Le ciel mit dans mon sein une flamme funeste :
La détestable Œnone a conduit tout le reste.
Elle a craint qu'Hippolyte, instruit de ma fureur,
Ne découvrît un feu qui lui faisait horreur :
La perfide, abusant de ma faiblesse extrême,
S'est hâtée à vos yeux de l'accuser lui-même.
Elle s'en est punie, et fuyant mon courroux,
A cherché dans les flots un supplice trop doux.
Le fer aurait déjà tranché ma destinée ;
Mais je laissais gémir la vertu soupçonnée :
J'ai voulu, devant vous exposant mes remords,
Par un chemin plus lent descendre chez les morts.
J'ai pris, j'ai fait couler dans mes brûlantes veines
Un poison que Médée apporta dans Athènes.
Déjà jusqu'à mon cœur le venin parvenu
Dans ce cœur expirant jette un froid inconnu ;
Déjà je ne vois plus qu'à travers un nuage
Et le ciel et l'époux que ma présence outrage ;
Et la mort à mes yeux dérobant la clarté,
Rend au jour qu'ils souillaient toute sa pureté.

Panope
Elle expire, seigneur !

Thésée
D'une action si noire
Que ne peut avec elle expirer la mémoire !
Allons, de mon erreur, hélas ! trop éclaircis,
Mêler nos pleurs au sang de mon malheureux fils !
Allons de ce cher fils embrasser ce qui reste,
Expier la fureur d'un vœu que je déteste :
Rendons-lui les honneurs qu'il a trop mérités ;
Et, pour mieux apaiser ses mânes irrités,
Que, malgré les complots d'une injuste famille,
Son amante aujourd'hui me tienne lieu de fille !

→ **Éléments d'introduction**

– Tout au long de la pièce, Phèdre n'aura de cesse de multiplier les aveux, devant Œnone, Hippolyte et enfin son époux. La mise en scène dramatise cette dernière et ultime comparution.
– Les morts s'accumulent dans le dernier acte. À la scène v, Panope avait annoncé celle d'Œnone. À la scène VII, Thésée vient d'apprendre par le récit de Théramène la mort de son fils. Celle de Phèdre, dont on a appris la folie, arrive à son tour. Il y a donc un effet d'attente pour le spectateur qui se demande ce qu'elle va dire.
– Thésée préférerait ne pas savoir les fautes de son épouse. Phèdre les lui avoue cependant. Cet aveu est le plus grave puisqu'il la rend coupable d'adultère aussi bien que d'inceste. Le dénouement s'achève donc sur Phèdre qui prononce elle-même son oraison funèbre.

▶ **Fil directeur**

Dans quelle mesure, dans ce dénouement, les personnages s'enferment-ils dans leur caractère ?

→ **1er mouvement : l'aveu de Phèdre (du début à « chez les morts »)**

▶ **L'urgence de l'aveu**

– Le premier hémistiche « Les moments me sont chers » et le recours à l'impératif : « écoutez » après la césure soulignent un moment fatidique. Phèdre entreprend d'avouer sa faute à son époux. Le présentatif suivi du pronom personnel « c'est moi » met en évidence sa responsabilité.
– Le regard joue un rôle majeur (« jeter un œil ») dans cette passion incestueuse. Le chiasme « chaste, respectueux » et « profane, incestueux » souligne la vertu d'Hippolyte à l'inverse de Phèdre qui met en avant ses intentions sacrilèges.
– La brièveté de l'aveu en 2 vers est frappante. L'alexandrin au rythme brisé souligne la rapidité avec laquelle il se fait.

L'aveu est urgent car Phèdre a consommé un poison qui ne lui laisse que quelques instants à vivre. Toutefois, il est ambigu car elle s'accuse en même temps qu'elle cherche des circonstances atténuantes.

▶ **Un aveu mensonger**

– Dès cet aveu formulé, Phèdre ment en partie à Thésée et se dédouane de sa responsabilité. Elle trouve alors deux excuses pour justifier son amour incestueux. Son aveu évolue ainsi : « C'est moi qui… » puis « Le ciel mit dans mon sein » et enfin « Œnone a conduit tout le reste ».
– Le premier responsable est la fatalité : « le ciel ». Phèdre se présente comme une victime de forces qui la dépassent. Elle est le jouet du destin dont l'action est reproduite par des allitérations en [s]et en [f] : « Le ciel mit dans mon sein une flamme funeste ».

– Les vers suivants ciblent directement la nourrice et confidente de Phèdre, Œnone. Elle est désignée comme la responsable de ses malheurs. On remarque l'emploi de termes péjoratifs pour désigner Œnone : « la détestable », « la perfide ». Ensuite, c'est la passion amoureuse (champ lexical : « flamme », « fureur », « un feu », « mes brûlantes veines », « vœu ») qui s'est emparée d'elle sans lui laisser d'autre issue.

Comme il est précisé dès la préface, Racine souhaite mettre en avant le paradoxe de Phèdre « ni tout à fait coupable, ni tout à fait innocente », elle avoue sa faute mais ne peut s'empêcher de trouver d'autres coupables. De même, elle omet des éléments pour éviter de dire à son mari l'entière vérité cruelle.

▶ Un aveu partiel et la réhabilitation d'Hippolyte

– Cet aveu est avant tout la déclaration solennelle d'un crime qui entraîne des conséquences fatales : « tranché ma destinée », « descendre chez les morts », « ce cœur expirant ». La rime « remords » et « morts » unit la culpabilité et un destin funeste. La métonymie de l'arme (« le fer ») est une allusion à la mort prochaine.
– Elle oublie de dire à Thésée qu'elle a avoué à Hippolyte son amour pendant son absence, cela lui ôte une faute : il ne la sait pas adultère. C'est parce qu'elle a avoué son amour à Hippolyte qu'elle s'est rendue coupable. C'est probablement pour cela qu'elle néglige la totalité de sa faute lors de ce dernier aveu.
– Elle plaide en faveur d'Hippolyte. Il est innocent ce qui se traduit par la présence de nombreux termes relatifs à la lumière qui souligne l'accès à la vérité : « clarté », « jour ».

→ 2e mouvement : la mort tragique de Phèdre
(de « j'ai pris » à « elle expire, seigneur ! »)

Phèdre est la seule à qui le dramaturge a donné le droit de mourir sur scène. Son suicide est l'unique cas du spectacle de mort autorisé par les bienséances. Acte héroïque, admirable, le choix du poison est justifié pour deux raisons : c'est une façon noble de trépasser et c'est une fin lente qui permet d'avouer ses fautes en réhabilitant les héros.

▶ L'agonie de Phèdre

– C'est une mort sans violence ni effusion de sang. On suit la progression de sa mort par la description des progrès du poison comme le suggère le passage au présent puis l'emploi du participe présent « expirant » avec l'adverbe « déjà » qui montre la rapidité, l'accélération de la mort.
– Le poison est associé à Médée, qui a tué ses propres enfants et sa rivale. Phèdre est de même nature, une criminelle dans la lignée mythologique des montres.
– Le motif du regard dans le vers « Je ne vois plus qu'à travers un nuage » permet de rappeler que c'est son regard coupable qui a engendré la faute. Le venin commencera par fermer ses yeux avant de lui ôter la vie.

▸ **Le chant funèbre**

– L'harmonie de la lamentation est rendue par la beauté des vers : pas de pause forte, une seule phrase en six vers, d'où une fluidité rythmique renforcée par les reprises et les anaphores musicales (« Déjà », déjà », « mon cœur », « ce cœur », « et le ciel », « et la mort ») et les assonances en [a] et [o].
– Le verbe « souillaient » montre une aspiration à expier ses fautes et traduit la volonté de rédemption finale. La sécheresse du constat de Panope : « elle expire » la retranche définitivement du monde des humains.

La pièce ne se clôt pas sur la mort de Phèdre puisque c'est à son époux, que revient le mot final. Il ne lui pardonne pas mais redevient le héros qu'il était.

→ **3e mouvement : la grandeur retrouvée de Thésée (de « D'une action si noire » à la fin)**

▸ **L'évolution de Thésée**

– Alors qu'il semblait désespéré dans le début de cette ultime scène, Thésée se résout à affronter la mort de son fils et ainsi aller pleurer le corps d'Hippolyte : « Allons [...]/ Mêler nos pleurs au sang de mon malheureux fils !/Allons de ce cher fils embrasser ce qui reste ». Les impératifs à la première personne du pluriel « Allons » répétés en tête de vers soulignent la volonté de reprendre sa place et de diriger un destin collectif.
– À l'inverse de Phèdre, Thésée n'a pas de commis de faute, juste une « erreur ». Il reprend alors sa lucidité. Il sort de son aveuglement. Le personnage n'est plus simplement le jouet des Dieux. L'interjection « hélas ! » souligne son désespoir d'avoir agi de la sorte. Thésée regrette donc son « vœu » qui fait allusion au départ de son fils, qu'il associe à la « fureur ».
– La dernière réplique de Thésée lui permet de reprendre le statut de Roi et de héros. Il met en avant l'importance des ancêtres : « injuste famille ». Il est désormais temps de reconstruire.

▸ **Une grandeur tragique**

– La reconnaissance de ses torts lui donne la grandeur d'un personnage tragique. Il rachète ses erreurs.
– La mémoire d'Hippolyte est rachetée : « Rendons-lui les honneurs qu'il a trop mérités ». Dans un dernier élan, Thésée réévalue le fils maudit. L'adverbe « trop » renforce la valeur du jeune homme. Le roi surpasse son désespoir et son malheur.
– La réconciliation avec Aricie est scellée par son adoption : « son amante aujourd'hui me tienne lieu de fille ». Le dernier vers annonce une lueur d'espoir qui contraste avec la reste de la tragédie.

➜ Éléments de conclusion

- Ce dénouement provoque terreur et pitié chez le spectateur (*catharsis*) et pointe l'injustice des dieux qui punissent Phèdre pour sa passion amoureuse criminelle.
- Ce dénouement est pessimiste pour Phèdre. Le courant janséniste influence cette issue : la grâce divine n'est pas accordée à tout le monde.
- Les personnages sont en accord avec le reste de la pièce :
  - si Thésée est aveugle au début, l'aveu de Phèdre le pousse à reprendre sa place de roi ;
  - Phèdre avoue sa faute mais la déguise. Elle meurt purifiée, après avoir recherché le bien durant toute la pièce.

■ Question de grammaire

Rendons-lui les honneurs qu'il a trop mérités ;

➜ Faites toutes les remarques nécessaires sur ce vers

On attend du candidat :

- qu'il fasse des remarques de métrique (alexandrin, césure, hémistiches) ;
- qu'il repère la proposition subordonnée relative « qu'il a trop mérités » et qu'il l'analyse en détail ;
- qu'il évoque l'accord du verbe « a mérités » avec son COD « les honneurs » placés avant ;
- qu'il analyse l'impératif présent « rendons » et sa valeur.

Jour 3

Le roman et le récit du Moyen Âge au XXIe siècle

MATIN • Faire le point sur les connaissances et les méthodes

1. Les procédés de l'écriture narrative

a. Le narrateur

> **Le saviez-vous ?**
>
> Ce qui fait aujourd'hui l'originalité d'un roman, c'est son intrigue. Ce ne fut pas toujours le cas. Au Moyen Âge, les auteurs de romans de chevalerie contaient des histoires connues de tous. C'était la mise en forme et les variantes qui étaient primordiales et qui pouvaient faire la renommée d'un romancier. La notion d'auteur et de plagiat a bien changé depuis !

Un narrateur peut être un personnage de l'histoire. Il emploie alors le « je », qu'il soit le protagoniste ou un témoin qui rapporte les actions et les émotions du héros. Ce choix crée un effet d'authenticité et le lecteur a l'impression de lire des mémoires. De nombreux romanciers des XVIIe et XVIIIe siècles recourent à cette stratégie. Ainsi, l'abbé Prévost dans *Manon Lescaut* (1731), présente son roman comme le récit de Renoncour, un homme qui reçoit les confidences du personnage principal, le chevalier des Grieux.

Le narrateur d'un roman peut également être extérieur à l'histoire et se confond parfois avec l'auteur lui-même. La narration est alors à la 3e personne. Un tel choix crée un effet de distance et de neutralité (souvent fausse, d'ailleurs). Les romanciers réalistes font ce choix car ils ont pour ambition de proposer, dans leurs romans, un reflet fidèle du monde qui fut le leur. Mais il ne faudrait pas croire que le narrateur s'efface totalement. Bien au contraire, il est un véritable filtre qui teinte les actions d'admiration ou d'ironie. Il est donc nécessaire de s'interroger sur le lien que le narrateur entretient avec les personnages.

b. La narration

Identifier qui raconte est une chose, mais étudier la manière dont l'histoire est narrée en est une autre. Il y a en effet une infinité de façons pour raconter une même histoire. Il faut donc être conscient qu'il n'y a rien qui va de soi. Tout résulte d'un choix de l'auteur. Certes, très souvent, la progression du récit correspond à l'ordre chronologique des événements. On suit un personnage qui traverse les jours, les années… et parfois la vie. Cependant, on peut rencontrer certaines ruptures :

■ L'analepse

Ce procédé consiste à opérer un retour dans le passé. Le narrateur revient sur des événements antérieurs à ceux qui ont déjà été racontés.

La prolepse

Il s'agit du procédé inverse. Un événement est envisagé par anticipation.

> « On verra plus tard que, pour de tout autres raisons, le souvenir de cette impression devait jouer un rôle important dans ma vie. »
>
> Marcel Proust, *Du côté de chez Swann*, 1913

L'ellipse

Une durée est passée sous silence. Une telle lacune souligne bien souvent que le personnage n'a pas évolué ou qu'il a été soumis à des actions répétitives.

> « Il voyagea.
>
> Il connut la mélancolie des paquebots, les froids réveils sous la tente, l'étourdissement des paysages […].
>
> Il revint. »
>
> Flaubert, *L'Éducation sentimentale*, 1869

Par ailleurs, le temps de la narration ne correspond pas toujours au temps vécu par les personnages. Ainsi, un romancier peut consacrer plusieurs pages à l'évocation d'une seule journée ou même d'une seule heure alors qu'il va raconter ce qu'il s'est passé pendant quelques mois en une seule page. Il y a donc des distorsions, des effets de dilatation ou de contraction du temps. Cela s'observe à l'échelle d'un roman mais aussi à l'échelle d'un extrait. Le romancier emploie souvent de tels procédés pour créer un effet de dramatisation.

Ces variations narratives peuvent être accompagnées d'un jeu sur les points de vue, appelés également focalisations :

- point de vue externe : le narrateur adopte le regard d'un témoin. Il est donc en position d'observateur et ne propose pas d'analyse ou d'explication. Les faits sont rapportés avec une certaine objectivité ;
- point de vue interne : le narrateur rapporte une scène selon le regard de l'un des personnages. Il est à sa hauteur et peut entrer dans ses pensées immédiates. Le but du romancier est tout autant de raconter une scène que de monter la manière dont celle-ci est perçue par un personnage ;
- point de vue omniscient : le narrateur surplombe ses personnages. Il fait preuve d'une hauteur de vue en étant capable d'embrasser et d'analyser l'ensemble des pensées des personnages. Il témoigne d'une connaissance remarquable du héros, en faisant référence, par exemple, à l'une de ses habitudes.

Attention !

Un texte présente parfois des glissements de points de vue. Il faut repérer ces changements et les interpréter.

C. La description

> **Le saviez-vous ?**
> Quand la description cherche à produire un effet de réel et qu'on devine la volonté du romancier de donner aux lecteurs l'illusion d'avoir sous les yeux ce qu'il est en train de décrire, on parle d'hypotypose.

Elle ennuie souvent les lycéens... et pourtant elle est passionnante pour peu qu'on en cherche la signification. Comment expliquer un tel désamour ? Sans doute par le fait qu'elle est une rupture dans l'action. Elle est en effet une pause. Le narrateur arrête le temps pour parler à nos sens. Il faut donc interroger la manière de procéder du romancier pour faire apparaître un lieu, un personnage ou objet. Un écrivain peut employer différents procédés :

■ Les compléments circonstanciels de lieu, de temps, de manière...

Vous avez l'habitude de les repérer depuis le collège.

■ L'énumération

Elle permet d'embrasser un espace, de rassembler au sein d'une même phrase des caractéristiques.

> « La poussière des granges, la potasse des lessives et le suint des laines les avaient si bien encroûtées, éraillées, durcies, qu'elles semblaient sales quoiqu'elles fussent rincées d'eau claire. »
>
> Flaubert, *Madame Bovary*, 1857 (description des mains d'une servante)

■ Les expansions du nom

Elles apportent des informations complémentaires et peuvent constituer une chaîne informative.

On distingue l'adjectif, le complément du nom et la proposition subordonnée relative.

■ Les lexiques spécifiques

Décrire une ville, un objet, une personne implique souvent l'emploi d'un vocabulaire technique.

> « Il est difficile de passer devant ces maisons sans admirer les énormes madriers dont les bouts sont taillés en figures bizarres et qui couronnent d'un bas-relief noir le rez-de-chaussée. »
>
> Balzac, *Eugénie Grandet* (description de la ville de Saumur, 1833)

Il est également nécessaire de s'interroger sur l'organisation du passage descriptif et de se demander quel est l'ordre qui préside à la progression de l'évocation. En effet, un romancier peut commencer par un portrait en pied d'un personnage et opérer ensuite un rapprochement progressif. Mais il peut adopter un mouvement vertical : de haut en bas ou de bas en haut. Souvent, un portrait physique est complété par un portrait moral. Ces deux types de portrait peuvent être réalisés simultanément ou successivement. Il n'y a pas de règle établie. Chaque texte descriptif est donc, par définition, original.

Par ailleurs, une description n'est jamais gratuite, elle vise toujours à produire un effet. Quand on étudie l'évocation d'un paysage ou un portrait, il ne faut pas perdre de vue sa signification. A-t-elle pour but de créer un effet de réel ? de mettre en évidence une singularité étonnante ? Bien souvent, une dimension symbolique est présente. L'étude du texte doit la mettre en évidence.

d. Les discours rapportés

On distingue quatre manières d'introduire dans un texte les paroles ou les pensées d'un personnage.

■ Le discours direct

Les propos sont rapportés tels qu'ils ont été prononcés. Ils sont signalés par un verbe introducteur de parole (dire, affirmer, s'exclamer, crier, etc.) et par des guillemets et des retours à la ligne accompagnés de tirets quand plusieurs personnages s'expriment.

> Gervaise la connaissait bien et se contenta de dire :
> « — Vous n'êtes pas gaie, les lendemains de noce, vous ! »
>
> Émile Zola, *L'Assommoir*, 1877

■ Le discours indirect

Les propos sont intégrés à une phrase grâce à une proposition subordonnée qui dépend d'un verbe de parole. Le narrateur signale très clairement au lecteur qu'il se fait l'écho d'un personnage. Les verbes sont au passé.

Ex. : Gervaise la connaissait bien et se contenta de lui dire qu'elle n'était pas très gaie les lendemains de noce.

■ Le discours indirect libre

Le narrateur rapporte un propos qui aurait pu être tenu par un personnage. L'espace d'un instant, il fait entendre une voix qui n'est pas la sienne. Mais il ne le signale pas par des guillemets ou un verbe introducteur. Aussi faut-il être très attentif pour identifier un discours indirect libre.

Ex. : Gervaise la connaissait bien. Elle n'était pas très gaie les lendemains de noce, celle-là !

■ Le discours narrativisé

Comme son nom l'indique, le discours est raconté. Le romancier ne le fait pas entendre et se contente de le résumer. Le lecteur est informé de la teneur des propos d'un personnage mais il ne lit pas les mots prononcés. Ce type de discours permet de gagner en concision.

Ex. : Gervaise et Clémence discutaient de la soirée.

e. Les rapprochements

Pour rendre plus frappants certains éléments descriptifs, un narrateur a fréquemment recours à des comparaisons ou à des métaphores qui permettent de souligner une caractéristique commune au comparé et au comparant. Ce procédé peut avoir un effet valorisant ou dévalorisant.

Les romanciers font également parfois usage de la personnification (attribution de caractéristiques humaines à un objet, à un élément de la nature...). Elle teinte alors le passage d'une dimension fantastique ou mythique.

Dans tous les cas, il faut faire entrer en résonance ces figures de style avec d'autres procédés pour développer une interprétation de l'ensemble du texte.

■ Les oppositions

Elles ont fréquemment pour effet de souligner des contrastes entre des personnages ou des lieux.

> « Jean, aussi blond que son frère était noir, aussi calme que son frère était emporté, aussi doux que son frère était rancunier, avait fait tranquillement son droit et venait d'obtenir son diplôme de licencié en même temps que Pierre obtenait celui de docteur. »
>
> Maupassant, *Pierre et Jean*, 1889

D'autre part, des oppositions peuvent aussi signaler la complexité d'un personnage qui présente alors des paradoxes.

> « De grands yeux noirs, qui, dans les moments tranquilles, annonçaient de la réflexion et du feu, étaient animés en cet instant de l'expression de la haine la plus féroce. »
>
> Stendhal, *Le Rouge et le Noir*, 1830 (portrait de Julien Sorel)

2. Les tonalités

Le genre romanesque est polymorphe, il a changé au fil des siècles et peut s'emparer de tous les sujets. Ainsi, toutes les tonalités peuvent se rencontrer. En voici quatre auxquels il faut être particulièrement vigilant.

a. La tonalité réaliste

Cette tonalité ne doit pas être confondue avec le mouvement réaliste qui, lui, est borné dans le temps (seconde moitié du XIXe siècle). Un texte qui relève de cette tonalité se caractérise par un souci du détail concret et par la volonté de donner l'illusion d'une réalité évoquée sans concession. Cela ne signifie pas, pour autant, que les personnages ne sont pas sans grandeur. Ainsi, dans *Manon Lescaut* de l'abbé Prévost, l'enterrement de l'héroïne éponyme est raconté de manière saisissante par son amant, le chevalier des Grieux :

> « Il ne m'était pas difficile d'ouvrir la terre, dans le lieu où je me trouvais. C'était une campagne couverte de sable. Je rompis mon épée, pour m'en servir à creuser, mais j'en tirai moins de secours que de mes mains. »

Les romanciers appartenant au mouvement réaliste n'ont donc pas été les premiers à viser cet objectif. Mais ce qui les caractérise c'est la généralisation de l'usage de ce registre alors que leurs prédécesseurs y avaient recours de manière plus ponctuelle.

Attention !

Un romancier appartenant aux mouvements réaliste ou naturaliste peut écrire certains passages qui ne relèvent pas du registre réaliste. En effet, Zola donne parfois à ses personnages une dimension extraordinaire et n'hésite pas à employer des comparaisons fantastiques.

b. La tonalité pathétique

Les personnages sont très souvent confrontés à la douleur. Qu'elle leur permette, au cours d'une épreuve, de devenir des héros ou qu'elle résulte d'un échec, elle est omniprésente dans le genre romanesque. Rupture, maladie, deuil… le romancier fait souffrir ses personnages. Pour étudier la présence de la tonalité pathétique dans un texte, il faut être attentif aux lexiques du corps et des émotions car les souffrances physiques et psychologiques sont souvent liées. Les procédés d'amplification tels que les accumulations, les comparatifs de supériorité, les superlatifs, les hyperboles, les adjectifs précédés d'un adverbe d'intensité (« si », « tellement ») sont à mettre en évidence. Mais, il convient de repérer également les nuances, en particulier lorsque le romancier cherche à analyser avec finesse son personnage et qu'il rend compte d'états d'âme douloureux. Dans *La Princesse de Clèves*, Madame de Lafayette, propose le premier roman d'analyse de la littérature française. Elle y étudie les effets de la passion amoureuse sur son héroïne.

Le saviez-vous ?

Jusqu'au XIXe siècle, le roman était un genre littéraire peu considéré, parce qu'on estimait qu'il jouait avec des émotions jugées féminines. On reprochait ainsi au roman de faire souvent preuve de sensiblerie. Les lecteurs versaient trop de larmes !

c. La tonalité épique

On peut qualifier un texte d'épique quand on constate la présence de procédés appartenant à l'épopée, un genre narratif et poétique qui a connu son âge d'or durant l'Antiquité. *L'Iliade* et *L'Odyssée* sont des poèmes épiques d'Homère (VIIIe siècle av. J.-C.) qui rapportent la guerre de Troie et le retour d'Ulysse. La tonalité épique accentue les exploits du personnage qui s'en trouve grandi. Véritable héros doté de qualités physiques et morales exceptionnelles, il est au service d'un peuple. Il est donc un modèle, un exemple.

Victor Hugo, dans *Les Misérables,* donne à Jean Valjean une dimension héroïque. Dans Paris à feu et à sang, le romancier fait s'échapper son personnage par les égouts. Jean Valjean tente de sauver le jeune Marius qui est blessé et le porte à bout de bras :

« Il se dressa et se tordit et s'enracina avec une sorte de furie sur ce point d'appui. Cela lui fit l'effet de la première marche d'un escalier remontant à la vie. »

Pour analyser la tonalité épique il faut donc repérer les amplifications et les procédés créant un effet de dramatisation (verbes d'actions, effets rythmiques, comparaisons).

d. La tonalité ironique

Le saviez-vous ?

L'ironie n'implique pas forcément la critique et la satire. Elle peut également être la marque d'une certaine tendresse. Le narrateur s'amuse alors du personnage.

L'ironie est un art de la dissimulation. Elle consiste à faire entendre un message différent du sens premier d'un propos. Dans un roman, elle peut prendre plusieurs formes. Elle peut venir de l'auteur. Par exemple, dans les *Lettres persanes,* Montesquieu imagine la correspondance de Persans voyageant en France et écrivant des lettres à leurs amis. Il faut lire, derrière le regard parfois naïf des personnages, l'ironie de Montesquieu qui critique les habitudes sociales, culturelles et politiques des Européens. Dans les romans dont le personnage principal est un antihéros lâche et immoral, le narrateur peut ainsi mettre en évidence les défauts du personnage en feignant de les trouver normaux.

Mais l'ironie peut également être le fait d'un narrateur omniscient qui, en narrant certains faits avec une apparente objectivité, prend soin de laisser transparaître un point de vue subjectif. Ainsi, dans *L'Éducation sentimentale* de Flaubert, le narrateur tourne en dérision le romantisme de Frédéric Moreau dont l'attitude, dès l'incipit, annonce l'échec.

Pour repérer l'ironie, il faut être sensible au décalage entre le sens global du texte et certaines phrases. Le procédé le plus frappant est l'antiphrase qui consiste à dire le contraire de ce qu'on veut faire entendre. Mais l'ironie ne passe pas uniquement par l'inversion, elle peut résider dans des exagérations ou des atténuations.

3. Histoire du roman

a. Les origines

Il serait faux de dire que les romans n'existaient pas dans l'Antiquité, mais ils étaient très marginaux. Pour les Grecs et les Romains, le théâtre et le poème épique étaient les genres nobles et obéissaient à des règles. Le roman, au contraire, a toujours été un genre d'une très grande souplesse aussi bien thématique que formelle. Cette grande malléabilité vient de son origine populaire. En effet, le roman se développe au XIIe siècle. La langue romane désigne, au Moyen Âge, l'ancien français, la langue parlée par le peuple, qui s'oppose au latin des savants. Mettre en roman, c'est, à cette époque, raconter une histoire dans la langue du peuple. Les premiers romans reprennent des légendes antiques (ex. : *Le Roman de Thèbes*, anonyme, vers 1150). Par la suite, c'est la matière de Bretagne qui fournit les sujets qui font le succès du genre romanesque. Chrétien de Troyes est l'auteur le plus célèbre de ces romans bretons qu'on appelle également romans de chevalerie. L'imaginaire et le merveilleux y tiennent une place essentielle. Les personnages courent de péripéties en péripéties et mettent leur courage à l'épreuve au cours d'aventures.

Le saviez-vous ?

On appelle « matière de Bretagne » l'ensemble des légendes celtiques répandues en Bretagne et Grande-Bretagne qui évoquent les chevaliers du roi Arthur. C'est de là que viennent Lancelot, Perceval, la fée Morgane, Merlin mais aussi Tristan et Iseult.

b. Le roman du XVIe siècle

On peut considérer qu'il existe deux types de romans : ceux qui idéalisent le monde et ceux qui en proposent une vision burlesque et comique. Rabelais (1494-1553) parodie les romans de chevalerie dans *Pantagruel* et *Gargantua*. Les personnages sont des géants qui vivent des aventures extraordinaires. Mais ces deux romans révèlent également les valeurs humanistes de leur auteur.

c. Le roman au XVIIe siècle

Au XVIIe siècle, Scarron (*Le Roman comique*) et Charles Sorel (*Histoire comique de Francion*) poursuivent cette tradition du roman satirique. En parallèle de cette vision grotesque de la réalité, se développe une veine idéaliste. Ainsi dans *L'Astrée*, un roman-fleuve de plus de 5 000 pages, Honoré d'Urfé raconte les aventures amoureuses d'Astrée et de Céladon. Le cadre est pastoral et bucolique et on y croise des bergers et des bergères qui se comportent avec autant de délicatesse et de raffinement que des princes et des princesses. L'amour est ainsi idéalisé et le romancier s'attache à montrer, dans un style précieux, toutes les nuances des sentiments humains. Mme de Scudéry écrit également des romans pastoraux très appréciés par les lecteurs, et surtout par les lectrices.

De telles caractéristiques font que le roman n'est pas considéré comme un genre sérieux. On lui associe la frivolité et la légèreté. Il est perçu comme un genre typiquement féminin.

Il faut tout de même faire une place particulière à *La Princesse de Clèves* de Madame de Lafayette. Ce roman publié anonymement en 1678 délaisse les péripéties invraisemblables et se concentre sur l'analyse des sentiments et des conflits intérieurs. Sa brièveté et sa recherche des nuances font de cette œuvre un roman moderne (voir la présentation plus détaillée de ce roman, jour 5).

d. Le roman au XVIIIe siècle

Malgré la méfiance à l'égard du genre romanesque, celui-ci se développe. Afin de contourner les critiques, de nombreux romanciers sont en quête d'authenticité et présentent parfois leurs romans comme des mémoires. L'abbé Prévost dans *Manon Lescaut* recourt à cet artifice. L'effet de réel peut également être créé par des échanges de lettres privées (roman épistolaire). Ces deux stratégies permettent d'accréditer les personnages et l'intrigue.

Les voyages des grands explorateurs, tels La Pérouse ou Bougainville, participent à créer un engouement pour l'exotisme. Le roman n'échappe pas à cette mode. Dans *Paul et Virginie*, Bernardin de Saint-Pierre raconte les aventures de deux jeunes gens. Ce roman présente les caractéristiques du roman d'amour malheureux et propose une vision idéalisée des personnages.

Dans les *Lettres persanes*, Montesquieu exploite différemment ce goût pour l'exotisme en imaginant la correspondance de Persans venus en Europe. Il s'agit pour le romancier d'utiliser le regard d'étrangers pour critiquer certains défauts des Français.

> **Le saviez-vous ?**
> *Julie ou la Nouvelle Héloïse* (1761) de Rousseau a connu un grand succès de librairie. Il fut l'un des romans les plus lus au XVIIIe siècle. Ce roman évoque la passion de Saint-Preux et d'Héloïse.

Le XVIIIe siècle est également marqué par le courant libertin qui se développe après la mort du Louis XIV en 1715. Certains nobles veulent s'affranchir de certaines règles religieuses et sociales. *Les Liaisons dangereuses*, un roman épistolaire publié en 1782 par Choderlos de Laclos, est l'exemple par excellence du roman libertin (voir la présentation du roman, jour 5).

On le voit, les personnages de romans sont des hommes et des femmes dont les destins sont hors du commun même si les romanciers tentent de faire croire à leur authenticité. Les romanciers interrogent les valeurs morales en confrontant leurs personnages au Bien et au Mal.

e. Le roman au XIXe siècle : romantisme, réalisme et naturalisme

Les écrivains appartenant au courant romantique, qui se développe en France dans la première moitié du XIXe siècle, trouvent dans le roman un genre parfaitement adapté à l'expression de leurs préoccupations. En effet, ils sont fascinés par les destins exceptionnels de personnages confrontés aux violences de l'amour, de la société et de l'Histoire. Par sa grande souplesse, le genre romanesque offre la possibilité de créer des péripéties, de proposer des descriptions. Ainsi les romans romantiques sont souvent longs et denses. Le lecteur se trouve emporté dans une fiction historique qui le dépayse. On peut penser aux *Trois Mousquetaires* d'Alexandre Dumas mais aussi à *Notre-Dame de Paris* de Victor Hugo.

Zoom sur… Honoré de Balzac (1799-1850)

Sa vie

- Il naît en 1799.
- Ses idées politiques ont évolué mais on peut dire qu'il était conservateur même si son regard sur la bourgeoisie était sans concession. Il n'accordait que peu de place aux ouvriers dans ses romans.
- Il est passé à la postérité pour son œuvre romanesque mais il fut aussi critique d'art, dramaturge et journaliste.
- Criblé de dettes à cause d'un goût immodéré pour le luxe, il répondait à de nombreuses commandes de journaux qui publiaient certains de ses romans en feuilleton. De ce fait, il écrivait parfois plusieurs romans en parallèle.
- De santé fragile, il meurt en 1850 à l'âge de 51 ans.

Son œuvre

- Il a rédigé plus de cent romans et nouvelles entre 1829 et 1850. Il a conçu la majorité de ses romans comme des parties d'un vaste ensemble : *La Comédie humaine*. Ce titre fait référence à *La Divine Comédie* (XIVe siècle) du poète italien Dante.
- Il a pratiqué le retour des personnages d'un roman à l'autre ce qui donne une impression de réel. Il voulait « faire concurrence à l'État-civil ».
- Les personnages qu'ils créent sont marqués par l'ambition. Ils évoluent dans un monde où triomphent les valeurs bourgeoises et où l'argent occupe la première place. Balzac montre l'absence de générosité et d'humanité de certaines personnes. Ex. : les filles de Jean-Joachim Goriot qui abandonnent leur père alors qu'il leur a tout donné.
- Le jeune homme qui cherche à parvenir et à se faire une place dans la société est un personnage-type des romans balzaciens. Ex. : Eugène de Rastignac (*Le Père Goriot*), Lucien de Rubempré (*Illusions perdues*), Raphaël de Valentin (*La Peau de chagrin*).
- Les femmes sont souvent victimes et malheureuses en amour. Ex. : Eugénie Grandet est victime de l'avarice et de l'égoïsme de son père. Mme de Beauséant tient un discours lucide et sans illusion à Rastignac dans *Le Père Goriot*.

Dans le même temps, Balzac et Stendhal explorent des voies plus proches du réel. Ils sont ainsi considérés comme les précurseurs du réalisme, un mouvement qui s'épanouit dans la seconde moitié du siècle. En effet, tous deux trouvent leurs sources d'inspiration chez leurs contemporains et observent le triomphe des valeurs bourgeoises. Balzac veut se faire « le secrétaire de l'Histoire » et Stendhal affirme que « le roman : c'est un miroir qu'on promène le long d'un chemin ». Cette volonté d'observer la réalité contribue à donner au roman ses lettres de noblesse puisque jusque-là ce genre n'était pas considéré comme un genre sérieux.

Dans la seconde moitié du XIXe siècle, les romanciers réalistes (Flaubert, les frères Goncourt, Maupassant, etc.) cherchent à donner une image fidèle de la réalité sociale, politique, économique. Ce qui les intéresse, ce sont les comportements de leurs contemporains. Flaubert montre que les valeurs romantiques ne sont plus recevables dans un monde qui se modernise. Les regards de ces romanciers sont sans concession et ils observent avec une certaine ironie leurs personnages qui sont loin de porter des valeurs héroïques.

À la fin du siècle Émile Zola approfondit les ambitions du réalisme. Il veut se faire naturaliste pour analyser ses contemporains à la manière d'un scientifique. Avant la rédaction d'un roman, Zola se documente et mène une enquête de terrain. Il développe, dans le cycle des *Rougon-Macquart*, qui rassemble vingt romans, la théorie de l'hérédité. Il cherche ainsi à montrer comment les défauts et les tares passent de génération en génération. Son intérêt pour les milieux populaires (ouvriers, marginaux, prostituées) fait de lui la cible de critiques qui trouvent ses romans vulgaires et infamants. En 1899, Victor Lenepveu caricature Zola en « roi des porcs »...

f. Le roman au XXe siècle

Le modèle du roman réaliste est confronté à de nombreuses crises qui expliquent sa remise en question.

Le saviez-vous ?

Sigmund Freud (1856-1939) est un médecin neurologue viennois. Il a théorisé les notions d'inconscient et de subconscient et a élaboré une démarche thérapeutique. Le patient est invité à découvrir, par la parole, le fondement de ses troubles psychologiques. Le thérapeute le guide et l'invite à s'interroger, entre autres, sur ses rêves et ses lapsus.

La période qui précède la Première Guerre mondiale est marquée par l'influence de la psychanalyse sur la littérature, ce qui contribue à remettre en cause les fondements du personnage réaliste. Ainsi, pour certains romanciers, il devient alors impossible de faire croire qu'ils sont capables de tout connaître de leurs personnages. Un être humain ne peut plus être analysé par un narrateur omniscient. Ce qui intéresse Marcel Proust (1871-1922) c'est la complexité des émotions humaines. Dans *À la recherche du temps perdu*, une vaste somme romanesque en sept tomes publiés entre 1913 et 1927, il propose une réflexion sur la mémoire, le temps et l'art.

Les deux guerres mondiales constituent une autre rupture violente. Pour les écrivains, elles sont des traumatismes qui les obligent à repenser leurs rôles d'intellectuels. Louis-Ferdinand Céline publie, en 1932, *Voyage au bout de la nuit*, un roman qui propose une vision pessimiste de l'homme et du monde car, selon le romancier, la Première Guerre mondiale laisse le monde dans un état où l'héroïsme n'est plus possible. Seule la lâcheté permet de fuir l'atrocité. Le personnage principal, Ferdinand Bardamu est un exemple de ce qu'on nomme un antihéros.

Dans les années 1960, survient ce que la romancière Nathalie Sarraute a nommé « l'ère du soupçon ». Les fondements mêmes du genre romanesque (narration chronologique, personnages décrits, intrigues élaborées) sont frappés par le soupçon, c'est-à-dire que l'illusion réaliste ne fonctionne plus. Certains écrivains estiment que l'intérêt des romans ne réside pas dans la construction d'une fiction qui met en scène des personnages confrontés à des péripéties. Les éditions de Minuit publient ces auteurs qui sont en quête d'un « Nouveau Roman ». Ceux-ci s'intéressent plus aux difficultés de communication entre les personnages qu'à l'analyse psychologique. Les personnages sont ainsi entourés de mystères et d'incertitude. Alain Robbe-Grillet et Marguerite Duras sont les romanciers les plus connus de ce courant.

Attention !

Il ne faudrait pas croire que tous les romans mettent en scène des antihéros ou qu'ils sont dépourvus d'intrigue. Certains chefs-d'œuvre du XXe siècle sont des romans de facture très classique comme Les *Mémoires d'Hadrien* de Marguerite Yourcenar.

APRÈS-MIDI • Réviser les lectures linéaires

1. Analyser un incipit

Il y a de fortes probabilités que vous ayez analysé les premières pages du roman étudié au cours de l'année. Les fonctions d'un incipit ne doivent plus avoir de secret pour vous. Mais nous allons, tout de même, proposer un rapide rappel.

Quand un écrivain commence un roman, il crée en quelques lignes tout un univers : un lieu, une époque, des personnages. Ce monde fait de mots n'existe pas en dehors du roman, même lorsqu'il semble imiter le réel. Ayez toujours cela à l'esprit. Un auteur adopte donc une stratégie pour faire entrer son lecteur dans cet univers qui se met en place ligne après ligne.

On peut considérer qu'un romancier cherche avant tout à :

- poser un cadre spatio-temporel;
- présenter le(s) personnage(s);
- amorcer une intrigue.

D'autre part, ne perdez pas de vue que les premières pages d'un roman sont élaborées dans le but de renseigner le lecteur sur le type de roman qu'il va lire (roman d'aventure, roman réaliste, roman historique, roman policier, roman d'analyse, etc.). Elles mettent également en évidence les stratégies d'écriture qui seront celles de l'auteur (appartenance à un mouvement littéraire, emploi de registres, de descriptions, de discours rapportés, etc.). C'est pour cela que l'on peut dire qu'un incipit a une fonction esthétique car il indique le rapport du romancier au monde et à la littérature.

En résumé, un incipit peut remplir les fonctions suivantes :

- fonction informative : présentation d'un cadre et de personnages;
- fonction incitative : mise en place d'une intrigue ou d'un élément qui pique l'attention du lecteur;
- fonction esthétique : annonce d'un type de roman, présence des registres et des procédés qui seront dominants dans le roman, mise en évidence du regard que le romancier porte sur l'homme et le monde.

Attention : Au XXe siècle, certains romanciers ont proposé des romans parfois déroutants. Ils ont justement joué avec les codes de l'incipit en proposant des débuts de roman qui remplissent plus ou moins bien les fonctions que nous venons de rappeler. Il vous appartient de montrer absolument la part d'originalité de ce type de texte.

Exemple : Madame de La Fayette, *La Princesse de Clèves*, 1678

Quelques indications sur l'auteur et l'œuvre

Voir la présentation Jour 5.

Texte

La magnificence et la galanterie n'ont jamais paru en France avec tant d'éclat que dans les dernières années du règne de Henri second. Ce prince était galant, bien fait et amoureux; quoique sa passion pour Diane de Poitiers, duchesse de Valentinois, eût commencé il y avait plus de vingt ans, elle n'en était pas moins violente, et il n'en donnait pas des témoignages moins éclatants.

Comme il réussissait admirablement dans tous les exercices du corps, il en faisait une de ses plus grandes occupations. C'étaient tous les jours des parties de chasse et de paume, des ballets, des courses de bagues, ou de semblables divertissements; les couleurs et les chiffres de madame de Valentinois paraissaient partout, et elle paraissait elle-même avec tous les ajustements que pouvait avoir mademoiselle de La Marck, sa petite-fille, qui était alors à marier.

La présence de la reine autorisait la sienne. Cette princesse était belle, quoiqu'elle eût passé la première jeunesse; elle aimait la grandeur, la magnificence et les plaisirs. Le roi l'avait épousée lorsqu'il était encore duc d'Orléans, et qu'il avait pour aîné le dauphin, qui mourut à Tournon, prince que sa naissance et ses grandes qualités destinaient à remplir dignement la place du roi François premier, son père.

L'humeur ambitieuse de la reine lui faisait trouver une grande douceur à régner; il semblait qu'elle souffrît sans peine l'attachement du roi pour la duchesse de Valentinois, et elle n'en témoignait aucune jalousie; mais elle avait une si profonde dissimulation, qu'il était difficile de juger de ses sentiments, et la politique l'obligeait d'approcher cette duchesse de sa personne, afin d'en approcher aussi le roi. Ce prince aimait le commerce des femmes, même de celles dont il n'était pas amoureux : il demeurait tous les jours chez la reine à l'heure du cercle, où tout ce qu'il y avait de plus beau et de mieux fait, de l'un et de l'autre sexe, ne manquait pas de se trouver.

➜ Introduction à prévoir

Comment cet incipit permet-il de donner des indices sur l'intrigue du roman, en insistant à la fois sur la grandeur de la cour mais aussi sur les dangers encourus ?

➜ 1er mouvement : une cour somptueuse (paragraphes 1 et 2)

– La description d'une cour resplendissante (paragraphe 1).
  - La première phrase présente le cadre de façon quasi théâtrale : « dans les dernières années du règne de Henri second. » Le cadre spatio-temporel du roman situe l'histoire à une époque antérieure à l'écriture, ce qui permet de comparer le narrateur omniscient à un chroniqueur historique. Ce procédé permet surtout d'éclairer le présent par un effet de distanciation. Le lecteur peut ainsi deviner que l'on parle de la cour de Louis XIV à l'époque de Madame de La Fayette.
  - La cour du roi Henri II paraît rassembler toutes les qualités possibles. Avec le champ lexical de la beauté et les tournures hyperboliques, cette cour est exceptionnelle. Elle regroupe à la fois la « magnificence et la galanterie » : à la beauté de la cour s'ajoute le respect d'un code de conduite bienveillant à l'égard des femmes. Cela annonce la séduction du duc de Nemours qui fera plier la princesse de Clèves. La cour est qualifiée de façon dithyrambique.
  - Constitué de personnages historiques qui semblent parfaits, cet univers est idéalisé par le biais de tournures superlatives : « jamais connu autant d'éclat » et de périphrases d'inspiration précieuse : « pas moins violente », « il n'en donnait pas des témoignages moins éclatants ».
  - La figure du roi est emblématique du resplendissement de la cour. Il occupe le sommet de la hiérarchie, comme le montre le rythme ternaire : « Ce prince était galant, bien fait et amoureux ». Ce qui lui permet d'occuper cette place importante n'a rien à voir avec ses hauts faits d'armes ou sa façon de gouverner. De façon inattendue, la qualité principale dévolue au roi semble être son exemplarité en matière d'amour. Il éprouve une « passion pour Diane de Poitiers ». Cette inclination est longue (« plus de vingt ans ») et traduit la persistance de cette union (qui est illégitime car il ne s'agit pas de sa femme !).

Dans cette cour plus ambivalente qu'il n'y paraît au premier regard est annoncée de façon subreptice la fin tragique de ce roman d'amour.

– La cour, un lieu de « divertissement » (paragraphe 2).
  - Le roi n'est présenté que par ses divertissements, où il excelle : « il réussissait admirablement dans tous les exercices du corps ». L'adverbe « admirablement » construit à partir de l'adjectif qualificatif « admirable » souligne la perfection du beau souverain.

- Ces divertissements sont présentés dans une énumération qui souligne la passion pour les jeux qui s'empare alors de la cour : « des parties de chasse et de paume, des ballets, des courses de bagues, ou de semblables divertissements ». L'emploi de l'imparfait itératif : « c'étaient tous les jours » insiste sur la permanence de ces pratiques. Les activités sont à la fois physiques et intellectuelles.
- Toutefois, le terme de « divertissement » est sans doute connoté négativement. Blaise Pascal avait déjà exprimé ce sujet dans ses *Pensées*. Selon lui, le divertissement est une activité vaine qui nous détourne de notre condition de mortel. Il nous éloigne de vertu morale.
- Ces jeux sont immoraux comme c'est le cas pour le roi qui manifeste publiquement son amour pour son amante et non pour son épouse. Il affiche son inclination pour Diane de Poitiers à l'occasion de ces jeux : « les couleurs et les chiffres de madame de Valentinois paraissaient partout, et elle paraissait elle-même [...] ».

Les apparences sont trompeuses. Cette cour est un univers de l'illusion dans lequel un triangle amoureux (le roi, sa maîtresse et la reine) s'élève au-dessus des autres personnages. Ce schéma annonce déjà les amours infidèles qui suivront dans la suite du récit.

➔ 2e mouvement : le portrait élogieux de la reine Catherine de Médicis (paragraphes 3 et 4)

Le narrateur poursuit avec le portrait élogieux de l'épouse du roi, Catherine de Médicis.

– Dans ce cadre exceptionnel, le narrateur mentionne que la cour est régie par des codes (= l'étiquette) : « La présence de la reine autorisait la sienne » (celle de Diane de Poitiers). La brièveté de la phrase exprime le respect dû aux règles de bienséances. Cette cour n'est pas un espace de liberté.

– La reine est présentée de façon élogieuse : « Cette princesse était belle ; elle aimait la grandeur, la magnificence et les plaisirs. » On retrouve un rythme ternaire, comme dans le portrait du roi ainsi que le terme « magnificence » qui ouvrait le roman. Un effet d'écho est perceptible pour les placer sur un pied d'égalité. Toutefois, la subordonnée de concession : « quoiqu'elle eût passé la première jeunesse » tend à justifier l'infidélité du roi. La reine n'est plus toute jeune et le roi s'est pris de passion pour Diane de Poitiers.

– Le narrateur poursuit par l'évocation du mariage du roi et de la reine : « Le roi l'avait épousée lorsqu'il était encore duc d'Orléans ». Le narrateur remplit encore ici la fonction de chroniqueur historique, nous informant sur cette lignée dynastique.

– Enfin, ce narrateur compare Henri II à son père en le désignant comme un digne successeur de celui-ci : « prince que sa naissance et ses grandes qualités destinaient à remplir dignement la place du roi François premier, son père. » Il souhaite légitimer le pouvoir royal en en faisant l'éloge.

L'auteur joue sur le double sens du verbe paraître : être en apparence et se montrer. La suite de cet incipit montre la façon de régner de la reine (paragraphe 4).

- La reine est caractérisée par son goût pour les affaires politiques : « humeur ambitieuse ». Par-delà les apparences de cette cour splendide, le pouvoir politique semble primer sur le reste pour la reine : « il semblait qu'elle souffrît sans peine l'attachement du roi pour la duchesse de Valentinois ». La tournure impersonnelle « il semblait que » semble cacher ses motivations profondes.
- La cour devient ainsi le lieu du mystère et du secret. En effet, la reine paraît inaccessible : elle« avait une si profonde dissimulation, qu'il était difficile de juger de ses sentiments ». L'absence de point de vue interne à la reine rejoint cette idée. La dissimulation permet, dans cette cour où le paraître l'emporte, que chacun cache ses véritables sentiments, comme le fera la princesse de Clèves.
- Quant au roi, il est dépeint tel un séducteur, ce qui contredit la vertu qu'il est censé incarner : « Ce prince aimait le commerce des femmes, même de celles dont il n'était pas amoureux ». Finalement, le roi est également faux et superficiel.
- Loin de composer un couple royal idéal, le roi et la reine sont à l'image des intrigues et des désordres secrets de la cour. Tous les ingrédients sont présents pour nous plonger dans un décor tragique. L'extrait s'achève en évoquant « l'heure du cercle, où tout ce qu'il y avait de plus beau et de mieux fait, de l'un et de l'autre sexe, ne manquait pas de se trouver. » Le terme « cercle » renvoie à la tragédie. La cour est un espace clos, où la beauté et l'insouciance suscitent l'amour, puis la souffrance. Le parcours de la princesse de Clèves est déjà annoncé dans ces premières lignes du roman.

→ Conclusion

Cet incipit romanesque dresse un portrait élogieux de la cour d'Henri II qui constitue le décor historique du roman. À travers le ton de la chronique historique, le narrateur laisse entendre que la magnificence et la galanterie de cette cour coexistent avec les violences de l'amour. Il s'agit donc d'un incipit ambivalent à bien égards qui souligne que la féerie peut cacher la tragédie.

Enfin, l'incipit est incomplet car nous n'avons pas la présentation du personnage éponyme du roman. Le lecteur attend l'arrivée de l'héroïne, mais déjà l'atmosphère est brossée et les dynamiques conduisant à la fin tragique sont déjà mises en place dès ces premières lignes du roman.

■ Question de grammaire

Il semblait qu'elle souffrît sans peine l'attachement du roi pour la duchesse de Valentinois.

→ Faites toutes les remarques nécessaires sur cette phrase

On attend du candidat :

- qu'il repère et analyse la proposition subordonnée complétive « qu'elle souffrît sans peine l'attachement du roi pour la duchesse de Valentinois » ;

– qu'il repère l'imparfait de l'indicatif dans la proposition principale « semblait » et l'imparfait du subjonctif « souffrît » dans la subordonnée;
– qu'il évoque la concordance des temps : l'action de la subordonnée se produit en simultané avec celle de la principale.

2. Analyser un explicit

Les dernières pages d'un roman sont nommées « explicit » (terme à préférer à celui du néologisme « excipit » formé sur le modèle du mot « incipit ») Elles scellent souvent le destin du personnage. Le romancier abandonne son lecteur en proposant une fin aux aventures de son héros. Il est donc nécessaire de s'interroger sur la manière dont il donne un caractère dramatique à la fin de son roman (mort du personnage ? nouvelle épreuve qui se profile ? déception amoureuse ?, etc.). On peut ainsi s'interroger sur la portée morale d'un explicit et se demander quelle vision de l'homme et du monde se dégage de ce roman (le héros triomphe-t-il grâce à son courage ? connaît-il un échec mérité ?). Dans tous les cas, vous devez commenter l'extrait en le mettant en relation avec l'ensemble du roman.

Exemple : Stendhal, *Le Rouge et le Noir,* 1830, Livre II, chapitre LXXV

Quelques indications sur l'auteur et l'œuvre

Stendhal, de son vrai nom Henri Beyle, est né en 1783 à Grenoble. Il n'est pas heureux en famille. Il perd sa mère en 1790 et son père défend des idées bourgeoises qui l'étouffent. Son besoin de liberté l'amène à parcourir l'Europe. L'Italie le marque profondément. Il admire Napoléon Ier et la Restauration qui suit la chute de l'empereur lui inspire regrets et mépris. Sa vocation d'écrivain est tardive. L'amour occupe une place prépondérante dans ses œuvres, lui qui fut si malheureux en ce domaine. On peut même affirmer que ses personnages sont en quête du bonheur et celui-ci est souvent recherché dans les relations amoureuses. Julien Sorel (*Le Rouge et le Noir,* 1830) et Fabrice del Dongo (*La Chartreuse de Parme,* 1839) sont ses héros emblématiques.

Dans *Le Rouge et le Noir,* Stendhal retrace le parcours de Julien Sorel, un jeune fils de charpentier qui cherche à s'élever. Ce jeune homme sensible a le goût pour la lecture et est engagé comme précepteur chez M. de Rênal, le maire de Verrières. Il entretient une liaison avec sa femme. Mais pour réussir, il entre au séminaire et en sort pour devenir le secrétaire du marquis de la Môle dont la fille, Mathilde, tombe sous le charme de Julien. Alors qu'il est en pleine ascension sociale, une lettre diffamante de Mme de Rênal le pousse à la vengeance. Il essaiera de la tuer ce qui lui vaudra sa condamnation à mort.

■ Texte

Fouqué réussit dans cette triste négociation. Il passait la nuit seul dans sa chambre, auprès du corps de son ami, lorsqu'à sa grande surprise, il vit entrer Mathilde. Peu d'heures auparavant, il l'avait laissée à dix lieues de Besançon. Elle avait le regard et les yeux égarés.

— Je veux le voir, lui dit-elle.

Fouqué n'eut pas le courage de parler ni de se lever. Il lui montra du doigt un grand manteau bleu sur le plancher ; là était enveloppé ce qui restait de Julien.

Elle se jeta à genoux. Le souvenir de Boniface de La Mole et de Marguerite de Navarre lui donna sans doute un courage surhumain. Ses mains tremblantes ouvrirent le manteau. Fouqué détourna les yeux.

Il entendit Mathilde marcher avec précipitation dans la chambre. Elle allumait plusieurs bougies. Lorsque Fouqué eut la force de la regarder, elle avait placé sur une petite table de marbre, devant elle, la tête de Julien, et la baisait au front…

Mathilde suivit son amant jusqu'au tombeau qu'il s'était choisi. Un grand nombre de prêtres escortaient la bière et, à l'insu de tous, seule dans sa voiture drapée, elle porta sur ses genoux la tête de l'homme qu'elle avait tant aimé.

Arrivés ainsi vers le point le plus élevé d'une des hautes montagnes du Jura, au milieu de la nuit, dans cette petite grotte magnifiquement illuminée d'un nombre infini de cierges, vingt prêtres célébrèrent le service des morts. Tous les habitants des petits villages de montagne traversés par le convoi l'avaient suivi, attirés par la singularité de cette étrange cérémonie.

Mathilde parut au milieu d'eux en longs vêtements de deuil, et, à la fin du service, leur fit jeter plusieurs milliers de pièces de cinq francs.

Restée seule avec Fouqué, elle voulut ensevelir de ses propres mains la tête de son amant. Fouqué faillit en devenir fou de douleur.

Par les soins de Mathilde, cette grotte sauvage fut ornée de marbres sculptés à grands frais, en Italie.

Mme de Rênal fut fidèle à sa promesse. Elle ne chercha en aucune manière à attenter à sa vie ; mais trois jours après Julien, elle mourut en embrassant ses enfants.

➜ Introduction

Alors que Julien est sur le point de mourir après sa tentative d'homicide, Fouqué, l'ami fidèle, est chargé de faire respecter ses dernières volontés : éloigner Mathilde et Mme de Rênal de la vue de son exécution et récupérer son corps afin de l'ensevelir dans une grotte isolée qui représentait un endroit heureux pour lui (cf. I, 12).

Le passage étudié se compose de deux tableaux bien distincts. Dans le premier, Mathilde vient trouver Fouqué, l'ami de Julien Sorel, pour lui demander de voir la dépouille et prendre la tête du défunt. Le second correspond à l'enterrement de Julien suivi d'une double conclusion sur le destin des deux héroïnes. Paradoxalement, l'exécution de Julien ne sonne pas la fin définitive du roman. La clôture est finalement paradoxale car le texte s'achève sur trois personnages inattendus.

Comment le romancier parvient-il à montrer le caractère profond des personnages dans cette scène finale ?

➜ 1er mouvement : Mathilde et le goût de la mise en scène (du début à « la baisait au front. »)

- **Fouqué** joue un rôle très important dans cet explicit. Le récit commence en adoptant son point de vue. Fouqué représente l'exécuteur testamentaire de Julien comme le montre l'euphémisme : « Fouqué réussit dans cette triste négociation » qui désigne la récupération du corps du défunt. Cet ami est également son dernier confident.
- À la différence d'autres personnages, Fouqué se caractérise par sa **sincérité**. Cet homme de raison, qui représente ce qu'aurait pu être Julien s'il avait renoncé à ses projets ambitieux, est perçu comme un être à part. Il ressent une vraie peine comme le souligne son attitude avec les termes pathétiques : « triste », « seul » et « ami » ainsi que l'imparfait de durée « il passait la nuit » qui indique le temps consacré à ce moment de recueillement.
- C'est à travers son regard que l'on suit le comportement de **Mathilde**. L'arrivée de celle-ci est retardée : l'expression « à sa grande surprise » et la mention en fin de phrase de « Mathilde » met en valeur son arrivée. Mathilde arrive alors au premier plan, et devient le sujet des verbes d'action. Elle a relégué Fouqué au rôle de simple observateur. L'héroïne qui a bravé les distances pour venir est désignée de façon pathétique par une formule redondante : « le regard et les yeux égarés » qui signale la douleur extrême de la jeune femme. Désormais, elle ne verra plus la réalité.
- C'est alors le **spectacle** de Mathilde qui commence. Par une formule au discours direct « Je veux le voir », elle exprime sa volonté de ne pas respecter les dernières volontés de Julien. « Le souvenir de Boniface de La Mole et de Marguerite de Navarre lui donna sans doute un courage surhumain » : cet épisode familial tragique et fameux va être rejoué par Mathilde. L'adverbe « sans doute » est un modalisateur qui indique l'ironie du narrateur. L'adjectif hyperbolique « surhumain » redouble le courage exceptionnel

de Mathilde, qui a toujours voulu être supérieure aux autres. Elle joue désormais le rôle de sa vie, elle devient en quelque sorte une reine d'un autre temps, une nouvelle Marguerite de Navarre.

- Mathilde joue alors à mettre en scène un spectacle **macabre** : « elle avait placé » + 2 compléments circonstanciels de lieu « sur une petite tombe de marbre, devant elle » + COD retardé « la tête de Julien » + action « et la baisait au front ». Les points de suspension sont-ils là pour manifester la stupeur horrifiée de Fouqué, celle du narrateur ou la nôtre ?

➜ 2e mouvement : les funérailles de Julien (de « Mathilde suivit son amant » à « en Italie. »)

- Mathilde choisit pour la cérémonie un **luxe exagéré** : hyperboles « magnifiquement illuminée d'un nombre infini de cierges », « vingt prêtres célébrèrent le service des morts », on jette « plusieurs milliers de pièces ». Le décor est théâtralisé comme l'indiquent les superlatifs « au point le plus élevé d'une des hautes montagnes du Jura » et « au milieu de la nuit ».

- Cela contraste avec « cette petite grotte ». Le lieu isolé et romantique devient le cadre d'une solennité grandiose, ce qui est contraire aux volontés de Julien. Mathilde satisfait son esprit romanesque exalté.
- On insiste sur le **caractère artificiel** de cette mise en scène. Le public a été acheté : « Tous les habitants des petits villages de montagne ». Cette théâtralisation semble la distraire de son propre chagrin. Elle dépasse sa douleur, pourtant bien réelle, pour organiser en grande pompe les obsèques. Mais ce n'est pas Julien qui est mis à l'honneur mais elle-même.
- Tous les actes sont **réfléchis** : elle embrasse la tête, l'emporte, l'ensevelit. Mathilde joue le rôle de la veuve de Julien. Mathilde souhaite s'approprier le rôle le plus remarqué.

➜ 3e mouvement : la mort de Mme de Rênal (dernier paragraphe)

- La sobriété l'emporte à la fin de cette mise en scène. En effet, les deux dernières lignes débutent par une phrase juxtaposée (asyndète) qui contraste radicalement avec l'attitude de Mathilde : « Mme de Rênal fut fidèle à sa promesse ». **Mme de Rênal** était absente des deux premières scènes mais cela permet de la distinguer des actes ostentatoires de Mathilde.
- Dans la dernière phrase, (« Elle ne chercha en aucune manière à attenter à sa vie mais trois jours après Julien elle mourut en embrassant ses enfants »), le narrateur rapproche dans la mort les deux amants. L'absence de commentaires de la part du narrateur, qui prend parti ou qui exprime ses sentiments, marque la **simplicité** de cette scène finale.
- Mme de Rênal semble incapable de survivre à Julien qui n'est jamais appelé « le mort ». C'est avec pudeur que le texte s'achève. Si la fin est peu réaliste, Stendhal conclut son récit par une mort en vraie **héroïne romantique**.

→ Conclusion

Cette fin révèle la vérité des personnages derrière l'apparence. Le roman, « miroir qu'on se promène le long d'un chemin », est un révélateur du caractère profond des individus. Mathilde, fidèle à elle-même poursuit sa quête de l'originalité et du sensationnel. Elle n'a pas compris l'évolution tardive de Julien, capable de prendre de la hauteur sur le jeu hypocrite de la société. Fouqué et surtout Mme de Rênal représentent les personnages qui ont compris les dernières volontés de Julien. Son amante le suit rapidement dans la mort, conclusion romantique d'un amour qui ne pouvait se vivre en ce monde. Cet explicit a dérouté les lecteurs. Ceux-ci ont cru à la fin du récit bien avant, au chapitre 34 du livre II : « Mon roman est fini », dira en effet Julien. Toutefois, cette fin les a marqués par son caractère macabre nuancé avec force par la présence de l'émotion suggérée par la sobriété du narrateur. Les témoignages d'amour des trois personnages de cette ultime scène, si différents soient-ils, forment ensemble un grandiose éloge funèbre du héros.

Question de grammaire

Il entendit Mathilde marcher avec précipitation dans la chambre.

→ Faites toutes les remarques nécessaires sur cette phrase

On attend du candidat :

- qu'il repère et analyse la proposition subordonnée infinitive et en donne ses principales caractéristiques.
  - La proposition principale est « Il entendit ».
  - Il n'y a pas de subordonnant en tête de la subordonnée.
  - Le verbe est à l'infinitif présent « marcher ».
  - Elle est COD du verbe de perception « entendit ».
  - Elle a son sujet propre « Mathilde » (différent de celui de la principale).

N.B. : Certains spécialistes refusent la catégorisation de subordonnée infinitive qui est héritée du latin. Ils préfèrent dans ce cas considérer l'infinitif comme un second complément.

3. Analyser une lettre d'un roman épistolaire

Un roman épistolaire est un récit discontinu constitué d'une correspondance par lettres entre plusieurs protagonistes. Il a été très en vogue aux XVIIe et XVIIe siècles, notamment avec *Les Lettres portugaises* de Guilleragues (1669) ou les *Lettres persanes* de Montesquieu (1721). Entre réel et fiction, il renvoie très souvent à une réflexion politique ou sociale de la vie réelle, ou à une analyse psychologique des sentiments humains. Par sa dimension plaisante et divertissante, il se rapproche de l'apologue et mène à réfléchir sur l'Homme, ses mœurs, ses coutumes. De plus, le roman épistolaire est polyphonique : il permet de rencontrer une multiplicité de voix et de points de vue. Chaque protagoniste a une vision différente d'un même événement, ce qui fournit au lecteur des clés de compréhension qui se complètent, s'ajoutent ou se contredisent. Enfin, ce genre romanesque se caractérise par une double énonciation : chaque lettre s'adresse à un correspondant particulier en même temps qu'au lecteur. Celui-ci devient une sorte de destinataire des lettres à son insu et l'auteur s'amuse généralement, dans la préface, à faire croire qu'il s'agit d'une correspondance réelle.

Exemple : Choderlos de Laclos, *Les Liaisons dangereuses*, 1782, Lettre 125 : du Vicomte de Valmont à la Marquise de Merteuil

Quelques indications sur l'auteur et l'œuvre

Voir la présentation Jour 5.

Texte

Lettre CXXV

Le Vicomte de Valmont à la Marquise de Merteuil

Paris, ce 29 octobre 17**.

La voilà donc vaincue, cette femme superbe qui avait osé croire qu'elle pourrait me résister ! Oui, mon amie, elle est à moi, entièrement à moi, et depuis hier, elle n'a plus rien à m'accorder.

Je suis encore trop plein de mon bonheur, pour pouvoir l'apprécier, mais je m'étonne du charme inconnu que j'ai ressenti. Serait-il donc vrai que la vertu augmentât le prix d'une femme, jusque dans le moment même de sa faiblesse ? Mais reléguons cette idée puérile avec les contes de bonnes femmes. Ne rencontre-t-on pas presque partout une résistance plus ou moins bien feinte au premier triomphe ? et ai-je trouvé nulle part le charme dont je parle ? ce n'est pourtant pas non plus celui de l'amour ; car enfin, si j'ai eu quelquefois, auprès de cette femme étonnante, des moments de faiblesse qui ressemblaient à cette passion pusillanime, j'ai toujours su les vaincre et revenir à mes principes. Quand même la scène d'hier m'aurait, comme je le crois, emporté un peu plus loin que je ne comptais ; quand j'aurais, un moment, partagé le trouble et l'ivresse que je faisais naître : cette illusion passagère serait dissipée à présent ; et cependant le même charme subsiste. J'aurais même, je l'avoue, un plaisir assez doux à m'y livrer, s'il ne me causait quelque inquiétude. Serai-je donc, à mon âge, maîtrisé comme un écolier, par un sentiment involontaire et inconnu ? Non : il faut, avant tout, le combattre et l'approfondir.

Peut-être, au reste, en ai-je déjà entrevu la cause ! Je me plais au moins dans cette idée, et je voudrais qu'elle fût vraie.

Dans la foule de femmes auprès desquelles j'ai rempli jusqu'à ce jour le rôle et les fonctions d'amant, je n'en avais encore rencontré aucune qui n'eût, au moins, autant d'envie de se rendre que j'en avais de l'y déterminer ; je m'étais même accoutumé à appeler *prudes* celles qui ne faisaient que la moitié du chemin, par opposition à tant d'autres, dont la défense provocante ne couvre jamais qu'imparfaitement les premières avances qu'elles ont faites.

Ici, au contraire, j'ai trouvé une première prévention défavorable, et fondée depuis sur les conseils et les rapports d'une femme haineuse, mais clairvoyante ; une timidité naturelle et extrême, que fortifiait une pudeur éclairée ; un attachement à la vertu, que la religion dirigeait, et qui comptait déjà deux années de triomphe, enfin des démarches éclatantes, inspirées par ces différents motifs, et qui toutes n'avaient pour but que de se soustraire à mes poursuites.

Ce n'est donc pas, comme dans mes autres aventures, une simple capitulation plus ou moins avantageuse, et dont il est plus facile de profiter que de s'enorgueillir ; c'est une victoire complète, achetée par une campagne pénible, et décidée par de savantes manœuvres. Il n'est donc pas surprenant que ce succès, dû à moi seul, m'en devienne plus précieux ; et le surcroît de plaisir que j'ai éprouvé dans mon triomphe, et que je ressens encore, n'est que la douce impression du sentiment de la gloire. Je chéris cette façon de voir, qui me sauve l'humiliation de penser que je puisse dépendre en quelque manière de l'esclave même que je me serais asservie ; que je n'aie pas en moi seul la plénitude de mon bonheur ; et que la faculté de m'en faire jouir dans toute son énergie soit réservée à telle ou telle femme, exclusivement à toute autre.

Éléments d'introduction

- Victoire annoncée par le Vicomte pour la conquête de la Présidente de Tourvel.
- Entreprise amoureuse comparée au domaine de la guerre.
- Mais la lettre révèle aussi un élan sensible du vicomte.
- La lettre, entre aveu et mise en danger de soi (en raison de l'épanchement des sentiments)

Fil directeur de l'analyse : En quoi cette lettre de Valmont peut-elle être comprise comme la profession de foi d'un libertin mais en même temps comme un dévoilement de ses sentiments personnels ?

→ 1er mouvement : la victoire de Valmont : du début à « j'ai ressenti »

▶ Une relation ambiguë entre les deux protagonistes

- Lettre adressée à Mme de Merteuil avec la formule « mon amie » : relation privilégiée entre les deux épistoliers.
- Empressement à raconter ses exploits de la veille (« depuis hier ») montre l'intimité qui les unit (les deux protagonistes ont été amants).
- Le ton triomphant indique une rivalité, une compétition entre le Vicomte et la Marquise (cf. Lettre 113).

▶ Le plaisir de la victoire

- Objet de la lettre : Valmont annonce « sa victoire » sur Mme de Tourvel.
- Vocabulaire de la conquête militaire pour parler de l'amour : résistance ennemie, stratégie d'attaque, lutte féroce.
- Enthousiasme dans l'affirmation : « elle est à moi, entièrement à moi » qui insiste sur le plaisir de relater le succès.

On s'attendrait à ce que Valmont relate sa victoire dans les moindres détails. Or, il change très vite de sujet pour évoquer ses sentiments. La lettre devient un outil d'analyse de ses propres émotions.

→ 2e mouvement : le trouble de Valmont : « serait-il donc vrai » à « qu'elle fût vraie »

- Description d'un sentiment inconnu. Champs lexicaux de la nouveauté (« charme inconnu », « sentiment involontaire et inconnu ») et de la surprise (« étonner », « étonnante » (sens fort au XVIIIe siècle = « qui provoque une violente émotion par la surprise »)).
- Dialogue intérieur mené par Valmont avec lui-même, et dans lequel il pose les questions et y répond. Nombreuses interrogations rhétoriques qui sont en fait des assertions déguisées.

  Ex. : « Et ai-je trouvé nulle part le charme dont je parle ? » = Je n'ai trouvé nulle part le charme dont je parle.

- Valmont a besoin de nier ce sentiment ou de le nuancer. Usage de verbes au conditionnel = atténuation de la réalité + présence d'adverbes d'opposition, de déduction et de négation : « cependant », « même », « donc », « non » qui montrent qu'il revient sans cesse aux mêmes préoccupations. : « j'aurais même, je l'avoue, un plaisir assez doux à m'y livrer ».
- Amour = source d'inquiétude car ce sentiment lui fait perdre le contrôle de lui-même. Trois occurrences du terme « charme » qui renvoie au sens fort de l'envoûtement magique. Il parle de « moments de faiblesse », de « sentiment involontaire » et évoque « l'ivresse » pour justifier une perte de contrôle de ses sentiments présentés comme un asservissement : il se décrit « maîtrisé comme un écolier ».

La lettre change ensuite de ton. Elle formule désormais une argumentation rigoureuse sur le modèle d'une démonstration, annoncée par le verbe « approfondir ». Valmont abandonne l'incertitude et les questions rhétoriques pour tenter de rationaliser le bouleversement vécu.

➜ 3e mouvement : la rationalisation libertine du sentiment amoureux : « Dans la foule de femmes… » à la fin

- Le raisonnement permet de faire une autopsie du sentiment qui s'appuie sur une triple opposition rendue explicite par le connecteur « au contraire ».
  - Opposition entre l'avant Mme de Tourvel et depuis Mme de Tourvel.
  - Opposition entre la multitude de ses conquêtes (« la foule des femmes », « celles », « tant d'autre ») et la singularité de Mme de Tourvel exprimée par la répétition de « une » et « un » à valeur de numéral cardinal dans « une première prévention », « une timidité naturelle », « une pudeur éclairée », « un attachement à la vertu ».
  - Opposition entre la facilité de ses conquêtes passées et la difficulté rencontrée auprès de la Présidente de Tourvel : énumération des nombreux obstacles : « une première prévention défavorable », sa « timidité », sa « pudeur », sa vertu et sa dévotion (« un attachement à la vertu, que la Religion dirigeait »), ses tentatives de fuite (« des démarches éclatantes… à mes poursuites »).
- Conclusion sous forme d'une double déduction introduite par « donc ».
  - La victoire est complète car le combat a été acharné et l'ennemi de taille.
  - La naissance émotion particulière qui n'est pas de l'amour mais « la douce impression du sentiment de la gloire » : la tournure restrictive « n'est que » exprime le soulagement et montre à quel point il est inconcevable et comme il serait terrible pour Valmont d'être amoureux.

Par l'analyse rigoureuse de ses sentiments amoureux, Valmont semble mettre fin à « l'inquiétude » et paraît se ressaisir. En même temps qu'il avoue sa faiblesse, il n'a de cesse de réaffirmer sa croyance en ses « principes » libertins.

▶ Les principes libertins

- Refus de l'engagement et des relations exclusives comme l'indiquent les allusions à la multitude de ses conquêtes (« la foule des femmes », « tant d'autres », « mes autres aventures »).
- La conquête amoureuse est envisagée comme un combat (« campagne pénible »), impliquant une stratégie (« savantes manœuvres »), qui conduit à la défaite d'un des partenaires (« vaincue », « se rendre », « capitulation ») et au triomphe de l'autre (« victoire complète », « succès », « triomphe », « gloire »).
- Valeurs chevaleresques de la noblesse ancienne, mais perverties et dévoyées par une noblesse devenue oisive, n'ayant plus de bataille à mener.
- Importance de la dissimulation : « savantes manœuvres » = allusion aux manigances et aux ruses qu'il a dû mettre en œuvre pour faire céder Mme de Tourvel. Relation amoureuse = jeu de faux-semblants et d'hypocrisie : « feinte », « couvre ».

Valmont est incapable de concevoir la relation amoureuse comme spontanée et naturelle : être amant est un « rôle » qu'il joue, une « fonction » qu'il occupe : il joue donc la comédie de l'amour.

▶ Éléments pour la conclusion

- Lettre triomphante qui trahit les sentiments de Valmont à son insu.
- Valmont se met dans une situation difficile : il ne peut pas être un séducteur et un amoureux.
- La correspondance est un témoignage involontaire qui signifie plus qu'il ne dit.
- Impossibilité de se laisser aller à faire une confidence sincère à Mme de Merteuil qui, depuis le début du roman, raille l'engouement du Vicomte pour Mme de Tourvel et en viendra, par jalousie, à dicter à Valmont la lettre de rupture qu'il devra envoyer à la Présidente (lettre 141).

■ Question de grammaire

Serai-je donc, à mon âge, maîtrisé comme un écolier, par un sentiment involontaire et inconnu ?

→ Faites toutes les remarques nécessaires sur cette phrase

On attend essentiellement du candidat :

- qu'il étudie l'interrogation directe (ponctuation, inversion du sujet et du verbe) ;
- qu'il remarque l'attribut du sujet « maîtrisé » ;
- qu'il analyse la tournure passive « par un sentiment involontaire et inconnu » ;
- qu'il évoque la comparaison « comme un écolier ».

4. Analyser une description

Qu'il s'agisse de la description d'un lieu, d'un objet ou d'un personnage, vous devez mettre en évidence la structure du passage, sa cohérence et les effets produits par l'attention que le narrateur accorde à ce qu'il décrit. Il faut vous appuyer sur des procédés précis et vous interroger sur le point de vue adopté (qui voit ?) et l'éventuelle portée symbolique de la description (que révèle-t-elle ?).

🕮 Exemple : Émile Zola, *La Curée*, 1871

■ Quelques indications sur l'auteur et l'œuvre

Les romanciers naturalistes entendent adopter une démarche scientifique pour élaborer leurs personnages et mettre en évidence les lois de l'hérédité. La famille Rougon-Macquart est le lieu de l'analyse d'Émile Zola. Dans vingt romans, il explore les trajectoires de ses membres qui connaissent aussi bien le succès que l'échec.

Dans *La Curée*, il transpose une tragédie de Racine. En effet, le personnage de Renée est une « Phèdre moderne » selon les propres mots du romancier. En effet, Renée épouse Aristide Saccard qui a déjà un fils, Maxime, issu d'un premier mariage. Elle séduit le jeune homme qui devient son amant. Tout comme Phèdre, elle aime son beau-fils, mais à la différence de l'héroïne de Racine, elle consomme cet amour incestueux. À la retenue propre à la tragédie classique succède la débauche caractéristique du roman naturaliste.

Texte

Deux mois avant la mort d'Angèle, il l'avait menée, un dimanche, aux buttes Montmartre. La pauvre femme adorait manger au restaurant ; elle était heureuse, lorsque, après une longue promenade, il l'attablait dans quelque cabaret de la banlieue. Ce jour-là, ils dînèrent au sommet des buttes, dans un restaurant dont les fenêtres s'ouvraient sur Paris, sur cet océan de maisons aux toits bleuâtres, pareils à des flots pressés emplissant l'immense horizon. Leur table était placée devant une des fenêtres. Ce spectacle des toits de Paris égaya Saccard. Au dessert, il fit apporter une bouteille de bourgogne.

Il souriait à l'espace, il était d'une galanterie inusitée. Et ses regards, amoureusement, redescendaient toujours sur cette mer vivante et pullulante, d'où sortait la voix profonde des foules. On était à l'automne ; la ville, sous le grand ciel pâle, s'alanguissait, d'un gris doux et tendre, piqué çà et là de verdures sombres, qui ressemblaient à de larges feuilles de nénuphars nageant sur un lac ; le soleil se couchait dans un nuage rouge, et, tandis que les fonds s'emplissaient d'une brume légère, une poussière d'or, une rosée d'or tombait sur la rive droite de la ville, du côté de la Madeleine et des Tuileries. C'était comme le coin enchanté d'une cité des Mille et une Nuits, aux arbres d'émeraude, aux toits de saphir, aux girouettes de rubis. Il vint un moment où le rayon qui glissait entre deux nuages fut si resplendissant, que les maisons semblèrent flamber et se fondre comme un lingot d'or dans un creuset.

— Oh ! vois, dit Saccard, avec un rire d'enfant, il pleut des pièces de vingt francs dans Paris !

Angèle se mit à rire à son tour, en accusant ces pièces-là de n'être pas faciles à ramasser. Mais son mari s'était levé, et, s'accoudant sur la rampe de la fenêtre :

— C'est la colonne Vendôme, n'est-ce pas, qui brille là-bas ?... Ici, plus à droite, voilà la Madeleine... Un beau quartier, où il y a beaucoup à faire...

➜ Éléments pour l'introduction

- Dans le roman, ce passage constitue une analepse : le narrateur revient sur l'origine de la fortune d'Aristide Rougon dit Saccard qui, avant d'épouser Renée, était marié à Angèle.
- Aussi ambitieux qu'égoïste, le personnage masculin néglige sa femme dans cette scène qui permet au narrateur d'explorer les désirs de richesse de Saccard.

Fil conducteur : comment la description de Paris révèle-t-elle les ambitions d'Aristide Rougon ?

➜ 1er mouvement : une tranche de vie (paragraphe 1)

▶ Une scène de la vie quotidienne

- Des repères spatio-temporels sont posés dès la première phrase du paragraphe qui donnent ainsi un ancrage réaliste à la scène décrite : « Deux mois avant », « un dimanche », « buttes Montmartre ».
- Le verbe « ils dînèrent » renvoie à l'occupation typique d'un couple bourgeois et le lieu choisi témoigne du contexte culturel : à l'époque, les Buttes Montmartre appartenaient encore à la banlieue de Paris. Les Parisiens s'y rendaient pour se divertir comme le terme « cabaret » le suggère.

▶ Un couple mal assorti

- Angèle est présentée comme un personnage malheureux : « la pauvre femme » et sa mort est annoncée par une prolepse : « Deux mois avant la mort d'Angèle ».
- Personnage secondaire éphémère, elle est placée en position d'objet (« il l'attablait », « il l'avait menée ») elle semble incapable de la moindre initiative.

▶ Un lieu propice à l'observation qui permet le déclenchement de la description de Paris

- Le restaurant est en hauteur et domine la capitale offrant un point de vue propice à la description : « les fenêtres s'ouvraient sur Paris ».
- Saccard et Angèle dominent la scène comme s'ils étaient au balcon d'un théâtre ou devant une toile : « ce spectacle ».
- La description de Paris commence par une vue d'ensemble (« maisons aux toits bleuâtres »).
- Le premier complément circonstanciel de lieu est amplifié par une relative (« dans un restaurant dont les fenêtres s'ouvraient sur Paris ») et le second par une comparaison qui annonce une prise de distance avec l'esthétique réaliste (« sur cet océan de maisons aux toits bleuâtres, pareils à des flots pressés emplissant l'immense horizon »).

Ce premier paragraphe prépare donc la description subjective de Paris qui va être développée dans le second paragraphe. Un point de vue interne (celui de Saccard) est ainsi adopté.

➜ 2e mouvement : la transfiguration de Paris (paragraphe 2)

▶ Le tableau féerique d'une ville enchanteresse

- Si des toponymes font apparaître certains monuments (« la Madeleine », « Tuileries ») dans une perspective réaliste, ce qui frappe, c'est la taille de cette grande métropole. Les bruits de la ville deviennent « la voix profonde des foules » et la troisième phrase est remarquable par son ampleur.
- La comparaison de Paris à « une cité des mille et une nuit » connote le luxe et merveilleux d'un conte oriental.
- On assiste à une modification magique du paysage urbain grâce aux pierres précieuses qui sont employées comme compléments circonstanciels de matière : « aux arbres d'émeraude, aux toits de saphir, aux girouettes de rubis ».
- L'expression hyperbolique « le rayon qui glissait entre deux nuages, fut si resplendissant » donne une dimension surnaturelle au paysage que les indications de lumière renforcent (« resplendissant », « briller »).

▶ Une description sensuelle

- Saccard étend ses désirs à Paris qu'il voit comme une femme (« il souriait à l'espace », « galanterie »). Il caresse Paris de « ses regards ». L'adverbe « amoureusement », par sa longueur, crée un effet de sensualité.
- La ville, sous le regard de Saccard, apparaît comme un corps qui s'offre : « La ville, sous le grand ciel pâle, s'alanguissait d'un gris doux et tendre ». L'adjectif « tendre » a une connotation affective. Les juxtapositions ralentissent le rythme tout comme les allitérations en « l » (« ville », « ciel », « s'alanguissait »).
- L'ambition et les désirs du personnage ont quelque chose de vulgaire car ils renvoient à une forme de débauche.

▶ La folie de l'or

- L'expression « les maisons semblèrent flamber » suggère une destruction intense et violente qui renvoie à une fortune rapide.
- On remarque le champ lexical du feu et de la transformation, « flambée », « fondre », « alambic ».
- Ce processus relève de l'alchimie dont le but était la transformation du plomb en or. Le terme « or » est répété trois fois. On note aussi une référence à cette métamorphose dans l'expression « se fondre comme un lingot » et dans les termes « creuset », « soleil ».

→ 3e mouvement : un dialogue qui fait entendre l'obsession matérialiste de Saccard (passage dialogué)

– La précision chiffrée (« vingt francs ») témoigne bien de l'obsession de Saccard pour l'argent.
– Zola ne prend pas la peine de faire discourir Angèle au style direct qui semble s'effacer définitivement. Dans le dialogue, elle est dominée par Saccard qui l'apostrophe et emploie des tournures impératives : « vois, dit Saccard ».
– Saccard projette ses ambitions : « ...Un beau quartier, où il y a beaucoup à faire... ». Les aposiopèses laissent deviner les idées du personnage qui entend bien tirer profit des travaux impulsés par le baron Haussmann.

→ Conclusion

– Émile Zola s'inscrit dans la lignée des romanciers du XIXe siècle qui font de Paris le lieu de tous les possibles, une ville mouvante, à la fois dangereuse et riche de promesses.
– Cette description offre au lecteur un panorama d'une capitale presque personnifiée qui s'éloigne des codes de l'illusion réaliste.
– Le point de vue subjectif permet également de révéler toutes les ambitions du personnages : la description en dit autant sur ce qui est vu que sur celui qui voit.

■ Question de grammaire

– *Oh ! vois, dit Saccard, avec un rire d'enfant, il pleut des pièces de vingt francs dans Paris !*

→ Faites toutes les remarques nécessaires sur cette phrase

On attend essentiellement du candidat :

– qu'il analyse le discours direct (incise, ponctuation) ;
– qu'il analyse les compléments du verbe pleuvoir « des pièces de vingt francs dans Paris » et qu'il distingue les compléments essentiels au verbe des compléments circonstanciels ;
– qu'il fasse une remarque sur le verbe impersonnel « pleuvoir » et sur le sujet « il » qui ne fait pas l'action.

Jour
4

La poésie du XIXe siècle au XXIe siècle

1. Les procédés de l'écriture poétique

Si chaque poète développe un style d'écriture singulier et original, on peut tout de même observer des caractéristiques que l'on retrouve d'un auteur à l'autre. Vous devez donc connaître certains procédés récurrents.

a. Vers ou prose ?

Jusqu'au XIXe siècle, les poètes écrivent en vers. Ces vers sont organisés en strophes (attention : ne pas parler de paragraphe). Dans l'Antiquité, les poètes privilégient les odes, les hymnes, il s'agit de formes qu'on appelle fixes car elles obéissent à des structures très codifiées. Au Moyen Âge, ce sont les ballades et les rondeaux qui sont à la mode. La Renaissance voit l'apparition d'une nouvelle forme poétique que les Français empruntent aux Italiens : le sonnet. Il s'agit sûrement de la forme fixe la plus célèbre. Il est écrit en alexandrins et composé de deux quatrains (strophe de quatre vers) et de deux tercets (strophes de trois vers) L'étude qui suit du poème de Verlaine va nous permettre d'en voir toutes les caractéristiques.

Dès la période romantique (première moitié du XIXe siècle), les formes s'assouplissent. Victor Hugo veut « déniaiser » l'alexandrin. Verlaine, dans la seconde moitié du XIXe siècle, fait souvent le choix de vers dont le nombre de syllabes est impair. Il les trouve plus musicaux d'un point de vue rythmique. Au XXe siècle, le poème en vers libres (le nombre de syllabes varie d'un vers à l'autre) illustre le désir de liberté des poètes.

Mais un poème n'est pas obligatoirement écrit en vers. Dans les années 1830, Aloysius Bertrand écrit *Gaspard de la nuit*, le premier recueil de poèmes en prose qui est publié, de manière posthume, en 1842. Ce genre poétique pose clairement la question de la nature de la poésie qui n'est pas forcément dans la forme versifiée.

Le saviez-vous ?

L'alexandrin est l'un des vers les plus utilisés par les poètes. Son nom vient du *Roman d'Alexandre* écrit au XIIIe siècle. Les vers de douze syllabes apparaissent pour la première fois dans cette œuvre qui évoque Alexandre le Grand, le roi de Macédoine qui a vécu au IVe siècle avant J.-C.

b. Les rimes

- Elles peuvent être pauvres (une seule syllabe commune aux deux mots), suffisantes (deux syllabes) ou riches (trois syllabes). Il arrive qu'un poète fasse le choix de rimes pauvres afin de montrer une certaine simplicité ou une tristesse.
- L'organisation des rimes crée des effets.
  - Rimes plates ou suivies (a/a/b/b...). Il se dégage souvent une régularité, voire une monotonie.
  - Rimes croisées (a/b/a/b). Elles peuvent traduire un certain élan.
  - Rimes embrassées (a/b/b/a). Elles assurent la cohérence sonore d'un quatrain.
- Les deux mots qui riment sont-ils liés par un lien logique particulièrement intéressant ? Si c'est le cas, il faudra le souligner.

c. Le rythme

- Le type de vers. À l'alexandrin on associe la majesté ; au décasyllabe (10 syllabes), le naturel ; à l'octosyllabe (8) et à l'hexasyllabe (6), la rapidité. Les vers impairs contribuent à donner un effet de sautillement et/ou de légèreté.
- Les enjambements (la phrase ou la proposition ne s'achève pas à la fin du vers mais se poursuit au vers suivant). Il n'est ainsi pas possible de marquer une pause à la fin du vers.
- Les rejets (le mot qui achève la phrase ou la proposition commencée est rejeté au vers suivant et se trouve ainsi isolé). Le rythme semble alors brisé et le mot rejeté est mis en relief.
- Les contre-rejets (un mot situé en fin de vers ouvre une nouvelle phrase ou une nouvelle proposition qui se poursuit au vers suivant). Là encore le mot isolé est mis en relief.
- Les diérèses (décomposition d'une syllabe en deux temps). Elles produisent souvent un effet d'insistance.

N'oubliez pas de toujours donner du sens à ces repérages. Recherchez les effets produits par les procédés rythmiques : mise en relief du calme ? de l'enthousiasme ?, etc.

d. Les sonorités

L'allitération

Retour d'un son consonne dans un groupe de mots qui se suivent.

L'assonance

Retour d'un son voyelle dans un groupe de mots qui se suivent.

La paronomase

Le poète joue sur la proximité sonore de deux mots pour signaler une relation entre le sens de ces termes. Si les mots se prononcent d'une façon presque identique, c'est parce qu'ils entretiennent un lien logique, voilà ce que semble nous dire les poètes qui emploient des paronomases.

> **Le saviez-vous ?**
>
> Mallarmé est un poète de la seconde moitié du XIXe siècle qui rêvait d'une poésie pure dans laquelle le sens serait contenu dans la beauté du son. Ainsi, il a parfois pu privilégier certains mots pour leur seule caractéristique sonore : « Aboli bibelot d'inanité sonore. »

« La mer et l'amour ont l'amer pour partage »

Pierre de Marbeuf, 1628

Attention : les sons n'ont pas de signification *a priori*, vous devez les mettre en lien avec le sens du poème.

e. Les rapprochements

Les comparaisons et les métaphores sont les plus connues et les plus courantes. Mais il ne faut pas oublier la métaphore filée, la personnification (attribution de caractéristiques humaines à un objet, à un élément de la nature...), l'allégorie (représentation humaine d'une idée abstraite) et la métonymie (remplacement d'un nom par un autre qui entretient avec lui un lien de proximité).

Il est nécessaire d'identifier ce qui justifie le rapprochement. Ainsi vous donnerez du sens aux images en proposant une interprétation.

« La terre est bleue comme une orange »

Paul Éluard, *L'Amour la poésie*, 1929

Le poète propose une comparaison étonnante en explicitant ce qui permet le rapprochement selon lui (la couleur bleue). En réalité, c'est la rondeur qui permet établir un lien entre la terre et une orange.

f. Les oppositions

La présence de deux éléments opposés dans un texte est appelée antithèse. L'oxymore est plus rare, il s'agit d'une forme d'opposition particulière puisque les deux termes opposés se suivent.

« Un affreux soleil noir d'où rayonne la nuit ! »

Victor Hugo, « Ce que dit la bouche d'ombre », *Les Contemplations*, 1856

g. Les intensifications

Parce que la poésie exprime souvent des sentiments passionnés, les auteurs ont recours à certains procédés d'amplification :

Les hyperboles

Ce sont des exagérations qui traduisent la force des émotions. Bien souvent elles sont contenues dans des comparaisons ou des métaphores.

→ **Les adverbes (très, extrêmement, etc.)**

→ **Les comparatifs de supériorité et les superlatifs (plus grand que…/le plus grand)**

→ **Les anaphores**

Ce sont des répétitions particulières. Le mot répété se situe en début de phrase, de proposition, de groupe de mots ou de vers.

2. Les tonalités

La poésie entretient des rapports privilégiés avec certains registres. En voici cinq qui sont à maîtriser absolument.

a. La tonalité lyrique

Pour bien comprendre les enjeux de ce registre, il faut revenir à la racine de ce mot. La lyre était un instrument répandu pendant l'Antiquité et les poètes récitaient des vers accompagnés par de la musique.

Le registre lyrique est donc présent dans un texte si l'on y trouve une certaine musicalité (jeux sur les sonorités et le rythme).

Mais il ne faut pas perdre de vue que le poète qui s'accompagnait d'une lyre évoquait ses émotions, il dévoilait des sentiments personnels. C'est là le deuxième point essentiel. Qui dit lyrisme, dit expression d'un « je ». Pensez à repérer dans le texte tous les indices de la première personne (pronoms personnels, pronoms et adjectifs possessifs, indices de la subjectivité, verbes de perception).

D'autre part, si le poète expose ainsi son intimité, c'est dans le but de toucher son public en abordant des thèmes universels (l'amour, le bonheur, la mort, la solitude, la fuite du temps, etc.).

Le saviez-vous ?

Orphée est un personnage légendaire de l'Antiquité. Amoureux de la belle Eurydice, il fut anéanti quand elle mourut. Il chanta alors son désespoir en s'accompagnant d'une lyre. Il descendit aux enfers et réussit à émouvoir le dieu Hadès qui lui permit de regagner le monde des vivants en compagnie d'Eurydice à condition qu'il ne se retournât pas pour la regarder. Hélas, Orphée voulut voir sa bien-aimée si bien qu'elle fut aussitôt rappelée au royaume des morts.

b. La tonalité pathétique

On peut identifier la présence de cette tonalité dans un poème quand le poète exprime une douleur, la sienne ou celle d'une autre personne. Il cherche à susciter l'émotion du lecteur et à obtenir sa compassion, sa pitié. Pour étudier cette tonalité dans un poème, il faut parvenir à identifier le type de souffrance évoquée. Elle peut être personnelle, d'ordre physique et/ou psychologique.

« Seul, inconnu, le dos courbé, les mains croisées
Triste, et le jour pour moi sera comme la nuit »

Victor Hugo, « Demain, dès l'aube », *Les Contemplations*

Il faut également identifier le degré d'intensité de cette souffrance. Si elle est vive, les procédés de l'intensification seront largement présents dans le poème.

Le poète peut également utiliser cette tonalité dans le but de dénoncer une injustice en mettant en relief, comme Hugo, par exemple, la souffrance de ces enfants qui travaillaient au XIXe siècle.

« Où vont tous ces enfants dont pas un seul ne rit ?
Ces doux êtres pensifs que la fièvre maigrit ? »

Victor Hugo, « Melancholia », *Les Contemplations*

c. La tonalité élégiaque

Il est très fréquent que la souffrance évoquée par le poète prenne une forme plus douce. C'est alors, sur le mode du regret qu'il évoque la perte d'un être cher. Les années passant, le poète peut également devenir nostalgique. Ce regard vers un passé qui a disparu fait naître alors en lui la mélancolie. On pourra ainsi chercher à identifier, dans les poèmes élégiaques, ces différentes nuances de la tristesse. La pertinence de votre analyse le jour de l'examen résidera dans la capacité à nommer précisément les sentiments exprimés et à expliquer les raisons de la plainte du poète. Les champs lexicaux, les euphémismes, les métaphores et les interjections vous seront très utiles pour justifier vos interprétations.

« Mes chers amis, quand je mourrai,
Plantez un saule au cimetière.
J'aime son feuillage éploré ;
La pâleur m'en est douce et chère,
Et son ombre sera légère
À la terre où je dormirai. »

Alfred de Musset, « Lucie », *Poésies nouvelles,* 1850

d. La tonalité fantastique

On observe surtout la présence de cette tonalité dans les poèmes baroques et romantiques (cf. les mouvements). Il est caractérisé par une mise à distance de la réalité. Le poète ne cherche pas à donner une image exacte de ce qu'il voit ou ressent. Ce qu'il cherche à mettre en évidence, ce sont les effets que la réalité produit sur lui. Ainsi, il livre une vision personnelle. Grâce à l'écriture poétique, il veut faire ressentir au lecteur les mystères du monde. Certains romantiques que l'on qualifie de « noirs », à cause de leur fascination pour la nuit et l'inconnu, explorent, par exemple, l'univers des rêves. Les personnifications, les hyperboles, les métaphores sont des procédés qui permettent de faire naître le fantastique en opérant des déformations du réel.

> « J'ai marché, réveillant les haleines vives et tièdes, et les pierreries regardèrent,
> et les ailes se levèrent sans bruit. »

Arthur Rimbaud, « Aube », *Illuminations*, 1886

e. La tonalité satirique

Cette tonalité est présent dans les poèmes engagés dont le but est de dénoncer des comportements humains ou des personnes qui abusent de leur autorité. La caricature est un des procédés majeurs de la satire. Il consiste à grossir les traits au moyen d'hyperboles. L'antiphrase (figure de style qui consiste à dire le contraire de ce que l'on pense) est également fréquemment utilisée dans un but ironique. Le poète baroque Agrippa d'Aubigné évoque dans *Les Tragiques* (1616) les massacres liés aux guerres de Religion entre catholiques et protestants. Plus tard, Victor Hugo, dans *Les Châtiments* fait la satire de l'empereur Napoléon III auquel il reproche l'illégitimité et la violence.

3. Les mouvements

a. La Pléiade

Même si ce mouvement n'est pas compris dans les bornes chronologiques de l'objet d'étude, il est nécessaire de le maîtriser. Vous l'avez d'ailleurs abordé en classe de 2nde. La Pléiade est le nom d'un groupe de poètes du XVIe siècle. Ronsard et du Bellay sont les plus célèbres membres de ce cercle poétique. Ils veulent rendre la langue française aussi noble que le grec et le latin. Ils s'inspirent des poètes de l'Antiquité auxquels ils empruntent des formes fixes telles que l'ode ou l'hymne. Ce mouvement poétique est ainsi à mettre en relation avec les idées nouvelles de la Renaissance. Mais les poètes italiens du XIVe siècle sont également pour eux des modèles. Ainsi leurs œuvres doivent beaucoup au recueil de poèmes de Pétrarque, *Le Chansonnier*, qui évoque la passion du poète pour une jeune femme nommée Laure.

Le saviez-vous ?

Un groupe de poètes de l'Antiquité s'était déjà baptisé la Pléiade. Et il s'agit aussi du nom d'une constellation d'étoiles. On voit bien sous quelle protection Ronsard et du Bellay veulent se placer.

b. Le baroque

Ce courant n'est pas non plus au programme de la classe de 1re mais il est également nécessaire d'en connaître les caractéristiques. Il s'épanouit dans la seconde moitié du XVIe siècle et dans la première moitié du XVIIe siècle. Le mot *baroque* dérive du terme portugais *barroco* qui désigne une perle irrégulière. Les poètes privilégient l'éphémère, l'illusion, l'inconstance et les métamorphoses. Le monde est perçu comme un ensemble d'éléments en perpétuel mouvement et les auteurs cherchent à retranscrire ces effets grâce à une langue poétique riche en images. Il faut ainsi être attentif à la présence du registre fantastique, aux métaphores, aux personnifications, aux hyperboles mais aussi aux effets de rythme traduisant la rupture ou le désordre.

« Tout n'est plein ici bas que de vaine apparence,
Ce qu'on donne à sagesse est conduit par le sort »

Jacques des Barreaux, 1658

c. Le romantisme

Le saviez-vous ?
Deux citations à mémoriser :
« Ah ! frappe-toi le cœur, c'est là qu'est le génie »
Alfred de Musset

« Quand je parle de moi, je parle de vous »
Victor Hugo, préface des *Contemplations*.

Ce mouvement de la première moitié du XIXe siècle incarne parfaitement l'idée que l'on peut se faire de la poésie. En effet, les poètes romantiques ont mis en avant la nécessité d'exprimer des sentiments personnels. Ils ont ainsi renouvelé le lyrisme déjà exploité par les poètes de la Pléiade mais quelque peu délaissé par la suite. En effet, au XVIIIe siècle, la poésie était devenue un jeu formel. Seule l'élégance du style comptait et la sincérité du poète était passée à l'arrière-plan. Les poètes romantiques créent donc une rupture en renouant avec une certaine sincérité.

Ce besoin de parler de soi est accentué par le sentiment qu'ont les romantiques d'appartenir à une génération en proie au « mal du siècle ». Ils ont grandi en rêvant de la grandeur napoléonienne mais la chute de l'Empire a entraîné le retour de la monarchie (la Restauration). Ils se sentent donc à l'étroit dans ce monde et rêvent de la liberté qu'avait apportée la Révolution française. Il y a donc parfois une dimension politique dans leurs œuvres.

Ils expriment ainsi leurs états d'âme et leurs difficultés à trouver le bonheur. Les malheurs personnels sont mis en avant et bien souvent c'est la nature qui apaise leurs douleurs. Lamartine, Vigny et Musset appartiennent à ce courant. Mais c'est sûrement Victor Hugo, qui fut le chef de file du romantisme, qui incarne le mieux la richesse et la diversité de cette poésie nouvelle.

d. Le Parnasse

Il s'agit d'une réaction au mouvement romantique. La recherche de la sincérité a entraîné une certaine lassitude et les Parnassiens ont reproché à leurs aînés de ne parler que d'eux-mêmes. Théophile Gautier, dont les débuts ont été romantiques (il fut proche de Victor Hugo), recherche la beauté de la forme. Selon lui, l'art ne vaut que pour lui-même et il ne doit pas avoir d'utilité. Adieu donc l'expression des états d'âme. Adieu également l'engagement social et politique. Le poème devient un bijou ou une statue qu'il faut travailler et sculpter. Les Parnassiens apprécient les mots rares. Parce qu'ils sont peu utilisés, ils sonnent de manière originale. Aux côtés de Gautier se trouvent Hérédia et Leconte de Lisle.

Le saviez-vous ?

Le mont Parnasse se situe en Grèce à proximité de la cité de Delphes. Dans l'Antiquité, cette montagne était considérée comme la résidence d'Apollon (dieu du chant, de la musique et de la poésie) et des neuf Muses. Le nom choisi par ce mouvement montre bien l'idéal de perfection que les poètes souhaitaient atteindre.

e. Le symbolisme

Ce mouvement poétique, qui prend forme dans la seconde moitié du XIXe siècle, se développe également en réaction au romantisme. Il trouve son origine dans la poésie de Baudelaire (*Les Fleurs du mal*, 1857). Si les poètes romantiques tels que Lamartine, Musset et Hugo employaient très souvent un langage imagé, les symbolistes s'éloignent davantage de la réalité grâce à l'utilisation complexe de symboles. Leurs poèmes doivent ainsi être décodés, décryptés. Le sens n'apparaît plus de manière aussi évidente que dans les poèmes romantiques. Le lecteur d'un poème symboliste doit se mettre en quête du sens. Si votre liste de bac comporte un poème symboliste, il ne faudra pas perdre de vue que votre commentaire devra faire apparaître le sens caché du texte tout en montrant l'intérêt, pour le poète, d'utiliser un langage fait de symboles. Rimbaud et Verlaine appartiennent à ce courant.

f. Le surréalisme

Le début du XXe siècle est marqué par un profond renouvellement poétique. De nombreux poètes expérimentent des formes différentes. Le monde change, les villes se développent, les techniques se perfectionnent, les guerres ne sont jamais loin, le psychanalyste Sigmund Freud a fait état des mystères de l'inconscient… voici le monde moderne dans lequel les poètes évoluent. Les surréalistes entendent libérer la pensée, la laisser s'exprimer à l'état brut, sans que la raison n'intervienne pour censurer les associations d'idées surprenantes de l'esprit. C'est donc la « surréalité », ce qui est enfoui au plus profond de l'inconscient, que les poètes cherchent à faire surgir dans leurs poèmes. Aussi revendiquent-ils l'utilisation de symboles, le recours à des images étonnantes et à l'écriture automatique (écriture spontanée sans intervention de la réflexion). Les productions poétiques sont ainsi déroutantes à la première lecture car le sens échappe.

APRÈS-MIDI • Réviser les lectures linéaires

1. Analyser un poème élégiaque

Le mot *élégie* signifie « chant de mort » en grec. Il désigne un poème lyrique qui se caractérise par son ton plaintif et douloureux notamment parce qu'il aborde des thèmes propices au désespoir et à la mélancolie tels que la mort, la séparation, l'absence, l'exil. Quoi de plus élégiaque que le spleen baudelairien, véritable chant de douleur, d'angoisse et d'ennui ?

Comme pour tout poème lyrique, vous veillerez à analyser les marques de la première personne, le poète exprimant ses propres émotions. Vous serez également sensible à la manière de chanter cette douleur : si le mot *lyrisme* découle du mot *lyre*, c'est parce que la musique y est de premier ordre. En outre, vous observerez précisément comment l'auteur parvient à dépeindre l'émotion qui l'accable.

Comme dans nombre de poèmes dans *Les Fleurs du mal*, dont le cycle des « Spleen », l'élégie est à la fois le lieu de l'expression d'une souffrance intense et de son dépassement. En effet, le poète ne cherche pas tant à simplement dire son mal-être, mais aussi à le magnifier, la littérature lui permettant de le sublimer.

📖 Exemple : Charles Baudelaire, « J'ai plus de souvenirs que si j'avais mille ans », *Les Fleurs du Mal*, 1857

■ Quelques indications sur l'auteur et l'œuvre

La vie de Charles Baudelaire est marquée par le malheur : il a à peine cinq ans lorsque son père, qui l'a eu sur le tard, meurt. Sa mère se remarie un an plus tard avec le général Aupick, union que le jeune enfant récusera au point d'entrer en opposition avec ce militaire si différent de lui et qui s'interpose entre lui et cette mère qu'il aime tant. Rebelle, il est renvoyé du lycée Louis-le-Grand – tout en obtenant toutefois son baccalauréat – et s'embarque alors dans une vie de bohème que ses parents jugent si scandaleuse qu'ils le poussent à quitter la France. En vain, quand il revient, il reprend sa vie dissolue, cumule les conquêtes, dont la « jeune mulâtresse » Jeanne Duval, dilapide l'héritage paternel, découvre « les paradis artificiels », contracte la syphilis qui détériore grandement sa santé et fait plusieurs tentatives de suicide. Mis sous tutelle financière, il devient journaliste et critique d'art, puis se lance peu à peu lui-même dans l'écriture de poèmes, lesquels formeront son seul et unique recueil versifié : *Les Fleurs du mal*. Nous sommes en 1857 et la publication de cette œuvre fait un scandale si grand qu'un procès est entamé contre Baudelaire pour « outrage à la morale publique et aux bonnes mœurs ». Le poète est condamné à une lourde amende et doit censurer certains passages. Entre sa syphilis, une hémiplégie et une aphasie, Baudelaire s'éteint à peine dix ans après la parution de son chef-d'œuvre. Il avait quarante-six ans.

Texte

J'ai plus de souvenirs que si j'avais mille ans.

Un gros meuble à tiroirs encombré de bilans,
De vers, de billets doux, de procès, de romances,
Avec de lourds cheveux roulés dans des quittances,
Cache moins de secrets que mon triste cerveau.
C'est une pyramide, un immense caveau,
Qui contient plus de morts que la fosse commune.
– Je suis un cimetière abhorré de la lune,
Où comme des remords se traînent de longs vers
Qui s'acharnent toujours sur mes morts les plus chers.
Je suis un vieux boudoir plein de roses fanées,
Où gît tout un fouillis de modes surannées,
Où les pastels plaintifs et les pâles Boucher,
Seuls, respirent l'odeur d'un flacon débouché.

Rien n'égale en longueur les boiteuses journées,
Quand sous les lourds flocons des neigeuses années
L'ennui, fruit de la morne incuriosité,
Prend les proportions de l'immortalité.
– Désormais tu n'es plus, ô matière vivante !
Qu'un granit entouré d'une vague épouvante,
Assoupi dans le fond d'un Saharah brumeux ;
Un vieux sphinx ignoré du monde insoucieux,
Oublié sur la carte, et dont l'humeur farouche
Ne chante qu'aux rayons du soleil qui se couche.

→ Éléments pour l'introduction

▶ Entrée en matière

Quand le livre sort en 1857, *Les Fleurs du mal* fait l'effet d'une bombe. C'est une œuvre provocatrice et novatrice qui agite le monde littéraire d'alors. Baudelaire y dépeint son être déchiré entre son désir d'un idéal perdu et « l'ennui » accablant du quotidien, entre formalisme, souffle romantique et soif de modernité.

L'édition définitive est constituée de six parties, chacune mettant en scène cette dualité baudelairienne visible dès l'oxymore du titre : les « fleurs », le bien, le Ciel, l'Idéal et le « mal », la chair, le vice, l'enfer.

▶ Présentation du poème

La première partie du recueil est intitulée « Spleen et Idéal ». Ce poème est le deuxième d'une série de quatre poèmes portant comme titre « Spleen » qui constituent donc un chaînon essentiel dans l'illustration de ce concept.

Dans l'édition de 1857, ce poème est constitué de trois strophes de longueurs différentes : un monostiche suivi d'une strophe de treize puis de dix alexandrins. Dans l'édition définitive, ce même texte est composé de cinq strophes (respectivement, de un, six, sept, quatre et six vers). C'est peu dire que ce poème a connu des modifications structurelles importantes, montrant le soin que Baudelaire porte à l'architecture ponctuelle et globale de son œuvre.

L'ensemble donne une impression d'irrégularité, de disparité, ce qui ressort également de l'analyse plus approfondie du texte lui-même, celui-ci étant comme nous l'étudierons parfaitement maîtrisé.

▶ Fil conducteur

Comment Baudelaire, tout en dressant l'accablant bilan d'une existence des plus démoralisantes et des plus ennuyeuses, parvient-il à extraire de ce quotidien désespérant une poésie intemporelle ?

→ Éléments d'explication linéaire

▶ Le titre

– Le substantif « spleen » est un mot anglais qui désigne d'abord « la rate ». En français, ce mot a par la suite pris le sens de « mélancolie », puisque Hippocrate pensait que cet organe sécrétait la bile noire, substance associée par l'ancienne médecine à cette maladie. À l'époque de Baudelaire, le spleen est devenu synonyme d'ennui extrême pour ne pas dire un terrible dégoût de l'existence.
– Dès le titre, le ton est donné : le poète place son texte sous l'égide d'une dépression profonde et immense.

→ 1er mouvement : vers 1 : l'ennui

- Le monostiche liminaire est des plus puissants : en un vers, un seul, Baudelaire résume l'ennui extraordinaire qui l'appesantit. Il rappelle bien l'enjeu lyrique majeur de cette élégie.
- Ainsi, avec toutefois peu de mots, ce vers donne-t-il une impression d'immensité soulignée particulièrement par l'emploi de la structure comparative « plus… que » qui prolonge la césure et introduit une hyperbole (« mille ans ») qui apparaît d'autant plus exagérée que Baudelaire n'a même pas quarante ans au moment où il rédige ce texte.
- Ce vers nous plonge d'emblée dans l'univers intérieur du poète que nous devinons, à la lumière du titre, triste, pesant, d'une langueur écrasante.

→ 2e mouvement : vers 2 à 7 : description du ravage intérieur

- Dans cette seconde partie, le poète propose une première métaphore pour dépeindre sa dévastation intérieure : il compare son « cerveau », ce qui contient ses « souvenirs », à un « meuble ». Forcément, ce dernier est « gros » et comporte plusieurs « tiroirs », puisque le substantif « tiroirs » est au pluriel dans le texte. Il est intéressant de noter le grand éloignement entre le comparé, qui est au début de la phrase, et le comparant, qui est à la toute fin : entre deux, toute une énumération de substantifs au pluriel qui rendent compte d'un empilement infini.
- Chaque substantif est lié au verbe « encombré ». Tout laisse donc imaginer un buffet massif plein à craquer d'objets composites tous rattachés au quotidien : administratif (« bilans, quittances »), amoureux (« billets doux, cheveux, romances »), littéraire (« vers ») ou juridique (« procès »). En quelques vers, Baudelaire dresse un inventaire de son existence faite d'argent dilapidé, d'amours déchues et d'écriture. Tout cela a un poids qui attriste, au sens fort, son « cerveau » : ainsi le meuble est-il « gros » et « encombré ». De plus, même les cheveux qui y sont dissimulés, symbole de légèreté, deviennent « lourds ».
- En outre, cette description nous permet de visualiser une espèce de bric-à-brac hétéroclite où tous les sujets se mêlent sans qu'il y ait forcément de lien : non seulement le « cerveau » est « encombré » (dans le sens fort : il est difficile d'y circuler, d'y penser, d'y créer), mais il est aussi complètement chaotique. Voir la valeur de l'adjectif « triste ».
- C'est pourquoi Baudelaire prolonge sa métaphore en comparant son « cerveau », non plus à un simple « meuble », mais à « une pyramide », qu'il met en relief dans une construction attributive introduite par « je suis… », laquelle assimile sa propre personne à cette même pyramide.
- Tout comme le buffet décrit dans les vers précédents, la « pyramide » ou le « caveau » sont des lieux de mémoire parce qu'ils sont des tombeaux dressés par les vivants pour honorer les morts et faire vivre le souvenir. Baudelaire, dans le souci de définir le plus précisément possible son spleen, crée des comparaisons de plus en plus lourdes et pesantes : l'adjectif « gros » devient « immense », le « meuble » cède la place à une « pyramide » ou un « caveau », enfin l'inventaire des objets d'une seule existence est

surpassé par « la fosse commune », laquelle contient une quantité indénombrable d'existences achevées. Ce n'est pas un hasard si les trois premières phrases de ce poème sont construites sur des constructions comparatives (« plus... que, moins... que, plus... que ») qui, à chaque fois, mettent en valeur le contenu sombre et abyssal du « cerveau » du poète.

➜ 3e mouvement : vers 8 à 14 : une angoisse profonde

- Baudelaire commence le huitième vers par un tiret et donne l'impression aux lecteurs qu'il prend la parole pour donner vie à sa troisième métaphore, la construction attributive (« je suis ») assumant une comparaison des plus tragiques. En effet, le poète se compare à « un cimetière » dans une atmosphère des plus macabres : la « lune », les « vers » qui « se traînent », les « morts », qui plus est « les plus chers », tout concourt à créer une ambiance glauque et morbide.
- Il est « Abhorré de la lune », plongé dans des ténèbres innommables faites de cadavres, de « remords » et de « vers » qui gigotent, que l'astre de la nuit même fuit, horrifiée.
- « S'acharner » illustrent hyperboliquement l'activité des vers. Le radical de ce verbe renvoie à la chair des morts qui pourrissent et dont les vers se nourrissent.
- Toutes ces métaphores mettent en relief la solitude de l'auteur qui n'évoque que les « souvenirs », les « morts » (le mot est utilisé à deux reprises en dix vers), les « remords » (re-morts ?) et des lieux de recueillement et de silence (« le cimetière, le caveau, une pyramide »). Ainsi ne parle-t-il que de lui comme s'il était seul ou que tous les autres faisaient partie d'un passé lointain et encombrant.
- Cette solitude est accentuée par la métaphore suivante : Baudelaire, toujours dans une construction attributive affirmative, se compare à un « boudoir », c'est-à-dire à une petite pièce aménagée à l'écart, généralement entre la salle à manger et la chambre à coucher, spécialement dédiée aux petites causeries intimes et secrètes. Or, celui dépeint par le poète est marqué physiquement et sensitivement par le temps qui s'est écoulé : les roses y sont « fanées », les modes « surannées », les « odeurs » sont passées et le peintre qui y est exposé est mort depuis plus de soixante-dix ans au moment où Baudelaire écrit. Cette pièce désigne le monde d'hier.
- Même « fouillis » que dans le « meuble » initial (pluriels + l'adverbe « plein » + le déterminant « tout » + superposition de deux propositions subordonnées relatives + « gît » qui, en plus d'appuyer le chaos général, ajoute une touche macabre à l'ensemble).
- Tout est nostalgie et même les sens marquent cette lente déliquescence des choses, particulièrement les odeurs qui ont disparu : soit que les roses sont « fanées », soit que le flacon est depuis longtemps « débouché » et vide. De même les couleurs semblent altérées : les « Boucher » sont « pâles » et les « pastels » « plaintifs ».
- Le poète se trouve d'autant plus seul qu'il se trouve dans des paysages chargés, « encombrés », voire monumentaux, et il se sent un peu comme « un flacon débouché » parmi tant d'autres au beau milieu d'un monde qui périclite.

- Toutes les formes d'ennui sont évoquées : désœuvrement global + angoisse profonde et métaphysique.

→ 4e mouvement : vers 15 à 18 : la langueur du spleen

- Après une pause marquée par un espace blanc typographique, le poète poursuit la description de son spleen dans une phrase qu'il étend sur quatre vers et dans laquelle il essaye de mimer la « longueur », la pesanteur du temps qui passe : pour cela, il utilise notamment des substantifs relativement longs comme « incuriosité » (qui, à lui seul forme un hémistiche !) ou « immortalité », ou alors il en étire certains soit par la diérèse (« incur**io**sité, proport**ions** ») soit en imposant la prononciation du e muet comme dans « boiteus**es** journées » ou « neigeus**es** journées ». Qui plus est, l'abondance des expansions du nom (les adjectifs : « boiteuses, neigeuses, lourds, morne », la proposition subordonnée relative et les compléments du nom : « des neigeuses années, de la morne incuriosité, de l'immortalité ») ainsi que l'apposition (« fruit de la morne incuriosité ») allongent la phrase. Nous pouvons finalement remarquer la répétition du son [e] à la rime sur huit vers consécutifs.
- En outre, le poète choisit des images frappantes. La neige souligne le figement qui est d'autant plus fort que les flocons sont « lourds » et les années « neigeuses » nombreuses.
- Nous remarquons au passage la première et seule apparition du mot « ennui » (en début de vers, véritable sujet de la phrase autour duquel tout gravite).

→ 5e mouvement : vers 19 à 24 : le spleen jusque dans la chair du poète

- Une nouvelle fois, Baudelaire marque cet ultime mouvement par un tiret qui attire l'attention du lecteur sur ce que va dire le poète. Or, ce dernier a choisi de changer de ton : l'adverbe « désormais » souligne bien ce changement, d'autant plus qu'il introduit, non plus la première, mais la deuxième personne (« tu »), et que le vers contient une apostrophe qui rompt avec le ton affirmatif de tout ce qui précède. En outre, il substitue aux constructions comparatives une négation restrictive qui, après avoir évoqué les « souvenirs » et le « cerveau », s'attaque à la « matière vivante », l'ennui se matérialisant non plus dans le paysage ou dans un lieu mais dans la chair même qu'elle transforme en « granit ».
- Cette apostrophe à la « matière » est la conséquence logique de l'amassement inquiétant de matières diverses et variées depuis le début du poème.
- Le « sphinx » renvoie à un monde de silence, immobile et désert, « oublié » géographiquement et « ignoré » des hommes. L'atmosphère est mystérieuse.
- Cette métaphore place le poète du spleen à l'égal du « sphinx » qui « chante » solitaire dans l'espace infini de l'esprit (le « Saharah »), le « soleil qui se couche » symbolisant toute la mélancolie crépusculaire qui l'accable.

→ Conclusion

Ce poème est donc l'une des quatre évocations du spleen baudelairien dans *Les Fleurs du mal*. Le poète y constitue un empilement de métaphores réifiantes qui sont autant d'illustrations de l'ennui profond qui l'empoisonnent au point de le transformer littéralement en « granit ». Dans ce sens, le poème dépeint un univers intérieur dévasté, ankylosé, hanté par la mort et le temps. Cependant, Baudelaire utilise toutes les ressources littéraires à sa disposition pour rédiger un texte d'une grande beauté : des alexandrins classiques, des rimes riches, des paysages inspirés, il joue même avec les sons et le sens de certains mots (« vers » notamment) et soigne une chute inventive et ouverte. Sous le couvert d'un spleen accablant et tragique, il trouve tout de même la force d'extraire de ce « mal » une « fleur » qui laisse penser que le poète, semblable au sphinx, dans sa solitude et son éloignement, crée de l'éternel.

■ Question de grammaire

Vers 15 à 17

Rien n'égale en longueur les boiteuses journées,
Quand sous les lourds flocons des neigeuses années
L'ennui, fruit de la morne incuriosité [...]

→ Analysez les expansions du nom dans cet extrait

On attend du candidat :

- qu'il fasse un repérage exhaustif des expansions du nom dans ce passage. Rappelons qu'il existe trois expansions du nom : les adjectifs qualificatifs (« boiteuses, lourds, neigeuses, morne »), les groupes nominaux prépositionnels (« des neigeuses années, de la morne incuriosité ») et les propositions subordonnées relatives (il n'y en a pas dans cet extrait) ;
- qu'il en donne la fonction. Ici, « boiteuses », « lourds », « neigeuses » et « morne » sont des épithètes liées car elles se situent à proximité immédiate du nom qu'elles qualifient. Si elles avaient été séparées, on aurait dit qu'elles étaient détachées. Les groupes nominaux prépositionnels ont tous comme fonction d'être les compléments du nom qu'ils précisent.

2. Analyser un poème engagé

La poésie n'est pas qu'épanchement lyrique ou expression d'un désespoir profond. Le poète n'est pas qu'un penseur perclus dans une tour d'ivoire, isolé d'un monde qui ne le préoccupe guère. Parce qu'elle est souvent brève et particulièrement inventive, la poésie peut aussi être un excellent moyen de manifester non pas ses seules émotions mais aussi ses pensées, ses opinions.

Il y a eu peu de poètes aussi engagés que Victor Hugo. Ses combats furent nombreux et particulièrement féroces – contre la misère sociale, la peine de mort, l'esclavage, pour le droit à l'instruction, les droits de l'homme et de la femme, etc.

S'engager quand on est poète, c'est utiliser les mots comme une arme. C'est pourquoi la poésie engagée est souvent inscrite dans des événements historiques particulièrement marquants : une guerre, une révolution, une injustice… Ainsi, le contexte est essentiel à la bonne compréhension du texte, et vous porterez toujours une attention particulière aux circonstances qui ont amené le poète à l'écrire.

Le poème engagé se veut au service de l'action. Il s'agit donc pour l'auteur de se montrer convaincant et fédérateur : pour cela, il va chercher des effets stylistiques propres à dynamiser son texte tels que les répétitions ou les hyperboles, n'hésitant pas par exemple à prendre à partie le lecteur avec des apostrophes ou le choix d'un lexique propre à le galvaniser. Il n'est pas rare de croiser le champ lexical du combat ou de la violence dans de tels textes.

Pour gagner l'attention du lecteur et l'inciter à s'engager lui-même en agissant, le poète se doit de le persuader : vous analyserez par conséquent toutes les techniques employées par l'auteur pour rendre compte avec précision de ce qu'il dénonce en expliquant le sujet et son opinion, pour susciter des émotions comme la colère ou l'empathie ou pour provoquer une brusque prise de conscience à partir d'images ou d'exemples saisissants.

Exemple : Victor Hugo, *Les Contemplations*, 1856, « Le Mendiant »

Quelques indications sur l'auteur et son œuvre

Victor Hugo est considéré comme l'un des plus grands écrivains français. Tour à tour poète, romancier, dramaturge, dessinateur, il est l'auteur accompli d'une œuvre considérable qui a accompagné tout le XIXe siècle. Il touche à tous les genres, des poèmes lyriques (*Les Contemplations*), épiques (*La Légende des siècles*) ou engagés au drame romantique dont il est un des chefs de file (*Cromwell, Hernani*), en passant par des romans-fleuves (*Notre-Dame de Paris*) qui gagneront à la fois l'estime populaire et critique. Tout jeune déjà, élevé dans une famille avec de fortes convictions politiques, Victor Hugo manifeste son ambition et son engagement : ainsi écrit-il « Je veux être Chateaubriand ou rien ! » alors qu'il a à peine quatorze ans. Tout au long de sa vie, il n'aura de cesse d'inventer, d'écrire, mettant à contribution sa verve et sa plume en politique. Il défend ses valeurs républicaines – au point de s'exiler pendant vingt ans lorsque Napoléon III arrive au pouvoir (*Les Châtiments*), chante son amour du peuple et son dégoût de la misère (*Les Misérables*), lutte contre la peine de mort (*Les Derniers Jours d'un condamné*) et clame son rêve d'une Europe forte et unie. Il meurt à plus de quatre-vingts ans et des funérailles grandioses, suivies par des millions de gens d'horizons divers, sont organisées en son honneur à Paris.

■ Texte

Le Mendiant

Un pauvre homme passait dans le givre et le vent.
Je cognai sur ma vitre ; il s'arrêta devant
Ma porte, que j'ouvris d'une façon civile.
Les ânes revenaient du marché de la ville,
Portant les paysans accroupis sur leurs bâts.
C'était le vieux qui vit dans une niche au bas
De la montée, et rêve, attendant, solitaire,
Un rayon du ciel triste, un liard de la terre,
Tendant les mains pour l'homme et les joignant pour Dieu.
Je lui criai : « Venez vous réchauffer un peu.
Comment vous nommez-vous ? » Il me dit : « Je me nomme
Le pauvre. » Je lui pris la main : « Entrez, brave homme. »
Et je lui fis donner une jatte de lait.
Le vieillard grelottait de froid ; il me parlait,
Et je lui répondais, pensif et sans l'entendre.
« Vos habits sont mouillés », dis-je, « il faut les étendre,
Devant la cheminée. » Il s'approcha du feu.
Son manteau, tout mangé des vers, et jadis bleu,
Étalé largement sur la chaude fournaise,
Piqué de mille trous par la lueur de braise,
Couvrait l'âtre, et semblait un ciel noir étoilé.
Et, pendant qu'il séchait ce haillon désolé
D'où ruisselait la pluie et l'eau des fondrières,
Je songeais que cet homme était plein de prières,
Et je regardais, sourd à ce que nous disions,
Sa bure où je voyais des constellations.

→ Éléments d'introduction

▶ Entrée en matière

– *Les Contemplations* marque en 1856 un tournant dans la vie littéraire et personnelle de Victor Hugo. Le livre présente un recueil de poèmes organisés autour de deux parties : la première intitulée « Autrefois » et la seconde « Aujourd'hui », traçant ainsi une trajectoire dans l'existence du poète entre les souvenirs d'hier et les engagements d'aujourd'hui.

▶ Présentation du poème

– « Le Mendiant » se trouve dans la deuxième partie du recueil, plus précisément dans le livre V « En marche ». Le titre seul de ce livre témoigne d'une volonté d'avancer, de retrouver un nouveau souffle, que Victor Hugo, alors expatrié et souffrant de la perte tragique de sa fille Léopoldine, retrouve dans la méditation, la foi et l'engagement politique, notamment contre la misère.

– Ce poème met en scène une double transformation : à la fois celle du mendiant, figure triste et douloureuse de l'être humain seul et abandonné mais qui porte en lui une lumière divine, mais aussi celle du poète qui, grâce à son art, permet de sublimer le réel, aussi terne soit-il, et de *voir* plus loin.

▶ Fil conducteur

Comment le poète montre-t-il son engagement profond à partir d'une anecdote simple mais pourtant touchante ?

→ Éléments d'explication linéaire

▶ Le titre

– Il est à l'image du poème : énigmatique. L'utilisation d'un article défini à valeur générique laisse penser que « le » mendiant mentionné ici représente en fait tous les mendiants, tous les pauvres. C'est une incarnation de la misère sociale que Victor Hugo décrie tant dans ses discours politiques que dans ses autres œuvres littéraires comme que *Les Misérables* ou *Le Dernier jour d'un condamné.*

– Il est d'ailleurs tout à fait notable que dans la même partie dans laquelle se situe ce poème on trouve des titres comme « *Dolorosae* » ou encore « Les malheureux ».

→ 1er mouvement : une anecdote banale (vers 1 à 5)

– Cette première partie introduit l'anecdote, un peu comme si Victor Hugo lui-même nous racontait cette histoire. C'est pour cela que le début du poème est très descriptif. Ici, Victor Hugo dépeint, sans viser l'originalité, un événement simple et banal : « un pauvre homme » qui semble errer (vous remarquerez l'emploi de l'article indéfini, personne ne sait au départ qui il est, cela pourrait être n'importe quel pauvre) passe devant la maison du poète.

- La scène est concrète et réaliste : lorsque le poète « [ouvre] la porte », on entend « les ânes » passer, les « paysans » qui reviennent du « marché » parler nonchalamment, « le vent » souffler. Les indications météorologiques (« dans le givre et le vent ») affichent dès le premier vers la dureté du climat. Les mots sont prosaïques, les phrases simples et brèves. Le poète ne cherche pas à créer d'effets particuliers et le rejet même paraît impromptu (« il s'arrêta devant/Ma porte »).
- Nous pouvons constater à quel point la scène est évoquée dans son humble banalité. Les actions et les gestes sont simples : « je cognai sur ma vitre », « il s'arrêta », « j'ouvris ». Nous ne nous attendons pas à un événement extraordinaire.

➜ 2e mouvement : une transformation (vers 6 à 13)

- Première transformation : le « pauvre homme », anonyme et errant, devient « le vieux ». Le présentatif « c'était » met en avant ce nouveau statut, ce n'est plus seulement un « pauvre », c'est aussi un « vieux ». Moment de reconnaissance.
- La description est très péjorative : il s'agit de se figurer un misérable, âgé, « solitaire », qui « [attend] » sous « un ciel triste » et dans « une niche » qui, symbole important, se situe « au bas d'une montée ». Celle-ci n'est pas sans rappeler un autre personnage important de la littérature hugolienne qui vit dans une « niche » : Cosette, autre figure de la misère humaine.
- Le mot « niche » porte en lui-même une ambivalence qui marque le début d'une transformation : c'est non seulement un abri de très piètre qualité tout juste bon pour les chiens, mais c'est aussi un renfoncement pratiqué dans un mur ou la pierre pour abriter une statue, une Vierge, un Christ. Si l'on veut même aller plus loin, comment ne pas penser à ces ermites, incarnation de la solitude et de la vieillesse, qui vivent également dans d'étroites anfractuosités ? Le « vieux » comme l'ermite « attendent » quelque chose, un signe divin matérialisé dans le poème par l'expression « un rayon du ciel triste ».
- Tout est en contraste : le froid extérieur et la chaleur intérieure, le « rayon » dans un ciel « triste », ce don céleste faisant face au don terrestre (« le liard »), le pauvre qui vit au « bas » de la « montée », le parallélisme « pour l'homme »/« pour Dieu ». On sent que ce dernier est plus que ce qu'il est, et que le monde réel cache quelque chose qui nous dépasse. Nous devons nous-même dépasser la première image qu'il nous laisse pour nous élever aussi.
- C'est à ce moment-là que le poète rompt le silence et interpelle le « pauvre » comme en témoignent les guillemets introduit par le verbe de parole « je lui criai ». Les mots et le ton sont humbles. D'ailleurs la première chose que le poète lui demande est une question des plus communes : « Comment vous nommez-vous ? ». C'est la réponse qui s'avère surprenante, d'autant plus qu'elle est introduite par un rejet. On s'attendrait à un prénom, et le vieux dit : « le pauvre » comme si toute sa vie, toute son identité, toute sa personnalité ne se résumaient qu'à sa stricte pauvreté qu'on imagine alors complète (physique, morale, sociale).

- L'invitation, le vouvoiement, l'intérêt porté au « pauvre » ainsi que le simple fait de « lui [prendre] la main » témoignent d'une réelle sympathie de la part du poète qui semble se soucier véritablement de son hôte en lui offrant « une jatte de lait » ainsi qu'un abri chaud et protégé du vent. C'est un second engagement vers l'autre après lui avoir ouvert la porte.
- D'ailleurs, la transformation est à présent lexicale : le poète en lui tendant la main, le fait passer verbalement du statut de « pauvre » à celui de « brave homme ».

→ 3e mouvement : une transfiguration poétique (vers 14 à 26)

- Toute la fragilité et l'humilité de celui qu'on appelle à présent « le vieillard » (terme plus fort encore que « vieux ») saute maintenant aux yeux du poète : il « [grelotte] de froid » d'autant plus que « [ses] habits sont mouillés » et que « son manteau » est « tout mangé des vers » et « piqué de mille trous ». Ces deux hyperboles soulignent bien l'état lamentable dans lequel il se trouve.
- Il est intéressant de noter que c'est justement au moment où le corps du « pauvre » montre des signes de faiblesse que le poète s'évade, il devient « pensif » et entretient la discussion mais « sans l'entendre ».
- Le poète pressent quelque chose en lui contre lequel il ne parvient pas à lutter, cependant il n'en dit rien. Son attention se focalise alors de plus en plus vivement sur « le manteau » qu'il décrit avec une précision remarquable (phrase plus longue, imparfait, expansions du nom, indications circonstancielles).
- Pourquoi le poète s'arrête-t-il sur ce vêtement ? Parce qu'il matérialise la transfiguration du pauvre – et celle du poète : il est à la fois au sens propre un « haillon désolé », une loque péjorativement dépeinte, trouée, « mouillé(e) », froide et souillée au point d'avoir troqué sa couleur « bleu(e) » de « jadis » pour un « noir », mélange de boue et de saleté ; mais il est aussi une espèce d'étoffe miraculeuse, une relique transpercée d'une « chaude » lumière (« braise, fournaise, lueur, étoilé ») : il est d'ailleurs notable de relever l'utilisation du mot « bure » dans le tout dernier vers, celle-ci étant un symbole religieux évident. Le « pauvre » du début devient à présent une figure quasi moniale.
- La comparaison rompt soudainement avec le prosaïsme du début, et symbolise la transformation d'une anecdote banale en une vision poétique (« je regardais », « je voyais »). Après tout, cette « bure » (substantif qui a donné le mot « bureau ») peut symboliser le texte/tissu et les « constellations » que le poète « voit » des illuminations, des fulgurances à écrire, des *contemplations*.

Note : déjà dans le poème précédent intitulé « À Jules J. », Hugo parle d'un « œil visionnaire » et dans le suivant, « Aux feuillantines », il chante la magie de sa découverte de la Bible.

→ Conclusion

Ce poème, à l'image du recueil, marque une renaissance profonde du poète dans sa foi religieuse, politique et littéraire. C'est un pas de plus vers la lumière dans cette lutte contre la noirceur qu'est *Les Contemplations.* Cette anecdote somme toute relativement prosaïque de prime abord prend progressivement une tournure figurative puissante : elle témoigne d'une sympathie et d'une solidarité du poète pour le monde, tout le monde, le « mendiant » incarnant l'humanité entière dans toute sa fragilité physique et morale. En ce sens, le « manteau » de ce dernier devient un symbole universel, à l'image de toutes ces tuniques que l'on croise dans la Bible, lesquelles témoignent toutes de la présence de Dieu à nos côtés.

■ Quelques propositions pour la question de grammaire

→ Proposition n° 1

Vers 1-3

Un pauvre homme passait dans le givre et le vent.
Je cognai sur ma vitre; il s'arrêta devant
Ma porte, que j'ouvris d'une façon civile.

► Relevez les verbes. À quels temps sont-ils conjugués ? Expliquez leurs valeurs.

On attend du candidat:

- qu'il repère les quatre verbes de ces deux phrases : « passait, cognai, s'arrêta, ouvris »;
- qu'il remarque le passage de l'imparfait au passé simple dans un récit narratif au passé;
- qu'il montre que l'imparfait est un temps de la description, et plus particulièrement de la description d'une action de second plan, alors que le passé simple décrit des actions successives de premier plan.

→ Proposition n° 2

Vers 23-24

D'où ruisselait la pluie et l'eau des fondrières,
Je songeais que cet homme était plein de prières,

► Analysez les propositions subordonnées dans cet extrait.

On attend du candidat :

- qu'il relève les deux propositions subordonnées, les nomme et justifie ses choix :
- pour la proposition subordonnée relative, qu'il nomme l'antécédent et repère le pronom relatif; pour la complétive, qu'il explique son lien nécessaire avec le verbe.

- « d'où ruisselait la pluie et l'eau des fondrières » → prop. sub. relative introduite par le pronom relatif « où »/l'antécédent étant le substantif « ce haillon » ;
- « que cet homme était plein de prières » → prop. sub. conjonctive complétive du verbe « songeais » introduite par la conjonction de subordination « que ». Dans cette phrase, elle assume la fonction de COD du verbe « songeais ».

→ Proposition n° 3

Vers 6

C'était le vieux qui vit dans une niche au bas

▶ Analyser la forme de la phrase suivante.

On attend du candidat :

– qu'il repère et analyse la structure emphatique et explique précisément ce qui est mis en relief dans la phrase.

La structure emphatique permet de mettre un mot ou un groupe de mots en valeur dans une phrase. Ici, le GN « le vieux » est mis en relief grâce à la locution « C'était… qui » qui a une valeur de présentatif. Il s'agit de mettre en avant l'identité nouvelle du « vieux » notamment grâce à l'article défini « le » et la proposition relative qui permet d'apporter une précision supplémentaire sur lui. Tout dans la phrase se focalise sur lui.

3. Analyser un sonnet lyrique

Pour commencer, vous devez vous assurer de savoir ce qu'est un sonnet, c'est-à-dire une forme poétique très codifiée constituée de quatorze vers organisés en deux quatrains suivis de deux tercets. Né probablement en Italie pendant la Renaissance, il s'est propagé en Europe, et notamment en France sous l'influence des poètes de la Pléiade (Du Bellay, Ronsard). Sa structure permet de créer de beaux effets, avec ses deux quatrains qui généralement exposent la situation ainsi que ses deux tercets qui offrent un revirement qui atteint son apogée dans la chute ou la pointe soignée du dernier vers.

Du sonnet élisabéthain au sonnet inversé ou en prose, de nombreuses variantes existent tant cette forme a eu une destinée extrêmement riche en Europe.

Pour étudier un sonnet lyrique, vous ne devez pas perdre de vue que le poète va mettre en avant ses émotions personnelles, ainsi va-t-il employer la première personne du singulier et évoquer des thèmes aussi variés que l'amour, la mélancolie, la beauté de la Nature, l'angoisse du temps qui passe… Vous devez donc vous montrer particulièrement attentif à l'expression des sentiments en analysant les champs lexicaux, la ponctuation, la présence d'adverbes d'intensité, etc. Généralement le sonnet lyrique est riche en effets stylistiques tels que l'hyperbole, l'antithèse ou encore les métaphores.

Cette forme particulièrement dense permet d'évoquer en peu de mots une vie intérieure très intense et mouvementée comme dans le poème de Verlaine « Mon rêve familier ».

🕮 Exemple : Paul Verlaine, *Poèmes saturniens*, 1866, « Mon rêve familier »

■ Quelques indications sur l'auteur et l'œuvre

Après l'obtention du baccalauréat, Paul Verlaine entame des études de droit. Sa vie semble toute tracée. Cependant, tout le temps libre de ce jeune homme sensible et mélancolique passe dans la poésie : ainsi prétend-il qu'une grande partie des poèmes dits saturniens ont été rédigés lorsqu'il était lycéen. Suivent les *Fêtes galantes* en 1869 puis son mariage avec Mathilde Mauté en 1870. Mais son âme tourmentée aspire à la bohème, à l'évasion, et le siège de Paris, la Commune, la perte de son emploi ainsi que la rencontre passionnelle avec Rimbaud en 1871 l'aspireront dans un tourbillon de tumultes, d'alcool et de colère qui trouvera son aboutissement dramatique en juillet 1873 lorsque Verlaine tire sur son compagnon. Il est emprisonné deux ans, est répudié par sa femme, puis sombre petit à petit dans une débauche qui aura raison de sa santé physique et mentale. Il décède à 51 ans en 1896 dans une déchéance totale.

Texte

Mon rêve familier

Je fais souvent ce rêve étrange et pénétrant
D'une femme inconnue, et que j'aime, et qui m'aime,
Et qui n'est, chaque fois, ni tout à fait la même
Ni tout à fait une autre, et m'aime et me comprend.

Car elle me comprend, et mon cœur transparent
Pour elle seule, hélas ! cesse d'être un problème
Pour elle seule, et les moiteurs de mon front blême,
Elle seule les sait rafraîchir, en pleurant.

Est-elle brune, blonde ou rousse ? Je l'ignore.
Son nom ? Je me souviens qu'il est doux et sonore,
Comme ceux des aimés que la vie exila.

Son regard est pareil au regard des statues,
Et, pour sa voix, lointaine, et calme, et grave, elle a
L'inflexion des voix chères qui se sont tues.

➜ Éléments d'introduction

▶ Entrée en matière

Poèmes saturniens constitue le premier recueil poétique de Paul Verlaine (1866) dans lequel on perçoit l'influence directe de Baudelaire et des *Fleurs du mal.* Saturne est la figure tutélaire des mélancoliques.

▶ Présentation du poème

- Sixième poème de la première section intitulée « Melancholia » constituée de huit sonnets parlant de nostalgie et du rapport complexe du poète avec la femme et le bonher).
- C'est certainement l'un des poèmes les plus célèbres de Verlaine et l'un des plus emblématiques de son œuvre.
- Sonnet classique qui propose la description d'un rêve particulièrement étrange qui revient de façon lancinante dans l'esprit du poète.
- Les deux premiers quatrains dépeignent un rêve récurrent dans lequel le poète noue avec une femme et semble filer un amour parfait et réciproque. Toutefois les deux tercets suivants tempèrent cette vision idéalisée en soulignant le caractère onirique et inaccessible de celle-ci.

▶ Fil conducteur

Il s'agit de montrer comment le poète part du récit d'un rêve mettant en scène une femme qui semble idéalisée pour finalement aboutir à un fantasme inatteignable et mélancolique.

➜ Éléments d'explication linéaire

▶ Le titre

Le titre « Mon rêve familier » propose d'emblée au lecteur une lecture du poème : il s'agit d'une confidence. Le poète s'apprête à nous faire le récit d'un rêve récurrent et qui lui est strictement personnel, ce que montre l'utilisation du déterminant « mon » et de l'adjectif « familier ».

▶ 1er mouvement : une confidence intrigante (premier quatrain)

- Le poème débute comme une confidence, un aveu, comme l'indique l'utilisation liminaire du pronom personnel « je » qui inscrit le poème dans la tonalité lyrique.
- Dès le premier vers, le poète insiste sur le fait que ce rêve a une place particulière dans sa vie. Tout d'abord, par son caractère répétitif : le présent de l'indicatif notamment (« je fais ») a une valeur d'habitude, laquelle est renforcée par l'adverbe « souvent » qui en souligne l'aspect itératif. En outre, le déterminant démonstratif « ce » accentue l'intérêt porté par le poète à « ce rêve », le mot « rêve » étant lui-même une simple

répétition du titre et étant accentué par son placement à la césure. Nous pouvons également remarquer la valeur proleptique de ce déterminant qui introduit ce qui suit et prépare le lecteur à entendre un récit « étrange et pénétrant ».

- Le choix de ces deux adjectifs n'est pas dû au hasard : tous deux mettent en relief le caractère insolite et captivant de ce rêve, autant psychologiquement (« étrange ») que physiquement (« pénétrant »). Les sonorités qui s'interpénètrent montrent bien à quel point le poète revendique la singularité du phénomène, laquelle se manifeste aussi dans cette « femme inconnue » qui semble le hanter dans un rêve qui lui est cependant « familier » : premier paradoxe d'une longue série.
- En effet, ce premier quatrain entretient savamment une espèce de confusion trouble semblable à celle que l'on éprouve au réveil quand on cherche à se rappeler de ce dont on a rêvé. Les images sont confuses (« ni tout à fait la même/Ni tout à fait une autre ») mais les émotions sont prégnantes comme une certitude. On *sait* sans savoir véritablement l'expliquer. Cette difficulté à expliquer se retrouve dans la syntaxe alambiquée de cette strophe dans laquelle les quatre vers forment une seule phrase entrecoupée de six virgules, renfermant de courtes propositions, et rythmée surtout par une polysyndète (multiplication des conjonctions de coordination « et » et « ni ») qui, en même temps qu'elle donne une musique plus envoûtante au poème, donne l'impression d'une explicitation labyrinthique. Cette impression est renforcée par d'autres répétitions : de mots (« aime », « et », « tout à fait »), de sonorités ([e], [m], [an]) et de structures syntaxiques (notamment trois propositions subordonnées relatives).
- Il est étonnant de remarquer avec quelle certitude le poète évoque l'amour réciproque qui le lie avec cette « femme » quand bien même il n'a que très peu d'informations sur elle. Nous nous perdons entre les affirmations d'intimité et les marques d'ignorance : en tant que « pénétrant », ce rêve fait partie intégrante de lui, comme s'il ne pouvait s'en détacher, qu'il ne faisait qu'un avec lui ; de plus, les verbes au présent « et que j'aime, et qui m'aime », « et m'aime et me comprend » apparaissent comme des vérités générales que nul ne pourrait remettre en question ; et cependant cette femme est « inconnue », sa première apparition est introduite par l'article indéfini « une » et le poète ne parvient pas à lui assigner une identité fixe et propre (« ni tout à fait la même/Ni tout à fait une autre »), comme si elle changeait, se métamorphosait « à chaque fois ».
- Peut-être est-elle toutes les femmes ? Une incarnation fantasmatique de la femme idéale ?

➜ 2e mouvement : une femme parfaite (second quatrain)

- La deuxième strophe est liée directement à la précédente : la conjonction de coordination « car » marque une continuité, soulignée par la reprise du verbe « comprendre ». De plus, on retrouve, comme expliqué pour le premier quatrain, l'aspect répétitif pour ne pas dire incantatoire du poème.
- Ainsi, chaque vers commence par l'évocation de la femme aimée, le pronom « elle » étant employé quatre fois (à chaque vers), accentué par la présence de l'adjectif « seule » qui caractérise bien le rôle majeur qu'elle joue auprès du poète. Cette omniprésence quasi anaphorique renforce l'aspect idéale de cette femme qui apparaît de plus en plus « inconnue » parce qu'inatteignable.
- Dès lors, l'atmosphère change. L'interjection « hélas ! » montre qu'une angoisse se cache derrière ce rêve (« problème » de « cœur », siège des émotions particulièrement amoureuses).
- L'unicité extraordinaire de cette femme qui serait « seule » capable de « comprendre » l'écrivain tourmenté si bien que pour elle son cœur serait « transparent », c'est-à-dire sans secret aucun, fait subitement éclater aux yeux du poète son inexistence. Elle n'est pas une réalité, elle est un concept, un fantasme : d'où cette exclamation malheureuse « hélas ! » jetée au beau milieu de la phrase comme un regret profond, cette agitation grandissante qu'on peut ressentir dans le rythme saccadé des vers, les multiples enjambements ou la rupture à la césure du vers 7 et « ce front blême » et moite.
- Cette strophe dépeint un poète torturé, maladif, qui, ne parvenant pas à trouver l'amour et la compréhension de ses semblables dans le monde réel, se réfugie dans un monde onirique parfait mais insaisissable.

➜ 3e mouvement : parfaite, mais… irréelle (premier tercet)

- Celui-ci commence par une interrogation qui met en avant l'ignorance du poète quant au physique concret de cette femme. Ainsi ne sait-il même pas la couleur de ses cheveux généralement chantés et loués dans les poèmes amoureux. Le placement du verbe « Je l'ignore » en fin de vers, qui plus est souligné par le tiret qui l'introduit, en réponse directe et frontale à la question, assoit d'autant plus cette ignorance.
- Le second vers poursuit cet aveu en touchant une autre caractéristique essentielle : le « nom » de la personne aimée. Il n'est qu'un « souvenir », et encore strictement sensitif : le poète n'en perçoit que des sons, certes mélioratifs (« doux et sonores »), mais qui évoquent ceux qui ont appartenu à des disparus, « ceux que la vie exila », euphémisme qui désigne sans aucun doute les gens qui se sont séparés par les aléas de l'existence, se sont éloignés, et se sont progressivement oubliés.
- Atmosphère mélancolique, tournée vers le passé (« je me souviens », « que la vie exila », « des aimés »). Passé simple en rupture à la rime.
- Tout se passe comme si elle n'avait aucun corps, aucune consistance, aucune identité, ni même aucune réelle proximité avec le poète.

Jour 4

→ 4e mouvement : ... voire angoissante (second tercet)

- Dans la continuité, le second tercet évoque d'autres particularités physiques de la femme aimée :
  1. « son regard » que le poète compare à celui d'une « statue », ce qui signifie qu'elle a un « regard » fixe, vide et cependant absorbant, un peu comme ces portraits qu'on ne peut lâcher des yeux quel que soit l'endroit de la pièce d'où on les observe. Cette impression est renforcée par la répétition du mot « regard » sans aucune indication descriptive si ce n'est la comparaison introduite par « pareil à ». Une fois de plus, le poète ne parvient pas à dépeindre une caractéristique essentielle des descriptions amoureuses. En outre, cette comparaison rend ce portrait plus inquiétant encore de par son immobilisme distant qui met d'autant plus en valeur la solitude concrète du poète ;
  2. le second élément évoqué souligne également cette impression en mettant en avant la « voix » de « cette femme inconnue », en la caractérisant par des termes qui connotent la mort : des adjectifs (« lointaine, calme, grave ») ou un verbe (« se sont tues »). Cette voix semble n'être qu'un souffle inaudible, le souvenir d'une voix que la mort a emportée, ce qui est suggéré également par le rythme saccadé de la phrase et une nouvelle fois par la polysyndète qui montre bien que le poète se veut précis sans toutefois réussir pleinement à saisir cette rêverie.
- Un sonnet se clôt généralement sur un vers surprenant, qui crée une chute ou alors qui invite à relire le poème en lui donnant une autre signification. Ici, les deux derniers vers accentuent toute la mélancolie du poète : « chères » qualifiant les « voix [...] qui se sont tues » se trouve juste après la pause de la césure + « inflexion » marqué par la diérèse (comme pour illustrer l'effet de fléchissement) + les deux euphémismes qui évoquent l'exil ou la mort.

→ Conclusion

Ce poème est l'exemple même du poème saturnien d'un poète qui, comme il est dit dans les vers liminaires du recueil, « [grésille son] triste idéal qui s'écroule ». En effet, on retrouve cet idéal dans cette femme éthérée, unique, la plus à même « de l'aimer » et de la « comprendre », et cependant celle-ci ne demeure qu'un fantasme inaccessible, pour ne pas dire inexistant, ce qui renforce la mélancolie et l'angoisse d'un poète seul et torturé qui n'a que la poésie pour lutter contre cet effondrement intérieur.

Ce sonnet est le chant de la tristesse de l'amour et du bonheur à jamais inatteignables.

■ Quelques propositions pour la question de grammaire

➜ Proposition n° 1

Vers 8

Elle seule les sait rafraîchir, en pleurant.

▶ **Faites toutes les remarques grammaticales possibles sur ce vers.**

On attend du candidat :

- qu'il repère précisément dans un premier temps le sujet («Elle seule »), le verbe («sait ») et les compléments de ce vers («les » et « rafraîchir »);
- qu'il remarque le placement particulier du pronom « les » (qui se situe avant le verbe savoir alors qu'il aurait été attendu après : « Elle seule sait **les** rafraîchir ») et propose une explication. Ici, une explication euphonique ou mélodique peut être mise en avant : en effet, Verlaine valorise ainsi l'alternance des sons [l] et [s], de même qu'il accentue l'allitération en [l] qui rappelle les « moiteurs » de son « front blême »;
- qu'il montre comment le gérondif « en pleurant » est mis en avant. En effet, il est non seulement détaché en fin de vers mais il est en outre isolé par la virgule qui oblige le lecteur à marquer un silence après « rafraîchir ».

➜ Proposition n° 2

Vers 14

L'inflexion des voix chères qui se sont tues

▶ **Expliquez l'accord du verbe dans le vers suivant.**

On attend du candidat :

- qu'il repère précisément le verbe («se sont tues »), indique son mode et son temps (soit le passé composé de l'indicatif). Il est pertinent aussi de noter que le verbe se situe dans une proposition subordonnée relative introduite par « qui », l'antécédent étant « des voix chères »;
- qu'il explicite la règle d'accord avec l'auxiliaire être en nommant le sujet auquel celui-ci se rapporte. En effet, « tues » s'accorde avec le sujet (donc l'antécédent mentionné ci-dessus) comme l'affirme la règle de l'accord avec l'auxiliaire être.

4. Analyser un poème de la modernité

« Je ne me suis jamais présenté comme destructeur mais comme bâtisseur » a écrit Apollinaire. En 1918, lorsque le poète, alors présenté comme l'un de ses plus fidèles chantres, rédige ces quelques mots, ce qu'on appelle la « Modernité » bat son plein : dans tous les arts, la recherche est d'autant plus active que le monde change, bouleversé par des découvertes révolutionnaires (la psychanalyse, la relativité générale, la physique quantique...), l'industrialisation croissante, une guerre mondiale terrible qui modifie profondément le regard des artistes.

La poésie ne déroge pas à la règle : les poètes descendent dans la rue, chantent les villes, inventent des formes nouvelles. Ainsi le recueil *Alcools* commence-t-il par un poème qui s'intitule « Zone », lequel s'ouvre sur l'évocation de la Tour Eiffel, monument ô combien emblématique de la Modernité. Évidemment, comme le dit Apollinaire, il ne s'agit pas de détruire, de faire table rase des traditions et des anciens, il s'agit de renouveler le regard du poète, de renouveler la langue, les formes, de donner un nouveau souffle à la poésie. Dès lors, à la suite de Cendrars, certains auteurs suppriment la ponctuation, manipulent le vers libre, jouent avec les sens, les sons ou les formes des mots, recherchent l'effet de surprise, un « esprit nouveau ».

Vous devrez vous montrer particulièrement attentif à la manière dont le poète va jouer avec les traditions et les formes anciennes, par exemple en les déconstruisant tout comme Apollinaire qui dans « Nuit rhénane » utilise les alexandrins et une apparence de sonnet élisabéthain pour mieux frapper le lecteur avec une chute qui surgit trop brutalement, ou encore en jouant avec les comparaisons, figure de style on ne peut plus classique, afin de créer des images riches et fascinantes : « Mon verre est plein d'un vin trembleur comme une flamme ».

Soyez enfin sensible aux thèmes choisis par le poète qui puise dans l'urbain et dans le quotidien des motifs d'émerveillements inattendus et inexplorés.

Exemple : Guillaume Apollinaire, *Alcools*, 1913, « Nuit rhénane »

Quelques indications sur l'auteur et l'œuvre

Dans son journal, Paul Léautaud écrit qu'Apollinaire « a hérité en imagination du vagabondage » maternel : grande joueuse devant l'éternel, femme élégante et aventurière, elle a sans aucun doute insufflé à son fils ce qui fera de lui un inventeur hors pair et un artisan du verbe qui a renouvelé le genre poétique à l'aube du vingtième siècle. Avant-gardiste, il a accompagné tous les grands artistes de la Modernité : Picasso, Jarry, Max Jacob, Derain, Braque, Chirico et bien d'autres. Il voit éclore le cubisme et l'orphisme, expérimente le calligramme dont il forge le mot tout comme le terme de « surréalisme » qu'il lance dans sa pièce *Les Mamelles de Tirésias* (1917). Lorsque la première guerre mondiale éclate, Apollinaire s'engage aussitôt sur le front tout en continuant d'écrire, notamment une série de poèmes inspirés par ses amours, jusqu'à ce qu'il soit touché par un éclat d'obus qui l'oblige à rentrer sur Paris où il meurt en 1918, quelques mois après son mariage, emporté par la grippe espagnole.

Texte

Nuit rhénane

Mon verre est plein d'un vin trembleur comme une flamme
Écoutez la chanson lente d'un batelier
Qui raconte avoir vu sous la lune sept femmes
Tordre leurs cheveux verts et longs jusqu'à leurs pieds

Debout chantez plus haut en dansant une ronde
Que je n'entende plus le chant du batelier
Et mettez près de moi toutes les filles blondes
Au regard immobile aux nattes repliées

Le Rhin le Rhin est ivre où les vignes se mirent
Tout l'or des nuits tombe en tremblant s'y refléter
La voix chante toujours à en râle-mourir
Ces fées aux cheveux verts qui incantent l'été

Mon verre s'est brisé comme un éclat de rire

➜ Éléments d'introduction

▶ Entrée en matière

- *Alcools* en 1913 poursuit la quête de la modernité poétique lancée en grande partie par Arthur Rimbaud. Ce n'est pas un hasard si le premier vers de tout le recueil est : « À la fin tu es las de ce monde ancien ». Il s'agit de faire entrer la poésie dans le monde « moderne », le monde de la rapidité, des industries, des nouvelles découvertes, un monde pluriel en pleine effervescence. Apollinaire mit quinze ans, entre 1898 et 1913, à élaborer ce livre dans lequel chaque poème est envisagé comme une expérience à part entière.
- 1901 : Apollinaire travaille en tant que précepteur en Allemagne. Il en profite pour voyager et nourrir son imagination des mythes et légendes qui gravitent autour du Rhin : notamment la « Loreley », une belle sirène aux cheveux blonds, incarnation fantaisiste d'une femme réelle, Annie Playden, dont le poète est tombé amoureux.
- Ce poème ouvre un cycle de neuf poèmes intitulé « Rhénanes », lesquels forment véritablement un chant à part dans *Alcools*, un peu comme une symphonie en autant de mouvements.

▶ Présentation du poème

- Le Rhin est le lieu idéal pour laisser libre cours à son imagination : c'est un fleuve majestueux et libre qui a de tout temps fasciné les hommes. La nuit, n'est-elle pas en outre le moment idoine aux rêveries fantasques, aux divagations littéraires, aux licences… « poétiques » ? « Nuit rhénane » est le parfait exemple du poème moderne – un faux sonnet – qui joue avec les règles et prend des libertés avec la tradition.
- Le poème est composé de trois quatrains conclus par un vers unique. Le premier quatrain nous introduit dans une ambiance nocturne pleine de mystère, pour ne pas dire hallucinatoire alors que le second manifeste le désir brutal d'un retour à la réalité. Cependant la troisième strophe marque un retour réjouissant au libre monde de l'imaginaire, jubilation définitivement exprimée dans l'étonnant « éclat de rire » du monostiche final.

▶ Fil conducteur

- Comment s'exprime la Modernité dans ce poème ?

➜ Éléments d'explication linéaire

▶ Le titre

Ce poème met en scène une « nuit rhénane » : au sens propre, cela peut être une nuit parmi tant d'autres au bord du Rhin, nuit de beuverie, nuit de fête ; mais au sens figuré, elle peut aussi évoquer les mystères des mythes et légendes des bords du Rhin, territoire ô combien fantastique depuis toujours, lieu de divagations littéraires par excellence.

→ 1er mouvement : la fascination du surnaturel (strophe 1)

- Le premier vers place d'emblée le poème sous le signe de l'alcool et de l'ivresse, le premier groupe nominale de tout le texte étant « mon verre ». En outre, celui-ci est rempli de « vin », l'adjectif « plein (de) » suggérant que le poète s'enivre abondamment.
- D'ailleurs, il dit que le vin est « trembleur » : l'utilisation étonnante de cet adjectif pour qualifier un liquide, montre bien que c'est certainement la main du poète qui tremble, premier signe d'un étourdissement dû à l'ébriété.
- Cette impression est renforcée par la comparaison « comme une flamme », la chaleur étant un autre signe d'ivresse. Cependant, comme nous le verrons, l'homophonie « verre/vers » nous invitant à penser tout de suite le poème comme contenant des éléments métatextuels, « la flamme » peut aussi être perçue comme un signe de feu poétique, d'inspiration.
- Le second vers débute par un impératif « Écoutez » qui surprend le lecteur. Qui devons-nous écouter ? Un batelier quelconque qui passe près du poète ? Le poète lui-même est-il le batelier qui demande à ce qu'on l'écoute ? Ou cette hallucination auditive est-elle un autre signe d'une ébriété grandissante ? Il est difficile de ne pas penser au « Bateau ivre » d'Arthur Rimbaud, ce qui nous laisse songer qu'Apollinaire, comme son nom même l'indique, nous engage dans un voyage dionysiaque.
- La suite du quatrain est pleine d'éléments qui nous laissent penser que le poète hallucine : le temps se ralentit (« chanson lente ») et l'espace se déforme (« trembleur, tordre, longs jusqu'à leurs pieds »). Les images que le batelier « raconte avoir vu[es] », locution verbale qui semble émettre un doute sur ce qui suit, apparaissent comme absolument fantaisistes avec ces femmes aux « cheveux verts », qui plus est « longs jusqu'à leurs pieds », cheveux qu'elles « [tordent] », image très surprenante concernant une partie du corps généralement reconnue pour sa souplesse et sa légèreté.
- En outre, tout dans ce récit respire le mystère : la présence de « la lune », astre maléfique qu'on imagine aisément pleine aussi ; les femmes au nombre de « sept », chiffre du mystère (et de la création) par excellence ; le caractère « lent », presque solennel de « la chanson » du batelier. Ce dernier même est un personnage mystérieux, symbole d'un entre monde, la terre et l'eau, le réel et l'imaginaire. C'est un passeur de frontière – celle qui sépare le monde de la tradition et celui de la modernité ? Ces femmes étranges elles-mêmes ressemblent à des sorcières, apparitions d'un autre monde.
- Ce premier quatrain ouvre le poème comme un chant lyrique dans lequel le poète parle de sa propre voix (« mon »), accompagné d'une musique (« chanson lente d'un batelier »), pour parler de « femmes » mystérieuses. Qui plus est, il utilise des alexandrins marqués classiquement par une césure à l'hémistiche. Tout porte à croire qu'il s'apprête à suivre la tradition, si ce n'est l'absence de ponctuation et les rimes qui ne respectent pas les règles du singulier et du pluriel (« flamme/femmes », « batelier/pieds »). Toutefois ce que raconte le batelier transporte de plus en plus le poète dans un monde étrange et fantastique.

→ 2e mouvement : le retour au réel (strophe 2)

- La deuxième strophe rompt sèchement avec la précédente : l'adverbe « Debout » ainsi que les tournures injonctives qui ouvrent chaque vers (« chantez plus haut », « Que je n'entende plus... », « mettez ») semble marquer un refus net et brutal du chant du batelier. Il exhorte ceux qui l'accompagnent, sans qu'on sache réellement qui le vouvoiement désigne, à « danser une ronde » et à « [chanter] plus haut », brisant le rythme lent du quatrain antérieur, comme s'il souhaitait ne pas se laisser gagner par l'ivresse créatrice.
- Ainsi les « sept femmes » deviennent « des filles », leurs cheveux « verts » se muent en « [blonds] », leurs gestes violents et inquiétants de torsion laissent place à une certaine immobilité et leurs cheveux « longs jusqu'à leurs pieds » sont domptés par de belles « nattes repliées ». Les ondines fabuleuses du départ deviennent des stéréotypes des femmes allemandes, des « gretchens ».
- Ce monde qu'il veut plus réel (« près de moi »), plus fort (l'hyperbole de « toutes les filles » qui surpassent en nombre les « sept femmes »), plus normal, représente un véritable désenchantement : ce n'est pas pour rien qu'il ne veut plus « entendre le chant du batelier », car il est semblable à un enchantement magique.
- Néanmoins, la puissance évocatrice de cet enchantement est prégnante : le poète, incapable d'agir par lui-même, est obligé de réclamer une danse rythmée et un chant « plus haut » pour la contrecarrer – ce qui en filigrane met en relief la fadeur du monde réel où les cheveux sont domptés et les regards « immobiles », signe évident de vacuité et d'inexpressivité, voire de bêtise.

→ 3e mouvement : l'ivresse est plus forte (strophe 3)

- D'où une troisième strophe qui retourne sur les rives du Rhin (symbole de mystère et de liberté), répétition du GN « Le Rhin » dès le premier vers – premiers signes d'une espèce de bégaiement qui se retrouve dans tous les jeux de reflet :
  1. Reflets visuels + auditifs : les sonorités du vers 9 semblent par exemple se répondre en écho selon le schéma suivant R-I-V/V-I-R (« Le **R**hin le **R**hin est **ivr**e où les **vi**gnes se m**ir**ent ») ;
  2. Multiples échos qui émaillent le poème : « vignes/vin », « trembleur/tremblant », « cheveux verts », « verre/verts », « batelier » qui se trouve deux fois à la rime, ainsi que tous les mots de la même famille que « chanter ».
- L'ivresse est telle que le fleuve lui-même, personnifié, en ressent les effets : il « est ivre » et les hallucinations reprennent de plus belle. Tout n'est plus que tremblements et reflets (« se mirent/s'y refléter ») et le chant initial poursuit « toujours » son envoûtement, à la différence près que ce n'est plus « le batelier » qui est mentionné mais une « voix ». Nous pouvons d'ailleurs remarquer le basculement progressif de la « chanson lente »

vers un « chant » pour terminer par une incantation. Rappelons que ce mot lui-même est formé sur le radical *-cant-* lequel signifie « chant », et qu'il est le doublet savant du verbe *enchanter.*

- « Le verre plein d'un vin trembleur » de la première strophe refait son apparition au point de recouvrir le paysage même :
  1. Au sens propre (région très viticole, « route du vin allemande »);
  2. Au sens figuré : l'alcool = l'inspiration/liberté poétique.
- L'absence de ponctuation brisant tous les repères du lecteur s'ajoute alors aux reflets et répétitions pour suggérer d'autres hallucinations, cette fois-ci non pas sensorielles mais portant sur le sens des mots et des phrases. Certaines ruptures syntaxiques créent même un univers déroutant fait de personnification, de métaphore, d'anacoluthe et de néologisme : le placement étonnant de la proposition subordonnée relative « où les vignes se mirent », la succession illogique des verbes « tombe en tremblant s'y refléter », l'expression insolite « à en râle-mourir » dessinent un univers de mots aussi fabuleux que celui de ces « fées aux cheveux verts qui incantent l'été ».
- On perçoit bien le plaisir jubilatoire du poète enivré qui laisse vagabonder ses mots et son imagination au hasard d'une « nuit rhénane ». Ce batelier qui avait tant d'emprise dans le premier quatrain lâche peu à peu la main, ce que suggère l'expression « râle-mourir », à la faveur des incantations mystérieuses des fées qui closent cette troisième strophe.

➜ 4e mouvement : du verre au vers et vice versa (monostiche final)

- Cette ultime strophe consacre la victoire du plaisir et du jeu dans « un éclat de rire » final surprenant : en effet, celui-ci est introduit par une comparaison qui le rapproche étrangement avec le bris d'un « verre » qui éclate – ce même « verre » qui était « plein d'un vin trembleur » au début.
- La structure du poème est donc particulièrement réussie en ce qu'elle constitue un cycle du verre plein au verre brisé.
- Ce poème se conclut dans un triple éclat libérateur : 1. « éclat de rire » du poète qui se libère du poids de la réalité inexpressive et banale; 2. éclat du « verre » du poète qui, ivre, laisse libre cours à ses rêveries; 3. ultime éclat d'un « vers » unique rompant l'harmonie des quatrains précédents et brisant tout bonnement l'harmonie d'un sonnet élisabéthain qui aurait dû se conclure sur un distique et non un monostiche.
- Le « verre » serait donc une image du poème et le « vin » qui le remplit un symbole de l'ivresse poétique : casser ce « verre », c'est casser les codes, et casser les codes c'est réjouissant.

→ Conclusion

« Nuit rhénane », comme le batelier à cheval entre deux territoires, jette un pont entre la tradition et la modernité. Ce poème est un jeu qui vacille en permanence entre ces deux mondes (d'où ces jeux de reflets continus) : il y a des alexandrins césurés à l'hémistiche, mais l'absence de ponctuation et une syntaxe déroutante parfois les compliquent ; il y a des rimes, mais elles ne sont pas pures ; le poème ressemble à un sonnet élisabéthain, mais la chute arrive trop vite car il manque un vers, etc.

Mise en abîme du recueil intitulé *Alcools*, ce poème montre que l'inspiration peut être trouvée dans le dépassement du réel, avec la syntaxe, avec les codes, tout cela dans une ivresse créatrice qui mue la chanson lente du poète en une incantation chaleureuse et jubilatoire.

Quelques propositions pour la question de grammaire

→ Proposition n° 1

Vers 6

Que je n'entende plus le chant du batelier

▶ Quel est le temps et le mode du verbe ? Expliquez sa valeur.

On attend du candidat :

– qu'il analyse la structure de la phrase et mette en valeur l'emploi du subjonctif présent : la phrase est introduite par la conjonction « que » qui, ici, peut avoir une valeur exclamative par exemple. En outre, l'utilisation du subjonctif présent laisse penser que le poète formule un ordre qu'on pourrait rétablir ainsi : « [Faites en sorte] que je n'entende plus le chant du batelier ! ». Dans ce cas, ce qui est mis entre crochets est sous-entendu ;
– qu'il justifie son choix quant à la valeur de ce verbe : généralement, le subjonctif présent présente plusieurs valeurs dont l'ordre, le souhait, la prière ou encore le désir.

→ Proposition n° 2

Vers 11

La voix chante toujours à en râle-mourir

▶ Expliquez la formation et le sens du mot « râle-mourir ».

On attend du candidat :

– qu'il analyse la composition du mot en employant les bons termes techniques : ici, « râle-mourir » est un mot composé par la juxtaposition de deux composants autonomisables (nom + verbe à l'infinitif). Nous pouvons remarquer l'utilisation du trait d'union qui marque physiquement l'association lexicale des deux mots ;
– qu'il soit capable d'expliquer en quoi ce mot est un néologisme, c'est-à-dire un mot nouveau, inventé par Apollinaire pour les soins de ce poème.

Jour
5

Préparer l'entretien

MATIN • S'assurer de la maîtrise de l'œuvre intégrale choisie

1. Faire le bon choix

Il vous revient de choisir une œuvre intégrale parmi les quatre étudiées en classe et inscrites au programme national et les quatre proposées par votre professeur en lecture cursive. Vous avez donc huit possibilités. Vous avez peut-être déjà une préférence affirmée depuis longtemps. Ayez confiance en vos goûts. Même si une œuvre est réputée difficile, la présenter n'est pas nécessairement un piège, bien au contraire. À partir du moment où vous vous avez plaisir à en parler, votre choix est pertinent. Vous devez vous sentir à l'aise avec l'œuvre que vous allez défendre face à l'examinateur. Si vous avez pris du plaisir lors de la lecture et pendant l'étude vous arriverez à formuler des analyses qui susciteront l'intérêt de celle ou celui qui vous écoutera.

Pour ceux qui n'auraient pas encore pris leur décision, pour ceux qui hésitent encore voici quelques conseils qui s'appliquent à tous.

2. Résumer l'œuvre et présenter sa structure

Une prestation orale ne laisse pas de place aux hésitations. Vous ne pourrez trouver les mots que si votre connaissance de l'œuvre est solide. La réalisation d'une fiche synthétique s'impose.

Vous devez commencer par situer l'œuvre intégrale dans son contexte d'écriture et dans la vie de son auteur. Selon le genre auquel elle appartient, il faudra vous concentrer sur des points spécifiques.

Si vous présentez **une œuvre relevant de la littérature d'idées**, vous devez pouvoir :

- faire la liste des étapes de la réflexion menée par l'auteur (ex : *Essais* de Montaigne) ou être en mesure de présenter chacun des livres (ex : Les *Fables* de Jean de La Fontaine) ou des chapitres (ex : *Lettres persanes* de Montesquieu ou *L'Ingénu* de Voltaire) ;
- caractériser les personnages du roman ou de l'apologue en quelques phrases ;
- exposer les thèses défendues ou contestées par l'auteur et/ou les personnages ;
- faire une liste des thèmes abordés.

Exemple 1 : Montaigne, *Essais* (1580-1595)

L'œuvre dans son contexte et la vie de son auteur

- Les *Essais* constituent une œuvre emblématique du mouvement humanisme. Centrée sur l'expérience intellectuelle d'un homme, elle met en avant le questionnement nouveau sur le monde et le savoir qui émerge à la Renaissance.
- Au cours de sa carrière de magistrat à Bordeaux, Montaigne fait la connaissance de celui qui fut son plus fidèle ami et le compagnon de toutes ses réflexions : Étienne de La Boétie. Mais la mort de celui-ci, en 1563 interrompt douloureusement ce partage. En 1571, il se retire sur ses terres. Il rassemble les manuscrits de son ami et entreprend leur publication.
- C'est à ce moment-là qu'il entreprend de noter ses réflexions morales et religieuses. Dans sa bibliothèque dont les poutres du plafond portent des maximes tirées des auteurs latins, les *Essais* prennent forme vers 1573 et le projet ne s'achève véritablement qu'à sa mort. En 1580, il publie les deux premiers livres. Il adjoint en 1588 un troisième livre aux premiers auxquels il a ajouté de nombreux passages. La dernière édition posthume est réalisée par Marie de Gournay qu'il rencontre en 1588 et avec laquelle il a retrouvé une part de sa complicité passée avec Étienne de La Boétie.

Structure

- L'œuvre est organisée en chapitres qui ne suivent pas une progression logique. Montaigne suit sa pensée et pratique la digression sans se soucier des codes de la rhétorique. Il ne veut figer aucun jugement dans un cadre rigoureux et ne craint pas l'éclatement et la dispersion. La langue employée refuse les artifices et préfère les images spontanées.

Thèmes et thèses

- L'originalité de l'œuvre de Montaigne tient tout d'abord au portrait qu'il donne de lui-même. « Tout entier et tout nu », voilà comment il voudrait se peindre. Il entreprend de délaisser le moi social au profit du moi profond qui n'est accessible que par la réflexion. Les réflexions qu'il propose sont avant tout personnelles et l'écriture lui permet de forger son jugement n'hésitant pas à montrer le cheminement d'une pensée qui se cherche, d'une pensée vivante.
- En écrivant son propre cas, en méditant sur la maladie et la mort, il comprend que c'est l'être humain en général qu'il peint : « Il est incertain où la mort nous attende, aussi attendons-la partout. » Ses réflexions accèdent à une dimension universelle mais Montaigne ne nous entraîne pas vers le pessimisme. Il développe un idéal de vie qui fait la part belle à la culture et qui célèbre la modération. L'homme doit jouir de la vie en étant conscient de ses limites, c'est ce qu'il appelle « vivre à propos ».

- Les *Essais* portent les marques de l'humanisme. Montaigne parle et lit le latin, tout comme l'italien. Sa grande connaissance des textes anciens et contemporains ne fait pas de lui un pédant. Il préfère une « tête bien faite à une tête bien pleine ». Son savoir, il l'emploie à observer le monde et à le lire avec finesse. Sa réflexion le conduit ainsi à s'interroger sur les peuples découverts par les grands explorateurs. Dans le chapitre « Des cannibales », il avance la notion de relativisme et demande aux Européens de ne pas juger une culture étrangère au regard de la leur.

Exemple 2 : Voltaire, *Candide* (1759)

L'œuvre dans son contexte et la vie de son auteur

- La métaphore des Lumières renvoie à l'idéal d'un savoir fondé sur la raison, bien loin des superstitions qui maintiennent, selon les philosophes, les hommes dans l'obscurité. Voltaire est l'un des pourfendeurs les plus virulents de l'Infâme et de la philosophie optimiste qui tend à justifier tous les maux au regard d'un intérêt divin supérieur.
- Pour Voltaire, ses contes philosophiques n'étaient que de plaisants divertissements. Persuadé que la postérité allait retenir ses essais et surtout ses tragédies, l'auteur de *Candide* ne voyait que des jeux de l'esprit dans ses contes. C'est pourtant à travers les récits de l'amoureux de Cunégonde, de Zadig et de L'Ingénu qu'il parvient à conjuguer une pensée profonde et un art de l'ironie.

Résumé

- Le jeune Candide grandit au château du baron de Thunder-ten-Tronckh, dans une Westphalie imaginaire. Son maître à penser, le philosophe Pangloss, lui a enseigné que tout était au mieux dans le meilleur des mondes. Pour avoir courtisé Cunégonde, la fille du baron, il est chassé et se retrouve sur les routes de l'Europe et du monde où il découvre un mal imparfait dominé par le mal. D'aventures en mésaventures, il finit par retrouver sa bien-aimée, qui n'est plus si belle. Ils s'installent avec Pangloss et des compagnons de route à Constantinople et vivent en paix.

Thèmes et thèses

- Le voyage de Candide est motivé par une quête amoureuse et les péripéties romanesques rencontrées divertissent le lecteur : naufrage, arrestation, vol, retrouvailles, etc. Voltaire a l'art de séduire son lecteur en lui racontant des histoires dépaysantes.
- Mais tout le brio de l'auteur réside dans la transformation du conte en ouvrage philosophique. L'itinéraire de Candide est dicté par les cibles que Voltaire souhaite attaquer et il utilise la naïveté de son personnage pour manier l'ironie. Peu à peu Candide ouvre les yeux sur le monde.

- Voltaire dénonce les abus de pouvoir en tout genre : ceux des rois qui lancent leurs peuples dans des guerres meurtrières ; ceux du tribunal de l'Inquisition qui, à la suite d'un tremblement de terre à Lisbonne, condamne des innocents au bûcher en pensant apaiser la colère divine ; ceux des esclavagistes comme M. Vanderdendur qui exploite le nègre de Surinam.
- Mais la critique se double également de propositions politiques et sociales. Le roi de l'Eldorado est un souverain éclairé qui accorde une place prépondérante aux arts et aux sciences. Son royaume ne connaît pas de querelle religieuse et les hommes ne sont pas obsédés par une soif de richesses. Voltaire propose la vision harmonieuse d'une société utopique. Cependant, le philosophe est pragmatique et il sait que la réalité impose un modèle de vie plus modeste. « Il faut cultiver notre jardin », ainsi s'achève le conte.

Exemple 3 : Diderot et d'Alembert, *L'Encyclopédie* (1751-1772)

L'œuvre dans son contexte et la vie de leurs auteurs

- La publication des dix-sept volumes d'articles et des onze volumes de planches a pris vingt-deux ans. Ce sont au total 171 818 articles qui ont été rédigés par plus de deux cents collaborateurs, dont Voltaire et Montesquieu.
- Le projet s'inscrit dans un contexte de progrès scientifiques et techniques majeurs. D'Alembert prend en exemple dans le discours préliminaire de *L'Encyclopédie* le procès dont Galilée avait été victime un siècle plus tôt pour avoir soutenu que le soleil ne tournait pas autour de la terre. Le XVIIIe siècle voit également se poursuivre les grandes explorations grâce à l'Anglais James Cook et aux Français La Pérouse et Bougainville. Les relations culturelles entre les pays font des Lumières un mouvement européen. Voltaire a conseillé Frédéric II de Prusse et Diderot a fréquenté la cour de Catherine II de Russie.

Thèmes et thèses

- L'objectif de cet ouvrage est scientifique puisque qu'il s'agit de rassembler tous les savoirs (*énkyklos paideía* : le cercle des connaissances). Les deux éditorialistes confient donc la rédaction des articles à des spécialistes de chaque discipline.
- Certains articles adoptent une démarche objective, mais d'autres sont volontairement engagés. La cible est l'obscurantisme, c'est-à-dire l'ensemble des préjugés et des superstitions. Une telle démarche subit les attaques incessantes de l'Église dès la publication du premier volume. La censure du conseil d'État n'empêche pas les travaux de se poursuivre.
- Cette encyclopédie défend des idées politiques nouvelles. Diderot dans « Autorité politique » publié dans le premier volume conteste la monarchie de droit divin et affirme en ouverture de l'article : « Aucun homme n'a reçu de la nature le droit de commander aux autres. » On voit ainsi pourquoi ce projet a pu autant inquiéter.

Si vous présentez **une pièce de théâtre**, vous devez savoir :

- exposer la progression de l'action et l'évolution de l'intrigue en évoquant très précisément le découpage en actes si la pièce est ainsi structurée ;
- présenter chaque personnage en caractérisant sa présence au fil de l'œuvre (quand apparaît-il ? Est-il souvent sur scène ? Est-il absent de certains scènes ?) et ses prises de parole marquantes (dialogue, tirade, monologue…) ;
- identifier les tonalités présentes (comique, tragique, lyrique, pathétique) ;
- comparer la scène d'exposition et le dénouement.

🕮 Exemple 4 : Pierre Corneille, *Le Cid* (1637)

L'œuvre dans son contexte et la vie de son auteur

- Auteur de comédies à ses débuts, Pierre Corneille connaît le succès grâce au *Cid*, une tragi-comédie qui lui vaut des critiques cinglantes de la part des défenseurs des règles classiques.
- Par la suite, il se tourne vers la tragédie régulière et connaît d'autres succès éclatants avec *Horace*, *Cinna* et *Polyeucte*.

Résumé

- À Séville, au cours d'une querelle, Don Gomès donne un soufflet à Don Diègue qui demande alors à son fils de le venger de cet affront. Mais l'adversaire qu'il doit provoquer en duel n'est autre que le père de celle qu'il aime, Chimène. Rodrigue tue Don Gomès. Chimène réclame par honneur la tête du meurtrier de son père, mais elle est encore amoureuse. Le père de Rodrigue conseille alors à son fils d'aller combattre les Maures qui menacent la ville. La victoire qu'il remporte fait de lui un héros. Le désir de vengeance pousse Chimène à proposer d'épouser le vainqueur du duel qui opposera Rodrigue et un chevalier. Don Sanche qui aime Chimène accepte. Rodrigue triomphe et le roi demande à Chimène de respecter sa promesse.

Thèmes et enjeux

- La pièce a suscité la critique des partisans du théâtre classique. Ceux-ci lui ont reproché d'avoir négligé l'unité de lieu et l'unité de temps. Les bienséances ne sont pas davantage respectées. Le fait qu'une jeune femme soit toujours amoureuse du meurtrier de son père a été considéré invraisemblable et parfaitement inconvenant. Corneille répond à ces accusations trois ans après. Mais le théâtre classique s'impose et l'auteur du *Cid* se conforme à cette nouvelle esthétique puisqu'il propose en 1640, *Horace*, une tragédie régulière.
- Il n'en demeure pas moins que cette tragi-comédie de Corneille fut un franc succès grâce, entre autres, à la complexité de Chimène qui ne parvient pas à s'autoriser d'aimer le meurtrier de son père. Le monologue dans lequel

Rodrigue examine son dilemme (venger son père ou aimer Chimène) touche le public bien que la forme poétique rompe avec l'illusion réaliste. Voilà donc bien la preuve que la force théâtrale d'un texte ne réside pas dans sa capacité à imiter le réel.

Exemple 5 : Edmond Rostand, *Cyrano de Bergerac* (1897)

L'œuvre dans son contexte et la vie de son auteur

- Edmond Rostand (1868-1918) fait des études de droit mais il renonce à la profession d'avocat pour se consacrer à la poésie et au théâtre.
- À moins de 30 ans, il triomphe avec *Cyrano de Bergerac* qui n'est pas sans rappeler l'esthétique du drame romantique. Sa deuxième pièce *L'Aiglon* confirme son succès et il est élu à l'Académie française.

Résumé

- La pièce s'ouvre par une représentation théâtrale à l'hôtel de Bourgogne en 1640. Une querelle éclate dans la salle. Provoqué par le vicomte de Valvert, Cyrano riposte avec une tirade à la gloire de son nez tout en donnant des coups d'épée. Sa cousine Roxane, dont il est amoureux, lui fixe un rendez-vous. Mais il apprend de sa bouche qu'elle aime Christian de Neuvillette qui appartient à la même compagnie que lui. Cet amour est réciproque mais Christian ne sait pas parler d'amour à Roxane. Cyrano l'aide alors à rédiger des lettres. Sous le balcon de la jeune femme, ils échangent leur rôle. Mais Christian meurt au combat. Quinze années passent, une fois par semaine, Cyrano vient voir Roxane qui s'est retirée dans un couvent. Un soir, après être tombé dans une embuscade, il arrive mortellement blessé. À la demande de Roxane, il relit les lettres bien que l'obscurité soit presque complète. Elle comprend alors qu'il en est l'auteur.

Thèmes et enjeux

- Mêlant les registres comique, lyrique et tragique, cette comédie héroïque est héritière du théâtre romantique qui a rejeté les règles du théâtre classique. Chaque acte se déroule dans un lieu différent et quinze ans se sont écoulés entre les actes IV et V.
- Cette pièce repose sur la complexité de son personnage éponyme en quête de pureté. Cyrano montre tout son panache et son autodérision grâce à son éloquence. Mais il est émouvant par son abnégation quand il inspire à Christian les mots d'amour qu'il voudrait adresser à Roxane. Son attitude fait de lui un personnage tragique : « Oui, ma vie/Ce fut d'être celui qui souffle, – et qu'on oublie » (V, 6).

- Edmond Rostand a joué avec les ressources du théâtre en ouvrant sa pièce par une représentation théâtrale. La vie est un théâtre et chacun est condamné à jouer un rôle, souvent malgré lui, voilà ce que semble nous dire le dramaturge. C'est finalement une lettre, accessoire souvent utilisé au théâtre, qui va trahir Cyrano.
- Mais Cyrano joue auparavant son rôle et se cache dans l'ombre pour laisser Christian parler à Roxane qui se trouve à son balcon. Cette séparation spatiale montre que ces personnages ne peuvent pas se rejoindre. Pour accentuer cet effet, en 2006, le metteur en scène Denis Podalydès, suspend Roxane dans les airs. Ainsi, le texte de cette pièce prend toute son intensité lorsque la pièce est représentée.

Exemple 6 : Samuel Beckett, *En attendant Godot* (1952)

L'œuvre dans son contexte et la vie de son auteur

- D'origine irlandaise, Samuel Beckett écrit aussi bien en anglais qu'en français. Durant la Seconde Guerre mondiale, installé à Paris depuis la fin des années 1930, il appartient à la Résistance.
- Dans son œuvre théâtrale que l'on rattache au théâtre de l'absurde, il met en scène l'étrangeté et le caractère dérisoire de la condition humaine à travers des personnages grotesques et touchants.
- L'humour grinçant qui jaillit dans ses pièces renvoie à un certain pessimisme.

Résumé

- Vladimir et Estragon se retrouvent par hasard sur une route, un soir. Dans ce lieu impossible à identifier, symbole de l'errance, les deux vagabonds attendent un certain Godot. Ils tentent alors de combler l'attente par des actions et des paroles dérisoires. Arrive alors Pozzo qui maltraite son valet Lucky tenu en laisse. Mais Godot ne vient toujours pas. L'acte II répète l'acte I de manière plus désespérée. Pozzo et Lucky reviennent mais le premier est aveugle et le second muet. Un message de Godot intervient deux fois pour signaler que l'attente est vaine. Le désespoir gagne les deux vagabonds qui tentent de mettre fin à leurs jours sans y parvenir. À la fin de la pièce, ils affirment qu'ils reviendront demain attendre Godot.

Thèmes et thèses

- L'attente des personnages est tragique car ils ne peuvent pas y échapper. Toutes les tentatives pour envisager une autre action sont des échecs, y compris le suicide. Les deux vagabonds sont ainsi à l'image d'une humanité à la recherche de l'impossible et qui doit combler le vide par le langage. Cette pièce met en évidence les failles de la communication entre les hommes : se disent-ils encore quelque chose ? Le caractère sombre de la pièce est renforcé par les actions répétitives de Vladimir et d'Estragon préoccupés par leurs pantalons et leurs chaussures. Aussi apparaissent-ils comme des clowns grotesques mais touchants. Les jeux comiques renforcent ici le tragique de la condition humaine.

- Beckett choisit de ne pas donner de cadre spatio-temporel précis. Cette « route à la campagne avec arbre » renvoie à un espace universel que les metteurs choisissent souvent de représenter de la manière la plus dépouillée possible. D'autre part, la première réplique « Rien à faire » résume à elle seule la pièce et fonctionne comme un détournement des attentes du théâtre. Le dramaturge montre ainsi que l'action peut se passer de péripéties.

Si vous présentez **un roman**, vous devez être en mesure de :

- résumer l'histoire de manière précise ;
- identifier le narrateur et définir sa présence ;
- présenter les personnages et leurs relations ;
- situer le roman dans un sous-genre (roman de formation, roman d'analyse, roman d'aventures...).

Exemple 7 : Madame de Lafayette, *La Princesse de Clèves* (1678)

L'œuvre dans son contexte et la vie de son auteur

- Madame de La Fayette est une femme du monde qui fréquente les salons des précieuses. Madame de Sévigné et La Rochefoucauld sont au nombre de ses amis.
- Elle cache être l'auteur des romans et nouvelles qu'elle écrit par souci pour son rang.
- Alors que les romans-fleuves, marqués par l'héroïsme galant et l'idéalisation amoureuse, dominaient, Madame de Lafayette propose un roman bien plus court où la recherche de la vraisemblance psychologique lui permet d'analyser les tourments de la passion.

Résumé

- À la cour du roi Henri II (1519-1559), la jeune mademoiselle de Chartres fait son entrée dans le monde. Elle épouse le prince de Clèves qu'elle estime mais n'aime pas. Lors d'un bal donné pour les fiançailles de Claude de France, la princesse de Clèves rencontre le duc de Nemours dont la beauté est inégalée à la cour. Une passion envahit les deux protagonistes et conduit la princesse à avouer à son mari les sentiments coupables qu'elle ressent. Voulant faire preuve d'honnêteté, elle conduit le prince à la mort. Mais son veuvage est marqué par le renoncement à l'amour. Elle congédie le duc de Nemours, refusant ainsi le bonheur au nom de la morale : « Mes passions peuvent me conduire, elles ne sauraient m'aveugler. »

Thèmes et enjeux

- Ce roman historique est considéré comme le premier roman d'analyse français dans la mesure où la romancière cherche à comprendre avec finesse les sentiments des personnages qu'elle crée. Auparavant, les personnages de roman aimaient ou haïssaient mais leurs sentiments n'étaient pas analysés avec minutie. *La Princesse de Clèves* invite donc les lecteurs à s'interroger sur les mécanismes de l'amour et de l'âme humaine.
- On peut également considérer que ce roman est une véritable tragédie classique. Bien évidemment cette comparaison ne prend pas appui sur une quelconque dimension théâtrale du roman mais sur son esthétique condensée. Tout comme une tragédie classique qui respecte l'unité d'action, ce roman répond à une esthétique de la concision car ne sont évoquées que les scènes essentielles. L'écriture est sobre, rien de superflu ou d'accessoire n'est mentionné.
- D'autre part, la princesse de Clèves est une héroïne tragique confrontée aux feux de la passion. Une force intérieure (son amour pour le duc de Nemours) entre en conflit avec une autre force, celle de l'honneur qui l'oblige à rester fidèle à son époux. Mais tout le génie de Madame de Lafayette consiste à laisser planer un doute sur le renoncement de son héroïne. Est-ce le sentiment de l'honneur qui la pousse à renoncer à l'amour du duc de Nemours après la mort de son mari ? Est-ce la peur de l'amour ?

Exemple 8 : Laclos, *Les Liaisons dangereuses* (1782)

L'œuvre dans son contexte et la vie de son auteur

- Choderlos de Laclos est un officier militaire connu par son unique roman.
- Le libertinage est un courant qui émerge au XVIIe siècle et s'épanouit au XVIIIe siècle. Associé à la liberté des mœurs, ce mouvement prône aussi la liberté de pensée.
- Si le roman est présenté comme une mise en garde contre les excès du libertinage, sa portée morale demeure ambiguë.

Résumé

- La Marquise de Merteuil est une ancienne maîtresse du Vicomte de Valmont. Elle désire se venger d'un de ses anciens amants, le Comte de Gercourt. Celui-ci doit épouser la jeune et innocente Cécile de Volanges. Elle demande donc à Valmont de pervertir cette jeune fille avant le mariage. Mais le Vicomte s'est lancé un autre défi : séduire la Présidente de Tourvel dont la morale semble inflexible. Il y parviendra mais conduira sa victime à la mort en rompant avec elle. Les conséquences sont funestes pour les deux libertins : Valmont meurt au cours d'un duel, quant à la Marquise de Merteuil, ses stratagèmes sont dévoilés et elle doit se retirer du monde alors qu'elle est atteinte de la petite vérole.

Thèmes et enjeux

- Tout le génie de Laclos tient dans le choix de la forme épistolaire qui permet une dynamique narrative et des analyses psychologiques. Treize personnages prennent la plume. Ils se révèlent et s'éclairent les uns les autres. Ces récits croisés donnent au roman un rythme certain et mettent en lumière toutes les manipulations et leurs effets. Par exemple, alors que la présidente de Tourvel a cédé à ses avances, Valmont lui écrit une lettre pour lui dire qu'il n'a pas fermé l'œil de la nuit tant il pensait à elle. Mais le pupitre baigné de larmes, sur lequel il est censé avoir rédigé la lettre, est en réalité le dos d'Émilie, une de ses maîtresses avec qui il a passé la nuit. Le cynisme du libertin ne peut être plus grand.
- On comprend alors que le roman ait pu choquer lors de sa publication. De nombreux lecteurs y ont lu une apologie de l'immoralité. Pourtant le romancier prétendait avoir proposé une œuvre morale, les personnages servant de contre-exemples. Toutefois, l'ambiguïté demeure car le lecteur ne peut qu'éprouver une forme de fascination pour le Vicomte de Valmont et la Marquise de Merteuil.
- En effet, si ces personnages rejettent tout sens moral, ils sont remarquables par leur intelligence, leur maîtrise de l'écriture et leur art de la dissimulation. Quant aux victimes assez naïves, elles se raccrochent à des valeurs qui ne peuvent leur servir de rempart au mal. Laclos crée ainsi des personnages, qu'ils soient bourreaux ou victimes, qui posent la question de la liberté quelques années avant la Révolution.
- « Que nous sommes heureux que les femmes se défendent si mal ! nous ne serions auprès d'elles que de timides esclaves. » (Lettre IV du Vicomte de Valmont à la Marquise de Merteuil).

Exemple 9 : Albert Camus, *L'Étranger* (1942)

L'œuvre dans son contexte et la vie de son auteur

- Albert Camus (1913-1960) est né à Alger dans un milieu populaire et poursuit des études de philosophie grâce à des bourses.
- Engagé dans la Résistance durant la Seconde Guerre mondiale, il est également anticolonialiste.
- *L'Étranger* appartient au cycle de l'« absurde », une réflexion sur le non-sens de la condition humaine, qui conduit à la « révolte », cycle auquel appartient *La Peste* (1947). L'absurde et la révolte doivent se dépasser dans l'amour, mais le projet philosophique de Camus reste inachevé.

Résumé

- Meursault, le narrateur, revient sur son existence à partir du décès de sa mère. Le roman commence par ces deux phrases célèbres : « Aujourd'hui maman est morte. Ou peut-être était-ce hier, je ne sais pas. » L'action se déroule en Algérie. Meursault est un homme simple et sensible aux plaisirs de la nature. Il se lie à une jeune femme, Marie. Ils passent leurs dimanches à la plage avec Raymond, un ami peu fréquentable. Une querelle avec des Arabes éclate. Après avoir mis dans sa poche le revolver de Raymond, Meursault retrouve l'un d'eux. Aveuglé par le soleil et écrasé par la chaleur, il tire à quatre reprises sur l'Arabe. Arrêté puis jugé, le protagoniste assiste en spectateur à son procès et ne parvient pas à expliquer son geste. Condamné à mort, il congédie l'aumônier de la prison, prend conscience de l'intensité de la vie et accepte sa mort comme un défi à la société.

Thèmes et enjeux

- La lecture de ce roman bref semble aisée. Le récit à la première personne est limpide. Le style est sobre et on pourrait même parler d'une absence de style tant il est fluide. La plupart des phrases sont constituées de propositions indépendantes, le plus souvent juxtaposées. Pourtant, cette facilité est trompeuse car la réflexion doit aller au-delà du récit des événements et doit se méfier de l'analyse psychologique.
- En effet, il serait facile d'être scandalisé par un tel personnage qui pourrait susciter l'antipathie. Toutefois, Albert Camus ne permet pas au lecteur de ressentir de haine ou du mépris à l'égard de Meursault. Le romancier ne cherche pas à analyser psychologiquement son personnage. En réalité, le protagoniste est un symbole, il est l'incarnation de l'homme qui vit dans l'absurde. Selon Camus, le monde n'a pas de sens car Dieu n'existe pas. L'homme est donc livré à lui-même. Meursault est étranger au monde et à la société qui tente de lui imposer une comédie (tristesse exprimée lors de la perte d'un proche, bonheur grâce à l'amour, etc.). D'ailleurs, Meursault est moins condamné pour son meurtre, qui ne répond à aucune motivation, que pour sa personnalité. Peu avant sa mort, le personnage ressent une révolte à l'égard de cette société dont le sens lui échappe.
- C'est pour cela que Meursault n'est en paix que lorsqu'il entre en communion avec la nature et qu'il se détourne de la société des hommes. On le voit lorsqu'il se baigne à la plage. Dans son essai *Noces*, Camus célèbre justement cette force qui unit l'homme et le monde.
- Il faut également mettre *L'Étranger* en relation avec *La Peste* (1947), un roman postérieur dans lequel Camus évoque la progression d'une épidémie à Oran, en Algérie. La peste est le symbole de toutes les formes de totalitarisme et de tyrannie. Le romancier propose un moyen pour dépasser le sentiment de l'absurde que Meursault ressent : seuls la solidarité et l'engagement peuvent donner un sens au monde.

Si vous présentez **un recueil de poèmes**, vous devez être capable de :

- présenter la structure du recueil et citer les titres des sections (ex : *Les Contemplations* de Victor Hugo sont composées de deux tomes (« Autrefois » et « Aujourd'hui ») qui contiennent trois livres chacun (« Aurore », « L'âme en fleurs », « Les luttes et les rêves », d'une part, et « Pauca meae », « En marche », « Au bord de l'infini », d'autre part) ;
- expliquer le sens du titre ;
- exposer les sujets abordés dans dix poèmes au moins ;
- faire une liste des thèmes, des figures de style et des motifs récurrents.

Exemple 10 : Victor Hugo, *Les Contemplations* (1856)

L'œuvre dans son contexte et la vie de son auteur

- Poète, romancier, dramaturge et homme politique, Victor Hugo (1802-1885) est la chef de file du romantisme et incarne l'artiste inspiré et visionnaire.
- Quand Victor Hugo compose ce recueil, il est confronté à un double exil. Il se trouve, en effet, sur l'île de Guernesey. Il a fui la France pour échapper au mandat d'arrêt lancé contre lui par Napoléon III.
- Mais c'est aussi à un exil bien plus intérieur que le poète est confronté. La mort de sa fille Léopoldine en 1843 le plonge dans un état d'abattement profond.

Le titre et la structure

- *Les Contemplations* sont composées de deux tomes « Autrefois » et « Aujourd'hui ». Dans la première partie Victor Hugo évoque les années qui ont précédé la mort de sa fille. Dans la seconde, il exprime la douleur et le désespoir qui furent les siens : « La joie, cette fleur rapide de la jeunesse, s'effeuille page à page dans le tome premier, qui est l'espérance, et disparaît dans le tome second, qui est le deuil » (préface des *Contemplations*).
- Ce sont donc les « mémoires d'une âme ».

Thèmes et enjeux

- Le poète nous convie à suivre le cheminement de sa vie : « c'est une âme qui se raconte dans ces deux volumes. *Autrefois, Aujourd'hui.* Un abîme les sépare, le tombeau. ». Il confie ses moments de bonheur ou de révolte contre sa destinée :
  « Depuis quatre ans, j'habite un tourbillon d'écume ;
  ce livre en a jailli. Dieu dictait, j'écrivais ;
  car je suis paille au vent. Va ! dit l'esprit. Je vais. » ;
  (« À celle qui est restée en France »).
- À travers un lyrisme autobiographique, Victor Hugo vise l'universel : « Quand je parle de moi, je vous parle de vous » (préface).
- Certains poèmes témoignent également de son engagement social et politique : il dénonce le travail des enfants dans « Melancholia » (Livre III).

Exemple 11 : Guillaume Apollinaire, *Alcools* (1913)

L'œuvre dans son contexte et la vie de son auteur

- Guillaume Apollinaire, né Wilhelm Apollinaris de Kostrowitsky, se lie avec les artistes de l'avant-garde comme Pablo Picasso.
- Écrits entre 1898 et 1913, les poèmes d'*Alcools* font écho aux amours malheureuses d'Apollinaire avec Annie Playden et Marie Laurencin.
- Le recueil témoigne du passage du symbolisme au surréalisme, de ce que l'on nomme « l'Esprit nouveau ».

Le titre et la structure

- Le titre définitif résulte d'un long tâtonnement : *Le Vent du Rhin, Le Roman du mal-aimé, Eau de vie.* Ces titres qui furent envisagés renvoient à l'élément liquide ou la souffrance.
- Le recueil *Alcools* enivre car il exprime le passage du XIXe siècle au XXe siècle, du vieux au nouveau continent. L'ivresse est également celle du poète qui distille un passé merveilleux et une modernité fascinante : « Mon verre est plein d'un vin trembleur comme une flamme » (« Nuit rhénane »).

Thèmes et enjeux

- Les poèmes d'inspiration très variée évoquent le temps qui s'écoule : regrets amoureux (Annie Playden, Marie Laurencin) ; temps perdu de l'enfance ; temps légendaire qui fait apparaître la Loreley du folklore germanique ou Merlin et Morgane des romans médiévaux.
- Pour rendre sensible la recherche de la fluidité (écoulement du temps, ivresse du vin), Apollinaire a retiré toute ponctuation aux poèmes.
- Le lyrisme oscille entre évocation de thèmes traditionnels (« Le Pont Mirabeau ») et recherche d'images novatrices :

  « À la fin tu es las de ce monde ancien
  Bergère ô tour Eiffel le troupeau des ponts bêle ce matin
  Tu en as assez de vivre dans l'antiquité grecque et romaine »
  (début de « Zone »)

Exemple 12 : Francis Ponge, *Le Parti pris des choses* (1942)

L'œuvre dans son contexte et la vie de son auteur

- Né dans un milieu aisé, Francis Ponge suit des études de lettres et de droit.
- Dans les années 1930, il fréquente les artistes surréalistes.
- Sa quête poétique le conduit à s'affranchir des règles de la versification et à interroger la place du quotidien dans la poésie.

Le titre et la structure

- Trente-deux poèmes en prose composent ce recueil.
- Francis Ponge entend prendre le parti des choses et non des sentiments, c'est-à-dire qu'il accorde la première place à des aliments, à des lieux, à des éléments naturels et à des objets que les hommes semblent ne même plus regarder tant ils paraissent évidents.

Thèmes et enjeux

- La démarche du poète consiste à poser un regard neuf sur des éléments de la vie quotidienne et à consacrer à chacun d'eux un poème : « le pain », « la bougie » ou encore « le cageot ».
- Les descriptions arrachent les choses à leur réalité. Les métaphores développées par le poète invitent à percevoir ce qu'il peut y avoir d'extraordinaire dans l'ordinaire. La croûte du pain devient ainsi une chaîne de montagnes, la bougie, une fleur à la « feuille d'or ». Le poète part de la chose qui se transforme par son regard et devient un microcosme. C'est cette démarche qui donne à ses textes leur dimension poétique, dimension qui est renforcée par le langage imagé et les jeux de rythmes et de sonorités.
- Il faut également souligner que la voix du poète manie souvent l'humour et l'objet devient l'« objeu », pour reprendre le néologisme créé par Ponge afin de créer une complicité avec le lecteur qui est invité à envisager la réalité autrement : « De la gouttière attenante où elle coule avec la contention d'un ruisseau creux sans grande pente, elle choit tout à coup en un filet parfaitement vertical, assez grossièrement tressé, jusqu'au sol où elle se brise et rejaillit en aiguillettes brillantes. » (« La Pluie »)

3. Annoter le livre

Lors de l'entretien vous devrez avoir un exemplaire de l'œuvre à portée de main. L'examinateur attend que vous soyez capable de citer spontanément des passages ou que vous puissiez illustrer votre propos en vous référant à l'œuvre s'il vous le demande. Pendant l'entretien, vous devez montrer que vous connaissez l'œuvre sur le bout des doigts, au propre comme au figuré, et pas seulement de mémoire. Vous n'êtes pas là pour réciter un cours appris par cœur. Vous devez vous impliquer et montrer votre autonomie de pensée. Pour ce faire, rien n'est plus efficace que de prouver votre aisance en maniant les pages.

S'il n'est pas accepté que le livre contienne des éléments de cours inscrits à la main, il est souhaitable qu'il soit annoté. Ce peuvent être des mots griffonnés au crayon papier ici et là dans la marge ou bien des signes (traits, croix, astérisques) qui vous permettent de retrouver rapidement une phrase dont la portée est majeure. Il est possible aussi d'avoir recours à des marque-pages.

APRÈS-MIDI • Préparer la présentation et anticiper les questions

L'entretien ne saurait être la récitation d'un texte déjà rédigé et appris par cœur. Il s'agit d'une conversation et non d'un monologue. Vous devez donc faire preuve de réactivité.

1. Extrait du BO (25 avril 2019)

Cette partie de l'épreuve, notée sur 8 points, évalue l'expression orale, en réclamant du candidat une implication personnelle dans sa manière de rendre compte et de faire partager une réflexion sur ses expériences de lecture. Elle se déroule en deux temps successifs, le premier n'étant qu'un point de départ pour les interactions qui le suivent et qui constituent l'essentiel de l'épreuve :

- le candidat présente brièvement l'œuvre qu'il a retenue et expose les raisons de son choix ;
- le candidat réagit aux relances de l'examinateur qui, prenant appui sur la présentation du candidat et sur les éléments qu'il a exposés, évalue les capacités à dialoguer, à nuancer et à étoffer sa réflexion, à défendre son point de vue sur la base de la connaissance de l'œuvre.

L'examinateur peut vous inviter à développer l'analyse d'un personnage ou d'un thème. Il est également possible qu'il vous invite à faire un lien avec d'autres œuvres de l'auteur ou avec les textes étudiés en lien avec le parcours, voire avec l'œuvre lue cursivement dans le cadre de l'objet d'étude. Vous devez donc faire des recherches en amont pour vous assurer de pouvoir parer à toute question.

a. Construire la présentation de l'œuvre et de ses enjeux

L'examinateur écoute votre présentation succincte de l'œuvre qui dure deux à trois minutes. Elle débute par une phrase d'accroche qui permet d'amener la présentation de l'œuvre choisie. Vous faites ensuite apparaître trois ou quatre points (thèmes, enjeux, personnages) qui ont retenu votre attention. C'est sur ces aspects de l'œuvre que vous aurez soulignés que l'examinateur mènera l'entretien. Son objectif n'est pas de vous piéger mais de vous solliciter pour que vous mettiez en valeur vos connaissances.

b. Consolider sa culture personnelle

Si l'entretien est centré sur l'œuvre intégrale, la discussion peut tout de même élargir la réflexion à d'autres textes qui serviront de points de comparaison ou à des enjeux littéraires plus généraux. Libre à vous de dessiner des ponts vers des éléments contextuels, des œuvres antérieures ou postérieures, des thématiques identiques traitées différemment par d'autres auteurs.

Seriez-vous capable de répondre à ces questions selon les objets d'étude ?

À vous de jouer !

La littérature d'idées : les 5 questions préférées des examinateurs

1. Comment expliquez-vous le mot « Renaissance » ?

....

....

....

....

2. Pourquoi peut-on parler d'une renaissance des arts ?

....

....

....

....

3. En quoi l'humanisme est-il un mouvement européen ?

....

....

....

....

4. Les idées des humanistes étaient-elles utopiques ?

....

....

....

....

5. Qu'appelle-t-on une argumentation directe ? À quoi tient son efficacité ?

....

....

....

....

▸ 6. Qu'appelle-t-on une argumentation indirecte ? À quoi tient son efficacité ?

....

....

....

....

....

▸ 7. Quel est l'intérêt d'utiliser le regard d'un étranger pour argumenter ?

....

....

....

....

....

▸ 8. La fable est parfois considérée comme un genre littéraire destiné aux enfants. Qu'en pensez-vous ?

....

....

....

....

....

▸ 9. Quel regard les moralistes classiques portent-ils sur l'Homme ?

....

....

....

....

▸ 10. Quelles idées nouvelles sont apportées par les philosophes des Lumières ?

....

....

....

....

1. Comment expliquez-vous le mot « Renaissance » ?

Ce terme suggère un réveil après une période de sommeil. Les idées développées par les penseurs de l'Antiquité ont été négligées pendant le Moyen Âge et les humanistes entendent les faire renaître en revenant aux textes fondateurs. Cette proximité recherchée et affichée, on la rencontre dans la bibliothèque de Montaigne qui avait fait inscrire des citations de poètes et de philosophes sur les poutres. Dans le domaine religieux, le retour au texte originel biblique est une forme de renaissance théologique. Les poètes de la Pléiade considèrent que les genres poétiques médiévaux tels que le rondeau et la ballade manquent de raffinement et préfèrent imiter ainsi les anciens qui pratiquaient l'ode et l'hymne, par exemple.

Le mot de « Renaissance » implique donc un mépris affiché pour la période antérieure, ce qui est assez injuste car la pensée antique n'a jamais été totalement oubliée et le Moyen Âge n'était pas une période d'obscurité artistique et littéraire. D'ailleurs, Rabelais a exploité le fonds populaire médiéval en empruntant des caractéristiques de la farce.

Cependant, on ne peut contester la vitalité exceptionnelle des arts et des lettres en l'Italie au xve siècle, puis dans toute l'Europe par la suite.

2. Pourquoi peut-on parler d'une renaissance des arts ?

La littérature n'est pas la seule à connaître une nouvelle orientation. Les arts participent également au dynamisme culturel : que l'on songe, par exemple, à Léonard de Vinci qui fut à la fois peintre et architecte.

Le renouveau artistique tient à plusieurs facteurs. Le premier est d'ordre politique. L'éducation des princes change si bien qu'ils goûtent les réalisations artistiques et en commandent, par exemple, des portraits. François Ier et les Médicis furent des mécènes.

D'autre part, les techniques se perfectionnent. La maîtrise de la perspective permet aux peintres d'accéder à une forme de naturel. Des genres picturaux se développent en particulier. Ils témoignent à la fois des changements esthétiques et des questionnements humanistes.

L'art sacré s'éloigne de la tradition des icônes orthodoxes qui représentaient le Christ, la Vierge et les saints comme figés par les teintes dorées. Les scènes religieuses peintes aux xve et xvie siècles présentent des compositions plus dynamiques et utilisent l'art du paysage en arrière-plan. On peut ainsi penser aux tableaux de Léonard de Vinci dont les personnages ont une grâce capable d'émouvoir.

Par ailleurs, le genre des natures mortes connaît un grand succès, et ce n'est pas un hasard. Il révèle le brio du peintre capable de donner l'illusion du réel mais il invite également à réfléchir à des préoccupations humanistes comme la fuite du temps et la mort. De telles natures mortes sont appelées des vanités. Sur les toiles figurent un crâne, une fleur, une bougie, un sablier… autant d'éléments symboliques du caractère éphémère de la vie.

3. En quoi l'humanisme est-il un mouvement européen ?

Si on observe le développement de l'humanisme, force est de constater qu'il est européen. Il s'est diffusé tout d'abord en Italie, à la suite de la chute de Constantinople, puis en Flandres, dans les villes de Bruges et d'Anvers en particulier, et enfin en France.

D'autre part, les intellectuels correspondaient et voyageaient, ce qui a contribué à des échanges et au sentiment d'appartenance à une même communauté. Érasme a ainsi rendu visite à Thomas More en Angleterre. Montaigne a séjourné en Italie.

Il faut noter également que l'inspiration des humanistes français ne se limite pas aux auteurs de l'Antiquité. Ronsard et du Bellay s'inspirent du poète italien Pétrarque qui a contribué au rayonnement du sonnet.

Les valeurs humanistes ont également marqué profondément la culture européenne qui croit au progrès de l'humanité par la connaissance et la réflexion. Elles constituent ainsi un espace commun culturel.

4. Les idées des humanistes étaient-elles utopiques ?

On peut peut-être penser que l'idéal formulé par les humanistes était utopique, c'est-à-dire impossible à atteindre. Ils en avaient sans doute conscience. Thomas More n'a-t-il pas d'ailleurs écrit *Utopia* ? Même si les humanistes veulent conseiller les princes d'Europe, l'orgueil et les luttes ne peuvent toujours être corrigés. Par ailleurs, l'histoire a montré que l'optimisme avait trouvé ses limites lors des guerres de Religion. La conception humaniste de l'Homme n'était finalement réservée qu'à certains car l'éducation était encore très limitée. D'autre part, les réflexions sur le Nouveau Monde n'ont pas empêché l'esclavage.

Cependant, les humanistes ont contribué à développer une approche moderne de la culture, de l'éducation et de la politique. Ils visaient un idéal, par définition inaccessible. Les textes qu'ils nous ont laissés constituent aujourd'hui de formidables sources de réflexion. Ainsi, on peut dire que les idées développées par les écrivains de la Renaissance ont germé. Au XXe siècle et encore aujourd'hui, certains écrivains se plaisent à se définir comme des humanistes.

5. Qu'appelle-t-on une argumentation directe ? À quoi tient son efficacité ?

Une argumentation directe n'a pas recours à une fiction. L'auteur (ou le locuteur) s'engage et cherche à emporter l'adhésion de son destinataire en soutenant sa thèse à l'aide d'arguments et d'exemples. Les genres appartenant à cette catégorie sont nombreux : essais, discours, lettres, dialogue. Cette richesse rend l'argumentation particulièrement efficace car elle peut s'adapter aux besoins de l'auteur. Dans tous les cas, il met en avant une rigueur logique et fait preuve de clarté. Rousseau, dans *Le Discours sur les sciences et les arts*, répond à un sujet de concours posé par l'Académie de Dijon en 1749 : « Si le progrès des sciences et des arts a contribué à corrompre ou à épurer les mœurs… » Le contexte de la création de ce texte implique que l'auteur ait suivi une démarche claire et méthodique pour répondre à la question posée.

De plus, l'argumentation directe rend tout à fait possible l'implication de l'auteur qui n'est pas tenu à une objectivité. Il utilise ainsi des procédés oratoires pour mettre en évidence sa conviction (procédés d'insistance) et interpeller son destinataire comme le fait Victor Hugo, en 1849, dans son discours à l'Assemblée contre la misère.

6. Qu'appelle-t-on une argumentation indirecte ? À quoi tient son efficacité ?

Un auteur qui propose une argumentation indirecte utilise le détour d'un récit souvent fictionnel pour faire passer un enseignement. Les fables, les contes philosophiques, mais aussi les utopies et certains poèmes sont des argumentations indirectes.

Elles présentent l'avantage d'être agréables à lire car la narration et les personnages séduisent et parfois même émeuvent le lecteur. Antoine de Saint-Exupéry propose dans *Le Petit Prince* (1943) une réflexion profonde sur la vie, l'amitié, la mort tout en créant un univers poétique et fantastique. L'auteur utilise les rencontres du petit prince avec d'autres personnages (un pilote, un allumeur de réverbère, un renard) pour inviter le lecteur à réfléchir à la condition humaine.

L'autre atout non négligeable d'une argumentation indirecte réside dans sa capacité à dissimuler les critiques et à contourner ainsi la censure. C'est la lecture active qui va faire apparaître la portée critique du texte en interprétant la part d'implicite du texte. La Fontaine, dans ses fables, se garde bien de formuler des reproches directement adressés à Louis XIV et à ses courtisans. Il préfère utiliser des animaux dont il fait un usage symbolique.

7. Quel est l'intérêt d'utiliser le regard d'un étranger pour argumenter ?

Dans les *Lettres persanes* de Montesquieu, comme dans *Candide* de Voltaire, les personnages voyagent et au fil de leurs pérégrinations s'interrogent sur ce qu'ils découvrent.

Les auteurs rapportent ainsi leurs étonnements sur le mode de la naïveté. Mais derrière leurs pensées étonnées, il y a la voix du narrateur qui propose une critique. Ainsi, dans la lettre XXIV, le Persan Rica s'étonne de voir que le roi mène des guerres en payant ses troupes avec des titres d'honneur. Il qualifie le pape de magicien encore plus grand car il est capable de faire « croire que trois ne sont qu'un ; que le pain qu'on mange n'est pas du pain ». Ici, il est fait référence à la Trinité (le Père, le Fils et le Saint-Esprit et à l'eucharistie). Bien évidemment, cette fausse naïveté est un procédé ironique.

L'étranger peut devenir le porte-parole de l'auteur qui attaque l'organisation des sociétés européennes. Diderot, en donnant la parole à un vieux Tahitien dans le *Supplément au voyage de Bougainville* fait l'éloge de la vie naturelle et dénonce la violence des explorateurs français qualifiés de « brigands ».

Ainsi, un regard extérieur permet aux auteurs de donner la parole à l'Autre et de lutter contre l'ethnocentrisme (le fait de croire que le groupe humain auquel on appartient est au centre du monde).

8. La fable est parfois considérée comme un genre littéraire destiné aux enfants. Qu'en pensez-vous ?

On fait souvent apprendre par cœur des fables aux enfants à l'école primaire. Elles séduisent depuis longtemps les plus jeunes. Ce goût semble s'expliquer par la conception même des fables : La Fontaine avait dédié le premier recueil au jeune Dauphin âgé de sept ans.

Les enfants peuvent, en effet, tirer eux-mêmes des enseignements de ces histoires souvent comiques. Ils rient du mauvais tour joué par le renard au corbeau et sont pleins de compassion pour le pauvre agneau victime du loup. La Fontaine donne ainsi des leçons de prudence.

Toutefois les fables présentent des dimensions politiques et philosophiques qui échappent aux enfants. En lisant « Le Chêne et le Roseau », ils ne perçoivent sans doute pas la critique du souverain qui se dégage. Ils ne saisissent sûrement pas la référence à Pascal qui avait comparé, dans ses *Pensées*, l'homme à un roseau pensant.

Jean-Jacques Rousseau est allé jusqu'à déconseiller la lecture des fables de La Fontaine aux enfants. Il remettait en cause leur sens moral. Pour l'auteur de l'*Émile*, le fabuliste joue sur des ambiguïtés dangereuses. La cigale est certes punie pour avoir chanté sans travailler, mais

Rousseau pense que les enfants éprouvent de la sympathie pour cet animal si enjoué et qu'ils trouvent la fourmi bien peu généreuse. De la même façon, il estime que le renard apparaît bien trop aimable et que le corbeau est ridicule. Les enfants risquent selon Rousseau de se laisser aller à la paresse et à l'hypocrisie.

En somme, ce qui est plaisant dans les fables c'est qu'elles offrent des niveaux d'interprétation différents selon l'âge des lecteurs.

9. Quel regard les moralistes classiques portent-ils sur l'Homme ?

Les moralistes sont des hommes de lettres qui fréquentaient la cour de Louis XIV. On peut citer La Fontaine, La Rochefoucauld et La Bruyère. Tous sont conscients des défauts du monde dans lequel ils évoluent : hypocrisie, narcissisme, égoïsme, désir de pouvoir. Aussi, proposent-ils des observations sans concession de leurs contemporains. Leurs critiques jouent habilement de l'ironie et de la satire à peine déguisée.

La Rochefoucauld développe sous la forme de maximes (réflexions brèves et d'ordre général qui tiennent leur force d'un art de la formule) sa vision de l'homme. Les leçons qu'il tire sont souvent terribles mais toujours pleines d'humour. C'est ce qui fait leur charme et leur capacité à persuader le lecteur. Ex. : « Nos vertus ne sont le plus souvent que des vices déguisés. »

La Bruyère dans *Les Caractères*, dont le sous-titre est *Les Mœurs de ce siècle*, donne à lire en 1688 une succession de remarques et de portraits de personnages-types : le maladroit, le riche, le beau parleur, etc. À tous ces personnages s'oppose l'honnête homme, l'homme tel qu'il doit être, c'est-à-dire aimable, cultivé, courtois, respectueux et attentif.

10. Quelles idées nouvelles sont apportées par les philosophes des Lumières ?

Louis XIV meurt en 1715 et la fin de son règne est marquée par une grande austérité. La régence du duc d'Orléans jusqu'en 1723 fait souffler sur la France un vent de liberté. L'heure est à de nouvelles préoccupations qui s'expriment dans des salons parisiens tenus par des femmes (Mme du Deffand, Mme Geoffrin, Mme d'Épinay). Aristocrates et bourgeois échangent sur des sujets aussi bien artistiques que politiques ou sociaux. De plus, les sciences et les techniques connaissent des progrès sans précédents et le commerce se développe. L'Angleterre, dont le modèle politique et économique est plus libéral, fascine de nombreux intellectuels français. Voilà le nouveau contexte culturel qui favorise la propagation des idées des Lumières.

Les philosophes souhaitent apporter les Lumières de la Raison aux hommes et vaincre l'obscurantisme constitués par l'ensemble des préjugés et des superstitions. Seules la réflexion et l'expérience peuvent fonder un jugement. Ils prônent la liberté et une plus grande égalité entre les hommes.

Les philosophes ne sont pas pour autant révolutionnaires. On peut dire qu'ils voudraient voir régner des souverains éclairés et soucieux du bien-être des peuples. Ils dénoncent l'esclavage, les abus de pouvoir, la torture et l'intolérance religieuse. Voltaire s'est engagé pour défendre les Calas, des protestants injustement condamnés pour le meurtre de leur fils.

Si les philosophes contestent et pratiquent la remise en question, ils font aussi des propositions qui visent la recherche du bonheur qui peut se trouver dans un idéal de fraternité. Toutes ces idées qui émergent ont contribué à des changements sociaux et culturels qui ont engendré la Révolution française.

Le théâtre : les 10 questions préférées des examinateurs

1. Quelles sont les règles du théâtre classique ?

....

....

....

....

2. Qu'est-ce que le tragique ?

....

....

....

....

3. Comment la perception du tragique évolue-t-elle ?

....

....

....

....

4. Comment le comique évolue-t-il ?

....

....

....

....

5. Pourquoi peut-on dire qu'après le XVIIe siècle on observe un renouvellement des genres théâtraux ?

....

....

....

....

▸ 6. La représentation théâtrale est-elle indispensable ?

....

....

....

....

....

▸ 7. Quel est le rôle d'un metteur en scène ?

....

....

....

....

....

▸ 8. Dans quelle mesure le théâtre peut-il être également une tribune ?

....

....

....

....

....

▸ 9. Le théâtre ne repose-t-il que sur la parole ?

....

....

....

....

....

▸ 10. Quelles sont les fonctions des accessoires ?

....

....

....

....

1. Quelles sont les règles du théâtre classique ?

En 1634, le cardinal de Richelieu fonde l'Académie française. Cette institution vise à promouvoir le rayonnement des lettres mais aussi à définir des normes. C'est ainsi que Jean Chapelain, membre influent de l'Académie, parvient à diffuser des règles théâtrales qu'il avait déjà formulées en 1630 dans sa *Lettre sur l'art dramatique*.

2. Qu'est-ce que le tragique ?

Le tragique est un registre qui est présent dans de nombreux genres. Mais il s'exprime particulièrement dans la tragédie, un genre dramatique que les Grecs ont inventé à partir d'une vision de l'existence. On peut parler de tragique quand des forces supérieures contraignent un homme à se débattre et à faire un choix pour affirmer sa liberté. Mais le combat est inégal car la fatalité conduit souvent à la mort.

3. Comment la perception du tragique évolue-t-elle ?

Pour les Grecs et les auteurs classiques du XVIIe siècle, le tragique habite des personnages exceptionnels dont la grandeur sociale et morale n'a d'égale que la puissance des forces qui les entravent. Ni tout à fait victimes ni tout à fait coupables, ils sont souvent confrontés à des dilemmes.

À partir du XIXe siècle, les auteurs romantiques montrent que le tragique peut concerner tous les hommes qui ont une grandeur d'âme. Si les personnages sont issus du peuple, ils n'en sont pas moins tragiques. Ainsi, dans le drame romantique *Ruy Blas*, le personnage éponyme, un valet, tombe amoureux de la reine d'Espagne qui l'aime en retour. L'intelligence dont fait preuve Ruy Blas, a conduit Don Salluste, qui souhaite se venger de la reine, à le faire passer pour un noble. Cet amour est impossible d'autant que cette reine, qui est mariée, ignore l'origine sociale de Ruy Blas. « Ver de terre amoureux d'une étoile », c'est en ces termes que le jeune valet, devenu grand d'Espagne, résume le tragique de sa situation.

Au XXe siècle, le tragique évolue. Ce ne sont plus des situations exceptionnelles qui confrontent l'homme au tragique, c'est la condition humaine qui, par nature, est tragique. Pour certains auteurs, la mort qui n'ouvre pas sur un au-delà est vide de sens, tout comme l'existence. L'homme doit se battre avec sa propre condition de mortel pour donner un sens à sa vie. Ce combat est dérisoire si bien qu'il prend parfois une dimension comique, mais il s'agit d'un comique grinçant. On peut penser à *En attendant Godot* de Beckett, par exemple.

4. Comment le comique évolue-t-il ?

Le théâtre antique a fait du comique un moyen de divertissement mais aussi une arme pour critiquer. Certaines comédies d'Aristophane (dramaturge grec du Ve siècle av. J.-C.), telle *La Paix* ou *Les Oiseaux*, ont une dimension politique. Le comique, on le voit, n'est donc pas qu'une source d'amusement.

Au Moyen Âge, les formes comiques perdent de leur pouvoir critique et le rire se fait plus farcesque. Mais Molière, dans la seconde moitié du XVIIe siècle, va renouer avec les vertus critiques du comique. Il est une formule en latin qui résume bien cette ambition : « *Castigat ridendo mores* » (Corriger les mœurs par le rire). On la doit à un contemporain de Molière, le poète classique Jean de Santeul.

Par la suite, à partir du mouvement romantique, le comique cohabite avec le tragique dans certains drames car Victor Hugo et Alfred de Musset veulent traduire la variété de la vie dans leurs pièces.

Au XXe siècle, le comique n'est pas toujours drôle, il peut être le signe d'une forme de désespoir.

▸ 5. Pourquoi peut-on dire qu'après le XVIIe siècle on observe un renouvellement des genres théâtraux ?

Le XVIIIe siècle voit la conservation des deux grands genres : la comédie et la tragédie. Toutefois, faute de se renouveler, la tragédie tend à devenir un genre très académique. La comédie s'enrichit, quant à elle, de préoccupations révélatrices des Lumières. Le valet conteste l'autorité de son maître (Marivaux, *L'Île des esclaves*, 1725 ; Beaumarchais, *Le Mariage de Figaro*, 1778).

Le drame romantique constitue une véritable rupture au XIXe siècle. Les règles esthétiques classiques sont remises en cause et la Révolution française a fait de l'homme du peuple, l'égal du noble. Ce bouleversement théâtral a donné lieu à « la bataille d'*Hernani* » le 25 février 1830, lors de la première de la pièce. Victor Hugo et ses amis dont Alexandre Dumas et Théophile Gautier, qui portait un gilet rouge en signe de rébellion, doivent subir la critique des auteurs partisans des règles classiques. On a également reproché à Hugo de ne pas avoir respecté l'alexandrin et plusieurs drames romantiques sont rédigés en prose (Hugo, *Lucrèce Borgia*, 1834 ; Musset, *Lorenzaccio*, 1834). L'esthétique classique est bel et bien dépassée car pour Victor Hugo : « Le drame, c'est le grotesque avec le sublime, l'âme sous le corps, c'est une tragédie sous une comédie » (préface de *Cromwell*, 1827).

Le XXe siècle consacre cette rupture. Les pièces adoptent des formes très libres et certains dramaturges abandonnent la division en actes et en scènes et préfèrent parler de « tableau » ou de « journée ». Comique et tragique sont intimement liés. Comédie, tragédie, drame… les genres deviennent poreux. Ionesco et Beckett illustrent bien cette grande souplesse formelle.

▸ 6. La représentation théâtrale est-elle indispensable ?

La lecture peut s'avérer suffisante pour comprendre une pièce de théâtre car le texte fourni par le dramaturge permet de suivre aisément l'intrigue et l'évolution des personnages. De plus, de nombreux éléments, comme les didascalies, sont donnés pour que le lecteur puisse se représenter mentalement la pièce. Cette participation active qui est demandée au lecteur lui laisse un espace de liberté puisqu'il peut lui-même concevoir une mise en scène et imaginer décors et costumes.

Cependant, assister à une représentation permet de mieux apprécier les caractéristiques spécifiques d'une pièce. Un texte prend une résonance particulière quand il est incarné par des acteurs qui jouent avec l'espace. Les tensions dramatiques sont alors plus palpables. Ainsi, une représentation peut sembler indispensable dans la mesure où elle constitue un achèvement, certes temporaire, de l'œuvre d'art voulue par l'auteur.

D'autre part, chaque représentation est une interprétation particulière, ce qui est stimulant pour le spectateur qui est invité à confronter sa vision de la pièce avec les choix d'un metteur en scène qui peut en modifier la portée en tirant l'œuvre du côté du tragique ou du côté comique quand le texte le permet. C'est le cas de *Dom Juan* de Molière, par exemple.

7. Quel est le rôle d'un metteur en scène ?

Représenter une pièce, c'est faire des choix de décors, d'acteurs, de costumes, de gestion de l'espace. Les progrès techniques offrent de nombreuses possibilités quant au décor, à l'éclairage, à l'utilisation de sons et de vidéos, etc. Un metteur en scène peut également prendre des libertés plus grandes en modifiant le texte par des coupes, des ajouts, des réécritures. Il peut également changer l'âge des personnages, leurs origines sociales, voire leur sexe. Cependant, Beckett, de son vivant, s'est toujours opposé aux metteurs en scène qui souhaitaient transformer les personnages masculins d'*En attendant Godot* en personnages féminins.

De tels choix ne sont pas sans raison. Les metteurs en scène cherchent à actualiser les réflexions soulevées par les pièces, à en proposer de nouvelles qui, jusque-là, n'avaient pas été perçues. Aussi, les changements d'époque et les effets de modernisation sont-ils courants.

8. Dans quelle mesure le théâtre peut-il être également une tribune ?

Le théâtre peut, en effet, être une tribune, c'est-à-dire un espace dans lequel s'expriment des idées, des engagements. Le dramaturge utilise alors ses personnages pour susciter la réflexion du public. Les dialogues favorisent les échanges et les confrontations. Les monologues et les tirades permettent de développer des thèses. Le théâtre est donc propice à l'argumentation.

On peut ainsi considérer que *L'Île des esclaves* (1725) de Marivaux pose une question sociale, celle de la domination des maîtres sur les valets. À la suite d'un naufrage, le seigneur Iphicrate et son valet Arlequin arrivent sur une île dont le gouverneur Trivelin impose une inversion des rôles aux nouveaux arrivants. À l'issue de la pièce Iphicrate a compris ses erreurs.

On trouve une préoccupation d'ordre politique dans *Antigone* (1944) de Jean Anouilh. Cette pièce jouée sous l'Occupation et qui reprend un mythe antique peut être lue comme une métaphore de la Résistance. En effet, les deux frères d'Antigone, Etéocle et Polynice, se sont entretués pour régner sur Thèbes. Etéocle est honoré mais Polynice, qui avait fait appel aux ennemis de Thèbes pour prendre le pouvoir, ne reçoit pas de sépulture et son corps est livré aux bêtes sauvages. Leur oncle qui est devenu roi de Thèbes impose cette loi dans le but de faire revenir le calme dans la cité. Antigone brave l'interdit et souhaite enterrer son frère. Elle résiste au pouvoir et paie de sa vie son courage. Cette pièce invite également à une réflexion sur le bonheur. Peut-on le trouver dans une paix trompeuse ou doit-on le chercher dans la quête d'un idéal ?

9. Le théâtre ne repose-t-il que sur la parole ?

Le théâtre semble reposer sur la parole puisque c'est à partir d'un texte qu'est représentée une pièce. Ce sont les paroles qui permettent de faire avancer l'intrigue, mais aussi de révéler les émotions des personnages. Le monologue se caractérise par une absence d'action et par un dévoilement de l'intériorité de celui ou celle qui le prononce.

D'autre part, les dramaturges procèdent à un travail stylistique qui donne parfois une dimension poétique au texte. Ainsi, la charge émotionnelle présente dans les tragédies de Racine vient des procédés d'écriture des registres lyrique, pathétique et tragique. D'autre part, quand le théâtre devient une tribune, c'est grâce à l'efficacité des discours argumentatifs.

Par ailleurs, il arrive que la parole se substitue à l'action. Lorsque Lorenzo répète son meurtre, ses mots anticipent ses actes. Dans les tragédies classiques, l'impossibilité de représenter des scènes violentes ou choquantes, impose aux dramaturges d'avoir recours à un récit. Ce qui s'est passé est ainsi raconté par un personnage. Le théâtre de l'absurde, quant à lui, tend à remettre en cause la notion d'intrigue pour faire porter l'attention sur les problèmes du langage.

Cependant, on ne peut réduire le théâtre à des paroles. L'étymologie même du mot théâtre le prouve puisqu'il vient du grec *theatron*, lui-même issu du verbe *theamai* qui signifie « regarder ». Les paroles ont en effet besoin d'être incarnées. Le texte du dramaturge n'est d'ailleurs pas que paroles puisqu'on y trouve des didascalies. Le comique prend une autre ampleur quand les acteurs joignent aux mots, des gestes et des mouvements. Le décor et les costumes permettent d'accentuer certains effets : toute la force du dénouement de Dom Juan est soutenue par l'impression infernale créée par les lumières et les sons. C'est sans doute Molière, à la fois auteur, metteur en scène et comédien qui prouve bien que le théâtre ne saurait être que paroles.

10. Quelles sont les fonctions des accessoires ?

Est considéré habituellement comme accessoire, un objet qui n'est pas nécessaire. Pourtant au théâtre un accessoire est souvent indispensable à la représentation. Ce paradoxe vient de l'étymologie du mot car le verbe latin *accedere* signifie « ajouter à » mais aussi « accéder à ».

En effet, un objet ajoute du sens à un décor et permet d'indiquer si l'on se trouve dans un palais italien au XVIe ou dans une maison bourgeoise au XXe siècle. On peut ainsi dire que l'accessoire a une fonction informative et qu'il est utile mais pas indispensable

En revanche, il y a des accessoires qui permettent aux personnages d'« accéder à » quelque chose (pour reprendre l'étymologie). Une lettre fait accéder à un message, une épée confère un pouvoir, une fiole de poison peut entraîner la mort. Dans *Le Mariage de Figaro* de Beaumarchais, le jeune Chérubin dérobe à la comtesse un ruban, ce qui provoquera la jalousie du comte. L'accessoire remplit donc une fonction dramatique dans la mesure où il est nécessaire au déroulement de l'action.

Mais il peut aussi être investi d'une dimension symbolique. Dans *Le roi se meurt* (1962) de Ionesco, la couronne du roi finit par tomber, signe d'un pouvoir qui s'effondre. En attendant Godot s'ouvre par la rencontre de deux vagabonds : Vladimir aperçoit Estragon qui tente d'enlever sa chaussure sans y parvenir. On peut considérer cette chaussure comme le symbole de l'impossibilité à agir, de l'aliénation de l'homme.

L'accessoire est donc essentiel au théâtre car il remplit des fonctions informative, dramatique et symbolique.

Le roman et le récit : les 10 questions préférées des examinateurs

Pour répondre à ces questions, utilisez les pages précédentes mais exploitez également les textes que vous avez étudiés en classe.

1. Quelles sont les origines du genre romanesque ?

....

....

....

....

2. Pouvez-vous me parler du roman au XIXe siècle ?

....

....

....

....

3. Quels sont les bouleversements observés au XXe siècle ?

....

....

....

....

4. Quelles sont les caractéristiques d'un héros de roman ?

....

....

....

....

5 Un personnage principal est-il nécessairement un héros ?

....

....

....

....

- 6. Quel est alors l'intérêt d'exposer les actions de personnages immoraux ?

....

....

....

....

....

- 7. Comment un personnage de roman peut-il être révélateur du regard du romancier sur l'homme et le monde ?

....

....

....

....

....

- 8. De quels procédés dispose un romancier pour nous aider à comprendre son personnage ?

....

....

....

....

....

- 9. Qu'est-ce qu'un lecteur peut attendre d'un roman ?

....

....

....

....

- 10. Les descriptions sont-elles inutiles ?

....

....

....

....

1. Quelles sont les origines du genre romanesque ?

Pour répondre à cette question, il faut montrer que les épopées grecques et latines sont les « ancêtres » du genre romanesque. Il faut également souligner l'évolution du personnage qui cesse d'être un modèle héroïque, dont le destin est commun à celui de tout un peuple, et qui devient, au fil des siècles, un individu moralement complexe dont la destinée est étonnante.

2. Pouvez-vous me parler du roman au XIXe siècle ?

Le roman au début XIXe siècle est encore considéré comme un mauvais genre parce qu'il est considéré comme un sous-genre populaire et bien souvent associé au public féminin. L'adjectif « romanesque » convient parfaitement aux romans d'aventures en vogue à cette époque comme ceux du romancier écossais Walter Scott.

Le mouvement romantique contribue à donner une profondeur psychologique aux romans qui explore la complexité du « moi » du personnage principal dont le lecteur perce l'intimité et les secrets (ex : Chateaubriand, *René* ; Madame de Staël, *Corinne* ; Benjamin Constant, *Adolphe*).

La Révolution française puis la fin du Premier Empire contribuent à l'émergence du « mal du siècle » qui ronge les jeunes gens égarés dans un monde qui leur échappe alors qu'ils sont pleins d'ambitions. Le roman d'apprentissage se développe alors (Stendhal, *Le Rouge et le Noir* ; Balzac, *Le Père Goriot*) et permet au genre romanesque d'ausculter les mécanismes d'une société en ébullition. Le roman se rapproche ainsi de la réalité, dans un mouvement qui ne fera que s'accentuer.

3. Quels sont les bouleversements observés au XXe siècle ?

La réponse doit d'emblée souligner la crise des valeurs qui frappe l'Europe au début du siècle et rappeler les deux guerres mondiales qui accentuent l'ébranlement du monde occidental. Le modèle politique, culturel, économique de la fin du XIXe siècle est remis en cause, tout comme le modèle romanesque réaliste.

Dans *Voyage au bout de la nuit* (1932) de Louis-Ferdinand Céline, le narrateur Bardamu est un antihéros qui retrace ses aventures entre 1914 et 1928. Le rythme est haletant car le protagoniste est toujours sur les routes. Il ne parvient jamais à trouver une place dans ce monde labyrinthique marqué par l'horreur et la misère (champ de bataille, exploitation d'une forêt vierge africaine, ville américaine gigantesque). Céline dénonce la guerre, l'esclavage, l'organisation tayloriste, la foi en la science, l'idéal humaniste et la passion amoureuse. La vision de l'homme et du monde est donc sombre. On peut parler de dimension tragique même si une force divine n'intervient pas. La force qui écrase Bardamu et qui l'empêche d'être libre, c'est sa propre condition d'homme impuissant. L'originalité de ce roman tient également à la langue parlée que Céline prête à Bardamu : syntaxe disloquée, néologismes et vocabulaire argotique. Le romancier veut provoquer et surtout désire proposer une vision du monde qui ne soit pas cachée par des mots qui l'enjoliveraient.

4. Quelles sont les caractéristiques d'un héros de roman ?

Pour les Grecs et les Romains, un héros est un demi-dieu, tel Hercule qui accomplit douze travaux. Au Moyen Âge, le mot renvoie au personnage principal d'une fiction. Il est doté de qualités physiques exceptionnelles. Il est jeune, beau et bon. Son parcours lui permet de révéler sa bravoure. Il est au service de son roi et de sa dame. La sincérité, l'honnêteté, la fidélité sont des qualités que l'amour met à l'épreuve. Tristan aime la belle Iseult à cause d'un philtre, mais cet amour est transgressif car la jeune femme est promise au roi Marc.

Par la suite, l'héroïsme change car le personnage gagne en complexité. Ainsi, le héros est confronté à des choix. Dans *La Princesse de Clèves*, Mme de Lafayette impose à son héroïne un dilemme. Elle choisira la voie de la vertu et renoncera à l'amour.

▸ 5. Un personnage principal est-il nécessairement un héros ?

Si l'on considère que, par le terme de « héros », on désigne un personnage qui incarne des valeurs morales, force est de constater que nombre de protagonistes ne sont pas des héros.

En effet, depuis l'Antiquité, les romanciers se plaisent à représenter des personnages lâches et comiques. Rabelais détourne ainsi la grandeur épique en racontant la vie de géants. Plus tard, le picaro (personnage hérité des romans espagnols du XVIe siècle) se caractérise par sa médiocrité. Ce personnage comique est animé par des instincts primaires et est prêt à tout pour survivre.

Au XIXe siècle, les romanciers réalistes et naturalistes s'intéressent aux hommes du peuple si bien que le personnage principal n'est plus un homme bien né. Pour Zola, « le premier homme qui passe est un héros suffisant. » Cependant, en observant bien les œuvres de Zola, on comprend que le romancier distingue certains personnages car leurs forces, leurs bravoures, leurs ambitions sont plus grandes. Ainsi, dans Germinal, Étienne Lantier est certes le fils de Gervaise Macquart, une pauvre femme qui sombre dans l'alcoolisme, il n'en demeure pas moins que cet homme se bat pour l'amélioration des conditions de vie des mineurs. Il fait preuve de grandeur et se révèle capable de soulever les foules.

Au XXe siècle, le pessimisme de certains romanciers fait naître des antihéros. Ces personnages ne sont pas simplement banals, ils prennent à revers les valeurs des héros. Ferdinand Bardamu qui apparaît dans plusieurs romans de Louis-Ferdinand Céline est remarquable pour sa goujaterie auprès des femmes.

▸ 6. Quel est alors l'intérêt d'exposer les actions de personnages immoraux ?

Les personnages immoraux servent souvent à mettre en valeur les héros dont ils entravent la quête. Ainsi, les Thénardier, dans *Les Misérables* de Victor Hugo, incarnent la bassesse humaine et font ressortir la grandeur d'âme de Fantine, la mère de Cosette, qui se sacrifie pour sa fille. C'est dans l'adversité que les personnages révèlent leur courage. On le voit dans *Une Vie* de Maupassant où Jeanne est mariée à Julien qui se révèle avare, menteur et infidèle après le mariage. Les personnages immoraux permettent également aux romanciers de porter un regard lucide sur les hommes et le monde. On peut même penser qu'ils servent à dénoncer la noirceur du monde.

Mais les héros qui servent le mal fascinent les lecteurs car leurs destins sont palpitants. Les vies de la Marquise de Merteuil et du Vicomte de Valmont sont riches et ces personnages brillent par leur noirceur en comparaison des personnages moraux plus ternes comme Cécile de Volanges. Milady dans *Les Trois Mousquetaires* incarne la beauté du diable.

De plus, ces personnages invitent le lecteur à réfléchir à la complexité humaine. L'adultère que commettent Mme de Rênal et Emma Bovary pose la question de l'idéal amoureux. Le personnage de Vautrin qui apparaît dans *La Comédie humaine* est un criminel mais son analyse de la société est terriblement vraie. Son amour pour Lucien de Rubempré finit par le rendre touchant aux yeux du lecteur.

Ainsi les personnages immoraux remplissent une fonction dramatique, ils sont des éléments essentiels à l'action romanesque mais ils ont également une fonction informative voire critique. De plus, ils permettent de proposer une vision complexe de l'être humain et de lutter ainsi contre la tentation du manichéisme.

7. Comment un personnage de roman peut-il être révélateur du regard du romancier sur l'homme et le monde ?

Les personnages de roman évoluent dans un monde créé de toutes pièces par le romancier. Il faut aller au-delà du plaisir de la fiction pour interroger le sens des choix du romancier.

Les romans précieux du XVIIe qui se déroulent dans des cadres pastoraux proposent des visions idéalisées des hommes et du monde. Leurs auteurs appartiennent à la noblesse le plus souvent et ne se préoccupent que de sentiments délicats et subtils.

À l'inverse, la démarche naturaliste de Zola vise à reproduire un monde souvent sordide dans lequel les personnages sont confrontés à la misère. Les longues descriptions des romans réalistes ont pour objectif de montrer que les hommes et le monde sont en adéquation. Ainsi, Balzac, dans *Le Père Goriot*, après avoir décrit la pension et sa propriétaire Mme Vauquer de manière peu flatteuse, affirme : « toute sa personne explique la pension, comme la pension implique la personne. Le bagne ne va pas sans l'argousin, vous n'imagineriez pas l'un sans l'autre. »

D'autre part, le romancier utilise parfois ses personnages comme des porte-parole de combats. On peut évoquer *Les Misérables* de Victor Hugo mais aussi André Malraux. Dans *La Condition humaine*, publiée en 1933, le romancier invite les lecteurs à réfléchir à la portée de l'action politique et à la légitimité des insurrections. Le roman se déroule en Chine, en 1927, lorsque communistes et nationalistes programment une révolution contre le gouvernement. Albert Camus, quant à lui, fait de Meursault, un homme confronté à l'absurde.

L'évolution du personnage révèle également la vision de l'homme du romancier. Julien Sorel et Frédéric Moreau ne parviennent pas à s'élever dans la société. Leurs désirs sont brisés parce qu'ils se sont montrés trop présomptueux, trop égoïstes pour voir leurs rêves se réaliser. *Germinal* d'Émile Zola s'ouvre sur l'arrivée nocturne d'Étienne Lantier. Le paysage est inquiétant. Mais l'excipit présente le même personnage quittant Monsou et regardant la campagne en pleine germination. Étienne Lantier a accompli sa tâche et une vision d'espoir vient ainsi clore le roman.

8. De quels procédés dispose un romancier pour nous aider à comprendre son personnage ?

Un personnage n'existe pas, il est un être d'encre et de papier qui n'existe que dans les mots.

Pour le faire apparaître aux yeux du lecteur, le romancier lui prête une identité plus ou moins définie et le fait évoluer. C'est l'itinéraire du personnage, qu'il soit extérieur ou intérieur, qui lui donne une épaisseur. Les romanciers réalistes prennent soin de lier les descriptions physiques et morales aux actions accomplies et au propos tenus.

Au XXe siècle, on observe un emploi plus important du monologue intérieur. Les romanciers entrent dans les esprits de leurs personnages et nous donnent l'impression de les entendre penser. Le lecteur a ainsi accès aux propos réfléchis mais aussi aux idées qui ne sont pas encore formulées clairement. Les nouveaux romanciers ménagent dans leurs romans des vides, une part d'inconnu savamment réfléchi.

9. Qu'est-ce qu'un lecteur peut attendre d'un roman ?

Pour un lecteur qui ne cherche qu'un plaisir immédiat, un roman doit être avant tout une œuvre divertissante. Il attend une intrigue enlevée qui enchaîne les péripéties et offre un sentiment d'évasion. Les romans d'aventures ou d'amour vont le combler.

Bien souvent, un lecteur attend également que le roman qu'il lit lui procure des émotions. Les parcours des personnages, leurs succès et leurs échecs vont l'émouvoir grâce à un processus d'identification. Le romancier joue alors avec les registres pathétique ou lyrique. Par son style, le romancier emporte son lecteur.

Mais un roman peut aussi être porteur d'un regard critique. Le lecteur attend ainsi que son regard sur le monde s'en trouve modifié. Les *Lettres persanes* de Montesquieu se révèlent encore aujourd'hui d'une étonnante actualité si l'on considère les sujets politiques, religieux et sociaux qui sont abordés.

Cependant, ce qui peut combler le lecteur qui cherche à se nourrir, c'est la réflexion humaine qu'il trouvera dans un roman. Avec *L'Étranger*, Albert Camus signe un roman qui invite le lecteur à reconsidérer son rapport au monde.

10. Les descriptions sont-elles inutiles ?

Elles peuvent paraître un frein à la narration et au rythme des péripéties, que l'on pense à la longue description de la pension Vauquer qui ouvre *Le Père Goriot*. Toutefois les descriptions ont plusieurs fonctions. Elles sont informatives et permettent, par exemple, de planter un décor. Quand il s'agit de portraits, elles donnent de l'épaisseur au personnage. Le lecteur peut alors se le représenter. Dans certains cas, les détails évoqués revêtent une dimension symbolique. Ainsi, dans l'incipit de *L'Éducation sentimentale*, le tumulte du quai de Seine contraste avec la quiétude de Frédéric Moreau. De plus, il arrive parfois que les descriptions servent à créer un monde poétique. Elles ont donc alors d'une dimension esthétique. Dans *L'Écume des jours* de Boris Vian, la description de la salle de bain de Colin plonge le lecteur dans un univers onirique où les objets baignés de lumière s'animent.

La poésie : les 10 questions préférées des examinateurs

Pour répondre à ces questions, utilisez les pages précédentes mais exploitez également les textes que vous avez étudiés en classe.

- 1. À quoi reconnaît-on un texte poétique ?

....

....

....

....

- 2. Comment les formes poétiques ont-elles évolué au fil des siècles ?

....

....

....

....

- 3. Pouvez-vous donner des exemples de poèmes relevant du registre lyrique ?

....

....

....

....

- 4. Comment la poésie a-t-elle évolué après le mouvement romantique ?

....

....

....

....

- 5. Qui est Orphée ?

....

....

....

....

- 6. Pourquoi la poésie est-elle adaptée à l'expression des sentiments personnels ?

....

....

....

....

....

- 7. Qu'appelle-t-on la poésie engagée ?

....

....

....

....

....

- 8. Pourquoi peut-on dire que le poète explore le monde par l'écriture ?

....

....

....

....

....

- 9. En quoi la poésie est-elle un jeu avec le langage ?

....

....

....

....

- 10. Une dernière question : quel poème, lu au cours de cette année, vous a le plus marqué ?

....

....

....

....

1. À quoi reconnaît-on un texte poétique ?

Bien souvent la poésie est associée à l'écriture en vers. Pourtant, il n'y a pas d'équivalence puisque les comédies de Molière, qui sont écrites en vers, ne sont pas des poèmes. Il faudrait donc plutôt envisager un texte poétique comme une forme brève qui résulte d'un travail particulier sur le langage et qui propose un regard original sur des sentiments ou sur le monde. Pour inviter le lecteur à percevoir autrement ce qu'il pense connaître, le poète cherche à évoquer, de manière frappante, un élément de la réalité qui l'entoure (un lieu, une personne) ou une émotion présente ou passée qu'il a ressentie. Ainsi, Rimbaud, dans le poème « Le Mal », montre sa haine de la guerre en donnant à lire une succession de tableaux qui interpellent la vue et l'ouïe. On pourrait ainsi reprendre les propos de Jean Cocteau : la poésie « dévoile dans toute la force du terme. Elle montre nues, sous une lumière qui secoue la torpeur, les choses surprenantes qui nous environnent et que nos sens enregistraient machinalement. » Pour produire un tel effet et pour donner une densité particulière à son poème, un poète a alors recours à des images, à des effets de rythme et à une syntaxe parfois elliptique.

2. Comment les formes poétiques ont-elles évolué au fil des siècles ?

Les formes poétiques se renouvellent constamment. Au Moyen Âge ce sont les ballades et les rondeaux qui prédominent. À la Renaissance, les poètes de la Pléiade revendiquent l'héritage gréco-latin et s'inspirent des odes de Pindare, par exemple. Mais, ils empruntent également le sonnet aux Italiens en modifiant tout de même l'ordre des rimes dans le dernier tercet. On le voit, une forme poétique n'est jamais figée.

Il faut également souligner que l'évolution poétique est marquée par une liberté formelle de plus en plus grande. Le XIXe siècle voit l'apparition du poème en prose dont le succès sera assuré par Baudelaire (*Le Spleen de Paris*, 1869) et Rimbaud (*Les Illuminations*, 1886). Au XXe siècle, certains poètes s'affranchissent des règles. Blaise Cendrars publie en 1923 le recueil au titre provocateur : *Sonnets dénaturés*. Les poèmes sont composés de strophes et de vers irréguliers.

3. Pouvez-vous donner des exemples de poèmes relevant du registre lyrique ?

Le lyrisme et la poésie entretiennent un lien très étroit. Dès le Moyen Âge, les poètes célèbrent la beauté des femmes. Cependant, on ne peut pas véritablement parler de sincérité car il s'agit plutôt de respecter les codes de l'éloge. Le « je » qui s'exprime n'est donc pas le « moi » de l'auteur mais plus exactement un « je » conventionnel.

Il faut attendre le XVIe siècle pour voir véritablement apparaître une parole plus subjective. Louise Labé dans ses sonnets fait entendre une voix originale, celle d'une femme qui ose parler d'amour sans emprunter de clichés. Son sonnet « Je vis, je meurs, je me brûle et me noie » est particulièrement célèbre. Les poètes de la Pléiade (Ronsard et du Bellay tout particulièrement) suivent ce même chemin.

Au XIXe siècle, le lyrisme connaît une révolution. En effet, au XVIIIe siècle, la poésie était le plus souvent un exercice de style qui permettait au poète de montrer l'étendue de son art. Les auteurs romantiques brisent l'artificialité de cette pratique et sont à la recherche de la sincérité et de l'intimité. Ainsi, Victor Hugo, dans *Les Contemplations*, exprime ses bonheurs passés et le travail de deuil auquel il a été confronté après la mort de sa fille Léopoldine. On peut penser tout particulièrement à la force du poème « Demain, dès l'aube… ».

▶ 4. Comment la poésie a-t-elle évolué après le mouvement romantique ?

Dans la seconde moitié du XIXe siècle, Verlaine cherche à donner à ses poèmes une dimension musicale plus marquée. Il privilégie les vers brefs et/ou impairs afin de créer des effets rythmiques. Mais ce qui intéresse surtout les poètes, ce n'est pas tant d'exprimer leurs émotions que d'explorer le monde. Ainsi, pour Arthur Rimbaud, « Je est un autre ». Il ne faudrait donc pas croire que le « je » est l'expression sincère du « moi ».

Au XXe siècle, le renouvellement du lyrisme est profond. Apollinaire, joue avec les clichés et les détourne comme dans le poème « Marie ». Le courant surréaliste, par des associations inattendues d'images, invente un lyrisme étonnant. Dans le poème « La courbe de tes yeux fait le tour de mon cœur », Paul Éluard joue sur le motif du cercle afin de montrer que la femme aimée est au centre de l'univers et que son regard ouvre les portes du monde au poète.

▶ 5. Qui est Orphée ?

Orphée est un héros légendaire de la mythologie grecque. Ce fils de la muse Calliope a perdu sa femme Eurydice. Inconsolable, il chante son mal accompagné d'une lyre et parvient à émouvoir les hommes, les bêtes et même Hadès. Descendu aux enfers pour ramener Eurydice à la vie, il ne respecte pas l'interdit formulé par le dieu des morts et se retourne pour la voir avant d'avoir regagné le monde des vivants. Sa bien-aimée disparaît alors à tout jamais. Certaines versions du mythe rapportent que le poète Orphée, qui refuse de prendre une autre épouse, suscite la jalousie de nombreuses femmes qui, de rage, démembrent son corps. On rapporte que le nom d'Eurydice s'échappait toujours de la tête coupée.

Ce mythe permet de mettre en évidence certaines fonctions que l'on attribue à la poésie lyrique. Orphée, par la force de son art, parvient ainsi à émouvoir. Il est également en mesure de lutter contre la mort en ramenant Eurydice des enfers. Ce mythe tente de prouver que le chant poétique est lui-même immortel car il ne prend pas fin à la mort d'Orphée. Dans le sonnet « Quand vous serez bien vieille… » Ronsard met en avant ces mêmes fonctions.

▶ 6. Pourquoi la poésie est-elle adaptée à l'expression des sentiments personnels ?

La poésie n'est pas le seul genre adapté à l'expression des sentiments personnels. L'autobiographie l'est également, bien évidemment. Cependant, un poème, grâce à sa brièveté, permet au poète d'évoquer une émotion, un souvenir, une personne. Ainsi, un recueil est constitué de fragments qui, une fois rassemblés, permettent de mieux comprendre le poète. D'autre part, la poésie est un genre littéraire marqué par la liberté. En effet, la subjectivité de l'auteur peut s'exprimer grâce à l'originalité des images convoquées (métaphores, comparaisons, personnifications). Les images traduisent l'intensité des sentiments du poète car elles rendent concret un sentiment, qui est abstrait par définition. Ainsi, les images du feu donnent une représentation concrète à la passion amoureuse. Par ailleurs, les procédés d'insistance (répétitions, anaphores, hyperboles) servent souvent au « je » à se mettre en avant.

▶ 7. Qu'appelle-t-on la poésie engagée ?

On ne peut pas réduire la poésie à l'expression de sentiments personnels. En effet, dans les poèmes engagés, si le poète évoque un sentiment personnel de révolte, il souhaite surtout faire prendre conscience à son lecteur d'une injustice ou de l'héroïsme de certains hommes. Ainsi, René-Guy Cadou, dans « Les Fusillés de Châteaubriant », évoque le courage d'un groupe de résistants pendant l'Occupation. La poésie n'est donc pas uniquement tournée vers l'expression de thèmes personnels intimes, elle est bien souvent au service d'une cause.

Le poète peut ainsi se faire le guide du peuple comme l'affirme Victor Hugo. Il est un « rêveur sacré » qui révèle des vérités aux hommes. Ce pouvoir qui lui confère la maîtrise de la langue poétique lui donne une légitimité pour s'engager. Les combats des poètes sont variés : dénonciation des tyrannies, affirmation de l'égalité des hommes, célébration de la liberté…

8. Pourquoi peut-on dire que le poète explore le monde par l'écriture ?

L'écriture est un acte qui permet au poète de créer un univers qui existe par le pouvoir évocateur des mots. Pour Baudelaire, il existe des correspondances que seul le poète est capable de percevoir. Il développe justement cette appréhension originale du monde dans le poème « Correspondances ». Pour Baudelaire, la nature est vivante par les nombreuses correspondances qui se créent sans cesse entre les sens. Ainsi, « les couleurs et les sons se répondent ». Mais ces liens sont invisibles pour les hommes inattentifs. Seul le poète a la possibilité de les percevoir. Il doit alors les révéler aux autres hommes. Mais cette entreprise est difficile et bien souvent, il est tel l'albatros que Baudelaire évoque. Les hommes se rient de lui et ne peuvent comprendre ses paroles.

9. En quoi la poésie est-elle un jeu avec le langage ?

La poésie peut devenir la quête d'une beauté supérieure que le travail de la forme fait apparaître. En nommant l'un de ses recueils *Émaux et Camées*, Théophile Gautier revendique cet idéal puisqu'il considère ses poèmes comme des bijoux. Il emploie des termes rares pour en accroître le raffinement et le caractère précieux. Dans « L'Art », il résume ainsi l'ambition de l'artiste :

Sculpte, lime, cisèle ;
Que ton rêve flottant
Se scelle
Dans le bloc résistant !

Guillaume Apollinaire dans ses *Calligrammes* joue avec le sens du mot et sa forme puisque la disposition du poème permet de représenter ce dont il est question.

Il est possible également de jouer avec le langage dans la mesure où un mot possède à fois un signifié (le sens) et un signifiant (le son). Les expériences surréalistes mettent en avant cette ambiguïté.

10. Une dernière question : quel poème, lu au cours de cette année, vous a le plus marqué ?

Vous devez vous préparer à des questions qui peuvent prendre une tournure personnelle. Attention ! Cela ne vous autorise pas à vous limiter à des jugements de valeurs subjectifs et non motivés. Vous devez montrer que ce sont vos connaissances et vos capacités d'analyse qui vous ont guidé dans votre choix.

Exemple de réponse : Au cours d'une évaluation, nous avions eu à commenter le poème « La courbe de tes yeux » de Paul Éluard. Ce poème m'a marqué car, dans un premier temps, j'ai été très dérouté(e) par ce texte. La beauté lyrique était frappante mais les images employées résistaient à l'analyse. Les enchaînements semblaient arbitraires, sans lien logique apparent. Ce n'est que progressivement, en étudiant les métaphores, que le lien entre le poète, la femme aimée et le monde est apparu. Éluard fait finalement dans ce poème un éloge du genre poétique qui permet de dévoiler le monde d'une manière singulière.

2. Derniers conseils avant l'épreuve

Vous voici arrivé au terme de vos révisions. À présent, il est bon de rappeler quelques points très concrets :

- Ne cherchez pas à réviser vos cours dans les heures et les minutes qui précèdent le début de l'oral. C'est inutile et même dangereux car vous risquez de faire des confusions.
- Les seuls documents que vous pouvez relire jusqu'à la dernière minute ce sont les textes. N'oubliez jamais qu'ils sont au centre de tout votre travail. Entraînez-vous à les lire à voix haute chez vous.
- Avant d'entrer dans la salle d'examen, préparez votre descriptif, vos textes, votre convocation et votre pièce d'identité. Il n'y a rien de plus agaçant pour un examinateur que de voir un candidat se battre avec ses documents pour retrouver ce dont il a besoin.
- Au cours de l'entretien, pensez à mettre en avant le plaisir que vous avez eu à lire et à étudier l'œuvre que vous présentez. N'hésitez pas à faire référence également à vos lectures personnelles, vos sorties au théâtre ou au musée.
- Ne cherchez pas à interpréter telle ou telle attitude de l'examinateur car il ne doit rien laisser paraître du jugement qu'il porte sur votre prestation. Restez concentré et ne baissez jamais les bras.
- Détachez-vous de vos notes et regardez l'examinateur afin de créer un véritable échange.

S'il n'y avait qu'un seul conseil à vous donner :

- Allez passer votre oral comme si vous attendiez ce moment depuis longtemps. Montrez votre enthousiasme et faites partager vos découvertes à la lecture d'œuvres littéraires que vous ne connaissiez pas il y a encore quelques mois. C'est là l'essentiel pour viser la réussite.

Notes

1-7

Table des matières

Imprimé en Italie par «La Tipografica Varese Srl» Varese